DER RAT DER GERECHTEN

K A T A R Z Y N A

BONDA

DER RAT DER GERECHTEN

ROMAN

Aus dem Polnischen
von Saskia Herklotz und Andreas Volk

HEYNE

Die Originalausgabe erschien unter dem Titel
Okularnik bei Muza, Warschau

DIESE PUBLIKATION WURDE GEFÖRDERT VOM POLNISCHEN BUCHINSTITUT
THE ©POLAND TRANSLATION PROGRAM
INSTYTUT KSIĄŻKI
©POLAND

Die Arbeit des Übersetzers am vorliegenden Text
wurde vom Deutschen Übersetzerfonds gefördert.

FSC www.fsc.org
MIX
Papier aus verantwortungsvollen Quellen
FSC® C083411

Verlagsgruppe Random House FSC® N001967

Neumarkter Str. 28, 81673 München
Redaktion: Loel Zwecker
Umschlaggestaltung: Nele Schütz Design, München
Umschlagabbildung: Nele Schütz unter Verwendung von Motiven
von shutterstock (Mongkol Rujitham, hbpro, Songquan Deng)
Satz: Leingärtner, Nabburg
Druck und Bindung: CPI books GmbH, Leck
Printed in the Czech Republic

ISBN 978-3-453-27075-6

www.heyne.de

In Erinnerung an meine Großmutter Katarzyna,
die 1946 bei dem »Pogrom in den orthodoxen Dörfern«
in Podlachien ermordet wurde.

Meiner Mama Nina gewidmet,
die mit sechs Jahren zum Waisenkind wurde.
Als Ausdruck meiner Bewunderung
für ihre innere Stärke, die ich von ihr geerbt habe.

IN LIEBE

Nach Empedokles besteht die Schöpfung aus vier Wurzeln aller Dinge, auch Urstoffe, Grundsubstanzen oder Elemente genannt: Feuer, Wasser, Erde, Luft.
Diese Elemente sind ewig existierend, unentstanden und unveränderlich, denn das, was ist, vergeht nicht. Andererseits existiert die Wandlung, der ewige Kreislauf, denn es entsteht nichts, das anfangs sterblich wäre, und der Tod ist kein Ende aller Dinge.
Es gibt lediglich das Vermischen und den Austausch dessen, was vermischt ist. Durch die Mischung entsteht die Vielfalt der Stoffe.

In Indien sind die Brillenschlangen die Ernährer der berühmten Schlangenbeschwörer. Das gefürchtete Reptil wird hier zur Volksbelustigung als ein gehorsames, von der magischen Kunst des Zauberers beherrschtes Geschöpf vorgeführt. Manchmal handelt es sich dabei um einen bloßen Trick, da dem Tier rücksichtslos die Giftzähne ausgebrochen oder das Maul zugenäht wurde. Im besseren Fall ist der »Zauberer« durch wiederholte Impfungen gegen die Wirkungen des Schlangengifts gefeit, woraus sich sein kaltblütiger Umgang mit der giftigsten aller Schlangen erklärt. Mitunter überschätzt er, scheinbar Herr über die Schlange, sich selbst und bezahlt diese Fehleinschätzung teuer – und zwar mit dem eigenen Leben.

V. J. Stanek, *Der grosse Bildatlas der Tiere*

Du bist »von hier«, wenn die Gebeine deiner Vorfahren in dieser Erde ruhen.

Personenverzeichnis

ABRAMS, TOM: Professor an der Universität Huddersfield, → Sasza Załuskas Doktorvater.

BEJNAR, BOŻENA: Mutter von → Iwona Bejnar und den drei → Żubr-Brüdern Władysław, Ireneusz und Ryszard Bejnar, Exfrau von → Dawid Sobczyk, kurzzeitig Schwiegermutter von → Piotr Bondaruk.

BEJNAR, IWONA/IWEK: → Bożena Bejnars und → Dawid Sobczyks Tochter, Halbschwester der → Żubr-Brüder Władysław Bejnar, Ireneusz Bejnar und Ryszard Bejnar, Verlobte von → Jurek Orzechowski und kurzzeitig Ehefrau von → Piotr Bondaruk.

BONDARUK, ALINA/ANIELA: → Stanisław Gałczyńskis Ehefrau, → Piotr Bondaruks Mutter.

BONDARUK, FIONIK: → Łarysa Szafrans Sohn, einer von → Piotr Bondaruks drei Adoptivsöhnen.

BONDARUK, PIOTR/PIECIA, GENANNT »VIERAUGE«: → Stanisław Gałczyńskis und → Alina Bondaruks Sohn; Adoptivvater der Söhne von → Mariola Nesteruk, → Łarysa Szafran, → Monika Zakrzewska; Ehemann von → Iwona Bejnar; Besitzer des Sägewerks in Hajnówka und einer der einflussreichsten Einwohner der Stadt; Besitzer eines E-Klasse-Mercedes vom Typ »Vierauge«.

BONDARUK, TOMASZ/TOMIK: → Monika Zakrzewskas Sohn, einer von → Piotr Bondaruks drei Adoptivsöhnen.

BURY → Romuald Rajs

CZUBAJS, ANTON: Psychotherapeut, Supervisor von → Magdalena Prus.

DOMAŃSKI, TOMASZ, GENANNT »DOMAN«: Polizist der Woiwodschaftspolizei in Białystok, befreundet mit → Krystyna Romanowska, wird zu den »Vierauge«-Ermittlungen in Hajnówka hinzugezogen.

DUCHNOWSKI, ROBERT, GENANNT »DUCHNO«: Kriminalkommissar der Woiwodschaftspolizei in Danzig, Freund und Kollege von →Sasza Załuska.

FRANKOWSKI, BŁAŻEJ: Sohn von → Przemysław Frankowski und → Krystyna Romanowska, wie seine Eltern Polizist in der Kommandantur von Hajnówka.

FRANKOWSKI, PRZEMYSŁAW/PRZEMEK, GENANNT »JAHJAH«: → Krystyna Romanowskas Exmann, → Błażej Frankowskis Vater, Polizeikommissar in Hajnówka, wollte eigentlich Jura studieren.

GAŁCZYŃSKI, STANISŁAW/STACH/STASZEK: → Alina Bondaruks Ehemann, → Piotr Bondaruks Vater; spielt eine unrühmliche Rolle beim Pogrom der orthodoxen Bewohner des Dorfes Załuskie durch → Romuald Rajs und seine Einheit.

GAWEŁ, ADAM: ältester Sohn von → Michaił Gaweł und → Olga Gaweł, →Ałła Gawełs Bruder und → Dunia Orzechowskas Stiefbruder, vor 1989 Chef der Staatssicherheit in Hajnówka, nach 1989 Landrat.

GAWEŁ, AŁŁA: → Michaił Gawełs und → Olga Gawełs jüngste Tochter, Schwester von → Adam Gaweł, Stiefschwester und enge Vertraute von → Dunia Orzechowska.

GAWEŁ, MICHAIŁ: → Olga Gawełs Ehemann, Vater von → Adam Gaweł und → Ałła Gaweł, Stiefvater von → Dunia Orzechowska.

GAWEŁ, OLGA, GEB. ZAŁUSKA: → Katarzyna Załuskas jüngere Schwester, Ehefrau von → Michaił Gaweł, Mutter von → Adam Gaweł und →Ałła Gaweł, Tante und Stiefmutter von → Dunia Orzechowska.

JOWITA → Monika Zakrzewska

KOSIEK, KINGA: Freundin von → Iwona Bejnar, Nichte von → Ałła Gaweł, Opfer des »Menschenfressers von Hanówka«.

KOŹMIŃSKA, MARZENA, GENANNT »DIE WESPE«: eine der gefährlichsten Straftäterinnen Polens, der Morde, Erpressungen und Raubüberfälle zur Last gelegt werden; Arbeitskollegin von → Monika Zakrzewska, zeitweilig mit → Piotr Bondaruk und → Jarosław Sokołowski liiert.

KRAJNÓW, LESZEK: katholischer Religionslehrer in Hajnówka; befreundet mit → Artur Mackiewicz und gemeinsam mit ihm beim Aufbau einer nationalistischen polnischen Jugendorganisation aktiv.

KRAWCZYK, ANITA: Staatsanwältin aus Białystok, die mit den »Vierauge«-Ermittlungen betraut wird.

MACKIEWICZ, ARTUR: Rechtsanwalt, Sohn von → Marianna Mackiewicz; Exmann von → Magdalena Prus, Schulfreund von → Przemysław Frankowski, überzeugter polnischer Nationalist; vertritt im Erbstreit nach Bondaruks Tod dessen Adoptivsöhne.

MACKIEWICZ, MARIANNA: → Piotr Bondaruks langjährige Haushälterin, Mutter von → Artur Mackiewicz.

MEYER, HUBERT: Kriminalpsychologe aus Kattowitz, berühmter Profiler und → Sasza Załuskas Kollege vom Fach.

MIKOŁAJUK, SIERIOŻA/SERGIUSZ: Redakteur der Lokalzeitung, von → Piotr Bondaruk als Erbe eingesetzt.

NESTERUK, JAN/WASYL: → Mariola Nesteruks Sohn, einer von → Piotr Bondaruks drei Adoptivsöhnen.

NESTERUK, MARIOLA: Tochter von → Mikołaj Nesteruk, zeitweilig mit → Piotr Bondaruk liiert, spurlos verschwunden.

NESTERUK, MIKOŁAJ/KOLA: Besitzer des Fleischereibetriebs Nesteruk in Hajnówka, → Mariola Nesteruks Vater, Cousin von → Katarzyna Załuska, langjähriger Freund von → Piotr Bondaruk.

ORZECHOWSKA, EUDOKIA/DUNIA, GEB. ZAŁUSKA: Heilerin, → Katarzyna Załuskas Tochter, → Stepan Orzechowskis Ehefrau, → Jurek Orzechowskis Mutter; große Liebe von → Piotr Bondaruk.

ORZECHOWSKA, IRMA: → Stepan Orzechowskis Tochter aus erster Ehe, verschwindet im Alter von siebzehn Jahren spurlos.

ORZECHOWSKI, JUREK, GENANNT »QUAKU«: → Dunia Orzechowskas Sohn, Kleinkrimineller und erster Verlobter von → Iwona Bejnar.

ORZECHOWSKI, STEPAN: → Dunia Orzechowskas Ehemann und → Irma Orzechowskas Vater, Direktor der Staatlichen Holzverarbeitungsbetriebe in Hajnówka; Ende der 1970er-Jahre zusammen mit dem Priester → Jerzy Świerczewski spurlos verschwunden.

PIETRASIK, DANUTA/DANKA/PIETRASIKÓWNA: zusammen mit ihrem Bruder Jacek Patientin der Ciszynia-Klinik.

PIRES, ANATOL: ehemaliger Direktor des Weißrussischen Gymnasiums in Hajnówka, Mitarbeiter der Staatssicherheit, später erfolgloser Geschäftsmann und stadtbekannter Alkoholiker; stets in Begleitung eines alten Kampfhundes anzutreffen.

POLAK, ŁUKASZ: Maler und Fotograf, → Sasza Załuskas Ex

und Vater ihrer Tochter → Karolina Załuska, mehrere Jahre Patient von → Magdalena Prus in der Ciszynia-Klinik, mehrerer Morde verdächtigt, aber nie verurteilt; gilt inzwischen als geheilt, wohnt zur Untermiete bei → Eugenia Rączka.

PRUS, JAKUB/KUBA: Bruder von → Magdalena Prus, Angestellter der Ciszynia-Klinik in Hajnówka, Mitbewohner von → Jarosław Sokołowski, freiberuflicher Messerschleifer und Computer-Spezialist.

PRUS, MAGDALENA: Exfrau von → Artur Mackiewicz, Adoptivschwester von → Jakub Prus, stellvertretende Direktorin der Ciszynia-Klinik in Hajnówka, behandelnde Ärztin von → Łukasz Polak und → Piotr Bondaruk.

QUAKU → Jurek Orzechowski

RAJS, ROMUALD, DECKNAME »BURY« (1913–1949): polnischer Soldat und Partisan, Mitglied der Heimatarmee und der Nationalen Militärvereinigung; nach Kriegsende im antikommunistischen Widerstand aktiv; Anfang 1946 verantwortlich für die Pogrome an den orthodoxen, weißrussischen Bewohnern mehrerer Dörfer in der Gegend von Białystok (darunter die im Buch erwähnten Dörfer Zanie, Zaleszany, Puchały Stare); 1949 zum Tode verurteilt und hingerichtet, das Urteil wurde 1995 aufgehoben.

RĄCZKA, EUGENIA: pensionierte Musiklehrerin, bei ihr wohnt → Łukasz Polak zur Untermiete, in ihrer Wohnung wird → Danuta Pietrasik ermordet.

ROMANOWSKA, KRYSTYNA: Exfrau von → Przemysław Frankowski und Mutter von Błażej Frankowski; eine Zugezogene, geschäftsführende Kommandantin der Polizei-Kreiskommandantur in Hajnówka.

SACZKO, KRZYSZTOF, GENANNT »DOKTOR TOD«: Direktor der Ciszynia-Klinik, Vorgesetzter von → Magdalena Prus, Freund und Arzt von → Piotr Bondaruk.

SOBCZYK, DAWID, DECKNAME »SMUTNY«: → Bożena Bejnars Exmann und → Iwona Bejnars Vater, Mitarbeiter der Staatssicherheit und Führungsoffizier von → Piotr Bondaruk, Saufkumpan von → Anatol Pires.

SOKOŁOWSKI, JAROSŁAW, GENANNT »DER HAARIGE«: Mitbewohner von → Jakub Prus; Archivar beim Institut für Nationales Gedenken und zwischenzeitlich mit → Marzena Koźmińska liiert.

ŚWIERCZEWSKI, JERZY, GENANNT »ŚWIERCZEK« »FICHTE«: katholischer Priester; Ende der 1970er-Jahre zusammen mit → Stepan Orzechowski spurlos verschwunden.

SZAFRAN, ŁARYSA: überzeugte weißrussische Aktivistin, zeitweilig mit → Piotr Bondaruk liiert; spurlos verschwunden.

TERLIKOWSKI, TOMASZ, GENANNT »DER ALTE«: ehemaliger Polizeikommandant von Hajnówka, Vorgänger von → Krystyna Romanowska.

WASYL → Jan Nesteruk

WEREMIUK, KRZYSZTOF: Lokalhistoriker, der zur Nachkriegsgeschichte in der Region forscht, begeht Selbstmord.

WRONA, LIDKA: Opfer der »Roten Spinne«.

ZAKRZEWSKA, MONIKA, GENANNT »JOWITA«: Arbeitskollegin von → Marzena Koźmińska; spurlos verschwunden.

ZAŁUSKA, ALEKSANDRA/SASZA: freiberufliche Profilerin und Kriminalpsychologin, ehemalige Mitarbeiterin des Zentralen Ermittlungsbüros, nach einer verpatzten Aktion aufgrund ihrer Alkoholabhängigkeit aus dem Polizeidienst entlassen, kehrt nach einem längeren Forschungsaufenthalt in England nach Polen zurück, auf der Suche nach dem Vater ihrer Tochter → Karolina.

ZAŁUSKA, KAROLINA: Tochter von → Sasza Załuska und → Łukasz Polak.

ZAŁUSKA, KATARZYNA/KASIA/KATIUSZA: Ehefrau von → Bazyli Załuska, → Dunia Orzechowskas Mutter, → Olga Gawełs Schwester, kommt beim Pogrom 1946 durch Romuald Rajs' Soldaten ums Leben.

ZAŁUSKA, LAURA: → Sasza Załuskas Mutter.

ZAŁUSKI, BAZYLI: Ehemann von → Katarzyna Załuska, von Burys Leuten ermordet.

ZAŁUSKI, KAROL: → Sasza Załuskas Bruder.

ŻUBR-BRÜDER: Władysław Bejnar, Ireneusz Bejnar und Ryszard Bejnar, → Bożena Bejnars Söhne aus erster Ehe und → Iwona Bejnars Halbbrüder, überzeugte polnische Nationalisten und Hooligans.

Prolog

Zopott, Mai 2014

Sie hatte nach Zofia fragen sollen, doch als er nach dem dritten Klingeln abhob, sagte sie nichts.

Im Hintergrund waren ein Fernseher und das Lachen von Kindern zu hören. Sie stellte sich ein Familientreffen vor: auf dem Tisch eine Suppenterrine mit Fleischbrühe, auf kleinen Porzellantellern selbst gebackener Kuchen. Enkel, die nicht ahnten, was ihr Opa, der jedes Jahr den Weihnachtsmann mimte, beruflich trieb, verwandelten die Wohnung in einen Hindernisparcours. Aus den Lautsprechern dröhnte *Tom und Jerry*. Die Erwachsenen tranken hausgemachten Birnenschnaps und versuchten, die Zeichentrickfiguren zu übertönen. Die Dienstwaffe lag neben dem herausgenommenen Magazin und der Ersatzmunition in einem Tresor.

»Zofia ist nicht da«, sagte er. »Sie ist schon im Kreißsaal.«

Sasza atmete erleichtert auf. Ihr Führungsoffizier hatte schon einundvierzig Dienstjahre auf dem Buckel gehabt, als sie ausgeschieden war, trotzdem stand er noch immer seinen Mann. Als er sie angeworben hatte, war gerade sein erster Enkel zur Welt gekommen. Damals war ihr das Babyfoto auf seinem Desktop aufgefallen. »Marcel«, hatte er stolz erklärt, und hinzugefügt: »Das Schwesterchen ist bereits unterwegs.« Von da an hatte sie ihn nur noch »Opa« genannt. Der Spitzname hatte sich schnell durchgesetzt. Jahrelang hatte sie nicht gewusst, wie er wirklich hieß. Bis gestern. Sie hoffte, Opa würde noch nicht spitzbekommen haben, dass sie ihm wenigstens dieses eine Mal einen Schritt voraus war.

»Im Krankenhaus?« Sasza lächelte. Jetzt würde er nicht mehr auflegen. Er war viel zu neugierig zu erfahren, was sein ehemaliger Schützling von ihm wollte. »Was fehlt ihr denn?«

»Keine Ahnung«, grummelte er gemäß den alten Instruktionen.

Sie hörte seinen pfeifenden Atem, ein Räuspern und ein Knacken in der Leitung. Er entschuldigte sich bei den Gästen und zog sich in ein anderes Zimmer zurück. Als er die Tür geschlossen hatte, wollte sie gerade etwas zu ihrer Verteidigung vorbringen, doch er kam ihr zuvor.

»Telefonbücher gibt es nicht mehr, und auf Facebook bin ich auch nicht zu finden.«

»Und woher hattest *du* damals meine Nummer, als du mich in die Sache mit der Nadel reingezogen hast?«, entgegnete sie.

»So gewieft bist du dann doch wieder nicht.«

»Stimmt«, gab sie zu. »Aber auch ich habe meine Methoden.«

»Noch zwei Sekunden, bis das Gespräch aufgezeichnet wird«, warnte er sie. »Dann bekommen wir beide Schwierigkeiten.«

Sie legte auf, setzte sich im Schneidersitz auf den Boden und steckte sich eine Zigarette an.

Der Bildschirm flackerte auf und wechselte in den Stand-by-Modus. Bevor er schwarz wurde, sah sie einen Augenblick lang Professor Abrams' Gesicht im Computer. Er wollte mit ihr über die überfällige Präsentation im Doktorandenkolloquium sprechen. Seit mehreren Tagen hatte er versucht, sie auf Skype zu erreichen, und ihr auch ein Dutzend Mails geschrieben. Sie nahm sich fest vor, ihn gleich am nächsten Morgen, wenn er ins Institut kommen würde, zu kontaktieren. Als sie aufstand, um die aufgerauchte Zigarette unter den Wasserhahn zu halten, ertönte der Song »Jism« von den Tindersticks. Sie warf einen Blick auf das Display, das eine unterdrückte Nummer anzeigte. Sie hob ab.

»Eine Frage«, begann sie, »was war meine Rolle in der ganzen Geschichte? Und hat Łukasz für uns gearbeitet? Ich habe ein Recht, das zu erfahren.«

»Ich habe dich nie getäuscht«, erwiderte Opa. Seine Stimme klang ruhig. Es war fast kein Pfeifen mehr zu hören. Er musste, bevor er ihre Nummer gewählt hatte, sein Asthmaspray benutzt haben. »Ich hatte meine Befehle. Und außerdem sind das zwei Fragen.«

Sie holte tief Luft.

»Weiß es Łukasz?«

»Nicht einmal ich weiß alles«, hob er an, unterbrach sich dann jedoch selbst. »Aber warst du nicht die Femme fatale?«

Sasza lief zum Kühlschrank, goss sich ein Glas kalte Milch ein, nahm einen Schluck und wartete.

»Die ›Rote Spinne‹ existiert also gar nicht.«

»Das habe ich zuerst auch gedacht, aber später, du warst schon weg, stellte sich heraus, dass die Sache nicht ganz so klar war. Polaks Tante ist mit einem bekannten Regisseur verheiratet … Ein Anruf genügte. Du weißt ja, wie das läuft. Die Anweisungen kamen von oben. Am Ende sorgte ein Ermittler für saubere Papiere. Ich wurde nicht mal gefragt.«

»Hat er also für uns gearbeitet?«

»Das tut nichts zur Sache.«

»Also doch«, seufzte sie. »Du hast mich ganz schön in die Scheiße geritten.«

»So würde ich das nicht sagen«, gab er zurück. »Aber wenn du es unbedingt wissen willst: Ich glaube nicht.«

»Er macht damit weiter.«

Sasza angelte nach einer Zeitung. Auf der ersten Seite fiel ihr ein Titel in gelben Lettern auf: »Der Horrorburger«. Das Bild neben dem Artikel zeigte eine wenig attraktive Frau, die mit weit aufgerissenen Augen einen monströsen Hamburger anstarrte. Sasza blätterte hastig weiter. Auf Seite sieben, in der Spalte mit den Polizeimeldungen, hatte sie heute früh von Lidka Wronas Verschwinden erfahren. Der Fall der Touristikstudentin aus Tarnów lag drei Jahre zurück und war nie aufgeklärt worden.

Für die Medien war das Schnee von gestern, weder einen Aufmacher noch ein Bild wert, für Sasza war die Information neu. Der kurzen Meldung zufolge hatte Lidka am Tag ihres Verschwindens ein künstlerisch ambitioniert anmutendes Foto als Profilbild gepostet. Das Bild konnte nun jeder finden, man musste nur »Lidka Wrona vermisst« googeln. Als Sasza das getan hatte, war sie vor Schreck erstarrt. Sie hatte seine Handschrift sofort erkannt. Das Bild wirkte wie gemalt, von oben aufgenommen, es konnte nur aus dem Album der »Roten Spinne« stammen. Die nachträglich mit Photoshop verstärkten Farbkontraste schienen hier fast eine wichtigere Rolle als das eigentliche Motiv zu spielen. Lidka sah in ihrem roten Kleid auf dem grünen Grasteppich aus, als läge sie in einer Blutlache. Laut dem Autor der Meldung war die Polizei bereits sämtlichen Spuren nachgegangen. Da der Täter nicht ausfindig gemacht werden konnte, hatte man die Ermittlungen vorläufig eingestellt. Sie könnten, so der Polizeisprecher, allerdings jederzeit wieder aufgenommen werden.

»Das wissen wir nicht«, sagte Opa nach einer langen Pause. »Ich weiß nur, dass die Spinne nicht allein gehandelt hat. Sie ist weder ein Sexualstraftäter noch ein Psychopath, wie wir anfangs geglaubt haben. Wegen der Medienhetze wurden bestimmte Informationen zurückgehalten. Die Verbindungen reichten bis in die höchsten Kreise.«

»In die Politik?«

»Nicht nur. In den Ermittlungsakten tauchen die Namen bekannter Unternehmer auf. Auch die zweier Parteien. Wenn auch nur im Zusammenhang mit ein paar einfachen Parteimitgliedern. Sie kamen glimpflich davon, offiziell gab es keine Verhaftungen. Es geht nicht um Kindesmissbrauch, eher«, er überlegte kurz, »um so etwas wie eine große Idee.«

»Blut und Ehre?«

»So was Ähnliches.«

»Geld?«

»Geld ist immer im Spiel, Schätzchen.«

Sasza wusste nicht so recht, was sie davon halten sollte. Mit »großer Idee« konnte alles Mögliche gemeint sein. Ihr war klar, dass das Zentrale Ermittlungsbüro trotz aller offiziellen Verlautbarungen, den Fall im Auge behalten und sofort wieder ermitteln würde, sobald sich etwas Neues ergäbe.

»Gib mir den Job.«

»Das geht nicht«, erwiderte er eine Spur zu heftig. »Nicht weil ich das nicht will.«

»Ich bin trocken.«

»Das weiß ich, Sasza.«

Der Klang ihres Namens versetzte ihr einen Stich. Sonst hatte er immer ihren Decknamen, »Milena« alias »Däumelinchen«, oder ihre Dienstnummer, das unpersönliche »1189«, benutzt. Sie überlegte, ob sie ihren Trumpf jetzt schon ausspielen sollte. Aber vielleicht würde Opa, wenn er merkte, dass sie ihn enttarnt hatte, kalte Füße bekommen. Sie nahm ein Blatt und begann, ein Blumenmandala zu zeichnen. Sie hätte hinterher selbst nicht sagen können, wann die Initialen »K.W.« auf das Papier gekommen waren.

»Neulich musste ich einen Techniker bitten, von seinem eigenen Gehalt eine externe Festplatte zu kaufen, damit wir die Daten von einem beschlagnahmten Computer überspielen konnten«, hörte sie Opa sagen. »Wir brauchten die Kopie, um uns abzusichern, sonst hätte unser Freund behaupten können, wir hätten ihn gelinkt. Die Firma wollte keinen Cent dafür lockermachen.«

»Das kann doch nicht wahr sein«, rief Sasza.

»Das habe ich auch gesagt«, pflichtete Opa ihr bei. »Und dann war das Ganze auch noch ein Schuss in den Ofen. Es stellte sich heraus, dass der Computer sauber war. Dafür hat der Techniker jetzt eine freie Festplatte für ein paar Hundert Złoty. Ich habe ihm einen Whisky gekauft. Das dürfte die siebte Aktion dieser Art in den letzten fünf Monaten gewesen sein. Man könnte glatt meinen, dass sie uns immer einen Schritt voraus sind. Zwei Jahre Arbeit für die Katz. Keine Ahnung, ob jemand unseren Freund gewarnt hat. Ich war mir sicher, diesmal sind wir am Ziel. Aber vielleicht wurden wir auch von Anfang an verarscht. Einen Haufen Verdächtigungen und eine Menge bekannter und sehr bekannter Namen – mehr habe ich nicht in der Hand. Niemand will reden. Wie du dir ja denken kannst. Einige kleine Fische, die auspacken wollten, sind plötzlich im Knast abgekratzt. Selbstmorde, klar.«

»Und Unfälle«, ergänzte sie.

»Wie du siehst, alles nicht gerade Argumente dafür, das Team zu erweitern.«

»Ich arbeite auch umsonst«, bot sie an. »Ich will dieses Profil erstellen.«

»Man sagt, du seist richtig gut«, fuhr er dazwischen, »aber Dienstgeheimnis ist Dienstgeheimnis. Außerdem haben wir keine Leiche, und …«

»*Ex nihilo nihil fit:* Aus nichts entsteht nichts«, führte sie seinen Gedanken zu Ende. »Es gibt Präzedenzfälle, Verurteilungen, obwohl die Leiche nie gefunden wurde.«

»Kommt Zeit, kommt Rat. Das heißt nicht, dass ich dir nicht vertraue.«

Sie glaubte ihm nicht. Dennoch musste es einen Grund dafür geben, dass er sich überhaupt mit ihr unterhielt. Er hatte ihr auch so schon eine Menge verraten – zwischen den Zeilen –, und beide wussten das. Ihr war klar, dass er einiges riskierte. Sie ahnte, dass Opa in der Klemme steckte. Vielleicht hatte er Angst um seine Stelle. Oder er wusste, dass er den Fall in Kürze würde abgeben müssen, möglicherweise an jemand, der alles unter den Teppich kehren würde. Aber aus irgendeinem Grund sprach er weiter. Ihr Gefühl sagte ihr, er würde sie schon bald brauchen und sich schon bald mit ihr treffen wollen.

»Mir kannst du es doch sagen«, bohrte sie nach.

»Ich habe bereits zu viel gesagt.«

»Ich weiß das zu schätzen«, versicherte sie. »Aber ich muss es wissen, privat.«

»Das ist kein privater Plausch.« Auf einmal hatte er es eilig. Hatte er Schiss bekommen? Wurden sie abgehört? Davon war auszugehen.

»Ist dir schon mal in den Sinn gekommen, dass Łukasz Polak unschuldig sein könnte?«

»Das solltest du besser wissen. Ich habe nicht mit ihm geschlafen und auch kein Kind von ihm.«

Sie biss sich auf die Lippe.

»Vielleicht haben wir uns getäuscht.«

»Ich weiß nicht.«

»Und was glaubst du?«, hakte sie nach. »Ich habe Karolina, und wenn er zu Unrecht verdächtigt wurde …«

Sie stockte und warf den Zigarettenstummel in den Müll. Blieb am Fenster stehen und betrachtete ihr Spiegelbild.

»Die Information ist sehr wichtig für mich. Davon hängt alles ab. Nicht für mein Leben, aber für das meiner Tochter. Sie fragt bereits nach ihrem Vater. Was soll ich ihr sagen? Ich weiß, du kannst das verstehen. Du hast selbst Kinder und Enkel.«

»Er ist es nicht«, stieß er heiser hervor. Sie hörte sein Asthmaspray. Ihr Herz begann, schneller zu schlagen. Die Pause schien ihr eine Ewigkeit zu dauern.

»Oder sagen wir, er war bestimmt nicht der Kopf des Ganzen. Aber irgendwie war er an der Sache beteiligt. Mein Bauchgefühl sagt mir, dass er weiß, wer dahintersteckt.«

»Steckt?«, fragte sie. »Ich hatte also recht, es ist nicht vorbei.«

Das grüne Gras erinnerte farblich an unreife Avocados. Das rote Kleid, Lidkas weiße wohlgeformte Brüste, die lockigen roten Haare und die toten Augen. Das Mädchen hätte Saszas jüngere Schwester sein können. Die Ähnlichkeit war frappierend. Warum fiel ihr das erst jetzt auf? Die Hypothese war sicherlich etwas gewagt, aber Sasza war Profilerin, sie musste jede Möglichkeit in Betracht ziehen. Dass die »Rote Spinne« sie entführt hatte, weil sie in das Opferschema passte, war eine davon. Es konnte kein Zufall gewesen sein.

»Wer?« Ihre Stimme klang hart. »Du weißt, wer die ›Rote Spinne‹ ist, du kannst es nur nicht beweisen, oder?«

Seltsamerweise empfand sie Erleichterung. Aber konnte sie Opa nach all dem noch trauen?

»Frag Polak«, antwortete er. Er gab den Schwarzen Peter weiter. »Vielleicht schaffst du es, bevor sie ihn aus dem Verkehr ziehen. Ich weiß nicht, wie es dir geht, aber ich werde ihm keine Träne nachweinen.«

Er legte auf.

Sie wählte die Nummer, von der aus er angerufen hatte. »Der Teilnehmer ist im Moment nicht erreichbar«, teilte ihr wie erwartet eine Stimme mit. Trotzdem tippte sie die Nummer in ihre Kontaktliste ein: Kajetan Wróblewski – Opa.

Kola 2000

Das Ferkel lag mit den Klauen nach oben auf einem Metalltisch. Sein Gesicht mit dem kleinen Rüssel hatte sich zu einem Grinsen verzerrt. Es sah aus, als würde es sich posthum über den aufgeschlitzten Bauch amüsieren. Mikołaj Nesteruk war gerade mit dem Ausweiden fertig, die Gedärme landeten in dem Eimer, der neben ihm stand. Er schob das Gefäß mit dem Fuß zur Seite, es schwankte bedenklich, kippte aber zum Glück nicht um. Mit dem Ärmel wischte er sich den Schweiß von der Stirn – noch mehr zum Putzen hätte ihm gerade noch gefehlt. Auch so würde sich seine Frau darüber beklagen, dass er in der Garage ein Schwein schlachtete, über den Blutgeruch, der einem beim Betreten des Raumes entgegenschlug. So empfindlich war sie geworden, seit sie in der Stadt wohnten – kaum zu glauben. Fleisch essen wollten sie alle, aber töten, ausweiden und braten, das musste jemand anders machen.

»Es gibt keine echten Männer mehr«, brummte Mikołaj vor sich hin. Aber wer käme auch auf die Idee, dem Fleischer die Arbeit abzunehmen, wenn das »Bio-Ferkel für das Festessen« aus dem nahe gelegenen Schlachthof, vakuumverpackt und mit bunt gestalteter Gebrauchsanweisung, genauso viel kostete wie ein Schlachttier, dessen Eingeweide man selbst entfernen musste. Für Mikołaj stand jedoch fest: Ein gekauftes Schwein war nicht das Gleiche wie ein mit Kartoffeln gemästetes Hausschwein. Außerdem war Mikołaj das Aussehen völlig wurst.

In einer Viertelstunde würde es zu dämmern beginnen. Bis dahin war es schwierig, die Arbeit im Licht der 100-Watt-Birne präzise zu Ende zu bringen. Er hatte keinen Gehilfen. Früher hatte man ein Schwein zu zweit geschlachtet. Der eine bohrte einen langen, spitzen Stab ins Herz, während der andere dem Tier die Kehle durchschnitt. Ein kurzes Quieken, und das war's. Verstand der Schlachter sein Handwerk, musste das Tier nicht leiden. Das Waschen, Abflammen und Verarbeiten des Fleisches übernahmen die Frauen. Je schneller das Fleisch verarbeitet wurde, desto besser schmeckte es. Er selbst mochte am liebsten Palcówka, mit erhitztem Schmalz übergossene Rohwurst vom Schwein. Sie lagerte den ganzen Winter bis Ostern in der Vorratskammer. Die Wurst verfärbte sich nicht grün wie der Schinken, den man heute überall bekam. Jede Hausfrau hatte ihr eigenes Rezept, das sie an ihre Töchter weitergab. Seine Tochter war für solche Arbeiten jedoch nicht geschaffen. Beim Anblick von Blut verfiel Mariola in eine Art Schockstarre.

Zum Glück war das Schwein nicht allzu groß, und Mikołaj kam allein zurecht. Er wusste nur nicht, ob die Bestellung pünktlich fertig würde. Bis er das Ferkel mit Buchweizengrütze, Speck und Innereien gefüllt, in die Röhre geschoben und gebraten hatte, würden noch einige Stunden vergehen. Wie immer musste er sich um alles selbst kümmern.

Ein Knall.

Mikołaj erstarrte und horchte in die Stille hinein. Bestimmt war auf der Landstraße jemandem ein Reifen geplatzt, dachte er und widmete sich wieder seiner Arbeit. Doch als sich kurz darauf das Geräusch noch drei Mal wiederholte, war er sich sicher, dass es nur Schüsse sein konnten. Die Entfernung zum Wald war zu groß, ein Wilderer konnte es nicht sein.

Er tauchte seine Hände in den Eimer mit dem sauberen Wasser, wusch sie gründlich und verließ die Garage. Das Dämmerlicht schränkte die Sicht stark ein. Mikołaj nahm die Abkürzung über das Feld zur Landstraße. Er blickte sich um. Es war nichts zu sehen. Allerdings war er nicht der Einzige, der das Knallen gehört hatte. In einigen Häusern war Licht angegangen. Gerade als er verärgert über die verlorene Zeit wieder umkehren wollte, bemerkte er die Umrisse einer gebeugt laufenden Gestalt.

»Hilfe!«, rief sie mit letzter Kraft, bevor sie auf die Knie fiel.

Mikołaj lief auf die schwarze Silhouette zu.

»Wer ist da?«, japste er außer Atem. »Was ist passiert?«

»Mörder«, presste der Mann mühsam hervor. Er hob seinen Kopf.

»Piecia?«, flüsterte Mikołaj geschockt.

Er ging in die Hocke und öffnete das Jackett des nicht mehr jungen Mannes. An der Kleidung des Verletzten klebte eine dickflüssige rote Schmiere.

»Wer hat das getan?«

»Das konnte ich nicht sehen.«

Vermutlich ein Bauchschuss, der Mann blutete wie ein abgestochenes Schwein. Ein recht großes Kaliber. Vielleicht eine Jagdwaffe, ein Gewehr für Hirsche oder Wisente. Eine Kugel hatte das Schlüsselbein durchschlagen. Das Loch war zwei Fingerbreit. Die restlichen Geschosse steckten bestimmt noch im Körper. Mikołaj wusste, was er tun musste. Im Krieg hatte er häufiger mit Schussverletzungen zu tun gehabt. Er zog das Hemd über den Kopf, riss es in Fetzen und versuchte, die Blutung zu stillen. Als er die Wunde provisorisch versorgt hatte, färbten die ersten Sonnenstrahlen den Himmel rosarot. Ein neuer wunderschöner Tag brach an.

Mikołaj stand auf, um so schnell wie möglich zu den nächstgelegenen Häusern zu laufen. Er wusste, dass es in der alten Mühle ein Telefon gab. Sollte der Mann überleben, musste er sofort Hilfe holen. In diesem Moment streckte der Verletzte die Hand aus.

»Rette sie, Kola«, flüsterte er auf Weißrussisch. »Da drüben steht das Auto. Łarysa sitzt drinnen. Tot.«

Mikołaj blickte sich um. Auf der Landstraße war weit und breit kein Auto zu sehen.

Danzig, 2014

Die Zielscheibe fuhr ratternd heran und trieb im Luftzug nach oben wie ein Drachen im Wind. Sasza ergriff sie an der rechten unteren Ecke, zog sie gerade und zählte die Einschusslöcher. Sie lächelte, verkniff sich aber eine Bemerkung. Nicht ein Schuss war danebengegangen. Alle sechs Kugeln hatten den unteren Teil der Figur getroffen – der Angreifer war außer Gefecht gesetzt, aber noch am Leben. Sie legte den Revolver auf dem filzbedeckten Beistelltisch ab und nahm die leeren Patronenhülsen heraus. Eine davon musste sie unbedingt als Glücksbringer mitnehmen. Acht Jahre lang war sie nicht mehr am Schießstand gewesen. »Ein gutes Trefferbild«, lobte der Trainer. »Jetzt die Glock? Oder gleich die Kalaschnikow?«

Sasza setzte die Brille ab. Ihre Ohren schmerzten unter dem Gehörschutz. Vor dem Plakat »Wie mache ich einen Angreifer unschädlich?« stand Oberkommissar Robert Duchnowski, genannt Duchno, und lächelte anerkennend. Mit Holzfällerhemd und Cowboystiefeln, die Daumen in die Taschen seiner Jeans gesteckt, sah er aus wie ein Westernheld. Wenigstens hatte er sich diesen furchtbaren Zopf abgeschnitten, dachte Sasza. Sein kurzes, strubbliges Haar war grau wie Edelstahl, trotzdem wirkte er viel jünger als bei ihrem letzten Treffen. Damals hatten sie gemeinsam im Mordfall Nadel ermittelt. Er griff nach dem Katalog mit den Waffen, die für das Training zur Verfügung standen, und schnalzte mit der Zunge.

»Ich hätte gerne was Damenhaftes«, murmelte Sasza. »Einen Handtaschenrevolver.«

»Eine Beretta?«, schlug Duchno vor.

»In Ordnung. Und ich versuche es auf eine größere Distanz.«

Sasza drehte sich um und maß die Entfernung ab. Sie konnte die Scheibe kaum noch erkennen, von den Markierungen darauf ganz zu schweigen. »Ich habe nichts anderes erwartet«, hörte sie Duchno hinter ihrem Rücken sagen.

Sie schüttelte den Kopf wie die Mutter eines verzogenen Kindes, dessen vorlaute Kommentare sie aus Gründen, die ihr selbst unverständlich waren, immer wieder durchgehen ließ.

»Du bist echt leicht zufriedenzustellen«, entgegnete sie, um etwas zu sagen.

»Da irrst du dich gewaltig, du willst es bloß nicht wahrhaben«, erwiderte Duchno und lachte herausfordernd.

Der Ausbilder schaute missbilligend von der Zielscheibe herüber.

»Zehn Meter ist die Standardentfernung«, belehrte er Sasza und markierte mit einem Filzstift die alten Einschusslöcher. »Fünfundzwanzig Meter ist olympische Distanz.«

»Der Kunde ist König«, fiel Duchno dem Trainer ins Wort und drückte den grünen Knopf. Die Zielscheibe fuhr zurück an die Wand. Der Ausbilder verschwand in seinem Kabuff.

Im Schießstand neben ihnen feuerte ein Typ in Cargohose und Designer-T-Shirt im Vintage-Destroyed-Look ein ums andere Mal eine Kalaschnikow ab. Sein höchstens dreizehnjähriger Sohn wartete nur darauf, endlich auch schießen zu dürfen. Seine Ehefrau, mit blauen Wolldreads, äußerst knapp bekleidet und mit bunten Tattoos übersät, lauschte vollkommen unbeeindruckt den metallischen Kaskadenklängen der zu Boden fallenden Patronenhülsen. Immer wieder holte die Frau ihr Lipgloss aus der Tasche und fuhr sich damit fast schon zwanghaft über die Lippen. Zwischendurch starrte sie auf die Spitzen ihrer violetten hochhackigen Schuhe. Sasza beobachtete die Szene. Für einen Moment verlor sie den Kontakt zur Realität.

Als sie wieder zu sich kam, lagen bereits eine Beretta 950 und ein Plastikbehälter mit Patronen auf dem Tisch. Die kleine Pistole, schwarz, an den Rändern ein wenig abgenutzt, lag wunderbar in der Hand. Was für eine schöne Waffe, dachte Sasza unwillkürlich. Einen Moment lang wünschte sie, die Beretta gehörte ihr.

»Die stünde dir ausgezeichnet.« Duchno hatte ihre Gedanken gelesen.

Sasza schüttelte den Kopf, ihre Entscheidung stand fest. Ja, sie würde wieder bei der Polizei anheuern – aber nur als Profilerin. Das Schießtraining war eine Voraussetzung, so wie gültige Impfungen bei einem Job in der Lebensmittelbranche. Aber ansonsten würde auch bei der Arbeit scharfer Verstand ihre einzige Waffe sein. Sasza stand jetzt breitbeinig da, mit entspanntem Oberkörper, die Arme kraftvoll nach vorn gestreckt, und visierte das Ziel an.

»Du hast deinen Spaß gehabt, jetzt zeig, was du draufhast«, stachelte Duchno sie an. »Drei Kugeln in den linken Kreis, die anderen in den rechten«, bestimmte er.

Sasza nahm die Vorgaben wortlos zur Kenntnis. Schon nach dem ersten Schuss merkte sie, dass etwas nicht stimmte. Die wunderbar leichte Beretta war außerordentlich instabil. Und je mehr sich Sasza konzentrierte, desto schwerer fiel es ihr, das Ziel zu treffen. Sie wollte die Prüfung so schnell wie möglich hinter sich bringen. Endlich war das Magazin leer. Diesmal schaute sich Duchno als Erster die Ergebnisse an.

»Könnte schlimmer sein«, munterte er sie auf. »Jetzt noch das Gewehr, und dann sind wir fertig.«

Sasza begutachtete die Scheibe aus der Nähe und stellte verwundert fest, dass nur zwei Schüsse das Ziel verfehlt hatten. Beide Kugeln hatten den Angreifer in die Stirn getroffen, alle anderen waren dort gelandet, wo Duchno sie hinhaben wollte.

»Ich habe ihn erschossen«, seufzte sie.

»Wo gehobelt wird, fallen Späne.« Robert zuckte mit den Schultern. »Ich wusste nicht, dass du so gut bist.«

»Ich habe seit Jahren nicht mehr geschossen«, gab sie bescheiden zurück, obwohl sie vor Stolz platzen wollte.

»So etwas verlernt man nicht, wenn man das Kämpfen im Blut hat.« Er grinste sie breit an. »Und das ist bei dir der Fall. Genau wie ich vermutet hatte.«

»Allwissend wie immer.«

Sasza griff nach der Kalaschnikow. Das Magazin lud sich schwerfällig, sie brach sich beim Einlegen der letzten Patronen einen Fingernagel ab. Aber ihre Unsicherheit war verflogen. Nur ein absoluter Idiot schießt mit einem Gewehr daneben, pflegte ihr früherer Chef zu sagen, und Sasza teilte seine Ansicht. Es lief außerordentlich gut. Erleichtert nahm sie den Gehörschutz ab, rieb sich die Haut hinter den Ohren und warf die Brille achtlos in die Handtasche.

»Ohne die bist du also blind?«, stichelte Duchno. Dass sie nicht antwortete, wertete er als Bestätigung seiner Vermutung.

»Lass mich mal ziehen«, bat sie, als sie draußen standen.

Schweigend teilten sie sich die Zigarette.

»Das lief richtig gut!«, platzte Sasza plötzlich heraus. »Das musst du doch zugeben.«

Robert zog eine Grimasse, in seinen Augen blitzte der Schalk.

»Wenn du dir am Montag genauso viel Mühe gibst … Ich werde allerdings nicht dabei sein …« Er trat die Zigarette aus. »Hast du Hunger?«

»Glaubst du etwa, ich komme ohne dich nicht klar?« Sasza runzelte die Stirn und ging zum Angriff über: »Mit mir bei den Jungs zu trainieren, das war dir zu peinlich.«

Sie befanden sich auf dem Gelände eines Freizeit-Schießstandes, mitten in einem Kiefernwäldchen. An einer der Holzwände hing ein Plakat: »Hochzeit, Kommunion, Festessen – immer ein Volltreffer«. Erst ballern und sich dann die Kante geben. Oder umgekehrt, dachte sie.

»Der Schießstand lag auf dem Weg«, log Duchno. »Am Montag zeigst du, was du kannst, und dann wird niemand mehr sagen können, du hättest es nicht verdient, zu meinem Team zu gehören.«

Duchno schaute jetzt nicht mehr in ihre Richtung.

»Das ist also noch gar nicht sicher?« Sie witterte Verrat. »Und wozu dann die ganzen Schreiben, Anträge und Formulare? Ich werde mich bei niemandem einschleimen.«

»Natürlich nicht.« Duchno war bemüht, die Wogen zu glätten. »Obwohl ich zu gern sehen würde, wie Sasza Załuska sich bei jemandem einschleimt. Das wäre sicher ganz großes Kino.«

Sasza musste lachen. Sie begruben das Kriegsbeil.

Duchno war der erste Mann seit Langem, der sie zum Lachen brachte. Er hatte sie überredet, zur Polizei zurückzukommen, hatte ihr die Sache schmackhaft gemacht. Als er zum Chef der Kriminalpolizei befördert wurde, blieb seine alte Stelle unbesetzt. Sasza sollte den Posten übernehmen.

Duchno wäre nicht Duchno gewesen, hätte er nicht eine Bedingung gestellt. Wenn sie die Stelle wollte, musste sie tun, was sie hasste: den Diensttauglichkeitstest und die Schießausbildung absolvieren. Die psychologischen Untersuchungen hatte sie natürlich mit links bestanden. Umso größer war der Druck, den sie nun verspürte. Sie durfte das in sie gesetzte Vertrauen auf keinen Fall enttäuschen.

Was Sasza sich vor ihrer Rückkehr nach Polen ausgemalt hatte – lukrative Aufträge, Unabhängigkeit, Gerichtsgutachten –, hatte in der Praxis nicht funktioniert. Ohne das Geld ihrer Familie wäre sie kaum über die Runden gekommen. In Polen wurden selbst bei größeren Ermittlungen fast nie Profiler hinzugezogen, es sei denn, sie waren bei der Polizei angestellt. Sie merkte, wie sie fachlich abbaute, ihre Leidenschaft verlor, und wenn sie ehrlich war, sehnte sie sich nach dem regelmäßigen Dienst. Sasza wollte endlich mit beiden Beinen im Leben stehen, festen Boden unter den Füßen spüren und ohne Angst in die Zukunft schauen. Sie gestand sich zu, Fehler zu machen – schließlich war niemand perfekt. Aber sie musste ihre Ehre zurückgewinnen, und das konnte sie nur dort, wo sie sie verloren hatte.

»Lass uns gehen.« Sasza warf sich ihre Tasche über die Schulter. »Du wirst es nicht erleben, dass ich mich bei jemandem einschleime. Nie.«

»Sag niemals nie.«

»Schon geschehen«, gab Sasza zurück. »Und, hat es mir geschadet?«

Duchno parkte im Halteverbot und legte einen Behindertenausweis hinter die Windschutzscheibe. Sasza schaute ungläubig zu.

»Wenn du wenigstens einen Stock hättest«, fauchte sie.

»Ich habe doch dich dabei.«

»Diesen Quatsch kannst du alleine machen«, entgegnete sie. »Irgendwann erwischen sie dich.«

»Hier, nimm«, als Antwort drückte Duchno ihr einen Ausweis der »Freunde des Zentralen Ermittlungsbüros« mit der Nummer 0184/2013 in die Hand. Sasza musterte belustigt das Stück Plastik. Das Dokument beruhte zu einhundert Prozent auf einer Fiktion. Sasza war nirgends Mitglied, sie war nicht einmal der Polnischen Kriminologischen Gesellschaft beigetreten.

»Woher hattest du mein Foto?«

»Aus dem Fahndungsregister«, log er.

»Ich hoffe, da haben sie auch deine DNA!«

»Sogar in mehreren Varianten.«

Sasza lachte auf und schaute Duchno so lange in die Augen, bis dieser mit einer ehrlichen Antwort rausrückte.

»Na, aus den Unterlagen, die du eingereicht hast, woher sonst. Ich habe sie der Sekretärin zum Einscannen gegeben und ihr gesagt, sie soll dir einen Ausweis machen. Das ist nicht illegal. An und für sich.«

»An und für sich danke.« Załuska ließ die Plastikkarte in ihre Tasche gleiten. »Bestimmt nützlich, wenn ich vor dem Präsidium parken will.«

Sie standen an einer Ampel. Es war kaum Verkehr, und Sasza wollte schon bei Rot über die Straße, aber Duchno hielt sie am Arm fest.

»Also doch ein gesetzestreuer Bürger«, spottete sie. »Ich glaube es nicht.«

»Der Mensch braucht Prinzipien.«

»Nenn mir eins?«

»Ich habe nur eins: Ich bin unverbesserlich monogam.«

Die Ampel sprang auf Grün.

Sonnabend war Besuchstag. Vor dem Tor des Danziger Gefängnisses in der ulica Kurkowa hatte sich eine lange Schlange von Frauen mit vorschriftsmäßig geschnürten Paketen und herausgeputzten Kindern gebildet. Sasza und Duchno hatten hier unterschiedliche Anliegen: Er wollte zu einem seiner Informanten im Männertrakt, sie zu einer Verurteilten bei den Frauen. Vergangene Woche war eine der bekanntesten polnischen Mörderinnen – Marzena Koźmińska, genannt »die Wespe« – nach Danzig verlegt worden. Diesen Umstand wollte Sasza nutzen, um mit ihr zu sprechen. Während ihrer Haft in Graudenz hatte Koźmińska Saszas Anfragen für ein Treffen abgelehnt. Nun sollte sie im Verfahren eines ehemaligen Komplizen aussagen. Sasza ging davon aus, dass die Wespe am Boden zerstört wäre, denn Rafał Gromek hatte bereits Freigang; in Kürze würde sein Antrag auf vorzeitige Entlassung verhandelt werden. Alles deutete auf eine Bewährungsstrafe hin, dann wäre er bald draußen.

Marzena hatte nicht einmal Aussicht auf Hafterleichterungen. Nach wie vor galt sie als eine der gefährlichsten Insassinnen. Sasza wollte die Gelegenheit nutzen und die Mörderin zur Teilnahme an ihrem Forschungsprojekt überreden. Zwar war ihre Doktorarbeit schon fast fertig, aber mit dem Fall »Marzena Koźmińska« als Sahnehäubchen auf ihrer Arbeit wäre ihr ein Stipendium so gut wie sicher.

Sie wurden in die Schleuse geführt, einen kameraüberwachten Raum. Die Besucher der Gefängnisinsassen in der Warteschlange fluchten laut, als Sasza und Duchno sich an der Gruppe vorbeidrängelten.

Jetzt saßen sie auf Plastikstühlen und warteten schweigend darauf, dass der Wärter Zeit für sie finden würde. Duchno knackte mit den Fingerknochen, wohl wissend, dass es Sasza bei dem Geräusch schüttelte. Prompt wandte sie ihm den Kopf zu. Der Hauptkommissar erwiderte ihren Blick mit hochgezogenen Augenbrauen.

»Hast du Hunger?«

»Das hast du schon mal gefragt.« Sasza zuckte mit den Schultern. »Ich weiß noch nicht. Warum?«

»Vielleicht gehen wir nachher eine Pizza essen?« Duchno zögerte. »Oder so was?«

»Oder so was?« Sie legte belustigt den Kopf in den Nacken. »Willst du dich einschleimen?«

»Jep.« Er strahlte jetzt über das ganze Gesicht. »Und wie gefällt dir das?«

Sasza schluckte, blinzelte und merkte zu ihrer eigenen Überraschung, dass sie rot wurde.

»Ich muss nachher gleich weiter«, flüsterte sie. »Es gibt da eine Sache, die ich klären muss, bevor ich mich so richtig in die Arbeit stürzen kann. Das muss ich sofort machen. Beziehungsweise morgen früh um zehn.«

»Um zehn?«, wiederholte Duchno und verbarg nur mühsam seine Enttäuschung. »Morgen um diese Zeit kriegen mich keine zehn Pferde aus der Kiste. Ich kann zum ersten Mal seit Monaten mal wieder richtig ausschlafen. Ich habe ein bequemes Bett, das vorrangig mein roter Kater nutzt, weil ich ständig arbeite. Dafür habe ich es nicht gekauft. Ein Bett ist weder ein Kratzbaum noch ein Katzenklo.«

Diesmal gelang es ihm nicht, Sasza zum Lachen zu bringen.

»Karolina ist mit ihrer Oma nach Kreta gefahren«, erklärte sie. »Ich will reinen Tisch machen. Jetzt oder nie.«

Duchno spielte mit den Autoschlüsseln. Seine gute Laune war dahin, das konnte Sasza deutlich erkennen. Sie wollte ihn nicht zurückweisen, aber genau so fasste er ihre Antwort offenbar auf.

»Das ist was Persönliches. Heute Nacht muss ich durch halb Polen fahren, nach Hajnówka. In zwei Tagen bin ich zurück. Und wenn ich dann noch diese verdammte Prüfung hinter mir habe, immer gerne. Vielleicht. Aber ohne Bett.«

Sie schauten sich schweigend in die Augen, dann mussten beide gleichzeitig lächeln.

»Und wieder hat es nicht geklappt«, seufzte Duchno und mimte tapfer den Enttäuschten.

Er streckte die Hand nach ihr aus. Sie versteifte sich und versuchte, ihren schnell gehenden Atem zu beruhigen. Aber als er seine große, knochige Hand auf ihre legte, spürte sie erneut, wie ihr das Blut bis in die Ohren schoss. Er berührte sie nur einen Moment lang, ganz leicht. Als er seine Hand zurückzog, sah sie die abgegriffene Beretta, Kaliber 9,5 mm, aus dem Freizeit-Schießstand. Es verschlug ihr die Sprache.

»Ich habe sie nicht geklaut.« Duchno lachte. Dieser grau melierte Fünfundvierzigjährige hatte etwas von einem übermütigen Jungen an sich, dachte Sasza. Früher war sein Charme gänzlich an ihr abgeprallt. War er ein anderer geworden? Oder hatte vielmehr sie sich verändert? »Die hat meinem Vater gehört. Ein Familienerbstück«, erklärte er. »Ich habe sie dir mitgebracht.«

»Aber ich trage keine Waffe«, protestierte Sasza ohne große Überzeugung.

»Das ist ein Geschenk, ein verspätetes Weihnachtsgeschenk. Sozusagen.«

»Und der Waffenschein?«

»Liegt fein säuberlich gefaltet auf meinem Schreibtisch.« Er zwinkerte ihr zu. »Aber es gibt noch keine Patronen.«

Sasza wog die Beretta in der Hand, legte sie dann auf ihren Knien ab und betrachtete sie versonnen. »Als ich mir eine Spülmaschine gekauft habe, habe ich sie zwei Wochen lang nur angeschaut, bevor ich sie das erste Mal eingeschaltet habe. Gut, dass du keine Munition hast. Ich werde sie vorerst nicht benutzen.«

»Gar nicht?«

Sie lächelte und wiederholte seine Worte, wobei sie seine Stimme imitierte: »Sozusagen gar nicht.«

Daraufhin öffnete Duchno die andere Hand und ließ eine Handvoll Patronen leichthin in ihre Tasche gleiten, als wären es Bonbons.

»Das war nur ein Scherz. In mir steckt eben doch ein Kleptomane.« Er beugte sich zu ihrem Ohr, Sasza konnte sein Rasierwasser, seine Haut und Zigaretten riechen. Sofort drehte sich alles in ihrem Kopf. Als Duchno anfing zu sprechen, spürte sie eine angenehme Wärme an ihrem Ohr. »Keine Sorge, ich habe die Spuren des Verbrechens beseitigt. Sie kriegen uns nicht.«

Sasza prustete los und konnte sich nur mit Mühe davon abhalten, den ausladenden Baum zu umarmen, der Duchno in seinem vorherigen Leben gewesen sein musste.

»Sie ist wunderschön«, brachte sie heraus.

»Ich weiß«, erwiderte Duchno voller Stolz. »Deshalb passt ihr ja auch so gut zueinander.«

Jetzt waren beide verlegen. Sasza rückte etwas von Duchno ab und steckte die Beretta in ihre Hosentasche. Sie atmeten erleichtert auf, als der Wärter den Schalter öffnete und sie zur Pforte gerufen wurden.

Sie erhielten Passierscheine und Besucherausweise, und gleich darauf wurden sie von einer Frau in Uniform abgeholt, die sich als Major vorstellte. Leider bekam Sasza ihren Namen nicht mit, sie war immer noch verwirrt. Duchno hatte ganz offensichtlich mit ihr geflirtet, und – schlimmer noch – es hatte ihr gefallen. Sie senkte den Kopf und versuchte, sich zusammenzunehmen.

Die Leiterin des weiblichen Sicherheitspersonals trug weiße Strümpfe und sah mit ihren blond gelockten Haaren aus wie Kim Hartman in der Serie *'Allo 'Allo!*. Sasza konnte sie sich problemlos mit Peitsche und in Latex vorstellen und taufte sie vorläufig auf den Namen Helga. Der Name passte hervorragend. In ihrer Jugend musste Helga wie eine nordische Königin ausgesehen haben. Inzwischen hatte sie ein paar Pfund zugenommen, und vom Glanz früherer Tage war ihr nur der strenge Blick geblieben. Routiniert holte sie jetzt zwei Plastikbehälter hervor und stellte sie vor Sasza und Duchno auf den Tresen.

»Waffen, CS-Gas, Mobiltelefone«, ordnete Helga an.

Sasza legte die Beretta in das Kästchen und kramte sorgfältig sämtliche Patronen aus ihrer Hosentasche hervor. Duchno hatte seine Dienstwaffe, die Glock, schon abgegeben. Die Wärter der Männerabteilung waren offenbar weniger pedantisch; Sasza musste sogar ihre Nagelfeile abgeben.

Während Duchno bereits in Begleitung seines Aufpassers im Männertrakt verschwand, untersuchte Helga immer noch die Sohlen von Saszas Bikerstiefeln.

»Da ist kein Messer drin versteckt!«, protestierte Sasza.

»Und komm bloß nicht zu spät!«, rief Duchno ihr noch zu. »Montag, acht Uhr. Die nächste Möglichkeit, die Prüfung zu machen, gibt es frühestens wieder im Herbst. Es wird schon schiefgehen. Am Nachmittag begießen wir dann deine Aufnahme in die Familie.«

»Mal schauen.« Sasza wackelte mit den Zehen. Sie stand immer noch barfuß da. Sie versuchte, mit Helga zu scherzen: »Ich gehe doch nicht etwa zu Hannibal Lecter?«

»Eben doch, meine Teuerste«, erwiderte Helga trocken und durchleuchtete weiter Saszas Handtasche.

»Alkohol, Drogen?«

Sasza lächelte ironisch, aber Helga war nicht in der Lage, Emotionen aus der Mimik anderer Menschen zu lesen, und verhielt sich weiterhin wie ein Roboter. Jetzt nahm sie den Trageriemen der Handtasche ab und prüfte ihn auf seine Eignung zum Würgen. Sasza hörte nur, wie die Plastikschnalle zersprang. Von da an wunderte sie gar nichts mehr. Sie kannte alle polnischen Gefängnisse mit Schwerverbrechern, aber nirgendwo waren die Kontrollen derart penibel gewesen. »Und das?« Helga zeigte auf dem Bildschirm auf einen langen, spitzen Gegenstand.

»Ein ganz gewöhnlicher Bleistift. Und falls es Sie interessiert, die Mine ist kaputt.«

»Damit lass ich Sie bestimmt nicht rein.«

Der Bleistift wanderte in das Plastikbehältnis, es folgten ein Feuerzeug, Deospray, Tesafilm, Kaugummi und ein Notizbuch.

»Der Notizblock auch?!« Jetzt wurde es Sasza doch zu bunt. Doch Helga zeigte auf die Gegenstände, die sich im Behälter angesammelt hatten, und erklärte ernst: »Mit einem Gürtel hat Marzena Koźmińska versucht, eine Mitgefangene zu erwürgen. Aus einem Feuerzeug, Deo, Tesafilm und Kaugummi hat sie einen Flammenwerfer gebastelt. Meine Schichtablösung ist immer noch krankgeschrieben. Mit einem Bleistift und einem Notizbuch hat sie versucht, jemandem das Sehvermögen zu nehmen.«

Belustigt griff Sasza nach dem Bleistift und mimte einen Stoß in die Augenhöhle.

»Etwa so?«

Helga spitzte den Bleistift, verteilte das Bleipulver im Notizbuch, klopfte das restliche Pulver ab und tat so, als wollte sie es sich in die Augen reiben.

»Dreizehn Personen, seit sie hierherverlegt wurde. Sie tigert in der Zelle herum, spielt den Clown, und greift dann urplötzlich irgendwen an.« Sie fuhr sich mit dem Finger über die Kehle.

Das Grinsen auf Saszas Gesicht erstarb.

»Soll ich Sie begleiten?«

»Ich komme schon klar.«

»Ich bringe Sie in den Besucherraum für die gefährlichen Häftlinge«, entschied Helga.

Sie wollte den Plastikbehälter schon wegräumen, änderte dann aber ihre Meinung, nahm Sasza die ganze Handtasche ab und gab ihr nur ihre Stiefel zurück. Da piepte das Walkie-Talkie. Die Wärterin gab ihren Standort durch.

»Unfall in der Näherei«, ertönte eine Stimme aus dem Gerät. »Abteilungsleiterin P2 zum Ausgang dreiundzwanzig. Es gibt Verletzte.«

»Ich begleite noch die Besucherin und hole die Verwundeten dann dort ab.«

Sie liefen zur Gittertür.

Auf der anderen Seite der Plexiglasscheibe saß bereits Marzena Koźmińska, die Mörderin, um die sich Sasza bisher erfolglos bemüht hatte. Auf den ersten Blick wirkte sie völlig harmlos. Ihr Alter war schwierig zu schätzen, Koźmińska hätte eine Tante, Großmutter oder Mutter sein können – und wahrscheinlich war sie das alles auch. Sie war schlank, hatte eine wohlproportionierte Figur und trug die braunen Haare in einem braven Pagenschnitt. Abgesehen von einem durchaus charmanten Silberblick, hatte sie ein Allerweltsgesicht. Ein Bügel ihrer billigen Brille war mit Klebeband repariert. Ihre Füße steckten in schneeweißen Socken mit Löchern an den Fersen, ihre Schlappen waren ausgetreten. Die Beine der orangenen Uniform, die besonders gefährliche Häftlinge trugen, waren bis zu den Knien hochgekrempelt und entblößten magere weiße Waden.

Auf der Straße hätte Sasza die Mörderin nie erkannt. Sie ähnelte in keiner Weise der blonden Frau im Jogginganzug auf den Fahndungsfotos, die sie nach dem Mord an einem

Warschauer Abiturienten betrachtet hatte. Aber es war die Wespe. Die erste und bisher einzige Frau in Polen, die zu lebenslanger Haft verurteilt worden war, ohne die Möglichkeit, nach dreißig Jahren auf Bewährung freizukommen. Die Schule hatte sie bereits nach acht Jahren geschmissen, aber die Untersuchungen während des Verfahrens hatten einen IQ von 178 ergeben. Sie war eine ausgezeichnete Strategin, hatte kommunikative Fähigkeiten und war eine Führungspersönlichkeit. Koźmińska war der androgyne Typ, der inzwischen typischerweise Konzerne managte, und sie war eine diagnostizierte Psychopathin.

Koźmińska stammte aus einer Problemfamilie. Sie war von klein auf an Aggressivität gewöhnt, hatte nie etwas anderes kennengelernt. Bis zu ihrer Festnahme hatte sie im kriminellen Milieu ihren Lebensunterhalt verdient. Allerdings hatte sie nie selbst eine Tatwaffe berührt oder zugeschlagen. Bei Morden war sie nie unmittelbar zugegen gewesen und bei den vorherigen Folterungen nur als Zuschauerin. Als Vollstrecker diente ihr gegenwärtiger Liebhaber oder ein Anwärter auf die Position. Mit welcher Art von Reizen sie diese Männer verführte, blieb ein Rätsel. Sie war gerissen. Die Ermittler waren überzeugt, dass sie den Tod mehrerer Menschen zu verantworten hatte, doch nur ein einziger Mord konnte ihr nachgewiesen werden. Ein Geständnis hatte sie nie abgelegt.

»Ich gebe kein Einverständnis«, sagte Koźmińska zur Begrüßung. Ihr breites Lächeln entblößte die fehlenden Eckzähne.

Sasza setzte sich auf den bereitstehenden Hocker, wusste aber nichts mit ihren Händen anzufangen und steckte sie daher in die Jackentaschen. Das Feuerzeug hatte ihr die Wärterin abgenommen, aber in diesem Aquarium war Rauchen ohnehin verboten. Eine Kamera war ständig auf sie gerichtet.

»Einverständnis wozu?« Sasza spürte vor Aufregung ein Kribbeln im Nacken, hatte aber nicht vor, freundlich zu sein.

Sie war nicht hergekommen, um irgendetwas zu erbitten. Sie setzte darauf, Koźmińska einzulullen und sie dann unerwartet aus der Deckung zu locken. Zuerst musste sie aber wissen, dass sich die Mühe lohnte.

»Ich bin mit überhaupt nichts einverstanden«, ertönte es hinter der Scheibe. »Ich bin unschuldig.«

»Wir vergeuden also beide nur unsere Zeit?« Sasza nahm die Hände aus den Taschen. An ihrem Handgelenk entdeckte sie einen schwarzen Streifen, wischte ihn ab und zeigte auf die kugelsichere Plexiglasscheibe, die sie trennte. »Und warum bist du dann hier drinnen?«

Überheblich schob Koźmińska das Kinn vor. Doch als sie zu sprechen begann, spürte Sasza, dass ihre Weichheit nur Fassade war. Bei diesem Typ Mensch gab es nichts *for free*. Die Gefangene wollte etwas von ihr, und Sasza hatte nicht vor, sie billig davonkommen zu lassen.

»Du hast Szymon interviewt«, sagte Koźmińska. »Eine gute Bekannte und Zellengenossin von mir.«

»Sie hat ordentlich abgeschnitten.«

»Zahlst du was?«

Sasza schüttelte den Kopf.

»Aber ich bringe dir Kaffee und Zigaretten mit. Ich kann Filme und Bücher organisieren. Keine Ahnung, was du brauchst. Ich bin Wissenschaftlerin.«

»Bullshit. Du bist ein Bulle, das rieche ich.« Sasza wurde rot.

»Ist das wichtig?«

Koźmińska machte es sich auf dem Stuhl bequem und knöpfte ihren Overall auf. Darunter trug sie ein grünes, mit Brokatblumen besticktes Unterhemd, das einen üppigen, wohlgeformten Busen umspannte. Vielleicht war das ihr Geheimnis. Ihr Dekolleté zeigte Spuren von Selbstverletzung. Die nässende Wunde sah ekelerregend aus.

Koźmińska zog eine zerknitterte Fotografie aus der Tasche

und drückte sie an die Scheibe. Das Bild zeigte zwei junge Frauen, die eine hübsch, die andere nicht, beide schlank, sonnengebräunt und lächelnd. Ein gut aussehender, schon etwas älterer Mann hielt sie im Arm. An seinem Handgelenk prangte eine goldene Omega oder zumindest eine nicht ganz billige Fälschung. Vor ihnen befanden sich eine Flasche Krimsekt, Kristallgläser und eine geräucherte Makrele auf Zeitungspapier.

»Das bin ich.« Koźmińska zeigte auf das hässliche Entlein. Dann wanderte ihr Finger zur Schönheitskönigin. »Und das ist Monika. Bei der Arbeit nannte sie sich Jowita. Monika Zakrzewska. Sagt dir der Name was?«

Sasza kannte die Ermittlungsakten. Es war nicht schwer zu erraten, wer diese Schönheit war. Sie hatte mit Koźmińska in einem Bordell im Warschauer Stadtteil Bródno angeschafft. Sie galten als Freundinnen. Eines Sonntags war Monika Zakrzewska mit ihrem Kind in einen weißen Mercedes W210 gestiegen, der sie vor dem Haus ihrer Mutter abgeholt hatte, danach war sie wie vom Erdboden verschluckt. Jahre später, bei den Ermittlungen zum Mord des Abiturienten, war auch der Fall ihres Verschwindens neu aufgerollt worden. Einer von Koźmińskas Komplizen hatte als Kronzeuge ausgesagt. Ihm zufolge hatte Koźmińska den Mord an ihrer Freundin in Auftrag gegeben, nachdem diese ihr den Freund ausgespannt hatte. Zwar war Zakrzewskas Leiche nie gefunden worden, doch hatte es für eine Verurteilung gereicht.

»Und wer ist das?« Sasza deutete auf den Pierce-Brosnan-Verschnitt auf dem Foto.

»Keine Ahnung, wie er heißt. Aber ich lege meine Hand ins Feuer, dass er weiß, wer Zakrzewska auf dem Gewissen hat. Ich will, dass du den Typen findest und ihm schöne Grüße von mir ausrichtest.«

Es entstand eine Pause.

»Drei Ermittlungsteams haben sich an diesem Fall bereits die Zähne ausgebissen«, sagte Sasza schließlich. »Jetzt willst du, dass ich das im Alleingang erledige, und das nach so vielen Jahren? Wie stellst du dir das vor?«

»Du bist ein Bulle. Du hilfst mir, und ich gebe dir Material für den Nobelpreis oder was auch immer sie euch Psychiatern verleihen.«

Sasza erhob sich.

»So läuft das nicht. Außerdem bin ich Psychologin. Das ist ein großer Unterschied.«

Auf Koźmińskas Gesicht zeichnete sich Enttäuschung ab, die aber schon Sekunden später in Wut umschlug.

»Ich weiß Dinge, die ich noch niemandem erzählt habe«, schnaubte sie. »Damals hatte ich dieses Foto noch nicht. Ich habe viel Geld ausgegeben, um es zu bekommen. Um mich mache ich mir keine Sorgen, ich kann hier drinnen abkratzen. Aber ich habe Kinder, draußen. Monikas Mutter, die alte Zakrzewska, ist ständig hinter ihnen her. Sie will sie vernichten, und ich kann nichts dagegen tun. Ich will, dass sie meine Kinder in Ruhe lässt, denn ich habe die Hure nicht getötet. Dabei hätte ich schon viel früher Gelegenheit dazu gehabt.«

Sasza hob die Hand und unterbrach Koźmińskas Wortschwall. Beide hielten einen Moment inne.

»Ich helfe dir, ihn zu finden«, erklärte Sasza. »Aber warum liegt dir so viel daran?«

»Weil ich unschuldig bin.« Koźmińska hatte sich schnell wieder unter Kontrolle. »Mit Jowitas Verschwinden habe ich ausnahmsweise nichts zu tun. Über die anderen Fälle können wir reden.«

Sasza setzte sich wieder.

»Hör auf zu labern, dann mache ich vielleicht mit.« Sie lächelte. »Also, worum geht's?«

Koźmińska überlegte, ob sie die Wahrheit sagen oder weiterhin die Unschuldige spielen sollte.

»Es geht mir nicht um Gerechtigkeit«, sagte sie schließlich. »Ich will bloß, dass der Kerl mich besuchen kommt. Es muss ihm nur jemand sagen, dass ich das Foto habe und mich mit ihm unterhalten will. Dann kommt er schon von alleine.«

Sasza konnte es kaum glauben, aber sie hatte den Eindruck, dass die Wespe die Wahrheit sagte.

»Und ich soll die Nachricht überbringen?«

Die Wespe zuckte mit den Schultern.

»Dafür bekommst du ›Die Geständnisse einer Bestie‹.« Sie grinste. »Das ist doch ein guter Deal, oder?«

»Von Versprechungen kann ich mir nichts kaufen. Und was für eine Sicherheit habe ich, dass ich wirklich ein Interview kriege?«

»Keine«, gab die Wespe offen zu. »Aber du hast mein Ehrenwort.«

Sasza lachte, was Koźmińska augenscheinlich kränkte.

»Ich habe noch nie etwas versprochen, was ich nicht gehalten habe. Ich habe Prinzipien.«

»Da bin ich mir sicher«, erwiderte Sasza unbeeindruckt. »Aber irgendwie fällt es mir schwer, dir zu glauben. Und ich sehe auch nicht, wie sich das ändern könnte.«

Koźmińska holte tief Luft.

»Hör gut zu, meine Liebe, denn ich sage das nur ein Mal. Wenn du ihn nicht herbringst, finde ich einen anderen Weg. Du bist nicht die Einzige, die mich ausweiden, mir die Seele rauben und daran verdienen will.«

»Ich mache das nicht wegen des Geldes«, widersprach Sasza.

»Nein?« Die Wespe verzog das Gesicht. »Und Ruhm und Ehre? Stipendien? Ein Schulterklopfen? Du willst mir doch nicht weismachen, dass ein Doktortitel sich nicht auf dein Gehalt auswirkt. Nichts im Leben macht freier und unabhängiger als das nötige Kleingeld. Wenn du reich bist, kannst du ein Spinner, ein Arschloch oder ein Mörder sein, und niemand kann dir etwas anhaben.«

»Was du von mir erwartest, ist ein Ding der Unmöglichkeit.« Sasza knöpfte ihre Jacke auf, und eine Zigarettenschachtel fiel auf den Boden. Koźmińska verschlang die R1 förmlich mit den Augen. Sasza nahm eine Zigarette aus der Schachtel und spielte einen Moment lang damit. Aus den Augenwinkeln beobachtete sie Koźmińskas Reaktion, dann steckte sie die Kippe zurück in die Packung und sagte: »Manche Fälle werden nie aufgeklärt. Keine Leiche, kein Verbrechen. Ich bin keine Hellseherin. Du weißt ja nicht einmal, wie der Typ heißt, den du suchst, und in welchem Verhältnis er zu Zakrzewska oder zu dir stand. Zumindest willst du es mir nicht sagen.«

»Wenn ich hier rauskönnte, würde ich dieses Arschloch finden. Er weiß, wer es war. Vielleicht hat er es sogar selbst getan.«

»Woher hast du das Bild?«, fragte Sasza mit Blick auf das Foto, das Koźmińska ihr gezeigt hatte. »Wer hat es dir verkauft? Ich brauche den Namen.«

Koźmińska war sich zu gut, um auf diese Frage zu antworten. Auf die Rückseite des Fotos schrieb sie die Signatur der Prozessakten. Dann schob sie es unter der Plexiglasscheibe durch.

»Lies das«, bat sie freundlich, »und komm dann wieder. Ich habe Zeit. Aber meine Kinder können nicht warten. Hilf mir, wenn du kannst.«

Sasza betrachtete die Rückseite der Fotografie. Die Aktensignatur war leicht zu merken. Der Fall war 2001 vor Gericht gekommen. Sie drehte das Bild um und betrachtete noch einmal den Mann und die beiden Frauen. Er war schon weit über vierzig, der Typ Mann, der sogar in einem abgerissenen T-Shirt noch gut aussah. Zakrzewska klebte an ihm, doch er hatte seinen Blick auf Koźmińska gerichtet, genauer auf ihr ausladendes Dekolleté. Koźmińska war keine Schönheit, aber sie hatte das

Charisma jener vom Leben gezeichneten Latinas, wie man sie aus Almodóvar-Filmen kennt. Ihre Salamanderaugen leuchteten bedrohlich. Die beiden konnten einander nicht vertrauen, aber es verband sie etwas viel Stärkeres als den Gigolo und die verschwundene Prinzessin zu seiner Linken. Zakrzewska war vertrauensselig, niedlich, die ideale Beute für die beiden Raubtiere. Als sie das Foto betrachtete, fiel Sasza ein altes Sprichwort ein: Drei Menschen können ein Geheimnis bewahren, wenn zwei von ihnen tot sind. Was für ein Geheimnis verband diese drei? Sie war sich nicht sicher, ob sie es herausfinden wollte.

»Verlier es nicht«, warnte Koźmińska. »Ich habe keine Kopie. Wir nannten ihn Vierauge, weil er diesen Mercedes fuhr, E-Klasse, Modell W210, das mit den Doppelscheinwerfern. Weiß wie eine Hochzeitslimousine. Der Kerl tauchte auf und verschwand wieder. Manchmal war er monatelang weg, und dann kam er wieder mehrmals die Woche, als hätte er Heimweh. Damals hatten nur wenige so ein Auto.«

Sasza überlegte kurz. Wenn Koźmińska die Wahrheit sagte, dann hatte sie ihr gerade die einzige Spur verraten, die sie besaß. Bluffte sie? Wozu wollte sie Sasza wirklich benutzen? Inzwischen war sie sich sicher, dass die Gefangene einer Untersuchung zustimmen würde. Aber sie musste ihr noch einen Köder hinwerfen. Die Akten würde sie lesen, warum auch nicht. Wahrscheinlich waren sie sogar interessant.

»Ich kann nichts versprechen.« Sasza stand auf.

Der Haken für Koźmińska war ausgeworfen, nun blieb abzuwarten, ob der Fisch anbiss. Man konnte nie ganz sicher sein. Doch man musste wissen, wann die Schnur fest genug gespannt war, dass man Leine geben musste. Genau dieser Moment war jetzt gekommen. Es gab keinen größeren Fehler, als eine Sache zu zerreden.

»Lässt du mir ein paar Kippen da?«, fragte Koźmińska.

Der Spalt unter der Plexiglasscheibe war zu schmal für die

Schachtel. Also nahm Sasza die Zigaretten aus der Packung, drückte sie flach und quetschte sie vorsichtig durch den Spalt, durch den Koźmińska zuvor die Fotografie geschoben hatte. Eine Zigarette überlebte die Behandlung nicht. Koźmińska sammelte den Tabak bis auf den letzten Krümel auf.

»Woher wusstest du, dass ich Polizistin bin?«, fragte Sasza beim Hinausgehen.

Koźmińska, die damit beschäftigt war, die Zigaretten in einer versteckt eingenähten Tasche ihres Anzugs zu verstauen, antwortete nicht sofort.

»Du hast Schießpulver an den Händen.«

Sasza betrachtete ihr Handgelenk, von dem sie zuvor die Schmauchspuren weggerieben hatte. Koźmińska lachte hämisch.

»Aber du bist keine Vollblutpolizistin. Ein kleiner Bluff, und schon packst du aus.«

Hajnówka, 2014

Die Schneiderin war immer noch nicht da, dabei würden die Frauen schon in einer halben Stunde in Iwona Bejnars Wohnung in der ulica Chemiczna 13 eintreffen, um den Korowaj zu backen. Die Zutaten für den traditionellen Hochzeitskuchen aus Hefeteig, den das Brautpaar vor der Trauung teilen würde, und die Baumwollbänder für die Hochzeitssense lagen bereits auf dem einzigen Tisch in der winzigen Zweizimmerwohnung im heruntergekommensten Viertel von Hajnówka, wo die Braut zusammen mit ihren drei Brüdern und ihrer Mutter lebte. Iwonas Verlobter hatte alles bezahlt und liefern lassen.

Einen Ofen zum Brotbacken hatte die Familie Bejnar nie besessen, trotzdem war – der Tradition entsprechend – vereinbart worden, dass die Zusammenkunft der Frauen am Vorabend der Vermählung im Hause der Braut stattfinden würde. So nahm nun ein elektrischer Backofen, wie ihn die Restaurants zum Pizzabacken verwendeten, die Hälfte des größeren der beiden Zimmer ein. Er stand zwischen dem Büfett und dem wackeligen Spanplattentisch und verdeckte den nagelneuen, vorsorglich in Folie eingewickelten Fernseher, der vor Mehl und Hefe geschützt werden sollte.

Das Backen des Korowaj war ein wichtiges Ritual der weißrussischen Hochzeit. Man sagte, es würde dem Brautpaar Erfolg, Kindersegen und Reichtum bringen. Obwohl Iwona sich um Letzteres wirklich keine Sorgen machen musste. Bondaruk war der einflussreichste Geschäftsmann in der Stadt. Seine

Holzfirma, die Parkettböden und Holztreppen produzierte, beschäftigte die Hälfte aller Einwohner der Stadt und der umliegenden Dörfer. Erst vor einem Monat war Bondaruk mit Geschäftspartnern aus Norwegen in Verhandlung getreten. In allen vier orthodoxen Kirchen Hajnówkas beteten die Gläubigen nun, dass New Forest Hajnówka demnächst sogar IKEA Konkurrenz machen würde. In Hajnówka gab es niemanden, der Bondaruk nicht kannte, und kaum eine Familie, die er nicht ernährte. Wenn er wollte, hätte er sofort Bürgermeister werden können.

Iwona schaute sich im Wohnzimmer um. Morgen würde sie diese Bruchbude gegen ein luxussaniertes, herrschaftliches Haus mit vier Wohnungen in der von Linden gesäumten ulica Piłsudskiego tauschen, der Vorzeigeadresse der Stadt. Bisher hatte sie mit ihren drei Brüdern um jedes kleinste bisschen Raum für sich streiten müssen. Im Konflikt mit den Brüdern hatte Bożena nie aufseiten ihrer Tochter gestanden. Gewöhnlich sollte Iwona sich unterordnen. Die Männer brachten das Geld nach Hause und mussten deshalb nach Feierabend ausruhen, ordentlich essen und, wenn nötig, mit ihren Kollegen bis zum Umfallen saufen.

Natürlich arbeiteten alle drei Brüder schwarz, wie ja auch die übrigen Bewohner der Siedlung an der ehemaligen Chemiefabrik. Seit Jahren standen die drei Bejnar-Brüder unter der Fuchtel des Sozialamtes. Auf dem Papier hatten sie alle eine Behinderung unterschiedlichen Grades, dabei waren sie kräftig wie Auerochsen. In einem Keller in Górne leiteten sie den informellen Boxclub »Wataha«. Der Jüngste, Ryszard, in Hajnówka als »Kleiner Żubr« – kleiner Bison – bekannt, hatte eine Tischlerlehre gemacht, nach dem Abschluss aber nicht ein einziges Mal an der Drehbank gestanden. Władysław und Ireneusz – der »Alte Żubr« und der »Mittlere Żubr« – waren von der Landwirtschaftsschule geflogen, nachdem sie im Büro des Schulleiters den Schrank mit den Prüfungsunterlagen in die Luft gejagt und dabei das Gebäude in Brand gesetzt hatten.

Seit diesem denkwürdigen Tag hatten die Bejnar-Brüder einen großen Bogen um alle Bildungseinrichtungen gemacht, was nicht weiter schlimm war, denn sie hatten den Abschluss ohnehin nur machen wollen, um Arbeitslosengeld beantragen zu können.

Die Żubr-Brüder machten sich über die Schwester lustig, die nach dem Besuch der Forstarbeiterfachschule in Białowieża erfolglos versuchte, Verwaltungswissenschaften zu studieren. Zugleich vergötterten sie Iwona. Ihre Geschwisterliebe stellten die Żubr-Brüder unter Beweis, indem sie sämtliche Verehrer ihrer Schwester verprügelten und die Häuser eines jeden in Brand steckten, der schlecht über sie redete. Kurz, Ryszard, Władysław und Ireneusz bekämpften alle, die ihrer Meinung nach aufgrund ihrer nichtpolnischen Abstammung einer echten Polin unwürdig waren. Damit waren etwa siebzig Prozent der Einwohner der Region chancenlos, denn in der Stadt lebten größtenteils polnische Weißrussen. Reinrassige Polen – wie etwa die Familie Bejnar – konnte man an einer Hand abzählen.

Deswegen zelebrierten die Żubr-Brüder auch sämtliche nationalen Feiertage im großen Stil. Sie stellten selbst Flaggen, Transparente und T-Shirts mit dem Aufdruck »Verstoßene Soldaten« her. Nach Spielen der Jagiellonia kehrten die Żubr-Brüder regelmäßig erst nach einer achtundvierzigstündigen Auszeit im Polizeigewahrsam heim, weil sie sich in der dritten Halbzeit mit den gegnerischen Fans prügelten oder Hakenkreuze auf Mauern malten. Anfangs war auch Iwona unter dem Druck der Brüder in Lederjacke oder Kapuzenpulli mit der Aufschrift »Ehre den Helden« zu den Spielen mitgefahren. Doch nachdem sie sich in einen Weißrussen verliebt hatte, war ihr jeder Vorwand recht gewesen, um sich vor Einsätzen der polnischen Partisanen zu drücken.

Die Ecke am Fenster gehörte Iwona. Das schmale Liegesofa stammte noch aus Zeiten der Staatlichen Holzindustriebetriebe. Gleiches galt für den laminierten Spanplattenschrank, den allzu weich gepolsterten Hocker und die Kommode mit dem furchtbaren Blumenmuster, in der sie ihre Unterwäsche aufbewahrte. Ihr Bücherbord maß einen Meter zwanzig und beherbergte ausschließlich Seifenopern und polnische Groschenromane. Zwar hatte ihre Mutter ihr den Begriff »Liebe« über viele Jahre hinweg erfolgreich ausgetrieben, doch in gewisser Weise war Iwona eine Romantikerin geblieben. In den Romanen fand sie die besten Dialogvorlagen für Gespräche mit dem anderen Geschlecht. Erwiesen sich die auswendig gelernten Dialoge als erfolgreich, übernahm Iwona sie in ihr Repertoire und perfektionierte sie. Ebenso übte sie Wimpernklimpern und dramatische Stoßseufzer.

Iwona schaute in den schulheftgroßen Spiegel, der neben dem einfachen Holzkreuz an der Wand hing, und lächelte zufrieden. Es hieß, sie habe nie besser ausgesehen. Nicht einmal, als sie noch eine Zahnspange getragen hatte und in Jurek Orzechowski, auch Quaku genannt, verliebt gewesen war. Der hatte zwar nicht die geringste Ähnlichkeit mit ihren Romanhelden, aber immerhin trug er ausschließlich Markenklamotten und fuhr eine gelbe Rennmaschine. Sie war überzeugt von ihrer ewigen Liebe gewesen, aber kaum eine Woche nach seinem Heiratsantrag landete Quaku im Gefängnis, und Iwona durfte ihn nicht einmal besuchen, weil Verdunkelungsgefahr bestand. Quaku hatte sich beim Klauen von Elektronikteilen aus einer Bäckerei erwischen lassen, mit einem gestohlenen iPhone in der Hosentasche und Rückständen psychoaktiver Substanzen im Blut. Schnell fand die Polizei heraus, dass das Telefon eigentlich dem katholischen Pfarrer gehörte, der es seinerseits bei einem Hehler auf dem Rubel-Platz erworben hatte.

Und in dieser Zeit lernte Iwona, damals noch Kellnerin im

Leśny Dworek, den Unternehmer Piotr Bondaruk kennen, der dort jeden Tag um dreizehn Uhr zu Mittag aß. Kurz darauf erschien er zusätzlich immer um neunzehn Uhr, breitete seine Firmenpapiere auf einem Tisch am Fenster aus und blieb dort, in Gesellschaft von mehreren doppelten Wodka, Hühnerbeinen in Aspik oder Heringen mit Zwiebelringen, bis das Lokal schloss. Er sprach sie nicht an, hatte aber nur Augen für Iwona. Seine Trinkgelder überstiegen ihren Wochenverdienst.

Als Bondaruks Fahrer Iwona zum zweiten Mal nach Hause fuhr, begannen die Leute zu tuscheln. Und eine Woche später verabredete sie sich an ihrem freien Tag mit Bondaruk zum Mittagessen im Hajnówianka, dem ältesten Restaurant der Stadt, wo die Oberschicht früher Silvesterbälle und Hochzeiten gefeiert hatte. Inzwischen war die Hajnówianka längst eine typische Spelunke mit gestrecktem Bier, aber Bondaruk konnte hier wesentlich ungezwungener mit ihr reden als im Leśny Dworek.

Auf seine Frage nach ihren Träumen und Lebenszielen erzählte sie dem deutlich älteren Bondaruk von Quaku. Sie berichtete, wie er ihr das Herz gebrochen hatte, denn so sprachen die Heldinnen in den Büchern von der Liebe; andere ernsthafte Beziehungen hatte sie nicht gehabt. Mit ihrer Ehrlichkeit und ihrem Glaube an das Gute nahm sie ihn für sich ein.

Bald schon hieß es in der Stadt, der Unternehmer sei ganz verrückt nach der »kleinen Żubr-Polin«. Keine zwei Monate später fiel Bondaruk vor Iwona auf die Knie und überreichte ihr ein kleines Samtschächtelchen. Iwona hatte keinen Hehl aus ihrer Verlobung mit Quaku gemacht, und Bondaruk versicherte, weder Einfluss auf ihre Entscheidung nehmen noch sie zur Eile drängen zu wollen. Nur um gleich darauf listig nachzufragen, was Iwona denn wirklich in ihrem Leben erreichen wolle. Für den Fall einer Heirat malte er ihr überaus vorteilhafte Perspektiven aus: ein Stück Bauland für den ältesten Bruder, landwirtschaftliche Grundstücke für die beiden jüngeren sowie die

Übernahme sämtlicher Schulden der Mutter. Er war sachlich, ruhig und verlangte im Gegenzug nichts, nicht einmal einen Kuss.

Iwona hielt Bondaruk für vertrauenswürdig, schließlich war er ein erfolgreicher Geschäftsmann, und aus irgendeinem Grund hatte er sich nun sie als nächste Investition ausgesucht. Zum ersten Mal in ihrem Leben fühlte sie sich wie ein vollwertiger Mensch. In Wahrheit hatte sie nicht lange überlegen müssen, um zu erkennen, dass diese Heirat tatsächlich alle ihre Probleme lösen würde. Offiziell räumte sie sich jedoch ganze zehn Tage Bedenkzeit ein. Schließlich stand sie vor einem ernsthaften Dilemma: Bondaruk war Weißrusse, ihre Familie dagegen seit Generationen katholisch. Im Flur ihres Hauses hing ein ausgefranstes Transparent mit der Aufschrift »Polen den Polen«. Fast alle Familienmitglieder waren schon wegen Volksverhetzung oder nationalistischer Parolen mit dem Gesetz in Konflikt geraten.

Als Erstes besprach Iwona Bondaruks Angebot mit ihrer Mutter. Bożena wurde rot, als sie hörte, welche Vorteile sich aus der Heirat für ihre Kinder ergeben würden. Sie brauchte nur einen einzigen Abend, um die drei Brüder von der Sache zu überzeugen. Im Schutz der Nacht verbrannte sie dann das alte Transparent aus dem Flur hinter dem Haus. So traf Iwona letztlich die Entscheidung, die Verlobung mit Quaku aufzuheben.

Sie sagte ihm dies beim ersten Besuchstermin. Man hatte Quaku auf Bewährung verurteilt, und er sollte am nächsten Tag freikommen. Die Nachricht schien ihm nicht sonderlich nahezugehen, was Iwona wiederum erschütterte. Den keltischen Ring, den er ihr einmal geschenkt hatte, nahm er nicht zurück. »Das ist eine Kupfer-Zink-Legierung. Das verkauft sich nicht«, murmelte er. Dann wischte er sich mit dem Ärmel die Nase ab und fragte: »Warum? Oder besser: warum er?«

Sie sagte ihm die Wahrheit. Sie konnte sich ein solches Leben nicht vorstellen. Immer zu wenig Geld, immer nur heimlich in Bushaltestellenhäuschen oder im Schuppen seiner Mutter herumfummeln. Und sie wollte nicht jahrelang auf ihn warten. Denn dass er wieder ins Gefängnis kommen würde, war so sicher wie das Amen in der Kirche. Trotzdem würde sie immer nur ihn lieben, versicherte sie ihm. Quaku erwiderte, er könne sie verstehen, sei aber zu wütend, um ihr gleich zu verzeihen. Als er das Besuchszimmer verließ, weinte Iwona.

Vor Iwona mimte Quaku den harten Kerl, wie er ihn aus Krimiserien kannte, aber am selben Abend versuchte er, sich an der Türklinke der Gefängnisküche zu erhängen. Er wurde gerettet, musste allerdings noch einige Tage zur Beobachtung im Krankentrakt bleiben. Dem Psychologen erklärte er, seine Frau habe ihn sitzen lassen. Der Freitod schien der beste Weg zur Wiederherstellung seiner Ehre. Vor seinen Zellengenossen schwor er, sich an der treulosen Freundin zu rächen. Bald machte das Gerücht die Runde, er würde, sobald er auf freiem Fuß wäre, entweder die Wohnung der Bejnars oder Bondaruks Sägewerk in Brand stecken.

Iwona weinte zehn Nächte lang durch, warf die Hälfte ihrer Groschenromane ins Feuer und kündigte im Leśny Dworek. Am Tag darauf nahm sie Bondaruks Heiratsantrag an.

Quakus Ring trug sie weiterhin, zusammen mit Bondaruks neuem Verlobungsring, den ein Brillant von der Größe einer Erbse zierte.

»Als Erinnerung daran, wie ich zur Vernunft kam«, sagte sie. »Damit mir das Glück nie wieder zu Kopf steigt.«

Immer und immer wieder hatte ihre Mutter ihr eingebläut, dass eine Frau im Lauf ihres Lebens nur drei ernsthafte Beziehungen einginge, alle anderen wären gewöhnliche Affären und Flirts ohne Bedeutung. Den ersten Mann wählte eine Frau aus Dummheit, den zweiten aus Vernunft, sagte Bożena, und den dritten schließlich aus Liebe, das aber zumeist erst in der zweiten Lebenshälfte. Iwona war erst fünfundzwanzig und hatte bereits Level zwei erreicht.

Ihre Haare trug sie jetzt kurz geschnitten und mit einem Pony à la Uma aus *Pulp Fiction*. Zur Hochzeit würde ihr die Friseurin eine Echthaarverlängerung verpassen. Der Naturhaarzopf, dick wie eine Faust, schwarz wie Ebenholz und mit farbigen Bändern durchwoben, war in der Ukraine bestellt worden. Von dort stammten angeblich die besten Echthaarperücken ganz Europas.

Iwona schmierte sich die Lippen mit Vaseline ein. Make-up war nicht angeraten. Bondaruk hatte sehr eindeutige Ansichten, was natürliche Schönheit anging. Sie wusste, dass er ein weißrussischer Patriot war, doch ihre polnische Abstammung schien ihn offenbar nicht zu stören. Ihre Augen musste sie nicht schminken. Die schokoladenbraune Iris verschmolz fast mit der Pupille. Um die langen und dichten Wimpern hatten ihre Freundinnen sie schon immer beneidet. Ihre olivbraune Haut bedurfte keiner Grundierung. Trotzdem puderte sie ihre Wangenknochen ein wenig und betrachtete dann das bunt bestickte Hochzeitskleid, das ihr drei Nummern zu groß war. Es gefiel ihr nicht, aber sie kannte die Regeln. Es war nur eine Uniform.

Den Wickelrock der Hochzeitstracht schlang Iwona nun zweimal um ihre Taille. Sie sah ein bisschen wie eine elegantere Version von Aschenputtel aus. Der schneeweiße Kittel reichte ihr bis runter zu den Knien und oben mit einem steifen Kragen bis unters Kinn und verdeckte so sämtliche weibliche Attribute. Die Ärmel mussten stark gekürzt werden, denn Iwona maß nur einen Meter zweiundfünfzig. Deshalb musste die Tracht, die Bondaruk ihr geschenkt hatte, abgeändert werden. Angeblich hatte er das Kleid jahrelang in einer Truhe für seine Angebetete aufbewahrt. Iwona wollte nicht wissen, für wen das Kleid ursprünglich einmal gedacht gewesen war und warum die Hochzeit nicht stattgefunden hatte. Und auch nicht, weshalb ihr zukünftiger Ehemann, Vater von drei erwachsenen Söhnen, die ihrerseits bereits Kinder hatten, erst im Alter von sechsundsechzig Jahren heiratete.

Die Tür schlug zu. Iwona lief den dunklen Flur entlang. Zu ihrer Enttäuschung standen statt der Schneiderin nur ihre Freundinnen im dunklen Vorraum. Beide hatten Kopfhörer in den Ohren und wippten zur Musik, Iwona erriet sofort, dass gerade »Sie tanzt für mich« lief. Beide trugen eng anliegende fluoreszierende Tops, die auf dem Rubel-Platz erbeuteten Lambada-Outfits endeten knapp unter dem Hintern. Dazu passten die Leggings in Leopardenmuster und Schlangenhaut-Optik und die hohen Absätze. Bis vor Kurzem hatte Iwona sich genauso gekleidet, im Gegensatz zur hageren Ania oder zu Kasia, die rund war wie ein Pfannkuchen, konnte sie sich das aber auch erlauben. Ihre Beine waren ihr vorzeigbarstes Stück. Leider würde das in dem traditionellen Brautkleid, das sie morgen tragen würde, niemand bemerken. Iwona ging davon aus, dass sie nach der Hochzeit wieder tragen konnte, was sie wollte. Bondaruk hatte ihr Unabhängigkeit versprochen. Sie würde studieren können, in seiner Firma arbeiten oder eine eigene gründen, wenn sie wollte, oder auch einfach gar nichts tun. Aber Iwona wollte nicht nur herumliegen und gut aussehen. Sie wollte Sprachen lernen, reisen, andere Kulturen kennenlernen, ein Blog schreiben oder sogar ihre eigene Sendung im lokalen Fernsehsender haben. Davon hatte sie aber außer Bondaruk noch niemandem sonst erzählt. Der Sender gehörte einem von seinen Bekannten, und ihr Verlobter hatte versprochen, ihr zu helfen. Außerdem wollte er ihr ein Studium finanzieren. Er stellte nur eine Bedingung: Loyalität, wenn auch nicht zwangsläufig Treue.

»Der macht aber furchtbar dick, oder?« Kasia breitete den langen Plisseerock wie eine Plane aus, hielt ihn sich vor den Bauch und kicherte unsicher.

»Und du hast keine Brautkrone aus Tüll? Und auch keinen Schleier?«, fragte Ania enttäuscht. Sie schüttelte die bunten Bänder, aus denen der Brautkranz geflochten wurde, als würde sie Fliegen verscheuchen. Dann warf sie ihrer Freundin einen mitleidigen Blick zu: »Macht dir das gar nichts aus?«

Iwona seufzte. Was sollte sie antworten? Sie hatte bereits Level zwei erreicht, aber ihre Freundinnen waren immer noch auf eins. Wie die meisten Jungs in Hajnówka arbeiteten deren Lover in Dublin, kamen zweimal im Jahr nach Hause und ließen Ania und Kasia dann quasi nicht aus dem Bett. Immer nach Weihnachten und nach Ostern fuhren die Mädchen nach Białystok, um sich die Pille danach zu besorgen. Sie waren überzeugt, dass ihre Freunde reich heimkehren würden. Sie träumten von Hochzeiten in weißen Kleidern und schicken neuen Autos, in denen sie durch die Stadt fahren würden. Iwona war sicher, das genaue Gegenteil würde eintreten. Die Erfahrung zeigte: Entweder kamen die Jungs gar nicht zurück, weil sie in Dublin neue Freundinnen fanden, oder – was weitaus häufiger der Fall war – sie landeten wegen Schwarzhandel oder Betrügereien im Knast. Dass sie in Irland auf dem Bau arbeiteten, glaubte Iwona keine Sekunde. Auch Quaku – ihr ehemaliger Traummann – konnte schöne Märchen erzählen.

Durch das Fenster erspähte Iwona jetzt ihre Mutter, die sich mit energischen Schritten dem Haus näherte. Eine ältere Frau mit Kopftuch hatte sich bei ihr untergehakt. Bondaruk hatte die Schneiderin empfohlen und darum gebeten, sie zuvorkommend zu behandeln.

»Ałła ist meine Taufpatin«, hatte er gesagt. »Sie gehört sozusagen zur Familie.« Sozusagen, denn die meisten von Bondaruks echten Verwandten waren entweder schon tot oder standen mit einem Fuß im Grab.

»Er ist reich. Du machst das schon ganz richtig, Iwona. Falls dein Zukünftiger einen reichen Freund hat, ziehe ich gern auch so was an.« Kasia zeigte auf die Hochzeitstracht. »Je älter, desto besser. Umso schneller ist er tot.«

»Und wenn Quaku zur Hochzeit kommt?«, wagte Ania zu fragen.

»Er kommt nicht.« Iwona durchbohrte ihre Freundinnen mit Blicken.

»Wenn er kommt und Unruhe stiftet, ist er tot«, stellte Bożena von der Tür her klar.

Hinter Bożena breitete Ałła bereits bunte Fäden auf dem Tisch aus. Ihr farbenfrohes Kopftuch hatte sie abgenommen, ihr nahezu schneeweißes Haar war in einem dünnen Zopf um den Kopf gelegt und mit Nadeln festgesteckt. Sie nickte der Alten zu, rührte sich aber nicht vom Fleck, obwohl die Frau nett aussah. Sie hatte kaum Falten, und ihre hellgrünen Augen waren der Inbegriff von Sanftheit. Leider stank sie fürchterlich, und unter ihren Fingernägeln prangten dunkle Halbmonde. Offenbar hatte sie sich seit Längerem nicht gewaschen und außerdem Probleme, den Harn einzuhalten. Die Nadel in ihren Fingern zitterte. Kaum zu glauben, dass dies die beste Trachtenschneiderin der Gegend sein sollte. Zu allem Überfluss war sie auch noch stumm. Seitdem sie eingetreten war, hatte sie kein einziges Wort geredet.

»Was stehst du so herum?«, fauchte Bożena ihre Tochter an. »Zieh das Kleid an!«

Dann ließ sie sich in ihren durchgesessenen Sessel fallen und steckte sich eine Zigarette an. Trotz ihres Alters kleidete sie sich genauso wie die Freundinnen ihrer Tochter. Das rosa Kleid mit gleichfarbigem Bolerojäckchen gab den Blick auf zahlreiche Schwimmringe um Bauch und Hüften frei. Die schwarzen, schon etwas ausgeleierten Strumpfhosen, kombiniert mit weißen Stiefeletten aus dem Secondhandshop, machten die Sache nicht besser. Aber Bożena meinte wohl, es ließe sie jünger aussehen. Und sie freute sich ganz offensichtlich, dass Ania und Kasia so begeistert von ihrem »Megastil« waren.

»Frau Ałła nimmt jetzt deine Maße, und morgen sitzt das Kleid wie angegossen. Und was Quaku angeht«, Bożena unterbrach sich und ließ ihren Blick nacheinander über die drei jungen Frauen schweifen, »der ist für mich gestorben. Er wird dir nicht das Leben verbauen, dafür werde ich schon sorgen.«

Anka und Kasia kicherten nervös. Iwona überwand ihren Ekel, ging zu der alten Schneiderin und reichte ihr das Hochzeitskleid. Niemand verließ das Zimmer, als sie sich auszog. Es gab einfach nicht genug Platz in der Wohnung. Hinter dem Vorhang in der Küche schliefen die beiden Brüder ihren Rausch aus. Sie waren erst gegen Morgen nach Hause gekommen. Sie hatten versprochen, die Wohnung zu verlassen, bevor die Frauen sich zum Backen des Korowaj versammeln würden.

Die Schneiderin war nach weniger als einer Viertelstunde fertig. Iwona hatte sich grundlos über ihren Parkinson den Kopf zerbrochen. In den vom Rheuma verbogenen Fingern tanzte die Nadel, Ałła steckte gekonnt die Nähte ab, an denen abgenommen oder gekürzt werden musste, und säumte die Ärmel grob. Die Braut atmete erleichtert auf, als sie entlassen war. Die alte Frau nickte zum Abschied nur mit dem Kopf. Mit einer Geste lehnte sie den Geldschein ab, den Bożena ihr zustecken wollte, packte Bluse, Rock und Kittel ein und verließ dann das Haus ebenso geräuschlos, wie sie es betreten hatte. Zurück blieb nur der unangenehme Geruch.

In diesem Moment hörten sie draußen weißrussische Gesänge. Der Reihe nach betraten die Frauen die Wohnung und überreichten Iwona feierlich Teig, hausgemachte Wurst und andere Leckereien. Auch einige von den Jüngeren trugen traditionelle Trachten. Eine hatte einen selbst geflochtenen Kranz aus echten Blumen dabei, den sie Iwona aufsetzte. Die Älteste überreichte Iwona die ukrainische »Kosa«. Der schwarze Zopf war tatsächlich dick wie eine Faust und einen halben Meter lang. Er war eng und präzise geflochten und erinnerte an eine Roggenähre.

Sekunden später hatte sich die Wohnung mit Frauen gefüllt, die Iwona allesamt nicht kannte. Die Älteren erzählten von ihren eigenen Hochzeiten. Die Jungen, in bunt geblümten Kleidern und Stiefeln, die Haare offen oder zu slawischen Zöpfen um den Kopf gelegt, sangen mehrstimmig von den Vorzügen, ledig zu sein. Der Tradition entsprechend, begann zunächst die älteste der verheirateten Frauen damit, den Teig zu kneten. Dann machten sich auch die übrigen an die Arbeit.

Sie stellten den Topf mit dem aufgegangenen Hefeteig in die Mitte und fügten die übrigen Zutaten hinzu. Dann musste die Braut aus dem fertigen Teig Figuren formen – sich selbst und ihren Ehemann, die unter einem Baum standen. Anschließend fügte jede unverheiratete Frau dem Korowaj einen Zweig hinzu. Man sagt, es bringe dem Brautpaar Glück und den Ledigen eine baldige eigene Hochzeit.

»Der Schnauzer, du hast den Schnauzbart vergessen!«, rief Kasia Iwona zu und sorgte damit für allgemeine Heiterkeit. Schwungvoll klebte sie der Figur des Bräutigams eine dünne Teigrolle als Bart an. Dabei zerbrach die Figur. Der Kopf fiel vom Tisch, rollte über den staubigen Linoleumboden.

Für einen Moment herrschte Stille. Dann war die Stimme der ältesten Weißrussin zu hören. Was immer sie sagte, es klang nicht freundlich. Eine der Frauen hob den Kopf der Figur auf, spülte ihn ab und steckte ihn wieder auf die Teigpuppe des Bräutigams.

»Der Mann wird noch viele Jahre leben und viele Kinder zeugen«, verkündete die Zeremonienmeisterin. »Und der Korowaj wird groß. So einen schönen habe ich noch nie gesehen. Ein gutes Leben erwartet dich, mein Kind. Jetzt muss er nur noch ordentlich ausbacken.«

»*Einer ging fort, wir werden bleiben …*«, stimmte eine junge Frau in einem Kapuzenpullover an.

Iwona drehte sich zu dem Mädchen um, das sein Smartphone hervorgeholt hatte und das Lied abspielte:

Einer ging fort, wir werden bleiben,
unverständliche Antworten, tote Blätter,
alles, was war, und alles, was kommt,
existiert heute nicht mehr für mich,
ich bleibe allein, wie immer schon,
auf diesem Meer hört der Sturm nie auf,
ich verliere die Liebe, ich verliere die Hoffnung
und glaube nicht mehr an schöne Träume.

Das war kein Volkslied. Harte Gitarrenriffs, ein solider Beat und eine eingängige Melodie.

»Gar nicht schlecht«, sagte Iwona.

Die rebellisch wirkende Blondine in Stiefeln und mit einem orthodoxen Kreuz im Ohr grinste geschmeichelt.

»›Hublaju kachańnie‹. Die Band heißt Amaroka. Weißrussischer Pop.«

Sie streckte die Hand aus und stellte sich vor:

»Ich bin Kinga.«

»Iwona.«

Sie gaben sich die Hand.

Herausfordernd schaute Kinga Iwona an, bis sie schließlich genug Mut gesammelt hatte, um ihr Gesicht zärtlich und etwas zu lange zu berühren.

»Es heißt, du wärst so ein Hooligan-Girl, aber du scheinst ganz okay zu sein.« Kinga lachte. »Angeblich ist dein Zukünftiger mein Großonkel, was auch immer das heißt. Ałła ist meine Tante. Hast du sie schon kennengelernt? Ich hasse es, sie zu besuchen.«

Sie hielt sich die Nase zu und kicherte.

»Seine Familie kann man sich nicht aussuchen«, erwiderte Iwona lächelnd und warf ihrer Mutter am anderen Ende des Zimmers einen Blick zu. »Familie ist am schönsten auf Fotos.«

»Genau«, stimmte Kinga zu und fügte hinzu: »Da riecht man auch nichts.«

Inzwischen erfüllte der Duft frisch gebackenen Kuchens die Räume. Eine Frau schaute in den Ofen und rief die anderen herbei. Sie drängten sich um sie.

»Jemand hat einen Fluch gesprochen«, murmelte Kinga und warf Iwona einen Blick zu. Beide lachten auf; aber die übrigen Anwesenden verstummten.

Der Korowaj war stark aufgegangen und füllte bereits den ganzen Ofen aus; dabei zeigte das Display noch über eine Viertelstunde bis zum Ende der Backzeit an.

»Was jetzt?«, fragte Iwona die älteste der Frauen.

»Wenn das ein Kachelofen wäre, würden wir ihn auseinandernehmen und den Korowaj herausholen.«

»Sonst wäre das ein schlechtes Omen?«

»Der Korowaj muss makellos sein.«

Konsterniert schaute Iwona ihre Mutter an. Bożena verdrehte die Augen gen Zimmerdecke. Sie verstand vom Backen ungefähr so viel wie von der Schmiedekunst, aber hier ging es um Aberglauben und nicht um Konditorhandwerk. Bondaruk, der reiche Unternehmer, der das Schicksal ihrer Familie in der Hand hielt, hatte die Weißrussinnen geschickt. Da konnte sie sich keinen offenen Spott erlauben. Aschenputtel sollte Königin werden – diese Chance hatte Bożena nicht gehabt.

»Und wenn wir ihn in Einzelteilen aus dem Ofen holen?«, schlug sie unsicher vor. »Wenn wir die Figuren herunternehmen, kriegen wir ihn auf jeden Fall durch die Tür.«

»Der Korowaj muss unbeschädigt sein. Alle werden ihn morgen genau unter die Lupe nehmen«, erwiderte die Älteste in der regionalen Mundart. »Es führt kein Weg daran vorbei«, fügte sie hinzu, »wir müssen den Ofen auseinandernehmen.«

Iwonas Mutter erhob sich aus ihrem Sessel: »Nur über meine Leiche. Dieser Ofen hat mehr gekostet als die ganze Wohnung.«

Unangenehmes Schweigen breitete sich aus. Die älteste Weißrussin und Bożena maßen sich mit Blicken.

»Der Kuchen brennt an«, sagte die Weißrussin erst auf Weißrussisch und dann auf Polnisch.

»Dann backen wir eben einen neuen, kleineren. Den kriegen wir dann auch als Ganzes aus dem Ofen, mit dem Gebinde.«

Die Weißrussin zuckte mit den Achseln.

»Wie Sie wollen«, erwiderte sie. »Aber damit schaden Sie Ihrer Tochter. Ein Korowaj, der misslingt, bringt Unglück.«

»Euer russischer Aberglaube interessiert mich einen Dreck!«, brüllte Bożena plötzlich. Sie war jetzt wirklich wütend. »Das ist nur ein Hefekuchen, verdammt!«

Im Flur war Gedränge entstanden, jemand schob sich in die Wohnung. Mehrere Mäntel fielen mit Getöse von ihren Bügeln. Alle starrten in Richtung Tür.

Im Flur stand ein Mann von kleinem Wuchs mit wirr abstehenden weißen Haaren und einer Zigarette im Mundwinkel, als wäre er eben einem Marek-Hłasko-Roman entsprungen. Trotz seiner sechzig Jahre sah er immer noch fantastisch aus, was vor allem an seinen strahlenden blauen Augen lag. Sein Gesichtsausdruck war allerdings gar nicht freundlich.

»Ich habe den Brautvater gerufen! Herr Sobczyk wird den Ofen auseinandernehmen. So retten wir den Korowaj!«, rief eine rotwangige Frau. Nun erwartete sie Lob, denn beim Backen des Korowaj durfte außer dem Brautvater kein Mann anwesend sein. Doch sie erntete nur Bożenas donnernden Zorn.

»Raus aus meinem Haus!«, schrie Iwonas Mutter.

Die Frauen zogen sich ängstlich zurück.

»Raus aus meinem Haus!«, schrie sie noch mal. »Raus, habe ich gesagt! Oder versteht ihr kein Polnisch, ihr Russenweiber?«

Nach und nach verließen die Frauen die Wohnung. Dawid stand jedoch immer noch bewegungslos im Zimmer, er hatte nur Augen für seine Tochter. Instinktiv trat Iwona zwei Schritte zurück.

»Alle raus hier, aber sofort!« Bożena tobte nun vor Wut. Sie bewarf die Weißrussinnen mit den mitgebrachten Blumen, Geschenken und dem Brot. Dann schaltete sie den Ofen aus, indem sie das Kabel aus der Steckdose zog. »Die Party ist vorbei!«

Unterdessen näherte sich Dawid Sobczyk seiner Tochter, die zu seinem Missfallen nie seinen Nachnamen getragen hatte. Er hielt sich nur mit Mühe aufrecht; offenbar war er seit Tagen nicht mehr nüchtern gewesen. Iwona ließ zu, dass er sie umarmte, riss sich aber gleich wieder los und drückte sich ängstlich gegen die Wand. Sie blickte zu ihrer Mutter, aber die schaute nicht in ihre Richtung, sondern näherte sich ihrem Mann, als wollte sie ihn verprügeln.

»Ich erlaube dir nicht, diesen alten Bock zu heiraten«, wandte sich der Vater in bedrohlich ruhigem Ton an seine Tochter.

Er hob seine Hand, und Metall blitzte auf. Im Zimmer brach Panik aus. Völlig verängstigt drängten die verbliebenen Frauen zur Tür hinaus, bis nur die beiden Freundinnen Iwonas im Wohnzimmer standen. Als Bożena das Wort an sie richtete, war ihre Stimme honigsüß.

»Und jetzt noch mal zum Mitschreiben. Alle raus hier. Aber sofort. Und ruft meine Jungs.«

Dann nutzte sie eine kurze Unaufmerksamkeit ihres Mannes aus und ging mit geballten Fäusten auf ihn los. Der wehrte Bożenas Angriff ab und stieß sie zu Boden. Ihr Kleid zerriss, und unter der gestopften Strumpfhose leuchtete ein weißer Schlüpfer auf. Iwonas Vater hielt noch immer die Geflügelschere in der Hand. Jetzt trat Dawid auf seine Tochter zu und umklammerte ihren Arm. Iwona hatte sich geirrt. Ihr Vater hatte keinen Kater, er war sternhagelvoll.

»Ist dir klar, wen du heiratest?«

»Lass sie in Ruhe!«, brüllte Bożena. »Tu ihr nicht weh!«

»Die alte Hexe mach ich auch fertig, wenn es sein muss«, sagte er zu Iwona und zeigte dabei auf Bożena. Dann näherte er sich Iwona und flüsterte ihr ins Ohr: »Bondaruk ist der Sohn eines Mörders. Er hat seine Frauen umgebracht! Es ist mir scheißegal, wie viel Kohle er hat. Deine Mutter hat dich an einen Russen verkauft, an einen Iwan hat sie dich verscherbelt, verstehst du? Die ganze Stadt lacht über mich. Für wie viel hast du sie verkauft, du Aas?« Mit der Geflügelschere fuchtelte er vor Bożenas Gesicht herum.

»Was brabbelst du, alter Dummkopf!«

Bożena erhob sich und zog ihr Kleid zurecht. Sie hatte sich jetzt wieder gefangen, denn hinter Dawid waren ihre Söhne aufgetaucht, die ihr zu Hilfe geeilt kamen. Die Żubr-Brüder waren nicht Sobczyks Blut. Ihr Vater – ein Heizer im Sägewerk – war im Alter von kaum neunundzwanzig Jahren an einem Herzinfarkt gestorben. Er hatte seine drei Söhne zu Halbwaisen gemacht und die blutjunge, bildhübsche und völlig unerfahrene Bożena mittellos zurückgelassen.

Sie musste die Zähne zusammenbeißen und tun, was nötig war. Um ihre Familie zu ernähren, ging sie putzen, nähte und bot schließlich auch Hostessdienste an. Letzteres war am einfachsten und am besten bezahlt. Inzwischen schien kaum mehr vorstellbar, dass sie einmal Ähnlichkeit mit Audrey Hepburn gehabt hatte, dass sie lange Zeit mehr Lolita als Sexbombe gewesen war. Genau wie jetzt Iwona hatte sie damals einen Pony bis zu den Augenbrauen getragen und einen Pagenschnitt gehabt. Ihre Haare waren schwarz wie Ebenholz gewesen, so wie die ihrer Tochter.

Die Würdenträger, die einen Großteil ihrer Kundschaft ausgemacht hatten, waren meist nicht im Traum darauf gekommen, dass sie die bestellte Dame vor sich hatten. Wenn sie das Hotel betrat, hielt man sie in aller Regel zunächst für ein Zimmermädchen. Bożena nahm ausschließlich Kunden am Vormittag, wenn ihre Kleinen im Kindergarten und später in der Schule waren. Den Nachbarn erzählte sie, sie würde im Hotel die Betten machen. Ihre Kunden waren zumeist gut situiert und – was wichtiger war – nicht aus der Gegend. Beiden Seiten war an Diskretion gelegen.

So hatte sie letztlich auch Dawid kennengelernt, seinerzeit ein erfolgreicher Ingenieur aus Ełk, der einmal in der Woche auf Dienstreise nach Hajnówka kam. Er verliebte sich bis über beide Ohren in Bożena. Versprach ihr, für sie zu sorgen, und brachte ihr Geschenke mit – mal ein Buch für die Kinder, mal eine Hautcreme, ein Parfum aus Moskau oder Nylonstrümpfe. Von Hochzeit sprach er nie, aber Bożena machte sich auch nichts aus einem weißen Kleid.

»Ein Mal reicht«, versicherte sie. »Ich brauche keinen Trauschein für die Liebe.«

Sobald sie sich privat trafen, gab ihr Dawid kein Geld mehr. Damals hielt sie dies für ein Zeichen des Respekts. Weiterhin brachte er Essen mit, Kleinigkeiten für die Wohnung, Souvenirs. Schließlich stellte er eine Reisetasche mit Kleidung bei ihr ab. Bożena meinte zu wissen, was das bedeutete: Dawid wollte sich häuslich bei ihr einrichten. Sie war jahrelang allein gewesen, hatte sich an die Einsamkeit gewöhnt, und mit drei Kindern hatte sie ohnehin ständig zu tun. Sie hatte sich keine großen Hoffnungen mehr gemacht, im Alter von achtunddreißig Jahren noch den Mann fürs Leben zu finden. Aber dann sah alles anders aus, und so war sie überglücklich, als sich herausstellte, dass sie wieder schwanger war.

»Das wird nur eine größere Fehlgeburt«, warnte Doktor Malinowski, damals der beste Gynäkologe in der Stadt. »Machen

Sie sich mal keine großen Hoffnungen. Das ist alles, was ich Ihnen raten kann.«

Ihr war klar, dass Dawid seinen Job nicht von einem auf den anderen Tag hinschmeißen konnte. Solche Dinge zu regeln brauchte Zeit, und sie war geduldig. Sie glaubte fest an eine strahlende Zukunft und plante ihr gemeinsames Leben. Mit Elan dekorierte sie die Wohnung, häkelte, strickte und nähte Babykleider. Das Kind würde das Band zwischen ihnen noch verstärken, das fühlte sie. Als sie im sechsten Monat zur Kontrolluntersuchung kam, war der Arzt mehr als verblüfft.

»Dann ist es wohl Gottes Wille«, sagte er. »Aber selbst wenn Sie es austragen, dann wird es wohl ein Mongo oder so was.«

Bożena nahm sein Gerede nicht weiter ernst, machte Vorurteile dafür verantwortlich. Ihr war klar, dass sie die älteste Schwangere auf der Entbindungsstation sein würde. Nie hatte sie sich schöner und glücklicher gefühlt. Am Ende war es eine natürliche und leichte Geburt. Ihre Tochter kam an einem Sonntag um einundzwanzig Uhr zur Welt. Sie wog genau vier Kilo, hatte eine Glückshaube auf dem Kopf und kein Downsyndrom. Der reizende Dawid kam am nächsten Tag mit einem Strauß Rosen und mit Pflaumenmus. Bożena war verrückt vor Glück.

Nur die älteren Söhne standen mit dem neuen Mann im Haus auf Kriegsfuß. Sie hatten ihn und seine Art im Handumdrehen durchschaut, machten sie es doch selbst so mit den Frauen. Dawid wohnte nur ein paar Monate bei ihnen – die letzten zwei Wochen der Schwangerschaft und die ersten Monate nach Iwonas Geburt. Mittlerweile unterstützte er Bożena nicht mehr finanziell, sondern aß und wohnte auf ihre Kosten in ihrer Wohnung. Vorbei war es mit den Souvenirs und auch mit der Fürsorglichkeit.

Dafür kamen allmählich seine schlechten Seiten ans Licht, zum Beispiel die Liebe zum Wodka. Schnell fand er in der Stadt Saufkumpane, mit denen er mehr Zeit verbrachte als mit seiner

Familie. Bożena sagte er, er suche in Hajnówka Arbeit, schließlich wolle er ihr ein würdiges Zuhause bieten und eine größere Wohnung kaufen. Bożena glaubte ihm. Ab und an bat er um Geld. Mal musste er jemanden schmieren, der ihm eine Stelle im Sägewerk beschaffen sollte. Mal wollte er eine Weiterbildung machen, damit er sich als Leiter der Trockenanlage bewerben konnte. Bożena gab ihm ihre Ersparnisse.

Erst als sie die kleine Iwona auf dem Standesamt anmelden wollte, gingen bei ihr die Warnleuchten an. Dawid hatte versprochen, sie zum Standesamt zu begleiten und Iwona auf seinen Nachnamen eintragen zu lassen, doch als es Zeit war, lag er immer noch sturzbetrunken auf dem Sofa. Später würde er sagen, er habe sich so auf das Ereignis gefreut, dass er den ganzen Abend zuvor Babyparty habe feiern müssen. Sie verschoben den Termin. Aber am nächsten Tag klopfte ein Mann im Anzug an die Tür und verlangte von Bożena, umgehend die Schulden Dawids zu begleichen; sonst bekäme jemand anders ihre Wohnung, und sie würde mit den Kindern auf der Straße landen. Und so kam alles heraus.

Erstens: Ihr wunderbarer Geliebter hatte sie über seine Scheidung angelogen. Zweitens: Längst hatte er seine Arbeit verloren, und die Gläubiger waren hinter ihm her. Drittens: Dawid war Alkoholiker. Er hatte sich bei ihr vor der ganzen Welt versteckt, damit er das hier und da geliehene Geld nicht zurückgeben musste, das er längst versoffen hatte.

Bożena kam schlagartig zu sich. Sie fügte die einzelnen Puzzleteile zusammen und erfasste innerhalb von Sekunden ihre Lage: Dawid hatte ihr nichts als Märchen erzählt. Sie traf die einzig mögliche Entscheidung. Sie fuhr zum Amt, ließ Iwona auf ihren Namen eintragen; in der Rubrik Vater stand: »unbekannt«. Dann stellte sie die Sachen ihres Liebhabers vor die Tür – viel war es nicht, nur eine halb volle Tasche und ein paar leere Flaschen.

Diese Bloßstellung sollte Dawid ihr nie verzeihen. Er machte ihr jeden Tag die Hölle heiß. Doch mithilfe ihrer Söhne gelang es ihr, ihn rauszuschmeißen. Seitdem hatte sie keinen Mann mehr gehabt. Sie sagte, ihr Vorrat an Liebe sei aufgebraucht.

Nun, da er nach all der Zeit wieder wütend in ihrer Wohnung stand, hoffte Bożena darauf, ihn ablenken und beruhigen zu können. Sie sprach mit sanfter Stimme, als wäre sie verhandlungsbereit.

»Bondaruk war nie verheiratet. Iwona ist seine erste Ehefrau. Und außerdem, was hast du hier zu melden? Deine Tochter ist erwachsen.«

»Alle wissen es.« Er drehte sich mit dem Rücken zur Tür. »Łarysa, die Weißrussin, ist spurlos verschwunden. Dafür wäre Bondaruk fast ins Gefängnis gekommen. Mariola, Nesteruks Tochter, ist damals lieber weggelaufen, als mit ihm zu leben.«

»Und wer sagt das?« Bożena lachte nervös. »Ein Trinker und Dieb, ein Betrüger wie kaum ein anderer. Hör nicht auf ihn, Iwona. Ich bereue jeden Tag, den ich mit ihm verbracht habe.«

»Du Hure!« Dawid wollte zu einem Schlag ausholen, aber seine Hand gehorchte ihm nicht. Er schwankte und fiel zu Boden. Nur mit Mühe rappelte er sich wieder auf.

Iwona hob den Kopf und schaute ihren Vater mit unverhohlener Verachtung an. Sie schämte sich für ihn, er war ganz offensichtlich ein totaler Versager.

»Welche Weißrussin?«, fragte sie. »Worum geht es hier?«

»Weißt du das nicht?«, wunderte er sich. »Die ganze Stadt haben sie damals zusammengetrommelt, um sie zu suchen. An der Ausfallstraße nach Białystok hat er ihr ins Gesicht geschossen. Frag ihn doch selbst! Vielleicht sagt er dir ja, was er mit ihrer Leiche angestellt hat. Ein alter ekelhafter Iwan. Der Schlimmste, den man sich hätte aussuchen …«

Er konnte den Satz nicht beenden, Bożenas Söhne nahmen

ihn in den Polizeigriff, hoben ihn hoch und setzten ihn wie einen Sack Kartoffeln vor die Tür.

»Mach dich vom Acker, Alter, du hast hier nichts zu suchen.« Ireneusz gab Dawid noch eine Kopfnuss mit auf den Weg.

Iwona blieb allein im Zimmer zurück. Schwer atmend ließ sie sich auf das alte Sofa fallen. Das war ihre Familie, ihr Leben. Alle meinten es gut mit ihr, und sie hatte nichts zu sagen. Fragte jemand nach ihrer Meinung? Ihr ganzes Leben ging das schon so. Wer war Łarysa? Was hatte ihr Vater gemeint? Sie schaute in den Backofen und dachte, dass das Glück wie immer einen Bogen um sie machte. Sonst wäre auch der Kuchen wunderbar gelungen. Aber der Korowaj war in sich zusammengefallen und verbrannt.

Sie öffnete die Ofentür und zog den oberen Teil des Gebäcks heraus. Der Kopf des Bräutigams war nicht verkohlt. Sie biss ihn von der Figur ab. Er zerfiel im Mund. Sie weinte laut und dachte an die Worte: »Weine, weine jetzt, denn morgen kommt das Glück.« Von wegen.

Sasza wurde vom Geräusch einer eingehenden SMS geweckt. Sie wusste einen Moment lang nicht, wo sie sich befand. Die Decke war mit Gipskassetten verkleidet, die das Marmorgewölbe eines Palasts imitierten. Erst ein Blick an die mit einem kolossalen Minotaurus-Kopf geschmückte Wand rief ihr ins Bewusstsein, dass sie fast am Ziel war. Der Kopf stammte offenbar von einem Wisent, denn in der Hochzeitssuite eines nach diesem Tier benannten Motels am Rande Hajnówkas hatte Sasza die Nacht verbracht.

Wegen Baustellen und Umleitungen auf der Autobahn war sie erst nach zwei Uhr nachts angekommen. Von den Unmengen Kaffee und isotonischen Getränken, die sie unterwegs zu sich genommen hatte, war sie völlig aufgeputscht gewesen, und so hatte sie beschlossen, die Energie zum Arbeiten zu nutzen. Als sie das Neon-Schild »isent« (das »W« war außer Betrieb) erblickt hatte, war sie, ohne zu zögern, auf den Parkplatz eingebogen und hatte das einzige freie Zimmer genommen.

Sie hatte ihren Computer angeschaltet und, ohne abzusetzen, ein halbes Kapitel über die Wespe geschrieben. Dann hatte sie eine Liste mit Zusatzfragen angelegt für den Fall, dass sich Koźmińska tatsächlich zu einem Interview überreden ließe. Restlos erschöpft, aber mit dem wohligen Gefühl, ihre Pflichten erfüllt zu haben, war sie kurz nach fünf Uhr eingeschlafen.

Sie warf einen Blick auf ihre alte Denbana: Die Armbanduhr zeigte Viertel nach zehn. Um diese Uhrzeit hätte Sasza längst im Büro des Direktors der Privatklinik Ciszynia sein sollen. Am

Telefon war der Arzt alles andere als freundlich gewesen, er hatte sogar versucht, sie von ihrem Vorhaben abzubringen. Einem Treffen hatte er erst zugestimmt, als Sasza sich als Vertreterin der Strafverfolgungsbehörden ausgegeben hatte. Es gehe um eine Ermittlung, hatte sie behauptet. Notgedrungen hatte der Direktor ihr einen Termin am Samstag angeboten – eine Ausnahme, wie er betonte. Für die Audienz war eine Stunde angesetzt, davon würde Sasza nun im besten Fall noch die Hälfte nutzen können. Aber das spielte keine Rolle. Sie brauchte nur die Antwort auf eine einzige Frage, und solange sie den Arzt noch erwischte, würde sie herausfinden, was sie wissen musste.

»Verdammt!«

Hastig schlüpfte sie in ihre Jeans. Durch einen Spalt zwischen den Vorhängen drang etwas Sonnenlicht ins Zimmer. Sasza spürte den Sand unter den Augenlidern und im Mund die Trockenheit vom vielen Rauchen. Sie zog ein zerknittertes Hemd aus ihrem Koffer, änderte dann aber ihre Meinung und entschied sich für ein weißes Poloshirt, ein dunkelblaues Jackett und ein französisches Halstuch – ihre dienstliche Ausgehuniform, sie war bügelfrei und machte bei jedem Anlass einen guten Eindruck. Während sie im Hotelzimmer hin und her lief, kämmte sie sich die Haare, suchte ihre wenigen Habseligkeiten zusammen, packte den Laptop ein und putzte sich, da sie die Zahnbürste vergessen hatte, die Zähne mit dem Finger. Wenige Minuten später war sie abmarschbereit, eilte zur Rezeption und bat um die Rechnung. Während der Rezeptionist die Summe von ihrer Kreditkarte abbuchte, warf sie einen Blick auf ihr Handy.

Alle drei eingegangenen Nachrichten stammten von Duchno. Ermutigt von seiner gestrigen Glückssträhne, versuchte er weiter, mit ihr zu flirten. Wobei seine schlüpfrigen Bemerkungen eher in die Kategorie »Anbaggern« fielen. Sasza ignorierte zwei sexistische Sprüche, aber die Warnung »Achtung vor den Zubronen!« brachte sie dann doch zum Lachen.

Sie verzichtete auf das Frühstück, obwohl der Rezeptionist ihr versicherte, kein anderes Büfett in Polen biete gesalzenen Speck mit Zwiebeln und sauren Gurken. Seit dem gestrigen Frühstück hatte sie nichts mehr gegessen. Sie versprach, die Spezialität beim nächsten Mal zu probieren.

Als sie in die Hauptstraße einbog und statt eines Ortsschilds nur eine Werbetafel des hiesigen Fleischbetriebs »Nesteruk & Co.« erblickte, verflog ihr Hunger augenblicklich. Von der Tafel grinsten den Vorbeifahrenden drei rosige Schweinchen an. Darüber prangte der Werbespruch »Gemeinsam in die Zukunft«.

Das Gebäude der psychiatrischen Klinik Ciszynia lag inmitten eines Birkenwäldchens, hinter dem Klarissen-Kloster in der ulica Lipowa. Es war umgeben von einem Holzzaun, bemalt mit traditionellen weißrussischen Ornamenten.

In der Einfahrt zum geschotterten Parkplatz stieß Sasza beinahe mit einer schwarzen Limousine zusammen, die ihr mit überhöhter Geschwindigkeit entgegenkam. Der Chauffeur – ein dicker Glatzkopf mit Schnauzbart – hob entnervt die Hände. Sasza winkte entschuldigend zurück. Das Gesicht des Passagiers im Fond des Wagens konnte sie durch die abgedunkelten Scheiben nicht erkennen.

Sie parkte ihren Fiat Uno schräg, sodass sie zwei Parkplätze blockierte, machte sich darüber aber keine weiteren Gedanken. Abgesehen von einem Lieferwagen mit dem Klinik-Logo war der Parkplatz gähnend leer. Sasza stieg aus und schüttete fast den gesamten Inhalt ihrer Handtasche auf der Motorhaube aus. Für einen Moment durchbrach das ohrenbetäubende Glockenläuten der nahe gelegenen orthodoxen Kirche die Stille. Die Dokumentenmappe befand sich wie immer ganz unten in der Tasche. Sasza atmete auf. Einen Moment lang hatte sie befürchtet, nicht nur mehrere Hundert Kilometer ohne Führerschein und Fahrzeugpapiere gefahren zu sein, sondern auch keinen Zutritt zur Klinik zu erhalten. Ihren Personalausweis steckte sie vorsorglich in die Hosentasche und schaute sich um.

Im kleinen Park saßen einige Bewohner der Klinik auf den Bänken in der Sonne. Andere machten einen Spaziergang um den kleinen Teich und unterhielten sich. Neben einem Springbrunnen lag ein junges Mädchen in geblümtem Kleid in einer unnatürlichen Haltung. Sasza brauchte einen Moment, um zu begreifen, dass sie offenbar Modell saß. Der Maler stand neben einem Gebüsch vor einer leeren Leinwand. Sein Gesicht konnte sie nicht erkennen, trotzdem schlug ihr Herz schneller. Sie suchte in ihrer Handtasche nach der Brille. Der Mann war von kleiner Statur, blond und hatte O-Beine wie ein Cowboy. Er trug einen blauen Kapuzenpulli. Prüfend betrachtete er die Nixe, die sich für ihn verbog, und begann dann, Farben auf einer Palette abzumischen. Nun sah Sasza deutlich sein Profil: spitze Nase, runde Kieferknochen und tief sitzende Augen. Doch nur eine entfernte Ähnlichkeit. Erleichtert lief sie zum Eingang.

Der Eingangsbereich war leer und funkelte geradezu, als wäre jeder Gegenstand mit Glanzpolitur behandelt worden. Vom Fußboden hätte man essen können. Im Unterschied zu den staatlichen Psychiatrien roch es hier nicht nach Krankenhaus, Schweiß und anderen Körperausscheidungen. Die absolute Stille unterstrich das noble Ambiente.

Auch die freundliche Frau in weißem Schwesternkittel hinter dem Empfangstresen erinnerte in keiner Weise an Schwester Mildred Ratched aus *Einer flog über das Kuckucksnest*. Sie nickte Sasza freundlich zu. Załuska lief mit eiligen Schritten den Korridor entlang. Die beunruhigende Stille wurde nur durch das Klacken ihrer Absätze unterbrochen. Außer der Gruppe im Park schien es keine Patienten zu geben. Oder war dies vielleicht ein Hospiz, und deshalb die Grabesstille?

»Wo ist denn bitte das Zimmer des Direktors?«, rief Sasza irritiert, als sie das Ende des Korridors erreicht hatte und nur einer dieser immergrünen Büropflanzen gegenüberstand.

»Weiter geradeaus und dann die erste Tür rechts«, war die Antwort. »Allerdings ist nur die stellvertretende Direktorin da. Der Herr Direktor musste leider schon gehen.«

Sasza eilte zurück zum Tresen.

»Ich hatte einen Termin«, erwiderte Sasza. »Ich bin durch halb Polen gefahren, nur um den Chefarzt zu sprechen.«

»Den Direktor«, verbesserte sie die Schwester. Ihre Freundlichkeit war verflogen. In ihren Augen lag nun Argwohn. »Dies ist eine private Einrichtung, kein Krankenhaus. Allerdings nehmen wir auch Patienten auf, die zur Beobachtung von Gerichten oder Prozessgutachtern bei uns eingewiesen werden. Ihr Name?«

»Załuska.« Sasza schaute auf ihre Armbanduhr. Es war immer noch Viertel nach zehn. Die Uhr war stehengeblieben. »Wie spät ist es?«

»Drei Minuten nach zwölf«, antwortete die Schwester. Sie blätterte im Gästebuch. Sasza beugte sich über die Theke, entzifferte auf einer der Seiten ihren Namen und den Vermerk »Polizei – privat«.

»Der Herr Direktor hat bis um Viertel vor zwölf auf Sie gewartet. Er ist nur Ihretwegen heute reingekommen und gerade eben erst gegangen. Sie müssen ihm noch begegnet sein.«

Der Lärm eines Staubsaugers verschluckte die letzten Worte der Schwester. Sasza drehte sich um und verstand, warum hier alles so aseptisch war. Eine riesige Reinigungsmaschine fuhr vorbei, gesteuert von einem Mann in Uniform und Schirmmütze. Er vernichtete sämtliche Spuren von Saszas Wanderung zur Büropflanze, parkte die Maschine in einer Ecke und stellte den Motor ab. Solche Geräte wurden in Supermärkten und großen Firmen eingesetzt. Die Ciszynia-Klinik musste über ein beachtliches Budget verfügen.

»Scheiße«, seufzte Sasza und drehte sich wieder zu der Rezeptionistin um. »Verdammte Scheiße.«

»Sind Sie aus Warschau gekommen?«

»Schlimmer. Aus Danzig. Ich bin erst heute Morgen angekommen. Und dann habe ich verschlafen. Ich weiß, es klingt bescheuert, aber meine Uhr ist stehen geblieben.«

Die Schwester musterte Sasza neugierig. Die Vorsicht in ihren Augen wich jetzt ehrlichem Mitgefühl.

»Sie können am Montag wiederkommen. Ich sage Bescheid, dass Sie da waren.«

Sasza lehnte sich gegen die Theke und bohrte ihren Blick in die braunen Augen der jungen Frau. Sie sprach langsam und artikulierte jede einzelne Silbe überdeutlich.

»Am Montag muss ich zurück in Danzig sein. Um Punkt acht Uhr habe ich eine Prüfung am Schießstand. Ich muss unbedingt jetzt mit dem Direktor sprechen.«

Die Schwester schüttelte langsam den Kopf.

»Es tut mir leid.«

»Das ist eine kleine Stadt.« Sasza ließ nicht locker. »Wo wohnt der Direktor?«

»Das kann ich Ihnen nicht sagen. Das müssen Sie verstehen.«

Die braunen Augen verbargen jetzt nur notdürftig ihre offensichtliche Angst.

»Eine Telefonnummer. Eine E-Mail-Adresse?«

»Die E-Mail steht auf unserer Internetseite. Aber der Direktor wird erst am Montag wieder seine Mails anschauen.«

Sasza stützte die Ellenbogen auf.

»Sie lassen mich also hängen?«

»Nein«, empörte sich die Krankenschwester. Sie kritzelte eine E-Mail-Adresse auf einen Zettel und schrieb auch eine Telefonnummer dazu. »Das ist alles, was ich Ihnen geben kann.«

Sasza ließ sich auf den nächstgelegenen Stuhl fallen und tippte die Nummer in ihr Handy. Gleich darauf klingelte das Telefon auf dem Schreibtisch der Rezeptionistin. Die Schwester blickte auf das rote Blinklicht, nahm aber den Hörer nicht ab. Sasza legte auf. »Witzig«, murmelte sie. Sie stand auf und ging zum Ausgang.

Die Rezeptionistin zögerte, dann sprang sie auf und eilte Sasza hinterher. An der Tür holte sie die Profilerin ein.

»Die stellvertretende Direktorin ist noch im Haus. Vielleicht lässt sie sich überzeugen und gibt Ihnen die Handynummer des Direktors.« Sie breitete ratlos die Arme aus und warnte: »Aber nur auf eigene Verantwortung.«

»Wo?«

»Zimmer dreizehn, erster Stock. Aber vorher brauche ich bitte Ihren Ausweis. Ich muss Ihre Daten aufnehmen.«

Sasza fischte das Dokument aus ihrer Tasche. Sobald die Krankenschwester ihren Namen ins Gästebuch eingetragen hatte, riss sie ihr den Ausweis aus der Hand und rannte fast zur Treppe. Als sie im ersten Stock ankam, hörte sie wieder die Reinigungsmaschine. Der Putzmann tilgte erneut ihre Spuren. Ein eigenartiger Ort.

Als klassische Schönheit konnte man Doktor Magdalena Prus nur schwerlich bezeichnen, aber sie war auf jeden Fall perfekt zurechtgemacht. Alles an ihr war tipptopp. Ein intelligenter Blick vervollständigte das Gesamtbild. Auf manche Männer mochte eine solche Frau einschüchternd wirken, dachte Sasza. In Frauen weckte sie dagegen eine primitive Eifersucht. In der Gegenwart der eleganten Frau Doktor Prus kam sich Sasza wie ein hässliches Entlein vor.

Ihre von Natur aus dunkelblonden Haare fielen in einem einfachen Mittelscheitel auf die Schultern. Statt des üblichen weißen Arztkittels trug sie ein eng anliegendes, mit blauen Schmetterlingen bedrucktes Seidenkleid, das ihren perfekten Körper wie eine zweite Haut umhüllte. Unter dem Stoff zeichnete sich am Bauch ein kleiner Huckel ab. Die Ärztin musste ein Bauchnabel-Piercing tragen, und Sasza wäre jede Wette eingegangen, dass daran ein Diamant von beachtlicher Größe prangte. Für die Tätigkeit einer Klinikärztin waren die Absätze ihrer Schuhe definitiv zu hoch, doch bewegte sich Magdalena Prus darin leichtfüßig und graziös.

Als Sasza sie mitten in einem Behandlungsgespräch überfiel – die Patientin war offenbar ein magersüchtiger Teenager –, verwies die Ärztin sie höflich des Zimmers. Sie öffnete die Tür zu ihrem Büro und bat Sasza zu warten.

Sasza stellte sich auf schwierige Verhandlungen ein. Um die Ärztin gnädig zu stimmen, war sie sogar zu einer umfassenden Beichte bereit: der Gefängnisaufenthalt, die Sucht, die Arbeit im Zentralen Ermittlungsbüro und die gescheiterte verdeckte Ermittlung. Am Ende war jedoch kein Taktieren nötig. Doktor Prus wusste auf den ersten Blick, wer Sasza war und was sie wollte.

»Er ist nicht mehr bei uns«, erklärte sie anstelle einer Begrüßung.

Sasza erstarrte. Darauf war sie nicht vorbereitet. Das war das schlimmste aller denkbaren Szenarien, und sie hatte diese Möglichkeit keinen Moment lang auch nur in Betracht gezogen.

»Ich bin also umsonst hergefahren?«

»Es geht Ihnen doch um Łukasz Polak?«, fragte die Ärztin und zeigte auf eine dünne Akte mit dem Namen des Patienten darauf.

Sasza nickte – und bereute zutiefst, dass sie nicht früher darauf gekommen war, ein wenig auf dem Schreibtisch herumzustöbern. Die Akte hatte die ganze Zeit dort gelegen. Niemand hatte sie im Panzerschrank verstaut.

»Das Bild hat er mitgenommen«, erklärte die Ärztin.

Sasza schnappte nach Luft. In ihrem Kopf kreiste nur ein einziger Gedanke: Was wusste die Ärztin noch?

»Er hatte es bei sich?«

Während der gesamten Operation hatten sie das Bild erfolglos gesucht. Es war das wichtigste Beweisstück in dem Fall. Sasza hatte man gesagt, Łukasz sei im Feuer umgekommen, aber das stimmte nicht. Und nun stellte sich heraus, dass auch das Gemälde den Brand heil überstanden hatte. Hatte die Polizei davon gewusst?

Ganz bestimmt hatte niemand das Bild unter kriminologischen Gesichtspunkten untersucht, von einer Motivanalyse ganz zu schweigen. Vielleicht war das Bild heute, nach so vielen Jahren, nur noch für sie von Bedeutung. Aber sobald sie das Bild sah, würde Sasza wissen, ob es von der »Roten Spinne« stammte, und dann könnte sie die Wiederaufnahme der Ermittlungen erreichen. Das Gemälde war die Visitenkarte eines Serienmörders. Der Täter hatte getötet, um sein Werk zu vollenden. Auch die anderen Bilder, die Sasza kannte, durften nicht für sich allein betrachtet werden, alle zusammen bildeten ein Gesamtwerk.

Die »Rote Spinne« hatte regelmäßig Polaroid-Aufnahmen der Leichen an das Polizeipräsidium geschickt und die Ermittler so über weitere Opfer informiert. Die Bilder ähnelten dem Foto, das nun auf dem Facebook-Profil von Lidka Wrona stand.

Einzelne Details der Fotografien griff er später in seinen Gemälden wieder auf. Sasza hatte das erste Bild der Serie nur ein einziges Mal gesehen, als Łukasz sie entführt und gefangen gehalten hatte. Es erinnerte sie an die Werke von Hieronymus Bosch, obwohl das grauenhafte Motiv wichtiger war als die künstlerische Qualität. Nur der Mörder kannte die Details der einzelnen Fälle. Wenn das Gemälde aber lediglich vom Werk des Mörders inspiriert war, dann war Łukasz unschuldig.

»Er hatte es die ganze Zeit bei sich?«

Doktor Prus verzog die Lippen zu einem boshaften Lächeln.

»Drei Jahre lang. Er hat es wieder und wieder überarbeitet. Ich erkenne gerade eine unübersehbare Ähnlichkeit zu einer der dargestellten Figuren, ich würde sagen, der Hauptfigur.«

»Was genau zeigt das Bild?« Sasza schluckte laut. »Außer einem Akt von mir?«

Die Ärztin klopfte mehrmals auf die Patientenakte.

»Wir haben hier eine Fotokopie. Aber die kann ich Ihnen natürlich nicht zeigen«, unterbrach sie sofort. »Datenschutz. Dafür bräuchte ich eine Vollmacht.«

»Von wem?«

»Selbst der Familie würde ich das Bild ohne die Zustimmung des Patienten nicht zeigen. Aber letztendlich obliegt die Entscheidung natürlich dem Direktor.« Sie räusperte sich. »Nur er kann das genehmigen.«

»Der wird schon einverstanden sein«, erwiderte Sasza und streckte die Hand nach der Akte aus. Aber die Ärztin zog die Papiere sofort aus ihrer Reichweite. »Keine Sorge. Sie müssen ihn nur kurz anrufen.«

Für eine Sekunde verschwand das Lächeln aus dem Gesicht der Ärztin, auf ihren Wangen erschienen kleine rote Flecken, und plötzlich wirkte sie deutlich älter als vierzig. Eilig verstaute sie die Unterlagen in einer Schublade ihres Schreibtischs.

»Wohin wurde er verlegt?«, fragte Sasza, obwohl sie sich wenig Hoffnung auf eine hilfreiche Antwort machte. In ihrem Kopf überschlugen sich bereits die Gedanken, wie sie weiter vorgehen sollte. Diesmal bräuchte sie Duchnos Hilfe. Gegenwärtig gab es in Polen einhundertdreiundzwanzig private psychiatrische Kliniken. Keine rückte mit Informationen über ihre Patienten heraus. Sasza suchte eine Nadel in einem Heuhaufen.

»Er wurde als geheilt entlassen und hat unsere Klinik bereits verlassen.«

»Er wurde entlassen? Er ist auf freiem Fuß?«

Die Ärztin nickte. Die erste Geige zu spielen war ihre Lieblingsrolle. Triumphierend fügte sie hinzu:

»Er war nie eingesperrt. Er war freiwillig hier. Drei Ärzteteams haben ihn untersucht und ihre Diagnose war einhellig: Er hat die Krise überwunden.«

Die Ärztin lebte ihre unbegrenzte Macht jetzt ganz offen aus. Von der stellvertretenden Direktorin war keinerlei Hilfe zu erwarten. Doktor Prus würde ihr eher noch zusätzliche Steine in den Weg legen.

»Und das heißt, keiner hier weiß, wo Polak sich jetzt befindet?«

»Der Patient ist nicht entmündigt. Wir haben kein Recht, ihn zu überwachen. Er ist ein freier Mensch.«

»Er ist ein Mörder!« Sasza schrie jetzt fast, ihre Stimme überschlug sich. »Ich war an den Ermittlungen beteiligt. Fast hätten wir ihn festgenommen. Ich bin eines seiner Opfer, aber er hat mich nicht getötet. Ich habe Angst … Verstehen Sie? Ich muss herausfinden, wo er ist!« Plötzlich versagte ihr die Stimme.

»Er war unser Patient, kein verurteilter Straftäter.« Die Ärztin maß Sasza mit einem stahlharten Blick. »Was versuchen Sie wirklich herauszufinden?«

»Ich muss mit ihm reden.«

»Sie sind Milena, richtig?«

»Wie bitte?«

»Seine Geliebte. Ihretwegen ist er krank geworden.«

Sasza antwortete nicht. Sie fühlte, wie sie rot wurde, und ärgerte sich darüber.

»Er war mein Patient«, fuhr die Ärztin unterdessen fort. »Ich weiß alles über euch.«

»Über uns?«, fauchte Sasza. »Es gab nie ein ›uns‹. Er hat mich entführt!«

»Sie müssen doch nicht gleich schreien.« Doktor Prus beruhigte ihr Gegenüber mit der Geste einer gnädigen Kaiserin. »Ich habe ihn mehrere Jahre behandelt, von Anfang an, seit seiner Einweisung. Und ich kann Ihnen versichern, dass außer einer tiefen Depression und einer posttraumatischen Belastungsstörung keine weiteren Diagnosen vorliegen.«

»Also haben sich alle geirrt?«

»Ich kann mit Sicherheit sagen, dass dieser Mensch nicht mehr psychisch krank ist«, betonte Doktor Prus. »Er hatte nicht einmal eine Borderline-Persönlichkeitsstörung. Er ist ein netter Kerl. Er braucht jetzt Unterstützung, keine Hexenjagd.«

Sasza war den Tränen nahe. Wodka, Likör, Wein, der billigste Schnaps, alles wäre ihr jetzt recht gewesen. Sie fühlte Panik in sich aufsteigen. Sollte sie jetzt einfach nach Hause fahren und dort auf ihre Tochter warten? Oder Karolina direkt in Kreta abholen und mit ihr nach Sheffield zurückkehren? Wenn Łukasz frei war, dann würde er seine Tochter sehen wollen, so viel war sicher. Er wusste schließlich schon, dass er ein Kind hatte. Und nichts und niemand würde ihn davon abhalten, sie irgendwann zu finden. Vielleicht wartete er schon im Treppenhaus ihrer Wohnung in Zoppot. Sasza war am Boden zerstört.

»Umso schlimmer«, sagte sie schließlich. Angestrengt versuchte sie ruhig zu wirken, aber es gelang ihr kaum. Innerlich kochte sie vor Wut. Jetzt fiel ihr wieder ein, dass sie auf der Hinfahrt an einem Spirituosenladen vorbeigekommen war. Mit dem Auto wären das nur wenige Minuten Fahrt. Sie ignorierte diesen Gedanken und sprach schnell weiter. Sie musste ihr Verlangen übertönen, es in einen Wortschwall verwandeln, ihre Wut herausschreien, um sich nicht zu betrinken. Ihre Stimme hob sich erneut um mehrere Tonlagen. »Denn das heißt doch, er war vollkommen zurechnungsfähig, als er seine Taten beging. Wir haben es also mit einem Psychopathen zu tun. Das Verfahren muss wieder aufgenommen und Polak vor Gericht gestellt werden.«

»Dann müssten Sie sich aber auch für Ihr eigenes Handeln verantworten«, stellte Doktor Prus ungerührt fest. »Das war grobe Pflichtverletzung und Kompetenzüberschreitung. Sie haben drei Frauen in Gefahr gebracht, und am Ende waren sie alle tot. Der Täter wurde in allen drei Fällen nicht gefasst. Łukasz hat mir davon erzählt. Woher sollen wir wissen, dass Sie nicht mit dem wahren Mörder zusammengearbeitet haben? Wenn auch nur unbewusst.«

Sasza presste krampfhaft die Lippen zusammen, um nichts zu sagen, was sie im nächsten Moment bereuen würde. Sie war erschüttert von der Unverschämtheit der Ärztin, aber auch davon, wie viel diese wusste. All das war bisher ein sorgsam gehütetes Geheimnis gewesen. Niemand, nicht einmal Professor Abrams, von Saszas Familie ganz zu schweigen, kannte dermaßen viele Einzelheiten der geheimen Operation »Däumelinchen«. Dass auch Sasza zum Kreis der Verdächtigen zählte, wussten nur sie selbst, Opa und Łukasz. Letzterem hatte Sasza es im Bett gestanden. Auch sie sollte ausgeschaltet werden. Als Sasza das herausgefunden hatte, schloss sie ein Bündnis mit Łukasz.

Sie waren beide in derselben Situation. Paradoxerweise hatte das Feuer auch sie von allen Vorwürfen freigesprochen. Die Sache wurde unter den Teppich gekehrt, denn die Polizei hatte überhaupt keine Beweise gegen die »Rote Spinne«. Die Ermittler wussten nicht einmal, ob Däumelinchen ihm Informationen zugespielt hatte. Diese Hypothese existierte, sie war aber streng geheim und ließ sich nie erhärten.

Und jetzt, Jahre später, konnten alle Einwohner dieser Kleinstadt von Saszas Geheimnis erfahren, in Form von kolportierten Geschichten, die einem das Blut in den Adern gefrieren ließen. Doktor Prus musste nur bei einer Einladung zum Mittagessen eine berufliche Anekdote zum Besten geben.

»Was Sie da erzählen, ist mir neu«, begann sie träge und von oben herab, um Sasza noch mehr in Rage zu bringen. Ihr war nicht entgangen, dass sie die Profilerin mit ihrer betonten Gleichgültigkeit provozierte. »Aber Sie brauchen sich wirklich keine Sorgen zu machen. Auch wenn ich weiß, wer Sie sind, und viele Informationen über das kurze, intensive Verhältnis zwischen Ihnen und Łukasz Polak habe, bin ich natürlich an das Arztgeheimnis gebunden. Ich kann Ihnen nur raten, sich mit Łukasz zu treffen. Sie sollten sich ehrlich mit ihm aussprechen, die Sache klären und in Ordnung bringen.«

»Nichts wünsche ich mir mehr«, log Sasza und lächelte hart. »Seine Adresse oder seine Telefonnummer würden mir sehr dabei helfen. Meinen Sie nicht?«

»Damit kann ich leider nicht dienen.«

»Großartig«, spottete Sasza. »Hätte ich gewusst, dass er entlassen wird, hätte ich mir die Mühe gespart herzukommen und wäre gleich in die beschissene Antarktis ausgewandert.«

»Wenn Łukasz wollte, dass Sie seine Adresse haben, hätte er sie Ihnen längst mitgeteilt.«

»Wie denn?«

»Sie haben doch sein Schreiben bekommen!«

»Welches Schreiben?«

»Vor seiner Entlassung hat Łukasz Ihnen einen Brief geschrieben. Den hat er an die Adresse der Danziger Polizei geschickt. Dort arbeiten Sie doch noch, oder nicht? Oder hatte er ihn doch an Ihre Privatadresse geschickt?« Doktor Prus tat so, als könne sie sich nicht genau erinnern.

Sasza war verblüfft. Einen solchen Brief hätte Duchno ihr garantiert weitergeleitet, wenn er denn tatsächlich angekommen war.

»Er weiß, wo ich arbeite? Und wo ich wohne? Er hat den Brief selbst abgeschickt?«

Prus nickte bestätigend und schloss ihre Tasche.

»Es ist nicht schwierig, die richtige Kommandantur zu finden, wenn man Bekannte bei der Polizei hat.«

»Sie wissen viel über mich.« Sasza änderte ihre Taktik und ging zum Angriff über. »Zu viel. Was ist das für ein Gefühl, in fremden Angelegenheiten herumzuschnüffeln? Dafür nehmen Sie sich Zeit?«

»Das ist meine Arbeit.«

»Sicher nicht«, widersprach Sasza. »Das ist kein berufliches Interesse. Davon verstehe ich was.«

Doktor Prus erbleichte.

»Werden Sie nicht unverschämt!«

»In diesem Feld kenne ich mich eben aus. Auch ich bin bei den Fällen, in denen ich ermittle, oft persönlich involviert. Da kann man eine ganz schöne Macke von bekommen, finden Sie nicht?«

»Unsere Unterhaltung ist hiermit beendet«, stellte Doktor Prus fest, aber Sasza machte es sich nur noch bequemer auf ihrem Besucherstuhl. Langsam begann ihr die Sache Spaß zu machen.

»Sie haben auf mich gewartet. Geben Sie es zu.«

Die Ärztin würdigte sie keines Blickes. Offenbar hielt sie Nichtbeachtung für die schlimmste Beleidigung. Aber für Sasza war keine Antwort durchaus eine Antwort, und das wussten beide.

»Und? Bin ich so, wie Sie es sich vorgestellt haben?«

»Nur teilweise. Ich dachte, Sie würden jünger aussehen.«

»Tut mir leid, wenn ich Sie enttäuscht habe.«

»Altern ist ein natürlicher Prozess. Und nicht jedem ist es gegeben, ihn aufzuhalten.«

»Das raubt Ihnen also den Schlaf? Ziemlich oberflächlich für jemanden in Ihrer Funktion!«, warf Sasza ein und schaute nun sehr zufrieden. »Das hätte ich nicht erwartet. Das ist ja erbärmlich.«

»Sonst noch etwas? Ich bin nämlich schon spät dran …« Gekonnt überging die Ärztin die Beleidigung.

»Mein Name steht nicht auf der Webseite der Kommandantur«, erklärte Sasza. »Wer hat Łukasz geholfen, mich zu finden?«

Doktor Prus schaute die Profilerin mit unverhohlener Belustigung an.

»Vielleicht war ich das, vielleicht auch jemand anders. Ist das von Bedeutung? Sie übertreiben, und Sie verhalten sich wie eine verlassene Ehefrau.«

»Ich übertreibe?«

Sasza erinnerte sich an die Leichen der ermordeten Frauen. Sie waren regelrecht ausgeweidet worden. Vorher hatte der Täter die Leichen in obszönen Posen arrangiert. Er hatte die Frauen gewaschen, gekämmt, angekleidet und ihnen, wenn nötig, die Knochen gebrochen – alles für die Kunst. Damit die Bilder Eindruck machten, hatte er sie aus großer Entfernung von oben fotografiert. Aus dieser Perspektive wirkten die auf Gras oder Sand arrangierten, in bunte Kleider oder Goldfolie gewickelten Körper wie abstrakte Bilder. Das jüngste Mädchen, das auf dem Wasser trieb, war in ein grellpinkes Fischernetz gewickelt gewesen. Von Weitem war die ästhetische Wirkung überwältigend, aber aus der Nähe war die Grausamkeit abstoßend.

Der »Roten Spinne« ging es um Publicity und Ruhm. Aus purer Eitelkeit hatte er sich in Briefen geoutet und regelmäßig Bilder seiner Verbrechen geschickt. Er wollte ein Gesprächsthema sein, aber das hatte er nicht erreicht. Es war den Behörden gelungen, die meisten Einzelheiten aus der Presse herauszuhalten, denn bei der Mehrzahl der Opfer handelte es sich um Straßenprostituierte. Niemand suchte sie, niemand erwartete Ermittlungsergebnisse. Bis heute war die Identität einiger Frauen ungeklärt.

Zwei der Frauen hatte Sasza persönlich gekannt. Sie suchten nicht in den einschlägigen Etablissements, sondern in teuren Restaurants, schicken Diskotheken und gehobenen Clubs nach Kunden. Ein paar dieser Studentinnen hatte sie retten können. Aber die würden niemals zur Staatsanwaltschaft gehen und aussagen, was sie durchgemacht hatten. Denn dann müssten sie vor Gericht auch offenlegen, dass sie neben Verwaltungswissenschaft, Chemie oder Germanistik die *ars amandi* für Fortgeschrittene studiert hatten.

Nur der Fall Lidka Wrona war in den Medien groß rausgekommen. Eine Studentin aus gutem Hause, wenn auch mit geschiedenen Eltern, mit einem Freundeskreis, der sich in *Sex and the City* hätte sehen lassen können. Niemand hatte durchblicken lassen, dass auch sie eine Prostituierte war, nur eben eine der Luxusklasse. Sasza hatte sie kennengelernt. Lidka war verrückt nach Markenklamotten, und sie erkannte Männer mit Geld auf hundert Meter gegen den Wind. Am Ende hatte sie eben dran glauben müssen. Sasza wusste genau, von welchen Ersparnissen die Studentin ihrer Mutter eine Wohnung gekauft hatte. Lidka war die Letzte in der Serie gewesen, seitdem herrschte Stille. Bis vor Kurzem hatte Sasza noch geglaubt, dass der Psychopath deshalb nicht weitermordete, weil er eingesperrt war. Die Bevölkerung, vor allem die Lidkas dieser Welt, waren sicher. Jetzt, wo der Täter wieder auf freiem Fuß war, würde sich das ändern, davon war sie überzeugt.

»Theoretisch ist es möglich, dass ich übertreibe«, sagte Sasza in betont ruhigem Tonfall. »Ich habe einfach einen kleinen Dachschaden. Das vergaß ich eingangs zu erwähnen.«

Sie griff in ihre Tasche, zerdrückte die Zigarettenpackung darin und lächelte etwas bemüht. Nein, sie würde hier nicht entgegen den Vorschriften rauchen. Aber sie wusste, was sie tun würde, sobald sie diesen Raum verlassen hätte. Sie würde eine Flasche Gin kaufen und in einem Zug so viel trinken, wie sie nur konnte, um runterzukommen. Allein bei dem Gedanken ging es ihr schon viel besser.

Sasza sah die Sache jetzt wesentlich klarer. Die Ärztin war ihr von Anfang an nicht wohlgesonnen gewesen. Doktor Prus stand ganz und gar auf der Seite ihres gut aussehenden Patienten. Sasza konnte das sehr gut nachvollziehen. Sie war Łukasz ja auch auf den Leim gegangen. Psychopathen können äußerst charmant sein, sie vermitteln einem ein gutes Gefühl, manipulieren und wenn nötig spielen sie den Unschuldsengel. Sasza wusste das aus eigener Erfahrung.

»Es freut mich, dass wir uns einig sind.« Doktor Prus erhob sich. Sie hielt die Unterredung jetzt endgültig für beendet.

Sasza reagierte nicht, sondern blieb reglos auf ihrem Stuhl sitzen. Sie gewann immer mehr Gefallen an der Sache.

»Vielleicht würde ein Gespräch mit Łukasz tatsächlich meine Zweifel ausräumen.« Problemlos glitt sie in die Rolle der ständig volltrunkenen Sasza von vor Jahren. In diesem Zustand konnte sie sich innerhalb von Sekunden von einem zahmen Lamm in eine Furie verwandeln. Auch Sasza war bis zu einem gewissen Grad Psychopathin, das hatten die letzten Untersuchungen bestätigt. Sie erfüllte zehn von siebzehn Kriterien.

Darum war die Rolle der unberechenbaren Trinkerin eine gute Maskierung, und darum durchschaute sie diejenigen auf der dunklen Seite der Macht auch so gut. »Sobald ich seine Adresse herausgefunden habe, frage ich ihn, wie oft er sich vorgestellt hat, wie er Sie erwürgt, vergewaltigt und Ihnen diesen flachen Bauch mit dem Nabelpiercing aufschneidet, der Länge nach vom Schambein bis zum Sternum.«

Doktor Prus wurde sichtlich unwohl.

»Vielleicht würde er Ihren Körper auch wiederverwenden«, fuhr Sasza genüsslich fort. »Sie wären ja noch warm, so schnell wird ein Mensch nach dem Tod nicht kalt. Dann würde er Sie waschen, neu ankleiden und Ihren Körper in eine beliebige Pose bringen. Schon hätte er Sie zu einem Teil seines Puzzles gemacht. Wahrscheinlich wären Sie auf dem Bild der nackte Page der Königin.«

Magdalena Prus trat jetzt dicht an Sasza heran und zwang sie mit ihrem Blick aufzustehen. Auf ihren hohen Absätzen überragte sie die Profilerin um gute fünfzehn Zentimeter.

»Sie sollten in Behandlung sein, nicht Łukasz«, stellte sie entschieden fest. Die kleinen roten Flecken auf ihrem Gesicht hatten sich in großflächige Rötungen verwandelt. Sasza fragte sich, wie viele Schönheitsoperationen die Ärztin wohl bereits hinter sich hatte, um dermaßen gut auszusehen. Vielleicht machte sie deshalb so einen emotionslosen Eindruck. Botox half ihr dabei wohl mehr als ihre starke Psyche.

In der Zwischenzeit hob Doktor Prus ihre Stimme um eine Tonlage: »Solange nichts passiert ist, gibt es keinen Grund zur Panik. Der Herr Direktor hat dafür gesorgt, dass der Patient in monatlichen Abständen wieder zur Verlaufskontrolle vorstellig wird. Es ist also«, hier zögerte sie kurz, als sie das spöttische Lächeln auf Saszas Gesicht bemerkte, »alles unter Kontrolle.«

»Sie können nicht hundertprozentig sicher sein, ob ich nicht doch recht habe. Sie kennen nur Łukaszs Version, und Sie sind bestimmt eine gute Ärztin, aber ich bin die Kriminologin. Wie dem auch sei, ich versichere Ihnen, das nächste Mal komme ich mit dem richtigen Schrieb her, und dann werde ich um diese Unterlagen nicht mehr bitten.«

»Mit dem richtigen Schrieb kriegen Sie alle Akten, die wir haben.«

Doktor Prus streckte zum Abschied die Hand aus.

Sasza ergriff sie unwillig. Aber als die Ärztin ihre Hand wieder zurückziehen wollte, ließ Sasza nicht los.

»Wo ist er?«

»Ich weiß es nicht.«

»Natürlich weißt du das, meine Schöne.« Sasza lächelte.

Sie war sich sicher, sobald sie das Sprechzimmer verließ, würde Frau Doktor ihren Lieblingspatienten anrufen. Sie spürte, dass die beiden einander näherstanden, als es unter professionellen Gesichtspunkten angeraten war. Aber sollte irgendjemand diesen Vorwurf formulieren, würde Doktor Prus alles abstreiten. Da würde Sasza jede Wette eingehen, denn sie hatte von Anfang an unbewusst ein Profil der Ärztin erstellt: Prus hatte keine Haustiere und maximal ein Kind, aber das wäre noch im Vorschulalter und würde von der Schwiegermutter oder einem bezahlten Kindermädchen betreut. Noch wahrscheinlicher war Doktor Prus allerdings kinderlos. Ihr Mann, ein Rechtsanwalt oder Stadtrat, nahm in der Gemeinde eine herausragende Stellung ein. Sie schliefen schon lange nicht mehr miteinander.

Hätte Doktor Prus ein erfülltes Sexualleben, wäre sie definitiv entspannter. Sie war zudem nicht leicht zufriedenzustellen. Wahrscheinlich hatte sie einen oder auch mehrere Geliebte, ausschließlich Zufallsbekanntschaften. Diese überragte sie um einiges an Intellekt. Ihre Männer waren mit Sicherheit Handwerker oder Bauarbeiter, denn nur ein echter Prolet war imstande, die Ärztin zu dominieren. Aber sobald das Verhältnis enger und vertrauter wurde, beendete Doktor Prus es aus Angst vor zu viel Nähe, davor, einen Blick hinter ihre Fassade gewähren zu müssen.

Sasza hätte diese Begegnung von Anfang an anders angehen sollen. Sie hatte zu aggressiv gespielt. Sie hätte es gleich mit einem Appell an ihr Mitgefühl versuchen sollen und ihre eigene Eitelkeit runterschlucken müssen. Dann hätte die Ärztin das Gefühl gehabt, gebraucht zu werden, empathisch und kompetent zu sein – eine Mutter Teresa, die Fürsprecherin aller Unterdrückten. Verdammte Scheiße, fluchte Sasza innerlich. Schon wieder hatte sie etwas gründlich vermasselt. Und was noch schlimmer war, dieser Fehler war kaum noch auszubügeln.

»Ich bitte Sie ja gar nicht um die genaue Adresse.« Sie lockerte ihren Klammergriff. »Sagen Sie mir nur die Stadt. In welchem Teil Polens muss ich nach ihm suchen?«

Die Ärztin zog ihre Hand eiligst aus der Umklammerung der Profilerin und rieb sie.

»Bitte!« Sie setzte die tragischste Leidensmiene auf, zu der sie fähig war. »Nur Sie allein können mir helfen.«

»Er ist hier«, war die Antwort.

»In Hajnówka?«

»Er hat eine hiesige Adresse als vorübergehenden Aufenthaltsort angegeben.« Doktor Prus drehte sich um. Ihr Schmetterlingskleid hatte einen tiefen Rückenausschnitt. Auf dem linken Schulterblatt war eine züngelnde Kobra mit zum Angriff aufgerichtetem Körper tätowiert. »Auf Wiedersehen.«

Ohne anzuklopfen, betrat Unterkommissar Przemysław Frankowski, den alle nur JahJah nannten, das Büro seiner Vorgesetzten. Hauptkommissarin Krystyna Romanowska saß mit aufgeknöpfter Uniform hinter ihrem Schreibtisch. Sie war eben damit fertig geworden, sich die Nägel zu lackieren. Vorsichtig stellte JahJah einen offenen Karton auf ihrem Schreibtisch ab. Darin befand sich eine Einkaufstüte mit dem Logo eines bekannten Discounters.

»Das hat der Diensthabende der Nachtschicht vor der Tür gefunden.«

Krystyna wedelte mit ihren Händen.

»Hilf mir mal«, bat sie, »sonst ist der Lack gleich wieder ab.«

Sie war im Rentenalter, hatte aber noch immer eine tadellose Figur. JahJah wusste, dass sie jeden Morgen und jeden Abend mehr als zehn Kilometer joggte. Außerdem hatte sie einen schwarzen Gürtel in Karate und besuchte regelmäßig das Zentrum für Japanische Kampfkunst in Stara Wieś. Die Krähenfüße um die Augen machten ihr Gesicht nur noch reizvoller. Sie trug einen Männerhaarschnitt und außer einer wasserfesten Uhr mit Nylonarmband, Pulsmessfunktion und Taschenlampe keinerlei Schmuck. Die Uhr hatte JahJah ihr geschenkt, als sie noch verheiratet gewesen waren.

Er knurrte unwirsch, öffnete jedoch die Plastiktüte. Die Kommandantin beugte sich vor und schaute hinein. Im Inneren befanden sich ein menschlicher Schädel und einige Knochenstücke, außerdem Zweige, Moos und Blätter. Alles war mit Erde bedeckt.

»Frisch ausgegraben«, kam JahJah einem Kommentar seiner Ex zuvor. »Ich habe Leute losgeschickt, damit sie sich bei den Förstern und in Jägerkreisen umhören. Bisher kein einziger Hinweis.«

Krystyna lobte ihn mit einem Kopfnicken. Nur mit Mühe bewahrte sie Ruhe. Ihr Gesicht war blass, und sie biss sich auf die dünnen Lippen.

»Gib das in die Gerichtsmedizin.«

»Behemoth hat schon Fotos gemacht und Proben von den Henkeln der Tüte genommen, aber die Spachtelmasse muss erst trocknen. Wir müssen das ins Labor schicken, vielleicht finden die was.«

»Der Staatsanwalt ist benachrichtigt?«

»Deswegen bin ich hier.«

»Sehr gut.« Krystyna streckte die Hand nach der Tüte aus. »Montag ist auch noch ein Tag. Im Moment haben wir genug zu tun.«

Erst nach einigem Zögern reichte JahJah ihr die Tüte. Er schaute zur Tür, um sich zu vergewissern, dass sie geschlossen war. Er war in Zivil, das schwarze T-Shirt unterstrich seine muskulöse Statur, seine Arme waren von Tattoos übersät. Sein glatt rasierter Schädel glänzte vor Schweiß. Er rückte die Hornbrille gerade, räusperte sich geräuschvoll und trat von einem Fuß auf den anderen.

»Ist noch was, JahJah?« Krystyna lächelte freundlich und begann, die nächste Schicht Nagellack aufzutragen.

»Diesmal müssen wir was unternehmen.«

»Inwiefern?« Krystyna verschloss das Lackfläschchen. »Die Ermittlungen laufen. Es gibt Videoaufzeichnungen, nicht wahr? Wir werden den ehrlichen Finder schon kriegen.«

JahJah machte eine unbestimmte Kopfbewegung. Sie wussten beide, dass er kein Routine-Vorgehen im Sinn hatte.

»Wenn ich hier zu entscheiden hätte …«, begann er.

Sie schauten sich schweigend an. Krystyna wusste, worauf JahJah hinauswollte. »Es ist doch immer dasselbe mit dir«, stöhnte sie. »Du willst mir sagen, dass es was mit der Hochzeit zu tun hat? Hältst du mich für blöd?«

»Hat es das etwa nicht?«, erwiderte der Unterkommissar lebhaft. »Als Bondaruk seine Hochzeit ankündigte, haben die Kinder den ersten Schädel gefunden. Frühmorgens an einer Feuerstelle auf dem Pfadfinderhügel. Wir haben immer noch keine Spur, wer ihn dort hingelegt hat.«

»Willst du schon wieder die ganze Stadt in Panik versetzen? Ausgerechnet jetzt, wo wir nicht mal genug Leute für diese verdammte Hochzeit haben?«

JahJah ließ nicht locker.

»Im Gegensatz zu dir war ich persönlich vor Ort. Wir haben den Wald durchkämmt. Bodenproben, Spürhunde, Hubschrauber mit Rotlichtkamera. Wir haben ein Massengrab aus der Zeit des Zweiten Weltkriegs gefunden. Die Sache erhitzt immer noch die Gemüter. Die Leute fordern weitere Exhumierungen. Es gefällt ihnen nicht, dass Burys Opfer auf einem katholischen Friedhof bestattet wurden.«

»Ich werde sofort zum Institut für Nationales Gedenken fahren, um für die Orthodoxen zu kämpfen«, spottete Krystyna und verdrehte die Augen. »Gleich beginnt das Treffen im Restaurant Carska mit dem Bürgermeister, den Ratsmitgliedern und allen anderen Würdenträgern dieser Stadt. Und du kommst mir mit dem Zweiten Weltkrieg. Die Hochzeit hat Vorrang. Es gibt wichtige Dinge und dringende Dinge, aber das konntest du ja noch nie unterscheiden. Nur zur Erinnerung: Wir sichern hier eine Großveranstaltung ab!« Sie zeigte auf den Karton. »Und wir wissen nicht einmal, ob der Schädel nicht uralt ist.«

»Stimmt, das wissen wir nicht«, gab JahJah zu. »Der erste könnte ein Zufallsfund gewesen sein, wobei ich das bezweifle.

Aber der zweite ist genau heute vor unserer Tür gelandet.« Er machte eine Pause und fuhr dann überdeutlich fort: »Die Leute reden. Es geht wieder um den Fall Łarysa Szafran. Kein Wunder, der Kerl wurde nie zur Verantwortung gezogen.«

»Damals war ich noch nicht der Chef hier. Da musst du dich beim Alten beschweren. Du hast es ja nicht weit, einmal über die Straße.«

»Das habe ich nicht vor«, versicherte JahJah. »Was kann der Alte denn heute noch ausrichten?«

»Genauso viel wie damals.«

»Also gar nichts. Aber jetzt hast du hier das Sagen. Du kannst anordnen, was nötig ist. Ich habe genug davon, nach Vierauges Pfeife zu tanzen!«

»Finde du Łarysas Leiche, dann hole ich Verstärkung von der Woiwodschaftspolizei.«

»Vielleicht ist sie das ja.« JahJah zeigte auf den Karton, wechselte nach einem Blick in Krystynas Augen aber sofort das Thema: »Błażej hätte sich fast in die Hosen gemacht! Er ist noch jung. Zu jung für diese Position.«

»Was heißt hier jung, er ist siebenunddreißig, der alte Esel!«, echauffierte sich Krystyna. »In dem Alter warst du schon bei den Pädos, und gleich danach hast du die Huren übernommen.«

»Wie du dich ausdrückst!«

»Was denn? Ich habe auch bei der Sitte gearbeitet.«

»Ich habe es schon immer für pervers gehalten, wenn die ganze Familie in ein und derselben Kommandantur tätig ist.«

»Darum geht es dir also eigentlich? Ich soll mir eine andere Stelle suchen?«

»Davon rede ich nicht, Krystyna.«

»Wovon dann?« Krystyna hatte langsam die Nase voll. »Du nörgelst hier herum, das nervt. Wenn das wirklich diese Łarysa ist, erfahren wir es als Erste.«

»Morgen ist Bondaruks Hochzeit. Jemand muss ihn im Auge

behalten. Das hat unmittelbar mit ihm zu tun, und die ganze Stadt weiß das. Lass uns die Sache selbst in die Hand nehmen!«

Krystyna gab auf. Sie war es leid, andauernd ihre Kompetenz beweisen zu müssen. Alle anderen hatten Krystynas Beförderung längst akzeptiert, nur ihr Exmann behandelte sie immer noch wie sein kleines Mädchen, und er war absoluter Experte im *mansplaining*.

»Ich weiß.« Sie entschied sich für die Nummer der Schülerin, die vor ihren Meister tritt und Bericht erstattet, die zog immer. »Das tun wir so bald wie möglich. Vertrau mir. Aber jetzt machen wir erst mal genau das Gegenteil. Ich habe aus dem Rathaus eindeutige Anweisungen bekommen. Ich habe schon vier Personen ausgewählt, die in Zivil vor Ort sein werden. Und natürlich eine Streife in Uniform. Wir erhöhen die Sicherheitsvorkehrungen.«

»Ernsthaft?«, rief JahJah. »Wir sollen dieses Arschloch auch noch beschützen?«

»Heute bei der Besprechung gebe ich die Anweisungen. Wenn du Anmerkungen hast, bringst du sie vor versammelter Mannschaft vor. Ich unterstütze dich, soweit ich kann. Einverstanden?«

JahJah fühlte sich geschmeichelt.

»Aber du bleibst in der Stadt«, fügte sie hastig hinzu. »Die Dienststelle braucht eine vernünftige Leitung.«

»Wie?« JahJah konnte seine Enttäuschung nur mit Mühe verbergen.

Krystyna stand auf und trat sehr nah an ihn heran.

»JahJah«, begann sie mit sanfter Stimme, als spräche sie mit einem Kind. »Glaub mir, es ist besser so. Heute Nacht sind alle in Białowieża. Ich muss auch dort sein. Es gibt hier keinen, dem ich mehr vertraue als dir.«

Vorsichtshalber setzte JahJah einen unzufriedenen Gesichtsausdruck auf, aber Krystyna wusste, dass sie den wilden Stier fast besänftigt hatte.

»Morgen bist du der Chef hier.«

Für einen Moment herrschte Stille.

»Sehr schön.« JahJah verzog beleidigt das Gesicht. »Morgen bin ich hier Kommandant, Einsatzleiter, Ein-Mann-Streife und am besten noch Babysitter in einer Person?«

»Woher wusstest du, dass ich dir Błażej zuteilen wollte?«

»Krystyna!«

Sie lachte.

»Das war ein Scherz. Ich gebe dir Karol Supryczyński. Auf den kann man sich verlassen.«

Das gab den Ausschlag. JahJah schätzte den Polizeianwärter sehr, was auf Gegenseitigkeit beruhte. Der junge Kollege himmelte seinen Vorgesetzten an wie ein altes Mütterchen die Madonna im Kloster von Potschajiw.

Aller Voraussicht nach würde der morgige Abend in Hajnówka ruhig verlaufen. Die ganze Stadt würde die Nacht im Amphitheater von Białowieża verbringen. Sollten sich die Kollegen mit den Besoffenen herumschlagen! Der Holzmagnat hatte die gesamte Umgebung zu seiner Hochzeit eingeladen. Man erwartete Massen.

»Immerhin musst du so nicht diesen Idioten – wie du ihn nennst – bewachen«, erklärte Krystyna.

»Und das da?« JahJah zeigte auf die Plastiktüte.

»Gab es einen Brief, eine Botschaft?«

»Nichts. Beim letzten Mal war es das Gleiche.«

»Wäre ja auch schwierig gewesen, der Kopf war zur Hälfte verbrannt. Aber die Tüte ist neu.« Krystyna begutachtete noch einmal die Einkaufstasche und mimte das naive Mädchen. »Vielleicht einer von den Filialmitarbeitern?«

»Sehr lustig, Krystyna«, bemerkte JahJah und fügte hinzu: »Ich würde einen Aufruf um Mithilfe starten. Diese Stadt hat Augen und Ohren. Das müssen wir uns zunutze machen.«

»Jetzt hör schon auf!«, protestierte Krystyna. »Dann haben wir mehr mit Anrufern als mit Ermittlungsarbeit zu tun.«

»Du kannst das aber nicht geheim halten. Es kocht und brodelt jetzt schon in der Stadt. Lauf einmal über den Rubel-Platz, dann weißt du, wovon ich rede.«

»Gerede, das ist es doch, was er will. Darauf zielt er ab. Wir sollten lieber versuchen, ihn zu finden.«

»Wieso ihn? Wieso nicht sie?«

Krystyna stimmte JahJah zu.

»Glaubst du, ein und dieselbe Person hat uns die beiden Köpfe gebracht?«

»Vielleicht ...«, JahJah zögerte, »will sie uns was mitteilen.«

»Du solltest Schauspieler werden«, brummte Krystyna. »Irgendwelche Ermittlungshypothesen? Was will uns diese Person denn sagen?«

»Wenn ich das wüsste.« JahJah zuckte mit den Schultern.

Beide blickten zur Korktafel an der Wand. Mit Pinnnadeln waren daran Anzeigen, ein Stadtplan, Fahndungsfotos und die Rechnung eines Experten für forensische Gesichtsrekonstruktion geheftet. Eines der Bilder zeigte eine Frau, die einem Androiden wie aus dem Gesicht geschnitten war und eine altmodische Perücke trug. Es war mehr als zweifelhaft, dass irgendjemand anhand dieser Rekonstruktion die Person erkannte. Daneben hing das schlechte Foto des halb verbrannten Schädels, dessen Altersbestimmung in Auftrag gegeben worden war. Entweder der Posener Spezialist hatte sich zu wenig Mühe gegeben, oder ihm fehlte Talent. Zumindest waren seine Gutachten schneller fertig als die vom Zentralen Kriminallabor in Warschau, die Jahre dauern konnten. Als sie das fertige Bild an die Vermisstendatenbank von »Itaka« geschickt hatten, hofften sie auf ein Wunder. Vergebens. Es gab nicht eine einzige ernst zu nehmende Spur.

»Na gut«, lenkte Krystyna ein, »meinetwegen schick halt eine E-Mail an die Woiwodschaftspolizei, wenn dir so viel daran liegt. Dann haben wir das in den Akten und sind im Zweifelsfall auf der sicheren Seite. Ansonsten warten wir aber bis Montag.

Wegen eines alten Schädels schicken sie uns sowieso keine Spezialisten.«

»Perfekte Strategie, Chefin«, schnaubte JahJah. »Was du gestern hättest machen sollen, verschiebst du auf morgen.«

»Sei nicht so gehässig«, entgegnete Krystyna ruhig. »Was, wenn sich herausstellt, dass es ein Opfer der Banden ist? Dann stellen sie uns die Kosten in Rechnung und werden uns ein ganzes Jahr vorhalten, dass wir ihnen mit irgendwelchem Nachkriegskram auf den Wecker fallen. Erst kümmern wir uns um Bondaruks Hochzeit und dann um den Schädel.«

»Die Hochzeit wird eine Woche dauern. Du weißt doch, wie das läuft. Das ist eine weißrussische Fiesta. Willst du so lange warten?«

»JahJah, Montag ist schon übermorgen. Und nicht erst im nächsten Fünfjahresplan! Was soll ich denn sonst noch tun? Ein Foto auf Facebook posten?«

»Wieso nicht?« JahJah grinste schief. »Oder vielleicht einfach Bondaruk ein bisschen unter Druck setzen. Ich kann den jungen Greis, ich meine Bräutigam, gerne ein wenig bearbeiten. Er weiß sicher genau, wer ihm schaden will.«

Krystyna lachte spöttisch.

»Warum hat er dir das im Jahr 2000 nicht verraten, als sein Mädel plötzlich verschwand? Du hast ihn doch im Krankenhaus verhört.«

»Er wollte damals aus der Sache rauskommen, ohne sein Gesicht zu verlieren.«

»Du hast wirklich zu viel Klatsch auf dem Rubel-Platz gehört.« Krystyna winkte ab. »Jetzt raus mit dir.«

»Für mein Auge ist das kein Schädel aus dem Krieg.« JahJah legte die Hand auf die Klinke. »Wenn ich hier Chef wäre, würde ich anders entscheiden«, betonte JahJah und zeigte auf die Tüte mit dem Schädel. »Der Kerl stand vor ein paar Jahren unter Verdacht, seine Frau ermordet zu haben!«

»Er war einer von mehreren Verdächtigen in einem Vermisstenfall«, korrigierte Krystyna.

»Einem Fall von dreister Entführung.«

»Er hat sich aber nicht selbst angeschossen. Das hat der Ballistiker ausgeschlossen. Es gab nichts außer dem Geräusch eines Schusses. Und der Mercedes ist zusammen mit Łarysa verschwunden, wie vom Erdboden verschluckt. Hokuspokus Verschwindibus. Ohne Bondaruks Schussverletzung gäbe es praktisch keine Beweise, dass überhaupt irgendwas passiert ist.«

»Vielleicht hat uns hier gerade jemand die Beweise geliefert.«

»Das hast du beim ersten Schädel auch gesagt«, erwiderte Krystyna und zeigte auf die Rekonstruktion des weiblichen Gesichts an der Korktafel. »Und was kam dabei heraus? Irgendeine Unbekannte, keinerlei Verbindungen zu Bondaruk. Wir wissen nicht einmal, wer dieses Mauerblümchen ist.«

»Es ist nicht meine Schuld, dass der forensische Anthropologe versagt hat.« JahJah zuckte mit den Schultern. »Niemand würde diesen Alien erkennen, außer einem Marsmenschen vielleicht.«

Er schüttelte den Karton, als befände sich Weihnachtsbaumschmuck darin.

»Das sind menschliche Überreste. Wir haben es hier mit einem Mord zu tun, und es gibt klare Vorschriften, was zu tun ist. Aber du befiehlst mir, den Mörder zu decken!«

»JahJah!«

Doch der Unterkommissar war jetzt so richtig in Fahrt.

»Es kotzt mich an, dass sich hier alle nur Sorgen um einen möglichen Anschlag machen, als wäre Bondaruk hier das Opfer. Der Kerl ist ein Mörder, und niemand zieht ihn zur Rechenschaft. Alle sind begeistert von ihm, als wäre er Rockefeller oder wer weiß wer. Jeder Ermittler von außerhalb würde sofort sehen, wie fadenscheinig das alles ist.«

»Gib mir Beweise.«

»Für dich zählen nur die Vorschriften. Aber eine Einheit ist nur so gut wie ihr Vorgesetzter. Die Wahrheit geht dir am Arsch vorbei.«

»Die Wahrheit? Die Wahrheit vom Rubel-Platz? Darauf soll ich meine Ermittlungen stützen? Auf Gerüchte?«

Krystyna erhob sich. Der Nagellack war getrocknet, und so begann sie, die Papiere auf ihrem Schreibtisch zu ordnen. Mit einer schnellen Bewegung schloss sie einen aufgeschlagenen Aktenordner, zerknüllte Papier und warf es in den Mülleimer. Sie ließ ihre Wut an den Gegenständen aus, um nicht an die Decke zu gehen. Genüsslich goss JahJah noch etwas mehr Öl ins Feuer.

»Wenn uns die Woiwodschaftspolizei eine Kontrolle vorbeischickt, dann wirst du als Vorgesetzte dich verantworten müssen. Du bist zwar hier Kommandantin, aber nur kommissarisch. Sie können dich jederzeit absetzen.«

Er drehte sich um und wollte schon den Raum verlassen, aber eine solche Beleidigung konnte Krystyna nicht einfach auf sich sitzen lassen.

»Ich habe mich um diesen Posten nicht gerissen«, brüllte sie. JahJah schloss die Tür und lehnte sich mit dem Rücken dagegen. Er war sicher, dass das Geschrei der Chefin im ganzen Gebäude zu hören war. »Sie haben mir diesen Job gegeben, damit ich das Ansehen unserer Einheit rette. Ich bin die Einzige hier, die nicht zu viel trinkt. Und ich bin eine Frau. Das hat den Ausschlag gegeben. Nach euren Exzessen …«

»Unseren?«, fragte JahJah unschuldig.

Krystyna zeigte mit dem Finger auf ihn.

»Du warst bei dem Saufgelage dabei. Du hättest auch draufgehen oder jemanden erschießen können. Und er war nicht das erste Mal betrunken im Dienst. Und Romek und Andrzej haben die Kommandantur mehr als ein Mal in einen Schießstand verwandelt. JahJah, sieh doch endlich ein, dass sie dich nicht befördern konnten, nicht in dem Moment. Ja, du bist für den Posten hundertmal geeigneter. Und es tut mir leid, wenn du nicht damit umgehen kannst, dass deine Ex jetzt deine Vorgesetzte ist.«

»Krystyna, darum geht es doch nicht«, begann JahJah sanft, schwieg dann aber.

Wenn er ehrlich war, war die Situation tatsächlich nur schwer zu ertragen. Das erste Mal hatte sie ihn erniedrigt, als sie sich von ihm scheiden ließ, das zweite Mal, indem sie ihm die Leitungsstelle vor der Nase wegschnappte. Die Beförderung war ihm seit Jahren versprochen worden. Er hatte sogar die Versetzung in die Woiwodschaftspolizei abgelehnt, weil er sich der Stelle sicher gewesen war. Er war wesentlich länger bei der Truppe als sie. Und er war von hier, Krystyna eine Zugezogene. Nur dank seiner Bemühungen war sie überhaupt vor Jahren im Kommissariat angestellt worden. Dass sie nur stellvertretende Kommandantin war, machte die Sache nicht besser, denn trotzdem hatte jetzt sein kleines Mädchen das Sagen. Beide wussten, dass Krystyna recht hatte: JahJah neidete ihr den Erfolg.

»Wenn du damit ein Problem hast, musst du zusehen, wie du klarkommst«, beendete Krystyna das Gespräch. »Die Besprechung beginnt pünktlich.«

Nachdem JahJah das Büro verlassen hatte, zog sie sich um und öffnete dann zum ersten Mal den Panzerschrank des langjährigen Kommandanten, dessen Dienstzimmer sie vor einem Monat übernommen hatte. Die Schranktür quietschte. Im Inneren roch es nach Wermut, es lagen nur wenige Akten im Schrank, und als sie die Tür weiter öffnete, rollten ihr zwei leere Flaschen und eine volle entgegen. Sie kramte in den Unterlagen, fluchte leise und schwor sich, in dieser Einheit für Ordnung zu sorgen. Sie würde zeigen, dass sie in jeder Hinsicht für diese Stelle geeignet war. Und sie würde sich auf diesem Posten halten, auch wenn das einen Dauerkonflikt mit JahJah bedeuten würde. Schwungvoll warf sie die beiden leeren Flaschen in den

Mülleimer. Die volle stellte sie als Beweisstück auf das Fensterbrett.

Anschließend hob sie den Karton mit dem Schädel an. Die Folie musste Löcher haben, denn der Pappboden war durchweicht. Wenn sie zurückkam, würde das ganze Büro nach Tod riechen. Sie nahm die Plastiktüte aus dem Karton, hängte sie von außen ans Fenster und machte einen festen Knoten. Den Karton stellte sie auf den Korridor neben den Mülleimer, damit die Putzfrau ihn so schnell wie möglich entsorgte. Die auf dem Schreibtisch verteilten Akten packte sie wieder in den Panzerschrank. Nun sah alles so aus, wie es sich gehörte. Dann holte sie noch ihre Glock aus der Schreibtischschublade und steckte sie in die Handtasche, die sie zum VIP-Mittagessen im Restaurant Carska mitnehmen würde.

»Chefin!« Ihr Sohn Błażej schaute ins Zimmer. Er nannte sie gerne so, wenn sie beide im Dienst waren. Błażej kam ganz nach seinem Vater, dachte Krystyna. In ein paar Jahren würde er genau so ein Mistkerl sein. »Aus Bielsk kam ein Anruf, wir sollen eine Hausdurchsuchung bei den Żubr-Brüdern machen. Jemand hat wieder die weißrussischen Ortsnamen auf den Verkehrsschildern in der Gemeinde Orla übermalt. Der junge Bejnar hat wohl vor einer Woche einen Spaten und ein paar Dosen blaues Spray bei Kuryluk gekauft. Vielleicht hat er den Kopf ausgegraben?«

»Dann nimm jemanden mit und fahr hin.« Krystyna nahm Tonfall und Haltung einer Vorgesetzten an.

»Und der Durchsuchungsbefehl?«

»Wenn du was findest, kriegen wir auch den Befehl. Der Staatsanwalt wird wieder sagen, dass die Jugendlichen nur eine rebellische Phase durchmachen. Ich habe auch ohne die Nationalisten genug am Hals. Aber durchleuchtet sie und prüft, ob Krajnów ein Alibi für heute Morgen hat. Vielleicht hat er seine Finger im Spiel.«

»Hab ich schon. Krajnów hatte heute Morgen Unterricht und hat sogar einen Test in Religion schreiben lassen.«

Krystyna nickte. Irgendwie war sie doch stolz auf ihren Sohn. Wenigstens war er heller im Kopf als sein Vater.

»Langsam habe ich wirklich genug von diesem Faschisten«, murmelte sie. »Wirf ein Auge auf Krajnóws Freiwilligen-Kommando. Kann gut sein, dass die morgen in ihren Pick-ups aufkreuzen. Gib mir Bescheid, wenn du Spraydosen findest. Der Bürgermeister liebt solche Aktionen.«

»Die unterdrückten Weißrussen, die Armen«, fiel ihr Sohn ihr ins Wort. »Aber wir werden sie beschützen.«

»Spotte nicht, da geht für die Polizei sofort der städtische Säckel auf. Das spürst am Ende auch du in deinem Geldbeutel. Und jetzt Abmarsch.«

Die Tür schlug zu. Krystyna ließ sich auf ihren Schreibtischstuhl fallen, überlegte einen Moment, dann fuhr sie plötzlich hoch.

»Błażej!« Sie erwischte ihren Sohn gerade noch im Gang. »Frag nach diesem Spaten. Wozu er den braucht, was er damit vorhat. Im Zweifelsfall kannst du ihn konfiszieren. Und sucht auch nach Masken und dunkler Kleidung.«

»Dunkle Kleidung?«

»Dunkle Sachen, so wie der Unbekannte, der uns den Schädel vorbeigebracht hat.«

»Aber an der Sache ist Bielsk dran. Ich habe keine Befugnis zu ermitteln.«

»Dann sprich dich mit ihnen ab. Deute an, dass wir einen neuen Schädel haben. Wir könnten Unterstützung gebrauchen. Aber sei diskret. Schaffst du das?«

»Ich werde hart sein wie ein Softbär von Haribo.«

Was ist denn mit dir?« Die Stimme war weich, fast kindlich. Sasza hob den Kopf, aber sie hatte sich wohl verhört, denn sie konnte niemanden sehen.

Schon seit einer Weile saß sie im Klinikgarten auf einer Parkbank. Sie lauschte dem Rauschen des Windes, der in den Blättern des Birkenwäldchens spielte, und analysierte ihre hoffnungslose Lage. Das Sprechzimmer der Ärztin hatte sie wütend verlassen. Im ersten Moment hatte sie erwogen, die Patientenakte einfach zu stehlen. Zweifellos befand sich in den Unterlagen die aktuelle Adresse von Łukasz, den hier offenbar alle für ein Opfer hielten. Ein kleiner Trick würde genügen – Sasza könnte behaupten, ihr Portemonnaie verloren zu haben, und die Schwester an der Rezeption würde sie ganz bestimmt ins Büro der Ärztin lassen, um dort zu suchen. Die dünne Akte einzupacken wäre eine Sache von Sekunden, sie ließe sich problemlos in der Handtasche verstauen. Vor Montag würde niemand ihr Fehlen bemerken. Aber war es das Risiko wert?

Professor Abrams hatte recht. Man kam nicht vorwärts, wenn man mit einem Bein im Schlamm feststeckte. Vielleicht sollte sie, so wie er ihr geraten hatte, endlich wieder nach vorn blicken statt immer nur zurück. Aber wie sollte das funktionieren, wenn die Vergangenheit wie ein Damoklesschwert über ihr hing? Was würde sie tun, wenn der von jedem Verdacht befreite Łukasz eines Tages beschloss, erneut in ihr Leben zu treten? Was würde sie ihrer Tochter sagen, wenn die Kleine ihren Vater erblickte? Die Vorstellung lähmte sie vor Angst, und inzwischen war diese Situation keine Fiktion mehr.

Łukasz war jetzt ein freier Mann, und außer einigen Polizeioffizieren und ihr wusste niemand, was er sich in sechs polnischen Städten hatte zuschulden kommen lassen. Nicht umsonst hatte er die ausgeweideten Leichen der Frauen in theatralischen Posen arrangiert und die Fotos an die Polizei geschickt. Die makabren Gemälde hatte der Täter geschaffen, um mit den Ermittlungsbehörden sein Spielchen zu treiben. Das Bild war der einzige Beweis für Łukaszs Schuld und hätte im Feuer verbrennen sollen. Das alles lief wie ein grauenhafter Film vor Saszas Augen ab und nahm ihr den Atem.

Sie konnte nicht hundertprozentig sicher sein, dass Łukasz diese Frauen getötet hatte. Sie wusste, wie sie das herausfinden konnte, doch dazu musste sie ihm Auge in Auge gegenüberstehen. Sie hatte nur eine Frage an ihn, und selbst, wenn er ihr keine Antwort gab, würde sie wissen, ob er wirklich unschuldig war oder nicht. Sie wollte so gerne glauben, dass er nicht der Täter war.

»Hast du geweint?« Sasza hob den Kopf. Hinter ihr stand eine feingliedrige, blauäugige Lolita unter einem Baum. Sasza hätte ihren Kopf darauf verwettet, dass das Mädchen noch nicht volljährig war. Ihr herzförmiger Mund erinnerte an ein Himbeerbonbon. Als das Mädchen ein strahlendes Lächeln aufsetzte, schüttelte Sasza den Kopf.

»Ich ruhe mich nur aus.«

Das blumenbedruckte Kleid wirbelte um die schlanken Beine, als das Mädchen sich graziös der Parkbank näherte. Sasza rückte zur Seite. Die Gruppe der Klinikbewohner war noch immer mit ihrem Malworkshop beschäftigt. Jetzt stand ein dicker Mann Modell. Seine nackten, geschwollenen und geröteten Füße erregten Aufmerksamkeit.

»Mirek trägt nie Schuhe«, erklärte das Mädchen. »Im Winter

ist ihm der rechte Fuß erfroren. Er dachte schon, sie müssten ihn ihm abnehmen. Wenn du lange barfuß läufst, spürst du irgendwann nichts mehr, heißt es. Glaubst du, dass das wirklich stimmt?«

Sasza stammelte irgendeine Antwort.

»Weißt du, was er für Sohlen hat? Wie meine Ballerinas!« Das Mädchen hatte ein einnehmendes Lachen.

Sasza war dennoch nicht nach Reden zumute, und vor allem wollte sie sich nicht die Gedanken von Verrückten anhören. Der einzige Verrückte, der sie interessierte, war Łukasz Polak. Sie erhob sich.

»Ich muss gehen.«

Dem Mädchen war seine Enttäuschung anzusehen.

»Zu wem wolltest du denn?«

»Zu einem Bekannten. Auf Wiedersehen.«

»Mich kommt so gut wie niemand besuchen.«

Sie schob den Ärmel des Kleides hoch und kratzte sich. Sasza sah, dass ihr gesamter Arm zerschrammt war. Es waren keine ernst zu nehmenden Verletzungen, eher winzige Wunden, als hätte ihr jemand Hunderte Nadeln in den Körper gejagt. Die meisten Kratzer waren schon verheilt, nur aus einer frischen Wunde tropfte Blut. Das Mädchen zog den Ärmel wieder lang und fuhr dann, als wäre nichts gewesen, fort: »Ich vermisse meine Mutter. Mein Vater ist fast die ganze Zeit im Ausland. Sonst habe ich niemanden. Außer meinem Bruder, aber der spricht mit niemandem.« Sie zeigte auf das kleine Grüppchen im Park.

Sasza kam ein Gedanke: Bot sich ihr hier eine Chance? Sie schaute sich um, ob in der Nähe ein Klinikmitarbeiter zu sehen war, und fragte dann:

»Bist du schon lange hier?«

»Zwei Jahre. Mein Bruder ist vor ein paar Monaten hergekommen. Das Gericht hat ihn eingewiesen, weil sie ein Gutachten für sein Verfahren brauchten, und nach dem Urteil haben sie ihn nach Ciszynia verlegt. Angeblich geht es mir besser, wenn er in der Nähe ist. Früher waren wir unzertrennlich.«

»Das ist keine große Klinik. Kennst du alle Patienten hier?«

Das junge Mädchen nickte.

»Hast du vielleicht Łukasz Polak gekannt?« Sasza war bemüht, in ihrer Stimme keine Hoffnung mitschwingen zu lassen.

Das Mädchen versank in Gedanken, konnte aber mit dem Namen nichts anfangen.

»Blonde Haare, einigermaßen gut aussehend. Großer Mund, helle Augen. Eher ruhiger Typ. Er könnte einen Kapuzenpulli tragen.«

Keinerlei Reaktion.

»Am Arm hatte er eine Narbe. So eine lustige, blaue, in der Form eines fliegenden Vogels. Die haben alle immer für eine Tätowierung gehalten. Er ist als Kind von einer Schaukel gefallen, und ein Rest Farbe blieb unter der Haut.«

»Schwalbe!« Das Mädchen reagierte sofort und lachte. »Er hat Jacek das Malen beigebracht. Er war der Einzige, mit dem mein Bruder gesprochen hat. Ein Freund von dir?«

»Ein Bekannter«, erwiderte Sasza und setzte sich wieder auf die Bank. »Ich muss mit ihm reden.«

»Er wurde schon entlassen.«

»Hat er dir seine Telefonnummer gegeben oder eine Adresse?«

»Er hat kein Handy. Aber letzte Woche war er hier. Wir haben zusammen einen Ausflug gemacht.«

Sasza erbleichte. Alle Opfer der »Roten Spinne« waren zwischen achtzehn und fünfundzwanzig Jahre alt gewesen, hübsch, zierlich und allein. Das Mädchen im Blumenkleid passte ideal in das Profil des Mörders, das es offiziell nie gegeben hatte.

»Besucht er dich oft?«

»Bisher war er nur ein Mal hier. Er hat vor seiner regulären Entlassung zur Probe in der Stadt gewohnt. Dort hat er an so einem Forschungsprojekt teilgenommen. Sie untersuchen da, wie er sich in der Gesellschaft akklimatisiert, oder so. Sie haben ihm sogar einen Job besorgt.«

»Als was?«

»Keine Ahnung. Aber er ist zufrieden. Er sagte, die Stadt gefalle ihm, weil sie so ruhig und grün sei. Er will nicht zurück in seine Heimat. Da, wo seine Eltern wohnen, ist er offenbar unten durch. Er hat wohl irgendwas Schlimmes getan, so wie wir alle hier.« Das Mädchen machte eine Pause. Es dachte nach. »Aber Schwalbe nimmt immer noch Medikamente und steht unter Beobachtung.«

»Von Frau Doktor Prus?«

»Nein, von Doktor Saczko. Der Direktor entscheidet hier über alles.«

»Heute war er nicht hier.«

»Er ist auf die Hochzeit gefahren. Irgendein Krösus heiratet. Eine ganz junge Frau, nicht viel älter als ich. Und der Typ ist schon hundert!«

»Kannst du mich zu ihm bringen?«

»Ich weiß nicht, wo die Hochzeit ist, und außerdem habe ich nichts Passendes anzuziehen.«

»Ich meinte Schwalbe. Wir gehen ihn zusammen besuchen. Was meinst du?«

Das Mädchen zögerte, aber ihr war anzusehen, dass die Sache sie reizte. Sie rang kurz mit sich selbst, dann sagte sie ohne große Überzeugung:

»Ohne Erlaubnis darf ich die Klinik nicht verlassen.«

»Und Łukasz hatte die Erlaubnis, einen Ausflug mit dir zu machen?«

Das Mädchen nickte. Sasza schaute sich um.

»Und was wäre, wenn wir jetzt losgingen und in einer Stunde wieder hier wären? Das würde doch niemand merken. Wann habt ihr Mittagessen?«

»Das darf ich nicht!« Jetzt wirkte das Mädchen ängstlich. »Wirklich nicht.«

»Das war doch nur Spaß.« Sasza lächelte, um ihre Nervosität zu überspielen. »Aber Łukasz haben sie erlaubt, mit dir die Klinik zu verlassen, ohne die Aufsicht eines Erwachsenen?«

»Ich bin schon achtzehn. Seit drei Monaten. Mit Einverständnis der Ärzte darf ich raus. Doktor Prus hat es erlaubt. Ich war sogar bei Schwalbe zu Hause.« Jetzt strahlte das Mädchen. »Er hat Fotos von mir gemacht. Die sind richtig gut geworden! Łukasz meinte, ich sei sehr fotoirgendwas.«

»Fotos?« Sasza schluckte hörbar. Sie konnte nicht glauben, dass die Klinikleitung ein solches Risiko einging. »Zeigst du sie mir? Die Bilder, die Łukasz von dir gemacht hat?«

Das Mädchen nickte und machte sich auf den Weg ins Gebäude. Sasza blieb allein zurück. Ihre Gedanken gingen wirr durcheinander. Noch vor ein paar Minuten war sie kurz davor gewesen, aufzugeben und nach Hause zu fahren. Łukasz zu finden war ihr vollkommen aussichtslos erschienen. Aber nun hatte die Begegnung mit dem Mädchen die Situation vollkommen verändert. Plante die »Rote Spinne« womöglich die nächste Tat und hatte sich deshalb mit der kleinen Lolita angefreundet?

Sasza wäre zu gerne sofort zur nächsten Polizeidienststelle gegangen, um Meldung zu machen, um zu erzählen, wer Łukasz wirklich war und was sie durch ihre Arbeit im Zentralen Ermittlungsbüro wusste. Sie musste handeln, damit es dieses Mal nicht wieder zu spät wäre. Aber das konnte sie nicht. Die Operation »Däumelinchen« war geheim, es gab keine Beweise, nur Hypothesen, und es galt die Unschuldsvermutung. Łukasz Polak war entlassen und offiziell als geheilt eingestuft worden. Er hatte ein Recht auf Privatsphäre und konnte leben, wie er wollte.

Einerseits war es Saszas Pflicht, die kleine Lolita vor einem Angriff zu schützen, andererseits wusste das Mädchen, wo Polak wohnte, und konnte Sasza zu ihm führen. Wenn sie ihr half, bräuchte Sasza weder die Krankenakte noch die Unterstützung der Klinikleitung. Aber wenn sie das Mädchen als Lockvogel einsetzte, brachte sie es in Gefahr.

»Schau.« Lolita war mit einem Stapel großformatiger Hochglanzabzüge und einer Schachtel Pralinen zurückgekommen. Sie öffnete die Packung. »Die habe ich von Schwalbe bekommen. Sie sind mit Eierlikör.«

Sasza spürte ein Ziehen im Magen, lehnte ab und griff nach den Bildern. Mühelos erkannte sie den Stil wieder. Grobe Körnung, minimalistische Bildausschnitte, scharfe Kontraste und das Spiel mit Formen. Die offenbar mit einer analogen Kamera gemachten Schwarz-Weiß-Bilder konnten es mit jenen der Agentur Magnum aufnehmen. Łukasz war immer noch in Hochform, das musste Sasza zugeben, und das Mädchen war ein dankbares Modell. Sie kokettierte nicht vor der Kamera, und dem Fotografen war es gelungen, mehr als nur die bezaubernde Oberfläche zu zeigen. Im Blick des Mädchens entdeckte Sasza ein dunkles Geheimnis.

Zu Saszas Erleichterung waren es keine erotischen Aufnahmen. Die Fotos hatten auch nichts von der Perversion der Bilder, die die »Rote Spinne« an die Polizei geschickt hatte. Mit einem Wort, nichts ließ irgendwelche bösen Absichten des Fotografen erahnen. Es handelte sich schlicht um zwei Porträts einer jungen Frau in einer ganz normalen Wohnung: Im Hintergrund waren ein Farn, gemusterte Vorhänge und eine glänzend polierte Schrankwand zu sehen. An einer Wand hing über einem genähten Wandteppich eine Ikone, sie sah echt aus.

Sasza fühlte, dass sie ihrem Ziel sehr nahe war. Sie würde ihn finden, selbst wenn sie dafür die Prüfung im Schießstand verpasste. Im schlimmsten Fall würde sie es eben im Herbst noch mal versuchen.

»Ist das bei ihm zu Hause?«

Lolita nickte bestätigend und holte zwei weitere, wesentlich kleinere Fotografien aus der Mappe. Es handelte sich um Aufnahmen im Freien: eine auf einer von Linden gesäumten Straße, die andere in einem Hinterhof. Im Hintergrund waren gemauerte Mülltonnenverschläge und Mauern mit kyrillischen Graffiti zu sehen. Sasza entzifferte die Botschaft: »Tod den Polen.«

»Das ist das beste.« Lolita zeigte auf das Foto in der Allee. »Ich hätte nicht gedacht, dass man so ein Bild im Hinterhof eines Plattenbaus machen kann.«

Sasza nahm das Bild in die Hand. Das Foto war tatsächlich wunderschön, aber das interessierte sie jetzt nur am Rande. Sie analysierte die Details im Hintergrund und versuchte, sich sämtliche Einzelheiten einzuprägen. Sasza war sicher, dass sie den Ort mit Leichtigkeit finden würde, vorausgesetzt, das Bild war wirklich in Hajnówka entstanden. Ein Ziegelbau aus den Sechzigerjahren, die Fassade mit weiß-roten Mustern verziert. Ein Laden, vermutlich ein Lebensmittelgeschäft. Hinter dem Mädchen ein Schild mit der Aufschrift »bowski und Sohn«.

»Das Foto hat er vor seinem Haus gemacht. Du kannst dir nicht vorstellen, was für Aufsehen wir erregt haben. Die Leute auf der Straße sind stehen geblieben. Er hat so eine altmodische Kamera.«

»Eine Sinar?« Sasza schluckte. »Und ein Stativ mit einem Holzbein?«

Das Mädchen lächelte.

»Du kennst ihn wirklich! Was für ein Zufall!«

»Weißt du die Adresse noch?« Sasza war bemüht, sich ihre Aufregung nicht anmerken zu lassen.

»Irgendwo im Zentrum. Ich kann dich hinbringen, wenn du den Direktor um Erlaubnis bittest.«

Sasza wusste schon, wie entgegenkommend die Leitung sein würde, aber sie lächelte das Mädchen an.

»Wie heißt du?«

»Danka.«

»Ich hatte gedacht, das wäre hier eine Privatklinik, und jeder kann kommen und gehen, wie er will.«

»Manche sind freiwillig hier. Ich auch. Aber mein Papa zahlt für meinen Aufenthalt, und deshalb muss das Klinikpersonal wissen, mit wem ich mich treffe und wer mich abholt. Ich bin schon einmal weggelaufen, mit meinem Bruder. In Klobutzko haben sie uns erwischt. Sie haben uns Handschellen angelegt und uns geschlagen.« Sie verstummte.

»Geschlagen?« Sasza traute ihren Ohren nicht. Die Story klang arg an den Haaren herbeigezogen.

»Die Polizisten«, erklärte Danka eilig. »Seitdem passen sie sorgfältiger auf mich auf.«

Sasza musterte Danka.

»Warum bist du hier?«

Das Mädchen zögerte.

»Meine Mutter ist gestorben. Mein Vater war damals in Afghanistan. Mein Bruder hat sich um mich gekümmert.«

»Ist das der mit der Leinwand? Dem Łukasz das Malen beigebracht hat?«

Das Mädchen nickte.

»Und wie ist deine Mutter gestorben?«

»Jacek hat ihr den Kopf abgeschnitten.«

Sasza musterte Danka schweigend. Das Mädchen war jetzt verschlossen, doch war ihr anzusehen, dass sie gerne erzählen wollte, sich allerdings vor der möglichen Reaktion fürchtete. Sie beschloss, ihr Mut zu machen.

»Dein Bruder hatte doch sicher einen Grund?«

»Sie hat die zweite Rate für meine Ski-Freizeit nicht bezahlt. Als Einzige aus der ganzen Schule konnte ich nicht mitfahren. Mama sagte, sie könne sich das nicht leisten. Damals verkaufte sie Vitamine übers Telefon. Manchmal hatten wir nichts zu essen, weil sie alles für die Katzen ausgab. Das ganze Haus war voller Katzendreck. Sie hat diese Katzen von der Straße geholt und gepflegt. Als Papa zurückkam, haben sie sich deswegen gestritten. Papa hat Mama vorgeworfen, dass wir wie im Slum leben, und dann ist er wieder weggefahren. Er war Soldat. Er hat sogar mehrere Orden bekommen. Er war fast nie da, und wenn er da war, hat er nur dagelegen, die Decke angestarrt. Wir haben Mama im Schrank versteckt. Aber ihr Kopf passte nicht hinein.«

»Hast du deinem Bruder geholfen?«

Danka senkte den Kopf.

»Papa hatte im Keller eine Metallsäge, die habe ich geholt. Jacek hat mir Kopfhörer aufgesetzt und *Sam & Cat* laufen lassen. Das ist eine sehr lustige Serie. Ich habe nicht gehört, was passiert ist. Erst hinterher kam Jacek zu mir, über und über mit Blut bedeckt, und hat mich in den Laden geschickt, um große Müllsäcke zu kaufen. In der Hand hatte er tausend Złoty in Zwanzigern. Das war das Geld für meine Ski-Freizeit. Sie hatte das Geld, aber sie wollte es nicht für die Klassenfahrt ausgeben. Eine der Katzen hatte Piroplasmose und hing am Tropf. Die Medikamente waren sehr teuer.«

Danka verstummte und saß regungslos da, die Bilder, die Łukasz von ihr gemacht hatte, an die Brust gedrückt.

»Dann sind wir weggefahren. Wir haben bei Bekannten von Jacek in den Bergen gewohnt, bis die Polizei kam. Ich habe meiner Tante alles gebeichtet, denn Jacek meinte, wir sollten zu Mama gehen, dort hätten wir es am besten. Aber ich hatte Angst, ich wollte nicht in den Schrank. Da ist es so dunkel.«

»Wie alt warst du damals?«

»Dreizehn.«

Sasza schaute auf Dankas wippende Füße und dann auf ihr Engelsgesicht. Sie wirkte nun ganz in sich gekehrt.

»Wenn ich das nächste Mal hier bin, bitte ich den Direktor, dass ich dich auf einen Spaziergang mitnehmen darf. Du wirst mir doch nicht weglaufen?«

Danka lächelte.

»Kaufst du mir Schlumpfeis? Das mag ich am liebsten.«

»Klar.« Sasza zog ihr iPhone aus der Tasche und zeigte auf das Foto. »Kann ich ein Bild davon machen?«

»Sicher.« Danka war einverstanden. »Gehen wir wirklich spazieren?«

»Wenn du brav bist. Versprochen?«

»Versprochen. Und wie heißt du?«

»Ich?« Sasza überlegte, während sie das Handy hin und her bewegte, bis die Kamera scharf stellte und sämtliche Einzelheiten erkennbar waren. »Schwalbe hat mich Milena genannt. Ganz sicher hast du in der Therapie von mir gehört.«

»Nein.« Danka schüttelte den Kopf. »Aber Schwalbe hat viel von einer Karolina gesprochen.«

Inzwischen war Sasza eine weitere Stunde durch die Stadt gekurvt, um den Ort zu finden, an dem Łukasz Polak die Bilder von Danka gemacht hatte – erfolglos. Die Stadtverwaltung hatte mit der Sanierung der gesamten Innenstadt begonnen. Die meisten Straßen waren von Gerüsten gesäumt, auf denen Bauarbeiter standen und die Häuserwände in grellen Farben verputzten.

In der Nähe des Marktplatzes an der ulica Trzeciego Maja endete das Sanierungsgebiet, oder vielleicht war den Arbeitern einfach nur die Farbe ausgegangen. Jedenfalls verdeckte ein brauner Koloss, das Museum der Weißrussischen Kultur, den Horizont. Zwar war es erst in den Neunzigerjahren errichtet worden, stilistisch erinnerte es aber an die Monumentalbauten des Kommunismus in Minsk oder Moskau. Am Eingang wies ein Schild auf ein Restaurant hin: »Leśny Dworek«. Von einem Moment auf den anderen fühlte sie ihre Müdigkeit, ihre Enttäuschung und ihren Hunger. Vor solchen Situationen hatte Professor Abrams sie regelmäßig gewarnt: »Wer satt ist, geht kein unnötiges Risiko ein.« Als sie auf den Parkplatz fuhr, begann ihr Magen prompt zu knurren.

Das Restaurant war im rustikalen Stil eingerichtet, und trotz der frühen Stunde lag der Gastraum im Halbdunkel. Stickdecken, Kerzen in Haltern mit Intarsien und lackierte Wurzeln. Von Regalbrettern rankten Topfpflanzen girlandenartig auf die Lehnen der hohen Stühle herab.

Sasza belegte den letzten freien Tisch am Ende des Saales,

einen Zweiertisch am Fenster mit Blick auf den Biergarten. Die einzigen Gäste im Freien waren drei einander zum Verwechseln ähnliche Stiernacken. Sie saßen auf einer grob bearbeiteten Holzbank, jeder mit einem dicken Bündel Geldscheine in der Hand, die sie wie Profis zählten, wobei sie hin und wieder kurz mit der Zunge die Fingerspitzen befeuchteten. Als der Kellner ihnen das Bier brachte, verstauten sie die Geldbündel in einer Biedronka-Einkaufstüte und legten eine Pause ein. Sehnsüchtig schaute Sasza die Bierkrüge an, wandte den Blick dann aber schnell vom Fenster ab und konzentrierte sich auf die Speisekarte. Gleich darauf trat auch schon die Kellnerin an ihren Tisch und stellte ein Töpfchen mit Schmalz und ein Körbchen mit offenbar selbst gebackenem Brot vor ihr ab.

»Dieser Tisch ist reserviert«, sagte sie. Die Kellnerin war blass wie Disneys Eisprinzessin, und ihr schwarzes lockiges Haar war zur Löwenmähe gestylt.

Sasza konnte kein Reserviert-Schild entdecken. Trotzdem stand sie auf und blickte suchend in den Saal, wo immer noch alle Tische belegt waren.

»Heute können Sie ausnahmsweise hier sitzen.« Die Kellnerin lächelte. »Ich gehe nicht davon aus, dass Herr Bondaruk heute bei uns vorbeischaut.«

Sie klemmte das Tablett unter den Arm, holte ihren Notizblock aus der Schürze und nahm Saszas Bestellung entgegen: Załuska entschied sich für ukrainischen Borschtsch, Pelmeni mit Knoblauch und Weißkrautsalat.

Das Essen war hervorragend. Als sie die Hälfte ihrer Pelmeni verspeist hatte, bestellte Sasza einen Nachschlag. Sie merkte, wie sie allmählich ruhiger wurde. Sie beschloss, eine weitere Nacht in Hajnówka zu verbringen und erst am Sonntag nach Zoppot zurückzufahren. Sie wollte Łukasz finden und fühlte, dass sie kurz vorm Ziel war. Auf ihrer Irrfahrt durch die Stadt war sie mehrere Male an der städtischen Polizeikommandantur vorbeigekommen. Jedes Mal hatte sie den Impuls gehabt, anzuhalten und hineinzugehen, sich als Profilerin vorzustellen und um Unterstützung zu bitten. Die Idee war gut, aber nicht ganz legal. Sie hätte natürlich auch in Danzig anrufen und fragen können, ob einer der Kollegen dort zufällig jemanden in der hiesigen Kommandantur kannte, aber sie hörte schon das Kichern am anderen Ende der Leitung. Als sie während ihrer letzten Ermittlung im Fall der Staroń-Brüder hier in der Gegend gewesen war, hatte ihr niemand in Danzig auch nur den Weg auf der Karte zeigen können.

Also blieb ihr nur eine Möglichkeit: Sie musste mit offenen Karten spielen. Dann aber hing alles davon ab, an wen sie geriet und ob der ihr unter Missachtung der Vorschriften helfen wollte. Was hatte sie denn zu bieten? Selbst wenn ein Wunder geschähe und gerade jetzt in Hajnówka ein Profiler gebraucht werden sollte, wäre die Aussicht auf ein Gutachten von ihr trotzdem wenig wert. Sie konnte keine Referenzen vorweisen und sollte erst am Montag wieder offiziell in den Polizeidienst aufgenommen werden. Diese Möglichkeit schied also aus.

»Guten Tag!« Eine dröhnende Stimmte riss Sasza aus ihren Gedanken.

Sie hob den Kopf. Vor ihr stand ein schon recht betagter Mann. Er trug einen hellen klassischen Trenchcoat und ein gestreiftes Hemd mit Halstuch. Sein Gesicht war braun gebrannt, er hatte kräftige Kieferknochen, etwas eingefallene Wangen, helle Augen und einen bohrenden Blick. Sein fast vollständig weißes, aber immer noch dichtes Haar trug er wie David Lynch nach oben gekämmt. Seine schlanke, hochgewachsene Gestalt strahlte Stärke aus und flößte Respekt ein.

Dies war sein Stammplatz, Sasza saß an seinem Tisch. Einen Moment lang war sie sicher, dass sie ihn schon einmal irgendwo gesehen hatte. Aber vielleicht sah er auch nur irgendjemandem, den sie früher gekannt hatte, unglaublich ähnlich.

»Entschuldigung, ich sitze wohl an Ihrem Tisch«, sagte Sasza. »Ich habe mein Mittagessen schon beendet. Ich bin gleich weg.«

»Bitte machen Sie es sich bequem.« Der Mann machte eine einladende Geste. »Und verzeihen Sie mir, dass ich Sie störe. Ich wäre sehr erfreut, wenn Sie mir gestatten würden, mich zu Ihnen zu setzen.«

Ein vorsichtiges Lächeln umspielte seine Lippen. Wenn die Falten um Augen, Nase und Mund wirklich eine Karte seiner Lebenserfahrungen waren, dann musste dieser Mann eine Menge erlebt haben. Vom Typ her war er weder der Sportler noch der Intellektuelle, eher der Armee-Mensch. Er bestand fast nur aus Adern und Muskeln. Es war praktisch kein Gramm Fett an ihm. Deshalb war Sasza auch nicht in der Lage, sein Alter einzuschätzen. Aber auch wenn seine Figur einwandfrei war, hatte er die Sechzig sicher schon längst überschritten.

»Alle denken, dass ich lieber allein bleibe«, sagte der Mann und legte eine leere Plastiktüte auf die Sitzbank.

»Dabei stimmt das gar nicht?«, fragte Sasza jetzt mit einem Lächeln.

»Sie sind eine kluge Frau«, erwiderte der Mann und schürzte die Lippen. »Also für Ihr Alter natürlich. Wie alt sind Sie?«

»Achtunddreißig.«

»Also schon über den Berg.«

Sasza entspannte sich; er schaffte es, sie zu erheitern. Dieser alte Mann war wirklich ganz reizend.

Obwohl Bondaruk keine Bestellung aufgegeben hatte, standen im Handumdrehen mehrere doppelte Wodka und ein Teller gesalzener Speck mit Zwiebelringen und sauren Gurken vor ihm auf dem Tisch. Bondaruk wurde hier besser behandelt als alle anderen Gäste. Er zeigte auf ein Glas und machte eine Handbewegung in ihre Richtung, aber Sasza lehnte ab.

»Eigentlich sollte ich jetzt ganz woanders ein.« Bondaruk hatte das erste Glas in einem Zug geleert, und, ohne zu zögern, trank er auch das zweite und das dritte aus. Er seufzte tief und murmelte leise auf Weißrussisch: »*Ja, das Leben ist hart. Wir wollen geliebt werden. Aber warum? Niemand weiß das.*«

Sasza hatte ihre Mahlzeit beendet und beschloss, das Lokal umgehend zu verlassen. Der Wodka, der hier serviert wurde, war kalt und klar, genauso wie es sich gehörte.

»Bleiben Sie doch noch ein bisschen«, bat Bondaruk. Sofort erkannte Sasza den Tonfall des Alkoholismus, der auch sie die letzten Jahre treu begleitet hatte. Früher wäre sie tatsächlich auf eine weitere Flasche geblieben und hätte bis zum Morgengrauen über die letzten Dinge des Lebens philosophiert.

»Ich bin leider etwas in Eile.« Sasza warf ihm einen entschuldigenden Blick zu und bat um die Rechnung.

Aber obwohl die Kellnerin sie gehört und den Beleg schon ausgedruckt hatte, verschwand sie für eine Weile hinter der Bar. Sasza schien es, als würde sie bis in alle Ewigkeit Bier zapfen.

»*Wenn der Mensch sich beeilt, lacht der Teufel*«, bemerkte Bondaruk. Die Unterhaltung machte ihm jetzt sichtlich Spaß. Plötzlich schien er neugierig zu sein, wer Sasza war und was sie in die Stadt geführt hatte. Da Sasza kein Weißrussisch verstand, übersetzte er ihr das Sprichwort ins Polnische und fügte hinzu: »Sie sind noch jung. Leben Sie langsam. Sie sollten mit jedem Atemzug die Freude des Lebens aufsaugen.«

Dann griff er nach ihrer Hand, und Sasza entzog sie ihm nicht. Er tat ihr leid. Sie beschloss, ihm fünf Minuten zu geben, aber keine Sekunde länger. Sie wusste ganz genau, jetzt würde er die Ratgeberplatte abspielen. Vor nicht allzu langer Zeit hatte Sasza selbst ihre Zufallsbekanntschaften in Bars und Kneipen auf diese Weise belehrt. Da sie sich selbst nicht zu helfen wusste, machte sie eben anderen die Hölle heiß. Ein Klassiker.

»Wir leben wirklich lange genug«, fuhr Bondaruk unterdessen fort. »Aber wenn wir jung sind, wissen wir die Zeit, die wir haben, noch nicht zu nutzen. So rennt uns das Leben davon, und die Fehler bleiben. Wenn ich doch nur die Zeit zurückdrehen könnte. Wenn ich früher schon gewusst hätte, was ich heute weiß. Das Leben an sich ist nicht wichtig, was zählt, ist das Suchen. Machen Sie Ihre Erfahrungen, ziehen Sie Ihre Schlüsse, stellen Sie die Dinge richtig und lassen Sie keine Rechnung offen. Ehrlichkeit gegenüber sich und gegenüber anderen ist das Einzige, was wirklich wichtig ist – und nicht Geld oder Liebe oder Arbeit. Das alles ist vergänglich. Man muss im Leben ein Egoist sein. Es gibt nur Sie und die Welt!« Bondaruks Gesicht hellte sich auf. Er war ganz offensichtlich stolz auf sein Monodrama. Und er hatte Lust auf mehr.

»Ich kann hier nicht bleiben«, antwortete Sasza und zeigte auf die leeren Gläser. »Ich versuche, mich von Alkohol fernzuhalten.«

Sie konnte selber nicht glauben, was sie da sagte. Es war ihr einfach so rausgerutscht. Erst nachdem sie die Worte ausgesprochen hatte, wurde ihr deren Bedeutung gänzlich bewusst. Sie wollte, dass er sie aufhielt, dass er sagte, »ach was, Unsinn!«, dass er sie am besten mit Gewalt auf den Stuhl zurückdrückte, damit sie sich reinen Gewissens wieder einmal betrinken könnte. Und später, am nächsten Tag, könnte sie dem unbekannten Kerl in der Bar die Schuld dafür geben. Die Flucht vor der Verantwortung – noch so ein Klassiker.

Aber Bondaruk tat nichts dergleichen. Er runzelte die Stirn, wurde ernst und zog sofort seine Hand von ihrem Arm zurück. Er verstand sie.

»Dann kommen Sie also auch nicht auf meine Hochzeit«, seufzte er traurig. »Alle werden dort sein, Jung und Alt, Arm und Reich – wie im Märchen. Schließlich bin ich hier fast so was wie der König.« Er lachte trocken. »Und hinterher sagen sie alle: ›Ich war da und habe Wein und Met getrunken.‹ Ich habe eine ganze Zisterne Alkohol geordert, und ich bin sicher, dass kein Tropfen davon übrig bleiben wird.«

Von diesem alten Mann hatte Danka also gesprochen. Um zu seiner Hochzeit zu kommen, hatte es Doktor Saczko heute so eilig gehabt. Das war also der lokale Krösus, der ein Mädchen im Alter seiner eigenen Enkelin heiratete. Er schien darüber nicht glücklich zu sein, ganz im Gegenteil, er sah aus, als sei diese Hochzeit eine lästige Pflicht, die er, nachdem er irgendwann zugesagt hatte, jetzt erfüllen musste. Warum heiratete er? Welches Problem zerfraß ihn von innen, dass er hergekommen war, um sich in Gesellschaft eines wildfremden Menschen zu betrinken?

»Wenn es dort Wodka gibt, werde ich wohl eher nicht kommen.« Sasza bezahlte endlich ihre Rechnung und gab der Kellnerin ein Trinkgeld. Die junge Frau knickste und entfernte sich geräuschlos, war aber gleich darauf mit einer neuen Ladung Getränke für Bondaruk zurück. »Ich wünsche Ihnen Glück«, sagte Sasza zum Abschied, »und alles Gute für Ihren neuen Lebensabschnitt.«

Bondaruk schaute Sasza an, und es schien, als wäre er für einen Moment nüchtern geworden. In seinen Augen sah sie Furcht, vielleicht sogar blanke Angst vor dem Neuen. Aber das war nur für den Bruchteil einer Sekunde zu erkennen. Dann verschleierte sich sein Blick wieder, und er stürzte eilig den nächsten Wodka hinunter.

»Nur Sie und die Welt«, wiederholte er mit vom Alkohol gelöster Zunge wild gestikulierend. »Das ist alles, was zählt. Hören Sie auf einen alten Mann, der weiß, wie das alles endet, der das Datum seines eigenen Todes kennt und keinen Zweifel daran hat, wer ihm den Garaus machen wird.«

Als Sasza das Lokal verließ, schwang Bondaruk immer noch große Reden, aber Sasza hörte nicht mehr auf seine Trinkerweisheiten. Es war gar nicht so unwahrscheinlich, dass Bondaruk, wenn er morgen mit höllischen Kopfschmerzen erwachte, sich nicht einmal erinnern würde, dass sie sich begegnet waren.

Aber sie würde ihn nicht vergessen, vor allem nicht seine letzten Worte, als er erklärte, warum er eine junge Frau heiratete, die ihn genauso wenig liebte wie er sie und die er nicht einmal besonders gut kannte. Bondaruks Worte hallten in ihrem Kopf nach.

»Mein ganzes Leben lang habe ich anderen Leid zugefügt, und ich habe nie etwas dagegen unternommen. Ich hatte Angst, Grenzen zu setzen, stopp zu sagen. Ich habe um mein Geld, meine Stellung, meinen Platz auf Erden gebangt. Aber ehrlich gesagt wollte ich einfach nur Macht. Wenn ich jetzt nur einen einzigen jungen Menschen glücklich machen kann, kann ich beruhigt sterben. Denn wenn der Tod und mit ihm die Stunde der Abrechnung aller Sünden kommt, nehme ich nichts mit ins Grab. Ich gehe allein, nackt und mit leeren Händen. Mein Leben lang habe ich wertloses Gerümpel gesammelt, einen Anker gesucht, unnützen Ballast. Dabei hätte ich alles ganz anders machen müssen. Heute weiß ich, was passiert, wenn sich das Monster von der Leine losreißt. Ich hatte das Seil die ganze Zeit in der Hand. Hier …« Er hob die leere Plastiktüte, mit der er das Restaurant betreten hatte, und Sasza war sich sicher, es war dieselbe, in der vorher die drei Männer im Biergarten ihr Geld gehabt hatten.

»Aber heute lasse ich das Monster von der Leine und feiere bis zum Umfallen. Soll die Karawane doch ohne mich weiterziehen. Ich will mich ein letztes Mal von der Erde abstoßen. Irgendwann landen wir sowieso alle unter ihr. Die Erde, unsere Urmutter, nimmt das Blut auf, reinigt das Gewissen. Selbst wenn die Menschen schweigen, die Erde weiß Bescheid. Sie hütet alle unsere Geheimnisse.«

An der Ausfahrt vom Marktplatz hatte sich ein Stau gebildet. Sasza reihte sich in die Schlange der wartenden Autos ein und konnte nicht fassen, dass sie hier festsaß. Sie war sicher gewesen, dass die dreißigtausend Einwohner dieser Stadt Verkehrsprobleme überhaupt nicht kannten. Es gab nur eine Handvoll Straßen in Hajnówka. Umso verwunderlicher erschien ihr, dass sie in diesem Kaff Łukasz Polaks Straße nicht finden konnte.

Als sie sich langsam den Marktständen näherte, erkannte sie auch die Ursache des Staus. Vor der Schlange lief ein Mann mit einer Schubkarre auf und ab, in der ein Leninkopf von beachtlicher Größe lag. Trotz der Hitze war der Mann in einen Wollmantel mit Goldknöpfen gekleidet und trug eine Soldatenmütze mit rotem Stern. Hinter ihm schleppten mehrere Männer Gegenstände, die an Museumsexponate erinnerten: Flaggen, eine Schneiderpuppe in der Uniform eines Rotarmisten, eine Kiste mit mehreren kleineren Lenin-Büsten, die wohl vor Urzeiten Büroangestellten als Briefbeschwerer gedient hatten. Alles wurde von einem kleinen Mann in Kordanzug und Plateauschuhen, die ihn offenbar ein paar Zentimeter größer machen sollten, begutachtet und aufgelistet. Anschließend wurde der jeweilige Gegenstand gemäß seinen Anweisungen auf der Ladefläche eines weißen Lastwagens verstaut.

Auf der anderen Straßenseite hatte sich bereits eine Gruppe Schaulustiger versammelt, die schweigend das Schauspiel beobachteten.

Schließlich begannen die entnervten Autofahrer, Wojciech

Rynarzewski lautstark anzuhupen, den Betreiber der beliebten Bar »U Wolodzi«, dessen Eigentum gerade vom Gerichtsvollzieher konfisziert wurde. Das erfuhr Sasza von einem Polizisten mit starkem Dialekt, der nun der Reihe nach alle Autofahrer kontrollierte. Wie sich herausstellte, war die Straße für die Zeit der Räumungsvollstreckung für den Verkehr gesperrt, und so hatten sich alle Fahrer, die hier im Stau standen, gleich mehrerer Verkehrsdelikte schuldig gemacht. Von der Tatsache, dass der weiße Lastwagen das entsprechende Straßenschild verdeckt hatte, ließ sich der Polizist nicht beeindrucken. Alle Autofahrer erhielten ganz gerecht und demokratisch eine Strafe in Höhe von 200 Złoty – außer Sasza. Ihr Fiat Uno wurde auf den Polizeiparkplatz geschleppt, und sie selbst landete auf der Dienststelle, da sich herausstellte, dass sie weder Fahrzeugpapiere noch Führerschein, Kreditkarten oder Geld bei sich hatte. Erst bei dieser Kontrolle bemerkte Sasza, dass ihre Dokumentenmappe verschwunden war. Ihr Mitgefühl mit Danka, die gemeinsam mit dem Bruder die Mutter getötet hatte, verflog augenblicklich.

Freunde des Zentralen Ermittlungsbüros«, murmelte der Polizist, der Sasza verhörte, zum x-ten Mal.

Die weiße Plastikkarte mit Foto, das einzige Dokument, das Sasza in ihrer Handtasche gefunden hatte, hielt er jetzt schon so lange in der Hand, dass sein Pulverkaffee kalt geworden war.

Das Stück Plastik, das Duchno ihr erst gestern übergeben hatte, war absolut wertlos. Aber Sasza sagte dem Polizisten nicht, dass jeder einen solchen Ausweis erhalten konnte, selbst die Geliebte eines zivilen Mitarbeiters einer untergeordneten Polizeibehörde.

Sasza schaute sich um. Das Gebäude war eben erst renoviert worden und roch immer noch nach frischer Farbe. Um die Ausstattung konnten andere Kreiskommandanturen, selbst solche in den wohlhabendsten Regionen Polens, Hajnówka durchaus beneiden. Sasza dachte daran, dass soeben ein alter chinesischer Fluch in Erfüllung gegangen war: »Mögen alle deine Wünsche wahr werden.« Denn sie hatte ihr ersehntes Ziel erreicht – sie saß auf der örtlichen Polizeidienststelle.

Die Art ihres Besuchs entsprach zwar nicht ganz ihren ursprünglichen Vorstellungen, doch bot sich die Gelegenheit, die Leute hier kennenzulernen. Sie pustete in den Alkomaten, füllte ein Anzeigeformular mit den Daten der Diebin aus und versuchte, ihre Mutter anzurufen. Leider war am Sonnabend in der Danziger Kommandantur niemand zu erreichen, der Saszas Personalien telefonisch hätte bestätigen können, und Laura

Załuska hatte die dämliche Angewohnheit, ihr Handy meistens zu Hause zu lassen.

Es war fast fünfzehn Uhr. Es hatte keinen Sinn, erneut auf die Mailbox zu sprechen. Sasza sollte sich besser etwas anderes einfallen lassen, um nicht ewig hier auf der Wache festzusitzen. Ihr Bruder könnte ihr eine Kopie ihres Passes faxen, er hatte die Schlüssel zu ihrer Wohnung. Leider schlief er jetzt entweder seinen Rausch aus, cruiste auf der Suche nach hübschen jungen Frauen durch die Parks oder hatte schon ein erstes Date. Es war Samstag, Karols liebster Wochentag. Wenn sie ihn jetzt mit einer neuen Flamme störte, fürchtete Sasza, würde er frühestens in einer Woche zurückrufen.

Sie überlegte kurz, ob sie Duchno anrufen sollte, aber das war ihr dann doch zu peinlich. Duchno wäre nicht Duchno, wenn er ihr nicht die nächsten fünf Jahre ihre Naivität unter die Nase reiben würde. Diese Option hielt sie sich für eine schwarze Stunde offen, wenn in ihrem Leben mal wirklich alles am seidenen Faden hing. Sie hatte schon ganz andere Situationen gemeistert. Sie hoffte nur, niemand käme auf die Idee, sie zu durchsuchen. Denn für die Beretta, die sie bei sich trug, hatte Sasza keinen Waffenschein.

Plötzlich betrat ein kräftiger, tätowierter Mann das Verhörzimmer und herrschte seinen Untergebenen an:

»Was ist mit dem Spaten, Błażej?«

»Sichergestellt«, erwiderte Saszas Gegenüber. »Behemoth nimmt gerade die Fingerabdrücke ab. Der Mittlere Żubr hat die Schaufel angeblich für die Gartenarbeit gekauft. Ich hab's überprüft, da sind wirklich frisch gesetzte Tomaten. Es gab etwas Stunk, denn ich musste ja sichergehen, dass er unterm Gemüse nicht irgendwelche Schädel vergraben hat. War aber alles sauber. Die Mutter hat gekocht vor Wut. Sie musste ein Bußgeld wegen Beamtenbeleidigung zahlen.«

»Und Farbe?«

»Nichts.« Der junge Polizist zuckte mit den Achseln. »Keine Farbe, kein Teer, keine Spraydosen.«

»Und die Schaufel hast du einfach so mitgenommen? Ohne sie offiziell zu konfiszieren?«

»Hat die Chefin so angeordnet. Nicht gut?«

»Prozeduren wie bei Huren«, reimte der tätowierte Polizist, trank in zwei Zügen den kalten Kaffee seines jungen Kollegen aus und ließ sich dann auf den Stuhl neben Sasza fallen. »Sie arbeiten für die Polizei in Danzig, richtig?«

»Ich kann auch für euch arbeiten«, antwortete Sasza. Ihr war sofort klar geworden, dass sie hier einen Polizeikommissar und damit einen Entscheidungsbefugten vor sich hatte. »Aber ich wohne in Zoppot. Also erhalte ich die meisten Aufträge von der Polizei in Danzig.«

JahJah stellte sich vor, und sie gaben sich die Hände. Damit war sein Interesse offenbar auch schon befriedigt, denn er schnappte sich eine Zeitung und begann zu lesen.

»Lasst euch nicht stören.« JahJah blickte über den Rand der Zeitung. »Ich bin gar nicht hier. Die Klempner reparieren gerade die Heizung in meinem Büro. Sie haben ein Loch in die Wand gehauen wie für eine Ausgrabung. Der ganze Fußboden ist voller Ziegelsteine.« Die Zeitung verbarg immer noch JahJahs Gesicht, er verharrte bewegungslos und war doch offenbar ganz Ohr.

Um vor seinem älteren Kollegen Eindruck zu machen, legte Błażej die Plastikkarte beiseite und stellte alle seine Fragen noch einmal von vorn. Und Sasza gab noch einmal alle ihre Antworten zu Protokoll. Auch diesmal verschwieg sie einige Einzelheiten, die ihr Privatleben betrafen. Dass sie allerdings eine der Patientinnen der Ciszynia-Klinik des Diebstahls verdächtigte, hatte sie, wie sie betonte, bereits mehrmals gesagt. Dennoch wollte der junge Polizist nicht mehr tun, als ein paar allgemeine Nachforschungen einzuleiten.

»Ich hatte einen Termin mit dem Direktor der Nervenklinik, einem Herrn Saczko. Leider hatte ich dann lediglich das Vergnügen, mit der stellvertretenden Direktorin zu sprechen. Sie können diese Angaben durch einen Anruf dort überprüfen. Bis vor Kurzem hielt sich in der Klinik ein Patient auf, zu dem ich ermittle. Ein Verbrecher, der aber vor Jahren einem Prozess entging, da die Gutachter eine psychische Erkrankung diagnostizierten. Łukasz Polak. Ich hatte gehofft, ihn vernehmen zu können. Leider hat er die Klinik bereits verlassen. Mein Name befindet sich im Gästebuch an der Klinikrezeption, und die diensthabende Schwester müsste sich auch an mich erinnern. Könnten Sie vielleicht jemanden zur Ciszynia-Klinik schicken, um diese Danka zu finden, und vor allem mein Geld und meine Papiere? Ich an Ihrer Stelle würde mich ein wenig beeilen!«

Die beiden Polizisten blickten einander an. JahJah hob leicht das Kinn, dann vertiefte er sich wieder in seine Zeitungslektüre. Błażej war so angespannt, als würde er einen lautlosen Furz ablassen. Dann griff er nach dem Protokoll und hielt es demonstrativ hoch, um Eindruck zu schinden. Sasza bemerkte, dass JahJah nur mit Mühe das Lachen unterdrücken konnte. Die Situation war absurd. Ganz offensichtlich testete der Alte an ihr den Neuen. Ihr blieb nichts anderes übrig, als mitzuspielen.

»Sie sind Polizistin«, stellte Błażej mit drohender Stimme fest.

»Profilerin«, berichtigte Sasza, aber der Polizist unterbrach sie sofort.

»Wir müssen Ihre Einheit informieren.«

JahJah faltete die Zeitung zusammen und warf sie auf den Tisch.

»Sie arbeitet nicht bei der Polizei, mein Junge.«

»Ich bin Freiberuflerin, unabhängige Expertin«, griff Sasza den Faden auf. »Ich helfe der Polizei bei Vernehmungen, untersuche Verhaltensspuren, erstelle Gutachten, bereite Vernehmungstaktiken vor, führe Gegenüberstellungen durch und liefere geografische Profile.«

Sie unterbrach sich, da sie befürchtete, mal wieder auf einen Skeptiker getroffen zu sein, der sich nicht dafür interessierte, was ein Fallanalytiker machte. Sie irrte sich. Zwar merkte sie, dass JahJah zum ersten Mal persönlich mit einem Profiler sprach und sein ganzes Wissen womöglich aus amerikanischen Filmen stammte, doch wusste er immerhin, was ein Kriminalpsychologe ist, und zeigte Interesse.

»Ruf Saczko an«, sagte er zu seinem jungen Kollegen, »und schick jemanden los, um diese Danka einzusammeln. Wie lange soll das denn noch dauern?«

»Aber wenn das Anzeigenprotokoll noch nicht fertig ausgefüllt ist?«

»Jetzt hab doch mal Mitleid mit der Frau. Wenn wir immer in diesem Tempo Diebe jagen würden, dann hätten sie uns inzwischen schon die Kommandantur unterm Hintern weggeklaut. Die Formulare kannst du später ausfüllen. Sie werden hier warten, in Ordnung?«

»Ich warte so lange wie nötig.« Mit einem Lächeln bedankte sich Sasza für die Hilfe. »In der Dokumententasche waren achthundert Złoty in Hundertern. Die Karten habe ich bereits gesperrt. Vor allem brauche ich die Fahrzeugpapiere, ich würde gern irgendwie wieder nach Hause kommen.«

»Jetzt geh deinen Pflichten nach, mein Junge. Ich werde die Dame hier schon unterhalten.«

Der junge Polizist griff nach einem altmodischen Nokia-Handy und verließ das Zimmer. Als sie allein waren, wandte sich JahJah wieder Sasza zu. Er schien neugierig. Sie kannte diesen Typ: anfängliche Skepsis, dann ein Glaubwürdigkeitstest und die Frage nach ihrer Erfolgsbilanz. Am Ende standen ein potenzielles Angebot und erste Honorarsondierungen.

»Arbeiten Sie in ganz Polen? Sind Sie keiner Einheit zugeordnet?«

»Es gibt nicht so viele Profiler«, erklärte Sasza. »Ich bin nicht örtlich gebunden. Bisher war das günstiger für mich. In fast jeder Kripoeinheit wird ein Profiler in der täglichen Arbeit gebraucht. In der Abteilung für Mord und Gewaltverbrechen sollte eigentlich mindestens eine entsprechend ausgebildete Person zur Verfügung stehen. Das ist meistens aber nicht der Fall. Theoretisch kann ich auch für Ihre Dienststelle tätig werden«, wiederholte sie und lächelte vorsichtig.

»Haben Sie denn schon irgendwelche Erfolge vorzuweisen?«

»Irgendwelche schon.« Sie zuckte mit den Schultern. Dann zeigte sie auf ihre Laptoptasche. »Darf ich?«

Sie holte ein zweisprachiges Booklet mit dem Logo der University of Huddersfield hervor, das sie auch ihren Privatkunden gab. Es enthielt die Zusammenfassung einer ihrer Hausarbeiten aus dem zweiten Semester, aber für einen Laien reichte das für einen Einstieg in die Kriminalpsychologie und ihre Arbeitsmethoden aus. Die Broschüre bot zudem einen Überblick über Möglichkeiten und Grenzen einer operativen Fallanalyse, und am Ende fand sich eine Preisliste für diverse Dienstleistungen. Die meisten Beträge enthielten vier Nullen. Auf dieser Seite verweilte JahJah und pfiff ausgiebig.

»Billig ist das nicht.«

»Wenn es sich um mehrere Fälle handelt, lohnt sich das wirklich«, entgegnete Sasza. »Definitiv sind das sinnvollere Ausgaben als für einen Hellseher oder eine Suchaktion mit örtlichen Patrouillen.«

JahJah lachte.

»Sie sind sich Ihrer Sache aber sehr sicher!«

Im selben Moment betrat Błażej wieder den Raum, legte das Diensttelefon auf den Tisch und schaute Sasza an.

»Direktor Saczko hat nicht bestätigt, dass er Sie kennt«,

erklärte der junge Polizist. »Was machen wir jetzt?«, fügte er eher an JahJah gewandt hinzu. »Sie hat keine Ausweispapiere dabei. Das Auto gehört ihr nicht. Festhalten oder Strafzettel?«

»Das Auto gehört meiner Mutter«, stöhnte Sasza. »Das ist absurd. Sie sollten jemanden in die Klinik schicken. Dieses Mädchen hat meine Papiere!«

»Und was nun?« JahJah schlug sich auf die Schenkel und erhob sich.

Sasza zuckte mit den Schultern.

»Du bleibst hier, Błażej.« JahJah warf sich seine Jacke über die Schultern. »Ich bin in einer halben Stunde wieder da.«

»Und was ist mit ihr?« Błażej zeigte auf Sasza.

»Schreib das Protokoll. Du weißt doch, was zu tun ist. Wir müssen ihre Personalien feststellen.«

JahJah gab Sasza ihr Booklet zurück.

»Bitte behalten Sie es.«

Der Unterkommissar rollte die Broschüre zusammen, steckte sie in die hintere Tasche seiner Jeans und verließ wortlos den Raum.

Błażej nahm auf dem Stuhl seines Vorgesetzten Platz und begann unbewusst, dessen Gesten nachzuahmen. Er sah JahJah recht ähnlich, war allerdings schlanker und weniger muskulös und trug noch keine Brille. Auch war sein Mund anders, aber vielleicht lag das nur am fehlenden Bartwuchs. Dieselbe Mimik und Gestik, dasselbe Macho-Gehabe. Sasza hätte ihre Hand dafür ins Feuer gelegt, dass die beiden miteinander verwandt waren.

»Also noch mal von vorn«, sagte Błażej in amtlichem Tonfall. »Kann jemand Ihre Personalien bestätigen?«

Er nahm ein neues Blatt Papier aus dem Drucker und schrieb das Datum darauf.

»Ich denke, ich habe mich klar und deutlich ausgedrückt. Wenn Sie das Mädchen finden, haben Sie auch meine Papiere.«

Der Polizist schien sie nicht zu hören.

»Wir können erst am Montag neue Papiere für Sie beantragen. Bis dahin bleiben Sie bei uns. Da sparen Sie die Ausgaben für die Übernachtung.«

Sasza traute ihren Ohren nicht.

»Das kommt überhaupt nicht infrage«, entgegnete sie aufgebracht. »Das Auto ist nicht auf der Liste der als gestohlen gemeldeten Fahrzeuge. Sie haben keinerlei Grundlage, um mich festzuhalten. Ich kenne meine Rechte.«

»Sie geben sich als Mitarbeiterin des Innenministeriums aus«, stellte Błażej fest. »Ich habe das im System geprüft. Sie stehen weder auf der Liste der Gerichtsgutachter noch jener der Polnischen Kriminologischen Gesellschaft, noch sind Sie bei einer polnischen Hochschule aufgeführt.«

»Weil ich meine Doktorarbeit an der Universität in Huddersfield schreibe. Ich habe darauf geachtet, dass mein Name nirgendwo zu finden ist. Ein Ermittlungsprofil ist ein rein operatives Gutachten. Mein Foto muss nicht auf einer Internetseite stehen.«

»Umso schlechter für Sie«, erwiderte Błażej. »Zumal auch Frau Doktor Prus angibt, Sie nicht zu kennen.«

»Was?«

»Ich habe gerade eben mit ihr gesprochen. Sie konnte nicht bestätigen, dass jemand von der Polizei bei ihr gewesen wäre.«

Sasza hatte große Lust, dem Jungen zu sagen, dass er einfach ein dummer Arsch war, aber stattdessen fragte sie:

»Sie haben also die ganze Zeit meine Aussage überprüft. Haben Sie vielleicht auch mal nachgeforscht, ob dieses Mädchen in der Klinik ist?«

»Ist sie nicht. Sie hatte seit dem Morgen mit Erlaubnis der Klinikleitung Ausgang. Sie können sie also unmöglich im Park getroffen haben. Hier passt rein gar nichts zusammen. Alles, was Sie sagen, klingt verdächtig nach einer Lüge. Wir können nicht sicher sein, dass Sie keine Betrügerin sind. Meinen Vater mögen Sie um den Finger gewickelt haben, aber auf mich machen ausländische Fotokopien keinen Eindruck.«

Błażej öffnete die Tür zum Flur und schrie:

»Supryczyński! Such eine von den saubereren Decken raus und mach die Einzelzelle unten fertig!«

Sasza atmete schwer.

»Der Chef der Kriminalabteilung in Danzig kann für mich bürgen. Ich müsste allerdings telefonieren.«

In der Tür erschien ein schlanker, braunhaariger Mann in Uniform, deren Schulterstreifen anzeigten, dass er sich noch in Ausbildung befand. Błażej nahm eine Vorgesetztenpose ein und wiederholte mit spöttischem Lächeln:

»Eine Decke wird gebraucht. Möglichst eine unbenutzte. Nicht, dass die Dame sich bei uns noch Läuse holt.«

»Wenn es nötig ist, wird der Chef der Danziger Kriminalpolizei Oberkommissar Robert Duchnowski Ihnen ein entsprechendes Schreiben zusenden, dass ich regelmäßig für die dortige Kommandantur tätig bin«, wiederholte Sasza mit Nachdruck und unterdrückte nur mühsam einen Fluch.

Błażej reagierte nicht. Er klopfte nur mit dem Kugelschreiber auf die Tischplatte.

»Sobald wir das Schreiben kriegen, kommen Sie frei.«

Idiot, dachte Sasza, sagte es aber nicht laut. Sie steckte die Hände in die Taschen, um ihr Telefon hervorzuholen. Da kam zusammen mit dem Handy ihr Personalausweis zum Vorschein. Überrascht, aber triumphierend legte sie das Stück Plastik vor den Polizisten auf den Schreibtisch und lächelte zufrieden, als sie sein Gesicht erstarren sah.

»Das soll wohl ein Scherz sein?«

»Mir ist aufgefallen, dass Sie einen sehr speziellen Humor haben. Ich empfehle Ihnen, sofort jemanden in die Klinik zu schicken. Dieses Mädchen hat mir meine Dokumente und mein

Geld abgenommen. Wenn Sie das nicht umgehend tun, reiche ich eine offizielle Beschwerde gegen Sie ein.«

Błażej begutachtete ihren Personalausweis, als müsste er ihren Vor- und Nachnamen und ihre englische Adresse auswendig lernen. Schließlich übertrug er die Daten in die Formulare und schob Sasza das Protokoll ihrer Aussage zur Unterschrift hin. Als Błażej JahJahs Stimme auf dem Flur hörte, sprang er auf und eilte aus dem Zimmer, als wäre der Teufel hinter ihm her. Die Tür blieb offen, sodass Sasza ihr Gespräch mit anhören konnte. JahJah machte seinen Untergebenen ordentlich zur Sau, wobei Wörter wie Depp und Penner fielen. Aus der anderen Hosentasche holte Sasza ihre Zigaretten und steckte sich eine an.

JahJah trat ein. Er hatte ihr Booklet unter dem Arm, rollte es aus und strich es gerade.

»Geh mal zu deinen Taschendieben, Söhnchen.« Er verscheuchte Błażej mit einer Handbewegung. »Vorher kannst du uns noch frischen Kaffee bringen. Und sag deiner Mutter Bescheid, dass ich sie nicht abhole. Wenn du jetzt einen Monat lang das Bier holen gehst für deinen Vater, erzähl ich ihr vielleicht nicht, wie du dich hier heute aufgeführt hast.«

Er setzte sich und stellte einen Kristallaschenbecher auf den Tisch.

»Wenn diese Verrückte Ihre Papiere hat, dann finden wir die.« Er zwinkerte ihr verschwörerisch zu. Sasza hatte das Gefühl, dass sie endlich an den Richtigen geraten war.

»Das hoffe ich.«

»Haben Sie eine Waffe bei sich?«

Sasza wurde blass und überlegte kurz.

»Ich trage keine Waffe«, log sie dann. »In meiner Arbeit nutze ich ausschließlich meinen Kopf. Ich stelle nur Hypothesen auf. Die Ermittler nehmen die Verdächtigen fest.«

JahJah machte es sich auf seinem Stuhl gemütlich. Er war sehr zufrieden mit sich.

»Können Sie eine Leiche finden?«

»Eine erste oder eine weitere?«

»Ist das von Bedeutung?«

»Alles ist von Bedeutung«, erwiderte Sasza. »Wie viel Zeit seit dem Verschwinden vergangen ist. Welche Informationen es über das Opfer gibt. Der Ort des Verschwindens. Die Verhörtaktik gegenüber den Personen, die mit dem Opfer in Verbindung stehen. Es kommt darauf an, welche Informationen ich von Ihnen erhalte und welche ich selber beschaffe. Suchen Sie jemanden?«

Mariusz Korcz stellte den Motor des elterlichen Lieferwagens ab. Er blickte Jauhien Paszko an, der neben ihm saß, drehte sich dann nach hinten und nahm die Kamera vom Rücksitz. Er schaltete sie ein und machte eine Aufnahme von den Skins, die den Eingang zum Kulturhaus »Górnik« in Hajnówka blockierten. Über deren Köpfen hing ein Plakat, auf dem ein Kind zu sehen war, das entsetzt einen Soldaten mit einem Gewehr anstarrte. Darunter stand in roter Schrift: »Bury – nicht unser Held«.

»Soll ich Błażej anrufen?«, fragte Mariusz auf Weißrussisch.

»Klingel ihn an«, antwortete Jauhien. »Oder schick ihm besser eine SMS. Wenn es ungemütlich wird, kannst du eh nicht drangehen. Soll er selbst entscheiden, ob er uns Verstärkung schickt.«

Er blickte aus dem Fenster.

»Scheinen ja sämtliche Hools von Jagiellonia Białystok hier zu sein.«

»Sieht mir mehr nach Wisła Kraków aus«, brummte Mariusz und schaute sich um. »Die sind mit Bussen gekommen, die Kennzeichen sind nicht von hier.«

Er schrieb rasch eine SMS und verschickte sie zusammen mit einem Foto von der Versammlung, das er unauffällig mit seinem Handy machte. Die Antwort kam postwendend.

»Er schickt einen Streifenwagen.« Mariusz' Miene hellte sich auf, er steckte sich einen Kaugummi mit Erdbeergeschmack in den Mund.

»Nur einen?«

»Er will wissen, ob sie bewaffnet sind, und bittet dich, die Kamera im Auto zu lassen. Auf die werden sie es abgesehen haben.«

»Kommt nicht infrage.« Jauhien schüttelte den Kopf und stieg aus dem Wagen.

Sie ähnelten zwei Revolverhelden, die den Saloon betreten. Aus der Entfernung hätte man sie allerdings auch für Dick und Doof halten können. Nur dass Mariusz viel zu gut aussah, um Doof zu spielen. Die langen Haare trug er geflochten, was seine Gesichtszüge noch weicher und anmutiger erscheinen ließ und auf die Faschos wie ein rotes Tuch wirken musste. Sie hielten ihn sicherlich für eine Schwuchtel. Jauhien hingegen war ein muskelbepackter Glatzkopf und hätte ohne Weiteres mit einem der Typen am Eingang die Rollen tauschen können. Im Gegensatz zu Mariusz hatte er keinen Anzug an. Er trug ein Polohemd von Fred Perry und eine umgedrehte Kappe mit der Aufschrift »Kriminelles Piła«. Bei ihrem Anblick begannen die Glatzen, Parolen zu skandieren, als sie aber den Lorbeerkranz auf Jauhiens Brust erblickten, machten sie verdutzt Platz.

Vor der Tür zum Kinosaal wartete bereits Marysia Sofińska von der »Bruderschaft der Orthodoxen Jugend«, die die Filmvorführung organisiert hatte. Auf die Leinwand war das Plakat projiziert, das über dem Eingang hing. Die Botschaft war klar: Der Psychopath in polnischer Uniform wird gleich das schutzlose Kind erschießen.

Trotz der Glatzen draußen war der Saal voll. Jauhien filmte kurz das Publikum, setzte sich dann auf einen der Stühle auf dem Podium und holte eine E-Zigarette hervor. Mariusz ließ sich neben ihm nieder und zupfte sein Halstuch zurecht. Marysia verteilte die Mikrofone.

»Ich freue mich, dass Sie so zahlreich erschienen sind«, sagte sie zur Begrüßung.

Sie stellte den Kameramann und den Soziologen vor, Jauhien und Mariusz verbeugten sich. »Aber bevor wir mit der sicherlich kontroversen Diskussion beginnen, zeigen wir Ihnen Dokumentarfilme über die Verbrechen, die Romuald Rajs' Einheit hier in der Gegend begangen hat.«

Plötzlich öffnete sich die Tür, und Leszek Krajnów betrat den Saal, begleitet von einer Gruppe glatzköpfiger Jugendlicher in weiß-rot geschnürten Springerstiefeln und schwarzen Bomberjacken.

»Ich bin nur ein einfacher Kameramann, mit einem solchen Zuschauerandrang habe ich nicht gerechnet«, scherzte Jauhien. Als niemand lachte, fügte er in ernstem Ton hinzu:

»Der Regisseur des Films, Jerzy Kalina, ist krank. Er lässt sich entschuldigen. Ich hoffe, wir werden ihn würdig vertreten.«

Applaus. Jauhien wollte zur Kamera greifen, aber Mariusz konnte ihn gerade noch davon abhalten.

»Błażej schickt uns nur eine Streife. Besser nicht provozieren.«

Ein orthodoxer Priester, der in der ersten Reihe saß, sprang auf und baute sich am Eingang des Saales wie ein Türsteher auf. Die Soutane bremste Krajnów und seine Hooligans. Nach einem kurzen Wortgefecht holte der Pope zu einem Schlag unter die Gürtellinie aus.

»Der Herr da ist betrunken«, kreischte er mit schriller Stimme und legte sich mit einem gut genährten Troll in einem rautengemusterten Steppjäckchen an, der ihm gerade bis zum Stehkragen reichte.

Wie ein Kommandeur seinen Untergebenen gab Krajnów seinen Schützlingen ein Zeichen. Die Glatzen blieben stehen. Leszek trat zu dem Gnom, schnupperte an ihm wie ein Hund und schlug ihm dann unvermittelt mit der Handkante aufs Ohr.

»Warte draußen«, ordnete er an. »Wir sprechen uns nach dem Film.«

Als der bärtige Zwerg den Saal verließ, waren aus den hinteren

Reihen hämische Bemerkungen zu hören. Die Atmosphäre wurde zusehends lockerer, auch wenn der Spott nicht recht zu dem ernsten Thema der Veranstaltung passen wollte.

Krajnów wandte sich an das belustigte Publikum:

»Wir sind Polen und haben ein Recht, hier zu sein. Wir leben in einem freien Land.«

An den Popen gerichtet, fügte er hinzu:

»Das ist eine öffentliche Veranstaltung. Sie können uns nicht rauswerfen, Pater.«

Wobei er das Wort »Pater« betont deutlich aussprach. Der Priester errötete.

»Aber bitte friedlich.« Er trat zur Seite.

»Wenn hier jemand nicht friedlich ist«, Krajnów lächelte geheimnisvoll, »dann eure Zuschauer.«

Ein Raunen ging durch die Reihen der Halbstarken.

»Sie tragen die Verantwortung«, entgegnete der Pope lächelnd. »Ich denke, wir verstehen uns, Herr Krajnów.«

»Für wen halten Sie mich, Pater?« Krajnów nahm, wie es sich für einen Anführer gehörte, in der ersten Reihe Platz. Auf sein Zeichen hin verteilte sich seine Truppe von Hooligans im Saal; sie bezogen an den Seiten stramm Stellung, wie Einsatzkräfte der Polizei bei einem Fußballspiel. Keiner von ihnen setzte sich. Ihre verbissenen Mienen ließen keinen Zweifel daran zu, dass sie jederzeit bereit waren, sich in den Kampf zu stürzen. Im Saal war es jetzt mucksmäuschenstill. Die Rechten wirkten schweigend noch viel bedrohlicher. Das Licht ging aus, der Vorspann lief, aus den Lautsprechern ertönten die ersten Takte eines Kriegslieds. Plötzlich riss das Band.

Die Verzögerung bei der Filmvorführung nutzte Mariusz, um ein Foto von den Skinhead-Posten auf sein Facebook-Profil zu stellen. Zufrieden beobachtete er, wie die Anzahl der Likes nach oben schoss. Währenddessen legte sich Jauhien die Kamera auf die Knie und drückte unauffällig die Aufnahmetaste.

Er fragte sich, was das Ganze zu bedeuten hatte. Die kleine Schar der lokalen Patrioten, denen es weniger um das Vaterland ging als darum, Dampf abzulassen, bereitete ihm keine Sorgen. Jauhien kannte sie alle.

Etwas anderes beunruhigte ihn. In Krajnóws heutiger Leibwache erkannte er Hooligans aus Białystok, Bielsk Podlaski, sogar aus Krakau. Berufskrawallmacher, denen patriotische Werte am Arsch vorbeigingen und die einfach Spaß daran hatten, sich zu prügeln. Jauhien wusste das besser als irgendwer sonst. Er hatte sie für eine Fernsehdokumentation ein halbes Jahr lang mit der Kamera begleitet und kannte ihre Methoden. Er ahnte, dass sich etwas zusammenbraute. Auch wenn sie heute hier heil herauskämen, ein Gewitter zog herauf. Es war nur eine Frage der Zeit. Wenn ihn nicht alles täuschte, würde Hajnówka schon bald in den Hauptnachrichten sein, und auf allen Sendern würde der Kriechtitel »Polnisch-weißrussischer Krieg« über den Bildschirm laufen. Da war er sich ziemlich sicher.

Plötzlich fing Mariusz an, Jauhien mit seinem Handy vor der Nase herumzuwedeln. Er war kreidebleich.

»Was ist?«, zischte Paszko.

»Der Streifenwagen war da und ist wieder gefahren. Sie suchen nach einer Verdächtigen«, erklärte der Soziologe. »Dass sie mir nur nicht die Scheiben vom Auto einschlagen. Mein Alter weiß nicht, dass ich mir den Wagen geliehen habe.«

»Notfalls habe ich Aufnahmen«, sagte Jauhien und griff demonstrativ nach seiner Kamera.

Sogleich protestierten mehrere Glatzen. Marysia bedeutete Jauhien, die Kamera wegzulegen. Sie spitzte die Lippen und faltete die Hände wie zum Gebet.

»Das war nur ein Scherz, Marysia.« Jauhien zuckte mit den Achseln und beugte sich zu Mariusz. »Du wirst sehen, heute passiert nichts. Das ist nur eine Machtdemonstration, das Pogrom findet nächsten Dienstag statt. Allerdings suchen sie schon jetzt nach einem Vorwand für eine Schlägerei. Also pass auf, was du sagst.«

»Hinter der Bühne befindet sich ein Nebeneingang«, flüsterte Mariusz. »Ich habe keine Lust, vor Beginn des Wahlkampfs die Fresse poliert zu bekommen. Ich warte im Auto, hinten bei der orthodoxen Kirche.«

»Ich komme schon klar. Hauptsache, du haust nicht ohne mich ab, du feiges Frettchen«, murmelte Jauhien und zeigte dann in die Menge.

Zu seiner Überraschung entdeckte Mariusz Asia Pietruczuk unter den Rechten. Sie war die Tochter eines Freundes, dem er in Bielsk einen öffentlichen Bauauftrag verschafft hatte und der im Gegenzug seine Wahlkampagne finanziell unterstützte. Er sah, wie eine der Glatzen dem Mädchen höflich Platz machte. Die junge Pietruczuk schien sich in dieser Gesellschaft wohlzufühlen. Man klopfte ihr kumpelhaft auf die Schultern. Neben ihr stand Zaspa, der mehrfach zu Geldstrafen verdonnert worden war, weil er Auftritte des Landrats gestört und ihn als Stasispitzel, Kommunist und rote Socke beschimpft hatte. Jauhien schien Mariuszs Gedanken zu lesen:

»Sie ist jung«, sagte er, »und zornig auf die Welt. In diesem Alter will jeder für etwas kämpfen.«

»Es wäre mir lieber, sie würde für die ›Bewegung für ein Autonomes Podlachien‹ auf die Barrikaden gehen. Wir brauchen solche Aktivistinnen. Andrzej hat mir gesagt, sie würde sich bestimmt bei uns engagieren. Eine schöne Bescherung. So wird nie etwas aus ›Klein-Weißrussland‹.«

Jauhien lachte.

»Diese Gruppierung gibt es doch gar nicht. Erst neulich hast du selbst in einem Interview bestritten, die Grenzen verschieben zu wollen.«

»Noch existiert ›Klein-Weißrussland‹ nicht, aber gib mir fünf Jahre, du wirst sehen.«

»Weißrussischer Faschist.«

Ein breites Grinsen hellte Mariuszs Gesicht auf.

»Und noch dazu ein erfolgreicher.«

Das Licht ging aus. Auf der Leinwand erschienen endlich der Vorspann und der Titel des Filmes: »Wie auch wir vergeben«.

Vor dem Carska war kein Platz mehr, also parkte Hauptkommissarin Krystyna Romanowska ihr Auto am Straßenrand und ging die hundert Meter zu Fuß. Den geparkten Autos nach zu urteilen, tafelte im Carska die Crème de la Crème von Hajnówka. Vor dem Eingang zum ehemaligen Wartesaal des Bahnhofs hatte ein zwanzigköpfiger Chor Aufstellung bezogen. Zusammen mit einem jungen Akkordeonspieler warteten sie auf das Zeichen zum Einsatz. Der Gesang hatte noch nicht begonnen, aber Krystyna konnte die heraufziehenden Kopfschmerzen bereits fühlen.

Die Kellnerin, ihr Haar zu einem russischen Dutt hochgesteckt, verbeugte sich leicht, als die Kommandantin das Restaurant betrat, und bat um ihren Mantel. Krystyna funkelte sie böse an. Sie war zwar nicht in Uniform erschienen, hatte sich aber auch nicht in Schale geschmissen. In der schwarzen Zigarrenhose, dem weißen, bis zum dritten Knopf geöffneten Hemd und der Smokingjacke sah sie immer noch wie eine Polizistin aus. Ihre Sportuhr hatte sie anbehalten. Die einzigen weiblichen Accessoires waren ihre Stöckelschuhe und der Nagellack.

Es war ein geschmackvoll eingerichteter Saal. Mit großer Liebe zum Detail hatte man das alte Russland auferstehen lassen. Auf den Tischen Häkeldeckchen und summende Samoware. An den Wänden Ikonen, Bilder von russischen Familien, Gemälde. Kein Kitsch und auch nicht überladen. Romanowska war hier nur einmal zuvor gewesen, und zwar dienstlich. Sie erinnerte sich daran, dass sie für den russischen Tee mit Warenje, die marmeladenartige Fruchtzubereitung, die Steinpilzsuppe, die Bliný mit Kaviar und das Stück Käsekuchen genauso viel bezahlt hatte wie für einen Wocheneinkauf in Kaufland. Der Kuchen war ihr auf der Zunge zergangen, und trotzdem hatte sie damals möglichst schnell wieder weggewollt, aus Angst, das perfekt gestärkte Tischtuch zu beschmutzen. Jetzt war der Saal fast leer, man hatte die Stühle an die Wände gerückt, das alte Parkett kam voll zur Geltung. Morgen würde man hier tanzen. Aus einem der kleineren Nebensäle drangen die für ein Bankett typischen Klimpergeräusche.

»Auf deine Gesundheit, Genia«, hörte sie jemanden toasten, als die Kellnerin ihr die Tür öffnete.

Romanowska verneigte sich vor den Versammelten. Mehrere Männer sprangen sofort auf, um sie zu begrüßen. Sie setzte ihr offizielles Lächeln auf und schüttelte eine Hand nach der anderen. Die eigentlichen Oberhäupter der Stadt tagten am Haupttisch. Sieben Männer in fortgeschrittenem Alter, einige in sehr fortgeschrittenem Alter.

Krystyna erkannte Adam Gaweł, den Landrat; Tomasz Terlikowski, den früheren Polizeikommandanten, ihren Vorgänger, den alle nur »den Alten« nannten und in dessen Dienstzimmer sie neuerdings saß; Mundek Sulim, den Besitzer des lokalen Fernsehsenders, Spitzname »kleiner Onkel«, weil er lediglich knapp einen Meter sechzig maß; Krzysztof Saczko, den Direktor der Privatklinik Ciszynia in der ulica Lipowa; Anatol Pires, den Gründer des weißrussischen Gymnasiums, mit seinem treuen Zerberus, der zu seinen Füßen lag. Den sechsten am Tisch, der in seinem alten, geflickten Anzug wie ein Penner aussah, aber eine kecke, gepunktete Fliege trug, kannte sie bestens, auch wenn sie seit Jahren kein Wort miteinander gewechselt hatten. Der füllige Mann hatte graues Stoppelhaar, dicht wie bei einem Terrier, war jedoch als Einziger in der Runde glatt rasiert, ohne Schnurrbart. Er musste mindestens achtzig sein.

Der siebte Platz war leer und offenkundig für Piotr Bondaruk, den Bräutigam, reserviert.

Wer wie Krystyna zum Mittagessen eingeladen war, durfte sich glücklich schätzen und nahm an einem der kleineren Tische Platz, die gleich den Planeten des Sonnensystems um den Haupttisch herum gruppiert waren. Zahlreiche Beamte der Stadtverwaltung waren anwesend und bereits ordentlich angetrunken. Nicht die Marionetten aus dem Rathaus zogen in Hajnówka die Fäden, sondern die sieben Alten. Das wusste jedes Kind. Krystyna wurde an einem Tisch nahe der Ehrentafel platziert.

Neben ihr saß der Bürgermeister, der laut über die Scherze seiner fünf weißrussischen Ratskollegen lachte. Sie erblickte die drei Bondaruk-Söhne, die grimmig dreinschauten, einen Kaplan, vier Popen, den ewig griesgrämigen Direktor des weißrussischen Rundfunksenders Radio Racyja, den Gefängnisdirektor, dessen Frau im Erdgeschoss des weißrussischen Museums das Restaurant Leśny Dworek betrieb, und den kränklichen Chef des Krankenhauses. Zudem fünf Unternehmer, Bondaruks Konkurrenten im Holzgeschäft, die immer zum leeren Platz am Haupttisch blickten und tuschelten.

Der Mehrheit der Anwesenden war der ordentliche Wodkakonsum schon deutlich anzusehen. Plötzlich geriet ein Ratsmitglied ins Schwanken, und Wein schwappte aus einem Glas. Romanowska drehte sich blitzschnell zur Seite, das Getränk landete auf dem Stuhl, ihrer Jacke und in ihrer Handtasche.

»Was für eine Reaktion«, rief der Bürgermeister. »Eine Frau wie Dynamit.«

»Ich an Ihrer Stelle wäre jetzt klitschnass«, schmeichelte ihr einer der Ratsherren und entschuldigte sich im Namen seines Kollegen.

Romanowska nötigte sich ein Lächeln ab. Sie stand auf, zog sich die Jacke aus und hängte sie über ihren Stuhl. Sie wollte zur Toilette, um ihre Sachen in Ordnung zu bringen. Der Gast hinter ihr hatte offensichtlich Ähnliches vor, denn im gleichen Moment schob er seinen Stuhl zurück und versperrte ihr den Weg.

»Väterchen Mikołaj, Fleischer«, stellte er sich mit heiserer Stimme vor und verbeugte sich respektvoll vor ihr.

»Nesteruk & Co.«, ergänzte sein Sitznachbar. »Die beste Palcówka in der Stadt.«

»Wir kennen uns«, erwiderte sie und streckte ihm die Hand hin. »Krystyna Romanowska. Von der Polizei. Ich habe mich etwas verändert.«

In diesem Augenblick kam ein Kellner zum jüngsten und hübschesten der Bondaruk-Söhne, dem schmächtigen hellblonden Tomik, geeilt. Der Ober überbrachte ihm auf einem Silbertablett einen versiegelten Umschlag und flüsterte ihm etwas ins Ohr.

Kurz darauf tippte Tomik mit einem Löffel dreimal gegen sein Kristallglas. Obwohl er erst zwanzig Jahre alt war, galt er als die rechte Hand des Vaters und kannte alle Pläne und Geheimnisse des Betriebs. Deshalb konnten ihn seine Brüder, Wasyl und Fionik, nicht leiden und hatten sich gegen ihn verbündet. In einem Erbstreit würden sich allerdings alle drei bis aufs Messer bekriegen. Jeder der Söhne stammte von einer anderen Mutter.

»Es sind alle da, fangen wir also an«, begann Tomik seine Ansprache. Seine Hände zitterten – ob vor Trunkenheit oder Nervosität vermochte Romanowska nicht zu sagen. »Wichtige geschäftliche Verpflichtungen haben Vater aufgehalten. Er hat mich gebeten, dieses Dokument zu verlesen. Sein Inhalt ist auch für mich ein Geheimnis, ich sehe diesen Brief zum ersten Mal.«

Er lächelte verschmitzt und zeigte auf das Siegel. Die Männer hörten auf zu kauen, für einen Augenblick griff niemand nach seinem Glas. Allen war klar, es gab Probleme. Anders war die Abwesenheit des Bräutigams nicht zu erklären.

Just in dieser Sekunde läutete das Handy des Redakteurs der hiesigen Lokalzeitung. Sierioża Mikołajuk ging mit dem Telefon am Ohr nach draußen.

Tomik riss den Umschlag auf und entnahm ihm einen handgeschöpften Briefbogen. Er hielt das Blatt Papier hoch und überflog es rasch. Man konnte sehen, dass es sich um einen kurzen, handschriftlichen Text handelte. Tomik begann, den Brief vorzulesen, zu Romanowskas Verwunderung war er auf Weißrussisch verfasst. Natürlich verstand sie die Sprache, sie lebte schließlich lange genug hier. Offensichtlich hielt es niemand für nötig, den Text ins Polnische zu übersetzen. Die Versammelten hörten gebannt zu, alle rechneten damit, dass gleich eine Bombe explodieren würde.

Ich, Piotr Bondaruk, Sohn von Stanisław und Alina, geboren 1948 in Zaleszany, gehe am morgigen Tag mit Iwona Bejnar, fünfundzwanzig Jahre alt, den Bund der Ehe ein. Dies wird die erste und letzte eheliche Verbindung sein, die ich in meinem Leben mit einer Frau schließen werde. Sollte Gott mir noch Nachwuchs schenken, woran ich zweifle, wird es mir eine Freude sein, dafür zu sorgen, dass dieser bis zum Ende seiner Tage versorgt sein wird, ebenso wie seine Mutter und deren Familie.

Ich bitte, diesen Brief in Anwesenheit aller Gäste bis zur letzten Zeile zu verlesen. Ohne Rücksicht auf den Inhalt oder persönliche Einwände. Ich möchte, dass mein Wille öffentlich wird, und dies ist nur möglich, wenn die Stadtoberen von ihm Kenntnis erlangen.

Da ich mit meinem baldigen Tod rechne, erkläre ich, dass ich am morgigen Tag, als rechtmäßiger Ehemann von Iwona Bejnar, in den wohlverdienten Ruhestand treten werde. Ich werde angeln, auf der Terrasse selbst gebrannten Schnaps trinken und Speck essen, was mir mein Kardiologe am liebsten verbieten würde. Die Firma gebe ich in jüngere Hände, damit sie sich weiter dynamisch entwickelt und nicht ausgeschlachtet und verscherbelt wird.

Jeder meiner drei Söhne erhält ein notariell beglaubigtes Dokument, in dem die Güter aufgeführt sind, die ich ihm vermache. Der Betrieb jedoch, der sowohl mir als auch der hiesigen Gemeinschaft gehört – das Sägewerk haben wir damals gemeinsam errichtet, ich habe es über die Jahre nur ausgebaut –, muss von einer kompetenten Person geleitet werden. Keiner meiner Söhne erfüllt diese Voraussetzung. Tomik ist entsprechend ausgebildet, aber feige.

Tomik räusperte sich. Im Saal herrschte Stille.

»Ich weiß nicht, was Vater mit diesem Brief bezweckt«, sagte er auf Polnisch.

»Vater will, dass du den ganzen Brief vorliest, also mach weiter, Junge«, ermunterte ihn Wasyl vergnügt.

»Wie du willst«, murrte der Bruder und faltete das Papier erneut auseinander.

Fionik läuft jedem Rock hinterher und verprasst alles Geld. Wasyl hat sich nie für die Firma interessiert, das sollte ihm auch jetzt erspart bleiben. Hiermit erkläre ich, dass ich mein Vermögen meinem vierten, unehelichen Sohn vermache. Sie kennen ihn sicherlich. Es ist Redakteur Mikołajuk. Sierioża, verzeih mir, dass du es auf diesem Weg erfährst. Deine Mutter hat es so gewollt.

Im Saal rumorte es. Romanowska beobachtete die Gesichter der Anwesenden, ihr war zum Lachen zumute. Sie hatte den Eindruck, einem Theaterstück beizuwohnen. Die Söhne ballten vor Wut die Fäuste. Krystyna mochte Mikołajuk. Er war ein kleiner, harmloser Gauner, der nach dem Motto lebte: »Eine Hand wäscht die andere.« Häufig versorgte er sie mit vertraulichen Informationen. Früher hatte man so jemand einen Denunzianten genannt, aber die Zeiten hatten sich geändert. Heute sprach man von einer Gefälligkeit. Mikołajuk tat ihr jedoch leid. Der Junge würde in Hajnówka nie wieder einen Fuß auf den Boden bekommen.

»Lies weiter, der Wodka wird kalt«, forderte der gut gelaunte Bürgermeister Tomik auf. Er wollte unbedingt wissen, was sich der eigensinnige Piecia noch ausgedacht hatte. Der Bürgermeister vermutete hinter dem Ganzen einen dummen Scherz. Bondaruk ließ sich nichts vorschreiben und scherte sich einen Dreck darum, was die Leute dachten. Wahrscheinlich war es auch seiner Aufmüpfigkeit und einer gewissen Rücksichtslosigkeit bei der Verfolgung der eigenen Ziele zu verdanken, dass er in solch schwierigen Zeiten ein derart großes Vermögen hatte anhäufen können. Aber heute hatte er sich selbst übertroffen, das war sein Meisterstück. »Dein Vater hat darum gebeten, seinen Brief ohne Rücksicht auf Verluste bis zum Ende vorzulesen«, erklärte der Bürgermeister. »Wirst du also weiterlesen, oder soll ich das machen?«

Tomik musterte den Rathauschef kühl und fuhr dann fort:

Falls Sierioża mit meinen anderen Söhnen zusammenarbeiten will, dürfen sie ihre Jobs behalten. Lehnt er es jedoch ab, meinen Posten zu übernehmen, wird die Stelle öffentlich ausgeschrieben. Bewerben kann sich, unabhängig vom Geschlecht, jeder Bürger der Stadt, der folgende Kriterien erfüllt: Die Person muss Weißrusse oder Weißrussin sein, darf das fünfzigste Lebensjahr noch nicht überschritten haben und muss über die nötigen Qualifikationen verfügen, um einen holzverarbeitenden Betrieb zu führen. Sollte sich einer der ehrenwerten Gäste angesprochen fühlen, so steht einer Bewerbung nichts im Wege. Viel Erfolg! Im Falle meines plötzlichen Ablebens bestellt Väterchen Mikołaj Nesteruk einen Verwalter. Mein Wille ist unumstößlich, ich habe diese Entscheidung im Vollbesitz meiner geistigen Kräfte und im nüchternen Zustand getroffen. Allerdings werde ich, wenn ihr diese Worte lest, sicher nicht mehr nüchtern sein. Ähnlich wie ihr.

Piotr Bondaruk

Tomik legte das Blatt beiseite, goss sich ein Glas Wodka ein und leerte es in einem Zug. Der Bürgermeister schenkte ihm sofort ein zweites ein, das Tomik aber nicht anrührte. Er holte Luft, wollte etwas sagen und ließ sich dann auf den Stuhl sinken.

»Papa ist verrückt geworden«, stöhnte er.

»Nur ruhig Blut«, lachte der Bürgermeister, enttäuscht, dass der Brief keine Schmähungen oder pikanten Enthüllungen enthielt. »Solange keine notariell beglaubigten Papiere auf dem Tisch liegen, gibt es keinen Grund zur Sorge, Freunde. Trinken wir also.«

Wasyl und Fionik, die beiden älteren Söhne Bondaruks, erhoben sich und verließen demonstrativ den Saal, ohne sich zu verabschieden. Tomik trottete ihnen hinterher. Zum ersten Mal sah man die drei in trauter Einigkeit. Einige Gäste, die Bondaruks Willen skandalös fanden, folgten dem Beispiel der Brüder. Alle anderen blieben sitzen.

Nachdem die Bondaruk-Gegner abgezogen waren, entspannte sich die Atmosphäre. Romanowska wurde den Verdacht nicht los, dass einige der Anwesenden den Willen des Unternehmers bereits gekannt hatten. Bondaruk musste seine Entscheidung mit den Stadtoberen abgesprochen haben. Mit Sicherheit hatten es die Alten vom Haupttisch gewusst, denn ihre Gesichter zeigten Genugtuung, nicht die Spur von Verwunderung.

Krystyna verstand nicht so recht, was hier gespielt wurde. Sie atmete tief durch und lächelte den alten Mikołaj an, der ungerührt dasaß. Er antwortete ihr mit einem Zwinkern, vielleicht war es aber auch nur ein nervöser Tick. Sie verstand es jedenfalls als Aufforderung, griff nach einer Gabel und lud sich eine appetitliche Kartoffelwurst und eine ordentliche Portion Bisonragout auf den Teller.

In diesem Moment kam Sierioża zurück. Er hatte ein blaues Auge, seine Nase blutete. Der Bürgermeister sprang auf, setzte ihn auf einen Stuhl, wischte ihm das Blut ab, nahm Eis aus dem Kübel mit dem Krimsekt und legte es auf die Schwellung.

»Setz dich, mein Junge, und heul nicht. Das ist das Schicksal der Herrscher, man verliert die Mehrzahl seiner Freunde und gewinnt dafür eine Menge Feinde dazu. Deinen persönlichen Aufmacher für heute hast du. ›Der König ist tot, es lebe der König.‹«

»Ich bin nicht Bondaruks Sohn«, flüsterte Sierioża mit zittriger Stimme. »Ich werde Tests machen lassen, es beweisen. Das ist ein Missverständnis.«

»Du könntest aber sein Sohn sein«, warf Mikołaj ein. »Wen interessiert schon die Wahrheit?« Alle Augen waren auf den Fleischer gerichtet. Er ergriff sonst sehr selten das Wort. Eigentlich nie. »Und das genügt Piotr, um ein Pogrom anzuzetteln.«

Das Morgenprogramm des Polnischen Radios wurde von Motorradlärm übertönt. Bożena Bejnar, die sich in ein pfirsichfarbenes Taftkleid mit viel Rüsche und Spitze geworfen hatte, trat ans Fenster. Mit gerunzelter Stirn musterte sie den gut aussehenden jungen Blondschopf, der, gegen eine gelbe Rennmaschine gelehnt, auf der Straße stand. Als die Tochter aus dem Bad kam, zog sie die Gardine zu.

»Untersteh dich, die Wohnung zu verlassen«, zischte sie, während sie damit begann, die Lockenwickler aus dem Haar zu entfernen.

Iwona sagte nichts. Über ihr Gesicht huschte ein zufriedenes Lächeln. Sie musste nicht aus dem Fenster sehen, um zu wissen, wer auf der Straße wartete. Das vertraute Röhren des Motors erkannte sie blind. Sie hatte gedacht, dass Quaku sich von der Hochzeitszeremonie fernhalten würde. Nicht weil er ein Feigling war, im Gegenteil, dem Sechsunddreißigjährigen lag das Kämpfen im Blut. Er wusste jedoch, mit wem er sich besser nicht anlegte. Bondaruk gehörte auf jeden Fall zu dieser Gruppe von Personen. Sie ahnte, dass das Auftauchen ihres ehemaligen Verlobten, sosehr es ihr auch schmeichelte, der Vorbote ernster Probleme war. Für sie wie auch für ihn. Aber vor allem für ihn.

Sie zog eilig das frisch gelieferte Hochzeitskleid an. Diesmal saßen Rock und Bluse, die inzwischen nach Lavendel rochen, wie angegossen. Sie schnürte sich ein spezielles Band um die Taille; als sie im Spiegel nicht sich selbst, sondern eine Trachtenpuppe sah, band sie die Schürze wieder los und warf sie auf den Stuhl. Unterdessen versuchte die Mutter vergeblich, jemanden per Handy zu erreichen. Während sie es nun in der Küche vom Festnetz aus probierte, stand Iwona immer noch vor dem Spiegel. Mit liebevoller Sorgfalt tuschte sie sich die Wimpern und schminkte sich die Lippen rot. Quaku mochte ihr kräftiges Make-up.

»Er ist doch gekommen«, flüsterte Bożena in den Hörer. »Ich habe das auch nicht für möglich gehalten, aber er steht vorm Haus und knattert mit seiner Maschine.«

Dann sagte sie lange nichts. Sie fischte die letzte Zigarette aus der Packung. Auf der Suche nach einem Feuerzeug warf sie auf dem Tisch alles um und zündete sich den Glimmstängel schließlich am Gasherd an. Es glich einem Wunder, dass ihre langen Haare dabei kein Feuer fingen.

»Ich passe auf sie auf«, versprach die Mutter und drehte den Gashahn zu. »Zerbrich dir darüber nicht den Kopf, mein Sohn, du bekommst dein Land. Uns allen liegt daran, und Iwona bemüht sich auch.«

Ein Klappern. Bożena ließ den Hörer fallen. Ein Luftzug vom Gang her. Iwona war verschwunden. Unten heulte der Motorradmotor auf, und einen Augenblick später war nur noch die Musik aus dem Radio zu hören.

Ich habe meine Meinung geändert«, erklärte Quaku, als sie vor einem Schuppen auf einem ungepflügten Feld anhielten.

Das Stück Land war seit Jahren nicht mehr bestellt worden. Früher hatte seine Mutter hier Kartoffeln angepflanzt. In den Achtzigerjahren hatte sie den Großteil der Anbaufläche an den Staat zurückgegeben, und jahrelang hatten sie von ihrer bescheidenen Rente gelebt. Nur diesen Kartoffelacker hatte sie behalten. Vor dem Krieg hatte hier das Dorf Załuskie gelegen – das reichste Dorf in der Umgebung. Das Haus ihrer Vorfahren war das größte im Ort gewesen, und Männer aus ihrer Familie hatten drei Generationen lang den Dorfschulzen gestellt. Während des Krieges war der Weiler vollständig niedergebrannt worden, und die meisten Bewohner waren in den Flammen oder im Kugelhagel umgekommen.

Die wenigen Überlebenden waren in die umliegenden Dörfer oder in die Arbeitersiedlung in der Stadt gezogen. Quakus Mutter, Dunia Orzechowska, geborene Załuska, war eine von ihnen. Sie hatte ein altes Forsthaus in der Nähe von Hajnówka gekauft und sich dort niedergelassen. Bis heute hatte sie weder fließendes Wasser noch ein Bad. Aber ihre Bedürfnisse waren bescheiden, im Grunde lebte sie nur für das Gebet, den Gottesdienst in der orthodoxen Kirche und die Nächstenliebe. Man nannte sie eine Heilerin, eine Kräuterhexe, eine Kurpfuscherin, obwohl sie von sich selbst behauptete, sie unterscheide sich in nichts von einer gewöhnlichen Alten aus dem Dorf. Gott hatte erst im Alter zu ihr gesprochen, obwohl sie angeblich bereits als

Kind besondere Gaben gehabt hatte. Wenn Kranke zu ihr kamen, sagte sie stets, nicht sie heile, sondern der Glaube des Patienten. Ohne ihn könne auch der Herr nichts ausrichten.

Viele der Flüchtlinge aus dem Dorf Załuskie kehrten erst auf ihre alten Tage zur Religion zurück; die orthodoxe Kirche stand nach dem Krieg nicht besonders hoch im Kurs. Die Gegensätze zwischen Polen und Weißrussen prägten noch immer das Bewusstsein der Bevölkerung. Die Weißrussen konnten den Polen nicht verzeihen, sie seinerzeit an die Banden ausgeliefert zu haben. Nach dem Ende des Kommunismus begannen dann die Städter, massenhaft Land aufzukaufen. Damals konnte man mehrere Hektar für einen Spottpreis erwerben.

Dunias Traum war, dass ihr einziger Sohn einmal auf dem Land der Vorväter ein Haus errichten, eine Familie gründen und Landwirtschaft betreiben würde. Quaku aber verabscheute die Feldarbeit und schämte sich seiner Herkunft. »Bauer« war für ihn ein Schimpfwort.

Sie hatten zu spät versucht, das Stückchen Land zu Geld zu machen. Aber potenzielle Interessenten hatten sich schon vorher bei den Nachbarn mit Land eingedeckt. Die Bauern aus den umliegenden Dörfern, die gerne ihre Anbauflächen vergrößert hätten, waren zu arm und konnten nicht genug bieten, als dass Dunia bereit gewesen wäre, sich von dem Acker, der mit dem Schweiß ihrer Ahnen getränkt war, zu trennen.

Nun lag das Feld der Załuskis schon seit Jahren brach, die Hütte verrottete. Nichts deutete darauf hin, dass sich daran etwas ändern sollte.

Quaku reichte Iwona galant die Hand. Sie stieg vom Motorrad und zog sich ihren gestreiften Rock glatt, den sie während der Fahrt bis über die Oberschenkel hochgerafft gehabt hatte. Voller Genugtuung registrierte sie seine lüsternen Blicke.

Er bemerkte, dass sie immer noch seinen Ring trug, sagte aber nichts.

Sie zeigte auf die Hütte: »Gehen wir lieber rein, bevor uns jemand sieht und es meinen Brüdern erzählt.«

Als er die Tür verriegelte, drückte sie sich gegen die Wand. Sie hatte Angst, er könnte, ausgehungert, wie er war, die Situation ausnutzen und über sie herfallen. Zu ihrer Erleichterung machte er jedoch nicht einmal den Versuch einer Annäherung.

»Was ist los?«, fragte sie und senkte den Kopf. »Bist du mir böse?«

»Ich habe meine Meinung geändert«, wiederholte er mit verbissener Miene. Er hob ihr Kinn an. Als sie ihn gewähren ließ, fasste er das als Ermunterung auf fortzufahren. Sanft streichelte er nun ihr Gesicht, sie schmiegte sich in seine Hand. Daraufhin beugte er sich hinunter und küsste sie zärtlich auf den Kopf. Als sie zu ihm hochblickte, funkelten seine Augen vor Erregung.

»Ich bin mit der Abmachung nicht einverstanden«, erklärte er nun plötzlich. »Ich werde nicht auf dich warten.«

Sie erschrak.

»Wir waren uns doch einig.«

»Du warst dir einig«, entgegnete er. »Es war dein Plan.«

»Aber du warst damit einverstanden.«

Sie trat an das einzige, mit Insektendreck übersäte Fenster. Auf dem Fensterbrett lagen tote Fliegen, ein wahrer Chitinteppich. Nur zu gerne hätte sie das Fenster geöffnet und etwas frische Luft in das stickige Zimmer gelassen. Aber sie wusste, dass sie das nicht tun durfte, die Hütte musste unbewohnt erscheinen.

Iwona lief schnell zur Gerätekammer und öffnete das Türchen zu dem fensterlosen Raum, in dem früher die Tiere untergebracht gewesen waren. Nach einer Weile erkannte sie an der Wand die Umrisse von Holzgefäßen. Es mussten die alten Schweinetröge sein.

In der Ecke des Raumes zeichneten sich hinter einem Strohhaufen im Dämmerlicht ein paar Gegenstände ab. Als Iwona näher kam, erblickte sie vollgestopfte Reisetaschen, drei Bündel – vermutlich Schlafsäcke –, einen Benzinkanister, einen Gaskocher und einen Armeerucksack. Quaku hatte Grütze, Nudeln, Konserven und einen Trinkbeutel mit Wasser eingepackt. Bei sparsamem Verbrauch würden die Lebensmittel für zwei Wochen reichen. Danach würden sie sowieso das Versteck wechseln. Vielleicht auch schon früher, falls es ihnen gelingen würde, ein Auto zu organisieren.

Wasser würde Quaku nachts vom nah gelegenen »heiligen Flüsschen« holen. Als sie hier vor drei Jahren ihre Ferien verbracht hatten, waren im Bach etliche Votivtüchlein geschwommen, mit denen sich die orthodoxen Pilger, auf die Heilkräfte des »lebendigen Wassers« vertrauend, ihre gebrechlichen Glieder befeuchteten. Krynoczka zog einmal im Jahr Scharen von Gläubigen aus der Umgebung an. Anders als Quaku, der aus einer orthodoxen Familie stammte, glaubte Iwona nicht an diese Märchen. Damals hatte sie ein italienisches Seidentuch aus dem Bach gefischt – sie hatte nichts dabei gefunden –, den Stoff gewaschen, gebügelt und als Halstuch getragen, bis es ausgefranst war. Quakus Mutter hatte behauptet, es würde ihr Unglück bringen, sie würde den Kummer auf sich laden, den jemand anders abgewaschen hatte. Aber Iwona hielt das für Humbug.

Sie kramte eine Taschenlampe aus dem Rucksack hervor und leuchtete Quaku ins Gesicht.

»Lass das, Iwona!«, rief er, seine Augen mit den Händen schützend. »Spinnst du?«

Sie lachte und richtete den Lichtstrahl nach unten. Als sie mit der Spitze ihrer roten Lackschuhe mehrere aus dem Boden ragende Splitter beiseiteschob, traten Sandklumpen und Gras zutage, Lehmboden. Erst jetzt realisierte sie, dass sie hier den nächsten Monat verbringen sollte. Und wo würde sie schlafen? Es gab nicht einmal eine Luftmatratze oder wenigstens eine

Isomatte. War sie verrückt? Zweifel beschlichen sie. Der einzige Gegenstand im Schuppen, der sie daran erinnerte, dass sie im einundzwanzigsten Jahrhundert lebten, war ein blank gescheuerter Metalltisch. Unter ihm stand ein Metallkoffer.

Sie nahm sich einen Schlafsack und rollte ihn auf dem Tisch aus. Quaku schüttelte den Kopf. Also legte sie den Schlafsack auf das Stroh und streckte sich darauf aus.

»Komm«, winkte sie ihn zu sich. Aber er rührte sich nicht. Schien unentschlossen.

Sie trat auf ihn zu und säuselte ihm ins Ohr:

»Mein liebster Quaku, ich gehöre dir, nur dir, das weißt du doch.«

Sie zog ihn zu sich, legte seine Hand auf ihre Brust und küsste ihn auf den Mund. Krampfhaft versuchte er, die Bänder ihrer Hochzeitsbluse aufzuknoten. Sie half ihm dabei. Sie zog ihren Rock und die Unterwäsche aus, er sah ihr zu. Sie hängte ihre Kleidungsstücke an einen verrosteten Haken, den man früher beim Schlachten für das Abhängen und Ausbluten der toten Tiere benutzt hatte. Es schoss ihr durch den Kopf, dass der Haken auf der Bluse Rostspuren hinterlassen würde.

Sie stand jetzt nackt vor ihm.

»Du wirst zu spät zum Friseur kommen«, sagte er bemüht sachlich und konnte es nicht erwarten zu erspüren, ob Iwonas Haut noch immer zart wie das Nachthemd aus Satin war, das er einst für sie in Marczuks Boutique geklaut hatte.

»Sie werden merken, was los ist«, fügte er halbherzig hinzu.

»Wenn du weiter so rumtrödelst, komme ich bestimmt zu spät«, lachte sie und löste die Schnalle seines Gürtels.

Sie küssten sich gierig.

»Alles wird gut«, flüsterte sie ihm ins Ohr, als sie wieder zu Atem gekommen war. Sie lagen Gesicht an Gesicht im modrigen Stroh, das außer der Ziege kein Tier hatte fressen wollen. Aber das störte sie nicht. Sie verlor sich in seinen Augen.

»Hast du mit ihm geschlafen?«, fragte er sanft, in gespannter Erwartung ihrer Antwort.

Sie lächelte und schüttelte den Kopf.

»Sei nicht eifersüchtig, er ist auf unserer Seite«, erwiderte sie. »Er wird uns schützen, solange er kann.«

»Warum?«, wunderte sich Quaku. »Warum tut er das?«

»Ich weiß es nicht. Irgendeinen Nutzen wird er schon davon haben. Mach jetzt bloß keinen Mist, Quaku. Vertraust du mir?«

»Nein.« Er blickte ihr in die Augen. »Aber ich liebe dich.«

Sie lächelte. Er war hübsch, manchmal auch bockig wie ein kleiner Junge, aber man konnte ihm unmöglich böse sein. Sie mochte ihn, dessen war sie sich sicher. War sie gerade dabei, sich erneut in ihn zu verlieben?

»Deshalb muss ich ihn heiraten.«

»Ich werde nie damit einverstanden sein«, flüsterte er und stöhnte, während Iwonas Hand immer weiter nach unten wanderte.

Die Kirche war gerammelt voll. Fast alle Besucher standen mit dem Rücken zum Altar.

»Wo? Ich kann nichts sehen«, schrie ein Kind.

»Gott sieht alles, das genügt«, wurde es von einer Frau gerügt, die an einem Tisch mit Kerzen und Devotionalien stand.

Der orthodoxe Priester stand in voller Montur in seinem goldfarbenen Kaftan und mit der Mitra auf dem Kopf, das Weihrauchfass in der Hand, in einer Ecke und redete eindringlich auf den Bräutigam ein. Bondaruk nickte brav. Schließlich verneigte er sich und berührte mit einem Finger den Boden. Der Pope hielt ihm seinen Ring hin, und Piotr küsste den in russisches Rotgold eingefassten mirabellengroßen Rubin.

»Der junge Bräutigam schäumt vor Wut«, bemerkte JahJah zu Romanowska und blickte verstohlen auf seine Uhr. Sie beobachteten das Geschehen vom Vorraum der Kirche aus.

Bożena Bejnar wanderte zwischen dem kleinen Teppich, auf dem das Paar während der Trauung stehen sollte, und dem Eingang hin und her. Noch nie hatte sie ihr Abendkleid, das ihre üppigen Kurven vorteilhaft zur Geltung brachte, vor einem derart großen Publikum präsentiert. Manch Unkundiger begann, sie gar für die Braut zu halten. Nach einer ihrer Runden trat Bożena zu Bondaruk und flüsterte ihm etwas ins Ohr. Er klopfte ihr aufmunternd auf die Schulter und nahm sie in den Arm, so als wollte er sie beschwichtigen.

»Vornehme Menschen verspäten sich gern«, beruhigte er sie. »Sie hat beim Friseur bestimmt die Zeit vergessen. Für eine Frau sind fünf Minuten eine halbe Stunde. In der Ruhe liegt die Kraft, meine Liebe.«

Bożena hatte freilich allen Grund zur Unruhe. In ihrem Kopf dröhnte noch immer die gelbe Rennmaschine. Sie traute sich jedoch nicht, Bondaruk davon zu erzählen. Sie hatte ihre Söhne ausgeschickt, die missratene Tochter aufzuspüren und in der Kirche abzuliefern. Aber bis jetzt fehlte von ihr jede Spur.

Piotr hatte sich den Schnurrbart abrasiert. Ohne Bart wirkte er jünger. Sicher, man hätte ihn auf fünfzig oder etwas älter geschätzt, aber kein Fremder hätte vermutet, dass er bereits auf die siebzig zuging. Er war groß und drahtig und hielt sich kerzengerade, als hätte er eine Armeeuniform an. Das taubengraue Haar bildete einen starken Kontrast zu den schwarzen Augenbrauen und verlieh seinem Gesicht, zusammen mit der Adlernase, das Aussehen eines Raubvogels. Ihm war nicht der leiseste Anflug von Verärgerung anzumerken, doch wer ihn kannte, wusste, dass es in ihm brodelte.

Die Trauzeugen trugen Anzug und russische Bluse, dazu weiße Handschuhe. Die Kronen der Brautleute ruhten auf Samtkissen. Nach Piotrs gestriger Erklärung, die wie eine Bombe eingeschlagen war, hatten viele befürchtet, seine Söhne könnten versuchen, die Hochzeit zu verhindern, oder Schlimmeres. In der ganzen Stadt war von einer möglichen Tragödie die Rede. Die Nacht über hatten vor dem Haus des Redakteurs und dem seines vermeintlichen Vaters Polizeiwagen gestanden. Darüber hinaus gab es eine Gruppe von Freiwilligen, eine Art schnelle Eingreiftruppe, für den Fall, dass es zu Gewalttätigkeiten kommen sollte. Plötzlich wurde die Tür zur Kirche geöffnet, und eine Gestalt in einem bodenlangen Gewand betrat den Vorraum. Als sie auf den Altar zulief, war ein allgemeiner Stoßseufzer der Erleichterung zu vernehmen. Sofort wandten die Besucher ihre Gesichter der Ikonostase zu.

Die Braut trug eine weißrussische Tracht samt Haarband und

Blumenkrone. Der grasgrün gestreifte Rock reichte bis zur Erde. Beim Gehen guckten unter ihm die Spitzen der korallenroten Lackpumps hervor. Die weiße Bluse war mit bunten Blumenmustern bestickt und mit einer traditionellen weißrussischen Borte verziert. Ein dichter Schleier, der von einem Kranz aus roten und weißen Blumen herunterhing, verhüllte das Gesicht der Braut. Das Haar war hochgesteckt und unter der Krone verborgen. Statt wallender Haarpracht fielen wie ein regenbogenfarbener Umhang zahllose Seidenbänder über den Rücken herab. In der Hand hielt sie einen faustdicken Zopf.

Der Priester nahm das Brautpaar in Empfang, und gleich darauf schritten sie gemeinsam zum Altar. Selbst die Skeptiker, die die Braut lieber in einem klassischen weißen Hochzeitskleid gesehen hätten, mussten zugeben, dass sie bezaubernd aussah.

Obwohl Bondaruks Söhne sowie einige Amtsträger der Feier ferngeblieben waren, schien alles seinen geplanten Verlauf zu nehmen. Voller Vorfreude bereiteten sich die Gäste auf eine mehrtägige Fiesta vor. Die Arbeiter des Sägewerks hatten bis Mittwoch freibekommen.

»Ich heirate nur ein Mal im Leben«, hatte Bondaruk vor der Kirche gegenüber dem Lokalfernsehen erklärt. »Meine Angestellten sollen sich mit mir freuen.«

Seine Konkurrenten rieben sich die Hände, zumal sie mit einem langwierigen Machtkampf um die Thronfolge rechneten. Niemand glaubte ernsthaft, dass der junge Redakteur sich als Leiter der Firma würde halten können. Die Bondaruk-Söhne würden nicht zulassen, dass sich ein Fremder das millionenschwere Unternehmenskapital unter den Nagel riss. Sierioża selbst war entsetzt über die Verantwortung, die Bondaruk ihm aufgeladen hatte. Er hatte das Gefühl, mit dem Rücken zur Wand zu stehen. Über seine Sicherheit wachten zwei Leibwächter in übergroßen Jacketts.

Der Chor begann zu singen, und die Trauzeugen hielten die goldenen Kronen über die Köpfe des Brautpaars. Piotr hatte sie gewarnt, die Liturgie würde die volle Länge haben und sie müssten zweieinhalb Stunden so verharren. Als die Brautleute die Kommunion empfingen – Wein aus einem Messkelch und gesäuertes Brot –, flüsterte JahJah Romanowska ins Ohr, er müsse seiner Lunge etwas Sauerstoff zuführen.

»In Ordnung, ich halte die Stellung«, antwortete sie mit einem Lächeln.

Auf dem Platz vor der Kirche drängten sich die Schaulustigen. Alle wollten die Auserwählte des Holzmagnaten sehen. Säckchen mit Kleingeld wurden vorbereitet, während die Blumenhändlerinnen ständig neue Kübel mit ihrer Ware heranschleppten.

JahJah rauchte die dritte Zigarette auf und wollte wieder hineingehen, aber die Menge versperrte ihm den Weg. Er blickte verstohlen zu Supryczyński, der resigniert die Hände hob. JahJah wandte sich dem Seiteneingang zu und kämpfte sich unter Einsatz seiner Muskelkraft voran. Plötzlich entdeckte er unmittelbar neben sich Bożena Bejnar, die Brautmutter, die erfolglos versuchte, sich einen Weg nach draußen zu bahnen, auf ihrer Wange schwarze Wimperntusche. Hatte sie etwa Tränen der Rührung vergossen? Jedenfalls schien die Zeremonie zu Ende zu sein, denn alle strömten zum Altar hin. Jeder wollte der Braut gratulieren, das Hochzeitskleid berühren und ein Bändchen aus dem Brautkranz reißen – das brachte Glück. Endlich gelangte JahJah zu Krystyna, die Reihen um sie herum hatten sich bereits merklich gelichtet.

»Seltsam.« Romanowska schüttelte den Kopf, als JahJah neben ihr auftauchte.

Sie sprachen im Flüsterton miteinander, beide nickten den vorbeigehenden Kirchenbesuchern mit aufgesetztem Lächeln zu. Da sie fast jeden in der Kirche kannten, nickten sie nahezu ununterbrochen – JahJah kam sich vor wie einer dieser Wackeldackel, die man in den Achtzigerjahren auf die Hutablage montiert hatte.

»Was gibt's?« Sie nickten dem Bürgermeister zu.

»Sie hat ihr Gesicht nicht gezeigt, sie war die ganze Trauung über verhüllt. Ich kann mich irren, aber ich glaube nicht, dass das dem üblichen Verfahren entspricht.«

»Verfahren, die gibt es bei uns, Frau Hauptkommissarin«, zog JahJah sie auf. »Hier aber haben wir es mit einer traditionellen Zeremonie zu tun. Hast du damals dein Gesicht gezeigt?«

»Wie du weißt, hatte ich keinen Schleier.« Sie nickten dem Besitzer des lokalen TV-Senders zu.

»Vielleicht hat sie ein Veilchen, wegen der Verspätung.«

»Ein Grund mehr, aus der Nähe einen Blick drauf zu werfen«, murmelte die Kommandantin.

»Willst du, dass ich sie einer Leibesvisitation unterziehe?«

»Das mache ich schon selbst, falls es nötig werden sollte.«

Sie grüßten den Inhaber des Beerdigungsunternehmens, den Fleischer, mehrere Ärzte, die Chefin des Weiterbildungswerks und die Kindergärtnerin.

»Wir haben eine Profilerin in der Stadt«, wechselte JahJah plötzlich das Thema. »Ich habe schon mit ihr gesprochen.«

»Mit wem?« Die Kommandantin vergaß vor Überraschung, die ehemalige Klassenlehrerin ihres Sohnes zurückzugrüßen.

»Karol hat gestern eine verdächtige Frau angehalten. Sie heißt Sasza Załuska. Eine Kriminologin, genauer gesagt Kriminalpsychologin.«

»Der Name kommt mir bekannt vor.«

»Sie ist aber nicht von hier. Von der Küste. Hat eine feuerrote Mähne.«

Romanowska blickte ihn aufmerksam an.

»Was hat sie denn ausgefressen?«

»Das erzähle ich dir gleich. Sie sucht ›Doktor Tod‹ …«

»Hör auf damit«, zischte Romanowska, »oder willst du, dass Saczko uns hört.« Sie blickte sich um. »Interessant, er scheint gar nicht da zu sein, Bondaruk und er sind sonst doch unzertrennlich. Was ist nun mit dieser Kriminologin?«

»Ich habe versprochen, ihr zu helfen. Und dafür …« JahJah hielt einen Moment inne, um sie auf die Folter zu spannen.

»Was?«

»Sie weiß, wie man Leichen findet.«

»Und?«

»Dann müssen wir nicht mehr in der Woiwodschaftskommandantur betteln gehen. Das heißt, sie können ruhig vorbeikommen und ihren Teil machen. Aber da sie uns keinen Profiler bezahlen wollten, haben wir jetzt unseren eigenen, und zwar für lau.«

»JahJah!«, mahnte ihn Romanowska. »Das geht nicht. Du kannst nicht einfach ohne mein Wissen irgendjemand anwerben.«

»Aber jetzt weißt du es doch.«

»Du hättest es mir vorher sagen müssen.«

»Ich weiß doch, was du dann gesagt hättest: ›No way‹.«

Er beugte sich zu Krystyna hin und fasste sie an den Schultern.

»Hör zu, Krzycha, die Frau ist Feuer und Flamme, die würde am liebsten sofort loslegen. Eine einsame Wölfin. Man darf ihr bloß nicht ins Gehege kommen. Es genügt, sie auf die Fährte zu setzen, ihr die eine oder andere Adresse herauszusuchen, sie zu einem wichtigen Zeugen zu chauffieren. Da ist doch das Doktorchen, oder?«

»Ich sehe ihn nicht.«

»Da. Mit dieser aufgedonnerten Puppe, die schlauer sein soll als Einstein. Kann mir keiner erzählen, dass die nicht miteinander schlafen. Hast du gesehen, was sie anhat?«

»Ich glaube, du musst mal zum Augenarzt. Saczko ist nicht da.«

»Ob er da ist oder nicht, was spielt das für eine Rolle. Sasza Załuska wird ihn schon finden. Und als Gegenleistung wird sie sich dann mit unseren Schädeln beschäftigen. Sobald die Frau die Leichen gefunden hat, kann sie wieder gehen. Und bevor sie kapiert, was los ist, haben wir den Fall an uns gerissen und die Prämie eingestrichen.« Er lächelte triumphierend. »Außerdem weiß sie noch gar nichts davon. Und ohne deine ausdrückliche Zustimmung werde ich ihr auch nichts erzählen. Mach dir keine Sorgen. Ich habe nur das Terrain sondiert. Sie ist nicht von hier, wir riskieren nichts.«

»Toller Plan.«

»Ich habe sie in der Hand.«

»Was hast du in der Hand?«

»Führen eines Kraftfahrzeugs ohne Führerschein und Fahrzeugpapiere. Fehlender Waffenschein.«

»Sie hat eine Waffe?«

»Ja, Gefahr für Leib und Leben, falls ich darauf bestehe. Ich habe ihren Wagen gefilzt, während Błażej den Idioten gespielt hat. Das Blanko-Protokoll mit dem Datum von gestern liegt auf deinem Schreibtisch. Es ist allerdings noch nicht registriert, wir können es jederzeit der Akte beifügen.«

»Du willst ihr doch nicht etwa was anhängen?«

»Gott bewahre! Nicht wenn sie uns behilflich ist. Aber Vorsicht ist die Mutter der Porzellankiste.«

Romanowska geriet ins Grübeln. Sie sah ihren Ex mit zusammengekniffenen Augen an.

»Du hast sie also in meinem Dienstzimmer empfangen und den Chef markiert«, lachte sie. »Ich versteh immer noch nicht so richtig …«

»Was gibt es da groß zu verstehen, jeder Typ würde das auf Anhieb kapieren. Aber Frauen müssen immer alles bis ins Letzte erklärt bekommen.«

Die Kirche leerte sich. Nicht mehr lange, und ihre Stimmen würden von den Wänden widerhallen. Krystyna blickte zum Ausgang und gab JahJah zu verstehen, dass es Zeit war zu gehen.

Über ihrem Gespräch hatten sie das Brautpaar aus den Augen verloren. Es nahm jetzt vor der Kirche die Glückwünsche der Hochzeitsgäste entgegen. Die Braut war immer noch verhüllt.

»Vielleicht zeigt sie ihr Gesicht nicht, weil sie nicht die ist, für die sie alle halten«, scherzte JahJah und lachte laut. Er war auf einen bissigen Kommentar gefasst, aber seine Exfrau blickte ihn nur an.

»Du gehst zu ihr und überprüfst das.« Sie bohrte ihm ihren Zeigefinger in den Solarplexus.

»Dummchen, das war doch nur ein Scherz.«

»Du überprüfst das, dann erlaube ich deiner Załuska, sich mit den Schädeln zu beschäftigen.«

»Erstens ist sie nicht meine Załuska«, begann er, »ich kenne die Frau überhaupt nicht. Zweitens ist nicht gesagt, dass sie damit einverstanden sein wird. Und drittens ist das idiotisch. Damit mache ich mich doch nur zum Affen.«

Romanowska packte ihn am Arm.

»Ich will wissen, wer unter dem Schleier steckt. Vielleicht hat Dunia sich ihn endlich geschnappt. Sei ein Mann und tu mir diesen einen Gefallen!«

»So ein Blödsinn!« JahJah winkte ab, er schob sich widerwillig durch die Menge und reihte sich in die Schlange der Gratulanten ein.

In diesem Moment machte die Schar der Wartenden einer in Lumpen gekleideten Alten Platz. Ałła ging auf einen Stock gestützt, den anderen Arm hatte sie bei einer hübschen Weißrussin in Springerstiefeln eingehakt. Der Geruch, den die Alte verströmte, war alles andere als betörend. Die Umstehenden hielten sich diskret die Nasen zu und wandten die Köpfe ab. Ałła trat zu den Neuvermählten, hob den Brautschleier an und schlüpfte unter ihn wie unter das Epitrachelion des Popen nach der Beichte.

»Sie hat sie auf die Stirn geküsst«, wunderten sich die Leute. »Was hat das zu bedeuten?«

»Der Verräter küsst auf die Wange, der Geliebte auf den Mund, die Eltern auf die Stirn«, zitierte jemand das weißrussische Nationalepos. »Sie hat sie gesegnet.«

Ałła konnte es nicht gehört haben. Sie entfernte sich mit dem schwarzen Zopf der Braut in der Hand, was im allgemeinen Durcheinander aber niemandem auffiel. Kurz darauf bestiegen die Brautleute eine Britschka und fuhren zum Bankett. Die Hochzeitsgesellschaft folgte ihnen.

Romanowska trat auf JahJah zu.

»Und?«

»Ich konnte nichts erkennen.«

Das ist sie nicht.« Tomik reichte sein goldenes iPhone herum. Die beiden älteren Bondaruk-Söhne betrachteten das unscharfe Foto, das ihnen der bestochene Leibwächter geschickt hatte.

»Das ist eine alte Schachtel.« Marta musterte die Braut mit Kennerblick. »Sieh dir ihren Arm an, dort, wo der Handschuh aufhört. Nicht einmal ich habe solche Adern.«

Tomiks Verlobte zeigte ihre molligen Unterarme. Marta war stolz auf ihr solides Fettgewebe, das sie auf Jahre hinaus vor Falten schützen würde. Nun beugten sich alle über das Telefon.

»Eine optische Täuschung.« Wasyl warf nur einen flüchtigen Blick auf die verschleierte Braut. »Die junge Bejnar ist noch ein Kind. Sie hat keine Falten. Und auch kein Doppelkinn.« Er blickte seine zukünftige Schwägerin vielsagend an.

Die gab nur einen fauchenden Ton von sich.

»Angeblich war sie während der gesamten Zeremonie verhüllt«, warf Fionik ein. »Das wird zumindest behauptet.«

»Vielleicht war es eine falsche Braut.« Marta senkte ihre Stimme zu einem Flüstern und zog die Silben dramatisch in die Länge, als stünde sie gerade vor der Kamera.

»Eine falsche Braut?«, wiederholte Wasyl gereizt. »Die Bildqualität ist erbärmlich.«

»Du hättest ja hingehen und selbst nachsehen können. Der Leibwächter hat nur ein altes Nokia. Mehr war da nicht drin«, erklärte Marta genervt, die zweihundert Złoty in diese Dienstleistung investiert hatte. »Aber jetzt ist der Zug abgefahren.«

Sie war immer noch sauer auf ihren Verlobten, der ihr verboten hatte, auf die Hochzeit ihres zukünftigen Schwiegervaters zu gehen. »Was auch immer im Carska vorgefallen ist, wir sollten heute alle zusammen beim Hochzeitsessen sein«, hatte sie noch am frühen Morgen erklärt. »Vielleicht lässt sich dein Vater ja umstimmen.« Aber Tomik hatte ihren Vorschlag schnell abgetan.

»Ich mache mich nicht zum Gespött der Leute!«

Jetzt saßen sie in der Starówka, Wasyls Kneipe, die zu dieser Uhrzeit noch völlig leer war. Zuerst stritten sie, dann wurde gegessen. Zum Schluss entschied man, Vaters Testament anzufechten. Dafür musste man lediglich Piotrs Patientenakte ausgraben, die während der psychiatrischen Beobachtung in Ciszynia angelegt worden war, und sie entsprechend interpretieren. Schließlich hatte er es einer Diagnose des Othello-Syndroms, der krankhaften Eifersucht, zu verdanken gehabt, dass er für Łarysas Ermordung nicht zur Verantwortung gezogen wurde. Saczkos Gutachten hatte Bondaruk vor einer möglichen Anklage bewahrt. Falls es überhaupt zu einem Prozess gekommen wäre, denn ihre Leiche wurde nie gefunden.

Jetzt zerbrachen sich die Söhne den Kopf, wie sie den Vater doch noch ausmanövrieren könnten. Piotr müsste erneut zur Beobachtung eingeliefert werden. Auch ein Grund wäre schnell gefunden: die verschwundenen Mütter von Fionik und Wasyl. Das Problem war nur der Direktor der Klinik. Saczko hatte sich mit Bondaruk angefreundet und würde den Geschäftsmann nicht für unzurechnungsfähig erklären; dafür verdankte er ihm zu viel. Sich an einen auswärtigen Psychiater zu wenden kam ebenfalls nicht infrage, das wäre zu durchsichtig gewesen.

Alle wussten, dass der Plan zum Scheitern verurteilt war. Es sei denn, es fände sich jemand, der Saczko überzeugte, ihm Angst einjagte oder ihm einen Scheck übergab. Die Brüder hatten jedoch keinen blassen Schimmer, wie viel sie für eine solche Dienstleistung anbieten und wen sie damit beauftragen sollten.

»Einfacher wäre es, einen Killer anzuheuern«, murmelte Marta und lachte nervös.

»Was redest du da?«, empörte sich Fionik, der sich nun zum ersten Mal zu Wort meldete.

»Tu nicht so scheinheilig«, erwiderte Marta, »du selbst hast deinem Bruder damit gedroht. Nur mal zur Erinnerung. Keine Angst, Wala hört uns nicht.«

Fioniks Frau Walentyna saß nicht mit am Tisch. In die Familienangelegenheiten der Bondaruks mischte sie sich grundsätzlich nicht ein. Dann sei es eben Gottes Wille, hatte sie behauptet, als sie von dem Entschluss ihres Schwiegervaters erfuhr. Und hinzugefügt, ihr liege nichts an Geld.

Fionik dagegen wusste, was auf dem Spiel stand. Wenn Vater seinen Willen durchsetzen würde, hätten sie nichts zu lachen. Ohne Vaters Hilfe wäre er längst pleite gewesen; vor einem Jahr erst hatte er einen weiteren Kredit aufnehmen müssen. Und wäre das Haus erst einmal weg, würde sich auch Wala anders anhören.

»Dabei ist er nicht mal euer richtiger Vater«, sagte Marta und zuckte mit den Schultern. »Ihr müsst den Tatsachen ins Auge sehen. Er hat euch adoptiert, für eure Ausbildung gesorgt. Schön. Trotzdem seid ihr nicht sein eigen Fleisch und Blut. Von anderen Dingen will ich vor dem Kind gar nicht sprechen.«

»Halt die Klappe«, fuhr Tomik seine Verlobte an.

»Lass Marta ausreden«, nahm Wasyl seine zukünftige Schwägerin in Schutz. »Es ist gar nicht so dumm, was sie sagt. Und gäbe es nicht einen gemeinsamen Feind, hätten wir uns nie alle drei zusammen an einen Tisch gesetzt.«

»Wo sie recht hat, hat sie recht«, rief Walentyna aus dem Hintergrund.

Sie blickten einander verdutzt an. Niemand hatte damit gerechnet, dass Wala die Diskussion mitverfolgen würde. Marta machte es sich auf ihrem Stuhl bequem, dankte Wasyl und Wala mit einem Lächeln und holte tief Luft:

»Der Alte stirbt sowieso bald. Er ist sich dessen bewusst, sonst würde er nicht solchen Unsinn verzapfen. Vielleicht ist er krank. Ich habe gelesen, dass Menschen die wunderlichsten Dinge tun, und bei der Obduktion klärt sich dann alles auf: ein Gehirntumor, der auf die Nervenbahnen gedrückt hat.«

»Ich glaube, hier liegt der Fall anders.«

»Das ist doch einerlei«, fuhr Marta fort. »Jeder von euch würde von seinem plötzlichen Tod profitieren. Ich spreche hier nicht von einem spektakulären Verbrechen, eher von einem Unfall, etwas Sanftem, sodass es aussieht, als wäre er friedlich entschlafen. Das kommt in seinem Alter durchaus vor. Ihr würdet das Vermögen zu gleichen Teilen unter euch aufteilen.«

Alle schwiegen, dachten über Martas Vorschlag nach. »Ich kenne da einen«, sagte Wasyl. »Nikolai. Er hat eine kleine Agentur in Białowieża. Frauen, Security, alle aus dem Osten, ohne Papiere, die sind sich für keine Arbeit zu schade.« Wasyls Blick blieb an Tomik hängen. »Er wollte mir damals jemanden schicken. Ich könnte ja noch einmal nachfragen.«

Noch bevor jemand etwas darauf erwidern konnte, klingelte es an der Tür. Trotz des »Geschlossen«-Schildes betrat ein älterer Herr das Lokal. Er hatte einen zerknitterten Hut auf und einen grauen, zotteligen Rauschebart. Unsicheren Schrittes folgte ihm ein nicht minder betagter gelber Bullterrier. Der Mann nickte der Gesellschaft zu.

Er steuerte direkt auf den Tresen zu, bestellte ein großes Bier und verdrückte sich mit seinem bernsteinfarbenen Getränk am anderen Ende des Saales in eine Ecke.

»Sprich mit ihm.« Marta zupfte ihren Verlobten am Ärmel.

»Er soll zu Saczko gehen und die Sache erledigen. Aber handle den Preis runter.«

»Ich kenne ihn doch kaum«, versuchte sich Tomik aus der Verantwortung zu stehlen.

»Er war immerhin dein Deutschlehrer«, brummte Wasyl.

»Du hast ihn doch angerufen«, gab Tomik zurück.

»Ich habe bei ihm mit Ach und Krach eine Vier minus bekommen«, konterte Wasyl. *»Isch ferschteje nischt.* Geh du, du warst immer der Lehrerliebling.«

Das Argument zog. Tomik stand auf. Er blickte zum gelangweilten Hund rüber, der wie eine Sphinx neben Pires' Stuhl saß. Der junge Bondaruk schüttelte die unsichtbaren Fusseln von seinem Pulli ab, richtete seinen Hemdkragen und lief, von den hoffnungsvollen Blicken der anderen begleitet, langsam zu Pires hinüber.

»Guten Tag, Herr Professor.«

Kaum begann er das Gespräch, war er wieder in die Rolle des Schülers geschlüpft, der allein schon beim Anblick des Direktors zitterte. Charismatisch, selbstbewusst, radikal in seinen Urteilen – man hatte bei Pires nie gewusst, woran man war. Ihm war die Gründung des weißrussischen Gymnasiums zu verdanken. Ein paar Jahre später war ihm der Direktorensessel aber nicht mehr so wichtig gewesen, und er hatte den Posten an einen Zögling abgetreten, dem er seinerzeit in Deutsch nicht einmal eine Vier minus gegeben hatte.

Vor dem Ende des Kommunismus hatte Pires als einer der wenigen in der Stadt ohne Probleme einen Pass bekommen und durch die Welt reisen können. Außer Deutsch sprach er sieben weitere Sprachen fließend. Er rühmte sich, Autodidakt zu sein, wie der polnische Papst. Selbst in Zeiten des Stalinismus hatte er demonstrativ die katholische Wochenzeitschrift *Tygodnik Powszechny* gelesen und sich einen Spaß daraus gemacht, den Untergang des kommunistischen Systems vorherzusagen. Obwohl er immer wieder aufgefallen war, war er nie verhaftet worden. Es hieß, er habe für den Geheimdienst gearbeitet. Damals wollte das niemand glauben.

Inzwischen erweckte seine Erscheinung eher Mitleid, doch früher war das ganz anders gewesen. Pires war zwar nie im konventionellen Sinn attraktiv gewesen, galt aber als exzentrisch und verstand es, seine Vorzüge ins rechte Licht zu rücken. Er hatte zahlreiche Affären gehabt; selbst Schülerinnen hatte er angebaggert.

Als seine Frau vor ein paar Jahren starb, machte Pires das, wovon er schon immer geträumt hatte. Er veräußerte seinen ganzen Besitz, kaufte sich eine Jacht und gründete eine Firma, die Parkettholz exportierte. Nach einem Jahr war er pleite. Dem Wettbewerb mit Bondaruk war er nicht gewachsen gewesen. Er verfiel dem Alkohol, verzockte die Jacht und erwarb sich den Ruf eines Spinners. Seither lebte er wie ein Bettler im Pförtnerhäuschen auf dem Gelände der Mülldeponie, wo er gegen Kost und Logis angestellt worden war. Mit seinem Kampfhund aus dem Tierheim streunte er durch die Stadt, und es war nicht immer eindeutig auszumachen, um wen die Passanten den größeren Bogen machten – um ihn oder seinen Begleiter.

Unter den Älteren galt Pires noch immer als einflussreich. Er kannte Gott und die Welt und wusste über fast jeden etwas Kompromittierendes. Manche meinten sogar, er sei, auch wenn man ihn nie bei offiziellen Empfängen sah, die graue Eminenz des Städtchens. Er hätte ein ganz anderes Leben führen können, wenn er es gewollt hätte. Aus irgendeinem Grund hatte er sich aber für die Rolle des Clochards entschieden. Spendierte ihm jemand einen Drink und sprach ihn auf seine Lebensphilosophie an, war das stets mit einem gewissen Risiko verbunden, denn er konnte noch immer jeden unter den Tisch trinken. Pires bezeichnete sich als »Indie« und erklärte, der letzte Unabhängige in Hajnówka zu sein.

»Was soll gut sein an diesem Tag«, erwiderte Pires brummend Tomiks Gruß und nahm seinen Hut ab. »Die Armut klopft an eure Tür, Kinder.« Tomik senkte den Kopf.

»Deshalb haben wir Sie angerufen, Herr Professor. Ein schöner Schlamassel. Vater ist verrückt geworden.«

»Ein bisschen spät«, fügte Pires mit unverhohlener Bewunderung für den alten Bondaruk hinzu.

»Dort drüben sitzen meine Brüder. Sie würden gerne an unserem Gespräch teilnehmen«, begann er, »und hören, was Sie für einen Plan haben, um die Sache wieder ins Lot zu bringen.«

»Ich habe keinen Plan.« Pires nahm einen großen Schluck. Als er den Krug absetzte, war er halb leer. »Du kannst mir noch einmal das Gleiche bestellen.«

Tomik gab der Kellnerin ein Zeichen. In diesem Augenblick klopfte Pires ihm jovial auf die Schulter.

»Guck nicht so traurig aus der Wäsche, Kleiner. Wir haben schon ganz andere Dinge geradegebogen.«

Pires zeigte mit seinem dreckigen Finger auf Tomik und fuhr fort: »Seit dreißig Jahren warte ich darauf, dass Vierauge sich selbst ein Bein stellt. Ich habe schon gedacht, ich würde es nicht mehr erleben. Denn bisher hat der polnische Russki stets die Nerven behalten. Er hat keinen Fehler gemacht. Ich habe mich auf die Fresse gelegt, er dagegen hat sich aus drei Strafsachen herausgewunden und sein Geschäft ins Ausland verlagert. Man möchte meinen, er hätte Eier aus Stahl.«

Tomik machte ein Gesicht wie drei Tage Regenwetter.

»Wir haben gedacht, Sie könnten vielleicht Herrn Direktor Saczko unsere Idee verkaufen. Die Sache eilt. Wir haben Geld.«

Tomik nannte Pires eine beträchtliche Summe.

»Wenn Geld da ist, sollte es mit Doktor Tod keine Probleme geben«, erklärte Pires. »Die halbe Stadt will dasselbe wie ihr. Aber wenn ich mit Saczko reden soll, wird das noch etwas teurer für dich.«

»Ich bin bereit, das Doppelte zu zahlen.«

Kaum dass er es gesagt hatte, bereute Tomik seine Worte. Marta würde ihm wegen seines vorschnellen Angebots den Kopf waschen.

»Was soll ich mit Geld, Junge!«, lachte Pires schallend. »Ich will etwas Kostbareres, wertvoller als Gold. Etwas, das Menschen für immer miteinander verbindet. Ich will, dass du mir einen Gefallen tust!«

Es fiel Tomik schwer, ruhig zu bleiben. Er wusste, dass Pires gerade dabei war, eine Bombe unter seinem Stuhl zu deponieren. Schon in der Schule hatte man bei ihm im Unterricht immer das Gefühl gehabt, dass da irgendeine unbekannte Gefahr lauerte.

»Im Haus deines Alten befinden sich Ausweispapiere«, begann Pires nun.

»Was für Ausweispapiere?«

»Die Originalausweise der Fuhrleute, die 1946 bei dem Pogrom in den orthodoxen Dörfern ermordet wurden. Genau neunundvierzig Stück. Ich will diese Ausweise haben. Die Originale, keine Kopien. Verstehst du mich?«

»Sie sind vermutlich nicht mehr erhalten«, wagte Tomik einzuwenden. »Die zweite Exhumierung wurde vor einem Jahr durchgeführt. Man fand nur dreizehn Leichen. Sie wurden auf dem Soldatenfriedhof in Bielsk bestattet.«

»Jetzt hör mir mal zu, Kleiner«, stauchte ihn Pires zusammen. »Die offizielle Version interessiert mich nicht, und aufklären kann dich wer anders; bisher bist du ja auch irgendwie zurechtgekommen, ohne gewisse Dinge über deine Familie zu wissen. Dein Vater hat die Ausweise. Alle verdammten neunundvierzig. Nur einer ist verbrannt, welcher, das weiß ich nicht.«

»Und wie soll ich an die Ausweise kommen?«, flüsterte Tomik.

»Wenn ich das wüsste, hätte ich sie mir längst selbst geholt, meinst du nicht auch?«

Pires blickte seinen Hund an und streichelte ihm über den großen Schädel.

»Es waren fünfzig Fuhrleute, aber man hat nur dreizehn Leichen gefunden. Der Rest verrottet irgendwo unter der Erde. Die Einheimischen erinnern sich noch. Wo sich die Unglücksgrube befindet, verraten sie allerdings nur demjenigen, der die Papiere besitzt. Sie haben immer noch zu viel Angst, aber am Ende siegt die Neugier über die Angst.«

Tomik sah sich nach seinen Brüdern um, die so taten, als wären sie ins Gespräch vertieft. »Das ist unwahrscheinlich«, sagte Tomik nachdenklich. »Ich wäre da eher skeptisch. Vater hat nie etwas davon erwähnt.«

»Und hat er erzählt, wie deine Mutter gestorben ist?« Pires grinste ihn an und zeigte sein vom Tabak schwarz gefärbtes Zahnfleisch.

Tomik richtete sich im Stuhl auf. Ein Schauer lief ihm über den Rücken.

»Ich bin adoptiert.«

»Wie die beiden anderen Bastarde, deren Mütter Vierauge persönlich umgelegt hat.«

»Bondaruk hat meine Mutter gekannt? Waren sie heimlich ein Paar?«

Pires blickte Tomik das erste Mal anerkennend an.

»Wenn du deine Sache gut machst, bringe ich dich zu deiner Großmutter. Sie wohnt in der Nähe von Ciechanowiec und hat lange nach ihrer Tochter gesucht. Falls sie nicht mehr lebt, verrate ich dir das Aktenzeichen. Du wirst nicht schlecht staunen, was es da über deine Familie zu lesen gibt. Warum, glaubst du, hat Bondaruk dich adoptiert? Deine Mutter ist auf genauso mysteriöse Weise verschwunden wie Łarysa und Mariola. Es stimmt nicht, dass er dich aus dem Kinderheim geholt hat. Aber was geht mich das an. Frag deinen Vater nach Jowita, das war ihr Künstlername. Ein hübsches Ding! Auch ich habe ihr den Hof gemacht. Du bist ihr wie aus dem Gesicht geschnitten.«

Tomik verfiel in Schockstarre, er musste das alles erst einmal verdauen. Nach einer längeren Pause sah er den Alten an: »Und diese Ausweise gibt es bestimmt?«

Pires war sich bewusst, dass das eigentliche Gespräch erst jetzt begann. Tomik wollte die Wahrheit wissen.

»Du hast deine Geschichte, ich habe meine«, erwiderte Pires. »Ich will kein Geld, wie ich schon sagte, nur meine Ausgaben erstattet haben. Unter den ermordeten Fuhrleuten war mein Vater. Ich will sein Grab finden, bevor ich selbst unterm Müll liege.«

Beklommenes Schweigen machte sich breit. Tomik wusste nicht, was er sagen sollte. Er hätte gern gefragt, wozu sein Vater diese Ausweispapiere aufbewahrte und was er mit der Sache zu tun hatte. Nur zu gern hätte er erfahren, was Pires über den Tod seiner Mutter wusste, oder ob sie vielleicht doch noch am Leben war. Sie hatte ihn im Stich gelassen und war abgehauen, munkelten die Leute, und auch ihm hatte man von klein auf diese Version erzählt. Da er jedoch Angst vor den Antworten hatte, stellte er keine Fragen.

»Ich werde die Ausweise suchen«, versprach er.

»Das freut mich«, sagte Pires traurig. »Wie ich Vierauge kenne, hat er das Notizbüchlein, in das er die Verdienste des Ältestenrates dieser verkommenen Stadt notiert, ebenfalls irgendwo versteckt. Finde es, und Theseus wird das Labyrinth betreten.« Er stand auf, schüttete das restliche Bier hinunter und steckte beide Krüge ein, als wären sie sein Eigentum.

»Und was das Erbe betrifft, ist die Sache so gut wie gegessen: Iwona kassiert alles. Es gab keine vertauschte Braut«, fügte er hinzu.

Er nahm den Hund an die Leine und verließ, scheppernd wie ein Getränketrolley, das Lokal.

Sasza kämpfte sich durch die Menge vor der Kirche. Zwar hatte Frankowski ihr, bevor er sie endlich entlassen hatte, ein Zeitungsfoto von dem Arzt gezeigt, mit dem sie über Łukasz sprechen wollte. Aber es war wenig wahrscheinlich, dass sie den Klinikdirektor in dem Gedränge finden würde. Als sie JahJah beim Rauchen vor der Kirche erblickte, ergriff Sasza ihre Chance. Ihre Hoffnung, der Polizist würde ihr vor Ort helfen, erwies sich als Trugschluss.

»Ich kann den Herrn Doktor nicht zwingen, mit Ihnen zu sprechen«, erklärte er ihr und wusch, wie Pilatus, die Hände in Unschuld.

»Können Sie nicht oder wollen Sie mich ihm nicht vorstellen?«

Er schob die Brille hoch und beugte sich zu ihr hinunter. Er war zwei Köpfe größer als sie.

»Das habe ich nicht gesagt«, lächelte er breit. »Doktor Tod mag es braun gebrannt. Und Grün ist seine Lieblingsfarbe.«

Sie sah sich um, konnte aber keinen sonnengebräunten Herrn in grünem Zwirn erspähen. Die beiden Männer konnten einander nicht sonderlich leiden, das war zu spüren, vielleicht lagen sie sogar im Clinch miteinander. »Könnten Sie sich etwas klarer ausdrücken«, bat Sasza. »Ich bin nicht gut im Rätselraten.«

»Das ist aber schade.«

Anstatt den Gedanken weiter auszuführen, ließ JahJah sie einfach stehen. Sasza konnte Hochzeiten nicht ausstehen, egal ob moderne oder traditionelle. Und schon gar nicht wollte sie zu einem öffentlichen Besäufnis. Es sah jedoch so aus, als hätte sie keine Wahl. Nach längerem Zögern schloss sie sich dem Hochzeitszug an.

Auf dem Polizeirevier hatte ihr JahJah versichert, dass Doktor Krzysztof Saczko sowohl in der Kirche als auch auf der Hochzeitsfeier anzutreffen sein würde. Das war die Gelegenheit, die Sache zu erledigen und dieses reizende Städtchen ein für alle Mal zu verlassen. Denn darauf zu spekulieren, am Montag eine Audienz in der Privatklinik zu erhalten, war, wie ihr Frankowski unmissverständlich klargemacht hatte, ein riskantes Unterfangen.

»Ich wette, dass das Doktorchen die ersten drei Tage nach dem Gelage nicht zur Arbeit erscheinen wird. Ihre einzige Chance ist es, ihn auf der Feier zu erwischen. Zumal er betrunken überaus redselig sein wird. Er steht der Familie des Bräutigams sehr nahe. Es würde mich nicht wundern, wenn er an der Hochzeitstafel den Platz von Bondaruks Vater einnimmt.«

Sasza hatte alle nötigen Informationen, jetzt musste sie handeln. Sie stieg ins Auto und fuhr Richtung Białowieża. Auf dem Weg dorthin hielt sie bei der Klinik an, aber ihre Papiere waren nicht aufgetaucht. Die Polizei war bereits da gewesen. Sasza verfluchte ihre Leichtgläubigkeit. Das Mädchen hatte sich Geld beschafft und war abgehauen. Ein paar Hundert Złoty reichten, um ans andere Ende Polens zu gelangen und sich so lange über Wasser zu halten, bis sich der nächste Blauäugige fand.

Gestern Abend hatte sich Sasza doch dazu durchgerungen, Duchno zu informieren. Widerwillig schickte sie ihm nun eine SMS, dass sie seine Hilfe brauche. Er rief sofort zurück.

»Du hast was ausgefressen«, stellte er nüchtern fest.

Im Hintergrund hörte sie Kinder spielen. Ein Déjà-vu. Opa, das Gespräch mit ihm im Frühling. In diesem Moment kam ihr ein Gedanke, wo Danka untergetaucht sein könnte. Vielleicht hatte sie gar nicht das Weite gesucht, sondern hielt sich in der Nähe versteckt wie Łukasz, womöglich bei ihm. Sie musste die Wohnung von dem Foto finden, das Danka ihr gezeigt hatte.

»Kannst du sprechen?«, vergewisserte sie sich.

»Klar«, erwiderte Duchno. »Meine Ex macht gerade das Mittagessen. Ich sitze mit ihrem Polizisten zusammen und trinke ein Bier.«

Sasza kannte den aktuellen Beziehungsstatus nicht, hatte jetzt aber keine Lust auf intime Bekenntnisse.

»Könnten wir meine Prüfung nicht verschieben? Ich habe alle Formulare ausgefüllt und die Tests bestanden. Bleibt nur noch der Schießstand.«

Er schwieg, während sie ihm die Situation schilderte. Zwischendurch seufzte er oder machte sich über ihre Dummheit lustig. Die nächste Einstellungsrunde sei im Herbst, sagte er schließlich, aber er könne nicht garantieren, dass Sasza dann seiner Gruppe zugeteilt würde.

»Kleine, es gibt Leute, die versuchen seit Jahren, zu mir zu kommen.«

»Ich weiß, ich weiß«, lachte Saszka. »Du weißt, dass ich mein Bestes gebe. Ich liege hier nicht auf der faulen Haut.«

»Ich kann dich abholen kommen, wenn du nicht fahren kannst.«

Sasza war wie vom Blitz getroffen.»Ich habe nicht getrunken, Duchno. Mein Lappen wurde nicht eingezogen, mir wurden die Papiere gestohlen.«

Sie hatte ihm nicht alles gesagt. Den Zweck ihres Besuchs in Hajnówka hatte sie ihm verschwiegen. Die Geschichte mit Polak war ihre Privatangelegenheit. Sie hatte nichts vom Klinikdirektor erzählt, und auch über den Diebstahl ihrer Papiere wusste er nicht alles. Für ihn wiederum stand fest: Sie konnte nicht Autofahren; sie hatte kein Geld für eine Fahrkarte; sie brauchte seine Hilfe; sie hatte angerufen, also musste er zeigen, dass auf ihn Verlass war, daher sein Angebot. Sasza seufzte, dieses Exemplar von Mann war doch ziemlich einfach gestrickt.

»Bist du noch dran?«

»Ja«, brummte sie. »Wenn ich meine Papiere bis zum Abend nicht wiederhabe, fahre ich mit dem Bus oder dem Zug zurück. Notfalls per Anhalter.«

»Schick mir die Adresse von deinem Hotel. Ich esse etwas, haue mich kurz aufs Ohr und fahre dann los.«

Sie wusste, er wollte, dass sie die Schießprüfung bestand. Es war für ihn auch eine Frage der Ehre, schließlich hatte er sich bei seinen Vorgesetzten für sie verbürgt. »Wie viele Biere hast du getrunken?«

»Drei«, antwortete er. »Und ein halbes. Aber das trinke ich nicht mehr aus.«

»Vergiss es. Du kannst nicht mehr fahren. Wenn was schiefläuft, kommst du mich morgen in Białystok abholen. Ich sehe nach, wann die Züge fahren, und gebe dir bis zum Abend Bescheid.«

»Okay«, erklärte er gnädig und nahm noch einen Schluck.

Spätestens jetzt wusste Sasza, dass das Angebot nicht ernst gemeint war, er keineswegs die Absicht gehabt hatte, alles stehen und liegen zu lassen, um für sie einmal quer durch Polen zu düsen. Sie war enttäuscht.

»Ist sonst alles in Ordnung?« Er bemerkte den Stimmungsabfall, konnte ihn sich aber nicht erklären.

Sie zögerte, sie hätte ihm gern mehr erzählt, ihn gebeten, Łukasz Polak zu überprüfen, ließ es dann jedoch sein.

»Ich war nur kurz in Gedanken. Guten Appetit.«

»Na, dann tschüs.« Er legte auf.

Erst als es still war, wurde ihr bewusst, worauf sie sich eingelassen hatte. Was, wenn Sasza sich täuschte und der Polizeioberkommissar sich tatsächlich auf den Weg machte? Dann hieße das Avancen und am Schluss die Gefahr einer Affäre. Sie schrieb ihm schnell eine SMS: »Ich komme zurecht. Fahr nicht! Bleiben in Kontakt.« Die Antwort kam sofort: »Das ist nicht dein Ernst!« Und einen Augenblick später: »Bist du dir sicher?« Sie war versucht, mit einem lakonischen »Nein« zu antworten, aber sie wusste, er würde dann keine Ruhe mehr geben. Also schrieb sie: »Danke. Wenn ich dich wirklich brauche, melde ich mich.«

»Willst du dich einschleimen?«, fragte er.

»Mach dir keine Sorgen, ich werde knallharte Forderungen stellen.«

Sie ließ den Motor an und fuhr in Richtung Amphitheater. JahJah hatte beide Augen zugedrückt und ihr eine Sondergenehmigung ausgestellt, mit der sie in seinem Zuständigkeitsbereich Auto fahren durfte. Besser als nichts. Viel besser sogar, verbesserte sie sich in Gedanken. Das Glas war immer noch halb voll.

Bożena plagten böse Vorahnungen, obwohl alles nach Plan zu laufen schien. Iwona hatte es noch rechtzeitig zur Kirche geschafft. Von allen Seiten erntete sie Komplimente für ihr Aussehen. Ihr Vater lag sicher irgendwo besoffen im Graben, denn er war nicht zur Trauung gekommen, um seine Drohungen wahr zu machen. Er hatte einmal im Leben das Richtige getan und der Tochter die Hochzeitsfeier nicht verdorben. Unmittelbar im Anschluss an die Zeremonie hatte Bondaruk mit ihrem ältesten Sohn einen Pachtvertrag auf Lebenszeit abgeschlossen. Władysław hatte das Land für einen symbolischen Złoty erworben und würde in Kürze auf seinem eigenen Grund und Boden ein Haus errichten. Endlich könnten sie zusammen aus dem Slum, der ulica Chemiczna, wegziehen.

Ihr Herz sagte ihr jedoch, dass Quaku nicht ohne Grund aufgetaucht war. Dass die Tochter vor der eigenen Hochzeit für einen halben Tag mit dem Ex-Verlobten verschwunden war, verstärkte nur ihre Befürchtungen. Etwas lag in der Luft, etwas, wovon sie ausgeschlossen war. Sie mochte es nicht, wenn die Dinge sich hinter ihrem Rücken abspielten. Und deshalb saß sie nun mit bedrücktem Gesicht an der Hochzeitstafel, schielte andauernd zu Iwona und suchte in dem Verhalten ihrer Tochter nach verdächtigen Anzeichen.

Die Tische bogen sich unter den vielen Speisen, aber Bożena bekam keinen Bissen hinunter. Irgendwann riefen die Gäste »bitter, bitter«, und die Brautleute küssten sich dezent unter dem Schleier. Unmutspfiffe ertönten, man wollte mehr Leidenschaft sehen. Bondaruk hob die Hand und sorgte mit dieser einen Geste für Ruhe. Bożena ertappte sich bei dem Gedanken, wie er wohl als junger Mann gewesen sein musste, und fragte sich, warum sie sich damals nicht für ihn interessiert hatte.

Das Mittagessen für die VIPs wurde im Restaurant neben der Konzertmuschel serviert. Das einfache Volk vergnügte sich währenddessen unter freiem Himmel. Die Feier hatte erst begonnen, aber an den Picknicktischen wurde bereits das Fleisch knapp. Die Kellner brachten immer neue gegrillte Ferkel, Alkohol wurde in Plastikbechern ausgeschenkt. Man aß und trank, als würde morgen eine Hungersnot ausbrechen. Eine kostenlose Fiesta dieser Größenordnung gab es nur selten in dieser Gegend. Auf dem Programm standen ein Konzert von Alla Pugatschowa, Tanz und traditionelle Hochzeitsspiele sowie ein Feuerwerk. Laufend trafen neue Gäste ein.

Bożena stand still und leise auf und bewegte sich in Richtung Tür. Sie wollte sich im Amphitheater in die erste Reihe setzen und endlich aufhören, sich Sorgen zu machen.

»Frau Bożenka, wie immer die Schönste.« Jemand zog sie am Schal. In der Tür stand Quaku. Sie starrte ihn entgeistert an. Er hatte einen schwarzen Lederoverall an, unter dem Arm trug er einen Motorradhelm. Er grinste breit und ließ seine weißen Zähne aufblitzen. »Ich wollte mich nur verabschieden und mich bedanken. Für alles. Wenn es schiefgeht, ich bin's nicht gewesen.«

Bożena musterte den jungen Mann. Es wunderte sie nicht, dass Iwek ihn ausgewählt hatte. Ihr Dawid hatte einmal ganz ähnlich ausgesehen. Mutter und Tochter mussten eine genetische Schwäche für Arschlöcher und notorische Hungerleider haben.

»Was führst du jetzt wieder im Schilde?«, zischte sie.

»Ich fahre weg.« Er schien es ernst zu meinen.

Sie verspürte Erleichterung. Sie breitete ihre Arme aus und

drückte ihn an die Brust wie einen ungezogenen Sohn. Von Weitem hätte man meinen können, sie stünden sich sehr nahe.

»Lass dich hier nie wieder blicken«, warnte sie ihn mit gespielter Sorge und drückte ihn so kräftig, dass er ihren Schweiß riechen konnte. Bożena hingegen schlug der Geruch von Wodka entgegen. »Sonst werde ich dich persönlich unschädlich machen«, fügte sie hinzu. »Hast du mich verstanden?«

»Es sei denn, der Alte stirbt plötzlich«, entgegnete Jurek und lachte.

Sie lachte mit ihm, aber ihre Augen funkelten feindselig. Quaku hielt ihren Blicken stand. Er war ein würdiger Gegner, ein echter kleiner Ganove.

»Iwonas Mann geht es bestens.« Sie sah ihn prüfend an. »Ich gebe dir Bescheid, falls sich daran etwas ändern sollte. Bis dahin werden wir keine Freunde.«

Bożena ließ sich auf einer Bank nieder und sah zu, wie Quaku auf sein Motorrad stieg und abfuhr. Sie wischte sich eine Träne aus dem Augenwinkel. Sie hatte das Schlitzohr gemocht. Sie fühlte sich wie eine alte Königin – sie bestimmte, wie die Dinge liefen. Und diese Rolle gefiel ihr.

»Wo ist Iwona?«, fragte sie, als Bondaruk neben ihr Platz nahm.

»Sie ist auf die Toilette gegangen«, antwortete Piotr.

Gleich darauf stand er auf, um Direktor Saczko zu begrüßen. Sie umarmten sich. Bondaruk hatte Mühe, den fettleibigen Arzt zu umfassen, dessen mahagonibraun glänzende Haut an frisch gebratenen Speck denken ließ. Am Arm des Dickwansts hing eine wunderhübsche Frau. Sie hatte die vierzig längst überschritten, aber immer noch eine ausgezeichnete Figur. Und viel Mut: Für die Feier hatte sie ein knöchellanges pistaziengrünes Kleid angezogen, das den Rücken bis zum Gesäß entblößte. Die Tätowierung hatte sie mit einem Musselinschal bedeckt; es sah so aus, als wäre die Kobra auf eine Leinwand gemalt. Um ihre Brüste konnte sie manche Zwanzigjährige beneiden.

»Magdalena Prus«, stellte sie sich Bożena vor und entschuldigte sich für ihr Fehlen in der Kirche, dienstliche Pflichten hätten sie aufgehalten.

»Eine unserer Patientinnen hat beschlossen, einen Ausflug in die Stadt zu unternehmen«, scherzte sie.

Piotr küsste ihre Hand. Er hielt sie länger am Mund als notwendig. Saczkos Begleiterin errötete. Sie kennen sich, registrierte Bożena, und zwar gut. Sie verspürte stechende Eifersucht. Saczko tat so, als hätte er nichts bemerkt.

In diesem Augenblick erspähte sie auf dem obersten Treppenabsatz des Amphitheaters, zwischen den Kiefern, den grasgrünen Rock ihrer Tochter. Er tauchte kurz auf und verschmolz sofort mit der Farbe des Waldgestrüpps. Gleich darauf schien es Bożena, als würde sie von der Landstraße her das Knattern einer Rennmaschine hören. Sie sprang wortlos auf und eilte in Richtung Ausgang.

Sasza hatte noch nie so oft im Stau gestanden wie jetzt in Podlachien. Diesmal reichte die Blechlawine vom Eingang des Nationalparks bis zum Amphitheater. Mit dem Auto zur Hochzeit zu fahren erwies sich als eine denkbar schlechte Idee. Zu allem Überfluss versperrten Streifenwagen den Weg, Führerscheine und Autopapiere wurden überprüft. Der Stau würde sich frühestens in einer Stunde auflösen, wenn Alla Pugatschowa ihr Konzert beendet haben und ins Hotel zurückgekehrt sein würde.

Sasza hatte zwar JahJahs Schreiben, wollte sich aber nicht noch einmal mit einem übereifrigen Polizeibeamten herumschlagen müssen. Sie wendete und bog in eine Nebenstraße ein, die nach Sioło Budy führte. Ihr Plan war es, entlang einer Schneise Teremiski zu umfahren und dann einen Forstweg durch den Wald zu nehmen. Der Fiat Uno ihrer Mutter, den Sasza immer noch fuhr, war klein und wendig und hatte eine hohe Aufhängung, sodass selbst hohes Gras kein Hindernis war. Sie würde in gut zehn Minuten am Ziel sein – viel schneller als über die Straße, und vor allem ohne Ausweiskontrolle.

Auf dem Handy fand sie die perfekte Umgehung. Tatsächlich entdeckte sie einen kleinen Weg, der durch den Wald zum Amphitheater führte. Zunächst lief alles nach Plan. Das Dämmerlicht war eine ausgezeichnete Tarnung. Im Wald war es still, nur in der Ferne hörte man noch das Konzert. Załuska fuhr vorsichtig, nicht mehr als zehn Stundenkilometer. Doch dann endete der Weg plötzlich. Sie warf einen Blick auf die Karte, die Sackgasse war nicht eingezeichnet. Zum Wenden gab es nicht genug Platz. Sasza legte den Rückwärtsgang ein.

Da sah Sasza im Rückspiegel ein Mädchen, außer Atem, so als würde es vor jemandem fliehen. Es trug weißrussische Volkstracht. Eine der Chorsängerinnen, dachte Sasza im ersten Moment, doch als die Flüchtende näher kam, erkannte sie, dass es die Braut war. Das Mädchen wurde von einem schwarzen Mercedes verfolgt. Einem Modell mit Doppelscheinwerfern, einem »Vierauge«. Der Wagen war zerbeult, sein Lack abgekratzt. Er musste dem Mädchen querfeldein, über Stock und Stein, hinterhergejagt sein. Sasza hielt an; der Fahrer des Mercedes hinter ihr machte allerdings keinerlei Anstalten zu bremsen. Das Mädchen rannte zur Beifahrerseite, riss die Tür auf und sprang zu Sasza ins Auto.

»Fahr!«, schrie sie voller Panik.

Einen Augenblick lang war Sasza wie gelähmt. Sie saßen in der Falle. Es ging weder vor noch zurück. Vor ihnen eine Wand aus Wald, hinter ihnen der schwarze Wagen. Das Auto stand mit laufendem Motor auf dem Weg und blockierte die Durchfahrt. Plötzlich hörte man das Klacken einer Wagentür. Sasza sah im Spiegel einen Mann auf sie zukommen. Auch er trug weißrussische Volkstracht, dazu eine Sturmhaube.

»Wer ist das?«, fragte sie. »Kennst du den Kerl?«

Statt zu antworten, wurde das Mädchen hysterisch.

»So rufen Sie doch Hilfe. Ogottogott, er bringt mich um.«

Sasza drückte den Knopf für die Zentralverriegelung. Sie nahm ihr Telefon aus der Handtasche und gab es der Braut in die Hand.

»Eins eins zwei«, sagte sie. »Fang jetzt nicht an zu flennen.«

Der Mann, der wie ein weißrussischer Bräutigam aussah, beugte sich bereits zum Beifahrerfenster hinunter. Er war maskiert. Sasza sah nur seine Augen, sie waren grün, von hellen

Wimpern umrahmt. Ein Blondschopf. Das Mädchen rutschte intuitiv von der Scheibe weg. Es hatte panische Angst.

»Lassen Sie die Finger vom Auto«, schrie Sasza den Angreifer an und kramte in ihrer Handtasche nach ihrer Beretta. »Die Dame wünscht nicht, mit Ihnen zu sprechen.«

Der Vermummte schien nicht zu hören. Plötzlich schlug er mit einer großen Axt gegen die Scheibe, dort, wo das Mädchen saß. Die Scheibe zersplitterte nicht, aber das Glas war von strahlenförmigen Rissen übersät. Durch das Fenster war nichts mehr zu sehen. Sasza schäumte vor Wut. Der Typ zerstörte ihren Wagen. Sie hatte keine Ahnung, worum es bei diesem Ehestreit ging, doch der Herr Gemahl überspannte den Bogen. Der Kerl hatte einen ordentlichen Hau.

Mit zitternder Hand fand sie schließlich die Beretta. In der Seitentasche, in der sie die Munition aufbewahrte, waren nur zwei Patronen. Es blieb keine Zeit weiterzusuchen. Sasza steckte sie ins Magazin, öffnete die Fahrertür und stieg aus. Mit den Händen stützte sie sich am Dach ab. Jetzt hatte sie ihn direkt vor sich. Sasza wusste, wenn sie wollte, würde sie ihn mitten in die Stirn treffen. Er erstarrte vor Schreck.

»Sie ist geladen«, warnte sie ihn. »Geh vom Wagen weg. Aber langsam, sonst knall ich dich ab.«

Er befolgte ihre Anweisung.

»Leg dich auf den Bauch. Hände auf den Kopf.«

Er rührte sich nicht. Sasza spürte, wie ihr ein Schweißtropfen die Wirbelsäule hinunterfloss.

»Hände auf den Kopf«, wiederholte sie. »Und runter mit dir, du Dreckskerl.«

Sie starrten sich gegenseitig an. Seine helle Iris verriet keinerlei Emotionen. Sasza fühlte sich an eine Schlange erinnert. Langsam hob er die Hände. Plötzlich blinzelte er, sein Blick wanderte nach links. Doch bevor sie sich umdrehen konnte, bekam sie einen Schlag auf den Hinterkopf. Der Hieb traf sie nicht mit voller Wucht, sie war nur leicht benebelt. Jemand verdrehte ihr den Arm, versuchte, ihr die Pistole aus der Hand zu reißen. Im Gerangel drückte Sasza ungewollt ab. Sie konnte nicht sehen, wohin die Kugel ging, doch der Schuss musste ein Treffer gewesen sein, denn jemand brüllte vor Schmerzen. Eine Frauenstimme. Sasza erschrak. Hatte sie aus Versehen die junge Ehefrau getroffen?

Der Angreifer trat ihr auf den Arm und stand mit seinem ganzen Gewicht auf ihm. Es war, als würde jemand einen Nagel in ihre Handfläche bohren. Sie ließ die Beretta los. Dann hörte sie das Knacken eines brechenden Knochens. Als sie versuchte, sich aufzurappeln, erhielt sie erneut einen Schlag, diesmal jedoch mit einem harten Gegenstand präzise auf die Schläfe. Bevor sie zu Boden sank und das Bewusstsein verlor, hörte sie einen zweiten Schuss.

Staszek 1946

Die dicken, goldgelben Kürbisse stapelten sich bis unter das Strohdach. Unmittelbar nach dem Krieg ernährten in der Vorerntezeit Kohlrüben, Wildbirnen und eben Kürbisse ganze Dörfer. Man kochte Suppe aus ihnen, buk Kolatschen und aß sie roh mit Honig. Vor der Ernte war dies das einzige frische Lebensmittel, das es gab. An den Geschmack von Fleisch, Brot oder Wodka konnte sich im Dorf kaum jemand erinnern. Die sowjetischen Soldaten trieben tagsüber Lebensmittel ein, nachts kamen die Banden und nahmen Eier, Speck und Kartoffeln mit. Die Kürbisse wollten weder der Russe noch die polnischen Soldaten.

Die fünfundzwanzigjährige Katarzyna Załuska kletterte mühsam die Sprossen der Leiter hinauf. Ihre Hände waren klamm. Die Wollhandschuhe hatte sie morgens ihrer sechsjährigen Tochter gegeben, damit Dunia mit den Nachbarskindern im Schnee spielen konnte. Als sie oben angelangt war, schnaufte sie wie eine alte Dampflok. Mit jedem Atemzug stieß sie ein Dampfwölkchen aus. Der Frost hatte seit gestern etwas nachgelassen, aber auch so waren es immer noch satte zwanzig Grad minus. Katarzyna trug eine Wattejacke und lange Unterhosen von ihrem Mann, darüber ihre drei Röcke. Den Pelz hatte sie unten, am Fuß der Leiter, gelassen. Sie konnte ihn über dem Bauch nicht zuknöpfen und hatte Angst gehabt, über die Mantelschöße zu stolpern und von der Leiter zu fallen. Jetzt bereute sie ihre Entscheidung, denn sie zitterte vor Kälte.

Plötzlich spürte sie einen Krampf. Sie presste die Lippen

zusammen, ballte die Hand zu einer Faust und starrte auf ihre Fingernägel, um den bösen Zauber zu bannen. Es war noch nicht Zeit, sie kam erst in den achten Monat. Als sie mit Dunia schwanger gewesen war, hatte sie bis zum letzten Tag bei der Kartoffelernte geholfen. Damals hatte hier niemand an einen Krieg geglaubt. Die Kartoffeln waren wichtiger als Luftangriffe in Warschau. Ihre Tochter kam abends zur Welt, Katarzyna blieb einen Tag im Bett liegen und war am nächsten wieder auf dem Feld. Das Kind wickelte sie in ein Steckkissen und legte es am Waldrand in einer Spurrille ab.

Die Ernte musste eingebracht sein, bevor die Rote Armee oder die Deutschen auftauchten. So ist die Katarzyna, zupackend, stolz und fleißig, sagten die Leute, als Bazyli, der Herr des Gutshofs »Załuskie«, um ihre Hand anhielt.

Bazyli Załuski, ihr Mann, war, wie bereits zuvor sein Vater und sein Großvater, vor dem Krieg der reichste Kulak der Gegend gewesen. Das ganze Land, so weit das Auge reichte, vom Rand des Dorfs Załuskie bis zum Wald, gehörte ihm. Und nicht das kleinste Fleckchen Erde lag brach. Deshalb war der Gutsherr auch selten zu Hause. Katarzyna musste allein auf dem Hof zurechtkommen. Doch sie beklagte sich nicht. Sie war gut organisiert und stets frohen Mutes. Daneben fand sie noch Zeit, den Frauen im Dorf oder sich selbst etwas zu nähen. Sogar während der letzten Luftangriffe, als alle in Erdhöhlen Schutz suchten, saß sie an der Nähmaschine. Sie ließ die angefangene Arbeit nur ungern liegen.

Nicht anders war es jetzt. Katarzyna hatte den Mackiewicz versprochen, die Kürbisse vom Scheunenboden herunterzuholen. Jede andere in ihrem Zustand hätte die Nachbarinnen hängen lassen. Anschließend sollte das Gemüse mit einem Karren zu einer Grube im Wald gebracht werden. Sie hatte ausgehandelt, dass ihre Familie als Lohn zwanzig unversehrte Kürbisse bekäme.

Sie hatte den Auftrag frühmorgens erhalten. Das einzige Problem war, dass fast alle erwachsenen Männer, die ein Pferd und ein Fuhrwerk besaßen, und dazu zählte auch Katarzynas Mann, nach Orla gefahren waren, um Gemeindearbeit zu verrichten. Heute war ihr Dorf an der Reihe. Sie mussten Holz aus den Wäldern von Hajnówka zur Schule in Orla transportieren. Katarzyna wusste, dass die Männer den ganzen Tag damit beschäftigt sein würden. Wenn sie abends nach Hause kämen, würden sie hungrig sein und mit Freuden Kürbisfladen und Klunkersuppe essen. Ein wahres Festessen. Um an das wertvolle Gemüse zu kommen, musste sie sich auf sich selbst verlassen und auf die Hilfe ihrer Schwester und der Kinder.

Sie ruhte sich noch eine Weile auf der obersten Sprosse aus. Ihre Beine waren weich wie Gelatine. Einen Augenblick lang bekam sie Angst. Sollte sie nicht besser hinuntersteigen? Nein, daran wollte sie im Moment nicht denken, irgendwie würde sie es schon schaffen. Doch wie sollte sie auf den Boden hochklettern, ohne dem Kind im Bauch zu schaden? Es schien bereits verärgert zu sein, denn es trat wie verrückt. Katarzyna war sich sicher, diesmal würde sie einen kräftigen Jungen gebären.

Zum Glück war Olga, ihre sieben Jahre jüngere Schwester, bereits oben und reichte ihr die Hand. Katarzyna zog sich mit letzter Kraft hoch und kugelte über den Boden des Speichers. Während sie sich auf dem Rücken liegend kurz von der Anstrengung erholte, streichelte sie sich über den Bauch.

»Ich passe auf, dass dir nichts passiert«, flüsterte sie auf Weißrussisch.

Sie brauchte eine Zeit lang, um wieder zu Atem zu kommen. Ihr war schwindlig, das Herz klopfte wie wild.

Als sie den Kopf hob, um den Reichtum der Nachbarn in Augenschein zu nehmen, erschrak sie, wie viel Arbeit vor ihnen lag. Der Preis, der ihr versprochen worden war, erschien ihr nun nicht mehr so hoch. Katarzyna rückte ihr selbst gewebtes geblümtes Kopftuch zurecht und setzte sich mühsam auf. Sie sammelte ihre Kräfte. Unterdessen begann Olga, die gelben Kugeln zur Öffnung im Boden zu rollen. Einer der Kürbisse schoss mit Wucht hinunter, plumpste auf den Boden und zerplatzte. Katarzyna blickte sie vorwurfsvoll an.

»Wie willst du das Zeug zu zweit hinuntertragen?«, fragte Olga wütend. »Nur du kannst so etwas Dämliches versprechen. Das schaffen wir nie.«

Im Gegensatz zu ihrer Schwester scheute Olga anstrengende Arbeit. Sie war klein und dürr. Kasia war Papas Liebling gewesen – das hatte Olga ihrer Schwester nie verziehen. Sie wusste, dass Frauen ihrer Statur es auf dem Hof schwer hatten. Doch sie war nicht auf den Kopf gefallen und hatte gelernt, der Arbeit aus dem Weg zu gehen, hatte darin geradezu Meisterschaft erlangt. Heute aber hatte sie keine Wahl – Katarzyna hatte ihr eine neue Bluse versprochen. Und doch musste sie sich beschweren.

»Tragen wir sie einzeln, brauchen wir dafür eine Woche. Ohne mich.«

»Wir werden sie nicht werfen«, bestimmte Katarzyna. »Sonst zerplatzen sie. Und die, die ganz bleiben, faulen an den Druckstellen schneller, als wir sie kochen können.«

»Unsere tragen wir hinunter.« Olga zuckte mit den Achseln. »Aber die übrigen, die muss man hinunterrollen. Es kann uns doch egal sein!«

»Das ist unehrlich«, wies Katarzyna ihre Schwester zurecht.

Sie zog den Rock über ihrem Bauch glatt. Das Kind war eingeschlafen. Sie zog sich an einem Stützbalken hoch und hielt sich an einer herabhängenden Plane fest. Die Abdeckung rutschte herunter, und ein Versteck kam zum Vorschein. In der Morgensonne blitzten Gewehrläufe und Patronengurte. Katarzyna verschlug es die Sprache. Eilig deckte sie das geheime Waffenlager wieder zu.

Für wen bewahrten die Nachbarn die Waffen auf? Offiziell

beteuerten sie stets, mit Politik nichts am Hut zu haben. Sie lebten seit Generationen neben dem Gutshof der Załuskis, Haus an Haus. Es war nie von Bedeutung gewesen, dass die einen sonntags in die Messe und die anderen zum Gottesdienst in die orthodoxe Kirche gingen. Beides war heilig. Gott gab es nur einen, ein und denselben.

Bisher hatten sie im Dorf keine Untergrundkämpfer gehabt – hieß es zumindest. Die Banden waren ständig auf der Suche nach verstecktem Kampfgerät. Sie rächten sich an denjenigen, die der Staatsmacht halfen: Die Waffen wurden beschlagnahmt, die Bauern getötet. Für ein Arsenal wie dieses brannten ganze Dörfer nieder. Es sei denn, das Waffenlager war für die polnischen Partisanen bestimmt.

Katarzyna packte die Waffen wieder sorgfältig in die Decke ein. Als Olga wieder zu ihr herüberkam, befand sich Katarzyna bereits in sicherem Abstand zum Versteck. Sie bemühte sich um einen normalen Gesichtsausdruck.

»Kannst du deinen Feind nicht mit Gewalt besiegen, dann greife zu einer List«, murmelte sie.

Olga verdrückte sich gleich wieder in den hinteren, weniger zugigen Teil des Dachbodens. Sie wollte so schnell wie möglich zurück in die warme Stube. Sollte sich ihre Schwester ruhig eine List ausdenken.

Unterdessen schritt Katarzyna die Reihen der gelben Kugeln ab. Weiter hinten, an der Rückwand des Raumes, entdeckte sie eine ausrangierte alte Tränke für Kühe. Kasia bückte sich und rollte einen Kürbis zu der Wanne. Er passte genau. Sie winkte Olga zu sich und rief die Kinder, die sich auf dem Hof eine Schneeballschlacht lieferten. Wie eine Horde ausgelassener Äffchen begannen sie, die Leiter hinaufzuklettern.

»Langsam, nicht alle auf einmal«, lachte sie. »Ein paar von euch brauche ich unten. Heute werdet ihr mit riesigen Kugeln spielen.«

»Olga, du gehst runter.« Sie deutete auf den Trog. »Ich reiche ihn dir an, wenn du auf der Hälfte bist.«

»Wozu so umständlich, wenn es auch einfach geht«, quengelte ihre Schwester.

Katarzyna sagte nichts dazu. Wortlos gab sie ihr den Trog und zeigte auf die Öffnung im Boden. Sie breitete den Rock aus und setzte sich in den Schneidersitz.

»Ich weiß nicht, wie lange ich es aushalten werde«, warnte sie.

Sie gab ihrer Schwester ein Zeichen, sich auf die Leiter zu stellen, und forderte die Kinder auf, die Kürbisse zu ihr zu rollen.

Olga packte den Trog und ließ ihn geschickt nach unten gleiten.

»Stell ihn wie eine Rutsche auf«, schrie Katarzyna aufgeregt. »Und los geht's!«

Ihre Zuversicht steckte die Kleinen an. Laut kichernd rollten die Kinder die Kürbisse heran, sie hatten einen Heidenspaß. Die Kinder, die unten geblieben waren, schichteten die Kugeln am Zaun auf. Zum Schutz vor dem Schnee ließ Katarzyna das Gemüse mit Wacholderzweigen abdecken. Es lief wie am Schnürchen.

Die Kürbisse leuchteten bereits wie eine große, goldene Plane unter dem Wacholder, als sie hinter dem Zaun einen Mann bemerkte. Er schaute ihnen interessiert zu, machte aber keinerlei Anstalten, ihnen zu helfen. Katarzyna kannte ihn. Staszek Gałczyński verdingte sich auf dem Hof der Załuskis ab und zu als Knecht. Er war von schwächlicher Statur und schielte. Die Mädchen im Dorf nahmen ihn nicht für voll.

Die Gałczyńskis besaßen kein Land. Stach lebte mit seiner Mutter im Nachbardorf Zaleszany in einer Erdhütte am Waldrand. Man erzählte sich, der alte Gałczyński habe seine Frau im Wochenbett verlassen, sich den Partisanen angeschlossen und sei nicht zurückgekehrt. Staszeks Mutter hatte den Jungen mit Mühe und Not großgezogen.

Bazyli Załuski, der Mitleid mit dem Jungen hatte, beschäftigte ihn, obwohl Stach sich von der schweren Feldarbeit lieber fernhielt. Er kam eigentlich nur wegen Olga. Katarzyna wusste, dass der Bursche seit Jahren für ihre jüngere Schwester schwärmte, die den Knecht aber wie Luft behandelte. Olga träumte von einer besseren Partie. Doch nicht einmal die reichsten Bauern imponierten ihr – es zog sie in die Stadt. Sie blickte den Soldaten nach, die nachts in ihr Dorf kamen, um sich mit Lebensmitteln einzudecken. Man munkelte, Staszek habe Olga zuliebe begonnen, mit den polnischen Partisanen zu kollaborieren.

»Ruf den Herrn aus Zaleszany«, rief Katarzyna ihrer Schwester zu.

Olga drehte sich um und zischte:

»Das ist ein Zwerg.«

»Selbst ein mickriger Kerl ist stärker als ein Weib«, entgegnete Katarzyna und winkte dem Mann zu. Zögernd kam er näher. Olga blickte ihre Schwester vorwurfsvoll an.

»Soll ich helfen?«, fragte er auf Polnisch.

»Nicht nötig«, platzte Olga auf Weißrussisch heraus, sie wusste, dass Staszek sie verstand. Er war zwar Katholik, hatte aber von klein auf in einem weißrussischen Dorf gelebt. »Du wirst nicht gebraucht. Außerdem hast du von hier nicht so einen guten Blick auf meinen Hintern.«

»Olga!«, tadelte sie die ältere Schwester und rief: »Aber ich brauche Hilfe. Ich weiß nicht, ob ich mit diesem Bauch die Leiter runterkomme.«

Staszek krempelte die Ärmel hoch und verbeugte sich charmant.

»Ich trage Sie herunter«, versicherte er, »wenn es sein muss, huckepack.«

»Warum so förmlich!«, schrie Katarzyna zurück. »Aber noch nicht jetzt. Wir müssen zuerst drei Meter Kürbis hinunterwerfen.«

Noch vor Sonnenuntergang lagerte das gesamte Gold der Mackiewicz unter Wacholderzweigen.

Katarzyna hatte endlich festen Grund unter den Füßen und warf sich den Pelz über die Schultern. Sie konnte es kaum erwarten, am warmen Ofen zu sitzen und eine Milchsuppe zu kochen. Als Einzige im Dorf hatten sie noch vier Kühe im Stall. Nur die Rote gab keine Milch, trotzdem zögerten sie mit dem Schlachten, sie war ihre Fleischversicherung für Notzeiten. Wenn die Partisanen kamen, versteckten sie die Kühe hinter dem Mähbinder. So hatten sie die letzten Kriegsjahre überlebt. Jetzt kam die Freiheit, und alles würde besser werden. Sie würden schon wieder auf die Beine kommen, dachte Katarzyna. Sie hob den Blick zum Himmel und bekreuzigte sich – wie es die Orthodoxen tun – mit drei Fingern.

Staszek saß derweil mit Olga auf einem Baumstamm. Sie unterhielten sich halblaut. Katarzyna wollte sie nicht stören. Aus den Augenwinkeln beobachtete sie, wie Olga Staszek eine Ohrfeige gab. Das ganze Dorf machte sich über seine missglückten Avancen lustig.

Plötzlich hörte sie Pferdegetrappel. Sie lief zur Straße. Ein Reiter ohne Sattel, dahinter zwei leere Fuhrwerke. Sie erkannte die Wagen ihrer Brüder. Als sie jedoch den angespannten Gesichtsausdruck des Cousins sah, rutschte ihr sofort das Herz in die Hose.

»Versteck die Kinder, Katiusza!«, schrie Mikołaj Nesteruk. Er war, obwohl noch keine fünfzehn Jahre alt, kräftig gebaut und überaus tüchtig. Durch den Krieg war er frühzeitig erwachsen geworden. »Mackiewicz kommt die Kürbisse nicht abholen. Er ist verschleppt worden. Sie haben auch euren Wagen mitgenommen.«

»Und Bazyli?«, stöhnte Katarzyna voller böser Vorahnungen.

»Er ist mit den anderen Fuhrleuten gefahren, er hatte ein gutes Pferd. Mich haben sie zurückgeschickt, weil die Stute lahmt. Ich fahre die Leute im Dorf warnen. Sie sollen sich verstecken.«

»Wer ist es? Die Russen?«

Er blickte sie an, als könnte er sich nicht entscheiden, dann schüttelte er langsam den Kopf.

»Einer von ihnen trug eine sowjetische Uniform. Aber wohl eher zur Tarnung. Sie haben Polnisch gesprochen. Sie werden kommen und überprüfen, für wen wir sind.«

Sie atmete erleichtert auf. Den Russen war es egal, wen sie überfielen. Wer ihnen zufällig begegnete, wurde unter Umständen nur wegen eines falschen Blicks getötet. Die Frauen wurden vergewaltigt und in den Häusern bei lebendigem Leib verbrannt. Die Brände breiteten sich auf ganze Ortschaften aus. Załuskie lag abseits und hatte den Krieg praktisch unversehrt überstanden. Sie hatten Hunger, Armut und Demütigungen erlebt, aber sie lebten noch.

»Der Anführer der Bande hat auf seiner Uniformmütze einen Adler mit Krone, am Revers ein Bild von der Muttergottes und einen Ringkragen mit einem Totenkopf.«

»Bury!« Katarzyna hielt sich die Hand vor den Mund.

Die Soldaten der Nationalen Militärvereinigung waren der örtlichen Bevölkerung feindlich gesinnt. Sie betrachteten die Einheimischen als kommunistische Kollaborateure, und Romuald Rajs alias »Bury« hasste die hiesigen Bauern besonders.

»Sammel die Kinder ein, hol das katholische Bild heraus und zünde eine geweihte Kerze an.« Mikołaj übernahm das Kommando. »Der Herr behüte uns.«

Wie eine Glucke trieb sie die Kinder zusammen, scheuchte sie zur Straße und lud sie auf den Karren. Als sie bereits losgefahren waren, drehte sie sich um und blickte zurück zu den Kürbissen. Dort lag der Lohn ihrer schweren Arbeit. Sie hatte gehofft, dass Olga und Staszek wenigstens ein paar Kürbisse mitnehmen würden. Erst da wurde ihr bewusst, dass die beiden nirgends zu sehen waren.

»Kola!« Sie zerrte den Cousin am Ärmel. »Wo ist Olga?«

Er sah sich um.

»Sie war nicht da.«

»Doch«, beharrte Katarzyna. »Sie saß mit Staszek Gałczyński dort auf dem Holz.«

»Olga?«, wunderte er sich. »Mit dem Polen?«

»Er ist Katholik, aber ein guter Junge. Dreh um!«

Sie suchten die beiden auf dem Gehöft der Mackiewicz. Dunia wollte nicht länger beim Onkel bleiben, also nahm Katarzyna sie auf den Arm und trug sie mit sich herum. Wenig später war es bereits stockdunkel. Wäre der Schnee nicht gewesen, hätte sie die Nachbarn um eine Öllampe bitten müssen. Sie wusste jedoch, dass alle sich in ihren Häusern verbarrikadiert hatten und ihr um nichts in der Welt aufmachen würden. Sie spürte, wie die Erschöpfung sie überkam, sie wollte nur nach Hause. Ein letztes Mal schaute sie in Mackiewicz' Scheune.

»Olga!«, rief sie panisch. »Staszek!«

Plötzlich hörte sie aus einer der Bansen einen erstickten Schrei.

»Schwester, Hilfe!«

Die Brüste entblößt, das Haar und die Kleidung zerzaust, kam Olga auf sie zugelaufen. Katarzyna hielt ihrer Tochter die Augen zu. Hinter Olga trat Staszek aus dem Stroh. Er zog sich die Wattejacke über und knöpfte sich die Hose zu.

»Ich habe ihr nichts getan!« Dabei senkte er schuldbewusst den Kopf.

»Er kam nicht dazu, der Hurensohn«, zischte Olga und suchte hinter dem Rücken der schwangeren Schwester Schutz. »Du bist in allerletzter Minute gekommen. O ich Verdammte! Entehrte!«

Die Schwester zog sie Richtung Ausgang, doch Katarzyna machte zwei Schritte auf Staszek zu und spuckte ihm wortlos ins Gesicht. Dunia starrte die Mutter an und drückte ihre Hand. In diesem Moment betrat Mikołaj die Scheune. Er verstand nicht gleich, erst als Olga erneut laut zu jammern begann. Er gab ihr seinen Pelz, dann verpasste er Staszek mehrere Peitschenhiebe.

»Ich bring den Hund um.«

Staszek kauerte sich zusammen. Als er den Kopf hob, hatte er zwei Schnitte im Gesicht. Blut floss ihm in die Augen.

»Lass ihn«, bat Katarzyna.

»Ein guter Junge, der Polacke«, rief Mikołaj höhnisch. »Ficken wollte das Polenschwein, das kann er haben.«

Er fluchte und holte immer wieder von Neuem aus. Er unterbrach seine Peitschenorgie auch nicht, als seine Nichte versuchte, ihn am Arm festzuhalten. Um ein Haar hätte die Kleine das Ende des dicken Riemens abbekommen, doch in letzter Sekunde schirmte ihre Mutter sie mit dem eigenen Körper ab. Katarzyna krümmte sich vor Schmerzen. »Gott wird ihn strafen«, sagte sie zu der Kleinen und versteckte die verletzte Hand in der Rocktasche, damit das Mädchen das Blut nicht sah.

Ihre Beine zitterten, sie war aufgewühlt und erschöpft. Das Kind im Bauch begann wieder zu treten. Sie hoffte, Mikołaj würde den Vergewaltiger am Leben lassen. Er würde ihn aber mit Sicherheit vor dem ganzen Dorf demütigen. Staszek würde seine Siebensachen packen und Zaleszany verlassen müssen. Die Leute verziehen einem der »ihren« eine solche Schandtat nicht – ihm drohte Lynchjustiz.

Katarzyna war das egal. Sie kletterte mit Mühe auf den Kutschbock und trieb das Pferd an. Sie hatte ihre eigenen Probleme. Der Krieg war hier noch nicht zu Ende. Und sie war sich nicht einmal sicher, ob sie ihren Mann wiedersehen würde. Geschweige denn, ob sie die Nacht überleben würden. In ihrem Kopf schwirrten nur zwei Wörter herum: »Bury kommt.«

Der Wachposten hörte ein Knacken aus dem tiefen Wald. Er lud sein Gewehr durch und blickte angestrengt in die Richtung, aus der das Geräusch gekommen war. Ein Schatten huschte durchs Gehölz, im nächsten Moment sauste ein Hase über den Weg. Obwohl ringsum nächtliche Stille herrschte, war der Soldat sich sicher, dass jemand ihr Versteck auskundschaftete. Er pfiff zweimal, es klang wie ein Vogel. Aus der Jagdhütte trat ein Offizier, der zur Tarnung eine Wattejacke trug, die er einem weißrussischen Bauern geraubt hatte. Nur sein hochmütiger Blick und die ausgetretenen Offiziersstiefel verrieten den wahren Beruf von Romuald Rajs, dem Chef der »Spezialeinsatzgruppe«, besser bekannt unter seinem Decknamen »Bury«.

»Jemand schleicht sich heran«, meldete der Wachsoldat und hob das Kinn an. »Von dort.«

Bury gab seinen Leuten ein Zeichen. Drei Soldaten in polnischen Uniformen traten zu ihm. Auf die schwarzen Schulterklappen hatten sie ein Dreieck mit der weißen Aufschrift »Tod den Feinden des Vaterlands« genäht. Rajs gab ihnen ein leichtes Maschinengewehr und mehrere Granaten.

»Macht ihn unschädlich.«

Die Soldaten schwärmten aus. In der Ferne war der Schrei einer Eule zu hören.

Bury kehrte zu der Forsthütte zurück. An einem aus morschen Brettern zusammengezimmerten Tisch stand Zygmunt »Łupaszka« Szendzielarz, umgeben von seinen Kommandeuren. Vor ihnen lagen eine handgezeichnete Karte, ein Kompass und eine deutsche Taschenlampe. Łupaszka maß entlang der Eisenbahnlinie Kilometer mit dem Zirkel ab. Der rote Punkt, der einem Blutstropfen ähnelte, markierte das nah gelegene Städtchen Hajnówka, von dem aus tags darauf die letzte Einheit der Roten Armee in die Sowjetunion zurückgeschickt werden sollte. Ein großer Transport von Soldaten, Panzern, Waffen und Lebensmitteln.

Die Untergrundkämpfer planten, den Zug zu überfallen und auszurauben. Die Rotarmisten abzuschlachten, die Verräter des Vaterlandes zu hängen. Es kündigte sich ein Gemetzel an. Der antikommunistische Untergrund, für den der Krieg noch andauerte, wollte mit der Operation militärische Stärke demonstrieren. Man hatte genug Gewehre, Panzerabwehrgeschütze und Munition. Die Polen in den weißrussischen Dörfern bewahrten die Waffen in Scheunen und Schweinekoben auf. Die Partisanen rechneten damit, dass die Sowjets sich am Vorabend ihrer Heimreise vor Freude betrinken würden. Der Überfall sollte in dieser Nacht stattfinden, kurz vor Morgengrauen.

»Wir haben einen Spitzel«, zischte Bury.

Łupaszka unterbrach seine Berechnungen nicht. Er notierte die Zahl siebenundzwanzig an den Rand der Zeichnung – was bedeutete, dass die Entfernung zu groß war, um bei einem Scheitern der Aktion einen geordneten Rückzug anzutreten. Dann brummte er:

»Ich will ihn lebend haben. Selbst wenn es ein Russki ist.«

Bury rührte sich nicht vom Fleck, er sagte kein Wort. Alle wussten, wie sehr er die Weißrussen hasste.

Das Gebiet, in dem sie jetzt operierten, galt als schwieriges Terrain. Die Arbeiter von Hajnówka und die Bevölkerung des Umlands waren kommunistisch geprägt und der Idee eines unabhängigen Polens abgeneigt. Vom ersten Tag der Befreiung an sicherten sie den kommunistischen Machthabern ihre Unterstützung zu.

Offiziell betätigten sich die Bauern zwar nicht politisch, sie belieferten die Kommunisten aber mit Holz und Lebensmitteln. Zudem war es zu mehreren Zwischenfällen gekommen, die Burys Hass zusätzlich schürten. Als auf den Höfen polnische Partisaneneinheiten auftauchten, weigerten sich die Bauern nicht nur, ihr Vieh abzugeben, sie verrieten der Miliz auch den Aufenthaltsort der Untergrundkämpfer.

Bury entkam mit seiner Einheit nur knapp. Monatelang saßen sie in Erdhütten, hungrig, mit Wut im Bauch. Sie wollten nicht wie die Hunde verrecken, lieber im offenen Kampf sterben. Bury schickte mehrere Patrouillen los, die Lebensmittel requirieren sollten. Zwei kamen mit äußerst bescheidener Ausbeute zurück. Und mit Neuigkeiten: In den Dörfern würde man sie als Verbrecherbande beschimpfen, die Kinder würden ihnen auf die Schuhe spucken. Die dritte Patrouille kam überhaupt nicht zurück. Polen, die in der Nähe lebten, berichteten, Burys Männer seien von drei Bauern angegriffen worden, die mit den Kommunisten kollaborierten. Sie hätten sie entwaffnet und mit Heugabeln erstochen.

»Wenn meine Patrouillen nicht zurückkommen, heißt das, dass die Dorfbewohner bewaffnet sind«, versuchte Bury, Łupaszka zu überzeugen. Doch der Befehlshaber hatte Wichtigeres zu tun, als offene Rechnungen mit der Lokalbevölkerung zu begleichen. Er befahl Rajs lediglich, vorsichtiger zu sein. »Das ist Feindesland«, beendete Łupaszka die Diskussion.

Bury schlug die Hacken zusammen und trat vor die Hütte. Während er auf die Rückkehr des Spähtrupps wartete, drehte er sich eine Zigarette. Er hatte sie noch nicht aufgeraucht, da brachte man ihm einen Mann in Bauernkleidung. Der Bursche war nicht älter als die Späher, vielleicht achtzehn oder neunzehn.

»Er sagt, er sei Pole.«

Bury lachte in sich hinein. Er warf die Kippe in den Schnee.

»Hier gibt es keine Russen. Jeder behauptet, Pole zu sein, wenn du ihn mit dem nackten Arsch auf den Ofen setzt. Sprich ein Gebet«, befahl er.

»Vater unser im Himmel, geheiligt werde Dein Name«, begann Staszek Gałczyński zu flüstern. »Gegrüßet seist du, Maria, voll der Gnade, der Herr ist mit dir.«

»Bekreuzige dich.«

Der verängstigte Junge machte das Kreuzzeichen mit der ganzen Hand – nicht nur mit drei Fingern wie die Orthodoxen. Ein Beweis war dies jedoch nicht. Bury hatte schon einiges erlebt. Mit einer energischen Bewegung zerriss er das Hemd des Gefangenen. Auf der Brust des jungen Mannes glitzerte ein katholisches Kreuz.

Bury betrachtete ihn prüfend.

»Und ich dachte, du wärst ein Russki.« Er packte Staszek am Kragen. »Es hätte nicht viel gefehlt, und wir hätten dich abgeknallt.«

»Ich habe Nachrichten für Sie, Herr Hauptmann. Die Nachbarin, bei der ihr Waffen und Munition versteckt, hat mir gesagt, ich würde euch irgendwo hier finden. Die halbe Nacht habe ich euch gesucht.«

Łupaszka war aus der Hütte getreten. Ihm voraus ging sein Leibwächter, mit geladener Flinte, die auf den Bauernjungen gerichtet war. Beim Anblick des Anführers erbleichte Staszek und fiel auf die Knie.

»Nicht töten, Major.«

Bury blickte ihn mitleidig an und zog ihn am Kragen hoch.

»Was führt dich zu uns? Rede, wir haben nicht die ganze Nacht Zeit.«

Bury löste den Griff, und Staszek fiel auf den Boden. Ein Soldat berührte ihn mit dem Bajonett. Augenblicklich sprang der Gefangene auf, hob den Kopf und stieß hervor:

»Herr, ihr sucht doch weißrussische Saboteure. In Załuskie,

dem Nachbardorf von Zaleszany, wo ich herkomme, gibt es drei von ihnen. Sie sammeln seit Jahren Waffen für die Weißrussen – und verstecken sie im Schweinestall. Die drei Männer von euch, die getötet wurden …« Staszek schaute Bury an. »… die auf der Suche nach Lebensmitteln waren. Ich weiß, wer es getan hat.«

»Hast du es gesehen?«

Staszek schüttelte den Kopf.

»Die Leute haben in der Kirche darüber gesprochen. Ich habe dort das Dach repariert. Ich bin kein Russki«, beteuerte er. »Ihre Uniformen findet ihr dort auch – sie hatten keine Zeit mehr, sie zu beseitigen –, in dem Haus neben dem Hof, wo am Zaun Kürbisse unter Wacholderzweigen liegen.«

Bury packte ihn am Revers.

»Namen.«

Staszek blickte die Hand an, die ihn hochhob.

»Ich bin auf eurer Seite«, versicherte er. Er merkte, dass seine Worte auf fruchtbaren Boden fielen. »Die drei müssen ihre Strafe erhalten. Und für Vaterlandsverräter gibt es nur eine Strafe: den Tod.«

Bury ließ den Jungen los.

»Die drei, das sind die Brüder Stepan und Leonid Pires aus Zaleszany, meine Nachbarn, und der Älteste der Nesteruks aus Załuskie. Vor allem Mikołaj Nesteruk ist gefährlich.« Staszek berührte die Wunden in seinem Gesicht. »Die habe ich von ihm. Er wiegelt die Bevölkerung gegen euch auf. Man sagt, er hat eure Soldaten getötet. Er ist jung, aber alle im Dorf haben Angst vor ihm. Wenn nötig, zeige ich euch, wo er wohnt.«

»Was willst du für diesen Dienst?« Bury musterte Staszek. Es kam ihm zu einfach vor. Seit Monaten suchten sie die Mörder der Patrouille. Niemand hatte irgendetwas gesehen. Und jetzt tauchte plötzlich dieser Spitzel auf. Ausgerechnet heute. Rajs witterte eine List. Er lachte. »Wir haben kein Geld.«

Der Junge zuckte mit den Achseln.

»Ich will Gerechtigkeit. In Frieden hier leben. Polen den Polen!«

Bury klopfte dem Jungen auf die Schultern.

»Da du so ein großes Kämpferherz hast, bleibst du bei uns. Zeigt Stefka alles Nötige, Jungs.« Er schubste ihn zu den Soldaten. »Gefällt dir dein Pseudonym?«

Die Antwort war allgemeines Gelächter. Damit hatte Staszek nicht gerechnet.

»Aber ich muss zurück«, wandte er ein. »Mutter ist allein.«

Bury trat zu ihm und entgegnete mit ruhiger Stimme:

»Das trifft sich gut, wir brauchen nämlich einen Ortskundigen.«

»Ich gratuliere«, schaltete sich Łupaszka ein. »Hiermit bist du in die Spezialeinsatzgruppe aufgenommen.«

»Na dann, Stefka«. Bury lächelte. Er holte einen Flachmann hervor und bot Staszek einen Schluck Spiritus an. »Zeig mir diese Hurensöhne. Wenn sie es sind, lasse ich dich frei, und du bleibst am Leben. Mir scheint, wir haben ein gemeinsames Interesse, diese Weißrussen zu bestrafen.«

Er wandte sich an seine Leute.

»Fesselt ihn.«

Bazyli war bis auf die Knochen durchgefroren. Als der Befehl ergangen war, zur Gemeindearbeit zu fahren, hatte er sich eiligst angezogen und war sofort aufgebrochen. Er wollte die lästige Pflicht so schnell wie möglich hinter sich bringen. Fast die ganze Nacht über hatten er und die anderen Kutscher sich auf einem Stapel Holz zusammengekauert. Sie waren noch dreißig Mann: zwanzig Fuhrleute aus seinem Dorf und sieben aus den umliegenden Ortschaften.

Alle hatten nur einen Wunsch: dass die Bande sie freiließ. Die zwanzig Katholiken, die sich freiwillig Burys Einheit angeschlossen hatten, hatten das schlechtere Los gezogen, dachte Bazyli. Die meisten von ihnen würde er wohl nie wieder sehen. Załuski hatte nicht die Absicht gehabt, den Helden zu spielen. Er besaß Land, hatte eine Frau und eine Tochter, ein weiteres Kind war unterwegs. Lauter gute Gründe, um zu leben.

Als er neben seinen mit Zeitungen ausgekleideten Filzstiefeln blank gewichste Armeeschuhe sah, schaute er nicht einmal auf. Erst als Bazyli das Durchladen einer Waffe hörte und in eine Gewehrmündung blickte, sprang er auf und nahm Habachtstellung ein. Vor ihm stand ein Wachsoldat in voller Montur. An seiner Miene erkannte Załuski, dass neue Befehle eingetroffen waren.

Bevor es zu dämmern begonnen hatte, war Bury mit seiner Truppe nach Hajnówka losgezogen. Obwohl in der Ferne noch vereinzelt Schüsse zu hören waren, schien die Schlacht geschlagen, und den Gesprächsfetzen der Soldaten entnahm Bazyli, dass Rajs' Einheit aufgerieben worden war.

Vor einer halben Stunde hatte ein schwer verletzter Soldat mit letzter Kraft das Lager erreicht, Befehle übermittelt und gleich darauf seine Seele ausgehaucht.

Auf diese Weise hatten alle erfahren, wie das Scharmützel zwischen den polnischen Partisanen und den Rotarmisten ausgegangen war. Die Staatssicherheit hatte von dem geplanten Angriff Wind bekommen und zur Verstärkung Zivilisten einberufen. Als Bury dann mit seinen Männern in Hajnówka aufgetaucht war, war er auf massive Gegenwehr gestoßen. Die polnischen Untergrundkämpfer waren vernichtend geschlagen worden. Rajs hatte die Hälfte seiner Leute verloren.

Bury gab sofort den Befehl zum Rückzug. Die Fuhrleute sollten auf Schleichwegen durch den Wald nach Hajnówka fahren und dort die Reste der Einheit aufladen. Załuskis Leidensgefährten freuten sich über die Niederlage und rechneten damit, schnell befreit zu werden. Doch Bazyli hatte das Gespräch zwischen einem Wachsoldaten und dem verletzten Boten belauscht und wusste, dass kein Verfolgungstrupp losgeschickt worden war. Fürs Erste behielt er die schlechte Nachricht für sich. Er wartete auf einen geeigneten Augenblick, um zu fliehen.

»Kennst du dich hier im Wald aus?«

Załuski blickte in das Gesicht eines Kindes, das man in eine Uniform gesteckt hatte, und überlegte, wie lange der Junge an der Front noch durchhalten würde. Er gehörte in die Schule, für das Soldatenleben war er zu jung und zu zartbesaitet – er hatte panische Angst. Aber dass sie ihn fangen und zum Tode verurteilen würden, das war so sicher wie das Amen in der Kirche. Der Bursche tat ihm leid. Bazyli nickte.

»Du fährst als Erster«, ordnete der Soldat an. »In ein paar Minuten sind sie im Forstrevier ›An der Trauerweide‹, an der Weggabelung. Weißt du, wo das ist?«

Bazyli starrte den jungen Mann an und reagierte nicht.

»Verstehst du kein Polnisch, Russki?« Der Partisan wurde wütend und schlug Załuski mit dem Gewehrkolben ins Gesicht.

Bazyli war zu überrascht gewesen, um dem Schlag auszuweichen. Der Hunger und die Müdigkeit hatten ihn abgestumpft. Bazyli spürte im Mund mehrere lose Zähne und den Geschmack von Blut. Er fiel rücklings hin. Das ermutigte den Soldaten jedoch nur weiterzumachen. Er trat den am Boden liegenden Bauern mit seinen genagelten Stiefeln. Bazyli raffte sich mühsam auf. Den nächsten Hieb nahm er hin, ohne das Gleichgewicht zu verlieren. Die anderen Fuhrleute schauten apathisch zu. Niemand wollte Załuskis Schicksal teilen.

»Ich weiß, wo das ist.« Staszek trat vor. Bazyli sah den Polen dankbar an. Er wischte sich die blutende Nase ab.

»Wir fahren in drei Minuten.«

Der Soldat zerschnitt Staszeks Fesseln, deutete auf den Kutschbock und entfernte sich eilig. Bazyli wartete, bis die Schritte im knirschenden Schnee verklungen waren, dann spuckte er die ausgeschlagenen Backenzähne und blutigen Schleim aus. Verstohlen blickte er zu seinen Schicksalsgenossen. Sie schienen sich mit dem baldigen Tod abgefunden zu haben.

Alle waren hungrig. Sie hatten nicht damit gerechnet, einen zweiten Tag bei der Gemeindearbeit ausharren zu müssen. Janka Korcz holte eine Flasche mit einem Rest selbst gebrannten Schnaps hervor, die reihum weitergereicht wurde. Als die Reihe an Bazyli kam, nahm er einen ordentlichen Schluck, dass es brannte, spülte den Mund aus und schluckte den Alkohol herunter. Dann gab er seiner Stute einen Klaps und ergriff die Zügel. Staszek saß bereits auf dem Kutschbock, die Schultern hochgezogen, das Kinn in den Schafskragen seiner schäbigen Jacke gedrückt.

Es ging einen schmalen Waldweg entlang. Sie fuhren vorneweg, die restlichen Wagen, insgesamt fünfzig Fuhrwerke, folgten. Fast alle waren leer – unterwegs sollten Burys Soldaten aufsteigen.

»Gut gemacht!« Bazyli klopfte Staszek auf die Schulter, doch der Junge winkte ab. Daraufhin beugte sich Bazyli zu ihm hinüber und fragte: »Warum haben sie dich gefangen genommen? Du hast weder einen Wagen, noch bist du ein Russki.«

Staszek murmelte etwas zur Antwort, aber Bazyli konnte es nicht verstehen. Eine Zeit lang fuhren sie schweigend. Plötzlich drehte sich Gałczyński zum Dorfschulzen und holte unter der Brust ein silbernes Kreuz hervor.

»Wenn man Sie fragt, sagen Sie, dass Sie Katholik sind.«

Bazyli wunderte sich.

»Ich bin Pole, von hier, orthodox. Als sie mich nach Weißrussland umsiedeln wollten, habe ich mich geweigert. Hier ist mein Haus. Mein Land. Wie könnte ich das verleugnen?«

»Dann stirbst du, Dorfschulze«, seufzte Staszek und wandte sich ab.

Aleksander Krajnow, Parteisekretär der Polnischen Arbeiterpartei in Bielsk Podlaski, stieg in Zaleszany aus dem Zug und lief raschen Schritts zum Stationsgebäude. Die Eisenbahner liehen ihm stets ein Fahrrad, wenn er zu den geheimen Treffen der weißrussischen Kommunisten unterwegs war, und wenn ein Traktor vorbeikam, fuhr er auf dem Anhänger mit zu Marek Frankowski, dem Dorfschulzen von Zanie und Kreischef. Krajnow war vor dem Krieg Schneider gewesen, hatte aber seit der Befreiung nicht ein einziges Stück genäht. Dennoch trug er immer ein Bündel mit einer geänderten Hose bei sich und tat so, als würde er sie einem Kunden zur Anprobe vorbeibringen.

Seine Frau lachte und meinte, seine Geschichte sei ziemlich grob gestrickt und irgendwann würde er damit auffliegen. Ihre Angst war begründet, hatte er unter einer Rolle Stoff doch Flugblätter der Bewegung »Freies Weißrussland« bei sich.

Anfangs hatten die hiesigen Bauern sich von der Politik so weit wie möglich fernhalten wollen. Sie interessiere lediglich ihr Land und das, was darauf wachse, erklärten sie, denn das Land ernähre sie, die Politik bringe dagegen nur Krieg. Vom Reden habe noch niemand einen vollen Bauch bekommen. Krajnow war in diesem Punkt anderer Meinung. Er fuhr zu Parteiversammlungen, nahm an Tagungen teil und sprach auf Kundgebungen, und seitdem er die Schneiderei an den Nagel gehängt hatte und sich nur noch der Politik widmete, war in seiner Vorratskammer mehr Fleisch denn je zuvor.

Auch heute hatte Aleksander ein nagelneues Paar Hosen als Alibi dabei, in Wirklichkeit aber wollte er sich mit Marek beraten.

In den Holzfabriken in Hajnówka wurden neue Arbeitskräfte benötigt. Gerade war mit Ach und Krach ein Streik unterdrückt worden, doch die Arbeiter stellten ständig neue Forderungen. Gebraucht wurden deshalb Bauern, für die der Umzug in die Stadt und die Fabrikarbeit ein gesellschaftlicher Aufstieg war, denn sie würden alle Bedingungen akzeptieren.

Krajnow wollte die Jungen überzeugen, das Dorf zu verlassen und mit dem Fabriklohn die Eltern auf dem Hof zu unterstützen. Das einzige Problem war die neu gegründete Gewerkschaft in Hajnówka, in die inzwischen fast alle schlecht bezahlten Beschäftigten, also achtzig Prozent der Belegschaften, heimlich eingetreten waren. Krajnow sollte nun die Unruhestifter gegen Leute vom Land austauschen, die vor lauter Dankbarkeit nie auf die Idee kommen würden, sich gegen die großmütigen Genossen aufzulehnen.

Der Drahtesel war verrostet, er quietschte, die dünnen Reifen schlitterten über den vereisten Weg. Schwitzend vor Anstrengung, erreichte der dicke Aleksander die ersten Gebäude von Zanie. Bis zu Frankowskis Haus musste er sich noch ein gutes Stück abstrampeln. Er stieg ab und begann, das Rad zu schieben. Erst jetzt stellte er verwundert fest, dass die Gehöfte verlassen wirkten, so als hätte eine Seuche das Dorf heimgesucht.

Die Fensterläden waren verschlossen, mancher Hofbesitzer hatte sogar die Tiere in Sicherheit gebracht. Die allgegenwärtige Stille war unheimlich – nur hier und da schlugen angekettete Hunde an. Auf halbem Weg erblickte Krajnow in einem Fenster eine Frau mit Kind, die ihm rätselhafte Zeichen gab. Als er sich dem Zaun näherte, verschwand sie sofort hinter zugezogenen Vorhängen. Er stellte sein Fahrrad ab und ging zu Fuß weiter.

Sein Magen knurrte. Er hatte damit gerechnet, dass ihm Frankowskis Frau wie üblich eine heiße Suppe anbieten würde, und an diese Suppe dachte er gerade, als er weit vor sich eine Menschenansammlung sah. Nach ein paar weiteren Schritten verging ihm augenblicklich der Appetit, denn was er erblickte, war eine Gruppe bewaffneter Soldaten.

Entlang der Häuser aufgereiht standen Fuhrwerke. Bei seinem Anblick wandten die erschöpften Kutscher ihre Köpfe ab. Nur einer von ihnen, den man übel zugerichtet hatte, machte ein zaghaftes Zeichen, das Aleksander zutreffend als Warnung deutete. Der Sekretär ging sofort hinter einem Haufen Reisig in Deckung. Es schien, als würde in dem Gebäude, das Frankowski und er zu einem Kultur- und Bildungsklub umfunktioniert hatten, eine geheime Versammlung stattfinden. Krajnow war beunruhigt, von diesem Treffen hatte er nichts gewusst. Einen Augenblick später wurden die Leute von Bewaffneten ins Gebäude eskortiert. Draußen blieben nur ein paar Soldaten und Kinder, die sich eine Schneeballschlacht lieferten. Als eines versehentlich einen der Offiziere in den Rücken traf, drehte sich der Soldat um, zielte mit dem Gewehr auf den Übeltäter und rief etwas, das alle Kinder kreischend hinter einen Zaun flüchten ließ. Aleksander hatte nicht hören können, was der Partisan gesagt hatte, aber auch so verstand er, dass sich etwas zusammenbraute. An den Häusern entlang schlich sich Krajnow unbemerkt zu den Fuhrleuten.

»Was ist hier los, Leute?« Er wandte sich an den kräftig gebauten Bauern mit dem zerschlagenen Gesicht, der ihm nach dem Anführer aussah und den er von irgendwoher zu kennen meinte. Als er die Stimme des Dorfschulzen hörte, erinnerte er sich wieder. Bazyli hatte Krajnow aus dem Dorf geworfen, weil dieser versucht hatte, kommunistische Propaganda unter das Volk zu bringen.

»Sie suchen Frankowski, Genosse Krajnow.« Bazyli hatte den Sekretär sofort erkannt. »Es heißt, jemand hier aus dem Dorf habe der Staatssicherheit von Burys Plan erzählt, Hajnówka anzugreifen.«

»Jemand aus diesem Dorf?« Aleksander schluckte und sah sich um. »Und haben sie die Person gefunden?«

Załuski verneinte.

»Die Leute aus dem Dorf sagen, dass es nicht stimme und hier niemand etwas mit Politik zu tun haben wolle. Doch Burys Leute beharren darauf, dass sich hier die Zentrale der Weißrussischen Partei befindet. Wissen Sie, wer der Spitzel ist? Bury fordert die Auslieferung der Kommunisten, sonst werde er das ganze Dorf bestrafen. Helfen Sie, Genosse, Sie können das verhindern.«

»Sagt niemandem, dass ihr mich gesehen habt«, zischte Krajnow und trat unauffällig den Rückzug an. »Ich werde die entsprechenden Stellen benachrichtigen«, fügte er leise hinzu.

Solange er an den Fuhrleuten vorbeilief, bemühte er sich, normal zu gehen, als er aber am Ende des Dorfes angelangt war, warf er sein Bündel mit der Hose weg und rannte los.

»He du, du hast was verloren«, schrie ein Kutscher ihm hinterher. Er hob ein handgewebtes Einkaufsnetz auf, aus dem Flugblätter fielen. Als einige vom Wind erfasst und fortgeweht wurden, bemerkte das einer der Soldaten und kam auf den Kutscher zu.

Aleksander reagierte nicht, er blickte sich nicht einmal um. Er griff sich das Fahrrad und trat kräftig in die Pedale.

Als er eine Stunde später die Bahnstation erreichte und im Zugabteil Platz nahm, sah er in der Ferne bereits einen orangefarbenen Feuerschein am Himmel. Das Dorf brannte, und es bedurfte nicht viel Fantasie, um sich den weiteren Fortgang des Geschehens auszumalen.

Aleksander wandte sich vom Fenster ab und begann scheinbar geistesabwesend im Partei-Bulletin zu blättern. In Gedanken war er damit beschäftigt, den Bericht zu verfassen, den der Stationsvorsteher noch am Abend des gleichen Tages an das Staatssicherheitsamt in Hajnówka telegrafieren würde. Postwendend bekam er seine Instruktionen. Er solle schweigen, die Behörden wüssten Bescheid, die Situation sei unter Kontrolle.

Das Feuer fraß sich durch das Strohdach und griff von Załuskis' Haus in kürzester Zeit auf weitere Gebäude über. Es vergingen keine drei Stunden, und das reichste Dorf der Gegend stand in Flammen. Der Himmel glühte bis zum Wald wie ein orangefarbener Vorhang. Das diesjährige Fest Mariä Lichtmess würde sich auf ewige Zeiten in das Gedächtnis der Einheimischen einbrennen.

Vor den Eingängen zu den Höfen der orthodoxen Bauern standen Soldaten mit dem Gewehr im Anschlag. Sie hatten den Befehl, auf jeden zu schießen, der aus den brennenden Häusern flüchtete. Zuvor hatte jeder von Burys Leuten eine Schachtel Streichhölzer bekommen, und mit Leuchtraketen und Flammenwerfern war ein Haus nach dem anderen in Brand gesetzt worden. Das Feuer verschlang nur die Häuser der Weißrussen, die der Polen blieben auf Burys Befehl hin verschont.

Katarzyna hatte Olga und Dunia aufgefordert, sich unters Bett zu legen; sich selbst hatte sie, da sie wegen ihres Bauches nicht mehr unter das Bett passte, in das dickste Federbett eingewickelt, und nun musste sie zusehen, wie die Flammen sich durch die Fensterläden fraßen.

Schon bald glühte ihr Gesicht vor Hitze, noch spürte sie keinen Schmerz, nur Angst. Das ganze Zimmer war mit Rauch angefüllt. Sie bekam schon keine Luft mehr. Da sprang sie auf, lief in die Kammer und schlug mit einem Hocker das kleine Fenster unter der Decke ein. Sie kletterte auf das Butterfass, entfernte die Glassplitter und legte einen schmalen Durchgang frei. Dann zog sie ihre halb bewusstlose Schwester und die Tochter unter dem Bett hervor und befahl ihnen, aus dem Fenster zu springen.

Obwohl sie so dünn war, passte Olga nicht durch das Fensterchen.

»Ich will nicht sterben«, jammerte sie.

»Bete«, schrie Katarzyna. »Laut!«

»Das hilft nichts.« Olga überließ sich ihrem Schicksal. Resigniert sank sie zu Boden und heulte wie ein Tier. »Sie werden uns töten!«

Katarzyna hatte keine Kraft mehr, ihre Schwester zu motivieren. Stattdessen hob sie ihre Tochter empor, die mühelos durch die kleine Öffnung hindurchschlüpfte. Dunia saß jetzt auf dem Fensterrahmen und blickte ihre Mutter fragend an.

»Spring!«, rief Katarzyna, fügte aber sogleich in milderem Ton hinzu: »Es sieht nur so hoch aus.«

Das Mädchen landete im weichen Pulverschnee. Katarzyna kletterte erneut auf das Butterfass und streckte den Kopf durch das Fenster.

»Das hast du prima gemacht«, lächelte sie und zeigte zum Wald. »Lauf so weit weg wie möglich, Dunieczka.«

»Und du?« Die Unterlippe der Kleinen begann zu zittern.

»Ich werde dich ›An der Trauerweide‹ finden«, entgegnete Katarzyna sanft. Mit Mühe hielt sie die Tränen zurück. »Versteck dich in der Hütte. Wenn du Leuten begegnest, sprich polnisch, nicht unsere Sprache. Verstehst du?«

»Mama!«, jammerte das Mädchen und sprang an der Wand hoch, um wieder ins Haus zurückzugelangen, doch die kleinen Hände fanden keinen Halt an den Planken, und die Beinchen in den Filzstiefeln rutschten am Holz ab. »Ich will bei dir bleiben!«

»Dunia!« Katarzyna drohte ihr mit dem Zeigefinger. »Papa wird böse sein, wenn du nicht auf mich hörst. Lauf und versteck dich im Wald! Los, schnell!«

Das Mädchen wischte sich mit dem Ärmel seines Pelzes das tränenverschmierte Gesicht ab, zögerte aber immer noch. Schluchzend hob es seine Mütze vom Boden auf.

»Ich will bei dir bleiben!«

Katarzyna spürte, dass nun auch ihr Tränen über das Gesicht liefen. Ihre Stimme zitterte.

»Ich bin da, Dunieczka«, versicherte sie. »Ich werde immer bei dir sein, denk daran. Ich werde immer dein Schutzengel sein und nicht zulassen, dass dir jemand Leid zufügt. Jetzt lauf schon, kleiner Rabauke.« Sie lachte, um ihre Verzweiflung zu verbergen, und fügte, ohne selbst daran zu glauben, hinzu: »Wir sehen uns gleich in der Hütte. Ich komme, und dann verlasse ich dich nie wieder. Versprochen.«

Zum Glück glaubte das Mädchen seiner Mutter. Es lief los, stolperte über Schneehaufen, rappelte sich auf und rannte weiter. Plötzlich fiel ein Schuss. Katarzyna fuhr zusammen. Sie streckte den Kopf so weit, wie sie konnte, aus dem Fenster. Hinter der Hausecke stand ein junger Soldat, breitbeinig, mit einer Zigarette im Mund, und zielte auf ihre Tochter wie ein Jäger auf ein flüchtendes Reh.

»Lauf, Dunieczka!«, schrie sie auf Weißrussisch und bekam augenblicklich einen Hustenanfall. Die Worte blieben ihr im Hals stecken. »Ich liebe dich«, flüsterte sie fast lautlos. Danach bekreuzigte sie sich und begann, leise zu beten, ohne auch nur für einen Moment die fliehende Tochter aus den Augen zu lassen. »Heilige Anna, behüte sie. Lass nicht zu, dass ihr Leid zugefügt wird. Heilige Anna, Mutter Marias, erbarme dich ihrer.«

Ein weiterer Schuss fiel. Katarzyna schloss die Augen, die Tränen liefen in Strömen. Verzweiflung verzerrte ihr Gesicht.

»Nimm mich«, flehte sie, »und rette sie.«

Sie öffnete die Augen. Der Soldat lag im Schnee und wand sich vor Schmerzen. Zu seinen Füßen lag sein Gewehr. Das Magazin, das beim zweiten Schuss explodiert sein musste, ähnelte einer aufgegangenen Blüte. Der Soldat stöhnte, und während er seinen Geist aushauchte, verschwand Dunia heil im Wald.

»Dem Herr sei Dank«, flüsterte Katarzyna, »für alle Ewigkeit. Amen.«

Als sie sicher sein konnte, dass niemand mehr ihr Töchterchen aufhalten würde, wandte sie sich ihrer Schwester zu, die, vom Rauch halb erstickt, zusammengerollt auf dem Boden lag.

»Steh auf, Oleś!« Sie schüttelte Olga heftig und drückte ihr eine geweihte Kerze in die Hand. Dann holte sie das mit Spinnweben bedeckte Bild der Schwarzen Madonna von Tschenstochau hervor, das eine Melkerin zurückgelassen hatte, die vor dem Krieg bei ihnen beschäftigt gewesen war. »Kein Wort auf Weißrussisch!«, zischte sie. »Draußen läufst du nach links, zu den Mackiewicz. Sie sollen dich verstecken. Ich lenke die Soldaten ab. Sie werden schließlich nicht auf eine Schwangere schießen.«

Sie verließen das Haus durch die Vordertür und steuerten direkt auf Rajs' Soldaten zu. Olga wich ihnen geschickt aus, so wie Katarzyna es ihr gesagt hatte. Der Soldat, der die Tür bewachte, war zu überrascht, um zu reagieren. Er konzentrierte sich auf die Schwangere mit dem katholischen Bild.

»Weißrussin?« Er riss ihr beinahe die Madonna aus der Hand und sah sich das Bild an.

»Polin, mein Herr«, beteuerte Katarzyna und spürte, wie sie errötete. Sie hatte noch nie lügen können. »Fragen Sie Frau Mackiewicz, die ist auch Katholikin.«

Daraufhin begann sie, zur Muttergottes zu beten. Der verdutzte Soldat starrte auf ihren riesigen Bauch, schließlich ließ er sie vorbei. Mit gesenktem Kopf stand sie am Zaun, zusammen mit den anderen Geretteten. Sie betrachtete die Leichen, die mit verrenkten Gliedmaßen in einer Reihe lagen. Die Gesichter der Ermordeten konnte sie meist nicht sehen, sie waren von Kugeln, Steinen und Knüppeln zertrümmert.

»Herr, erbarme dich«, flüsterte sie zu sich selbst und hob die Augen zum Himmel. »Rette Dunieczka. Lass nicht zu, dass ihr etwas zustößt. Rette und beschütze sie.«

Die Gefangenen wurden nacheinander verhört. Die Soldaten suchten nach Waffen. Katarzyna spürte, wie ihr übel wurde. Würde sie die Nachbarn verraten, würden die übrigen Bewohner des Dorfes am Leben bleiben. Als die Reihe an sie kam, schüttelte sie den Kopf, sie wisse nichts. Sie sah sich um. Das Nachbarhaus war immer noch ganz, und unter dem Wacholder lagen immer noch die Kürbisse. Die Mackiewicz waren Katholiken. Burys Leuten würde es nicht im Traum einfallen, dort zu suchen.

Kurze Zeit später stieß ein Soldat eine Bäuerin in Katarzynas Richtung. Das Gesicht der Frau war wutverzerrt, der Soldat hielt ihren Arm fest umklammert.

»Lass mich los, du Rüpel!«, schrie die Nachbarin.

Es war Beata Szymańska, die Tochter des alten Mackiewicz. Erst vorgestern hatte ihr kleiner Sohn bei Załuskis zu Hause mit Dunia gespielt, als die Mutter zum Priester gegangen war, um ihn um etwas Geld zu bitten. Die Nachbarinnen hatten sich schon als Kinder gekannt, obwohl Katarzyna um einiges älter war. Sie hatte Beata die Aussteuer genäht und dafür keinen Groschen verlangt. Im Gegenzug hatte sich Szymańska gelegentlich um Dunia gekümmert. Jetzt lächelte Katarzyna die Nachbarsfrau hoffnungsvoll an.

»Ist das eine Polin?«, wandte sich der Soldat an Beata und zeigte auf Załuska.

»Hat sie das behauptet?«, lachte die Nachbarin gehässig.

»Du bist eine Russka!« Der Soldat trat näher und holte aus, hatte aber keinen Mut zuzuschlagen. Er kniff nur die Augen zusammen und hielt ihr das Bajonett unters Kinn.

Katarzyna hob stolz den Kopf.

»Hier ist mein Land, mein Herr. Hier ist Polen, und ich bin von hier.«

Er musterte sie.

»Euer Land? Russenland? Hier?« Er zeigte mit dem Finger auf den Boden. »Na schön, dann werdet ihr hier bleiben. In eurer Erde. Und zwar für immer.«

In diesem Moment trafen mehrere Soldaten mit ihrer Einheit ein. Einer von ihnen trat vor und holte ein zerknittertes Blatt Papier aus der Tasche. Sicher der Befehlshaber, dachte Katarzyna, vielleicht war es Romuald Rajs persönlich. Er trug Schulterklappen und Offiziersabzeichen auf seinem Kragen. Er hatte tief sitzende Augen und kantige Kiefer. Plötzlich erkannte Katarzyna weiter hinten, in der dritten oder vierten Reihe, Staszek Gałczyński. Er trug Zivilkleidung, musste aber zur Brigade gehören, denn er schien mit den Partisanen vertrauten Umgang zu pflegen. Katarzyna schöpfte neue Hoffnung und starrte Staszek unverwandt an, hypnotisierte ihn förmlich. Er ließ sich jedoch nicht anmerken, dass er sie kannte.

»Rekin.« Sie hörte die Stimme eines anderen Soldaten. Er war größer und hatte ein Ziegenbärtchen. »Lass sie, du siehst doch, dass sie ein Kind erwartet.«

Die Einheit hatte offenbar mehrere Gefangene gemacht. Einer von ihnen hatte nur Unterwäsche an, war wie ein Sklave an Händen und Füßen gefesselt und konnte nur kleine Trippelschritte machen. Ein Soldat stieß ihm immerzu mit dem Gewehrkolben in den Rücken.

Rekin verlas mit großem Ernst das Urteil und schoss dem Mann eine Kugel in den Kopf. Das Gleiche wiederholte er sechs weitere Male. Katarzyna blickte nicht einmal auf, sie gab keinen Ton von sich. Sie betete und sah zum Wald, wo sich ihre Tochter versteckte. Manche der Hingerichteten machten ein Gesicht, als könnten sie nicht glauben, was ihnen zugestoßen war. Diejenigen, die sich noch bewegten, wurden, um Munition zu sparen, von niederen Chargen mit Stöcken oder Steinen erschlagen.

»Eine Russka.« Der Soldat, der Załuskis' Haus bewacht hatte, zeigte auf Katarzyna. »Sie hat gelogen.«

»Ja, eine Russin«, bestätigte Szymańska dienstbeflissen. »Ihre Schwester hat sich unter dem Reisig auf meinem Hof versteckt. Dort.« Sie zeigte auf das Nachbargehöft, wo in diesem Augenblick Olga die Flucht ergriff.

Katarzyna konnte es nicht glauben, dass die Nachbarin zu derartiger Niedertracht fähig war. Sie sah Szymańska in die Augen und merkte, wie der Hass in ihr hochstieg. Das Kind in ihrem Bauch war ungewöhnlich ruhig, es war sicher schon tot. Plötzlich spürte sie eine tiefe innere Ruhe, sie war bereit zu sterben.

»Sie kann gehen«, entschied Bury. »Wir haben noch viel Arbeit. Machen wir uns auf den Weg.«

Plötzlich traf Rekin ein Schneeball in den Rücken. Gekicher ertönte. Alle erstarrten. Katarzyna bemerkte zwei Jungen, die sich hinter Szymańskis Zaun versteckten.

»Macht, dass ihr wegkommt, verfluchte Bengel!«, schrie Beata. Bury sah sie scharf an. »Verzeiht, meine Herren, das sind nur Kinder. Wir sind Katholiken.«

»Mama!«, rief ein Kind von der Straße.

Es lief auf die Erwachsenen zu. Ein weiterer Schneeball kam geflogen. Erneutes Gekicher. Rekin hob das Gewehr an. Katarzyna registrierte diese kleine Bewegung als Erste und eilte auf das Kind zu. Als sie loslief, wusste sie bereits, dass es nicht Dunia war, sondern der kleine Nachbarssohn, doch es gab kein Zurück mehr. Sie befand sich in der Schusslinie.

Der Schuss fiel unerwartet. Katarzyna griff sich an den Bauch und sank langsam zu Boden. Im letzten Augenblick stützte sie sich mit der Hand auf der Erde ab und drehte sich auf den Rücken. Über ihr wölbte sich der rauchgeschwängerte Himmel. Der Schnee war weich wie ein Federbett und betäubte wohltuend die Verbrennungen im Gesicht und an den Händen.

Der Junge kam nicht bis zu seiner Mutter, auch er fiel von einem Schuss getroffen. Aus den Augenwinkeln sah Katarzyna eine Waffe in Staszeks Hand. Er schien selbst überrascht zu sein. Einer der Soldaten nahm ihm sofort die Pistole ab. Die anderen lachten und klopften Gałczyński anerkennend auf die Schulter.

Dunieczka, war Katarzynas letzter Gedanke, bevor sie für immer einschlief, ich werde dein Engel sein. Denk daran.

Eine Maschinengewehrsalve krachte und mähte die am Zaun stehenden Menschen nieder. Nach der Ermordung der schwangeren Frau und des Kindes mussten alle Zeugen beseitigt werden.

Dunia hörte die Schüsse, wie hinter einer Glasscheibe. Sie versteckte sich im Kiefernwald in einer Erdhöhle. Sie wollte zurück zu ihrer Mutter, hatte aber keine Kraft, sich zu bewegen. Stattdessen wartete sie, bis Katarzyna zu ihr kommen, sie trösten und in den Arm nehmen würde. Sie weinte leise, bis sie schließlich erschöpft einschlief. Als sie im Morgengrauen aufwachte, klamm vor Kälte, machte sie sich auf den Nachhauseweg.

Ihr Hof war mit Leichen bedeckt, die auf Wagen geladen und an den Zaun gelegt wurden. Dunia fand Katarzyna abseits, weit weg von den anderen Toten, mit dem Gesicht zum Himmel. Die Lippen waren leicht geöffnet, so als würde sie lächeln. Das Mädchen legte sich neben seine Mutter in den Schnee und schmiegte sich an den kalten Körper.

Auf dem Hof der Mackiewicz leuchteten unter dem Wacholder die goldgelben Kürbisse.

Staszek stand im Birkenhain und wartete darauf, dass die Reihe an ihn kam. Ein Fuhrmann nach dem anderen fiel. Das Verfahren war einfach und verlief reibungslos. Bury verlas das Urteil, den Rest erledigten die Soldaten: mit Steinen, Knüppeln und Gewehrkolben. Als Bazyli dran war, musste Bury intervenieren. Der Kutscher kämpfte wie ein Löwe, einem der Soldaten hatte er beinahe ein Auge ausgestochen. Schließlich traf ihn ein Bauchschuss, und mit einem Kolben wurde sein Schädel zertrümmert. Staszek glaubte nicht, dass irgendjemand, auch nicht der Allmächtige, ihn zu retten beabsichtigte. Das Dorf Puchały Stare war in Sichtweite, seine Bewohner mussten die Schüsse und die Schreie der Sterbenden gehört haben. Ganz bestimmt hatten sie Rajs' dezimierte Einheit gesehen. Trotzdem hatte niemand auch nur einen Fuß vor die Tür gesetzt, um den Fuhrleuten zu Hilfe zu eilen. Noch vor einer Stunde hatte Staszek mit den eigenen Händen Erdhöhlen vertiefen müssen, in denen vor dem Krieg Gemüse über den Winter gelagert worden war und nun die Gebeine der Kutscher ruhen würden. Als er jetzt, auf die Schaufel gestützt, die aufgereihten Fuhrleute betrachtete, wollte ihm kein Wort des Gebets über die Lippen kommen.

Aus den Blasen an seinen Händen floss Eiter, der bei den frostigen Temperaturen augenblicklich gerann. Er spürte keine Schmerzen, so als wäre alles nur ein böser Traum. Er spreizte die Finger und drehte die Handrücken nach unten. Er wunderte sich: Diese Hände, die dem Priester den Kelch gereicht hatten, während die Gläubigen zur Kommunion Aufstellung genommen hatten, um die Hostie zu empfangen – sie unterschieden sich in nichts von den jetzigen Händen, an denen unschuldiges Blut klebte. Das Blut des Kindes, auf das er aus reiner Angst geschossen hatte. Er hatte zum ersten Mal in seinem Leben eine Pistole in der Hand gehabt; der Junge war zusammengeklappt und mit dem Gesicht auf dem Boden aufgeschlagen. Das Blut der weißrussischen Verräter, auf deren Haus Staszek gezeigt hatte, ohne irgendwelche Beweise dafür zu besitzen, dass sie tatsächlich Burys Angriffspläne verraten hatten. Und das Blut Hunderter, die auf dem mörderischen Rachezug der Partisanen durch die weißrussischen Dörfer umgekommen waren.

So hatte er sich das nicht vorgestellt. Staszek hatte nur eine kleine Genugtuung haben wollen; er hatte Mikołaj die Demütigung heimzahlen wollen, ihn vor Olga erniedrigt zu haben. Aber den Cousin des Mädchens hatte man nicht gefunden.

Staszek wollte jetzt nur noch, dass jemand dem Ganzen ein Ende bereitete. Er selbst würde nicht imstande sein, die Schlinge an einem Ast anzubringen und den Kopf hineinzustecken. Er glaubte nicht mehr an Gott, an das Vaterland oder irgendjemandes Ehre. Dies war kein Heldentum im Namen höherer Werte, sondern schlicht ein grausames und sinnloses Verbrechen an Unschuldigen. In Burys Einheit gab es Katholiken, Orthodoxe und zwei Juden. Jeder von ihnen kämpfte gegen die Kommunisten und für ein unabhängiges Polen. »Tod den Feinden des Vaterlandes!«, »Polen den Polen!«, mit diesen einfachen Losungen rechtfertigten sie ihren Sadismus. Sie hielten Staszek zwar für einen Landsmann polnischen Blutes, vor allem aber für einen Feigling.

Nach der Exekution wurden die fünfzig Leichen wie Kartoffelsäcke mit Fußtritten in die Erdhöhlen befördert. Staszek sah nicht mehr hin. Er hockte sich hin und stocherte in der Erde. Einer der Fuhrleute hatte sein Klappmesser verloren, es lag jetzt mit der Schneide nach oben wie ein Mahnmal auf dem Waldboden. Staszek hob es auf und betrachtete die Inschrift, die in kyrillischen Buchstaben in den Holzgriff eingebrannt war: *Unser tägliches Brot*. Das Messer war zum Brotschneiden gemacht worden, nicht zum Abstechen von Menschen, dachte Staszek. Gałczyński ballte die Faust um den Griff und ritzte, ohne weiter nachzudenken, ein orthodoxes Kreuz in die Rinde eines Baumes. In diesem Moment trat Bury zu ihm. Staszek drehte sich abrupt um, verdeckte das Symbol mit seinem Körper und richtete das Klappmesser auf Rajs, den diese unbeholfene Drohung zu erheitern schien.

»Verbrenn das.« Bury drückte Staszek ein dreckiges Bündel in die Hand.

Gałczyński ließ die Waffe sinken, starrte den Offizier an und wusste im selben Moment, dass er nicht in der Lage sein würde, ihm etwas anzutun. Er wollte leben, und zwar um jeden Preis. Burys Uniform war mit kleinen Bluttupfern besprenkelt, hier und da hatten sich auf dem Stoff Hirnteilchen und Haare der Opfer verfangen. Rajs klopfte sich ab, als würde er Brotkrümel vom Frühstück entfernen. Er rückte seine schief sitzende Mütze zurecht. Jemand reichte ihm einen Wollmantel. Er zündete sich eine Zigarette an, stieß den Rauch durch die Nase aus und fügte hinzu:

»Du wirst niemandem erzählen, was hier passiert ist.«

»Jawohl!«, antwortete Staszek wie aus der Pistole geschossen und sah sich um, verwundert, dass ihn nicht das Schicksal der Fuhrleute ereilte.

»Dieses Blut wurde für das Vaterland vergossen. Dir ist vergeben.«

»Ich werde schweigen«, versicherte Gałczyński.

»Ja, das solltest du«, pflichtete ihm Bury bei. »Alle haben gesehen, wie das Kind umgekommen ist. Es war unnötig. Aber auf jedem von uns lastet ein solches Opfer. Das ist der Krieg.«

Staszek zeigte ihnen einen sicheren Rückzugsweg durch den Wald. Er sah den Soldaten nach, wie sie unbehelligt abzogen. Als sie am Horizont verschwunden waren, öffnete er das Päckchen, das in eine weißrussische Stickdecke eingewickelt war. Er machte ein Feuer und begann, die Ausweispapiere der ermordeten Fuhrleute in die Flammen zu werfen. Im letzten Augenblick überlegte er es sich anders. Nur Załuskis Ausweis verbrannte, die übrigen konnte er aus dem Feuer retten; lediglich die Einbände waren versengt. Er wickelte sie – zusammen mit dem Messer – wieder in das Tuch und machte sich auf den Weg in sein Dorf.

Er marschierte zwei Tage lang, schlief im Wald, aß nichts als Schnee, und doch fühlte er keinen Hunger. Von seinem Dorf waren nur noch Trümmer übrig. Im Nachbarweiler umringten ihn die Leute und begannen alle auf einmal zu erzählen, was geschehen war. Unter den Überlebenden, die ein Spalier bildeten, sah Staszek auch Mikołaj Nesteruk, der bei seinem Anblick den Kopf abwandte.

Seiner Mutter sagte Staszek, Bury habe ihn noch vor der Entführung der Fuhrleute freigelassen. Er behauptete, der Befehlshaber der dritten Wilnaer Brigade habe seinen Vater noch von der Front her in Erinnerung gehabt. Sie weinte, als sie von den Heldentaten ihres Mannes hörte, verbot Staszek aber, irgendjemandem davon zu erzählen.

»Das ist jetzt schlecht angesehen«, erklärte sie.

Eine Woche später besuchte Staszek eine geheime Messe von Katholiken und Orthodoxen, zum Gedenken an die gefallenen Zivilisten in der Umgebung von Hajnówka. Man klopfte Staszek aufmunternd auf die Schulter, denn er war einer der wenigen Männer aus der Gegend von Załuskie, die das Pogrom überlebt hatten. Die wenigen Kinder und Frauen, die sich ebenfalls hatten retten können und Ackerland geerbt hatten, siedelte man in den Nachbarorten an. Manche wiederum, Staszek zum

Beispiel, zogen in die Stadt und fanden Arbeit im Sägewerk in Hajnówka. Die Fuhrleute suchte niemand, niemand sprach über sie. Auch Staszek versuchte, die Hinrichtung unweit von Puchały Stare zu vergessen.

Noch im gleichen Sommer – über die Erdhütte, in der er mit seiner Mutter gewohnt hatte, war bereits Gras gewachsen – flüsterte ihm auf einer Festveranstaltung der Partei Aniela Bondaruk, die Tochter des Schuldirektors in Hajnówka, ins Ohr, dass sie, falls er Lust habe, ja mal zusammen in die Eisdiele auf der ulica Buczka gehen könnten. Staszek wollte sehr gern, am nächsten Sonntag sollte es heiß werden. Und wurde es dann auch. Aniela störten weder Gałczyńskis Körpergröße noch sein Silberblick.

Erst Ende März schickte man einen Verfolgungstrupp los. Bury und mehrere seiner treuesten Kumpane, darunter Rekin, wurden zwei Jahre später, im November, im Süden Polens von der Staatssicherheit festgenommen. Staszek war damals schon Leiter der Halle für Laubholz im Sägewerk in Hajnówka. Er hatte siebzig Arbeiter aus Dörfern der Umgebung unter sich, denen er persönlich zu ihrer Einstellung verholfen hatte. Aus Dankbarkeit brachten sie ihm jedes Jahr zum Namenstag Wodka, den er dann allein trank. Einige Monate später bezog er mit Aniela eine Dienstwohnung in der Arbeitersiedlung. Bald darauf kam sein Sohn zur Welt, den sie Piotr nannten. Der Schwiegervater schlug vor, dem Enkel seinen Nachnamen zu geben, denn der war weißrussisch, und das galt in dieser Gegend als bessere Lösung. Staszek hatte nichts dagegen. Ein Jahr später wurde die Feuerstelle in der Stube durch einen Kachelofen ersetzt, der die ganze Wohnung heizte. Für damalige Verhältnisse ein wahrer Luxus.

Als Piotrek in die Schule kam, war das Dorf Załuskie auf den neuen Karten schon nicht mehr verzeichnet. Die Überreste der zerstörten Häuser wurden abgerissen und als Brennholz verfeuert. Von Załuskie blieb nichts als festgetretene Erde zurück.

Hajnówka, 2014

Sie durchkämmten das Waldstück in einer Kette, mit Drei-Meter-Abständen. Gesträuch und Gestrüpp wurden zur Seite geschoben. Die meisten der an der Suche Beteiligten hatten riesige Taschenlampen bei sich. Wer konnte, schleppte ein tragbares Stromaggregat in den Wald. Die Lichtungen waren taghell ausgeleuchtet, immer wieder sah man aufgescheuchte Tiere.

Die Polizei löste die Feier auf und versuchte, eine Panik zu verhindern. Man forderte die Bereitschaft der Woiwodschaftspolizei an und bekam zudem Unterstützung aus dem benachbarten Landkreis. Der Suchaktion schlossen sich die Feuerwehr, die Pfadfinder und einige Gäste des Hochzeitsfests an. Um die Dunkelheit zu erhellen, brannten die Feuerwerker Leuchtraketen ab. Doch von dem Mädchen fehlte jede Spur.

Auf dem Weg zurück zur Einsatzzentrale fand eine Patrouille in der Gegend von Czerlonka einen verlassenen blauen Fiat Uno. Die rechte vordere Scheibe war eingeschlagen, die Polsterung des Beifahrersitzes mit Blut bespritzt. Auf dem Boden lagen die Hochzeitskleider der Braut.

JahJah erkannte das Auto sofort. Es gehörte der Profilerin, die er gestern, mit einem Ersatzdokument ausgestattet, aus der Kommandantur entlassen hatte. Kurz darauf erreichte ihn ein Funkspruch, dass man einige Kilometer weiter eine bewusstlose Frau gefunden hatte. Sie war an einen Baum gefesselt, nur mit Unterwäsche bekleidet und geknebelt gewesen, sie war verletzt, aber sie lebte. Die Vermutung lag nahe, dass es sich um eine Augenzeugin der Entführung handelte. JahJah ordnete an, mit der Suche fortzufahren, er selbst machte sich sofort auf den Weg zum Krankenhaus. Gerade als er dort eintraf, rief Romanowska an.

»Wir haben den Wagen, der neunundneunzig zusammen mit Łarysa Szafran verschwunden ist.«

»Der Weißrussin? Bondaruks zweiter Frau?«

»Das Auto ist jetzt schwarz. Die Kennzeichen sind abmontiert. Aber die Techniker haben unter der Türverkleidung alte Einschusslöcher gefunden. Das Kaliber stimmt.«

»Ruf die Zentrale an.«

»Habe ich schon gemacht. Sie schicken uns ein Ermittlungsteam.«

Piotr stand am Fenster und beobachtete den Sonnenaufgang, als die Haushälterin die Ankunft der Schwiegermutter meldete. Der frischgebackene Ehemann hatte die ganze Nacht kein Auge zugetan. Er hatte dunkle Augenringe, in einer Nacht war er um zehn Jahre gealtert.

»Sie wird zurückkommen«, sagte Bożena statt einer Begrüßung.

Er zeigte auf einen Sessel, in den sie sich resigniert fallen ließ. Das Taftkleid war zerknittert und dreckig. Sie hatte noch keine Zeit gehabt, sich umzuziehen, hatte bis jetzt an der Suchaktion teilgenommen. Er warf ihr eine Drillichjacke zu, mit dem Firmenlogo, einer Kreissäge und einem Nadelbaum, die seine Mitarbeiter beim Holzfällen als Arbeitskleidung bekamen. Erleichtert schlüpfte Bożena in die Jacke und zog den Reißverschluss bis unters Kinn hoch. Sie zitterte immer noch. Piotr gab ihr eine alte karierte Decke, in die sie sich einwickelte.

»Tee?«

Sie schüttelte den Kopf.

Er setzte sich ihr gegenüber und nickte der Haushälterin zu, die sogleich einen dampfenden Teekessel und Konfitüre brachte. Er goss sich Tee ein, gab mehrere Teelöffel Marmelade dazu und rührte sorgfältig um.

»So war das nicht abgemacht.«

Sie senkte den Kopf.

»Ich weiß, dass es nicht deine Schuld ist.« Er schob ihr die Tasse hin. »Du frierst, das wird dir guttun.«

Sie sah ihn dankbar an, aber er hatte sich schon zum Fenster umgedreht.

»Das Land kannst du behalten«, sagte er. »Das Geld auch. Die anderen Punkte unseres Vertrags haben sich allerdings erledigt.«

Bożena nahm einen Schluck Tee. Sie verbrannte sich an dem heißen Getränk den Mund.

»Sie werden sie finden. Und die Leute werden es vergessen.«

»Die Leute schon, aber ich nicht. Sie muss nicht mit mir leben, wenn sie das nicht will. Sie hätte es nur sagen müssen. Ich habe sie nicht gezwungen, mich zu heiraten.«

Er sprach ruhig, mit Nachdruck, mit fester Stimme. Bożena wagte nicht, etwas einzuwenden.

»Gib bekannt, dass ich eine Belohnung aussetze. Fünfzigtausend, wenn sie lebend gefunden wird. Du bezahlst sie von dem Bargeld, das ich dir gegeben habe. Wenn sie bis morgen früh auftaucht, werden wir eine einvernehmliche Lösung finden. Sie wird aus der Sache herauskommen, ohne ihr Gesicht zu verlieren, und du bekommst das Geld.« Er goss sich selbst eine Tasse Tee ein. Sie sah, wie seine Hände zitterten. Er süßte ihn nicht, nahm einen Schluck bitteren Tee und ergänzte: »Tot ist sie für mich nichts wert.«

»Tot?«

»Ich habe nur um Loyalität gebeten, keine Treue verlangt. Sie hätte gleichzeitig auf zwei Hochzeiten tanzen können. Aber sie hat mich zum Gespött der Leute gemacht.«

Bożenas Unterlippe zitterte, sie hatte feuchte Augen.

»Was hast du ihr getan?«

»Du kannst gehen«, beendete er das Gespräch. »Wir haben einen langen Tag vor uns.«

Als sie das Zimmer verlassen hatte, streckte er sich auf der Couch aus und deckte sich bis über den Kopf mit der Decke zu, in die sich Iwonas Mutter eben noch eingehüllt hatte. Nur die nackten Füße ragten bis zum Hosensaum heraus. Eine gute Stunde lag er mit offenen Augen da. Dann erhob er sich und ging durch den Haupteingang in die Garage.

Seine drei nagelneuen Autos standen auf ihren Plätzen. Der vierte Parkplatz, hinten in der Halle, der als einziger eine separate Ausfahrt besaß, war leer. Zurückgeblieben war nur ein fettiger Fleck. Piotr hockte sich hin, zerrieb die Substanz zwischen den Fingern und roch daran – Öl oder Bremsflüssigkeit. Er sah sich die Zufahrt an. Der Fahrer musste mit Vollgas weggefahren sein, denn auf dem Boden waren deutlich Reifenspuren zu erkennen. Das Vorhängeschloss an der Garagentür war durchgesägt. Er steckte es in die Tasche und brachte ein neues Schloss an. Dann kehrte er ins Haus zurück, entließ die Haushälterin und fuhr zum Sägewerk. Obwohl heute kein Mensch in der Fabrik war, hatte er Lust zu arbeiten. Auf dem Weg zur Firma machte er ein paar Anrufe, unter anderem bestellte er den Notar ein.

»Ich will mein Testament ändern«, erklärte er, während er eine Axt schliff. »Reservieren Sie sich bitte mehrere Stunden. Und kommen Sie alleine.«

Anschließend ging er in den Holzschuppen und hackte Holz, bis ihn die Kräfte verließen.

Sie hatte einen Gips bekommen, sollte jedoch liegen. Man hatte sie geröntgt und die Wunde am Kopf versorgt. Es war nicht so schlimm, wie sie befürchtet hatte. Ihre Sachen waren aus dem Hotel gebracht worden. Sie überprüfte das Passwort ihres Laptops, niemand hatte ihn in der Zwischenzeit eingeschaltet. Eine Krankenschwester kam rein und wollte Saszas Blutdruck messen.

»Mir fehlt nichts«, raunzte Sasza sie an, während sie sich abmühte, mit einer Hand ihre Jeans zuzubekommen. Die Schwester half ihr.

»Im Koffer müsste ein Kamm sein. Könnten Sie ihn mir bitte geben.«

Bereitwillig durchsuchte die Schwester Saszas Sachen.

»Sie dürfen das Krankenhaus noch nicht verlassen«, bemerkte sie. »Sie haben eine Gehirnerschütterung.«

Sasza ignorierte sie und versuchte, ihr lockiges Haar zu entwirren. Schließlich fand die Schwester den Kamm.

»Die Polizei will mit Ihnen sprechen«, erklärte die Schwester, während sie Saszas Haar kämmte.

Sie fühlte sich plötzlich schwach und ließ sich auf das Bett sinken.

Die Krankenschwester legte die Hand auf ihre Stirn.

»Sie glühen. Ich gebe Ihnen ein Schmerzmittel.«

Sie schlug die Decke zurück und strich das Laken glatt.

»Legen Sie sich bitte hin.«

Zu entkräftet, um sich auszuziehen, legte sich Sasza angekleidet ins Bett und schloss die Augen.

Als Sasza die Augen wieder öffnete, dämmerte es draußen bereits. In der Tür stand die Frau mit dem Igelschnitt, die sie mit JahJah auf der Hochzeit gesehen hatte.

»Polizeioberkommissar Krystyna Romanowska«, stellte sich die Kommandantin vor. »Wie fühlen Sie sich?«

»Von fühlen kann keine Rede sein«, murmelte Sasza.

»Das kann ich mir denken, aber wir stehen unter Zeitdruck. Wir müssen miteinander reden.«

Załuska nickte. Mit dem gesunden Arm richtete sie sich im Bett auf.

»Sein Gesicht habe ich nicht gesehen«, sagte sie. »Dem Polizisten im Krankenwagen habe ich das Wesentliche schon erzählt.«

»Er hat mir alles berichtet«, bestätigte Romanowska. Dann zeigte sie auf den jungen Polizisten, der neben ihr stand. »Das ist Polizeihauptmeister Karol Supryczyński, unser Zeichner. Ich weiß, dass Sie ihn nicht wiedererkennen, aber wir brauchen etwas auf Papier.«

Sasza legte die unverletzte Hand auf die Stirn. Heute Morgen hätte sie in Danzig am Schießstand sein sollen. Stattdessen hatte sie den ganzen Tag verpennt. Sie hatte niemanden benachrichtigt. Sie würden denken, sie hätte gekniffen. Sasza war wütend auf sich.

»Schlank, ein Meter achtzig. Schwarze Sturmhaube. Trachtenkleidung. Motorradhandschuhe«, wiederholte sie ihre frühere Aussage.

Der Zeichner zeigte ihr immer neue Gesichtstypen, aber unter der Sturmhaube hätte sich jeder verbergen können. Umso genauer beschrieb sie die Augen des Mannes, obwohl sie wusste, dass dieses Detail den Ermittlern wenig weiterhalf.

»Helle, vermutlich grüne Augen, sofern er keine Kontaktlinsen getragen hat. Weiße Wimpern, bestimmt ein Blondschopf. Ich glaube nicht, dass sie gefärbt waren.«

Załuska war nicht die beste Zeugin, leider aber die einzige. »Den zweiten Angreifer habe ich nicht gesehen«, bestätigte sie. »Er kam von hinten. Er muss ein gutes Stück kleiner als ich gewesen sein. Beim ersten Versuch hat er mich nicht richtig getroffen. Erst als ich mich aufrichten wollte, bekam ich einen Schlag gegen die Schläfe. Es könnte aber auch eine Frau gewesen sein. Mit hochhackigen Schuhen.«

»Eine Frau?« Romanowska machte sich eine Notiz. »Sonst noch was?«

»Eher eine zierliche Person.« Sasza klopfte gegen den Gips. »Sie bohrt mir ihren Absatz in die Hand, war mein erster Gedanke.«

»Und das Auto?«

»Ein schwarzer Mercedes. Nicht neu, aber in gutem Zustand.«

»Baureihe 210, ein sogenanntes Vierauge«, zitierte die Polizistin das Protokoll. »Sind Sie sich da sicher?«

Sasza bejahte.

»Das Kennzeichen habe ich mir nicht merken können.«

»Weil das Auto keine hatte.« Romanowska lächelte.

»Das ist mir nicht aufgefallen. Das Ganze ging ziemlich schnell.«

»Wir haben den Wagen sichergestellt. Mit defekter Ölwanne, deshalb ist er liegen geblieben.«

Romanowska entließ den Zeichner, machte selbst jedoch keine Anstalten zu gehen.

»Was führt Sie wirklich zu uns?«

Sasza antwortete nicht sofort.

»Eine private Angelegenheit«, erwiderte sie dann. »Um diese Uhrzeit sollte ich eigentlich in Danzig sein und meine Aufnahme in den Polizeidienst begießen.«

Romanowska klappte ihren Notizblock zu.

»Könnte es sich bei dem Angreifer auch um einen Mann in fortgeschrittenem Alter gehandelt haben?«

»Das wage ich zu bezweifeln«, erwiderte Załuska. »Er war kräftig und gut gebaut. Ich denke, er war dreißig, höchstens vierzig Jahre alt. Aber ganz auszuschließen ist es nicht.« Sasza ließ sich auf das Kopfkissen zurückfallen. Sie war erschöpft. »Aber ich glaube nicht, dass es der eifersüchtige Ehemann war, wenn Sie das meinen. Ich habe Bondaruk, oder wie er sich nennt, kennengelernt.«

Romanowska legte die Stirn in Falten.

»Eine Zufallsbegegnung«, erklärte Sasza. »Am Samstag, gegen fünfzehn Uhr. Ich war gerade beim Mittagessen im Leśny Dworek, als er hereinkam, um sich zu betrinken. Wir haben uns eine Weile unterhalten. Er lud mich sogar zu seiner Hochzeit ein. Zu diesem Zeitpunkt hatte ich keine Ahnung, dass es mich in die Nähe verschlagen würde. Ich wusste nicht einmal, wer der Typ ist.«

»Er könnte es also nicht gewesen sein?« Romanowska konnte nur mit Mühe ihre Erregung verbergen.

»Das habe ich nicht gesagt«, antwortete Sasza schnell. »Ich bin mir nicht sicher, dass es eine Frau war. Es könnte auch ein schmächtiger Mann gewesen sein. Als er mir dieses Etwas in die Hand gebohrt hat, habe ich gedacht, es ist ein Stöckelschuh. Ein Absatz«, verbesserte sie sich. »Aber jetzt weiß ich selbst nicht mehr, wie ich darauf gekommen bin. Vielleicht ist das die typische Frauendenke.«

»Und Iwona Bejnar, Bondaruks Frau, hat sie womöglich mit dem Entführer zusammengearbeitet? Das Ganze nur gespielt?«

»Nein, auf keinen Fall«, widersprach Sasza entschieden. »Sie hatte Todesangst, wurde hysterisch.«

»Haben Sie einen Waffenschein?«

»Nicht bei mir.« Sasza blickte verlegen drein. »Ich habe keine Ausweispapiere bei mir, aber das wissen Sie wahrscheinlich schon. Habt ihr vielleicht diese Danka aus der Klinik gefunden?«

»Wir arbeiten daran«, antwortete die Kommandantin. Sie ließ sich nicht aus dem Konzept bringen. »Die Waffe ist nicht auf Ihren Namen registriert.«

»Habt ihr sie gefunden?«

Kopfnicken.

»Jemand hat die Fingerabdrücke sorgfältig abgewischt und die Waffe im Handschuhfach Ihres Autos zurückgelassen.«

Sasza senkte schuldbewusst den Kopf.

»Ich habe die Beretta vor meiner Abfahrt von einem Kollegen bekommen. Sie ist registriert. Ich weiß, das klingt merkwürdig, aber glauben Sie mir, ich kann für alles die nötigen Papiere vorlegen.«

»Ich rate Ihnen, das so schnell wie möglich zu tun. Wenn die von der Woiwodschaft kommen, müssen die Ermittlungsakten vollständig sein. Vorläufig gebe ich Ihnen einen Vertrauensvorschuss, allerdings ist der begrenzt.« Sie lächelte.

Beide wussten, dass über Sasza das Damoklesschwert schwebte. Würde sich herausstellen, dass sie eine nicht registrierte Pistole besaß, würde keine Polizeidienststelle sie mehr beschäftigen. »In Ihrer Handtasche war auch Munition, die zu der Waffe passt. Interessanterweise sind auf den Patronen Fingerabdrücke.«

Bisher hatte Sasza geglaubt, sie stecke in Schwierigkeiten, nun wurde ihr klar, dass dies nur die Spitze des Eisbergs war.

»Meine«, bestätigte sie. »Sie müssen sie nicht ins Labor geben.«

Gespannt wartete sie, was wohl als Nächstes kommen würde. Zu Saszas Verwunderung stand Romanowska jedoch auf und machte sich zum Gehen bereit. Es war ein kurzes, schlampig geführtes Verhör gewesen, so als wollte die Polizistin ihr bloß mal locker auf den Zahn fühlen.

»Das ist fürs Erste alles, danke.«

»Heißt das, ich kann nach Hause fahren?«

»Das Krankenhaus wird Sie vermutlich noch nicht entlassen.

Und falls doch, haben wir ja Ihre Angaben. Polizeioberkommissar Duchnowski hat deren Richtigkeit bestätigt. Von mir aus spricht nichts dagegen. Er hat versprochen, spätestens morgen früh hier zu sein, um Sie abzuholen.«

»Ihr habt mit ihm gesprochen? Er weiß alles?«

Romanowska nickte und lächelte verständnisvoll.

»Nicht alles. Nur die Sache mit den Ausweispapieren und der Waffe. Er hat mich übrigens um einen Gefallen gebeten.«

Sie sah sich prüfend um und legte dann ein graues Kuvert auf das Tischchen. Beim Berühren der Tischplatte hörte man ein leises, metallenes Geräusch und kurz darauf die losen Patronen im Umschlag.

»Es ist besser, wenn Sie das gut verstecken. Die dazugehörigen Unterlagen habe ich nicht vernichtet. Noch nicht.«

In diesem Moment begriff Sasza, dass Romanowska ihre Verbündete war, auch wenn sie das nicht offen zeigen durfte.

»Ich habe unterschlagen, dass Sie ohne Papiere Auto gefahren sind«, ergänzte sie. »Und selbstverständlich habe ich wegen der Beretta keine Untersuchung eingeleitet, obwohl ich das eigentlich hätte machen müssen, da mit der Waffe drei Schüsse abgegeben wurden.«

»Drei?«, wunderte sich Sasza. Sie dachte kurz nach und fügte dann hinzu: »Im Magazin waren aber nur zwei Patronen. Mehr konnte ich auf die Schnelle nicht finden.«

»Sind Sie sich da sicher?«

»Hundertprozentig.«

Die Kommandantin brauchte einen Augenblick, um die Nachricht zu verdauen. Sasza unterbrach als Erste das Schweigen.

»Warum haben die Entführer die Pistole zurückgelassen?«

»Das habe ich mich auch gefragt«, sagte Romanowska. »Warten wir ab, was die Untersuchung des Wagens ergibt. Ihr Auto muss vorerst bei uns bleiben, die Techniker arbeiten noch an ihm.«

»Und was ist mit der Pistole? Schließlich sind Schüsse gefallen. Wie wollen Sie erklären, dass die Waffe fehlt?«

»Der Ballistiker hat die Pistole untersucht, ein vorläufiges Gutachten liegt bereits vor«, antwortete die Polizistin. »Wir haben erst einmal geschrieben, dass die Tatwaffe nicht gefunden wurde.«

»Ich bin Ihnen zu Dank verpflichtet.«

Romanowska nickte stumm und sah auf ihre Uhr.

»Ja, das glaube ich auch. Aber falls die Untersuchung eine unerwartete Wendung nehmen sollte, habe ich das nötige Beweismaterial«, lachte sie. Sasza hatte verstanden, dass die Anspielung auf sie gemünzt war. Sie war erleichtert, gleichzeitig aber auch beunruhigt. Romanowska fuhr fort: »Es tut mir leid, was Ihnen zugestoßen ist, dennoch freue ich mich, dass ausgerechnet Sie in dieser Sache unser Zeuge sind.«

»Mich freut das weniger«, brummte Sasza und sah ihre Gesprächspartnerin fragend an. »Warum helfen Sie mir?«

Romanowska wurde verlegen. Eigentlich hatte sie sagen wollen, dass sie Saszas Hilfe brauche, überlegte es sich aber anders. Es war zu früh, damit herauszurücken.

»Alles zu seiner Zeit«, entgegnete sie stattdessen. »Schade, dass Sie den Besuch bei uns nicht in bester Erinnerung behalten werden.«

Sasza versuchte zu lächeln, doch die Lippe brannte höllisch.

»Ich finde es auch sehr schade. Falls Sie mich brauchen sollten, ich stehe Ihnen jederzeit zur Verfügung. Selbstverständlich gratis.«

Romanowska betrachtete das Bild, das Supryczyński angefertigt hatte, und schnalzte unzufrieden mit der Zunge. Niemand würde den Gesuchten wiedererkennen. Erneut hatten sie es mit einer Phantomentführung zu tun, wie damals vor Jahren, zu Beginn ihrer Karriere.

»Ich werde es im Hinterkopf behalten«, ließ sie wie nebenbei fallen. »Passen Sie bitte gut auf sich auf, Sie scheinen Probleme anzuziehen.«

»Da ist was dran.«

Die Kommandantin schrieb etwas in ihren Notizblock, riss das Blatt heraus und legte es auf das Tischchen neben Saszas Bett.

»Die Adresse von Łukasz Polak, Saczkos Patient, den Sie suchen.« Sie blieb an der Tür stehen. »Und das andere ist meine private Handynummer. Wenn Sie das nächste Mal in die Bredouille geraten, kommen Sie bitte gleich zu mir.«

»Bredouille?«, wiederholte Załuska.

»Im Gespräch von Frau zu Frau lassen sich Schwierigkeiten viel leichter aus der Welt schaffen. Außerdem erspart uns das eine Menge Papierkram.« Und dann war sie weg.

Sasza warf einen Blick auf den Zettel. Ulica Trzeciego Maja 18/4. Die Straße war sie mehrmals entlanggefahren. Sie spürte, wie die Anspannung von ihr abfiel.

Sie sank zurück auf das Kopfkissen, zerknüllte das wertvolle Papier zu einem Kügelchen und warf es in die Schublade. Wenige Minuten später war sie wieder eingeschlafen.

Die Erde war frisch festgetreten. Alle paar Zentimeter schienen schwarze Inseln durch das junge Gras durch. Wieder hatten Vandalen das Grab verwüstet, dieses Mal aber das Kreuz nicht mitgenommen. Es lag in den Büschen, nur der orthodoxe Querbalken fehlte. Dunia Orzechowska griff sich einen Stein und schlug, auf ihren Gehstock gestützt, das Kreuz in die Erde, bis es wieder von allein stand. Dann kniete sie nieder, vielmehr fiel sie vor Anstrengung keuchend auf die Knie und betete lange. Zum Schluss verbeugte sie sich dreimal und berührte dabei mit der Stirn den Boden. Mühsam erhob sie sich und klopfte die alten, abgetragenen Kleider ab. Ihre Knochen schmerzten.

Bis nach Hause waren es mehrere Kilometer Fußmarsch. Durch den Wald würde es kürzer sein. Sie hatte keine Angst, sich zu verlaufen, sie war hier aufgewachsen und kannte in dieser Gegend jeden Stein. Doch sie würde im sandigen Boden versinken. Also wählte sie den längeren Weg entlang der Landstraße und hoffte insgeheim auf eine Mitfahrgelegenheit.

Wenig später hielt vor ihr ein nagelneuer Lieferwagen des örtlichen Fleischereibetriebs. Aus dem Auto stieg ein Mann, der zehn Jahre älter war als sie, dem man das aber nicht ansah. Nesteruk trat auf sie zu und fasste sie am Arm.

»Steig ein, Dunieczka«, sagte er und öffnete die Wagentür. Sie erkannte die Frau am Steuer. Bożena Bejnar verbeugte sich leicht, doch Dunia erwiderte ihren Gruß nicht.

»Ich muss die Hühner füttern.« Sie schüttelte den Kopf. »Die Hunde sind seit heute Morgen allein.«

»Wir nehmen dich mit.«

»Ich will euch die Sitze nicht dreckig machen«, antwortete sie und schleppte sich weiter.

Mikołaj ging einen Schritt hinter ihr; er sagte nichts. Bożena schlug die Beifahrertür zu und fuhr langsam hinter ihnen her. Von Weitem sahen sie wie ein kleiner Leichenzug aus. Plötzlich stoppte Dunia und wandte sich Mikołaj zu:

»Was will sie?«

Er senkte den Kopf und holte ein Seidenband hervor.

»Ihre Tochter ist verschwunden, und dein Junge hat sie entführt.«

Dunia zeigte erstmals so etwas wie Interesse.

»Tochter?« Sie zeigte mit dem Finger auf Bożena. »Ihre Tochter?«

Mikołaj bejahte.

»Ich habe ihr versprochen, dich zu fragen.« Er machte eine Pause. »Wo hat Jurek sie versteckt?«

»Ich habe ihn seit dem Winter nicht mehr gesehen. Er war eine Woche da, als er aus der Haft entlassen wurde. Dann ist er seine eigenen Wege gegangen. Manchmal ist er nachts gekommen und hat das Motorrad im Holzschuppen abgestellt. Morgens war er dann schon weg. Er schämt sich, dass er gesessen hat«, erklärte sie auf Weißrussisch.

Mikołaj sah sie an und wartete, ob Dunia noch etwas sagen wollte.

»Vielleicht könntest du für sie beten?«

»Sie ist doch nicht gläubig«, schnaubte sie, nahm aber dennoch das Band. Sie begann, ein altes, kirchliches slawisches Gebet vor sich hin zu murmeln. Es klang wie eine Beschwörung. Plötzlich hielt sie inne und schüttelte den Kopf.

»Was ist?«

»Ich fühle nichts. In letzter Zeit passiert mir das öfter. Es geht mit mir zu Ende.«

Mikołaj berührte ihren Arm und zog sie zu sich. Doch Dunia sträubte sich. Beide standen gebeugt da, zwei alte Menschen, die wissen, dass der Tod eher in der nahen als in der fernen Zukunft auf sie wartet.

»Wie hast du mich gefunden, Onkel?«

»Heute ist ihr Todestag.« Er zuckte mit den Achseln. »Ich musste dich nicht suchen, Dunieczka, du kommst schließlich jedes Jahr hierher.«

»Das Kreuz wurde wieder herausgerissen«, beklagte sie sich.

»Ihnen macht das nichts mehr aus!« Er machte eine wegwerfende Handbewegung. Als er aber ihre Miene sah, fügte er hinzu: »Ich werde mich darum kümmern.«

»Das musst du nicht, Gott wird sie richten.«

»Das Mädchen ist unschuldig. Hilf ihr«, bat er. »Die Mutter will sich nur vergewissern, dass ihm nichts passiert ist.«

Er gab ihr ein Bild von Iwona und einen grünen Kamm mit einem abgebrochenen Zinken, in dem sich eine Handvoll schwarzer Haare verfangen hatte.

»Das ist alles, was von ihr geblieben ist. Und die Bänder.«

Dunia warf einen Blick auf das Foto. Ein Passbild aus einem Personalausweis. Auf dem Bild war Iwona achtzehn Jahre alt. Sie trug langes Haar, der schwarze Pony fiel ihr über die Augenbrauen.

»Ein hübsches Mädchen«, lobte Dunia, um gleich darauf die Stirn in Falten zu legen. »Und was hat mein Sohn mit ihr zu tun?«

»Weißt du das nicht?«, wunderte sich Mikołaj. »Es heißt, sie sei mit ihm von der Hochzeit geflohen. Auf der Flucht hat er eine Passantin niedergeschlagen. Irgendwo müssen sie sich versteckt haben.«

»Wieso hast du das nicht gleich gesagt?«

Sie lief mit halb geschlossenen Augen in den Wald. Mikołaj hielt einige Schritte Abstand. Dunia flüsterte orthodoxe Gebete vor sich hin und ließ sich auch nicht von einem Auto auf der

Landstraße unterbrechen, das laut hupend vorbeiraste. Plötzlich verstummte sie und setzte mit schnellen Schritten ihre Wanderung entlang der Straße fort. Bożena, die es nicht mehr im Auto hielt, lief zu Mikołaj.

»Was hat sie gesagt?«

»Nichts«, antwortete er betrübt. Er nahm seine Mütze ab, legte sie auf die Brust und bekreuzigte sich.

»Fragen Sie sie!«, bettelte Bożena, die sich an seine Jacke klammerte. »Reden Sie bitte mit ihr. Was bedeutet das?«

Sie rannte der Alten hinterher.

»Ist sie tot?«, schrie sie verzweifelt und zerrte heftig an Dunia, die sie beinahe umwarf. »Sagen Sie mir, bitte, dass das nicht wahr ist.«

Mikołaj legte den Arm um Bożena und versuchte, sie zu beruhigen. Dann setzte er die verzweifelte Mutter in den Wagen und lief selbst Dunia hinterher.

»Sie soll nie wieder herkommen, Kola«, sagte sie, bevor Mikołaj etwas fragen konnte. »Sie soll sich verstecken oder für immer von hier verschwinden. Sag ihr das.«

Mikołaj senkte den Kopf, griff Dunias sehnige und schmutzige Hand und drückte sie an die Lippen. Als er den Kopf wieder hob, schimmerten seine Augen feucht.

Bożena hatte die Worte der Heilerin nicht gehört, begriff aber sofort die Situation und brach in lautes Schluchzen aus.

»Sie lügt«, schrie sie hysterisch. »Das ist nicht wahr, das kann sie nicht wissen!«

Dunia blieb stehen und wandte sich an Bożena, kühl und knapp.

»Es ist deine Schuld«, sagte sie zischend. »Du hast sie ihm zum Fraß vorgeworfen.« Ihre Worte klangen wie ein Fluch. Bożena verstummte sofort.

»Das habe ich nicht gewusst«, stöhnte sie. »Sie sollte nie so arm sein wie ich.«

Dunia öffnete die Hand, deren Innenfläche überraschend sauber und zart war. In der Mitte lag ein Knäuel schwarzer Haare, das vom Kamm des verschwundenen Mädchens stammte.

»Du bist nicht gläubig«, stellte sie fest. »Du glaubst an nichts. Aber deine Tochter ist ruhig und glücklich, weil sie jetzt weit weg von dir ist. Du wirst nie glücklich werden. Ich verfluche dich für alles Leid, das du diesem Kind zugefügt hast. Diese Last wirst du bis ans Ende deiner Tage mit dir herumtragen.«

Sie spuckte ins Gras, drehte sich um und setzte ihren Weg fort.

»Doman!« Romanowska fuhr von ihrem Stuhl hoch und warf sich einem großen dunkelhaarigen Mann in einer ledernen Pilotenjacke, der von den Polizisten der Kreiskommandantur umringt wurde, in die Arme.

Romanowska wusste, dass die Zentrale ein Ermittlungsteam schicken würde. Am Morgen hatte ihr der Diensthabende mitgeteilt, dass zwei Polizisten bereits auf dem Weg seien. Aber damit hatte sie nun wirklich nicht gerechnet. Eine Last fiel von ihr ab, als sie in der Tür der Kommandantur Polizeioberkommissar Tomasz »Doman« Domański erblickte, einen alten Freund aus Hajnówka, der seit einigen Jahren in Białystok arbeitete.

Doman strahlte über das ganze Gesicht, als er Krystyna sah. Sie schnappte JahJahs eifersüchtige Blicke auf, was sie mit Genugtuung registrierte.

Lächelnd führte sie den Freund in ihr Büro.

»Du hast es ja faustdick hinter den Ohren!« Er zeigte auf den Chefsessel und zwinkerte vielsagend. »Das gute alte Stück hat noch nie einen Damenhintern gesehen.«

Romanowska errötete.

»Wärst du nicht gegangen, wärst du jetzt Chef hier.«

Sie stellte den Wasserkocher an, schüttete Kaffee in einen Becher und gab zwei Löffel Zucker dazu.

»Selbst wenn mir der Posten angeboten worden wäre, hätte ich ihn nicht angenommen, das weißt du doch.« Doman lachte.

»Und wie geht's JahJah? Ich meine, wie kommt er damit klar?«

»Er tut sich schwer.« Krystyna wollte nicht ins Detail gehen. Doman kannte JahJah im Übrigen gut genug, um zu wissen, dass Romanowskas Exmann krank vor Neid war. Sie kannten sich schon eine Ewigkeit. Domański war der Mann ihrer besten Freundin und hatte jahrelang in der Kreiskommandantur in Hajnówka gearbeitet. Eine Karriere bei der örtlichen Polizei hatte ihn nie interessiert, viel lieber wollte er in ein Morddezernat wechseln, aber da es in der Woiwodschaft eine solche Einheit nicht gab, landete er schließlich bei der Kripo. Als Doman aus der Stadt weggezogen war, war der Kontakt zu ihrer Freundin abgerissen.

Jetzt war Doman in Gedanken versunken, plötzlich verfinsterte sich sein Gesicht.

»Was ist mit der Verschwundenen?«

Romanowska stellte den Kaffeebecher und eine Untertasse mit Keksen auf den Schreibtisch.

»Sie haben nur dich geschickt?«

»Soll das ein Witz sein?« Er machte ein genervtes Gesicht, holte sein Handy hervor und sah auf das Display. »Fantômas und sein Handlanger müssten gleich hier sein. Sie hängen wie die Kletten an mir. Zum Glück ist die Staatsanwältin nicht auf den Kopf gefallen. Mit ihr werden wir klarkommen. Wir sollen mit euren Leuten zusammenarbeiten. Offensichtlich wird damit gerechnet, dass wir den Fall schnell abschließen.«

Romanowska lächelte, holte die Akte aus dem Schrank und legte sie auf den Tisch. »Die Sache sieht nur oberflächlich betrachtet einfach aus.«

Doman blickte zur Tür. Die Kommandantin stand auf und schob den Riegel vor.

»Wir haben einen zweiten Schädel.«

»Das habe ich gehört«, sagte Doman mit gedämpfter Stimme. »Du kannst dir nicht vorstellen, wie viele Unterschriften ich sammeln musste, damit sie ausgerechnet mich herschicken.

Aber geschenkt, jetzt bin ich ja hier. JahJah meinte, er habe eine Theorie, was den neuen Schädel betrifft.«

Romanowska überging die Tatsache, dass sie davon nichts gewusst hatte. Bis zum Eintreffen der Staatsanwältin musste sie ihm die Situation erklärt haben, und sie mussten sich absprechen, was die anderen erfahren sollten.

Damals, als der erste Kopf entdeckt worden war, hatte Doman bereits bei der Woiwodschaftspolizei gearbeitet. Vor allem deshalb hatte man ihn jetzt nach Hajnówka entsandt. Was Doman anpackte, hatte Hand und Fuß. Doch obwohl sie den Wald durchkämmt hatten, blieb der Rest des Körpers unauffindbar. Es war nicht gelungen, das Gesicht des Opfers mithilfe des Gerassimow-Verfahrens zu rekonstruieren, und auch eine Superprojektion hatte nicht angewandt werden können. Niemand erkannte die Verschwundene. Aufgrund des Schädelbaus wusste man lediglich, dass die ermordete Frau noch keine dreißig Jahre alt gewesen war und dass sie mit einem stumpfen Gegenstand erschlagen worden war. Die Sache »N.N.« wurde fürs Erste zu den ungeklärten Fällen gelegt.

»Ich glaube, Bondaruk ist der Schlüssel zu dem Ganzen.«

Domański war keineswegs überrascht. JahJah hatte ihn sicher in aller Ausführlichkeit an seinen Überlegungen teilhaben lassen. Nach sechsunddreißig Stunden Dienst hatte sie ihn nach Hause geschickt. Aber statt sich richtig auszuruhen, war er doch gleich wieder zur Arbeit gekommen und wartete nun vor ihrer Tür. Offensichtlich hatte er Angst, von den Ermittlungen ausgeschlossen zu werden.

»Er hat sich nie erwischen lassen. Ich habe da keine große Hoffnung«, grummelte Doman.

»Ich sage nicht, dass er der Täter ist, aber alle Fäden laufen bei ihm zusammen. Man müsste ihn sich einmal vorknöpfen, JahJah brennt förmlich darauf. Erinnerst du dich, der erste Kopf ist an dem Tag aufgetaucht, an dem Bondaruk seine Hochzeit mit der jungen Frau bekannt gegeben hat, die später verschwunden ist. Den zweiten Schädel haben wir am Vortag der Trauung erhalten, und seit der Hochzeit wird Iwona Bejnar vermisst.

Es gibt übrigens einen Zeugen der Entführung. Eine Frau. Der Kidnapper hat sie verschont. Wir haben sie, fast nackt an einem Baum gefesselt, gefunden. Er ist mit ihrem Wagen geflohen, den er anschließend im Wald zurückgelassen hat. Er muss das Fluchtauto gewechselt haben. Die Spur reißt an dieser Stelle ab, der Hund konnte keine neue Fährte aufnehmen. Vermutlich hat er einen Helfer gehabt. Er ist wie vom Erdboden verschluckt. Wie damals Łarysa und Mariola.

Interessant ist, dass JahJah diese Frau einen Tag vorher zur Feststellung ihrer Personalien auf die Kommandantur gebracht hat. Sie hatte weder einen Fahrzeugschein bei sich noch sonstige Papiere. Sie hat sich als Sasza Załuska vorgestellt und behauptet, Profilerin in Danzig zu sein. Ich wüsste nur zu gern, was sie hier im Wald gesucht hat. Angeblich wollte sie etwas von einem Patienten der Nervenklinik, aber Saczko, der Anstaltsdirektor, hat ihre Version nicht bestätigt. Das ist alles sehr merkwürdig.«

Doman blickte auf.

»Eine falsche Identität?«

»Der Chef der Kriminalpolizei in Danzig hat ihre Personalien bestätigt und sich für sie verbürgt«, erwiderte Romanowska. »Ich kenne den Typen nicht, aber er wird in ein paar Tagen hier aufkreuzen. Er hat versprochen, sie abzuholen. Besonders eilig scheint er es jedoch nicht zu haben.

Ich weiß selbst nicht, was ich davon halten soll. Es liegt nichts gegen sie vor. Angeblich arbeitet sie in ihrem Beruf inkognito. Sie wird weder im Dienststellenverzeichnis noch auf der Gutachterliste geführt. Aber sie hat Frankowski ein Büchlein über das Profiling gegeben, mit den Stempeln einer englischen Universität. Sie ist dort tatsächlich wissenschaftliche Mitarbeiterin, am Institut für Kriminalpsychologie, bei einem gewissen Professor Abrams. Sie hat Aufsätze in renommierten Zeitschriften für Psychofreaks veröffentlicht – ich habe das überprüft. Sie scheint eine fähige Kriminologin zu sein, vielleicht etwas durchgeknallt.«

»Ich kenne nur einen Kriminalpsychologen, und der hat ohne jeden Zweifel einen Hau weg. Ist aber richtig gut«, stellte Doman fest, der sich das Wichtigste notiert hatte. Er versah den Namen der Profilerin mit einem Fragezeichen und unterstrich ihn doppelt.

»Ich werde Hubert fragen«, fügte er hinzu. »Wenn sie für die Polizei arbeitet, wird er sie kennen.«

»Ich war heute bei ihr. Was sie sagt, macht Sinn.« Romanowska zeigte auf die dünne Ermittlungsakte. »Lies dir ihre Zeugenaussage durch. Außer einem Bruch, kleineren Prellungen und einer Unterkühlung ist ihr nichts passiert. Ich habe im Krankenhaus darum gebeten, sie etwas länger als nötig zur Beobachtung dazubehalten.«

»Er hat sie verschont«, wiederholte Doman nachdenklich und lächelte schief.

»Ich habe kurz mit dem Gedanken gespielt, sie für uns arbeiten zu lassen, aber da sie unsere Hauptzeugin ist, habe ich sie erst einmal nicht eingeweiht.«

»Gut«, stimmte ihr Doman zu. Er nahm ein Foto von dem Schädel in der Plastiktüte aus der Aktenmappe und betrachtete die Aufnahme eine Weile. »Falls wir einen Profiler benötigen, rufe ich Hubert Meyer an. Er ist der Beste seines Fachs in Polen. Außerdem ist er mir noch einen Gefallen schuldig und wird mich nicht hängen lassen. Aber erst einmal machen wir uns selbst ein Bild.«

Romanowska sah Doman zufrieden an.

»Gut, dass du da bist.«

»*Gut, dass Du da bist. Gut, dass Du da bist,* das habe ich auf der Pilgerfahrt nach Tschenstochau gesungen, als ich siebzehn war«, lachte Doman.

»Das ist noch nicht alles«, fuhr Romanowska fort. »Die Familie des Mädchens vermutet, dass es sich um eine vorgetäuschte Entführung handelt und Bejnar mit ihrem Exfreund geflüchtet ist. Selbst die Mutter der Verschwundenen – wohnhaft in der ulica Chemiczna – nimmt den Herrn Direktor in Schutz.«

»Verstehe«, brummte Doman. »Nicht gerade eine sehr noble Adresse. Sie hat die Tochter für ein paar Silberlinge verkauft. Bondaruk war bereits steinalt, als ich weggezogen bin. Und wer ist dieser Romeo?«

»Jurek Orzechowski, ein Kleinkrimineller, Pseudonym ›Quaku‹, sechsunddreißig Jahre. Eudokia Orzechowska, seine Mutter, hat früher im Sägewerk gearbeitet, jetzt lebt sie auf dem Land. Es heißt, sie betreibe weiße Magie. Du weißt schon, eine Heilerin, die Krankheiten bespricht. Vielleicht sagt dir der Name etwas.«

»Was habe ich mit Hexerei am Hut?«

»Der Sohn ist jedenfalls arbeitslos und vorbestraft wegen Einbruch, Diebstahl und Hehlerei.«

»Zweifelsohne die schlechtere Partie«, erklärte Doman. »Bondaruk dürfte ein paar Millionen auf dem Konto haben, der Junge besitzt vermutlich nichts als seine beiden Hände und ein großes Mundwerk.«

»Auf jeden Fall können wir diesen Quaku nicht finden«, sprach Romanowska weiter. »Die Mutter der Verschwundenen hat sogar ihre Söhne, die Żubr-Brüder, losgeschickt. Die kennst du aber, oder?«

Doman nickte. »Wenn die Żubr-Jungs sie nicht finden, dann weiß ich auch nicht, wer das schaffen soll. Wir?« Er lachte spöttisch. »Es sei denn zwei Meter unter der Erde.«

»Übrigens, die halbe Stadt sucht nach der Braut, Bondaruk hat eine Belohnung ausgesetzt.«

»Wie viel ist sie ihm denn wert?«

»Fünfzigtausend.«

»Nicht allzu viel. Aber sie war bestimmt auch ein Schnäppchen.«

»Das«, fuhr Romanowska fort, »haben wir heute Morgen in einer verlassenen Hütte gefunden, die Quakus Mutter gehört.«

Sie zeigte ihm ein Foto von einem Schuppen. In einer Ecke des Raumes Koffer, Lebensmittelvorräte, Schlafsäcke sowie Teile der Hochzeitsgarderobe.

»Sind das Sachen von den beiden?«

Romanowska nickte.

»Wir haben bisher noch nichts verlautbaren lassen. Der Schuppen wurde versiegelt. Ich habe einen Mann als Wache abgestellt, für den Fall, dass sich Quaku noch in der Gegend herumtreibt. Er hat seine Maschine dort stehen gelassen. Wir haben Fingerabdrücke, Haare und sogar Sperma.« Sie hielt kurz inne. »Fehlt nur noch die junge Dame. Vielleicht war alles aber auch nur Show. Eine Entführung mit einem maskierten Täter und einem Helfer. Für meinen Geschmack allerdings etwas zu filmreif. Die Frau aus Danzig könnte ihnen in die Quere gekommen sein. Was meinst du?«

»Weiß der Teufel«, seufzte Doman. »Sie ist noch nicht abgefahren, hast du gesagt. Ich werde mit ihr sprechen.«

»Die Krankenschwester hat strikte Anweisung anzurufen, falls die Patientin sich aus dem Staub machen will. Wir sollten sie noch ein bisschen dabehalten. So können wir zumindest aufpassen, dass sie sich nicht wieder in Schwierigkeiten bringt.«

Doman blätterte in der Akte, er dachte nach.

»In was für Schwierigkeiten?«

»Sie sucht einen Irren aus der Klinik und behauptet, es gehe um eine Privatangelegenheit. Von Saczko weiß ich, dass der Typ mehrere Personen getötet hat, aber nie zur Verantwortung gezogen wurde.«

»Das ist allerdings ein dicker Hund.«

»Das kannst du laut sagen«, bestätigte Krystyna. »Prus hat ihn wie ihren Augapfel gehütet. Sie kennt ihn in- und auswendig, falls wir Fragen haben sollten. Und nun sucht ihn diese Profilerin, will aber nicht verraten, wieso. Die Sache stinkt doch zum Himmel.«

»Gibt es möglicherweise eine Verbindung zwischen dem Verrückten und Bondaruks Braut?«

Romanowska schüttelte den Kopf. »Und was diesen Quaku betrifft, kann ich mir auch keinen Reim auf die Sache machen. Der Helm auf dem Foto vor dem Schuppen seiner Mutter sieht aus wie weggeworfen. Vielleicht hat ihm jemand Angst eingejagt, und er hatte es eilig.«

»Die Żubr-Gang?«

»Wir haben sie bisher nicht ins Visier genommen«, erklärte Romanowska. »Den Schuppen haben wir erst heute entdeckt. Die vorgetäuschte Hochzeit und die anschließende Flucht der Braut erscheinen plausibel.«

»Und was ist mit dem Schädel? Was hat Bondaruk damit zu tun?«

Romanowska nahm ein rekonstruiertes Porträt von der Tafel und legte es zu den Dokumenten. Doman nickte, er kannte den Fall.

»Ich bin mir fast sicher, dass es sich hierbei um den nächsten Schädel in einer Reihe handelt.«

»Zu diesem Zeitpunkt ist es schwierig, zwischen den Köpfen eine Verbindung herzustellen. Dafür gibt es noch keine Anhaltspunkte.« Doman legte das Bild beiseite.

»Und ob es die gibt«, beharrte Romanowska. Ihre Stimme klang bestimmt. »Rate mal, mit welchem Auto der Entführer der Braut unterwegs war?«

Sie legte Fotos auf den Tisch, auf denen ein schwarzer Mercedes der E-Klasse, Baureihe W210, ein sogenanntes Vierauge, in einem Wald zu sehen war. »Wir haben ihn. Das ist der gleiche Wagen, mit dem Łarysa Szafran entführt wurde. Das Karosserieblech wurde ausgebeult, aber in einer der Türen haben wir innen Einschusslöcher gefunden. Für sein Alter ist das Auto in einem recht guten Zustand. Es muss jahrelang in der Garage gestanden haben. Er wurde umlackiert, die Fahrgestellnummer aber nicht entfernt.«

»Die Kosten fürs Übermalen übersteigen den Wert der Karre. Das macht keinen Sinn.«

»Er hat neue Reifen und einen vollen Tank. Vor einem Jahr hat jemand eine Gasanlage eingebaut.«

»Mit was für Kennzeichen ist er gefahren?«

»Bis dahin mit echten. Ich habe beim Straßenverkehrsamt Auskunft erbeten über etwaige Bußgeldbescheide, Radarfotos, Fahrzeugkontrollen etc.«

»Sehr gut.«

»Gestern habe ich den Wagen Behemoth übergeben, aber er könnte etwas Unterstützung gebrauchen. Kannst du jemanden anfordern? Vielleicht findet sich etwas, was Licht in die alte Geschichte bringt. Blut von Łarysa, irgendwas.«

»Nach so vielen Jahren? Das bezweifle ich.«

»Ein Versuch kann nicht schaden.«

»Du scheinst jemanden mit viel Geduld in deinem Team zu haben.«

»Ja, meinen Sohn.« Sie lächelte. »Als Ermittlungsbeamter taugt Błażej allerdings nicht, immer wenn er jemanden verhören soll, führt er sich auf wie sein Vater, nur dass *ihn* keiner für voll nimmt.«

Doman lachte und griff nach dem Bild von der Frau, deren sterbliche Überreste man auf dem »Pfadfinderhügel« gefunden hatte. Er legte es wieder zurück und zog eine Zigarette hervor. Romanowska reichte ihm widerwillig einen Aschenbecher.

»Wir haben also das Auto, in dem Łarysa umgekommen sein könnte. Es fehlt nur ihre Leiche.«

»Und in dem Mariola das letzte Mal gesehen wurde, bevor sie auf Dienstreise ging und sich ihre Spur verlor«, fügte Romanowska hinzu. »Auch hier fehlt die Leiche.«

»Wenn ich also richtig verstehe«, sagte er und stieß langsam den Rauch aus, »ist Iwona Bejnar bereits Piotr Bondaruks dritte Frau, die spurlos verschwindet.«

»Die erste Ehefrau«, korrigierte Romanowska, »aber die dritte Frau, mit der er liiert war.«

»Außerdem haben wir zwei Schädel, die noch identifiziert werden müssen«, ergänzte Doman. »Denn ›N.N.‹ ist weder Łarysa noch Mariola, richtig?«

Krystyna stand auf und versuchte vergeblich, das Oberlicht zu öffnen. Sie kehrte an den Schreibtisch zurück und wedelte mit Papieren den Rauch von sich.

»Ich weiß, es mag verrückt klingen, aber vielleicht will uns jemand helfen. Schließlich führt alles zu ›Vierauge‹.«

»Wer hat ihn verhört? Ich sehe hier kein Protokoll.«

Romanowska schwieg eine Weile, bevor sie bestimmt, aber leise sagte:

»Ich habe gehofft, du würdest das machen beziehungsweise jemand von euch, jemand von außerhalb. Ich muss mich mit dem Bürgermeister arrangieren, man schaut mir genau auf die Finger.«

»Du kneifst?«

»Keinesfalls«, widersprach sie hastig, aber beide wussten, dass ihr viel an ihrem Posten lag. »Euch gegenüber haben die Leute mehr Respekt, du weißt schon.«

Sie zeigte auf das Porträt des Mädchens, das auf dem Tisch lag, und ging erneut zum Fenster. Während sie sprach, hantierte sie am Fenstergriff.

»Wahrscheinlich müsste man das noch einmal analysieren

lassen«, erklärte sie. »Ich habe in Warschau angerufen, aber der Typ ist derart mit Arbeit überladen, dass er erst wieder in drei Jahren freie Termine hat. Könntest du die Sache vielleicht beschleunigen? Die Umstände haben sich geändert, das Ganze ist jetzt wesentlich dringlicher.«

Doman erhob sich.

»Ich werde ihm das Märchen von Blaubart erzählen.« Er drückte die Zigarette aus und öffnete mit Leichtigkeit das Fenster. »Zeig mir den Schädel.«

Die Plastiktüte, die außen am Türgriff hing, war aufgerissen – und leer. Auf dem Bürgersteig draußen fanden die beiden Polizisten zwischen Moos und Blättern abgenagte Knochenstücke. Ringsum aufgescharrte Erde, in einer ausgetrockneten Pfütze die Spuren von Hundepfoten. Der fleischlose Schädel schien die Aasfresser nicht sonderlich interessiert zu haben, er lag ein paar Meter weiter, unter einem Busch, und starrte sie mit leeren Augenhöhlen an.

Erst vor einem Jahr waren die Blocks in Eugenia Rączkas Viertel saniert worden. Jetzt saß Genia am Fenster ihres rosafarbenen Wohnblocks und beobachtete das Straßengeschehen. Die Fünfzig-Quadratmeter-Wohnung war ihr nach dem Tod ihres Mannes zu groß geworden, und so hatte sie Untermieter, vorzugsweise Männer. Zuletzt aber hatte das Zimmer fast ein Jahr lang leer gestanden. Die Leute kamen nicht mehr der Arbeit wegen nach Hajnówka. Umso mehr wunderte sich Genia, als dieser für ihr Empfinden noch junge Mann – er war keine vierzig – mit einem Empfehlungsschreiben aus der Klinik Ciszynia bei ihr auftauchte.

Herr Łukasz hatte lediglich eine halb volle Reisetasche bei sich. Er trug einen schwarzen, verwaschenen Kapuzenpulli, um den Hals eine Sturmhaube, obwohl es ein heißer Tag war; unter dem Arm hatte er einen unbespannten Keilrahmen sowie ein Fotostativ in einer altmodischen Hülle. Später bemerkte Genia noch einen Metallkoffer mit einer Großformatkamera und Malzubehör.

Ihr neuer Mieter war sauber, höflich und gut aussehend. Er bezahlte für ein halbes Jahr im Voraus. In den ersten Wochen verließ er nur selten die Wohnung. Im Flur roch es nach Terpentin. Einmal musste er ganz schnell zum nahe gelegenen Geschäft mit Farben und ließ die Tür offen stehen. Das Bild, an dem er gerade arbeitete, erschien ihr merkwürdig; Talent konnte man dem Autor des Gemäldes jedoch nicht absprechen.

Genia begann, in der kleinen Stadtbibliothek Bildbände zu

wälzen, auf der Suche nach etwas Vergleichbarem. Bosch war ihre erste Assoziation. Hatte er sich von ihm inspirieren lassen? Oder war es vielleicht gar die Kopie eines seiner Werke?

Als Łukasz mit dem Bild fertig war, stellte er es unter das Fenster und putzte den Raum gründlich. Danach roch es nie wieder nach Farbe und Terpentin, denn er widmete sich fortan der Fotografie. Er beobachtete täglich zu verschiedenen Zeiten das alte Gebäude des Sägewerks, machte zunächst jedoch keine Bilder. Erst am allerletzten Tag, als er perfektes Licht erwischte, verknipste er einen ganzen Film. Bei einem solchen Fotoshooting wurde der alte Schabowski auf ihn aufmerksam, der erste Fotograf am Platz, früher für sämtliche Taufen, Erstkommunionfeiern, Hochzeiten und Beerdigungen zuständig, heute der Mann für Ausweisfotos und Inhaber eines Copyshops beziehungsweise einer Minidruckerei.

Schabowski hatte sich eigentlich von der »Kunstfotografie« verabschiedet und war in Rente gegangen, doch als er sah, wie Łukasz mit seiner altmodischen Sinar-Kamera vor dem Sägewerk Stellung bezog, war er derart gerührt, dass er ihm sofort einen Job anbot. In dem Glauben, dass der Junge den alten Glanz des Fotoateliers wiederherstellen würde, überließ er ihm seine digitale Canon mit sämtlichen Objektiven.

Seit knapp einem Monat fotografierte Łukasz nun Hochzeiten und Kommunionen, und fast jedes seiner Fotos stellte der Chef im Schaufenster aus. Nicht ohne Grund, die Bilder konnten sich wahrlich sehen lassen. Genia verstand nicht viel von Fotografie, aber sie war stolz auf ihren Mitbewohner. Und dank ihm fühlte sie sich nicht mehr so einsam.

Ein paar Mal brachte er ein Mädchen mit, zu jung allerdings, um seine Geliebte zu sein. Dabei hatte Genia ihm vorsorglich zu verstehen gegeben, dass sie grundsätzlich nichts gegen Damenbesuch hätte. Sie bot sogar an, die Wohnung zu verlassen, damit sich sein Besuch nicht genierte.

»Ich bin keine Radio-Maria-Fanatikerin«, beteuerte sie.

Ihr Angebot brachte Łukasz in Verlegenheit. Er versicherte, Danka sei nur eine Bekannte aus dem Krankenhaus und außer der Fotografie verbinde sie nichts. Tags darauf zeigte er ihr die Aufnahme, die er von dem Mädchen gemacht hatte. Genia verschlug es die Sprache, und nun wollte sie sich ebenfalls fotografieren lassen. Ein solches Abenteuer, gestand sie, habe sie noch nie zuvor erlebt.

Jetzt saß sie am Fenster und hielt nach ihrem Untermieter Ausschau. Sie hatte ihn lange nicht mehr gesehen. Manchmal kochte sie für zwei Personen Mittagessen. Er zierte sich stets, doch sie wusste, dass hiesige Spezialitäten wie Kartoffelkugel und roter Borschtsch mit Bohnen immer gut ankamen.

Die Leute auf der Straße grüßten zu ihr hoch, und sie grüßte freundlich zurück. Sie kannte fast jeden der Vorbeigehenden. Während sie noch ihren Gedanken nachhing, bemerkte sie auf der gegenüberliegenden Straßenseite eine rothaarige Frau mit einem bis zum Schlüsselbein eingegipsten Arm. Genia wusste sofort, dass sie nicht von hier war. Die Frau trug ein am Ellenbogen abgeschnittenes, kariertes Hemd, Jeans und Stiefel, die nach Männerschuhwerk aussahen. Sie trieb sich schon seit über einer Viertelstunde in der Gegend herum, augenscheinlich suchte sie den Eingang zum Gebäude; die Treppenhäuser gingen nach hinten hinaus. Die Frau verschwand wieder aus Genias Blickfeld, und die Straße war menschenleer. Genia wurde es langweilig, sie ging in die Küche, um eine Zigarette zu rauchen und dann das Mittagessen aufzustellen. Umgekehrt wäre es eigentlich richtig gewesen, doch in ihrem Alter genoss man Narrenfreiheit.

Sie schälte zwei Kartoffeln, taute das Hackfleisch auf, rieb einen Apfel und eine Möhre und setzte sich an den Tisch. Auf der hübsch geformten, rohen Frikadelle saß eine große, fette Fliege. Angewidert scheuchte sie das Insekt zum Fenster hinaus.

Sie rückte den Vorhang zurecht und verfluchte einmal mehr die Nachbarn, die auf ihrem Balkon Müll sammelten, statt ihn in den Container zu werfen, als es klingelte. Sie ging zum Spion. Vor der Tür stand die rothaarige Frau mit dem Gipsarm.

»Guten Tag. Ich suche Herrn Polak«, sagte die Frau, als Genia die Tür öffnete. »Man hat mir gesagt, dass er hier ein Zimmer mietet.«

Die Frau war ziemlich hübsch, auf eine neumodische, spindeldürre Weise. Außer dem Gips und mehreren frischen Schnittwunden im Gesicht schien mit ihr alles in Ordnung zu sein. Genia betrachtete sie etwas ängstlich. Doch als die rothaarige Frau ihre gesunde Hand zur Begrüßung ausstreckte, war sie ihr gleich sympathisch.

»Mein Name ist Sasza Załuska.«

»Załuska?«

Genia hatte einmal eine Familie gekannt, die so hieß. Sie versuchte sich zu erinnern, konnte den Namen aber keinem Gesicht zuordnen.

»Kommen Sie doch bitte herein, es zieht wie Hechtsuppe.«

Sasza trat ein und sah sich um. Ja, das konnte die Wohnung auf dem Foto sein.

»Mein Untermieter ist leider nicht da«, erklärte Genia. »Ich weiß auch nicht, wo er ist. Ich bin selbst gerade erst von einer Reise zurückgekommen.« Sie zeigte auf den halb ausgepackten Koffer.

»Haben Sie seine Telefonnummer?«

Genia schüttelte den Kopf.

»Soweit ich weiß, besitzt Herr Łukasz kein Handy. Ich habe auch nur Festnetz, alte Leute brauchen diesen Schnickschnack nicht.« Sie lächelte und wandte sich der Küche zu.

»Ich will Sie nicht vom Mittagessen abhalten.« Mit der gesunden Hand suchte sie in ihrer Tasche nach einem Blatt Papier und einem Kugelschreiber, um ihre Telefonnummer aufzuschreiben – doch das überstieg ihre Kräfte. »Haben Sie vielleicht etwas zum Schreiben? Ich würde Ihnen gern meine Nummer dalassen.«

Genia eilte wie auf Kommando zur Kommode und holte aus einer Schublade ein altes Heft und einen spitzen Bleistift. Sasza schrieb ihre Handynummer auf und blieb einen Augenblick lang unschlüssig stehen. Genia blickte sie gutmütig an.

»Kann ich sonst noch etwas für Sie tun?«, fragte sie freundlich.

Sasza nickte.

»Ich weiß, es klingt merkwürdig«, begann sie, »aber ich habe meinen Bekannten seit Jahren nicht mehr gesehen. Ich bin mir nicht einmal sicher, dass wir von der gleichen Person sprechen.«

»Das weiß ich auch nicht.« Genia war sichtlich belustigt.

»Der Nachname stimmt, aber ich würde mich gern vergewissern.«

»Haben Sie ein Bild von ihm? Zeigen Sie es mir ruhig, auch wenn es ein altes Foto ist«, schlug Genia vor. Sasza zog ihr Telefon aus der hinteren Hosentasche und zeigte Genia das Bild von Danka, das sie vorgestern vor der Klinik abfotografiert hatte.

Genia betrachtete das Modell, sie begann zu strahlen.

»Ja, ich erinnere mich an das Mädchen. Sie ist ein paar Mal hier gewesen. Aber ich dachte, Sie suchen meinen Mieter.«

»Wurde die Aufnahme in Ihrer Wohnung gemacht?«

Kopfnicken.

»Ich gebe ihm sofort Ihre Nummer, wenn er kommt«, versprach Genia.

»Wissen Sie vielleicht, wann er zurückkommt?«

»Nein, leider nicht.«

Sasza zögerte.

»Könnte ich vielleicht …« Sie brach den Satz ab. »Ich würde gern sein Zimmer sehen. Ich werfe nur einen Blick hinein, und schon bin ich weg.«

Genia musterte sie aufmerksam. Es schien, als würde sie Nein sagen wollen, stattdessen aber zeigte sie auf das Ende des dunklen Flurs.

»Bitte, da Sie sich beide kennen, wird er sicher nichts dagegen haben. Ein feiner Herr, und Sie scheinen mir auch in Ordnung zu sein. Ich habe das Gefühl, sie würden gut zueinanderpassen.«

Sasza lachte nervös auf.

Genia nahm einen Schlüssel aus einem Kasten und führte ihren Gast in den hinteren Teil der Wohnung.

»Für die Unordnung kann ich nichts«, scherzte Genia. »Er ist mein Mieter, nicht mein Enkel. Ich mische mich grundsätzlich nicht in das Privatleben anderer ein.«

»Eine seltene Tugend heutzutage.«

Genia schloss die Tür auf. Der Raum war dunkel, die Rollläden waren heruntergelassen. Alles war genauso wie auf dem Bild: die Schrankwand, die Topfpflanzen, der Nippes im Regal. An der Wand stand eine ausgeklappte Schlafcouch, daneben lehnte ein Keilrahmen an der Wand. Plötzlich merkten die beiden Frauen, dass auf dem Bett eine schlafende Gestalt lag. Schnell zog Genia die Tür wieder zu.

»Herr Łukasz!«, rief sie vom Flur aus. »Ich habe gedacht, Sie wären nicht da, verzeihen Sie.«

Stille schlug ihnen entgegen. Es roch stark nach Terpentin.

»Man hätte lüften sollen«, brummte Genia und erklärte: »Herr Łukasz ist Maler, übrigens ein sehr begabter Maler. Bestimmt hat er wieder in der Nacht an einem Bild gearbeitet. Sie warten vielleicht besser in der Küche, während ich ihn wecke.«

Sasza nickte. Außer Terpentin war da allerdings noch etwas anderes, ein Geruch, den sie gut kannte, von der Spurensicherung, damals bei der Polizei. Sie lief den Gang entlang, holte dabei ihr Telefon aus der Tasche und wählte die Nummer der Kommandantin. Ihr Herz hämmerte.

Genia klopfte noch ein paar Mal, aber niemand antwortete. Eine Fliege setzte sich auf die Klinke.

»Vielleicht ist ihm etwas zugestoßen?« Verunsichert drehte sie sich zu Sasza um. »Warum antwortet er nicht?«

Sie deutete Saszas Blick als stummes Einverständnis und drückte erneut die Klinke. Mit energischen Schritten ging sie zum Bett und schüttelte den Liegenden. Sasza sah ihr zunächst wortlos zu, näherte sich dann dem Bett. Mit einer entschlossenen Bewegung warf sie die Bettdecke zurück – und hielt sich sofort die Hand vor den Mund. Auf dem Bett lag nicht Łukasz, sondern ein Mädchen, in Embryonalstellung. In dem geblümten Kleid, in dem es vor ein paar Tagen im Park Modell gestanden hatte. Die Haare waren über das Kopfkissen verteilt, die Hände und Beine mit Kabelbinder gefesselt. Es war schön und tot.

»Gütiger Himmel«, flüsterte Genia.

Im gleichen Bett war ihr Mann gestorben. Plötzlich tanzten schwarze Schmetterlinge vor ihren Augen, dann sank sie zu Boden. Sasza versuchte, sie wieder zu sich zu bringen. Da erblickte sie auf dem Schränkchen neben dem Bett ihre Mappe. Sie prüfte den Inhalt. In ihrer Brieftasche war ihr Führerschein, darunter ein Foto, das Sasza vor einem Jahr mit ihrer Tochter am Meer gemacht hatte und seitdem immer bei sich trug. Jemand hatte Karolina und die Hälfte von Saszas Gesicht abgetrennt. Von ihrer Tochter war nur eine kleine Hand übrig.

Etwas ist faul im Staate Dänemark«, sagte Doman.

Sie saßen im Konferenzraum der Kreiskommandantur: Polizeioberkommissar Domański, seine Leute von der Woiwodschaftspolizei, Romanowska, JahJah und Anita Krawczyk, die diensthabende Staatsanwältin aus Białystok.

Anita war am Tatort in einem kleinen Schwarzen und beigen Stöckelschuhen aufgetaucht, was ihr sichtlich peinlich gewesen war. Mehrmals hatte sie sich für ihre Kleidung entschuldigt, in vier Stunden, erklärte sie, werde sie in der Philharmonie zur Eröffnung des Festivals für orthodoxe Kirchenmusik erwartet. Der erste Eindruck – eine aufgebrezelte Tussi – hätte nicht falscher sein können. Die Kriminaltechniker hatten bereits mit der Spurensicherung beginnen wollen, obwohl noch keine fotografische Dokumentation gemacht worden war. Als man Krawczyk erklärt hatte, man würde noch eine halbe Stunde auf die Videoausrüstung warten müssen, hatte sie eine Handkamera aus ihrer eleganten Handtasche hervorgeholt und sie den Technikern gegeben. Wie eine nachsichtige Lehrerin wachte sie nun über die Arbeit am Tatort. Als ein junger Kriminaltechniker begann, unbeholfen mit der Pinzette aus der Decke, mit der die Leiche zugedeckt gewesen war, jedes Haar und jede Faser einzeln herauszuzupfen, flüsterte sie ihm ins Ohr:

»Schneid ein Stück ab.«

Behemot lief knallrot an. Als sie fertig waren, nahm sie den Ermittler beiseite und bot ihm eine Zigarette an.

»Und schreib mir einen ordentlichen Bericht, ich will mich

vor Gericht nicht für irgendwelche Schlampereien rechtfertigen müssen.«

Der Polizeibeamte versicherte ihr, er werde alles zu ihrer Zufriedenheit erledigen.

Dann lief sie zu einem Geschäft in der Nähe und besorgte sich bequemere Schuhe. Kurz darauf saß sie in grünen Sneakern am Tisch und knackte Sonnenblumenkerne. Doman fand, dass das neue Schuhwerk mit der Netzstrumpfhose und dem hautengen Kleid eine aufregende Komposition bildeten. Niemand wagte es, ihn bei seinen Kommentaren gegenüber der attraktiven Staatsanwältin zu unterbrechen.

»Du kannst gern öfters in diesem Aufzug zur Arbeit kommen, Anita. Wie es aussieht, werden wir hiermit jetzt eine Weile beschäftigt sein.«

»Vielleicht könnten wir uns trotzdem ein bisschen beeilen«, schlug Anita vor, die, nachdem alle Sonnenblumenkerne geknackt waren, nun nervös an ihrer Perlenkette herumfingerte. »Das Konzert kann ich wohl knicken. Fass dich trotzdem kurz, Doman, ich muss mich zumindest beim Schlussapplaus zeigen.«

»Was macht man heutzutage nicht alles für die Karriere«, frotzelte Doman. »Meine Konzerte unter der Dusche sind übrigens auch nicht übel. Und man bekommt jederzeit Tickets.«

Romanowska lächelte in sich hinein. Bereits im Gymnasium hatte Doman immer noch mit seinen Exfreundinnen schäkern müssen. Romanowska kamen Zweifel, ob er sich tatsächlich zu einem Mustergatten gemausert hatte. Dieser Typ ändert sich nie, noch vom Totenbett aus würde er die Krankenschwester anbaggern.

»Vielleicht beschäftigen wir uns jetzt mal wieder mit dem Mord«, hörte Krystyna Anita nun sagen.

An der Korktafel hingen Fotos von der ermordeten Danuta Pietrasik und ein Bild von dem gesuchten Łukasz Polak aus seiner Patientenakte. Ein Kriminaltechniker hatte gerade die CD mit dem Film von der Leichenschau gebracht, die Doman gleich an die Staatsanwältin weiterreichte.

»Damit du dir nach der Philharmonie ein bisschen Kultur reinziehen kannst.«

Mit stoischer Gelassenheit nahm Anita den Film und bat Romanowska, den Stand der Ermittlungen zusammenzufassen.

»Die Ermordete ist weiblichen Geschlechts. Achtzehn Jahre. Tod durch Ersticken. Tatwerkzeug: das Kabel des Handy-Ladegeräts. Sie war gefesselt. Zahlreiche Hautabschürfungen, Hämatome. Genaueres wird der Gerichtsmediziner nach der Obduktion sagen können. Das Opfer lag höchstens achtundvierzig Stunden in der Wohnung der pensionierten Musikschullehrerin Eugenia Rączka, die das Zimmer an einen gewissen Łukasz Polak vermietet hat. Die Dame war kurz zuvor von einer Reise heimgekommen und hatte die Wohnung seit ihrer Rückkehr nicht verlassen. Wir gehen davon aus, dass das Verbrechen am Sonntag begangen wurde, höchstwahrscheinlich in den Nachmittagsstunden.«

»Am Tag von Bondaruks Hochzeit«, ergänzte JahJah.

»Ja, an dem Tag, an dem die Braut verschwunden ist«, präzisierte Romanowska und sah ihren Exmann scharf an. »Mit Hypothesen sollten wir uns noch zurückhalten.«

»Ich habe nichts gesagt.«

Romanowska ging zur weißen Tafel und schrieb in Stichworten die Informationen auf, die sie hatten.

»Sozialversicherungsnummer, Steuernummer und Angaben zur Person des Verdächtigen befinden sich in der Akte. Nach unseren Erkenntnissen hat sich Łukasz Polak am Samstag voriger Woche unter dem Vorwand, einen Malworkshop in Dubicze Cerkiewne zu besuchen, abgesetzt. Er ist dort nie angekommen, obwohl er noch am Vortag eine Anzahlung von hundertvierzig Złoty geleistet hatte.«

Romanowska befestigte die Quittung mit einem Magneten an der Tafel.

»Er hat in Frau Rączkas Wohnung persönliche Sachen, seine Fotoausrüstung und Gemälde zurückgelassen. In seinem Zimmer haben wir eine halb gepackte Tasche sichergestellt. Ein Teil der Gegenstände war aufs Geratewohl hineingeworfen, so als wäre er in großer Eile gewesen. Die Krankenschwester von Ciszynia hat die Tasche samt Inhalt als Eigentum des Patienten identifiziert. Er besitzt weder ein Handy noch ein Bankkonto. An dem Freitag vor seinem Verschwinden hat er seinen Arbeitgeber um einen Gehaltsvorschuss gebeten. Schabowski hat ihm tausendfünfhundert Złoty ausgezahlt, Ausgaben zurückerstattet und bereits ausgeführte Auftragsarbeiten abgerechnet – insgesamt dreieinhalbtausend in bar.«

»Für hiesige Verhältnisse eine Menge Schotter«, kommentierte JahJah.

»Am Sonntagmorgen«, fuhr Romanowska fort, »sollte Polak Bondaruks Hochzeit fotografieren. Aber er erschien nicht zum vereinbarten Termin im Carska. Er war weder telefonisch zu erreichen noch zu Hause anzutreffen. Im letzten Moment sprang Schabowskis Sohn für ihn ein. Sowohl das Opfer als auch der Verdächtige waren Patienten der psychiatrischen Klinik Ciszynia.

Sie kannten sich seit drei Jahren. Danuta Pietrasik war schon länger in der Anstalt. Dort hält sich auch ihr Bruder auf. Laut Aussagen des Personals und seiner Mitpatienten war er zur Tatzeit in der Klinik. Er hat die Einrichtung seit seiner Einlieferung nicht ein einziges Mal verlassen. Danuta war dagegen des Öfteren draußen – mit und ohne Erlaubnis. Einige Male war sie bei Polak – Frau Rączka hat das bestätigt. Die Anstaltsleitung sah kein Problem darin, dass Polak als erwachsene Begleitperson die Ausgangserlaubnis unterschrieb. Sein Verhalten war bis dato tadellos.«

»Ich dachte, er wäre psychisch krank«, hakte JahJah nach.

»Ja, das war er auch, aber vor zwei Monaten wurde er für geheilt erklärt.«

Romanowska zog aus einem Papierstapel ein Blatt und gab es Frankowski, der einen Blick darauf warf und es dann weiterreichte. Die Staatsanwältin hielt es am längsten in der Hand, als Einzige in der Runde las sie das Gutachten durch und legte es anschließend vor sich auf den Tisch.

»Er war Teilnehmer des Forschungsprogramms der norwegischen ›Rückkehr‹-Stiftung, mit der Ciszynia zusammenarbeitet. Mit ihren Geldern wurde die Klinik eingezäunt und der Park in Ordnung gebracht. Der Patient ist von seinen Ausgängen immer pünktlich zurückgekommen und hat seine Medikamente regelmäßig eingenommen. Niemand hat irgendwelche Vorbehalte geäußert. Den letzten Termin musste er absagen, weil er an diesem Tag einen Foto-Auftrag hatte. Wir haben ein Empfehlungsschreiben des Arbeitgebers. In zwei Wochen sollte der nächste Gesprächstermin stattfinden.«

»Ich wette eine Flasche Wodka, dass er nicht auftauchen wird«, brummte JahJah und fügte, da der Scherz die erhoffte Wirkung verfehlte, hinzu: »Ein PR-Desaster für die Klinik, wenn die Medien davon Wind bekommen. Nur eine Frage der Zeit, bis die Presse berichtet.«

»Das Gericht hatte keine Behandlung für Polak angeordnet. Er musste dort nicht sein«, fuhr Romanowska fort. »Ich habe einen meiner Leute zur Klinik geschickt, um das Personal zu den Umständen seines Verschwindens zu befragen. Und hier sind weitere amtliche Unterlagen.«

Die nächste Portion Papiere landete zunächst bei Doman, der aber nur einen flüchtigen Blick darauf warf und sie der Staatsanwältin rüberschob. Da niemand Interesse zeigte, nahm Romanowska den Bericht wieder an sich.

»Herr Saczko hat uns die behandelnde Ärztin genannt.

Doktor Prus wurde bereits benachrichtigt und wird im Laufe der nächsten Stunde hier eintreffen.«

»Und was war mit dem Mädchen?«, wollte Anita wissen. »Ist sein Verschwinden nicht gemeldet worden? Wurde es von niemandem vermisst?«

»Im Gegenteil, wir haben am Samstag zwei Streifenwagen losgeschickt. Wir haben Grund zu der Annahme, dass es Ausweispapiere und etwa achthundert Złoty gestohlen hat, von einer gewissen Sasza Załuska aus Danzig, die in der Klinik war, um sich mit …« Romanowska hielt inne und zeigte auf das Foto des Verdächtigen an der Wand.

»… diesem Typen zu treffen«, vollendete Doman den Satz.

Krystyna nickte.

»Załuska ist auch die einzige Zeugin der Entführung von Iwona Bondaruk, geborene Bejnar, die wir euch am Sonntag gemeldet haben. Sie wurde verletzt und an einen Baum gefesselt. Bis heute lag sie im Krankenhaus. Sie war die Erste am Tatort in der ulica Trzeciego Maja. Die Wohnungsbesitzerin Eugenia Rączka hat sie in Polaks Zimmer gelassen. Dort hat sie Danuta Pietrasiks Leiche entdeckt. Wir haben eine Nachricht erhalten, die von Załuskas Handy verschickt wurde. Danach wurde sie am Busbahnhof gesehen. Und vor einer Stunde haben wir sie auf der Landstraße nach Białystok beim Trampen aufgegriffen.«

»Soll das ein Witz sein?« Doman drehte sich zu Frankowski um.

»Keineswegs.« Romanowska setzte sich. »Den Rest fasst Jah-Jah zusammen. Ich finde, Doman sollte die Umstände deiner Bekanntschaft mit Frau Załuska erfahren.«

Doman hob neugierig den Kopf.

»Ich bin ganz Ohr.«

JahJah schilderte kurz, wie er Załuska kennengelernt hatte. Er holte dann die zusammengerollte Broschüre aus der Tasche, die er am Samstag von Sasza erhalten hatte, und warf sie auf den Tisch.

»Zufälle sind etwas für Gläubige oder Naive«, begann er. »Da ich mich zu keiner dieser Gruppen zähle, meine ich, wir sollten die Dame in beiden Fällen als mögliche Verdächtige in Betracht ziehen. Ich weiß zwar noch nicht, welche Verbindung da besteht, sicher ist jedoch, dass unser Leben, bevor sie hierherkam, in geordneten Bahnen verlief.«

»Junge, an dir ist ein Poet verloren gegangen«, lachte Doman. »Was wir brauchen, sind aber keine schönen Worte, sondern harte Fakten.«

JahJah warf einen Beutel mit Beweismitteln auf den Tisch, neben die Broschüre. Er enthielt Saszas Tasche und einen Auszug aus der Datenbank mit ihren Fingerabdrücken.

»Vor Jahren wurde ein Disziplinarverfahren gegen Załuska angestrengt. Den Antrag auf Entlassung hat sie damals selbst eingereicht. Vielleicht wurde ihr dazu geraten, um sich unnötige Scherereien zu ersparen. Unter der Hand habe ich jedoch erfahren, dass das Zentrale Ermittlungsbüro sie weiterhin auf dem Schirm hat. Wir werden mehr erfahren, wenn ihr Vorgesetzter aus Danzig kommt, der ihre Personalien bestätigt und für sie gebürgt hat. Er ist dort Chef der Kriminalpolizei.«

»Falls er kommt«, warf Romanowska ein. »Bisher hat er es nur versprochen.«

»Und das war hier mal so ein friedliches Städtchen«, seufzte Doman. Er stand auf und drückte Anita einen Schmatz auf die Wange, dass sie errötete. »Ich verzieh mich in den Hades. Haltet die Ohren steif, Leute.«

Sasza kratzte sich zwanghaft am Arm, am Gips juckte es wie verrückt. Sie hatte dunkle Ränder unter den Augen und war käseweiß im Gesicht. Aber trotz der Erschöpfung arbeitete ihr Gehirn auf Hochtouren. Sie wollten ihr den Mord anhängen, so viel wusste sie, noch bevor Doman begann, ihr ein X für ein U vorzumachen. Sie überlegte, ob es Opas Werk war oder ihre Paranoia Wirklichkeit wurde und die »Rote Spinne« grausame Rache an ihr nahm. Sie ließ sich ihre Angst jedoch nicht anmerken.

»Ihr wollt mich auf die Probe stellen mit dem Vorschlag, stimmt's, oder habe ich recht?«, fragte Sasza und bemühte sich dabei um einen möglichst lockeren Ton.

Romanowska und JahJah, die hinter dem Spionspiegel standen und das Gespräch mitverfolgten, tauschten Blicke aus.

»Ich habe kein Angebot gemacht«, stellte Doman klar. »Ich beschäftige Sie nicht und biete auch keine Arbeit an. Es liegt in Ihrem ureigensten Interesse, dass wir den Täter so schnell wie möglich schnappen. Vielleicht habe ich mich nicht deutlich genug ausgedrückt: Sie haben keine Wahl.«

»Man hat immer eine Wahl«, erwiderte Sasza. »Und zufälligerweise habe ich mit diesem Mord nichts zu tun. Falls Sie also wollen, dass ich mit Ihnen zusammenarbeite, dann hören Sie auf, mich zu beleidigen.«

Doman wurde ungeduldig.

»Sie machen es einem nicht leicht, Ihnen zu vertrauen. Sie haben die Dinge unnötig verkompliziert.«

»Nicht mehr als ihr«, knurrte sie. Sie streckte ihre gesunde Hand aus. »Könnte ich bitte mein Telefon wiederhaben, ich möchte meine Tochter anrufen.«

Doman ignorierte ihre Bitte, stattdessen schob er das Handy außer Reichweite.

»Kaum sind Sie hier aufgetaucht, verschwinden Frauen. Die einen spurlos, die anderen werden tot aufgefunden. Zufall?«

»Das ist nichts weiter als eine unbewiesene Behauptung, das wissen Sie so gut wie ich. Für eine Anklage reicht das nicht.«

»Wer spricht denn hier von einer Anklage? Ich stelle lediglich fest, dass Sie beide Male, als die brutalen Verbrechen begangen wurden, zugegen waren. Dazu kommt illegaler Waffenbesitz. Versetzen Sie sich doch einmal in unsere Lage. Ich kann Sie unmöglich laufen lassen.«

Sasza entgegnete nichts. Sie hatte die Nase voll von den Spielchen. Ihr genügten die eigenen Probleme.

Duchno meldete sich nicht, er ging weder ans Telefon, noch antwortete er auf ihre SMS. Sie wusste, er würde nicht nach Hajnówka kommen. Hätte er es vorgehabt, sie hätte es als Erste erfahren. Da jedoch Funkstille herrschte, saß er bestimmt in Danzig, in der Arbeit, an irgendeinem Fall. Vielleicht war er auch sauer, dass sie ihn hatte hängen lassen.

Und warum sollte er auch seine Freizeit opfern, um sie zu retten? Wer war sie schon für ihn? Eine Freundin? Eine Bekannte? Was hatte sie erwartet? Nur zu, sie würde nie wieder jemanden um etwas bitten und schon gar nicht vor jemandem zu Kreuze kriechen. Sie wusste, dass nun ein schwerer Verdacht auf ihr lastete und sie ihre Unschuld beweisen musste. Schon lange hatte sie nicht mehr so tief in der Scheiße gesteckt. Und wie üblich war sie auf sich allein gestellt.

»Hören Sie auf, mich für dumm zu verkaufen«, erklärte sie schroff. »Ich habe alles gesagt, was ich weiß. Wir kämpfen auf derselben Seite. Sie wissen genau, dass ich keine Kriminelle bin.«

»Von wissen kann keine Rede sein, aber die Hoffnung stirbt zuletzt.«

Sasza reagierte gereizt. Wie hieß es doch so schön: Wenn man jemanden hängen will, findet man auch den Strick dazu.

»Ihr habt nichts gegen mich in der Hand.«

»Vorläufig.«

»Wozu dann das Gespräch? Sperrt mich ein, und ich rufe meinen Rechtsanwalt an. Ich warte in Ruhe in der Zelle, während ihr eure Arbeit macht. Nach der Spurenanalyse werden wir ja sehen, wer recht hat.«

»Einverstanden.« Er sah sie herausfordernd an.

Sasza wusste, Doman würde die Sache durchziehen. Sie blickte noch einmal kurz zum leitenden Ermittler und gab dann klein bei.

»Was wollen Sie von mir?«

Doman lächelte.

»Ehrlichkeit.«

»Geht mir ähnlich«, knurrte sie zurück.

In knappen Worten erklärte ihr Doman, wie er die Dinge sah.

»Verstehe, ihr braucht einen Sündenbock«, resümierte sie. Ihr einziger Trumpf war, dass sie Łukasz kannte; das konnte sich für die Ermittlungen noch als nützlich erweisen. Sie würden nirgends etwas zu seiner Person finden, nicht einen amtlichen Hinweis. Sie wussten das, nur deshalb sprachen sie überhaupt mit ihr. Trotzdem war ihr immer noch nicht klar, was Doman im Schilde führte.

»Wie ich bereits erwähnt habe, ist Polak der Grund für meine Anwesenheit hier. Ich habe ihn im Verdacht, ein Schwerverbrecher zu sein, auch wenn offiziell keine Ermittlungen gegen ihn laufen. Als ich noch im Zentralen Ermittlungsbüro gearbeitet habe, galt er in mehreren Fällen als Mordverdächtiger. Sowohl im Wald als auch in der ulica Trzeciego Maja war ich wegen ihm. Seine Adresse hat mir die Kommandantin zugesteckt.

Außerdem ist Polak jemand, mit dem ich …« Sie zögerte, holte tief Luft, bevor sie mit der Sprache rausrückte: »Ich hatte mit ihm eine kurze Affäre. Ich möchte darauf nicht näher eingehen, das ist eine private Angelegenheit.«

»Nicht mehr.«

Sasza ignorierte Domans Bemerkung.

»Meine Vorgesetzten haben mich in dem Glauben gelassen, Łukasz wäre tot. Als ich dann vor Kurzem erfahren habe, dass er wohlauf ist, sogar die Klinik verlassen hat, habe ich geahnt, dass es weitere Opfer geben wird. Mittlerweile ist es ja offenkundig mehr als nur eine Vermutung. Ich kenne seinen Modus Operandi, seine Vorgehensweise und seine Schwächen. Ich könnte helfen, ihn zu finden.«

Sasza zeigte auf ihr Booklet zum Thema Profiling, das aus der Seitentasche von Domans Jacke herausragte: »Ich vermute, dass Sie daran mehr Interesse haben, als mich aus Spaß an der Freude in die Scheiße reinzureiten. Es ist absurd, mir ein Verbrechen vorzuwerfen. Spätestens wenn die nächste Leiche auftaucht, kommt ihr selbst auf den Trichter.«

Anstatt zu antworten, trommelte Doman mit dem Kugelschreiber auf die Tischplatte. Er schaltete das Aufnahmegerät aus und schob es in die Schublade. Dann holte er einen Ascher hervor und bot Sasza eine Selbstgedrehte an. Sie zögerte, griff dann aber doch zu.

»In der Kommandantur ist nicht zufällig ein Brief eingegangen oder ein Foto?«, fragte sie.

»Nicht, dass ich wüsste.«

»Kommt noch.« Sasza verzog das Gesicht, die Zigarette schmeckte ihr nicht. Sie stieß den Rauch aus, aschte und drückte dann die kaum gerauchte Kippe aus. »Falls es die ›Rote Spinne‹ war, kommt ein Foto. In den bisherigen Fällen hat der Täter Bilder von den Opfern verschickt, die wie gemalt aussahen.«

»Ich hoffe, Ihnen ist klar, wie das klingt.« Doman erhob sich, ging zur Tür und sah hinaus. »Wir sind in Polen, in einer idyllischen Kleinstadt.«

»Die Psychopathen sind unter uns.« Sasza ließ sich nicht aus dem Konzept bringen. »Wir haben es nicht mit einem gewöhnlichen Straftäter zu tun. Er versteht es, seine Spuren zu verwischen, und hat viel Zeit gehabt, seine Vorgehensweise zu perfektionieren. Vielleicht ist schon früher jemand verschwunden. Kommissar Frankowski hat mich neulich gefragt, ob ich Leichen finden könnte.«

»Fragen kostet nichts.« Doman lächelte.

»Łukasz Polak war mehrere Jahre Patient in der Psychiatrie. Er war aber nicht in einer geschlossenen Abteilung untergebracht. Er konnte Ciszynia jederzeit verlassen und sich im Umkreis von hundert Kilometern frei bewegen. Von seinen Ausgängen kam er immer am selben Tag zurück, und immer pünktlich. Sucht nach vermissten jungen Frauen aus der Gegend. Ich könnte ein Opferprofil anfertigen.«

»Danke, aber momentan geht es um diesen konkreten Fall.«

Sasza senkte den Blick.

»Ich habe Ihnen doch gesagt, ich war einfach zur falschen Zeit am falschen Ort.«

»Ich glaube nicht an Zufälle.«

»Ich eigentlich auch nicht.« Sasza presste die Lippen zusammen. Sie gab sich geschlagen. »Ich verstehe das auch nicht. Vielleicht macht er Jagd auf mich. Vielleicht hat meine Ankunft hier das Ganze losgetreten.«

Im Zimmer herrschte Stille. Sasza begriff mit einem Mal, dass sie ins Schwarze getroffen hatte. Man brauchte sie als Lockvogel, darum ging es. Es klopfte an der Tür.

Doman verließ den Raum. Sasza schnappte sich sofort das Telefon und wählte die Nummer ihrer Mutter. Als sie die Stimme ihrer Tochter nur auf der Mailbox hörte, schossen ihr Tränen in die Augen. Sie konnte nicht an sich halten. In diesem Moment betraten Romanowska, Frankowski und Doman das Verhörzimmer und setzten sich. Sasza wischte sich mit dem Ärmel über die Augenlider. Sie war bemüht, sich die Tränen nicht anmerken zu lassen.

»Wir haben die Bestätigung, dass die Fingerabdrücke vom Tatort nicht mit Ihren übereinstimmen«, erklärte Romanowska.

Sasza starrte noch immer auf das Display. Sie brauchte einen Augenblick, um die Bedeutung des Gesagten zu erfassen.

»Es ist noch zu früh für Hypothesen. Wir haben kein Gutachten, aber das hier ist bei der Lokalzeitung eingegangen.«

Romanowska zeigte ihr einen Ausdruck in einem Plastikbeutel. Ein Schwarz-Weiß-Foto, von oben aufgenommen. Danka lag auf der Seite, wie ein Embryo. Die Fotografie erinnerte an ein Ultraschallbild von einem Fötus. Von den Verletzungen und den Blutergüssen im Gesicht war praktisch nichts zu sehen. Zu erkennen waren dagegen die Kabelbinder an Händen und Fußgelenken. Sasza betrachtete die Aufnahme eine Weile und nickte.

»Wer war der Adressat?«

»Sergiusz Mikołajuk, der Redakteur der Lokalzeitung. Er wartet auf dem Gang. Mikołajuk schwört Stein und Bein, er habe das Bild niemandem gezeigt, trotzdem ist es bereits im Internet aufgetaucht. Das Fernsehen hat bereits angerufen.«

»Früher hat er nur mit der Polizei gespielt, jetzt spannt er dazu die Medien ein«, murmelte Sasza. »Er sucht den Ruhm.«

JahJah holte mehrere Fotos aus der Brusttasche und zeigte Sasza ein Bild von einer Superprojektion auf der Grundlage des Schädels, den man auf dem Pfadfinderhügel gefunden hatte.

»Sie haben gesagt, Sie könnten helfen, Leichen zu lokalisieren«, begann er. »Wir hatten mehrere Vermisstenfälle, die nie aufgeklärt wurden. Vielleicht ist das auch das Werk Ihres Bekannten.«

Sasza betrachtete das Bild und kramte dann aus ihrer Tasche

das Bild, das sie von Marzena Koźmińska bekommen hatte. Sie verglich die beiden Fotos und schüttelte ungläubig den Kopf.

»Das ist Monika Zakrzewska, Künstlername Jowita. Eine Prostituierte aus dem Warschauer Stadtteil Bródno. Ihre Leiche wurde nie gefunden. Zakrzewska verschwand im Jahr 2000; die ›Rote Spinne‹ wurde aber erst viel später aktiv. Ich glaube nicht, dass es hier einen Zusammenhang gibt.«

Sie legte beide Aufnahmen auf den Tisch. Die Ähnlichkeit war nicht zu übersehen. Sasza deutete auf Koźmińska.

»Diese Frau wurde verurteilt, Zakrzewska entführt zu haben, behauptet aber, unschuldig zu sein. Ihrer Meinung nach hat der Typ auf dem Foto Jowita entführt.«

Sasza zeigte auf den Mann, der die beiden Frauen im Arm hielt. »Er wurde Vierauge genannt.«

Romanowska sah JahJah fragend an, dieser wiederum blickte zu Doman, der nickte.

»Das ist Piotr Bondaruk«, sagte die Kommandantin und ergänzte, obwohl alle es ohnehin wussten: »Ehemann der im Wald Verschwundenen.«

Sasza blickte auf.

»Sind Sie sich sicher?«

»Sie können mir ruhig glauben, ich lebe schon ein ganzes Weilchen hier«, antwortete Romanowska und sah zu JahJah.

»Irrtum ausgeschlossen«, brummte er.

»Und wo ist hier der Zusammenhang zu dem Mord an der Klinikpatientin?«, warf Doman etwas genervt ein.

»Ich könnte danach suchen.« Sasza streckte die Hand nach der Ermittlungsakte aus.

Doman zögerte, schob sie der Profilerin dann aber zu.

»Sag Anita Bescheid, dass es eine kleine Änderung gibt«, wandte er sich an Romanowska.

»Ich arbeite allein«, erklärte Załuska und blickte Doman fest an. »Ihr mischt euch nicht ein.«

»Das kann ich nicht versprechen«, entgegnete er.

»Ich werde Sie auf dem Laufenden halten«, versicherte sie. »Aber eine Sache haben Sie noch vergessen.«

Doman sah sie fragend an.

»Dich zu entschuldigen!« JahJah stieß Doman scherzhaft in die Seite.

»An Ihrer Stelle hätte ich mich auch zum Kreis der Verdächtigen gezählt, das gehört zum Beruf«, erklärte Sasza. »Aber hören Sie auf, in der Danziger Kommandantur Unwahrheiten über mich zu verbreiten. Warten Sie mit Ihrem Bericht, solange Sie keine handfesten Beweise haben. Denn gegen Gerüchte ist kein Kraut gewachsen.«

Doman erwiderte nichts.

»Und ich will die Waffe zurück«, forderte Sasza. Sie zeigte auf Łukaszs Bild an der Tafel. »Dieser Typ hat mich bereits einmal gefangen gehalten. Wenn ihr mich als Köder benutzen wollt, brauche ich eine Wumme.«

Stille. Romanowska schüttelte den Kopf, JahJah lächelte verlegen.

»Ansonsten mache ich nicht mit«, fügte Sasza hinzu.

»Niemand zwingt Sie dazu.« Doman hielt den Kopf schräg.

Sasza legte die Akte zurück auf den Tisch und verschränkte die Arme.

»Ich sage nichts mehr ohne meinen Anwalt und rühre mich nicht vom Fleck. In der Zelle bin ich am besten aufgehoben.«

»Von mir aus«, kapitulierte Doman nach einem Moment des Schweigens. »Ihr Kollege, der seine schützende Hand über Sie hält, weiß noch nichts von der Sache.«

Sasza verzog den Mundwinkel zu einem Lächeln.

»Hurensohn«, zischte sie.

Doman lachte fröhlich auf, als hätte sie ihm ein Kompliment gemacht. Romanowska schickte JahJah los, die Beretta samt Munition zu holen.

»Meine Tante ist auf ihre Datscha an der weißrussischen Grenze gefahren«, wandte sie sich an Załuska. »Ihre Wohnung steht leer. Ulica Piłsudskiego, keine dreihundert Meter von hier. Dort können Sie in Ruhe arbeiten.«

Sasza blickte sie dankbar an. Sie klopfte gegen ihren Gipsarm.

»Ich brauche noch einen Fahrer.«

»Zu Diensten!« JahJah spannte seine muskulösen Arme an.

»Ich brauche einen Fahrer, keinen Zerberus.«

»Eben«, wandte Romanowska ein. »Falls jemand sich Ihnen an die Fersen geheftet hat, ist es besser, wenn einer von uns in der Nähe ist.«

»Wie groß sind Sie?« Sasza legte den Kopf in den Nacken und taxierte Doman.

»Eins neunundneunzig«, antwortete er verdattert.

Sasza schüttelte den Kopf.

»Zu groß. Und Ihr Sohn?«, wandte sie sich erneut an Frankowski. »Nicht größer als einen Meter fünfundsiebzig, oder?«

»Achtundsiebzig«, antwortete Romanowska für ihn. »Wieso fragen Sie?«

»Ich will meinen Wagen benutzen«, erwiderte Sasza. »Natürlich erst, sobald die Techniker mit ihm fertig sind. Und um einen Uno zu fahren, braucht man eher einen Jockey als einen Basketballspieler. Ich will mir nicht ständig das Gejammer anhören müssen. Fürs Erste tut es aber auch ein Streifenwagen.«

Romanowska holte Błażej herein, der auf dem Gang gewartet hatte. »Ich brauche ein paar Stunden«, erklärte die Profilerin. »Und falls es etwas Neues geben sollte, will ich es nicht als Letzte erfahren.«

Sie griff nach ihrer Tasche und versuchte, sie sich über die Schulter zu werfen, was aber gründlich misslang. Błażej bückte sich sofort und begann, die aus der Tasche gefallenen Gegenstände aufzusammeln. Sasza wurde es schwindlig, sie musste sich setzen.

»Alles in Ordnung?«, fragte Romanowska besorgt.

»Nein.« Sasza stand mühsam auf. »Ich muss mich kurz hinlegen.«

»Vielleicht lernst du noch etwas von der Agentin des Zentralen Ermittlungsbüros.« JahJah grinste seinen Sohn an.

»Unwahrscheinlich«, antwortete Sasza anstelle des jungen Frankowski. »Höchstens, wie man sich fremde Ermittlungen aufhalst. Und nicht einmal dafür bezahlt wird.« Sie gab dem Polizisten die Akte und steuerte auf den Ausgang zu. »Was meinen Uno betrifft«, wandte sie sich an Błażej, »der dritte Gang geht schwer rein. Man muss zweimal die Kupplung treten.«

»Ich werde Sie im Blick behalten«, rief ihr Doman hinterher.

Sasza drehte sich um und lächelte.

»Nur wenn ich das will.«

Der Brunnen war tief und ohne Wasser. Iwona beugte sich über den Rand, ließ einen kleinen Stein fallen und horchte, wie lange es dauerte, bis er unten aufschlug.

»Echo!«, rief sie.

Ihre Stimme hallte mehrfach wider, das Geräusch des fallenden Steines hörte sie jedoch nicht.

Plötzlich packte sie jemand an der Taille. Sie wankte und meinte, in den Brunnen zu stürzen. Als sie sich umdrehte, schloss Quaku sie in die Arme und küsste sie lange.

»Geliebter, bester Quaku!«, lachte das Mädchen erleichtert auf. Sie schmiegte sich an seine Brust, die nach Lagerfeuer, Schweiß und Lederoverall roch.

»Wie lange muss ich hier noch bleiben?«

Statt zu antworten, zog er ein Sträußchen zerdrückter Feldblumen unter der Montur hervor. Sie seufzte glücklich.

»Ich fahre dann mal einkaufen.«

Es war Kinga Kosiek, die sympathische Weißrussin, die Iwona beim Junggesellinnenabschied kennengelernt hatte. Sie hatten einander auf Anhieb gemocht. Seitdem Iwona sich hier versteckt hielt, hatten sie sich gegenseitig von ihren Träumen erzählt, sich über die Typen sowie über tote und lebende Familienmitglieder beklagt und ihre bisherigen Beziehungen analysiert.

»Lass dir ruhig Zeit!«, rief Quaku Kinga nach und zog Iwona ins Haus.

Es war eines der typischen Gesindehäuser in Hajnówka: mit schwarz gebeizten Balken, weißen Fensterläden und einer mit

Schnitzwerk reich verzierten Veranda. Das Gebäude stand in einem alten Obstgarten, umfangen von einer kleinen Mauer. Als in den Achtzigerjahren in unmittelbarer Nachbarschaft die Wohnsiedlung Mazury entstand, weigerte sich der alte Kosiek, sein Grundstück zu verkaufen, weshalb das Anwesen von Wohnblocks umgeben war. Als zusätzlichen Sichtschutz hatte Kingas Vater Tannen gepflanzt. Jetzt wohnte Kinga auf dieser Datscha mitten im Herzen der Stadt. Man hätte weit und breit kaum ein besseres Versteck finden können. Alle glaubten, dass das Haus nach Kosieks Tod verwaist war.

Iwona wärmte Quaku Suppe auf und stellte einen frisch gebackenen Rosinenkuchen auf den Tisch. Dann setzte sie sich ihm auf den Schoß und begann, ihm zärtlich durch die Haare zu streichen.

»Tut es weh?« Jurek zeigte auf ihre bandagierte Hand.

Sie nickte.

»Du hättest mich treffen können«, flüsterte sie.

Er beugte den Kopf und küsste den Verband so ehrfürchtig, als handelte es sich um eine Reliquie.

»Genug«, lachte sie. »Bis zur Hochzeit ist alles wieder verheilt.« Er schmiegte das Gesicht an ihren Busen und flüsterte:

»Ich weiß nicht, was ich getan hätte, wenn dir etwas passiert wäre.«

Sie meinte ihn schluchzen zu hören und umarmte ihn.

»Wie lange muss ich hier noch bleiben?«

»Hast du es hier schlecht?« Er betrachtete ihre Gesichtsverletzungen. »Sieh es als eine Art Ferienlager. Du existierst nur für mich, für niemand sonst. Wie fühlt sich das an?«

Iwona war sichtlich gerührt. Sie ließ sich von ihm streicheln. Als er sich jedoch am ersten Knopf ihrer Bluse zu schaffen machte, begann sie, sich zu beklagen.

»Ich habe weder Fernsehen noch Internet, nicht einmal ein Telefon.«

»Sie würden es sofort orten.«

»Dann besorg mir ein neues. Mit Karte.«

»Ich werde sehen, was sich machen lässt«, gab er ausweichend zurück.

Iwona musste daran denken, dass Quaku kein Geld hatte. Mit Mühe unterdrückte sie ihre Unzufriedenheit.

»Weiß Piotr Bescheid?«

Er nickte.

»Er hat eine Belohnung ausgesetzt.«

»Wie viel?«

»Fünfzig. Alle suchen dich.«

»Der alte Geizkragen.«

»Traust du ihr?« Er zeigte auf das Bild von Kinga und ihren Eltern, das auf der Kommode stand.

»Was bleibt mir anderes übrig. Ich bin jetzt eine von euch. Eine Weißrussin.«

Quaku schob den Teller weg. Als sie ihn fragte, ob er Nachschlag haben wolle, schüttelte er den Kopf.

»Weißt du, dass die Karre nicht sauber war?«

»Gestohlen?«

»Die Leute behaupten, das Auto sei früher bei einem Verbrechen benutzt worden. Man hätte den Wagen im Sumpf versenken sollen und nicht einfach dort stehen lassen. An dem Fahrzeug sind unsere Spuren. Die Frau in der blauen Blechkiste, die uns in die Quere gekommen ist, war übrigens eine Polizistin. Sie könnte uns noch Probleme machen.«

Iwona war in Gedanken versunken. Sie stand auf und ging zum Fenster. Sie schob die Gardine ein Stück zur Seite, schaute sich um und löste den Raffhalter. Der bordeauxrote Samt fiel herab und verschluckte fast das gesamte Licht.

»Bereust du es etwa?« Quaku trat zu ihr und umarmte sie von hinten. Sie legte den Kopf auf seine Brust und sagte lange nichts. »Alles ist anders gelaufen als geplant.«

»Solange ich nicht mein ganzes Leben hier verbringen muss …« Sie zog das Telefon aus seiner Brusttasche. Er versuchte, es ihr abzuluchsen, aber sie lief lachend davon. »Oder du wohnst hier mit mir.«

Quaku nahm ihr das Handy weg, verstaute es in der Tasche und zog den Reißverschluss zu.

»Ich traue ihr nicht.« Er zeigte erneut auf das Bild.

»Du traust niemandem.«

»Nicht einmal dir«, spottete er. »Fängst du schon wieder damit an. Das ist mir damals rausgerutscht. Ich war stinksauer. Und hatte nichts kapiert.«

»Du solltest mir vertrauen. Ich bin unsere Lebensversicherung.«

»Deshalb habe ich Angst, er könnte es noch einmal versuchen.«

»Sag so was nicht!«

»Nur ein dummer Scherz.«

Er zog Männerkleidung aus dem Segelsack, den er mitgebracht hatte. Außerdem einen zweiten Motorradoverall und eine alte blonde Perücke.

»Wir verreisen.«

»Wann?«

»Jetzt gleich.« Er lächelte.

Iwona merkte, wie es in der Magengegend kribbelte. Sie war gerade dabei, sich ein zweites Mal in ihn zu verlieben. Er war verrückt. Und sie dumm, fühlte sich aber wunderbar. Sie hatte nicht länger die Absicht, gegen ihre Gefühle anzukämpfen. Sie zog sich das Kleid energisch über den Kopf, griff nach dem Overall und öffnete die Reißverschlüsse. Als sie sich mit ihrem Unterrock verhedderte, legte Quaku seinen Arm um ihre Taille. Er küsste ihr Dekolleté. Sie lachte und ließ sich seine Zärtlichkeiten gefallen.

»Zehn Minuten früher oder später, das macht keinen Unterschied«, flüsterte er.

Der Overall fiel auf den Boden. Iwona schob die Teller vom

Tisch. Quaku hob sie an den Hüften hoch und setzte sie auf der Tischplatte ab. Iwona legte sich auf den Rücken, sie spürte, wie Quaku mit den Zähnen ihren Slip auszog und sein Gesicht zwischen ihren Beinen vergrub. Sie schloss die Augen.

Keiner der beiden hörte das Auto, das auf das Grundstück fuhr. Der Fahrer bremste abrupt, stieg aus bei laufendem Motor und blickte in den Brunnen. Er war leer und ohne Wasser. Der Mann warf ein in Lappen gewickeltes Bündel in den Schacht. Es musste relativ schwer sein, denn man hörte einen dumpfen Aufprall, als es den Boden erreichte. Dann zückte der Fremde eine blaue Spraydose und malte das Pahonja an die Mauer, das weißrussische Wappen. Er schien kurz zu überlegen und schrieb dann noch in kyrillischen Buchstaben: »Polacke verrecke!« Dann setzte er sich wieder ins Auto und fuhr davon. Auf dem Gras blieb eine kaum sichtbare Reifenspur zurück.

Du wirst ihnen alles erzählen.«

»Alles?«

»Alles, was sie wissen wollen.« Krzysztof Saczko holte aus einem Schrank blaue Crocs, entfernte das Preisschild und stellte sie vor sich auf den Boden. Er zog sein Jackett aus, lockerte die Krawatte. Dann beugte er sich stöhnend hinunter, im Duell mit seinem üppigen Bauch. Er ächzte unter dem Schreibtisch.

»Reich mir bitte den Kittel.«

Magdalena Prus zog eine Augenbraue hoch und erhob sich. Der Kittel lag in Folie eingeschweißt auf dem Kaffeetischchen. Als sie sich umdrehte, hatte Saczko das Schuhwerk bereits gewechselt und breitete Papiere auf seinem Schreibtisch aus, wodurch der Eindruck entstand, es handle sich hier um einen echten Arbeitsplatz.

»Erwartest du Gäste?«

»Das wird sich nicht vermeiden lassen. Die Putzfrau soll hier nichts anrühren.«

»Das würde sie nie wagen.«

»Und du auch nicht.«

»Im Gegensatz zu dir weiß ich, was in den Papieren steht.«

»Deshalb habe ich dich auch als Ansprechpartner bestimmt.« Seine Miene hellte sich auf.

»Ich fühle mich geehrt«, entgegnete Magdalena ironisch.

Seit Jahren hatte man Saczko nicht mehr in Arztkleidung gesehen, und seit Jahren war er nicht mehr zur zweiten Schicht in der Klinik erschienen. Gelegentlich tauchte er nachts auf, unangekündigt. Das wusste sie vom diensthabenden Personal. Er schneite herein, lief geschäftig über den Gang und fuhr wenig später wieder nach Hause. Offiziell hatte er in der Klinik sein Büro, von wo aus er Beihilfen und Förderzuschüsse beantragte. Er war der Frontmann dieser Einrichtung und liebte es, auf Symposien pastellfarbene Hemden zur Schau zu tragen und Business Class zu fliegen.

Sie hingegen war die Frau fürs Grobe, die den Großteil ihrer Freizeit in der Arbeit verbrachte und das Personal an der Kandare hielt. Sie verglich sich gern mit Richelieu und glaubte, zum richtigen Zeitpunkt nur die Hand nach der Macht ausstrecken zu müssen. Doch vorerst brauchte sie Saczko noch, und es war ja auch einfach, ihn für die eigenen Pläne einzuspannen. Außerdem eignete er sich viel besser für die Rolle des Vortänzers, der sich auch nicht zu schade war, sich, wenn nötig, zum Affen zu machen. Aber heute wollte er nicht selbst zur Kommandantur gehen. Hatte er Angst, aufzufliegen? Sie wussten beide, dass es sein musste, nach dem, was sich ereignet hatte.

»Sollte ich sonst noch etwas wissen?« Sie nahm mehrere Mandarinen aus dem Korb auf der Fensterbank und begann, sie zu schälen.

»Sie werden alles wissen wollen.«

»Soll ich ihnen auch Einsicht in die Patientenakten geben?«

Er lockerte seine Krawatte noch mehr, zog sie dann aus und öffnete den obersten Knopf seines blassgrünen Hemds.

»Selbstverständlich.«

»Und was ist mit dem Arztgeheimnis?«

»Du sollst ihnen mit Rat und Tat zur Seite stehen, ihnen eine Freundin sein, eine Verbündete.«

»Meine Spezialität.«

»Gott sei Dank wurde die Leiche nicht bei uns gefunden. Das hätte uns gerade noch gefehlt.«

Magdalena schob sich graziös Mandarinenstückchen in den

Mund. »Wir haben nichts zu befürchten«, verkündete sie vollmundig. Sie stand auf und holte sich eine weitere Handvoll Früchte. »Sie ist abgehauen – was wir ja auch gemeldet haben. Die Polizei hat sie gesucht. Drei Kommissionen haben Polaks Entlassung zugestimmt. Wir können keine Verantwortung für ehemalige Patienten übernehmen. Wir sind fein raus.«

»Das ist erst der Anfang.«

Prus schob die Mandarinenschalen auf dem Tisch beiseite. Saczko blickte von oben auf sie herab.

»Es geht nicht um die kleine Pietrasikówna und auch nicht um Polak. Vielleicht noch nicht heute, aber früher oder später werden sie nach Piotr fragen. Werden wissen wollen, weshalb er aufgenommen wurde. Warum er sich während seiner Therapie nicht hier aufhielt. Wer seinen Mercedes vor dem Krankenhaus geparkt hat. Und wer damit gefahren ist. Wenn sie herausfinden, dass der linke Gebäudeflügel von New Forest finanziert wurde, sind wir am Arsch.«

»Das ist nicht verboten. Er war schließlich fast ein Jahr bei uns.«

»Und wer hat das Vierauge gefunden?«

Sie zuckte mit den Achseln.

»Die Warschauer Stadtpolizei. Aufgrund eines nicht bezahlten Strafzettels. Der Wagen wurde abgeschleppt und stand auf dem Polizeiparkplatz, aber nach der Einstellung des Verfahrens bekam er den Wagen zurück. Er parkte ihn in seiner Garage. Ich an seiner Stelle hätte mich so schnell wie möglich von dem Oldtimer getrennt. Erst recht, wenn es dort Spuren meiner Schuld gibt.«

Saczko schüttelte verständnislos den Kopf.

»Ich habe ihn abgeholt und dafür unterschrieben. Persönlich.«

»Das ist nicht dein Ernst.« Magdalena fing an zu lachen. »Und jetzt hast du Angst, dass sie das herausfinden?«

Plötzlich brach vor der Tür Lärm los.

»Vor Weihnachten hat er Äste von den Tannenbäumen abgebrochen«, schrie da jemand. »Bei jeder Schicht droht er mir. Und jetzt erdreistet er sich, seine stinkenden Unterhosen im Maschinenraum aufzuhängen, und hetzt die Belegschaft gegen mich auf.«

Noch bevor Saczko reagieren konnte, stürmte eine Frau, ohne anzuklopfen, ins Zimmer.

»Das Maß ist voll!«, beschloss die aufgebrachte Leiterin der Reinigungskräfte ihre Klage. Als sie jedoch Magdalena erblickte, machte sie brav einen Knicks und presste die Lippen zusammen.

Sie trug Arbeitskleidung, die obligatorische Haube hielt sie in der Hand. Sie duftete stark nach »Addict« von Dior. Saczko lief zu der Frau mit geradezu katzenhafter Geschmeidigkeit, die ihm Magdalena angesichts seiner Beleibtheit nicht zugetraut hatte. »Herr Direktor, ich bitte Sie um Erlaubnis, diesen Flegel entlassen zu dürfen«, zeterte die Raumpflegerin mit schriller Stimme, verstummte aber sofort, als sie Prus' Miene sah. Nach einer Pause fuhr sie leiser fort: »Ich ertrage diesen Psychopathen nicht länger.«

»Später, liebe Halinka, später!« Der Direktor schob die rotwangige Schönheit zur Tür hinaus. »Ich komme gleich zu dir, dann reden wir. Es findet sich für alles eine Lösung. Ich bin gerade in einer Besprechung.«

Er schloss die Tür und griff nach einer leeren Aktenmappe, um sich Luft zuzufächeln.

»Was für ein Aas«, brummte er vor sich hin. »Das ist bereits der dritte Streit mit einem Mitarbeiter in diesem Quartal.« Gleich darauf wandte er sich an Magdalena. »Könntest du mal mit ihm reden? Der Junge soll sich ein bisschen zusammenreißen.«

Magdalena nickte, konnte sich jedoch nicht verkneifen, spöttisch zu bemerken:

»Die putzige Halinka. Ich verstehe nur nicht, warum du sie so nachsichtig behandelst. Dass du sie gevögelt hast, verpflichtet dich doch zu nichts, Krzyś!«

Er bedachte sie mit einem feindseligen Blick.

»Schon gut, schon gut.« Prus hob beschwichtigend die Hände und lachte. »Jeder macht mal einen Fehler. Aber zumindest hat sie zum Abschied ein passables Parfum bekommen.«

Saczko errötete und wechselte das Thema.

»Kuba hört nur auf dich.«

»Ja, ich rede mit ihm, aber wozu das Geschrei?« Magdalena zuckte mit den Schultern.

Saczko stemmte die Arme in die Seiten.

»Du hast doch gehört. Er hetzt die Leute auf. Halinka wird ihn feuern. Oder soll ich ihn rauswerfen?«

»Findest du jemand Besseren für diesen Job? Der dir für tausend Złoty brutto die Fahrstühle, Duschkabinen und den Marmor putzt? Es war noch nie so sauber bei uns. Von mir aus soll er seine Unterhosen aufhängen, wo er will.«

Saczko wischte sich den Schweiß von der Stirn.

»Vielleicht hast du recht. Aber sie hat ihn angestellt. Das ist eine externe Reinigungsfirma. Mir sind da die Hände gebunden.«

»Das stimmt nicht, wir beschäftigen ihn«, korrigierte ihn Magdalena. »Und da du ihn in alles eingeweiht hast, weiß er genau, dass er praktisch unkündbar ist. Das Weib hat nicht einmal in den Unterlagen nachgeschaut. Wie kann man nur so dumm sein.«

Sie warf die Mandarinenschalen in den Mülleimer und stand auf.

»Ich muss los. In der Kommandantur warten sie schon auf mich. Ich soll ihnen also alles geben. Bist du dir sicher?«

Er nickte.

»Nur die Wahrheit kann uns retten.«

»Es gibt nicht *die* Wahrheit. Welche soll ich ihnen auftischen? Meine, deine oder etwa Halinkas strohdumme Wahrheit?«

»Das sagte ich doch bereits, die halbe Wahrheit. Wenn sie sich jedoch für Piotr zu interessieren beginnen, dann erzähl ihnen was vom Othello-Syndrom, der unbewiesenen Schuld und dem Lover von Łarysa Szafran. Du kannst ihnen ruhig offenbaren, was die psychiatrischen Untersuchungen ergeben haben, aber nur das, was auch in der Patientenakte steht. Nichts darüber hinaus. Übereifer ist schlimmer als Faschismus. Sie sollen das Gefühl haben, dass du ihnen die größten Arztgeheimnisse verrätst. Du weißt ja, wie man das macht.«

»Hauptsache, sie erfahren nichts vom linken Flügel«, lächelte sie. »Eigentlich wollte ich gerade darüber sprechen. Ihnen zuvorkommen. Damit sie sich mit Bauprüfungen, Finanzen, vielleicht auch mit Korruption beschäftigen. Aber, fuck, du bist ja Vierauges Kumpel.« Sie tat so, als hätte sie sich eben erst daran erinnert. »Du hast ja diesen Wisch für das Auto unterschrieben. Sie werden denken, dass du etwas auf dem Kerbholz hast, und dich in die Mangel nehmen.«

Er erschrak, trat zu ihr und packte sie an den knochigen Schultern. Sie kam ihm heute viel jünger vor. »Das weiß doch jeder in der Stadt«, warf sie ihm an den Kopf.

»Hast du den Wagen in letzter Zeit gesehen?«

Sie schüttelte den Kopf. Ihr Körper war steif, sie fühlte sich unwohl, wenn er sie berührte.

»Piotr hat vermutlich sieben Autos«, erwiderte sie. »Der Wagen hat mich nie interessiert. Eine Schrottmühle.«

»Du hast keine Ahnung«, seufzte Saczko. Er legte den Kopf schief und verzog die Lippen zu einem listigen Lächeln.

»Ich glaube, du bist nie mit ihm gefahren. Selbst als ihr …«

»Das sind nichts weiter als Gerüchte«, fuhr sie dazwischen und schüttelte seine Hände ab. Er ging zum Schreibtisch und ließ sich auf seinem Sessel nieder. Er betrachtete sie schweigend, wartete auf ein Friedensangebot. »Wenn du über mich und Piotr die Klappe hältst, verliere ich kein Sterbenswort über den linken Flügel«, versprach sie. »Wir sitzen im selben Boot.«

Saczko beugte sich vor.

»Wir wissen doch beide, dass zwischen euch nie etwas gewesen ist.«

»Ein Seitensprung verfehlt nie sein Ziel.«

Sie warf sich ihre Jane-Shilton-Designertasche über die Schulter und schloss den untersten Knopf ihres Kostüms. Als sie das Zimmer verließ, rief er ihr hinterher:

»Um wie viel Uhr gibt es hier Abendessen? Ich habe einen Mordshunger.«

Sieh genau hin«, sagte Polizeikommissar Paweł Leśniewski, Cheftechniker der Kommandantur in Białystok. Er war mit Tomasz Domański nach Hajnówka gekommen und untersuchte seit fast zwölf Stunden die Autos, die im Zusammenhang mit der Entführung von Iwona Bejnar in der Puszcza Białowieska sichergestellt worden waren, auf Spuren.

Sie standen vor einem schwarzen zerbeulten Mercedes vom Typ »Vierauge«. Die Karosserie war von Zweigen und Waldgestrüpp zerkratzt worden. An manchen Stellen blätterte der Lack ab und legte weiße Streifen frei. Fast die gesamte untere Stoßstange war von Rost zerfressen. Der hintere Kotflügel fehlte vollständig.

»Und was siehst du?«

»Eine Schrottkarre, nicht besser als meine. Siehst du was anderes?«, brummte Doman und zog eine Zigarette aus einer Packung.

»Nicht jetzt.« Leśniewski hielt ihn mit einer Handbewegung zurück. »Du wirst mich nicht in Versuchung führen.«

Widerwillig steckte Doman die Zigarette wieder weg.

»Hätte ich mir denken können, deshalb bist du so reizbar«, grummelte Doman. »Das wievielte Mal ist das in diesem Monat, dass du mit dem Rauchen aufhörst?«

»Weiß der Geier. Dieses Mal habe ich es meiner Frau aber hoch und heilig versprochen.«

»Komm zur Sache, Pawełek, ich habe gleich eine Vernehmung. Die Kennzeichen stimmen. Am Kilometerzähler wurde nicht herumgespielt. Blut, Haare, Fingerabdrücke. Soweit ich weiß, habt ihr alles.«

Leśniewski hörte ihm nicht zu. Er winkte ab.

»Langeweile pur«, urteilte er. »Der Bericht liegt schon so gut wie auf deinem Schreibtisch. Ich habe etwas viel Besseres.« Er öffnete die Fahrertür. »Sagtest du Schrottkarre?«

Er betätigte einen Hebel neben dem Lenkrad: Das Auto wurde mehrere Zentimeter hochgefahren. Leśniewski drehte sich um, um die Wirkung des Gezeigten auf seinen Gesprächspartner zu beobachten. Doman strahlte wie ein kleiner Junge über sein neues Spielzeugauto.

»Geiles Patent. Mit so was hätte ich mir einige Ölwannenschäden erspart.« Als er Leśniewskis missbilligendem Blick begegnete, fügte er schnell hinzu: »Nicht schlecht, Meister Pablo.«

»In wenigen Sekunden verwandelt sich das alte Vierauge in einen Geländewagen. Für Dünen und sumpfiges Gelände reicht das nicht, aber über Kahlschläge wie in der Gegend um Białowieża rumpelt die Kiste ohne Probleme.«

Doman stieß einen Pfiff aus.

»Deshalb konnte der Kerl parallel zur Landstraße durchs Gelände pesen und dann die Braut im Wald stellen.«

»Exakt«, bestätigte der Techniker und zeigte auf Plastikleisten, die am Fahrgestell befestigt waren. »Sie sehen billig aus. Es handelt sich aber um unverwüstliches Material. Titanverstärkt. Fast wie ein Panzer. Zerkratzt ist nur das Teflon, das aus ästhetischen Gründen aufgetragen wurde. Vielleicht interessiert es dich, dass der Wagen nicht zum ersten Mal offroad unterwegs war. Ich würde sogar behaupten, er ist hauptsächlich durchs Gelände gefahren. Am Fahrwerk, den Reifen und den verstärkten Teilen haben wir Moosreste, Laub, Erde und tierische Exkremente gefunden. Sie sind förmlich in die Ritzen hineingewachsen. Vor Kurzem muss er auch ein Vogelnest mitgenommen haben. Darauf deuten Eiweißreste.«

»Ist er die Bäume hochgefahren?« Doman lächelte spöttisch.

»Ich erzähle das nur, weil es dir bei der Suche nach der Leiche von Nutzen sein könnte. Im Übrigen können wir auch die Vogelart bestimmen – ich tippe auf einen Bewohner des Unterholzes.«

Doman wurde ernst.

»Denkst du, dass im Wagen Leichen transportiert wurden?«

»Es ist noch zu früh, Schlüsse zu ziehen. Ich habe Proben ins Labor geschickt. Sobald ich Genaueres weiß, sage ich dir Bescheid. Es gibt einen Haufen Haare und Fingerabdrücke. Auch Blut. Dazu gleich noch mehr.«

Doman blickte auf seine Uhr.

»Wenn ich nicht gleich bei der Vernehmung der Ärztin bin, nimmt sie der Kahlkopf in Empfang und vermasselt mir den ganzen Fall. Hab Erbarmen, Pawełek.«

»Geduld ist bitter, doch ihre Früchte schmecken süß.« Leśniewski lächelte. »Du wirst mich umarmen vor Dankbarkeit, wenn ich fertig bin.«

Doman seufzte.

»Hast du vielleicht noch etwas Konkreteres? Was hat es mit diesen titanverstärkten Teilen auf sich?«

»Ich bin kein Experte für Trassologie, sondern nur ein einfacher Techniker«, antwortete Leśniewski ausweichend. »Aber schau hier. Das wird dich umhauen.«

Er öffnete die Beifahrertür. Die weiche Verkleidung war entfernt worden. Im Blech sah man vier große Löcher.

»Einschusslöcher. Der Fall der vermissten Łarysa Szafran, du weißt schon. Ich habe die Karre damals untersucht, als sie 2000 gefunden wurde. Nur zur Erinnerung: Sie war damals weiß wie der Krankenwagen von Doktor Pawica. Über ein Jahr lang war der Wagen verschollen. Später tauchte er auf wundersame Weise wieder auf, bevor er erneut verschwand.«

Doman nickte.

»Das Blech wurde ausgebeult und neu lackiert. T4W-Mercedes-Lack, tiefschwarz, hochglänzend. Vier Kilo für hundertvierzig Złoty. Er muss nicht mit Klarlack versiegelt werden und darf nicht für andere Automarken genutzt werden. Du bekommst ihn nur bei einem Mercedes-Händler.«

»Nicht in Zeiten des Internets, mein Lieber.«

»Den Lieferanten ausfindig zu machen, das ist deine Sache.«

»Und die Moral der Geschichte? Ich persönlich würde auch lieber einen glänzenden Wagen haben.«

»Ich dagegen lieber ein mattes Auto als eins, das meiner Frau gehört«, erwiderte Paweł.

Doman machte ein beleidigtes Gesicht.

»Jemand hat sich richtig Mühe gegeben, diese Andenken zu bewahren.« Leśniewski zeigte auf die Einschusslöcher. »Schau her, selbst die Ränder wurden mit Antikorrosionsschutz behandelt. Abgeschliffen wirken die Löcher größer.«

»Lackieren ist das eine, doch die Türen auszutauschen, ist ein ganz anderes Kaliber«, entgegnete Doman. »Vielleicht war ihm das Geld für die Rostlaube zu schade.«

Leśniewski hob den Zeigefinger.

»Da täuschst du dich gewaltig, mein Junge. An dem Wagen wurde nicht gespart. Ich bin zwar nur ein einfacher Mann, aber meiner Meinung nach sind diese Löcher eine Art Totem. Schau.«

Leśniewski nahm einen Sitz heraus. Er war mit Bioleder bezogen, an dem noch das Originaletikett klebte – hergestellt 2010.

»In diesem Auto ist alles neu. Sitze, Polsterung, Lenkrad. Sogar der Tacho. Manche Teile der Ausstattung sind kein Jahr alt. Am erstaunlichsten aber ist, dass in diese Rostlaube modernste Bordelektronik eines Mercedes S350 eingebaut wurde. Das System nimmt alles in 3D wahr, erkennt Fahrbahnunebenheiten und passt die Federung entsprechend an. 360-Grad-Blickfeld. Der Computer sieht im Dunkeln weiter, als die Scheinwerfer strahlen. Er kann SMS und Mails vorlesen, erwärmt bei Bedarf die Reinigungsflüssigkeit für die Scheibenwaschanlage und steuert über fünfhundert Leuchtdioden. Weißt du, warum die Entführer in den Uno umgestiegen sind? Weil das Vierauge plötzlich verreckt ist.«

»Ein Anti-Diebstahl-System?«

»Besser. Das Auto hat einen Fingerabdruckscanner. Wird der Fahrer nicht identifiziert, fährt der Wagen höchstens fünf Kilometer, dann stoppt er, und das System stellt sich tot. Um den Motor wieder in Gang zu bringen, benötigst du den Finger des Eigentümers oder einen IT-Spezialisten mit Laptop aus der Mercedes-Zentrale, der das System neu aufsetzt. Dieses Extra haben nur Staatskarossen und Superreiche.«

»Hier geht es also um einen durchgeknallten Knight Rider?«

»Sieht ganz so aus.«

Doman kratzte sich am Kopf.

»Wie viel mag das insgesamt gekostet haben? Der Umbau. Einschließlich des Computers.«

»Eine Stange Geld.«

»Wer baut sich so etwas in ein altes Gehäuse ein?«

»Wir sind in einer Kleinstadt«, erklärte Leśniewski. »Was das Auge nicht sieht und das Ohr nicht hört, tut dem Herzen nicht weh. So sehe ich die Sache. Hätte Vierauge die Karre getunt, mit verchromten Rohren und prolligem Auspuff, hätte es geheißen, er wolle mit seinem Geld protzen.«

»Darum geht es hier nicht«, stimmte ihm Doman zu. »Und weiter? So wie ich dich kenne, ist das noch nicht alles, oder?«

Leśniewski ging zum Lenker.

»Das Auto besitzt eine nicht genehmigte Gasanlage. Marke Eigenbau. Interessant ist, dass der Gastank ausgebaut wurde. Es sind nur noch der Gasschalter und der Einfüllstutzen für das Flüssiggas da.« Er zeigte auf ein Loch, wo eigentlich ein Kotflügel hätte sein sollen. »Siehst du, hier ist das Ende.«

»Hast du den Kotflügel abgenommen?«

»Der hat bereits gefehlt. Die Haken sind abgebrochen. Der Typ hat sie nicht einmal abmontiert. Den Ausbau des Tanks hätte er übrigens melden müssen. Er hat einfach aufgehört, Gas zu tanken, und ist mit Benzin gefahren.«

»Eine Autogasanlage, das ist mir vielleicht eine Entdeckung«, brummte Doman enttäuscht. »Ich dachte, du würdest mir Infrarot-Sensoren oder ein Versteck für Panzerabwehrraketen zeigen.«

»Dergleichen ist mir nicht aufgefallen. Aber es lohnt sich sicher, die Geschichte des Autos zurückzuverfolgen. Der Wagen hat eine Menge erlebt.«

»Ebenso wie sein Besitzer. Wir werden alles überprüfen. Bußgeldbescheide, Radarfotos. Versicherung. Keine Sorge.«

»Das gefällt mir.« Leśniewski lächelte vor sich hin. »Vergiss nicht, das Auto ist von seinem Stellplatz aus nur fünf Kilometer gefahren. Keinen Meter mehr.«

»Folglich war Bondaruk nicht der Fahrer.«

»Was natürlich nicht heißt, dass er nichts damit zu tun hat. Fingerabdrücke haben wir genug. Die Ergebnisse liegen morgen vor.«

»Du willst damit also sagen, dass wir fünf Kilometer um den Tatort herum nach einer Garage suchen sollen.«

»Na, endlich ist der Groschen gefallen!« Leśniewski stemmte die Hände in die Hüften.

»Aber im Umkreis von dreißig Kilometern gibt es nur Wald. Nicht ein einziges beschissenes Haus. Die Karre hätte unter freiem Himmel geparkt sein müssen, oder in einer Hütte.«

»Das eben ist es, was mir keine Ruhe lässt, mein Lieber.«

Sie standen eine Weile schweigend da. Irgendwann hielt es Doman nicht mehr länger aus und steckte sich eine Zigarette an. Leśniewski reagierte zu langsam, um seinen Kollegen daran zu hindern.

»Er hat eine Gasanlage und einen Computer eingebaut«, überlegte Domański laut. »Wofür? Ein Exzentriker?«

»Hier wurde nichts dem Zufall überlassen.«

»Ich wette, du hast dir das Beste für den Schluss aufgehoben, ist es nicht so?«, spekulierte Doman. Er richtete sich gerade auf und wartete. »Her mit dem Dessert.«

Der Techniker nahm das Fallschirmjäger-Barett vom Schädel und fuhr sich durch das spärliche Haar. Er ging zum Kofferraum, Doman trottete hinter ihm her.

»Hier hätte der Gastank sein müssen.« Leśniewski hob die Filzabdeckung hoch. »Stattdessen haben wir das hier.«

In der Reserveradmulde lag ein Bündel, das in eine karierte Decke eingewickelt war.

Doman konnte nicht an sich halten. Er streifte sich einen Handschuh über und riss die Decke auseinander. Vor ihm lagen der Größe nach geordnet Sägen, Hackmesser, Metallstangen und ein alter Revolver vom Typ »Bulldog« mit einem direkt am Magazin abgesägten Lauf. Doman griff nach ihm, doch Leśniewski hielt ihn zurück.

»Er funktioniert nicht«, erklärte er. »Das ist übrigens nur das halbe Arsenal. Wir bringen alles in die Cyanacrylat-Bedampfungskammer. Ich habe das Zeug nur für dich dagelassen.«

»Du meinst, du wolltest dich an meinem dummen Gesicht ergötzen«, verbesserte ihn Doman.

»Du hast es erfasst.« Leśniewski grinste breit. »Wir werden selbstverständlich überprüfen, ob das abgesägte Ding nicht zufällig zu den Löchern in der Karosserie passt.«

»Das wäre natürlich der Hauptgewinn«, sagte Doman freudig. »Inschallah.«

»Und im Kofferraum der kleinen Blechkiste haben wir einen wahren Schatz gefunden.«

Jetzt deutete Leśniewski auf das andere Auto, Załuskas blauen Uno. An einem abgebrochenen Griff hob er eine Campingkühlbox hoch. Er klappte den Deckel auf. Unter einer Schicht Gefrierfleisch, gewürfeltem Gemüse und Vanilleeis lagen Plastikbeutel mit dünnen Schläuchen, an denen Venenkatheter hingen. Sie waren fachgerecht beschriftet und mit einer bräunlichroten Flüssigkeit gefüllt.

»Menschliches Blut«, kam der Techniker Domans Frage zuvor. »Ein Beutel war aufgeplatzt, also konnte ich an Ort und Stelle meine krankhafte Neugier befriedigen. Dazu benutzen wir Agar-Gel, die älteste und einfachste Methode der Welt. Die Jungs im Labor machen eine PCR, und heute Abend weißt du, ob es einer Lady oder einem Gentleman gehört hat.«

»Wie viel haben wir davon?«

»Fünf Komma acht Liter. Die durchschnittliche Blutmenge eines Erwachsenen.«

»Das Blut stammt von *einem* Menschen?«, stammelte Doman.

»Du kannst einer alten Krankenschwester vertrauen.« Leśniewski zeigte auf die beschrifteten Beutel. »Ich habe Julita angerufen. Meine Frau hat mir bestätigt, dass das Blut für Organtransplantationen so gekennzeichnet wird, die Beutel professionelles Equipment sind und das Blut einer Person abgezapft wurde. Darauf deutet zumindest die Beschriftung hin. Aber natürlich werden wir das noch im Labor verifizieren. An deiner Stelle würde ich jeden Angestellten des hiesigen Krankenhauses überprüfen. Denn sobald sie erfahren, dass wir beide Autos haben, werden sie damit beginnen, den Stall auszumisten.«

»Wenn das der Saft eines Menschen ist, dann muss wohl davon ausgegangen werden, dass er verblutet ist«, begann Doman von Neuem.

Vielleicht sollte er besser einen Hubschrauber und die Unterstützung der Armee anfordern, um die Leiche der Braut suchen zu lassen. Er sah vor sich bereits die Miene des Kommandanten, wenn er von den zusätzlichen Kosten erfahren würde.

»Nicht unbedingt.« Paweł zuckte mit den Schultern. »Es kann sein, dass die Person sich bester Gesundheit erfreut.«

»Red keinen Müll.« Doman drehte sich abrupt um.

Der Deckel der Kühlbox schlug zu.

»Durchaus möglich, vorausgesetzt, man hat ihr sechs Liter frisches Blut reingepumpt. Morgen Abend bekommen wir vom Labor Bescheid, wer in dieser Box wohnt.«

DUNIA 1957

Die kanariengelben Sandalen aus billigem Stoff waren unglaublich hässlich, aber Dunia konnte sich trotzdem nicht an ihnen sattsehen. Sie waren ein Geschenk von Michaił Gaweł, dem Ehemann ihrer Tante, der Dunia nach dem Tod ihrer Eltern bei sich aufgenommen hatte. Er entschuldigte sich, dass er sich keine besseren Schuhe für sie leisten konnte. Seine leiblichen Kinder hatten am selben Tag wesentlich teurere Geschenke erhalten. Trotzdem war Dunia überglücklich. Es waren ihre ersten echten Schuhe aus der Stadt.

Sie war bereits achtzehn Jahre alt, aber im Sommer ging sie barfuß, wie alle im Dorf. Nur zum Kirchgang und Schulbesuch trug sie bis zum Knie reichende Schnürschuhe aus Bast. Für den Winter hatte sie wadenhohe Soldatenstiefel, die sie mit Zeitung ausstopfte, denn sie waren ihr etliche Nummern zu groß. Ungeduldig wartete Dunia auf die erste Gelegenheit, die neuen Schuhe anzuziehen. Nun war diese gekommen. Michaił hatte ihr verkündet, dass sie am nächsten Morgen in die Stadt aufs Amt fahren würden; Dunia sollte ihren ersten Ausweis bekommen. Es war ein großer Moment für die ganze Familie.

Dunia war die einzige noch lebende Erbin des Vermögens ihrer verstorbenen Eltern. Noch am selben Tag sollte sie mit ihrem neuen Ausweis zum Notar gehen, um den Landbesitz der Załuskis ihren Wohltätern Michaił und Olga zu überschreiben. Nur deshalb hatten ihre Verwandten sie all die Jahre lang »durchgefüttert«.

Im Dorf wunderte man sich, dass Dunia im Gegensatz zu den anderen Mädchen in ihrem Alter noch immer nicht verlobt war. »Du wirst alt, und dann will dich keiner mehr. Du hast doch eine Mitgift. Nimm dein Schicksal in deine Hände!«, wurde Dunia gewarnt. Doch sie wollte nicht heiraten.

Sie beneidete den sieben Jahre jüngeren Adam. Seit der Geburt seines Sohnes hatte Michaił für dessen Ausbildung gespart. Adam sollte ein gutes Lyzeum besuchen, studieren und in der Stadt als Geodät arbeiten.

Dunia war nicht weniger klug, aber als Mädchen hatte sie kein Recht auf Bildung. Seit sie sich erinnern konnte, stand sie bei Morgengrauen auf, arbeitete auf dem Hof und kümmerte sich um die sieben Kinder, die Olga Michaił geschenkt hatte. Etwa drei Monate nach dem Tod der alten Załuskis hatte Michaił die junge Olga, die ihre Bleibe verloren hatte, zur Frau genommen. Ihre Eltern waren bei dem Pogrom an den Orthodoxen getötet worden. Niemand störte sich an der überstürzten Eheschließung.

Olga hatte kurz gezögert, aber sie war arm und wollte nicht länger auf einen Traumprinzen aus der Stadt warten. Michaił war noch nicht alt, trank wenig und bestellte in ehrlicher Arbeit sein winziges Feld. Olga hatte er auch deshalb zur Frau genommen, weil das Land der Załuskis an den Besitz seiner Familie grenzte. Er selbst hatte viele Geschwister und würde bei der Erbteilung quasi mit leeren Händen ausgehen. Dunia dagegen erbte mehr als zehn Hektar Ackerland, dazu ein Stück Wald und Weideflächen. Nun wollten die Gawełs Dunias Grund und Boden auch offiziell übernehmen. Bestellt hatten sie das Land ohnehin schon seit dem Kriegsende.

Damit war allen gedient. Dunia hatte ein Dach über dem Kopf und Olga mit der Nichte eine kostenlose Arbeitskraft. Und wenn das hübsche Mädchen einen von Michaiłs Vettern heiratete, bliebe das Land der Familie erhalten. Ihr Heimatdorf

Załuskie gab es nicht mehr. Olga war mit ihrer neuen Familie in das nahe gelegene Wólka Wygonowska gezogen. Neben der Arbeit auf seinen eigenen Feldern verdingte sich Michaił bei den reicheren Bauern. Er fluchte und schimpfte über sie, denn auf den Höfen der Polen durfte er kein Weißrussisch sprechen. Alles würde sich ändern, wenn das Land der Załuskis erst ihm gehörte.

Olga war eine folgsame Ehefrau, wenn auch nicht so tüchtig wie ihre verstorbene Schwester, Dunias Mutter. Doch Michaił verteidigte seine Frau immer. Sie sei zierlich, kränklich und brauche Pflege, sagte er und trug die schwereren Arbeiten der für ihr Alter sehr großen Dunia auf. Schon mit elf Jahren schleppte das Mädchen gemeinsam mit den Männern Kartoffelsäcke und schüttete das Futter für die Tiere in Tröge, die größer waren als sie selbst. Wenn Michaił in der Nähe war, beteuerte Olga, sie liebe ihre Nichte wie ihre eigenen Kinder, doch bei den Mahlzeiten kam die Wahrheit ans Licht. Dunia nahm als Letzte am Esstisch Platz, den Holzlöffel erhielt sie erst, wenn der Vater und die Gaweł-Kinder satt waren. Dann war die Schüssel meist schon leer, weshalb Dunia ununterbrochen Hunger litt.

Aufgaben und Pflichten hatte Olga immer überreichlich für Dunia. Im Grunde führte Dunia die Wirtschaft und zog die Gaweł-Kinder groß. Sie war bereits seit ihrem siebten Lebensjahr Mutter, erst für Adam, Michaiłs und Olgas Erstgeborenen, später auch für Andrzej, Stefan, Wiera, Luba, Tosia und Ałła – letztere war die entzückendste von Dunias Stiefgeschwistern. Dunia liebte die Kleine wie ihre eigene Schwester, die im Bauch ihrer Mutter im Pogrom umgekommen war.

An Katarzyna hatte Dunia kaum Erinnerungen. Das Gesicht ihrer Mutter kannte sie nur von dem Hochzeitsbild ihrer Eltern, das Olga gleich nach ihrer eigenen ärmlichen Trauung in einer großen Truhe verstaut hatte. Als Dunia jünger war, wollte sie wie ihre Mutter aussehen. Aber Katarzynas ebenmäßige Züge hatte sie nicht geerbt, nur ihre dünne, aristokratische Nase und die hohen Wangenknochen. Jahrelang bekam sie zu hören, sie könne sich glücklich schätzen, dass sie ihrem Vater wie aus dem Gesicht geschnitten sei. Von Bazyli hatte Dunia die vollen Lippen geerbt und die großen nussbraunen Augen, die schräg standen, sodass sie immer traurig wirkte. Aber obwohl sie wochenlang hungerte, waren ihre Wangen immer noch rund, und wenn sie lächelte, bekam sie in der rechten Wange ein kleines Grübchen. Sie war mager, geradezu knochig, und als sie älter wurde, wuchsen ihre Brüste kaum. Da sie aber den Gepflogenheiten entsprechend ihre Reize nicht zur Schau stellte und viele Lagen übereinander trug – selbst im Sommer war sie von Kopf bis Fuß bedeckt –, konnte Olga allen einreden, Dunia stopfe sich heimlich mit Essen voll.

Manchmal träumte Dunia von ihrer Mutter, doch dann waren es keine deutlichen Bilder, nur flüchtige Ahnungen: der Klang ihrer Stimme, ihr schelmischer Blick aus grauen Augen, ihre roten schmalen Lippen, die sanfte Berührung ihrer Hand. Dunia war sich nie sicher, ob diese Bilder nicht ihrer Fantasie entsprangen. An ihre Gefühle konnte sie sich dafür sehr deutlich erinnern, auch an die Kraft, Willensstärke und den Mut ihrer Mutter. Wenn sie gefragt wurde, was für ein Mensch Katarzyna gewesen war, sagte Dunia nur:

»Sie war stark und klug. Wenn sie dumm und schwach gewesen wäre, hätte sie ganz sicher überlebt.«

Und doch versuchte Dunia, nicht allzu viel an ihre Mutter zu denken. Im Hause sprach so gut wie niemand von ihr, als wäre ihr Tod ein Tabu. In Dunias Vorstellung überlagerten daher mit der Zeit grausame Bilder von Mord und Zerstörung die Erinnerungen an ihre Mutter. Die letzten Worte der Mutter hatte sie aber noch genau im Ohr: »Ich werde dein Schutzengel sein. Ich werde dich nie verlassen.«

Tatsächlich hatte Dunia als Kind manchmal Katarzynas Anwesenheit gespürt. Es war ihr dann, als riefe ihre Mutter sie zu sich. In solchen Momenten lief sie zum Fluss und sprach laut mit ihr. Manchmal, wenn sie wirklich am Boden zerstört war, wollte sie ins Wasser gehen. Aber letztendlich fehlte ihr immer der Mut.

Als sie größer wurde, hörte sie auf zu glauben, dass Katarzyna ihr Schutzengel war. Und sie ging nur deshalb in die orthodoxe Kirche, weil es die einzige Gelegenheit war, die Arbeitskleidung gegen die Festtagskleidung zu tauschen. An Gott glaubte sie nicht mehr. Wenn Gott ihr befahl, unter Olgas Herrschaft zu leiden, dann wollte sie nichts von ihm wissen. Sie träumte von einem Medizinstudium, wollte Menschen heilen, Notleidenden helfen. Sie wollte besser als Gott sein und den Bedürftigen wirklich beistehen. Auf Wunder wollte sie nicht hoffen.

Im Alter von dreizehn Jahren hatte sie zum ersten Mal eines von Olgas Kindern auf die Welt gebracht und wurde seitdem oft als Gehilfin der alten Hebamme aus dem Nachbardorf geholt. Seit einiger Zeit fuhr sie nun allein zu den Schwangeren. Das Geld, das sie dafür bekam, versteckte sie in einer Metalldose. Für alle Fälle. Niemand würde für ihr Studium zahlen. Da sie wusste, dass sie eines Tages würde weglaufen müssen, sammelte sie keinen Besitz an; alle Geschenke, die sie von den schwangeren Frauen erhielt, tauschte sie gegen Geld ein.

Ein einziges Mal hatte sie ihren Stiefeltern von ihren Zukunftsträumen erzählt. Doch die hatten sie ausgelacht. Nur ein Mal war Dunia – ohne die Erlaubnis der Stiefeltern – in die Stadt gefahren, um von ihrem eigenen Geld Bücher zu kaufen. Als sie zurückkam, schlug Olga sie mit dem Tragjoch und warf die Bücher, für die Dunia all ihre Ersparnisse ausgegeben hatte, ins Feuer. Ganz allein habe sie Wasser vom Brunnen holen, die Tiere füttern und die Kühe melken müssen, schrie Olga. Sie habe nicht jahrelang einen nutzlosen Esser durchgefüttert, damit der seine freie Zeit mit Lektüre vergeude.

Nun war alle Dankbarkeit ihren Stiefeltern gegenüber, die ihr ein Dach über dem Kopf und zu essen gegeben hatten, verflogen. Sie würden niemals zulassen, dass sie Wólka Wygonowska verließ. Der einzige Weg aus der Sklaverei würde der Umzug in das Haus eines Ehemannes sein, vorausgesetzt, sie suchten ihr überhaupt einen. Danach sah es jedoch nicht aus. Olga und Michaił hatten es nicht eilig, Dunia eine Aussteuer bereitzustellen. Wenn sich also jemand fand, der sie heiraten wollte, dann musste er auch noch draufzahlen.

Aber für Dunia selbst würde sich auch dadurch kaum etwas ändern. Schließlich würde kein Bauer seiner Frau erlauben, in die Stadt zu fahren, um sich zu bilden, anstatt Kartoffeln zu stecken, Korn zu binden oder die Kühe zu melken. Er würde sie mit Arbeit eindecken und jedes Jahr schwängern, so wie Michaił Olga. Er würde sie schlagen, wann es ihm passte; schließlich wäre sie sein Eigentum.

»Bring uns was zu essen«, befahl der Onkel Dunia eines Tages.

Er saß mit dem wohlhabenden Nachbarn Artemi Prokopiuk zusammen, für den er Schweine hütete, Kartoffeln erntete und Schafe schor. Dunia warf einen Blick auf die Flasche mit verdünntem Spiritus auf dem Tisch und ging in die Speisekammer. Als sie zurückkehrte, erfüllte das laute Lachen der angetrunkenen Männer den Raum.

»Ich sehe, wir kommen also ins Geschäft, Michaił!« Artemi hob sein Glas und schaute lüstern auf Dunias Hintern. Das Mädchen schnitt Wurst, holte Gurken aus dem Tontopf und brach Brot, stellte alles auf den Tisch und lief dann ins Nebenzimmer, wo sie Ałła weinen hörte.

»Komm her, Tochter!«, rief Michaił kurz darauf.

Er vertrug nicht viel und trank nur selten, nur zu besonderen

Gelegenheiten. Wie jetzt, da er mit Artemi bereits eine halbe Flasche geleert hatte. Dunia kehrte mit Ałla auf dem Arm ins Zimmer zurück. Die Kleine war schon eingeschlafen, aber Dunia schaukelte sie noch und summte ein Wiegenlied.

»Gevatter Prokopiuk will dich zur Frau«, erklärte Michaił umstandslos und fuhr, ohne Dunias Antwort abzuwarten, fort: »Und ich habe zugestimmt. Er wird uns helfen, dein Land zu bekommen. Deine dürftige Mitgift stört ihn nicht.«

Wie es der Anstand gebot, dankte Dunia mit einem Kopfnicken, sagte aber nichts.

»Auf die Knie fallen werde ich aber nicht. Ich bin schon zu alt«, lachte der Witwer.

Er war älter als Dunias Onkel und zuvor schon zweimal verheiratet gewesen. Seine beiden Frauen waren im Kindbett gestorben. Bei der Niederkunft seiner zweiten war Dunia dabei gewesen und wusste, dass die Arme starb, weil ihr Mann sie bis kurz vor der Entbindung zu schwerer Arbeit gezwungen hatte. Die Hebamme ließ er erst viel zu spät holen. Als Dunia mit der alten Kosowska eintraf, hatten sie nur noch das Kind retten können. Artemi war das alles nicht sonderlich nahegegangen, immerhin hatte er einen zweiten Stammhalter. Nun suchte er also ein Kindermädchen für seinen Nachwuchs.

»Wie ich sehe, weiß sie auch mit Kindern umzugehen.«

»Und wie«, erwiderte Michaił stolz.

Dunia merkte, dass sie gerade eben vom Regen in die Traufe gekommen war. Sie rührte sich nicht und sagte kein Wort, aber das erwarteten die Männer auch nicht. Sie würdigten sie keines Blickes. Sie scherzten und tranken, sprachen über Geschäfte und Politik und klopften sich gegenseitig auf die Schultern.

»Mutter ist noch nicht zurück«, sagte Dunia plötzlich, während sie Ałla in den Armen wiegte. »Sie sollte schon heimgekommen sein. Die Kühe sind noch auf der Weide.«

Michaił schaute aus dem Fenster. Es dämmerte.

»Dann geh sie holen.« Er wedelte mit der Hand durch die Luft, als verscheuche er lästige Insekten.

»Die Kinder sind allein im Haus, und Ałła hat Fieber.«

Michaił streckte die Arme aus, und Dunia übergab ihm das Töchterchen.

»Beeil dich.«

Dunia warf sich ein Tuch über. Artemi erhob sich, leicht wankend. Er hielt sie an der Tür zurück, bevor sie die Hand auf die Klinke legen konnte.

»Dann sind wir uns also einig«, sagte er mit lüsternem Grinsen und leckte sich die Lippen. »Am Sonntag verkünde ich die Verlobung, und die Trauung findet nach den Feiertagen statt. Wir haben keine Zeit zu verlieren. So jung bist du ja auch nicht mehr.«

»Was für eine schöne Rede du hältst, Vetter«, rief Michaił lachend.

Dunia bat den Mann um Verzeihung, aber der trat nicht zur Seite, sondern fasste sie an der Taille und zog sie an sich. Sie stieß ihn zurück und schlug ihm mit aller Kraft die flache Hand ins Gesicht. Doch das erheiterte ihn nur.

»Junges Blut, das wallt noch«, befand Artemi und strich sich über die Wange.

Michaił schwieg und legte das Messer neben dem Teller ab. Er stützte sich auf die Ellenbogen, fiel im nächsten Moment aber auf die Sitzbank. Er war völlig betrunken.

»Entschuldige dich«, bellte er nach langer Bedenkzeit.

Dunia rührte sich nicht, sie war rot wie eine Rübe.

»Entschuldige dich, habe ich gesagt. Du musst Respekt vor deinem Ehemann haben.«

»Noch ist er nicht mein Ehemann!« Dunia hob den Kopf.

Artemi winkte belustigt ab.

»Lass gut sein, Vetter. Es ist etwas mit mir durchgegangen. Ein ordentliches Mädchen. Achtet auf ihre Unschuld«, kicherte er. »Das gefällt mir. Ich habe sie ja nicht ohne Grund ausgesucht.«

Mühsam erhob sich Michaił vom Tisch, im Vorraum nahm er einen dünnen Riemen vom Haken, tauchte ihn in den Wassereimer neben dem Ofen und schüttelte ihn wie einen Weihwedel aus.

»Entschuldigst du dich?«

Dunia erinnerte sich, wie er sie geschlagen hatte, als sie jünger war, und wie er einmal den Kopf des kleinen Andrzej gegen den Ofen gehauen hatte.

»Vergib mir, Herr.« Sie senkte den Kopf.

»Heb den Kopf«, befahl ihr Onkel.

»Verzeihung«, presste sie durch die Zähne. »Ich habe geirrt.«

Artemi strahlte.

»Gut erzogen ist die Tochter. Da werde ich was von haben.«

Nur mit Mühe konnte Dunia die Tränen der Ohnmacht zurückhalten. In der Tasche ihres Kleides ballte sie die Hand zur Faust, bis sich die Fingernägel ins Fleisch bohrten.

»Kann ich jetzt gehen?«

»Aber komm schnell zurück«, erwiderte Michaił, als wäre nichts gewesen.

»Und erschreck die Kühe nicht, sonst wird die Milch sauer.«

»Ja, Vater.«

Anstatt jedoch nach Olga zu suchen, versteckte sie sich im Schweinestall und weinte lautlos in sich hinein. Als sie sich beruhigt hatte und hinausging, war es schon vollkommen dunkel. Sie rannte zur Straße. Olga beendete eben ihren Plausch mit der katholischen Nachbarin, über die sie jeden Sonntag in der orthodoxen Kirche herzog. Jetzt lachte sie und herzte die Frau. Ihr Gesicht war unnatürlich rot, und Dunia konnte sich denken, dass die beiden Frauen etwas getrunken hatten. Olga war ungewohnt fröhlich. Noch mehr fiel ihr allerdings das neue geblümte Kopftuch mit Fransen auf, das die Tante trug. In der Hand hielt

Olga außerdem eine Papiertüte mit dem Emblem der Konditorei in Hajnówka. Olga musste heute in der Stadt gewesen sein.

»Was ist passiert?«, fragte Dunia. »Vater macht sich Sorgen.«

»Stell dir vor«, begann Olga freudig zu erzählen, »ich habe in der Scheune hinter den Wagenrädern eine Dose mit Geld gefunden. Viel war es nicht, aber es hat doch gereicht, um den Kindern was Süßes zu kaufen. Schau, wie viel ich bekommen habe.«

Dunia fühlte, wie ihr das Blut aus dem Gesicht wich. Ihre Kehle war wie zugeschnürt. Sie beugte sich über die Bonbons, aber Olga verschloss die Tüte sofort.

»Das ist für die Kleinen«, sagte sie drohend.

»Das war mein Geld! Meins!«, schrie Dunia. »Und das hast du genau gewusst!«

»Wie, dein Geld?«, fragte Olga verwundert. »Seit wann verdienen Kinder Geld? Nicht einmal ich bekomme Bargeld in die Hand!«

Dunia zeigte mit dem Finger auf die Tüte.

»Das habe ich das letzte Jahr über gespart. Für die Schule.«

»Du Dummkopf!«, fauchte Olga. »Ich sage dem Vater, dass du stiehlst. Für welche Schule denn? Du bist wohl verrückt. Du gehst auf keine Schule. Ich gebe dir Nachhilfe, du wirst eine Woche lang nicht sitzen können!«

»Das habe ich verdient. Das habe ich selbst verdient«, rief Dunia und begann zu weinen.

Aber Olga hörte nicht zu, sondern schimpfte weiter:

»Sicher hast du ihm Kleingeld abgeluchst, wenn er dich mit in die Stadt genommen hat.«

Dunia fiel auf die Knie und zog Olga am Rock.

»Du weißt doch, dass die Leute mich manchmal nach den Geburten bezahlt haben«, flüsterte sie flehentlich. »Nimm die Bonbons. Die Kinder freuen sich bestimmt. Aber sag dem Vater nichts und gib mir, was von dem Geld übrig geblieben ist.«

»Es ist aber nichts übrig geblieben!« Olga lachte und strich über ihr neues Kopftuch. »Hübsch, nicht wahr?«

Dunia erhob sich und schaute Olga an. Ihr Gesicht war schneeweiß, und die Tränen strömten ihr über die Wangen. Blanker Hass erfüllte sie. In diesem Moment spürte sie zum ersten Mal seit Jahren wieder die Anwesenheit ihrer Mutter.

»Lauf weg«, sagte diese. »Geh, wohin deine Füße dich tragen.« Dunia hörte die Stimme ihrer Mutter ganz deutlich in ihrem Kopf. »Gott wird dir helfen. Ich bin bei dir. Ich werde immer bei dir sein.« Dunia riss sich zusammen, und die Vision verflog. Ihre Tante trat auf sie zu und rieb ihr mit einem Zipfel des neuen Kopftuchs das Gesicht trocken. Sie musste die Hand heben, denn sie reichte ihrer Nichte nur bis zur Brust. »Hör auf zu heulen.« Die Tante umarmte sie und versuchte, sie aufzuheitern. »Und wenn du mal heiratest, kriegst du auch so eins. Ich sag dem Vater nichts.«

Dunia war zur Salzsäule erstarrt.

»Wie ähnlich du Katarzyna gerade sahst. Dein Gesicht ist genauso hübsch geworden wie ihres. Kurz hatte ich Angst, es wäre sie. Als wäre ihr Geist erschienen.«

Dunia schloss die Augen und betete. Sie fühlte, wie sie ruhiger wurde. Dann begann sich alles zu drehen. Es gab nichts außer diesem Bild in ihrem Kopf, das zum Zentrum des Universums wurde: Katarzyna war aus dem Himmel herabgestiegen, hatte sie in den Arm genommen und wiegte sie beruhigend, so wie Dunia vor einer Stunde die kleine Ałła gewiegt hatte. Zum ersten Mal sah sie jetzt sehr deutlich und in allen Einzelheiten das Gesicht ihrer verstorbenen Mutter: die Form der Augen, der Nase, das Oval des Gesichts, die kleinen Falten.

Dann fühlte Dunia plötzlich einen Stoß, und ihre Mutter verschwand. Sie öffnete die Augen und erblickte eine alte, betrunkene Frau. Dunia brauchte einen Moment, um zu begreifen, dass Olga vor ihr stand und sie schüttelte, damit sie wieder zu sich kam. Aber Dunia wollte nicht zurückkehren und trieb ein zweites Mal davon.

Diesmal erschien Katarzyna ihr nicht, stattdessen sah Dunia das Gesicht der um mehrere Jahrzehnte gealterten Olga. Wie sie ihren ältesten Sohn aus dem Haus jagte. Am Grab ihres Mannes weinte. Schließlich war Olga allein, umgeben von leeren Flaschen und Müll. Sie griff sich ans Herz. Dann lag sie in einem Sarg. Alle diese Bilder zogen in aberwitziger Geschwindigkeit vor Dunias innerem Auge vorbei. Es konnte nur Sekundenbruchteile gedauert haben, aber ihr erschien es, als hätte sie die ganze Zukunft ihrer Tante gesehen.

»Du wirst in deinem eigenen Bett sterben«, sagte sie zu Olga, »an gebrochenem Herzen. Du wirst lange leben, drei deiner Kinder zu Grabe tragen und auch deinen Mann. Ein Pferd wird Michaił zu Tode treten. Du wirst einsam sterben, im Winter, unter unsäglichen Schmerzen.«

Olga zwinkerte mehrere Male und öffnete den Mund. Sie sah aus, als hätte sie den Verstand verloren.

»Was redest du da?«

»Deine knochentrockene Leiche werden sie bei der Heuernte finden«, schloss Dunia und erwachte aus ihrer Trance.

Sie griff sich an den Kopf, fühlte ein Stechen in den Schläfen.

»Was ist los mit mir?«

»Die Leute haben tatsächlich die Wahrheit gesagt«, erwiderte Olga ehrfurchtsvoll und trat einen Schritt zurück. »Du hast die Gabe.«

»Was haben sie gesagt?«

Olga winkte ab, aber ihr Verhalten war nun doch merklich anders. »Ich werde niemandem sagen, dass du geflüstert hast. Niemand darf das erfahren. Sie werden sagen, du seist eine Hexe, und uns aus dem Dorf jagen«, warnte sie ihre Nichte. Ihre Worte schienen ihre Wirkung nicht zu verfehlen, denn Dunia nickte gehorsam. »Und kein Sterbenswörtchen von dem Geld.

Das wird unser kleines Geheimnis sein. Hier, nimm.« Sie hielt Dunia die Tüte mit den Bonbons hin.

Dunia lehnte ab und lief ins Haus, ohne sich umzuschauen. An diesem Abend ging sie sehr früh schlafen. Sie stand nicht einmal auf, als Ałła anfing zu weinen, auch wenn sie sich dabei wie ein Ungeheuer vorkam. Seitdem sie ihre Mutter wiedergefunden hatte, hielt sie nichts mehr an diesem Ort. Sie hatte es satt, eine unbezahlte Arbeitskraft und Ziehmutter zu sein. Endlich stand Olga auf und mischte, das Balg verfluchend, Spiritus mit Mohn und gab es der Kleinen zu trinken, damit sie bis zum Morgen Ruhe gab.

Als Olga am nächsten Morgen nicht vom Geschrei des Kindes aufgeweckt wurde, war sie sehr stolz auf ihren klugen Schachzug. Gemächlich kleidete sie sich an, suchte das neue Kopftuch, konnte es aber nirgendwo finden. Sie trat an die Wiege. Ałła hatte blaue Lippen, ihr Puls war kaum zu fühlen. Der Säugling musste während der Nacht das Bewusstsein verloren haben. Olga holte das Baby aus dem Körbchen und begann, den mageren Körper mit Terpentin einzureiben. Das Mädchen hustete, stöhnte leise und gab dann keinen Laut mehr von sich.

Olga bekreuzigte sich. Sie musste schnell Medikamente besorgen. Sie weckte die übrigen Kinder und rief nach Dunia, damit sie zum Arzt liefe, doch das Bett der Stieftochter war leer. Olga schaute sich im Zimmer um. Die gelben Sandalen waren verschwunden, außerdem mehrere Wäschestücke und Katarzynas Hochzeitsfoto aus der bemalten Holztruhe. Da verstand Olga, dass sie ihr Kopftuch nicht wiederfinden würde. In Gedanken verfluchte sie ihre Nichte.

»Wenn Ałła stirbt, Herr, dann mach, dass dieser Herumtreiberin nur Unglück im Leben widerfährt«, bat sie, die Augen auf die heilige Ikone in der Zimmerecke gerichtet. Dann erst zündete sie eine Sterbekerze an und ging hinaus, um ihren Mann zu holen.

Eine gute Stunde irrte Dunia nun schon durch den Wald. Noch vor Anbruch der Morgendämmerung hatte sie das Haus verlassen, sich aber in der Dunkelheit verlaufen. Nun braute sich ein Gewitter zusammen, die Luft war heiß und drückend wie in einem Dampfbad. Jeden Moment würde ein Wolkenbruch niedergehen, vereinzelt spürte Dunia schon dicke Tropfen auf ihrem Gesicht. Wenn sie einen ordentlichen Unterschlupf finden wollte, musste sie sich beeilen. Mit Sicherheit würde der Onkel Bauern aus dem Dorf nach ihr ausschicken, die mit Fuhrwerken die Straßen zur Stadt abfahren würden. Aber nach einigen Tagen würde man die Suche aufgeben und sie vergessen. Nie wieder würde sie einen Fuß in das Haus ihres Onkels setzen.

Nun brauchte sie ein gutes Versteck. Noch verspürte sie keinen Hunger. Aus der Speisekammer hatte sie einen Laib Brot und eine Wurst mitgenommen. Im schlimmsten Fall würde sich Dunia endlich einmal satt essen und dann in den Fluss springen. Aber sie würde sich nicht einfangen, verheiraten und zu dem Leben zwingen lassen, das ihre Stiefeltern für sie vorgesehen hatten. Am Land ihrer Väter lag ihr wenig. Sie wollte nur frei sein.

Als sie auf eine Lichtung kam, von der drei Wege abzweigten, stand sie lange an der Gabelung, ohne sich entscheiden zu können. Dann schloss sie die Augen und überließ sich ihrem Schicksal. Ihre Beine fanden den Weg von selbst. Sie ging einige Schritte, blieb an einer Wurzel hängen, stolperte und wäre um ein Haar gestürzt. Reflexartig riss sie die Lider auf. Inzwischen goss es in Strömen. Da erblickte sie in der Ferne eine Hütte, in deren einem Fenster eine Öllampe flackerte. Wer dort lebte, wusste Dunia nicht. Dennoch rannte sie, ohne zu zögern, hin und klopfte an die Tür. Als ihr niemand antwortete, drückte sie die Tür auf. Die quietschte fürchterlich, hing nur noch an einer rostigen Angel. Drinnen saß eine alte, in Lumpen gehüllte Frau am Feuer und rührte in einem kleinen Topf. Das Zimmer war schmutzig und roch nach Alter und Armut, aber in der Mitte des Raumes stand eine orthodoxe Ikone auf einem sauberen, gestärkten Tuch. Hier würde ihr nichts Böses widerfahren, da war sich Dunia sicher.

»Ehre sei dem Herrn Jesus Christus«, sagte sie zur Begrüßung auf Weißrussisch.

»Jetzt und in Ewigkeit«, erwiderte die alte Frau.

Sie hob ihren Kopf, der in ein graues Wolltuch gewickelt war. Sie hielt sich das Kreuz, ächzte und fiel dann wieder in ihre gebückte Haltung zurück. Dunia eilte zu ihr und stützte sie. Die Alte war völlig abgemagert.

»Leg dich hin, Mütterchen.« Dunia führte sie zum Bett.

»Ich wollte Kräutersud kochen«, sagte die Alte auf Weißrussisch und schwieg dann, nach Luft ringend. »Aber ich habe keine Kraft mehr.«

Dunia ließ ihr Bündel neben der Tür auf den Boden fallen und trat ans Feuer. Sie setzte den Kräutersud auf, ließ ihn kochen, goss ihn ab und gab ihn der Kranken zu trinken.

»Mir selbst kann ich nicht mehr helfen, und dir werde ich auch nicht helfen können«, seufzte die Frau. »Wenn der Herr mich doch nur zu sich holen würde, ich bin zu nichts mehr zu gebrauchen.«

Dunia legte ihre Hand auf die heiße Stirn der Alten. Dann lief sie zu ihrem Bündel, holte das Brot und die Wurst heraus und fütterte die Alte wie ein Kleinkind, Bissen für Bissen. Dann zog sie ihr die Bettdecke bis unters Kinn und sprach schnell ein

Gebet. Ihr Flüstern beruhigte die Alte, sie schloss die Augen, und ihre Gesichtszüge entspannten sich.

»Gott segne dich«, flüsterte die Frau. »Wenn ich sterbe, schreibe Nina auf mein Grab. Das reicht.«

Dunia nickte, und dann, sie wusste selber nicht, warum, beugte sie sich hinab und schmiegte sich in die knochigen Arme der Alten. In der Verbundenheit dieser Umarmung fühlte Dunia für einen Moment wieder die Anwesenheit ihrer Mutter. Seit langer Zeit, eigentlich seit Katarzynas Tod, hatte sich Dunia nicht mehr so zu Hause gefühlt wie jetzt.

All dies währte nur einen Augenblick. Als sie sich umdrehte, war niemand zu sehen, nur eine braune Katze strich um die leeren Töpfe am Ofen. Die alte Frau war eingeschlafen, ihr Atem ging gleichmäßig. Dunia erhob sich und sprach mehr zu sich selbst: »Bleib du liegen und ruh dich aus. Ich sehe nach den Tieren im Stall.«

Als sie die Schwelle übertrat, erblickte sie einen unrasierten Mann in wattierter Jacke in der Tür. Auf dem Kopf hatte er eine zerknitterte Mütze und im Mundwinkel eine filterlose Zigarette. Er war völlig durchnässt, vom Schirm der Mütze troff Wasser.

»Hier bist du also«, sagte Artemi, ihr verhinderter Ehemann.

Er streckte die Hand nach ihr aus, doch Dunia trat einen halben Schritt zurück. Er bekam sie nicht zu fassen. In diesem Moment zerteilte ein Blitz den Himmel, als hätte jemand einen Vorhang aufgezogen. Dunia war, als sehe sie eine Engelsschar, unter ihnen Katarzyna, ihre Mutter. Ihr schneeweißes Gesicht war von einem Kopftuch eingerahmt, ihr Blick starr wie der einer Ikone. Mehrmals öffnete und schloss Dunia die Augen. Doch die Erscheinung wollte nicht verschwinden. Im nächsten Augenblick hörte sie einen gewaltigen Donnerschlag und spürte Brandgeruch.

Zu ihren Füßen lag Artemi. Sie kniete nieder und drehte seinen Kopf, damit sie sein Gesicht sehen konnte. Es war verbrannt. In der Ohrenfellmütze prangte ein großes Loch. Der Schädel war an der darunterliegenden Stelle gespalten, das Haar bis auf die nackte Haut verkohlt. Aber Artemi war noch am Leben. Plötzlich öffnete er die Augen und kam beim Anblick der über ihn gebeugten Dunia umgehend zu sich. Von einer Sekunde auf die andere riss er sich hoch und rannte vom Hof, als wäre der Teufel persönlich hinter ihm her.

Dunia musste gegen ihren Willen lächeln. Niemand würde es jemals wieder wagen, sie anzurühren, das wusste sie. Das Gerücht würde schnell die Runde machen, die Leute würden Angst vor ihr haben. Dunia wusste genau, was über sie geredet wurde. Bisher hatte sie selbst nicht daran geglaubt, doch es musste wahr sein. An jenem Januarmorgen des Jahres 1946, an dem ihre Mutter ermordet wurde, war in der Hand des Soldaten, der Dunia erschießen wollte, das Magazin des Gewehrs explodiert. Damals war sie ein sechs Jahre altes Kind gewesen. Nun hatte ein Blitz Artemi getroffen. Beiden war Schlimmes widerfahren, weil sie ihr Böses wollten. Es stand außer Frage, was das bedeutete. In dieser Gegend hingen die Leute immer noch dem Aberglauben an. Sie biss sich auf die Lippen. Weinend bat sie Gott, die Gabe wieder von ihr zu nehmen. Sie wollte keine Hexe sein.

Mikołaj Nesteruk hatte für heute genug Metall zusammenbekommen. Das Pferd konnte den schwer beladenen Wagen kaum ziehen. Der Schmied, für den Mikołaj das Altmetall sammelte, würde die Ladung vor den Feiertagen ohnehin nicht mehr verarbeiten können. Mikołaj wollte daher erst am nächsten Tag wieder in die Stadt zurückkehren. So hielt er auf der Lichtung an und erlaubte dem Pferd, frisches Gras zu weiden. Nicht weit von hier lebte »Mütterchen Nina«. Schon Mikołajs Vater war zu der alten Heilerin gegangen, wenn er Hilfe brauchte. Er band das Pferd fest und machte sich querfeldein auf den Weg, um das Mütterchen wie jedes Jahr um ein Gebet für die im Krieg Ermordeten und Verschwundenen zu bitten.

Am Brunnen erblickte er statt der Alten eine junge Frau. Schwungvoll zog sie den Eimer aus dem Brunnen und goss das Wasser in einen Bottich. Offenbar war sie mitten beim Großreinemachen, an den Leinen im Garten hingen weiße Laken. Bei ihrem Anblick nahm Mikołaj die Mütze vom Kopf und grüßte höflich. Doch als sie sich umdrehte, verschlug es ihm die Sprache. Er hatte den Eindruck, dem Geist seiner toten Cousine gegenüberzustehen. Die Ärmel bis zu den Ellenbogen aufgekrempelt stand sie da und sah Mikołaj schweigend an.

»Ist Nina da?«, fragte er.

Sie nickte. Ihren Zopf hatte sie wie eine Krone um den Kopf gelegt; eine Strähne löste sich. Sie steckte sie hinters Ohr. Es war dieselbe Geste, die Mikołaj auch von Katarzyna kannte. Er bekam weiche Knie.

»Sie ist in der Küche«, sagte Dunia und wandte sich wieder ihrer Wäsche zu.

Er hatte nicht gewusst, dass Nina eine erwachsene Tochter hatte. Sie war nicht verheiratet, und seit er sie aufsuchte, hatte er nie einen Bauern hier gesehen, abgesehen von denen, die herkamen, um ihre Hilfe zu erbitten.

»Ehre dem Herrn«, sagte er zur Begrüßung auf Weißrussisch, als er die Hütte betrat.

»In alle Ewigkeit« war von irgendwo aus der Tiefe der Bettdeckenberge am Fenster zu hören. Nina wollte sich aufsetzen, aber er hielt sie mit einer Geste davon ab.

»Bleibt liegen, Mütterchen. Ich war gerade in der Nähe. Alles ist gut.«

»Wie lange habt Ihr nun schon dem Branntwein abgeschworen, Mikołaj?«

»Acht Jahre werden es sein. Ich erneuere das Gelübde jedes Jahr. Mohn habe ich noch, Kräuter auch. Ich danke Euch.«

»Mir müsst Ihr nicht danken. Nicht ich bin es, die heilt, es ist der Glaube. Der Herr ist gütig.«

»Aber meine Kuh ist krank. Jemand hat den bösen Blick auf sie geworfen. Und wenn Ihr für Katarzyna und Bazyli beten könntet …« Er legte mehrere Geldscheine auf den Tisch. Nina schüttelte den Kopf und schob die Scheine weg.

»Das ist zu viel.«

»Nehmt«, insistierte Mikołaj. »Ihr seid eine gute Frau. Und kauft Eurer Tochter was in der Stadt.«

Noch bevor Nina erwidern konnte, dass sie keine Tochter habe, war Dunia ins Zimmer getreten. Sie verneigte sich kurz vor dem Gast und ging dann ins Nebenzimmer.

»Erkennt Ihr sie?« Nina wies auf die Tür. »Das ist Eure Nichte. Die Tochter von Katarzyna und Bazyli.« Nina nickte und genoss die Verblüffung auf dem Gesicht ihres Gastes. »Gott hat sie zu mir geführt. Olga hat sie aus dem Haus gejagt, und sie hat Angst zurückzukehren.«

Mikołaj ballte die Hand zur Faust.

»Regt Euch nicht auf«, beruhigte ihn die alte Frau und schob ihm ein altes, abgegriffenes Holzbild in die Hand. Es musste einmal ein Heiligenbild gewesen sein, aber da es von so vielen Händen berührt worden war, war nur der goldene Rahmen geblieben.

»Fühlt Ihr die Wärme?«

Mikołaj schloss die Augen und nickte.

»Euer Glaube ist immer noch stark«, lobte ihn Nina. »Ihr werdet das Mädchen in die Stadt bringen. So weit wie möglich weg von diesem Ort, der vom Blut ihrer Ahnen besudelt ist. Sie kann hier nicht bleiben, und sie darf nicht zurückkehren, denn hier geht sie zugrunde.«

Mikołaj öffnete die Augen.

»Man verbrennt sich die Hand.«

Nina lächelte wissend.

»Das ist sie«, flüsterte sie und zeigte auf die geschlossene Tür zum Nebenzimmer, durch die Dunia verschwunden war. »Sie hat die Gabe. Sie ist jung und gütig wie ihre Mutter. Ich habe sie alles gelehrt, was ich weiß. Eine Tochter hat Gott mir nicht gegeben, aber auf meine alten Jahre hat er dieses Mädchen zu mir gebracht. Gott segne sie.«

»Weiß sie …« Mikołaj zögerte. »Weiß sie, wer ich bin?«

»Sie wird es herausfinden«, erwiderte Nina, als wäre es die einfachste Sache der Welt.

»Ihr könnt Eure rechte Hand jetzt wieder wegnehmen. Gott gibt, was nötig ist. Und was unnötig ist, erlaubt er zu vergessen. Merkt Euch das.«

Mikołaj zog seine Hand zurück. Er schaute die Alte erwartungsvoll an, aber anders als sonst verbrannte sie diesmal keinen

Leinsamen, stäubte ihm keine Asche aufs Haupt, sprach keine dreizehn Gebete. Stattdessen ging sie zum Schrank, nahm die besten Wäschestücke heraus, außerdem Wolltücher, ihren Ausgehmantel, ein Paar Lackschuhe mit niedrigen Absätzen und eine weiße Bluse mit großem, besticktem Kragen. Darauf legte sie ein in Zeitungspapier gewickeltes Bündel. Ein Ende öffnete sie kurz einen Spaltbreit, um Mikołaj zu zeigen, was sich darin befand. Es war ein Stapel Geldscheine. Mikołaj protestierte, sie solle wenigstens eine kleine Summe für sich selbst behalten, aber die Alte wedelte nur mit der Hand, als verscheuche sie Fliegen.

»Fahrt jetzt«, sagte sie und stieg wieder ins Bett.

Piotr, du Schlingel, komm jetzt her!«, rief Aniela Bondaruk dem schwarzhaarigen Jungen zu, der gerade auf das Fensterbrett geklettert war und gleich wieder heruntersprang, um die Libelle zu fangen, die aus unerfindlichen Gründen mitten im Winter in der Wohnung aufgetaucht war. Aniela, bereits im Pelzmantel, packte die Sachen ihres Sohnes zusammen – Schultasche, Pausenbrot, Schal – und räumte eilig die Frühstücksreste vom Tisch. Als sie sah, wo ihr Sohn herumkletterte, rannte sie sofort zu ihm und erwischte ihn buchstäblich im letzten Moment, bevor er auf den Fußboden fiel.

»Du bringst mich noch ins Grab«, keuchte sie.

Auf ihrem Gesicht bildeten sich rote Flecken, sie ließ sich auf das Sofa fallen und betrachtete ihren Sohn. Piotr aber kicherte, die Angst der Mutter erheiterte ihn sichtlich. Er öffnete die Hand, in der er die tote Libelle hielt. Aniela stieß die Hand ihres Sohnes angewidert von sich. Ungeziefer konnte sie nicht ausstehen.

»Bring du ihn in die Schule, Staszek.« Aniela warf einen Blick ins Nebenzimmer, wo ihr Mann am Schreibtisch saß.

Auf dem Boden neben dem Schreibtisch lagen ein Papierstapel und mehrere Rechenmaschinen. Ihr Mann hob nicht einmal den Kopf, er murmelte nur Zahlen vor sich hin.

»Hast du gehört? Ich habe genug von ihm«, wiederholte Aniela.

Staszek schob die Papiere beiseite und legte den Füller hin.

»Piotr ist doch kein Kleinkind mehr. Er kann alleine in die

Schule gehen«, murmelte er und warf seinem Sohn einen Blick zu.

»Natürlich kann ich das«, versicherte Piotr. »Papa hat recht.«

»Aber nicht, dass du wieder im Park bei den Schaukeln landest«, schimpfte Aniela. »Wie beim letzten Mal.«

»Er schämt sich, weil du ihn immer noch in die Schule bringst.«

»Genau.« Piotr bohrte jetzt Löcher in seine Handschuhe. »Mama, du musst keine Angst haben.«

»Wenn das so ist, kann ich ja gehen.« Aniela runzelte die Stirn und verließ türenschlagend die Wohnung.

Ihre Schicht begann in zwanzig Minuten. Wenn sie sich beeilte, schaffte sie es noch, mit den Kolleginnen einen Kaffee zu trinken.

Staszek und Piotr schauten einander an.

»Mach dich fertig, Piotr. Wir gehen.« Der Vater erhob sich hinter seinem Schreibtisch und drohte seinem Sohn mit dem Finger. »Und wenn du deiner Mutter Ärger machst, du kleiner Streuner, dann versohle ich dir den Hintern!«

Doch die Drohung machte keinen großen Eindruck auf den Zehnjährigen. Er zog sich mit erstaunlicher Geschwindigkeit an und war, bevor sein Vater sichs versah, aus der Tür. Aber statt zur Schule zu gehen, machte er sich schnurstracks auf zum Soldatenfriedhof, wo er sich mit seinen Freunden verabredet hatte. Außer an Staatsfeiertagen war hier kaum eine Menschenseele. In den Hosentaschen hatte er mehrere Zigaretten, die er seinem Vater im Laufe der letzten Woche gestohlen hatte.

Vor dem Friedhofstor stand ein mit Eisenwaren beladenes Fuhrwerk. Auf dem Bock saß ein Bauer mit Ohrenfellmütze und redete mit einem Mädchen, das viel zu große Soldatenstiefel an den Füßen trug. Schon auf den ersten Blick war unschwer zu erkennen, dass sie vom Land war. Piotr versteckte sich hinter einem Baum und wartete darauf, dass das Fuhrwerk weiterfuhr.

Er wollte nicht gefragt werden, warum er sich in der Stadt herumtrieb, anstatt die Schulbank zu drücken.

Sobald das Fuhrwerk sich in Bewegung setzte, kletterte er auf die Friedhofsmauer und sprang von dort aus dorthin, wo das Bauernmädchen stand, um sie umzureißen. Sie wich im letzten Moment aus, wobei ihr das Kopftuch auf die Schultern rutschte. Piotr staunte, sie war sehr jung und ziemlich hübsch, und anstatt erschrocken aufzuschreien, lachte sie nur.

»Ich habe dich gesehen«, erklärte Dunia, aber dann wurde ihre Miene sofort ernst.

Der Junge war unglücklich auf dem Gehweg aufgekommen, schrie vor Schmerz auf und fing dann an zu weinen. Dunia versuchte, ihm aufzuhelfen, doch er konnte nicht aufstehen. Da er sich nicht von ihr berühren lassen wollte, legte sie ihr spärliches Gepäck auf den Boden und begann, eine weißrussische Ballade zu summen. Es gelang ihr, seine Schuhbänder zu öffnen, bevor er wieder um sich schlug. Sie bekam einen heftigen Schlag auf die Nase, zog sich sofort zurück und schaute ihn böse an. Nun riss er sich zusammen und stotterte ein paar Entschuldigungen.

»Ganz ruhig. Bis zur Hochzeit ist das wieder geheilt«, sagte Dunia. »Darf ich sehen?«

Der Knöchel war bereits dick geschwollen und blau verfärbt. Der Junge tat Dunia leid, er zitterte und musste wirklich arge Schmerzen haben. Aber sie ließ sich ihr Mitleid nicht anmerken. Jetzt erinnerte er kein Stück mehr an den kleinen Teufel, der er sein wollte.

»Der ist gebrochen.« Dunia ging wieder in die Hocke. »Und wage ja nicht, mich zu treten.«

Der kleine Piotr Bondaruk senkte den Kopf und schmiegte sich an sie. Sie wusste nicht, wie sie sich verhalten sollte, denn das hatte noch nie jemand getan. Schließlich legte sie die Arme um ihn und hatte im nächsten Moment selbst feuchte Augen.

»Wir müssen ins Krankenhaus«, flüsterte sie und fügte so sanft, wie sie nur konnte, hinzu: »Du weißt, wo das ist, richtig?«

Der Junge bekam Angst, schüttelte verzweifelt den Kopf und begann wieder zu schluchzen. Dunia schaute ihn durchdringend an.

»Sei ein Mann«, sagte sie, konnte sich aber nicht davon abhalten, ihm mit ihrem eigenen Taschentuch den Rotz von der Nase zu wischen. »Ich hatte eine kleine Schwester, aber sie ist gestorben. Du lebst, und dir wird nichts passieren. Weißt du, was das heißt, sterben?«

»Mama!«, schrie der Junge verzweifelt auf.

Dieses Kind war eindeutig verwöhnt. Bei den Gawełs hätte er es nicht einen Tag lang ausgehalten.

»Nun zittere doch nicht so«, schimpfte sie. »Immerhin hast du eine Mutter. Andere haben dieses Glück nicht.«

Sie legte ihm die Hand auf die Stirn und begann, etwas in einer unverständlichen Sprache zu murmeln. Piotr beruhigte sich nach und nach, dann sank er auf das Kleiderbündel, das sie auf den Boden gelegt hatte, und schlief ein. Dunia stand an der Friedhofsmauer und hielt nach Fußgängern Ausschau, doch es war niemand zu sehen. Sie überlegte, ob sie in die Kirche gehen und dort um Hilfe bitten sollte, aber sie wollte den Jungen nicht allein lassen.

Plötzlich erblickte sie in der Ferne einen schwarzen Wolga und lief, ohne lange zu überlegen, auf die Straße. Das Auto kam direkt auf sie zu, erst im letzten Moment sprang sie zur Seite. Schwer atmend drehte sie sich um. Das Auto hatte einige Meter weiter angehalten, sie lief hin und klopfte an die Scheibe. Am Steuer saß ein Chauffeur mit Dienstmütze, im Fond zwei Männer. Der eine trug Pullover und Felljacke, der andere einen grauen Anzug. Der Anzugträger hatte auf einer Aktentasche einen Stapel Papiere ausgebreitet und füllte sie aus. Er schien sehr verärgert über die Störung.

Dunia wurde rot. Der Mann im Pullover hatte sein Fenster einen Spaltbreit geöffnet und betrachtete sie nun genau. Er war gut gebaut, jedoch hässlich wie eine Novembernacht. Trotz seiner nachlässigen Kleidung war er offensichtlich eine sehr wichtige Person. Eingeschüchtert, wie sie war, brachte sie auf Polnisch nur ein paar Entschuldigungsfloskeln heraus; dann zeigte sie auf den Jungen und erklärte, dass er sofort ins Krankenhaus gebracht werden müsse.

»Wie heißt du?«, fragte der Mann im Pullover, als sie eine Viertelstunde später neben ihm im Wagen saß. Der Mann mit der Aktentasche, der bestimmt eine wichtige Funktion innehatte, war auf den Vordersitz gewechselt, damit auch Piotr ins Auto passte. Sein Kopf lag auf ihrem Schoß. Der Mann neben Dunia war nicht älter als fünfundzwanzig, erschien ihr jedoch zu erwachsen zum Duzen, obwohl Anatol Pires sie, als er sich vorgestellt hatte, dazu aufgefordert hatte.

»Dunia Załuska.« Anmutig neigte sie den Kopf.

»Und der Kerl da vorne ist Stepan Orzechowski«, flüsterte Anatol ihr vertrauensvoll ins Ohr. Der Anzugträger streckte ihr seine gepflegte, knochige Hand entgegen.

»Auf welches Lyzeum gehst du?«

Dunia hob stolz den Kopf und verkündete: »Nächstes Jahr werde ich auf das Medizinische Lyzeum in Bielsk gehen. Im Moment suche ich Arbeit.«

Orzechowski musterte sie von Kopf bis Fuß.

»Hast du einen Meldeschein? Du weißt, dass das Vorschrift ist?«

»Ich wohne zur Untermiete bei einer Wirtin«, log Dunia und zeigte auf den Jungen: »Das ist mein Neffe.«

Anatol lächelte.

»Vielleicht kann ich dir helfen. Wie es der Zufall will, bin ich der Direktor des hiesigen Lyzeums. Aber du musst die Prüfung bestehen. Kommst du vom Land?«

Dunia nickte.

»Die Erde sprach zu uns«, rezitierte er emphatisch auf Weißrussisch. »Sie verstand uns, sie umgab uns mit dem Geist der Vergangenheit unseres Volkes und mit der großen Liebe zu ihren Feldern und Bäumen. Es ging uns gut im dörflichen Sonnenschein und im Regen.«

Dunia schaute Anatol entgeistert an. Noch nie hatte sie ein so schönes Weißrussisch gehört.

»Larysa Henijusch.« Dunias Entzückung war Anatol nicht entgangen. »Die erste weißrussische Revolutionärin. Sie hat nie die sowjetische Staatsbürgerschaft angenommen. Nach der Entlassung aus dem Lager kehrte sie in ihre Heimat zurück und starb später im weißrussischen Selwa. Eine Freiheitskämpferin. Kennst du sie?«

Dunia schüttelte den Kopf. Sie kam sich ungebildet, hässlich und überflüssig vor.

»Solltest du aber. Fang an zu lesen, lerne. Es gibt keine andere Freiheit als das Wissen«, fügte Anatol hinzu.

»Setz ihr mal keine Flöhe ins Ohr, Anatol«, mischte Orzechowski sich zu Dunias Erstaunen ebenfalls auf Weißrussisch ein. Dem Aussehen nach hatte sie ihn für einen hundertprozentigen Polen gehalten. »Komm morgen ans Tor und berufe dich auf mich. Im Sägewerk werden kräftige, junge Frauen gebraucht, die das Parkett in der Trockenanlage auslegen. Aber das ist schwere Arbeit.«

»Ich habe von klein auf körperlich gearbeitet«, entgegnete Dunia entschlossen. »Ich will lernen, und ich will arbeiten.«

Die Männer lachten und wechselten einen Blick.

»So eine Frau wird in Schwierigkeiten geraten«, murmelte Orzechowski.

»Versteck deinen Hochmut, gib dich unterwürfig. Denk daran, im Krieg überleben die Feiglinge, und die Tapferen sterben. So ist das nun mal.«

»Aber der Krieg ist doch schon vorbei«, erwiderte Dunia

»Manchmal ist das entscheidend, was man nicht sieht«, murmelte Orzechowski und widmete sich wieder seinen Papieren.

Anatol konnte sich einen lüsternen Blick nicht verkneifen.

»Hast du schon einen Ausweis?«

Dunia gab keine Antwort. Sie senkte nur den Kopf und dankte den Herren für ihre Güte.

»Welchen Herren?«, entrüstete sich Orzechowski. »Genossen. Weißrussische Waffenbrüder, meine Liebe.«

Sie hielten vor der Einfahrt des Krankenhauses. Anatol wollte aussteigen, um Dunia zu helfen. Schon zum zweiten Mal fragte er sie, wo sie wohne, aber sie schenkte ihm nur ein höfliches Lächeln. Sie warf sich ihren Beutel über die Schulter, hob das Kind hoch und schleppte es in die Notaufnahme.

Anatol schaute ihr nach, bis sie in der Tür verschwunden war, und raunte dann Stepan zu: »Stark und stolz.«

»Das ist nie und nimmer eine Weißrussin. Sie muss Deutsche oder Polin sein. Ein Faschistenbastard. Hast du ihr Gesicht gesehen?«

Anatol lachte.

»Für dich sind doch alle Frauen Gesindel.«

»Wäre mir eine Frau wie deine begegnet, hätte ich vielleicht auch geheiratet«, seufzte Stepan.

»Ganz bestimmt, wenn sie einen Schwanz gehabt hätte«, scherzte Pires. Stepan warf ihm nur einen wütenden Blick zu.

Aber schon am selben Abend, als er mit dem Priester, der in ihn verliebt war, ins Pfarrhaus ging, hatte er den Vorfall mit dem Dorfmädchen am Soldatenfriedhof vergessen.

Anatol dagegen hatte sich nicht nur Dunias Nachnamen notiert, sondern, an seinem Arbeitsplatz angelangt, vom Meldeamt auch ihr Foto bekommen, das sie zusammen mit anderen Unterlagen für einen Ausweis eingereicht hatte. Er betrachtete das intelligente Gesicht des mutigen Mädchens, das sich getraut hatte, einen Dienstwagen anzuhalten, um einen kleinen Jungen ins Krankenhaus zu bringen. In den Tiefen seines Gedächtnisses ging nie etwas verloren. Genau darum war er ja auch hier.

Hajnówka, 2014

Vierundzwanzig Quadratmeter, die zu neunzig Prozent ebenfalls mit Büchern vollgestellte Loggia nicht mit eingerechnet, bildeten nun Sasza Załuskas provisorisches Ermittlungsbüro.

Als sie die stickigen Räume in der ulica Piłsudskiego 18, Wohnung Nummer acht betraten, wusste Sasza sofort, dass die Familie der Kommandantin früher zur intellektuellen Elite des Städtchens gehört haben musste. Kein Couchtisch mit Glasplatte, keine Sessel mit weich gepolsterten Armlehnen, keine Matejko-Drucke, weder Porzellanfiguren noch eine vergoldete russische Kuckucksuhr. Stattdessen war die Wohnung bis in die letzte Ecke mit Büchern vollgestopft. Alle Regale waren Eigenproduktionen aus unlackierten Spanplatten, simple Konstruktionen, teils unter Verwendung von Altmetall. In einer Kleinstadt, die zu sozialistischen Zeiten Hochglanzmöbel für ganz Polen hergestellt hatte, mussten die Inhaber dieser Wohnung eine geradezu übermenschliche Willenskraft besessen haben, um standhaft zu bleiben und sich keine Schrankwand mit Kristallglas anzuschaffen.

Linker Hand befand sich eine dunkle Kochnische. Dieser kleinere Teil der Wohnung diente auch zum Schlafen und um Gäste zu empfangen. Auf der rechten Seite waren ein Arbeitsraum und eine Bibliothek. Auf jedem Bord standen nummerierte Bücher und sammelten Staub. Sasza fühlte sich sofort wie in Professor Abrams' Büro im Internationalen Zentrum für Kriminalpsychologie in Huddersfield – sicher und gut versteckt.

»Meine Tante fährt im Sommer immer aufs Land, in ein kleines Dorf an der Grenze«, erläuterte Krystyna Romanowska und stellte den Karton mit Akten auf dem Tisch ab. »Sie hat dort eine Holzhütte direkt am Ufer des Bugs und ein Stück Wald. Die Tante wird sicher nicht vor dem Herbst zurück sein.«

Sasza klopfte den Staub von dem Korbstuhl neben dem altmodischen, mit grünem Filz überzogenen Schreibtisch und ruhte sich einige Minuten lang schweigend aus. Krystyna erzählte vom Sonnenlicht, das von mittags um zwölf bis abends um sechs in die Wohnung fiel. Sie schaltete den Kühlschrank an und räumte die Lebensmittel hinein, die sie unterwegs besorgt hatte. Dann griff sie nach dem größten Messer und schnitt das Brot in Scheiben.

»Ich habe keinen Hunger«, hielt Sasza sie zurück.

Sie betrachtete das Ausziehsofa, eigentlich nur ein etwas größerer, grell gemusterter Sessel. Sasza war gespannt, ob sie es mit einer Hand würde aufklappen können.

Krystyna setzte sich und legte die Hände aneinander.

»Sasza.« Sie streckte der Kommandantin die gesunde Hand hin. »Ich bin zwar die Jüngere, aber … wollen wir uns nicht duzen?«

»Krystyna.«

Die beiden Frauen lächelten einander an.

»Einige Dinge wollte ich dir lieber nicht in der Kommandantur sagen.«

»Über das Ermittlungsverfahren oder privat?«

Krystyna nickte, was auch immer sie damit sagen wollte.

»Deine Lage ist nicht gerade rosig, aber wir beide wissen, das ist nur …«

»… eine Hypothese«, beendete Sasza den Satz und angelte mühsam die Zigarettenschachtel aus ihrer Jackentasche.

Krystyna wirkte plötzlich angespannt.

»Meine Tante mag keinen Rauch.«

»Recht hat sie«, erwiderte Sasza. Sie erhob sich, um die Balkontür zu öffnen. »Ich rauche hier an der Tür. Erzähl ruhig weiter.«

»Dann müssen wir nachher aber ordentlich lüften.«

»Ich habe nicht vor, bis zum Herbst hier zu sitzen«, erwiderte Sasza lächelnd. »Ich verschwinde wie der Rauch. Spurlos.«

Sie schaute in die Zigarettenglut. »Es gibt da Sachen, die ich nicht verstehe. Wenn ich euch wirklich eine Hilfe sein soll, darfst du mir keine Informationen vorenthalten.«

»Das habe ich nicht vor«, sagte Krystyna und schwieg dann wieder.

»Dann fangen wir am besten sofort an. Oder willst du warten, bis der nächste Mord passiert?« Sasza hielt inne. »Warum hast du mir die Adresse gegeben?«

Die Kommandantin zuckte mit den Schultern.

»Du hast mir leidgetan.«

»Mehr nicht?«

»Ist dir das zu wenig?«

»Weißt du, warum ich hier bin?« Sie drehte sich zu Sasza um und fuhr, ohne deren Antwort abzuwarten, fort: »Mein Großonkel war Ingenieur für Holztechnologie hier im Sägewerk und hat sogar ein paar Erfindungen gemacht. Er hat das erste industrielle Sägegatter konstruiert. Da war der zehn Jahre jüngere Bondaruk schon Vorarbeiter in der Trockenanlage. Meine Tante leitete die Bibliothek im Kulturhaus Leśnik. Beide haben sechs Tage die Woche vierzehn Stunden täglich gearbeitet; du siehst, wie viel sie verdient haben.«

Sasza übte sich in Geduld und unterbrach Krystyna nicht.

»In einem Winter, ich ging noch zur Schule, wusste meine Mutter nicht, was sie in den Ferien mit mir anfangen sollte, und brachte mich zu ihrer Cousine. Meine Eltern hatten sich scheiden lassen, als ich acht Jahre alt war, und mein Vater besuchte mich kaum. Trotzdem hing ich sehr an ihm. Egal.« Sie winkte ab.

»In einer von diesen Winterferien bei meiner Tante habe ich JahJah kennengelernt. Ich war elf, er war vier Jahre älter – in dem Alter eine Ewigkeit. Anfangs konnte ich ihn nicht ausstehen. Alles, was mir heute so furchtbar an ihm auf die Nerven geht, fand ich bereits damals anstrengend. Er ist ein Angeber, ändert ständig seine Meinung und kann sich überhaupt nicht in andere Menschen hineinversetzen. Alles, was ihn interessiert, sind die Sportschau, sein Fitnessclub und frauenfeindliche Witze.

Jedenfalls kam ich dann jedes Jahr wieder hierher. Wir hatten natürlich kein Auto, aber die dreizehn Stunden Zug- und Busfahrt machten mir nichts aus. Trotz seiner anstrengenden Art imponierte mir JahJah, weil er immer genau wusste, was er wollte. Damals war es Rechtsanwalt werden. Als er es dann auf keine Jura-Fakultät schaffte, änderte er ganz einfach blitzschnell sein Ziel. Auch das fand ich bewundernswert. Jetzt wollte er eben Polizist oder Soldat werden.

Ich hingegen war vollkommen ohne Plan. Ich machte mir vor allem Sorgen und glaubte, die Liebe könnte mich heilen. Dabei suchte ich wohl nach einem Ebenbild meines Vaters. Ich wollte, dass jemand die Verantwortung für mich übernahm und mein Leben für mich in die Hand nahm. Mit achtzehn wurde ich schwanger. Wir heirateten, als Błażej ein Jahr alt war; die Familie wollte kein uneheliches Kind. Sie regelten alles für mich, also blieb ich. Jetzt lebe ich schon so viele Jahre in Hajnówka und werde dennoch nie dazugehören. Für die Leute, die hier geboren sind, werde ich immer eine Zugezogene sein. Du musst wissen, es gibt in Hajnówka keine Trennung in Orthodoxe, Katholiken, Juden und Moslems. Es gibt nur Hiesige und Fremde. Ich bin eine Fremde, denn die Asche meiner Ahnen liegt nicht hier in dieser Erde.«

»Interessant«, sagte Sasza. »Aber was hat das mit unserem Fall zu tun?«

»Bondaruk ist seit Jahren eine wichtige Persönlichkeit in der Stadt. Ich beobachte ihn seit Jahren.«

»Eine lange Zeit.«

»Ich kenne alle Geschichten, in die er verwickelt war. Natürlich basiert viel davon nur auf Gerede, Gerüchten und Mutmaßungen. Er wurde nie unter Anklage gestellt. In jeder Kleinstadt gibt es so ein Monster, mit dem es niemand aufnehmen will. Alle haben von ihm profitiert, ihn geschützt und gedeckt. Aber alle wissen, dass er seine Frauen ermordet hat.«

»Wie bitte?« Sasza verschluckte sich.

»Auch wenn sie nicht seine Ehefrauen waren«, korrigierte sich Krystyna. »Du hast schon richtig gehört. Sie verschwanden nacheinander: Erst Łarysa – ein Unbekannter hat auf der Landstraße nach Białystok auf sie geschossen; dann Mariola – eines Tages ist sie auf Dienstreise gegangen, hat die Stadt verlassen und ist nie wieder aufgetaucht; und jetzt ist Iwona verschwunden – sie wurde im Wald entführt. Die Leichen wurden nie gefunden, und deshalb kam keiner dieser Fälle vor Gericht. Jedes Mal wurden Ermittlungen aufgenommen, aber keine Anklage erhoben. Manchmal gab es Spuren, wie etwa im Fall Łarysa, denn Bondaruk wurde in der Schießerei auch verletzt und kam dann in psychiatrische Behandlung. Und schließlich war da noch das Auto.«

»Der schwarze Mercedes aus dem Wald?«

»Dieses Auto taucht in all diesen Fällen auf. In jedem einzelnen.«

Sasza dachte nach. Sie schloss die Balkontür, ging zur Kochnische und stellte den Wasserkessel auf den Herd.

»Kaffee oder Tee?«, fragte sie, während sie Gläser mit Plastikgriffen auf die Küchenplatte stellte. Die Kaffeedose war leer, also korrigierte sich Sasza: »Tee?«

Krystyna war in der Zwischenzeit zum Schreibtisch gegangen und holte die Unterlagen aus dem Karton, den sie mitgebracht hatte.

»Deshalb habe ich nicht nur die Akten zum Fall Pietrasik rausgesucht, sondern alles, was ich über die Jahre zum Thema

›Piotr Bondaruk‹ gesammelt habe. Ich kenne ihn gut, wir standen uns einmal sogar ziemlich nahe. JahJah kann mir das bis heute nicht verzeihen, obwohl fast nichts passiert ist.«

»Fast nichts?«, stichelte Sasza. »Entweder es ist etwas passiert oder nicht.«

Krystyna wurde ernst.

»Ich sage fast nichts, weil es so war. Piotr hat ein gewisses Problem.« Sie unterbrach sich, winkte dann ab. »Nicht, dass ihn das von irgendwas abgehalten hätte. Er war hinter jedem Rock her, die Frauen haben ihn geliebt. Manche von ihnen lieben ihn vermutlich immer noch. Er strahlt eine gewisse Traurigkeit aus, und natürlich Charisma und Empfindsamkeit. Und das zieht Frauen an, mich zumindest. Jedenfalls gibt es hier nicht eine schöne Frau über vierzig, der Piotr keine Avancen gemacht hat. Das werden dir alle bestätigen.«

»Ich habe ein halbes Mittagessen mit ihm verbracht. Ich glaube dir«, versicherte Sasza. »Und die Pointe?«

»Vor einem halben Jahr ist der erste Schädel aufgetaucht. Eine Gruppe Jugendlicher hat ihn am Pfadfinderhügel gefunden. Am Tag davor hatte Bondaruk seine Verlobung mit Iwona Bejnar bekannt gegeben, die jetzt vermisst wird. Die Volksseele kochte. Ausgerechnet die blutjunge Bejnar aus der ulica Chemiczna – eine polnische Nationalistin.«

Krystyna legte die vom Gesicht der Vermissten angefertigte Superprojektion auf den Tisch und daneben ein Bild vom verkohlten Schädel.

»Ist das die Frau, die ich identifiziert habe?«

»Die Prostituierte, genau. Wir warten noch auf die offizielle Bestätigung ihrer Identität. Der Schädel wurde mit Absicht in die Feuerstelle geworfen, die Pfadfinder sollten ihn finden. Er muss jahrelang vergraben gewesen sein – wie lange, konnte nicht mehr festgestellt werden, es können sieben, aber auch dreißig Jahre gewesen sein. Auf jeden Fall ist der Schädel chemisch behandelt worden, es sind keinerlei Gewebespuren daran, wir haben nur den reinen Knochen.

Zuerst haben wir vermutet, dass er aus der Kriegszeit stammt. In den hiesigen Wäldern grassierten Banden jeglicher Couleur: ukrainische Aufständische, polnische antikommunistische Partisanen, Rotarmisten, Deutsche. Es hat hier viele Gräueltaten gegeben. Bis heute finden Spaziergänger in den Wäldern Knochen, die wir dann zur Identifizierung einschicken«, erläuterte Krystyna und zog die nächste Fotografie aus dem Karton. »Am Tag der Hochzeit wurde ein zweiter Schädel in einer Plastiktüte vor der Kommandantur deponiert. Es klingt wie eine Verschwörungstheorie, aber ich habe den Verdacht, dass Piotr auch mit dem Mord an Pietrasik in Verbindung stehen könnte.«

Sasza räusperte sich. Nur mit Mühe gelang es ihr, die Fassung zu bewahren.

»Du meinst also, dass ein Ritter Blaubart in Hajnówka umgeht, der die Frauen zunächst erobert und dann ermordet und ihre Leichen im Wald versteckt, damit sie als verschwunden gelten, richtig?«, fragte Sasza etwas ungläubig. »Und das alles macht er mit einem Gespensterauto, einem alten Mercedes, der auftaucht und wieder verschwindet?«

»Nicht nur Frauen.«

Das Teewasser kochte, doch Sasza rührte sich nicht.

»Es sind also noch mehr Menschen verschwunden? Wer?«

Krystyna lief in die Küche, nahm den Kessel vom Herd und drehte die Gasflasche zu, ohne vorher den Herd abzuschalten.

»Wenn du was kochst, dreh hinterher das Gas ab«, riet sie Sasza. »Das ist sicherer.«

»Wer ist noch verschwunden?«, wiederholte Sasza ungeduldig.

In aller Seelenruhe stellte die Kommandantin das Tablett mit den Gläsern auf dem kleinen Tisch ab.

»Als ich in der Kommandantur von Hajnówka anfing, ließ man mich vor allem den Papierkram erledigen«, fuhr sie schließlich fort. »Aber ich war auch für die Vermisstenfälle zuständig. Damals verschwand hier niemand ohne das Wissen der Staatssicherheit. Die hatte ihren Sitz am Kreisverkehr, wo heute der private Kindergarten ist, und Adam Gaweł war jahrelang der Chef dort. Inzwischen ist er Landrat.

An dem Tag hat es fürchterlich geregnet, das weiß ich noch. Und da kam, vollkommen durchnässt, eine wunderschöne Frau herein, in bordeauxrotem Kostüm und Nylonmantel und mit einem Seidenkopftuch aus dem Westen. Das war Dunia Orzechowska, die Frau des Sägewerksdirektors, der wiederum, was alle wussten, einer von Gawełs Männern war. Piotr war damals ein junger Ingenieur, er hatte im Sägewerk moderne Technik eingeführt, die Produktion auf Vordermann gebracht. Er war das Schoßhündchen der Parteileute, alle lobten ihn über den grünen Klee, aber die Leute vertrauten ihm nicht.

Mit seinem Abschluss von der Hochschule für Landwirtschaft in Warschau hätte Bondaruk auch einen Posten in der Hauptstadt oder wo auch immer kriegen können. Aber er war nach Hajnówka zurückgekommen, und das hieß, er hatte entweder einflussreiche Fürsprecher in der Partei, oder er hatte hier einen besonderen Auftrag zu erledigen.«

»Ein Spitzel?«

»Wer weiß das schon. Auf jeden Fall sollte er Stepan Orzechowskis Platz einnehmen. Und dafür gab es gute Gründe. Piotr Bondaruk war schon immer ein schlauer Kopf. Sein Vater hatte eine Maschine zur Schnittholztrocknung entwickelt, um die Produktion zu steigern, aber die Zentrale kaufte das Patent nicht, weil die Maschine in der Herstellung viel zu teuer war. Piotr veränderte lediglich zwei Parameter: die Höhe und die Motorkraft. Und heute arbeiten alle Holzbetriebe in Polen mit diesem Konzept. Sie brachte eine Qualitätssteigerung um fünfhundert Prozent.«

»Fünfhundert? Das hat man damals schon gemessen?«

»Vielleicht habe ich übertrieben. Auf jeden Fall war es eine erhebliche Verbesserung.« Krystyna winkte ab. »Und nun meldete Dunia ihren Ehemann als vermisst. Er war angeblich von einer Dienstreise nicht zurückgekommen. Wir begannen zu ermitteln. Der Fall genoss Priorität, alle Einheiten waren damit befasst. Aber schon nach einer Woche beendeten wir die Suche. Erst rief Gaweł unseren Chef an und gab entsprechende Order. Dann zog Dunia Orzechowska ihre Anzeige zurück. Die Sache wuchs sich zu einem landesweiten Skandal aus. Zwei Tage später brachte Dunia einen Brief ihres Mannes. Der ist in den Akten leider nicht erhalten, aber damals kam er in Umlauf. Danach nahm niemand in der Stadt die Frau mehr für voll. Das ganze nächste Jahr zerrissen sich alle das Maul über sie. Damals zog sich Dunia von der Welt zurück.«

»Warum? Was stand in dem Brief?«

»Ein ausführliches Bekenntnis – Stepan machte öffentlich, dass er schwul war und seine Frau für den katholischen Priester verließ. Er habe sie nie geliebt und nur aus Mitleid geheiratet. Er wollte ihr seinen Besitz überlassen und ein Sparbuch, damit sie materiell abgesichert wäre und ihren Sohn, der damals unterwegs war, ordentlich großziehen könne.«

»Und der Sohn ist Jurek Orzechowski, liege ich da richtig? Iwonas Ex?«

»Genau, Jurek«, bestätigte Krystyna. »Das sah alles sehr glaubwürdig aus. Der Pfarrer war unmittelbar zuvor beinahe von den Gläubigen gelyncht worden, und die Kurie hatte nicht interveniert. Dem Pfarrer wurden unsittliches Verhalten, Alkoholsucht und Veruntreuung vorgeworfen. Bevor er die Stadt verließ, hatte er mehrere Tausend Złoty unterschlagen, die für die neue Friedhofskapelle bestimmt waren. Zwei Tage danach verschwand auch Stepan Orzechowski spurlos. Seit 1977 existieren diese Personen nicht mehr. Sie tauchen in keiner Datenbank auf. Es mag ja Zufälle geben, aber doch nicht im Doppelpack!«

»Lass mich raten«, sagte Sasza, »Dunia hatte ein Verhältnis mit Bondaruk.«

»Kluges Mädchen«, lobte Krystyna. »und zwar ein sehr leidenschaftliches. Er war ihre große und einzige Liebe. Es heißt, Iwona habe in dem Hochzeitskleid geheiratet, das Dunia tragen sollte, sobald sie von Stepan geschieden wäre. Für einen Moment dachte ich auf der Hochzeit sogar, Dunia wäre die Braut gewesen.«

Sasza schüttelte ungläubig den Kopf.

»Dunia ist also auch verschwunden?«

»Ach woher«, verneinte Krystyna. »Aber sie ist nicht ganz richtig im Kopf. Vielleicht hast du sie gesehen, sie sieht wie eine Hexe aus. Sie ist unsere Heilerin hier. Es heißt, sie habe die Gabe.«

»Du machst Witze!«

»Lach nicht!«, erwiderte Krystyna todernst. »Sie ist merkwürdig. Du wirst es selber sehen. Manche haben Angst vor ihr.«

Aus Saszas Handtasche ertönte das Klingeln eines Mobiltelefons. Sie stand auf und holte ihr Handy hervor. Auf dem Display sah sie ein Foto ihrer Tochter in schwarzer Lederjacke und rosa Pailletten-Pullover.

Krystyna ging in die Küche, um wenigstens den Anschein von Diskretion zu wahren. Das Telefonat dauerte eine gute Viertelstunde. Als Sasza auflegte, war sie wesentlich ruhiger. Erleichtert griff sie nach dem belegten Brot auf dem Teller, den die Kommandantin ihr in der Zwischenzeit hingestellt hatte.

»Noch nie im Leben hat mir etwas besser geschmeckt als dieses Wurstbrot!«, seufzte Sasza.

»Das ist Wurst von Mikołaj Nesteruk. Auch ein enger Freund von Piotr Bondaruk«, fügte Krystyna hinzu. »Wie du schon weißt, war Jurek Orzechowski, Dunias Sohn, unser Hauptverdächtiger. Er war mit Iwona zusammen, bevor Bondaruk sie ihm ausgespannt hat. Wir haben Grund anzunehmen, dass er gemeinsam mit der Braut fliehen wollte.«

»Hast du deshalb gefragt, ob sie den Angreifer gekannt haben könnte? Das sieht langsam wie ein Familiendrama aus.«

Krystyna zuckte mit den Achseln. Sasza begann an den Fingern abzuzählen und sagte dann lächelnd:

»Für meinen Geschmack ist das eine beachtliche Bilanz: eine Leiche, zwei Schädel und fünf Vermisste. Und das alles im Umfeld eines über fünfundsechzigjährigen Don Juans.«

»Vierauge.«

»So wurde er nicht nur hier genannt.« Sasza holte die Fotografie hervor, die sie von Marzena Koźmińska erhalten hatte. »Er muss stolz auf diesen Spitznamen gewesen sein, wenn er sogar in der Parteizentrale damit angegeben hat.«

Krystyna hob den Kopf. Sie verstand nicht, worauf Sasza hinauswollte.

»Du hättest nicht zufällig Lust, nach Danzig zu fahren?«

»Jetzt?«

»Heute will ich Ordnung in die ganzen Daten bringen. Aber morgen, warum nicht? In deiner Begleitung sollte ich doch die Stadt verlassen dürfen. Wenn dir sehr daran liegt, kann ich weiter die Rolle der Verdächtigen spielen. Langsam macht mir die Sache Spaß.«

Sie ging zum Bücherregal und zog aufs Geratewohl *Der Mythos Menschenfresser* heraus. Sie schlug das Buch auf einer beliebigen Seite auf und las vor:

»Den anderen zu essen bedeutet, ihn ganz und gar zu besitzen, orale Ekstase zu erfahren.« Sie schlug das Buch wieder zu und scherzte: »Vielleicht isst er sie auf? Und deswegen bleiben nur die Knochen und die Schädel übrig.«

Krystyna warf ihr einen schwer zu deutenden Blick zu. Es war das erste Mal, dass sie nicht auf einen von Saszas Scherzen einging.

Danzig, 2014

Ein starker Schmerz in Rücken und Hüfte ließ Marzena Koźmińska vom Stuhl kippen. Schnell zog sie das Bein an, damit der Krampf sich löste, doch wie immer machte das alles nur schlimmer. Sekunden später hatte sie jegliches Gefühl im Fuß verloren. Die Frau, die noch bis vor Kurzem als die Wespe die Gefängnisflure beherrscht hatte, blieb bewegungslos am Boden liegen, die Tränen rannen ihr über das Gesicht.

Irgendwann ging alles vorbei. Das war eine der Lehren, die man aus dem Aufenthalt in dieser Folterkammer ziehen konnte, die von einigen Gefängnis genannt wurde. Mittlerweile hatte sie nicht einmal mehr die Kraft, großspurig die Suppe zu verweigern, obwohl sie wusste, dass die Wachtmeisterin hineingespuckt hatte. Marzena aß alles, was halbwegs essbar war, und sei es nur, damit sie was im Magen hatte, wenn sie den nächsten Brechreiz bekam. Neuerdings war das mehrmals täglich der Fall.

Mit den Lendenwirbeln hatte sie schon immer Probleme gehabt, aber zuletzt gab die Ischias ihr nicht einmal mehr zwei Tage Ruhe. Sie wurde regelrecht eins mit diesem Schmerz, er war immer da, wie ein schlechtes Gewissen. Womöglich war es mittlerweile ein ernsthafter Nervenschaden. Der Orthopäde hatte ihr widerwillig ein Attest ausgestellt, sodass sie in die Näherei versetzt wurde. Von einer Reha wagte sie nicht zu träumen. Wütend wurde sie nur, wenn der Schmerz für einen Moment nachließ, wie um sie an die Möglichkeit eines glücklichen Lebens zu erinnern. Doch auch so warf sie sich Nacht für Nacht auf ihrer Pritsche hin und her. Solche wie sie bekamen nicht einmal Kaliumtabletten, wenn sie erbrachen. Also rauchte Marzena eine Zigarette nach der anderen und kochte sich noch einen Tee, was blieb ihr anderes übrig. Wären da nicht ihre Kinder, sie hätte sich schon längst erhängt.

An der Tür rasselten Schlüssel, jemand öffnete das Guckloch. Als die Tür aufging, sah Koźmińska zwei blütenweiße Strümpfe und löcherige, cremefarbene Männerschuhe. Die Chefaufseherin und sie konnten einander nicht ausstehen, behandelten sich aber auf zuckersüße Weise. Unter Aufbietung aller Kräfte stützte Marzena sich auf die Arme und hob den Oberkörper.

»Geht es dir gut?«, fragte die Wärterin. In ihrer Stimme schwang Besorgnis mit. Marzena traute ihren Ohren kaum, vermutlich hatte der Schwächeanfall ihre Sinne getrübt.

Die Wärterin hielt ihr die Hand hin. Marzena stöhnte vor Schmerz und schüttelte den Kopf. Ihr fehlte die Kraft, um sich auf den Stuhl zu setzen.

»Der Arzt ist schon weg. Er hat heute ein Kind auf die Welt geholt und einen Draht aus dem Hals unserer Drogendealerin gezogen. Sie hat nur drei Jahre gekriegt, tut aber so, als wäre es das Ende der Welt.«

Marzena antwortete nicht.

»Du hast Besuch, aber wenn du nicht in Form bist, schick ich ihn wieder weg.«

»Wen?«

»Eventuell könnte ich ihn sogar in den normalen Besucherraum ohne Trennscheibe lassen. Vorausgesetzt, du zickst im Prozess nicht rum. Glaub ja nicht, dass du mich weichkriegen kannst.«

»Ein Kerl?«

Sofort richtete Marzena sich auf, senkte den Kopf und streckte den Rücken.

»Gromek?« Marzena schüttelte den Kopf. »Mit Denunzianten rede ich nicht.«

»Reiß dich zusammen«, lachte die Wärterin. »Ich gebe euch eine Viertelstunde. Herr Bondaruk hat nicht allzu viel Zeit.«

Anfangs erkannte sie ihn nicht wieder. Er war vollständig ergraut, dünn geworden, und er trank zu viel, das erkannte sie sofort an den aufgedunsenen Wangen und den geröteten Augen. Im Vergleich dazu sah sie umwerfend aus, selbst in ihrem orangenen Gefangenenoverall. Aber offenbar benutzte Piotr Bondaruk keinen Spiegel, denn er machte sich sofort über sie lustig.

»Du hast schon immer gut auf dich geachtet. Der Jogginganzug steht dir, und Diät hältst du offenbar auch. Dein Busen sieht aus wie eh und je.«

Bondaruks Besuch konnte kein Zufall sein, da konnte nur die Profilerin ihre Finger im Spiel gehabt haben, davon war Marzena überzeugt. Sie musste zugeben, dass sie die Psychologin unterschätzt hatte.

»Sag mir den Namen, und ich besorge dir einen wirklich guten Rechtsanwalt.«

»Welchen Namen?«

»Von dem Typen, der Jowita umgebracht hat.«

Sie zeigte mit dem Finger auf ihn. Er schüttelte den Kopf.

»Falsch.«

»Das sage ich, wenn sie mich fragen. Ich weiß, dass du es warst.«

Er räusperte sich und wirkte ehrlich betroffen.

»Marzena, meine Liebe, ich weiß, ich habe dich verletzt. Aber dass du dich jetzt gegen mich wendest … Wir wollten zusammen die Welt erobern. Marmor, Stein und Eisen bricht – lebend kriegen sie uns nicht. Weißt du noch?«

Sie lachte bitter.

»Jahrelang interessierte es dich nicht die Bohne, wer es war, und jetzt auf einmal …« Sie unterbrach sich. »Was bringt dir das? Jetzt, wo es sogar mir schon egal ist.«

»Dir sollte es nicht egal sein«, warf er ein. »Der Name des Typen, der mir nach Jowitas Flucht das Auto geklaut und bei Ciechanów damit einen Unfall gebaut hat. Rückspiegel ab und eine Anzeige bei der Polizei, wegen Rowdytum im Straßenverkehr. Ich finde den Typen, schlage ihn zusammen und hänge ihn am nächsten Baum auf.«

»Schau an, schau an, was für ein edler Ritter«, spottete Marzena. »Warum gerade jetzt?«

»Ich bin, vorsichtig ausgedrückt, ein wenig in Bedrängnis geraten«, erklärte er, »ich muss einen Angriff abwehren. Das ist alles, was mich jetzt interessiert.«

Marzena zuckte mit den Achseln.

»Du hast mein Wort: Ich war es nicht«, versicherte Bondaruk erneut, diesmal sanfter.

»Was warst du nicht?«

»Jowita hat mir was bedeutet. Ich habe ihr geholfen.«

»Sie wäre besser bei weggekommen, wenn eine Armeeeinheit sie vergewaltigt hätte. Dann wüsste ihre Mutter wenigstens, wo sie am Totensonntag hingehen soll.«

»Ich war nicht dabei. Aber manchmal denke ich, dass du ihr vielleicht geholfen hast. Ihr seid so plötzlich mit dem kleinen Jungen verschwunden. Komisch, dass mir das jetzt erst auffällt.«

»Na klar«, echauffierte sich Marzena. »Ich sitze ja schon wegen Mordes, da kann man mir noch ein paar Leichen unterschieben. Macht eh keinen Unterschied mehr. Jowita war ja auch jünger als ich und hübscher.«

Sie unterbrach sich, denn sie wollte nicht, dass er dachte, sie wäre neidisch auf die Freundin gewesen.

»Warst du eifersüchtig?«, fragte Bondaruk prompt. »Das wäre

nichts geworden mit uns«, fügte er gleich hinzu. »Das zwischen uns war nur ein Spiel.«

»Ich habe dir vertraut«, erwiderte sie.

Es klang wie ein Ausschnitt aus einem Eifersuchtsdrama, aber es war ihr egal.

»Das weiß ich zu schätzen.«

»Was habe ich dir denn bedeutet?«, flüsterte Marzena und bereute ihre Worte sofort, als er, ohne zu überlegen, antwortete:

»Nichts.«

Sie presste die Lippen zusammen.

»Nichts?«, wiederholte sie. »Wo ich so viel riskiert habe?«

»Aber doch nicht für mich«, entgegnete er lächelnd, »sondern für dich. Wir beide haben das für uns selbst getan. Du hast Jowita ausgenutzt, und ich habe dich ausgenutzt. Tut mir leid.«

»Du wirst ihn nicht finden.« Marzena verschränkte die Arme. Sie war aufgebracht, wollte das jedoch um jeden Preis verbergen. »Er wird nichts zugeben. Vielleicht ist er auch schon tot.«

»Das wäre auch besser für ihn«, stellte Bondaruk fest. »Er hat es gründlich vermasselt, wie alle deine anderen Typen auch. Wie kann man aus so einer Entfernung danebenschießen? Mich wundert nur, dass er dich bisher noch nicht verraten hat. Oder war das genauso geplant?«

Auf Bondaruks Gesicht erschien ein wissendes Lächeln. Marzena wurde unruhig.

»Nein«, versicherte sie. »Damals war ich jung und dumm. Und mir lag an dir.«

»An meinem Geld.«

»Daran natürlich auch«, gab sie zu.

»Wir haben also ein gemeinsames Interesse, den Typen hinter Gitter zu bringen. Sonst liefere ich dich ans Messer. Für Jowita und Łarysa. Dann kommst du hier nie wieder raus. Und ich habe nichts mehr zu befürchten.«

»Woher weißt du, dass ich nicht genau dasselbe vorhabe? Und dass ich noch was zu befürchten habe?«

»Da bin ich mir sicher, meine Süße. Mehr als sicher.«

Sie warf ihm einen anerkennenden Blick zu. Was hätten sie für ein schönes Paar sein können, eine bessere Version von Bonnie und Clyde. Sie wären nie gefasst worden, hätte Piotr sie nicht mit Jowita betrogen, ihrer hübscheren und dümmeren Freundin.

»Und ich weiß auch, dass man dir dein Leben sehr wohl noch mehr zur Hölle machen kann«, fuhr Bondaruk unterdessen fort. Es überraschte sie nicht, das war eben ihr schwacher Punkt. »Du hast Kinder, wenn ich mich richtig erinnere.«

Seine Worte machten ihr jetzt allerdings keine Angst, denn sie war sicher, dass er sich auf ihren Vorschlag einlassen würde. Die Frage war nur noch die Höhe der Wiedergutmachung.

Bondaruk holte einen Zettel aus der Tasche und schrieb etwas darauf. Sie sah die Altersflecken auf seiner Haut und die rheumatischen Verdickungen an seinen Händen. Von seinen körperlichen Reizen war wenig geblieben. Aber er hatte immer noch dieselbe Stimme und dieselben wachsamen Schlangenaugen. Er würde sich nicht übers Ohr hauen lassen.

»Einen Rechtsanwalt und ein Honorar. Willst du den Preis verhandeln?«

Sie schüttelte den Kopf.

»Sagen wir, dreißig.« Sie wusste, das war nur die erste Rate. Beide wussten das. Aber sie musste ihn bei Laune halten und durfte mit ihren Forderungen nicht übertreiben. »Die Hälfte für mich, die andere Hälfte für die Kinder. In kleinen Scheinen.«

»In Ordnung«, seufzte er.

»Es ist nicht mal wirklich ein Geheimnis«, erklärte sie. »Im Grunde genommen hast du es schon gewusst. Du hättest dich nur ein bisschen anstrengen müssen. Es war der Mitbewohner von dem Archivar aus dem Institut für Nationales Gedenken.«

»Der Zottelige aus der ulica Wiolinowa?«

»Der Haarige«, berichtigte sie.

»Der Typ, der sieben Jahre keine Frau gehabt hatte?«

»Der Typ, der bis dahin noch nie eine Frau gehabt hatte. Er war so ausgehungert, dass sogar ich ihn verlocken konnte. Stell dir das vor«, spottete Marzena. »Ich bin damals ein wenig mit ihm durch Polen gefahren. Wir haben Akten eingescannt und nach Feierabend ordentlich gefeiert. Er war nicht einmal so furchtbar abstoßend. Wärst du nicht gewesen, wäre ich heute vielleicht Frau Sokołowski. Von ihm hast du die Akten von deinen ganzen Kriegsgeschichten gekriegt.«

»Hast du sie gelesen?«

Marzena schüttelte den Kopf.

»Es waren so viele. Und inzwischen habe ich sowieso alles vergessen.«

Er wusste, dass sie log, aber das kam ihm sogar gelegen.

»Fünfzig, wenn du Kopien von den Dokumenten über die Fuhrleute hast.«

Sie zog die Brauen hoch und setzte dann ein Mona-Lisa-Lächeln auf.

»Und wenn ich die Originale habe?«

Er schaute sie angespannt an. Sie hatte keine Lust mehr, ihn länger hinzuhalten. Auch so fühlte sie Genugtuung, dass er ihr auf den Leim gegangen war. Ihm lag an den Akten, so wie ihr an einer Besuchsgenehmigung für die Kinder.

»Ich hatte nur Kopien deiner Berichte an die Staatssicherheit und von der Akte deines Vaters. Eine traurige Gestalt. Selten hat der Geheimdienst seine eigenen Leute so abserviert.«

Sie stand auf und streckte sich.

»Aber die kriegst du nicht. Meine Tochter hat sie zusammen mit meinen Sachen verbrannt.«

»Niemand wirft Geld ins Feuer«, zischte Bondaruk verärgert und stand auf. An der Tür hielt er inne und wartete, dass

Marzena widersprach, sich kooperationswillig zeigte. Nichts dergleichen geschah.

Sie schwieg, schließlich biss sie sich auf die Lippen und zuckte mit den Schultern.

»Es sei denn, man ist wirklich so dumm und kennt die Währung nicht, dann kann das natürlich sein«, fügte er hinzu. »Aber dann bleibt man auch bis zum Ende seines Lebens der Gelackmeierte.«

»Davon kannst du sicher ein Lied singen«, entgegnete Marzena, und als er ihr statt einer Antwort den Rücken zukehrte, war sie über alle Maßen zufrieden.

Nachdem er das Gefängnis verlassen hatte, stand Bondaruk noch einen Moment lang vor dem Tor. Es nieselte. Er schlug den Kragen hoch, zog den Strohhut tief ins Gesicht und lief los, ohne ein Ziel zu haben. Als ihn jemand am Arm packte, machte er instinktiv eine Abwehrbewegung. Der Strohhut fiel in eine Pfütze, und Bondaruk sah für einen Augenblick Sterne.

»Oberkommissar Robert Duchnowski, Polizei«, stellte sich der Angreifer vor, entschuldigte sich für die unsanfte Begrüßung und schaute auf seine Uhr. Im selben Moment ertönte der altmodische Klingelton eines Nokia-Handys. Beide Männer griffen in die Tasche.

»Ich hätte Sie fast nicht erwischt. Ich habe die Ehre, Sie zur Polizeidienststelle in Hajnówka zu fahren. Man sucht Sie dort. Sie gehen nicht ans Telefon.«

»Ich hatte hier etwas Wichtiges zu erledigen«, blaffte Bondaruk. »Wer braucht mich denn plötzlich so dringend?«

Duchno steckte sich eine vom Regen feuchte Zigarette in den Mundwinkel.

»Erkläre ich Ihnen unterwegs. Ich habe gleich mehrere Anliegen. Eins davon heißt mit Vornamen Sasza.«

Hajnówka, 2014

»Der Eifersuchtswahn, landläufig als Othello-Syndrom bekannt, tritt oft im Rahmen der Alkoholkrankheit auf und zählt zu den affektiven Psychosen. Er äußert sich durch chronische, obsessive Eifersucht und damit verbundene Probleme bei der Aggressionskontrolle. Mit dieser Diagnose kam Piotr Bondaruk zu uns.«

Doktor Magdalena Prus schwieg einen Augenblick und schlug lasziv ein Bein über das andere. Das weiße Minikleid musste sie unterbewusst für diesen Anlass gewählt haben, denn kaum hatte sie mit Doktor Krzysztof Saczko vereinbart, heute nur die halbe Wahrheit auszusagen, war sie nach Hause gefahren, um sich umzuziehen. Fast wie von selbst war ihr das eng anliegende Kleid mit dem Stehkragen in die Hände gefallen. Wenn sie schon während des Verhörs lügen würde, dann wenigstens mit Stil. Dazu wählte sie rote Unterwäsche, für alle Fälle.

Der ranghöhere Polizist aus der Woiwodschaftspolizei, der an der Wand lehnte, musste die Szene mit der göttlichen Sharon Stone mehr als ein Mal gesehen haben, denn er richtete sich sofort auf, und seine Blicke begannen, um einen Punkt unterhalb ihres Rockes zu oszillieren. Dagegen kannte der Muskelprotz aus der hiesigen Kommandantur, der ihre Aussagen in die Tastatur hackte, den Film offenbar nicht.

»Er hat«, fuhr Magdalena Prus fort, »seine Frau in einen goldenen Käfig gesperrt und jede ihrer Bewegungen überwacht, die Bettwäsche obsessiv untersucht, den Wäschekorb durchwühlt. Jede Zustellungsbenachrichtigung vom Paketboten hielt er für einen Liebesbrief. Nachts erlaubte er ihr nicht einmal, allein auf Toilette zu gehen. Ständig war er der Meinung, Łarysa hätte im Schrank, unter dem Bett oder in der Küche unter der Spüle einen Liebhaber versteckt. Beziehungsweise gleich mehrere. Ein klassischer Fall.«

»War er aggressiv?«

Doktor Prus bestätigte dies durch ein Kopfnicken.

»Die Polizeiakten sind dünn, aber Łarysa Szafran verhielt sich wie ein klassisches Opfer häuslicher Gewalt. Es gibt keine gerichtsmedizinischen Untersuchungen von Hämatomen oder Stichwunden. Einzelne Vorfälle zeigte sie an, vor allem Fälle psychischer Gewalt. Später zog sie ihre Anzeigen dann immer wieder zurück, aber für kurze Zeit war auch sie Patientin bei uns. Einige Vorfälle aus Bondaruks Krankheitsverlauf habe ich notiert. Außerdem habe ich die Gespräche mit Łarysa aufgezeichnet – bei Bedarf kann ich sie zur Verfügung stellen. Ich habe die Tonbänder später nie wieder angehört und recht schnell mein berufliches Interesse an dem Fall verloren.«

»Und Ihr privates Interesse?«

»Mein privates Interesse?« Doktor Prus beantwortete die Frage mit einer Gegenfrage und runzelte die Stirn, als fühlte sie sich vom Polizisten beleidigt. Oberkommissar Domański wurde rot, nahm die Frage aber nicht zurück. Nach kurzem Schweigen fügte die Ärztin hinzu: »Am Anfang war mein Interesse für beide ausschließlich beruflich.«

»Inwiefern wich Bondaruk von der Norm ab?«

»Ungewöhnlich war, dass seine Freundin, Łarysa Szafran, offenbar auch an dieser Art von Psychose litt. Allerdings kamen wir nicht dazu, sie genau zu diagnostizieren.«

»Sie haben sich also gegenseitig Konkurrenz gemacht?« Doman lächelte.

»So könnte man es beschreiben.« Doktor Prus zuckte mit den Schultern. »Wobei das eine grobe Vereinfachung ist. Bei Frauen tritt diese Störung wesentlich seltener auf, so gut wie nie. Ich würde Ihnen empfehlen, die Akten zu lesen.«

Der Polizist aus der Woiwodschaftspolizei gab seinem jungen Kollegen ein Zeichen. Dieser stand auf und musterte die Zeugin. Doktor Prus beobachtete den Vorgang beunruhigt. Was hatte diese stumme Verständigung zu bedeuten? Sie fühlte, wie ihr linkes Auge unkontrolliert zu zittern begann.

»Mit Milch, mit Zucker oder schwarz?«, durchbrach Doman das Schweigen.

»Schwarz«, erwiderte sie und atmete erleichtert auf.

Sie zeigte auf den Aktenstapel auf dem Tisch. Zuoberst lag Bondaruks Polizeifoto, aufgenommen unmittelbar nach der Verhaftung. Trotz seines Alters hatten die Frauen damals durchaus noch Gefallen an dem Unternehmer gefunden. Das grau melierte Haar, sein ovales Gesicht mit den kräftigen Kieferknochen, wie das einer Marmorstatue, und die eindringlichen, wachsamen Augen – Magdalena konnte sich noch genau an den Eindruck erinnern, den Bondaruk bei ihrer ersten Begegnung auf sie gemacht hatte. Er habe den bewegungslosen Blick eines Salamanders, genauer gesagt eines Alligators, der gerade ins Wasser taucht, hatte sie gescherzt.

Zu diesem Zeitpunkt hatte sich Magdalena Prus bereits in ihn verliebt, was sie damals aber rundheraus abgestritten hätte. Das wollte sie heute dem Polizisten erzählen, sie wartete nur noch auf den richtigen Moment.

»Er war sich seiner eigenen Schwächen vollkommen bewusst und sprach offen darüber«, fuhr sie fort. »Das weckte unseren Verdacht. Er nannte sich selbst einen Psychopathen, einen asozialen Drecksack, der dringend Therapie brauche. Er sagte, diese krankhafte Eifersucht zerfresse ihn wie ein Geschwür. Er bat von sich aus um Hilfe.«

Der Kaffee kam. Błażej Frankowski stellte braune Plastikbecher vor Oberkommissar Domański und die Ärztin auf den Tisch.

»Und habt ihr ihn geheilt?«

»Mit überragenden Ergebnissen«, bestätigte die Ärztin. »Wir haben ihm Neuroleptika zur Regulierung des Selbstwertgefühls gegeben. Die Wahnvorstellungen verschwanden bereits nach einem Monat. Ich glaube sogar, er fühlte sich bei uns sicherer als zu Hause. Die Behandlung verlief wie geplant, die Fortschritte des Patienten waren atemberaubend. Das ist nur selten der Fall. Sie müssen verstehen, unsere Hauptaufgabe ist es, dem Menschen zu helfen. Wir bewerten sein Verhalten nicht. Für uns ist das ein Patient, kein mutmaßlicher Verbrecher.«

»Noch dazu ein gut zahlender Patient.«

Doktor Prus lächelte und korrigierte:

»Ein vollzahlender Patient. Jeder Behandlungstag ist ein zusätzlicher Geldeingang, das stimmt. Damals wurde Bondaruk allerdings von der Staatsanwaltschaft zu uns überwiesen, und unsere Einnahmen stammten aus der Staatskasse, tendierten also gegen null. Jedenfalls sagte ich als Erste, dass er nicht krank ist.«

»Hat er simuliert?«

»Anfangs waren wir nicht sicher. Er zeigte sämtliche Symptome, auch die körperlichen. Diese Störung äußert sich darin, dass der Patient einerseits seine Frau beschimpft und ihr vorwirft, ihn betrogen und hintergangen zu haben, und im nächsten Moment alles bereut und beteuert, wie sehr er sie liebe.«

Magdalena nahm einen Schluck von der schwarzen Brühe und verzog das Gesicht.

»Köstlich, nicht wahr?«, sagte Doman, der seinen Kaffee noch nicht angerührt hatte. »Finde ich auch.«

»Irgendwann kam mir der Verdacht«, fuhr die Ärztin fort, »dass es sich nicht um Wahnvorstellungen handelte. Das war eine gewagte Hypothese, denn auf der Diagnose baute ja seine Verteidigungsstrategie im Prozess auf. Verstehen Sie, wenn sich herausstellen sollte, dass er gar nicht krank war, dann könnte er ja auch für die Entführung seiner Frau verurteilt werden. Er war schließlich der Hauptverdächtige in dem Fall. Sein Anwalt kam zu mir nach Hause, um mich umzustimmen, aber ich blieb bei meiner Meinung. In meinem Gutachten schrieb ich, dass Piotr Bondaruk meiner Ansicht nach nicht am Othello-Syndrom litt.«

Doman hob den Kopf.

»Was wollen Sie damit sagen?«

»Das ist eine kleine Stadt«, begann Doktor Prus ihre Ausführungen. »Mir kamen Gerüchte zu Ohren, dass die Vermisste selbst auch nicht ganz unschuldig war. Piotr Bondaruk war eifersüchtig, aber er hatte guten Grund dazu. Damals fiel uns auf, dass Piotr eine sehr niedrige Angstschwelle hatte. Das nutzte Łarysa aus. Ich glaube, sie wollte ihn mit mehr als nur einer Plastiktüte voller Sachen verlassen. Sie wollte etwas mitnehmen aus dieser Beziehung, schließlich waren sie fünf Jahre zusammen gewesen, und er hatte kein einziges Mal von Heirat gesprochen. Für manche Frauen ist das ein wichtiger Aspekt einer Beziehung. Der Mensch lebt ja nicht nur von Luft und Liebe. Zumindest nicht der weibliche Mensch.«

Doman hasste Zeugen, die nicht zum Punkt kommen konnten. Er wollte komprimierte Informationen, Fakten, Fakten, Fakten, und wenn er hier nicht eine Expertin vor sich gehabt hätte, hätte er Doktor Prus schon längst zur Ordnung gerufen.

»Das heißt, der Kerl hatte Angst?«, fasste er zusammen. »Vor wem?«

Die Ärztin nickte erst, widersprach ihm dann aber:

»Ich kenne keinen Menschen mit mehr Selbstsicherheit. Es ging um ein Trauma aus der Vergangenheit, das sich auf sein Sicherheitsgefühl auswirkte, um es mal vorsichtig auszudrücken. Łarysa muss die Einzelheiten gekannt haben und erpresste ihn damit.«

Neugierig neigte sich Doman nach vorn.

»Geht es etwas konkreter?«

»Er fürchtete sich nicht bewusst. Er fürchtete sich, wenn er schlief, wenn er sich nicht kontrollierte, in Situationen, in denen sich die unbewusste Triebstruktur offenbarte.«

»Liebe Frau!« Jetzt hielt es Doman nicht mehr aus. »Heißt das, mit dieser unbewussten Triebstruktur hätte er sie töten können? Oder hat es der andere getan? Dieser ...«, er suchte in den alten Protokollen, »Wiesław Zegadło, der Sportlehrer.«

Doktor Prus stellte ihren leeren Kaffeebecher ab. Er kippte um, und einige Tropfen fielen auf ihr blütenweißes Kleid. Sie seufzte.

»Ihre Informationen sind unvollständig«, korrigierte sie ihn. »Beim ersten Mal haben wir ihn entlassen. Unser Chef hat ihn quasi rausgeschmissen. Geh nach Hause, Junge, lebe dein Leben, genieß es, sagte er, such dir eine andere Frau, wenn deine jetzige dich hintergeht. Nach Łarysas Verschwinden kam er das zweite Mal zu uns, aber da wies er schon kein Othello-Syndrom mehr auf. Er war, was das betrifft, kerngesund und ansonsten mithilfe von Noveril gut eingestellt.«

Doman dachte nach.

»Aber dank des Othello-Syndroms ist er der Strafverfolgung entgangen.«

»Ja«, bestätigte Magdalena Prus, »sein Anwalt hat dieses Detail erfolgreich genutzt, um den Staatsanwalt von einer Anklage absehen zu lassen. Aber das war ein oder zwei Jahre, nachdem Bondaruk unsere Einrichtung verlassen hatte. Zu der Zeit hatten Łarysa und er sich schon getrennt. Sie zog in eine neue Plattenbauwohnung, die Bondaruk ihr gekauft hatte. Der Sohn blieb bei ihm.«

»Ihr Sohn?«

»Fionik Szafran. Nach Łarysas Verschwinden hat Piotr Bondaruk ihn adoptiert und ihm seinen Nachnamen gegeben.«

Sie saßen regungslos da. Doman fügte nach und nach die einzelnen Informationen zusammen.

»Bondaruk war also zweimal bei euch. Warum hat mir das niemand gesagt?«

»Sie liegen schon wieder falsch«, entgegnete Prus lächelnd. »Aller guten Dinge sind drei. Das erste Mal war er als Privatpatient bei uns, und zwar auf ausdrücklichen Wunsch Łarysas. Beim zweiten Mal auf Anweisung eines vom Staatsanwalt bestellten Gutachters. Und beim dritten Mal wieder als Privatpatient, diesmal auf eigenen Wunsch, nachdem Mariola verschwunden war, die, wie Sie ja wissen, eine Geschäftsreise antrat. Nur Bondaruks Auto wurde gefunden. Es hieß, Piotr Bondaruk habe auch sie ausgeschaltet, um ihren Sohn zu adoptieren. Aber nichts hat diesen Verdacht erhärtet. Es gab Hinweise, dass Mariola in Bytom wohnte, später wurde sie angeblich in Dublin gesehen. Ihr Vater, Mikołaj Nesteruk, erhielt eine Postkarte ohne Unterschrift. Zu diesem Thema wissen Sie sicherlich mehr als ich.«

»Aber mal angenommen, Sie hätten sich geirrt«, begann Doman, »und Bondaruk hätte doch an diesem Syndrom gelitten, wie oft kommt es vor, dass ein Mensch mit dieser Störung seine Frau tötet?«

»Eher selten, aber ausgeschlossen ist es nicht.«

»Und sind Sie der Meinung, auf der Basis Ihres umfassenden Wissens über Bondaruks psychischen Zustand, dass er heute ein Verbrechen aus emotionalen Motiven begehen könnte?«

Doktor Prus zuckte mit den Schultern.

»Ich habe ihn in letzter Zeit nicht untersucht. Inzwischen könnte alles ganz anders aussehen.« Sie betrachtete die Kaffeeflecken auf ihrem Kleid und fragte sich, wie viel wohl die Reinigung kosten würde. Mittlerweile bedauerte sie, dass sie das teure Stück angezogen hatte. Der Polizist war leicht zu täuschen, er hatte nicht einmal nach der Klinik gefragt. Sie wäre auch ohne ihre Verkleidung ausgekommen. Sie blickte auf. »Im Grunde erfolgt ja jedes Tötungsdelikt an einer nahestehenden

Person aus emotionalen Motiven. Aber dass Piotr Bondaruk diese Frauen entführt und zum Beispiel getötet hat, das glaube ich nicht.«

»Warum sind Sie sich da so sicher?«

Doktor Prus zögerte.

»Wenn hier nicht so ein schwerwiegender Verdacht im Raum stünde, würde ich diese Informationen nicht preisgeben. Doch mir scheint, unter den gegebenen Umständen sollte ich die Verpflichtung zur Verschwiegenheit nicht zu eng auslegen.«

Doman sagte nichts, sondern lächelte nur spöttisch.

»Nach dem Mord an Łarysa habe ich ein langes Gespräch mit Piotr Bondaruk geführt.« Magdalena Prus senkte den Kopf. »Es wurde nicht aufgezeichnet. Damals war ich fasziniert von diesem Fall, Bondaruk war ein wirklich außergewöhnlicher Patient.«

»Sie sagten, Ihr Interesse an Bondaruk sei rein beruflicher Natur gewesen.«

»Anfangs ja«, bestätigte die Ärztin. »Damals sagte er, ich würde ihn überhaupt nicht kennen und hätte ein wesentlich positiveres Bild von ihm als er von sich selbst. Ich hielt das für die Folgen einer posttraumatischen Belastungsstörung, dass er die Schuld auf sich nahm. Damals erzählte er mir, dass er früher einmal etwas Schreckliches getan hatte.«

»Hundert Leute aus dem Sägewerk entlassen?«, fragte Doman trocken. Er wusste schließlich, dass Bondaruk niemals ein Geständnis abgelegt hatte.

»Er sagte, er habe seine Position in dieser Stadt einem Verbrechen zu verdanken. Er hatte jemanden getötet. Zu der Zeit war er Informant der Staatssicherheit gewesen und deshalb jahrelang straflos geblieben. Hätte er nicht Rückendeckung gehabt, wäre ihm das kaum gelungen. Sie wissen, was ich meine, Sie haben selbst hier gelebt. Eine Hand wäscht die andere. Alle können sich gegenseitig erpressen oder ans Messer liefern. Sie haben was gegen dich und du hast was gegen sie in der Hand.«

»Namen. Wer sind ›sie‹?«

Inzwischen hatte Doktor Prus die Selbstsicherheit und auch den Sex-Appeal Sharon Stones verloren. Vor Doman saß jetzt eine Fünfzigjährige in einem zu kurzen, schmutzigen Kleid, der das Leben recht übel mitgespielt hatte.

»Bondaruk wusste nicht, wer beschlossen hatte, dass seine Zeit abgelaufen war. Und was noch schlimmer war, er wusste nicht, warum sie es, anstatt ihn direkt anzugreifen, auf die Frauen in seiner unmittelbaren Umgebung abgesehen hatten. Kurzum, er glaubte, dass irgendjemand ihm die Morde an seinen Frauen anhängen wollte.«

»Na wunderbar«, Doman lachte breit, »und Sie haben ihm geglaubt, hatten Mitleid mit ihm und haben das nicht der Polizei gemeldet? Aber so sehen die Plauderstündchen in der Psychiatrie vermutlich aus. Jeder Patient kann nach Herzenslust bei Ihnen beichten, denn es hat keinerlei Folgen, wenn es nicht ins Protokoll kommt und später nicht durch Aussagen vor Gericht bestätigt wird.«

»Diese Unterhaltung fand nicht im Krankenhaus statt.« Magdalena Prus klang nun beleidigt. »Und ich habe sehr wohl den Kommandanten informiert. Beide – den alten Kommandanten und auch die jetzige Kommandantin, Krystyna Romanowska. Damals war sie noch eine gewöhnliche Polizistin.«

»In den Akten findet sich dazu keinerlei Notiz«, entgegnete Doman. »Und außerdem wüsste ich davon, ich war damals auch hier in dieser Einheit.«

»Ich weiß«, sagte die Ärztin. »Es gibt keine Notizen, da mein damaliger Ehemann Artur, zu der Zeit Justiziar bei der Stadtverwaltung, dafür Sorge trug, dass dieses Detail nicht an die Öffentlichkeit gelangte. Da Piotr seine Aussage in Arturs Abwesenheit in unserem Ehebett gemacht hatte, fürchtete Artur einen Skandal und das Gerede der Leute. Aber inzwischen hasst er mich so sehr, dass er das ganz sicher wieder aufs Tapet bringen wird.«

»Sie hatten also eine Affäre mit Ihrem Patienten?«, fasste Doman zusammen und musterte Doktor Prus mit dem Blick eines Viehhändlers. »Mit diesem alten Knacker?«

»Sieben Monate lang«, erwiderte die Ärztin würdevoll. »Und ich möchte darauf hinweisen, dass ich, im Gegensatz zu Łarysa und Mariola, immer noch lebe.«

»Die beiden leben also nicht mehr?«, reagierte Doman sofort.

Magdalena Prus presste die Lippen zusammen. Dieses Verhör hatte sie von vorn bis hinten vergeigt, das war jetzt klar wie Kloßbrühe.

PIOTR 1977

Schläfst du?« Piotr bedeckte mit der Hand ihren zierlichen Busen. Ihre Brustwarze hielt trotzig die Stellung.

»Ja«, brummte Dunia und drehte ihm den Rücken zu. Die Bettfedern knarrten. Ihr runder Hintern berührte seinen Unterleib.

»Fahr mit mir«, flüsterte er und umfasste ihre Taille. Sie hatte einen weichen Bauch, er spürte jedoch deutlich jede einzelne Rippe. Dunia war geschmeidig wie eine Straßenkatze. Er hätte nie gedacht, dass ihm eine so schmale Frau gefallen könnte.

Sie schwieg. Er hätte wetten können, dass sie mit offenen Augen dalag, die Lippen vorgestülpt, und eine ungläubige Grimasse schnitt. Draußen wurde es dunkel. Beide starrten auf den entlaubten Walnussbaum, an dessen Ästen der Wind zerrte. Piotr stellte sich vor, sie wären dieser Baum. Durch einen starken Stamm verbunden, doch der Gewalt des Sturms schutzlos ausgeliefert. Es blieb ihnen nichts anderes übrig, als auszuharren und zu warten, bis das Unwetter vorbeigezogen war.

Piotr wollte sich nicht mehr verstecken. Er spürte, wie seine Kräfte nachließen. Wegen Dunia war er länger als nötig in diesem traurigen Nest geblieben, das einst um das kleine Sägewerk herum entstanden war und in dem die Losung »Wer nicht arbeitet, hat sich sein Essen nicht verdient« noch immer zum allgemeinen Glaubensbekenntnis gehörte. Wobei mit Arbeit ausschließlich körperliche Arbeit gemeint war.

Piotr hatte die Stadt verlassen. Er war jetzt im letzten Studienjahr an der Hochschule für Landwirtschaft in Warschau.

Doch das Studium füllte Piotr nicht aus: Er war dem Sozialistischen Jugendverband beigetreten und hatte ein Volontariat bei der *Gazeta Współczesna*, einem Presseorgan der Polnischen Arbeiterpartei, begonnen. Die Sommerferien verbrachte er auch weiterhin zu Hause. Dieses Jahr hatten sie jedoch unter keinem glücklichen Stern gestanden. Schon am zweiten Tag nach seiner Ankunft hatte er sich den Knöchel verstaucht und ins Krankenhaus gemusst. Aber dank des Beins hatte er Dunia wiedergesehen.

Nachdem sie mit achtzehn von zu Hause ausgebüxt war, hatte sie bei Piotrs Familie gewohnt. Sie hatte sich um ihn gekümmert, ihm Märchen vorgelesen. Sie war ihm näher gewesen als eine Schwester – die er im Übrigen nie gehabt hatte. Im Krankenhaus hatte er sie dann mit neuen Augen gesehen und sich auf der Stelle in sie verliebt. Der Oktober war bereits vorüber, aber er konnte sich immer noch nicht aufraffen, zur Zeitung zurückzukehren. Dem Leiter des Regionalteils hatte er zunächst weisgemacht, dass er Material über das Sägewerk sammle, und dann, dass seine Mutter erkrankt sei, was nicht einmal gelogen war, denn es machte sie förmlich krank, zusehen zu müssen, wie ihr Sohn sein Leben für eine dahergelaufene weißrussische Schlampe ruinierte.

Dunias geschmeidige Taille, ihre zärtlichen Hände und liebevollen Blicke hielten Piotr in Hajnówka. Schließlich wurde seine Volontariatsstelle an jemand anderen vergeben, und die Frage, fahren oder bleiben, stellte sich nicht mehr. Hätte es Dunia nicht gegeben, er säße jetzt in der Redaktion und würde über das Regionalplenum des ZK berichten. Er hatte viele andere Angebote erhalten, aber ein Leben ohne Dunia schien ihm unvorstellbar. So blieb er, obwohl sie ihn eindringlich bat, nur an sich selbst zu denken.

Doch er hörte nicht auf sie, er wusste, dass sie ihn liebte, auch wenn sie sich nicht einmal im Zustand höchster Erregung dazu bekannte. Er fühlte, dass sie füreinander geschaffen waren. Körperlich wie geistig. Er konnte ihre Gedanken lesen, was ihr bisweilen Angst einjagte. Nie zuvor hatte sie jemanden so nahe an sich herangelassen. Als er sich dann zwischen seiner Karriere und seiner Beziehung entscheiden musste und Letztere die Oberhand gewann, heulte sie wie ein Schlosshund. Nie hatte er sie so leiden sehen – für Piotr der endgültige Beweis, dass sie ihn liebte.

»Fremde werden hier mit Haut und Haar verschlungen. Spinner sind unerwünscht, du Idiot!« Sie stürzte sich auf ihn und traktierte ihn mit den Fäusten.

Danach liebten sie sich mit ungewohnter Heftigkeit. So als wollte Dunia sich davon ablenken, dass sie ihm das Leben verpfuschte.

Ein halbes Jahr suchte er nach einer Anstellung. Vergeblich. Es gab hier keine Zeitungen. Die Sägewerksbroschüre und das örtliche Parteibulletin waren die einzigen Druckerzeugnisse. Er hatte nicht genügend Protektion, und der Hochschulverweis tat sein Übriges. Zudem kannte jeder in der Stadt seinen Vater: Staszek Gałczyński, den Verräter. Da half es auch nichts, dass die Eltern den Mädchennamen der Mutter angenommen hatten und jetzt Bondaruk hießen. Die Leute erinnerten sich. Hätte Stanisław noch gelebt, er hätte Piotr zur Stadt hinausgeprügelt. Er hatte Piotr nicht studieren lassen, damit dieser jetzt dasselbe durchmachte wie er seinerzeit. »Diese Schande lässt sich nicht auslöschen«, hatte er auf dem Totenbett erklärt. Er war eines qualvollen Todes gestorben.

Die Mutter war tödlich gekränkt, also war Piotr ins Arbeiterhotel gezogen. Er glaubte, Dunias warme Augen würden zum Leben reichen. Das Geld der Mutter war jedoch rasch aufgebraucht. Er hatte ständig Hunger und wartete mit knurrendem Magen, dass die Geliebte mit dem Essenskorb vorbeikam. Dunia konnte ihn allerdings nicht jeden Tag besuchen; es galt, den Schein zu wahren. Sie sahen sich nur, wenn sie Nachtschicht hatte – zweimal, manchmal dreimal in der Woche. Aber sie verlassen, das konnte er nicht. Er war achtundzwanzig Jahre alt, hatte aber immer noch Angst, ein Mann zu sein. Er wollte nicht kämpfen, nicht die Welt erobern. Er war kein Krieger, taugte aber auch nicht zum Schreiberling, der von den Parteioberen an der kurzen Leine gehalten wurde. Was anderes wäre es gewesen, hätte er die Wahrheit schreiben dürfen – doch das durfte er nicht. Er war ein hübscher, sanftmütiger junger Mann, dem die Frauen alles nachsahen. Aber gerade deshalb wollte Dunia ihr geordnetes Leben für ihn nicht aufs Spiel setzen – obwohl sie ihm zugetan war und siebenunddreißig Jahre auf einen Mann wie ihn gewartet hatte. Sie war zu oft schon geflohen, sie wusste, wie sich ein Vagabundenleben anfühlte.

»Liebe allein genügt nicht, um neu anzufangen«, sagte sie. Dunia spreizte die Finger, und er schob seine Hand in die ihre. Sie verharrten eng umschlungen, bis sie sich steif machte. Er kannte sie gut genug, um zu wissen, was jetzt kam. Sie würde aufspringen und sich ankleiden. Ihr Dienst im Krankenhaus begann um neun. Es war noch Zeit, eben erst hatte es sieben geschlagen. Doch sie löste sich aus seiner Umarmung, hatte ihren Gesichtsausdruck bereits auf Abschiednehmen geschaltet. Sie beugte das Knie, legte den Kopf in die Senke seines Brustkorbs, glitt mit der Nase über die Haut, gleich einem Hund, der eine Fährte aufnahm.

»Ich mag diese Stelle«, flüsterte sie. »Ich werde mich immer an sie erinnern.«

»Wir werden neu anfangen«, wiederholte er. »Nur du und ich.«

»Ich bin zu alt für dich.«

»Acht Jahre. Für mich spielt das keine Rolle.«

»Aber für die Leute. Für mich.« Sie hob den Kopf und tat belustigt. In Wirklichkeit war sie unendlich traurig. Sie meinte es ernst. Und hatte recht. »Ich sehe schon die Miene deiner

Mutter. Nicht nur verheiratet und alt, auch noch Russin. Schließlich waren es die Weißrussen, die deinen Vater ins Grab gebracht haben. Judassohn, diesen Ruf wirst du nie loswerden. Und selbst wenn du dich gegen deine Mutter durchsetzt, wird sie mir bis zum Ende ihrer Tage vorwerfen, dein Leben zerstört zu haben. Bedauern, eine Natter am Busen genährt zu haben.«

»Wir brauchen niemanden.« Er strich über ihr Haar, das mit silbernen Fäden durchzogen war. »Wir gehen irgendwohin, wo uns niemand kennt.«

»Er wird einer Scheidung nicht zustimmen. In der orthodoxen Kirche gibt es so etwas nicht. Was Gott verbunden hat …«

»Aber du liebst ihn doch nicht …«

»Nein, ich liebe ihn nicht«, bestätigte sie. »Er ist trotzdem mein Mann. Außerdem könnte ich Irma nicht verlassen. Sie hat niemanden außer mir.«

»Wenn du willst, beseitige ich ihn«, lachte er. »Für dich würde ich das tun.«

»Sei still, du Idiot!« Sie hielt ihm den Mund mit der Hand zu. Dann wandte sie den Kopf zum Fenster. Der Baum war nicht mehr zu sehen. Auf der Glasscheibe spiegelten sich ihre Gesichter. »Obwohl es wahrscheinlich das Beste wäre, wenn er nie existiert hätte.«

Sie stand auf, bückte sich, streckte ihm dabei ihren birnenförmigen Hintern entgegen und hob einen verschlissenen BH vom Boden auf. Die Gummibänder waren ausgeleiert, weshalb die Träger ständig von der Schulter rutschten. Sie drehte sich um, damit er ihr mit dem Häkchenverschluss helfen konnte. Er hatte damit immer Probleme; beim Öffnen stellte er sich wesentlich geschickter an. Als sie sich suchend nach ihrem Slip umblickte und sich über den Bauch strich, zeigte sie sich ihm von der Seite. Es schien, als hätte sie ein wenig zugenommen, und auch die Brüste kamen ihm praller vor als sonst. Nicht, dass er etwas dagegen gehabt hätte. Er liebte jedes Detail ihres Körpers.

Ihren rosafarbenen Langbeinschlüpfer fand sie auf dem Tisch. Sie zog das gute Stück glatt und schlüpfte hinein. Mit Mühe befestigte sie die Strapse an den Strümpfen.

»Sie sind in der Wäsche eingelaufen«, erklärte sie. Danach zog sie einen alten, farblich undefinierbaren Unterrock über den Kopf, der ihren wunderschönen Bauchnabel verdeckte. Die restliche Kleidung lag fein säuberlich zusammengefaltet auf dem Stuhl. Die orthopädischen Arbeitsschuhe standen darunter. Das Bett knarrte, als sie sich auf die Kante setzte, um die Wollstrümpfe überzustreifen.

»Bleib noch einen Augenblick. Du hast noch Zeit.« Er berührte ihren Rücken, wanderte sanft mit den Fingernägeln vom Hals hinunter zum Dekolleté. Sie begann sich unter seinen Zärtlichkeiten zu winden. Als er ihr Ohrläppchen streichelte, erstarrte sie für einen Augenblick, gleich darauf sprang sie auf und schloss die gepunktete Bluse am Hals.

»Keine Chance.« Sie schüttelte den Kopf, zog eine Grimasse.

Sie stand breitbeinig da, wirkte stark, mutig und überheblich. Mancher wäre darauf hereingefallen, nicht aber Piotr. Er wusste, dass der Schein trog. In Wirklichkeit war sie weich wie Knete. Wie Bienenharz, das die Einheimischen zum Abdichten der Fenster benutzten. Mit jedem weiteren Kleidungsstück wurde sie härter und verlor unwiderruflich ihre Weichheit, die sie nur ihm offenbarte.

»Wozu, Piotruś? Du bist jung und hübsch. Zieh los, erobere die Welt. Ich muss hierbleiben. Für mich gibt es keine andere Möglichkeit. Hier habe ich Arbeit, ein Zuhause. Hier ist mein Platz. Hier werde ich sterben. Irma geht noch in die Schule. Soll ich sie etwa verlassen?«

»Wir nehmen sie mit.«

»Sie würde nicht mitkommen.«

»Wir müssen nicht heiraten«, sagte er. »Ich brauche das nicht, und du hast das schon hinter dir.«

»Aber was hast du mir zu bieten?« Sie legte den Finger in die offene Wunde. »Du willst, dass ich mein Leben aufgebe. Und was bekomme ich als Ersatz?«

Piotr setzte sich auf, rückte das Kopfkissen zurecht und zündete sich eine Zigarette an.

»Ich werde eine Arbeit finden.«

»Was für eine?«, lächelte sie spöttisch. »Für körperliche Arbeit taugst du nicht.«

Er mimte einen Muskelprotz. Er hatte eine schmale Figur, seine zarten Hände waren vom Holzhacken zerschrammt. Zuletzt hatte er im Sägewerk gearbeitet, im Akkord, hatte aber nur sechs Tage durchgehalten.

»Es wird etwas geschehen«, verkündete sie mit unheilschwangerer Stimme. Sie kämmte sich die Haare, wobei sie heftig an ihnen zerrte, sodass sich die Enden verknäulten. Sie hielt den Kamm vor das Gesicht und betrachtete ihn, so als würde sie aus den verhedderten Fasern lesen. »Etwas Böses. Wenn es nicht bereits geschieht.«

»Hör auf!« Er winkte ab. Gelegentlich hatte sie Visionen; sie erzählte ihm von ihren Träumen. Sie sah Dinge, die später Wirklichkeit wurden. Er wusste, dass die Leute zu ihr kamen und sie nach allem Möglichen fragten. Und dass Dunia für sie betete. Piotr war dem Ganzen gegenüber skeptisch eingestellt. Er war weder abergläubisch, noch hielt er sie für eine Heilerin, wie sie von manchen genannt wurde. Er wollte nichts davon hören. Die schöne Dunia aus Fleisch und Blut war ihm lieber. Seine Dunia war keine Hexe. »Wenn du willst, ziehe ich zuerst allein los. Ich finde uns eine Wohnung. Und später hole ich dich und Irma nach.«

»Sie wird ihren Vater nicht verlassen.«

»Du hast sie noch nicht gefragt.«

»Sie mag dich nicht.«

Sie griff nach einem Scherchen und schnitt das verknotete Büschel ab. Dann nahm sie Streichhölzer, versengte die Haare und murmelte dabei etwas vor sich hin. Der Geruch von Verbranntem lag in der Luft.

»Woher weißt du das?«

»Sie weiß von uns. Alle wissen es. Er auch.«

Piotr machte ein überraschtes Gesicht, was Dunia belustigte.

»Keine Sorge«, beruhigte sie ihn. »Das interessiert ihn nicht. Seit ich in die Stadt gezogen bin, hat er mich nicht angefasst. Und daran wird sich bis zu meinem Tod kaum etwas ändern. Zumindest ist er mir gegenüber ehrlich.«

»Ich werde nie verstehen, wie man für deine Reize unempfänglich sein kann.« Er zog sie zu sich und küsste sie.

Sie wand sich lachend aus seinen Armen.

»Er hat bereits eine Tochter. Ich soll sie für ihn großziehen, deshalb hat er mich geheiratet.«

Piotr runzelte verständnislos die Stirn.

»Aber dafür gefällst *du* ihm.«

»Die perverse Sau«, zischte er.

»Freu dich. Nur deshalb toleriert er uns.«

»Toleriert.«

»Er findet die Situation amüsant. Gestern hat er nach dir gefragt. Er wollte wissen, wie du so bist. Ich habe nichts gesagt, aber er stiert dir hinterher wie ein Hund einer läufigen Hündin. Erzähl mir nicht, du hättest das nicht bemerkt.«

»Muss mir irgendwie entgangen sein.«

»Achte mal drauf. An deiner Stelle würde ich Stepan nie den Rücken zukehren.«

Er warf das Kopfkissen nach ihr.

»Du bist schön.« Sie berührte seinen Solarplexus. Ihre Finger wanderten durch die gekräuselten Haare auf seiner Brust, glitten nach unten. Sofort hatte er eine Erektion. Sie schob die Decke zurück und lächelte. »Nicht, dass ich es mit vielen versucht hätte, aber mit niemandem habe ich mich so gut gefühlt. Warum können wir nicht weitermachen wie bisher?«

»Ich will, dass du nur mir gehörst.«

»Du kannst mich nicht kaufen!«, rief sie entrüstet. »Ich werde nie dir allein gehören. Ich werde nie jemandem gehören. Ich muss frei sein. Geht es uns jetzt schlecht?«

»Ich will mich nicht nur ein Mal in der Woche treffen. Ich will mit dir auf der Straße Händchen halten. Mit dir zusammenleben. An deiner Seite einschlafen und aufwachen.«

»Ein Romantiker«, seufzte sie. »Deine Artgenossen sind längst ausgestorben.«

»Ich bin in der Lage, für uns zu sorgen.«

»Schauen wir.« Sie war unschlüssig, senkte den Kopf. »Morgen früh nach Dienstschluss bringe ich dir das Frühstück, dann sprechen wir weiter.«

»Alles unwichtig«, ereiferte er sich. »Irma kann dich nicht aufhalten, du hast es verdient, glücklich zu sein.«

»Das ist nicht so einfach«, erwiderte sie, doch ihr Gesicht hellte sich auf. »Vielleicht wären wir wirklich eine gute Familie.«

Auf dem Gang waren Schritte zu hören. Dunia blickte fragend zu Piotr, der mit den Achseln zuckte.

»Jemand will zu dir«, flüsterte sie. »Ist die Tür abgeschlossen?«

Er nickte.

»Ich mache mich dann mal auf den Weg, Schatz.«

Er mochte es, wenn sie ihn Schatz nannte. Sie küsste Piotr auf die Stirn. Dann rieb sie sich die Lippen mit Vaseline ein, warf sich den Mantel über die Schultern und knotete das Satintuch unter dem Kinn zusammen. Plötzlich bewegte sich der Riegel; jemand auf der anderen Seite der Tür hatte einen Schlüssel. Gerade als Dunia sich den Proviantkorb über den Arm hängte, wurde die Tür aufgerissen. Die leeren Einmachgläser klirrten. Ein älterer Herr stand im Zimmer.

»Guten Abend«, begrüßte sie Stepan auf Weißrussisch. Ein verschlagenes Lächeln umspielte seine Lippen. »Hast du dich verlaufen?«

Dunia blickte ihn kurz an und wandte sich wortlos zur Tür. Als sie an ihrem Mann vorbeiwollte, packte der sie am Arm. Sie zischte vor Schmerz.

»Das Krankenhaus hat angerufen, du wirst gebraucht. Offenbar eine Steißgeburt.«

»Bin schon unterwegs«, entgegnete sie in aller Ruhe.

»Du hast keine Zeit zu verlieren. Es geht um Jagoda Pires' Kind. Ich habe Anatol versprochen, dass du hilfst.«

»Ich bin kein Arzt.«

»Sei einfach nur dabei«, wischte er ihren Einwand beiseite. »Mein Fahrer wird dich hinbringen.«

Sie schloss die Tür hinter sich. Die beiden Männer schwiegen, bis Dunias Schritte nicht mehr zu hören waren. Stepan stellte den Stuhl neben das metallene Feldbett. Er starrte auf das zerzauste schwarze Haar und den Brustkorb des jungen Mannes. Piotr warf die Decke zurück und sprang auf die Beine. Stepan leckte sich über die Lippen und steckte sich eine Zigarette in den Mund, ohne den Blick abzuwenden. Im Gegenteil, er verschlang den nackten Jungen mit den Augen. Als Piotr auf ihn zutrat, erhob sich Stepan unaufgefordert, damit der junge Adonis seine Hose vom Stuhl nehmen konnte, nutzte aber die Gelegenheit, dessen Genitalien zu taxieren. Piotr war dieser Blick nicht entgangen, er musste an Dunias scherzhafte Warnung denken und ärgerte sich – er wollte sich aber keinesfalls etwas anmerken lassen. Er spuckte verächtlich aus und zog gemächlich den Slip und dann die Hose an. Dabei beäugten sich die beiden gegenseitig. Als Piotr, immer noch halb nackt, aus der Tasche Zigaretten hervorholte, schnellte Stepan hoch und gab ihm Feuer.

»Sie wünschen?« Piotr blies seinem Rivalen den Rauch ins Gesicht.

Er wusste selbst nicht, was ihn mehr irritierte: dass Stepan ihn mit Dunia erwischt hatte oder dass der gehörnte Ehemann einen Schlüssel zu seinem Zimmer im Arbeiterhotel besaß.

Oder vielleicht die Tatsache, selbst das Objekt der Begierde zu sein, der er bislang keinerlei Beachtung geschenkt hatte, die er aber von nun an – nachdem er Orzechowskis dreiste Blicke am eigenen Leib erfahren hatte – zu berücksichtigen gedachte.

»Ich werde um sie kämpfen. Dunia will Sie nicht mehr«, sagte Piotr in herausforderndem Ton.

Stepan lachte auf.

»Mach hier keine Szene, Junge.« Er zog einen Katalog mit Autobildern aus der Tasche. Zum Angebot gehörten ein Tschaika mit Chromgriffen und ein klassischer Wolga mit Ausstellfenstern. »Schau, diesen Wagen habe ich mir bestellt. Das erste Auto dieser Art in Hajnówka. Sie haben mich gerade zum Direktor des Sägewerks ernannt. Wenn du dich an mich hältst, wirst du es weit bringen.«

Piotr runzelte die Augenbrauen.

»Worauf wollen Sie hinaus?«

Stepan ging zum Radio und drehte am Knopf. Es knisterte, dann hörte man das Eisenbahnterzett: Die Michalak-Schwestern Danuta, Jadwiga und Wanda sangen von einem tiefen Brunnen.

»Ich schlage dir ein Geschäft vor«, sagte Stepan unumwunden. »Du kannst schreiben, stimmt's? Du schreibst für mich einen Artikel, und ich sorge dafür, dass er in der Zeitung veröffentlicht wird. Danach bist du ein gemachter Mann. Aber ich bekomme das Kind.«

»Welches Kind?«

»Euer Kind.« Stepans Gesicht blieb unbeweglich. Seine Augen verengten sich. »Sie hat dir nichts gesagt?«

Piotr wurde aschfahl. Er wippte auf den Fersen.

»Dunia ist im vierten Monat schwanger. Du kannst sie bumsen, solange sie dich will. Aber das Kind nehme ich. Schlägst du ein?«

Stepan sah aus dem Fenster. Vor dem Sägewerk hatte sich ein Menschenauflauf gebildet. In der Menge sah man auch Frauen und Kinder. Sie hatten den Männern, die um glühende Heizgeräte herumsaßen und diskutierten, Essen gebracht. Man hatte sämtliche Dampfloks und Flachwagen aneinandergekoppelt, sodass das gesamte Gleis blockiert und der Zugang zum Lager mit dem Arbeitsgerät versperrt war. Über einer der größten Maschinen wehte eine Totenkopfflagge. Im Hintergrund erkannte er Transparente, auf denen »Besetzungsstreik – Tag zwei« geschrieben stand.

Wacław Mariański, einer seiner Leute, baute sich vor der Menge auf und schrie:

»Soll das ein Witz sein? Wir haben so viel Holz abzutransportieren, an die Arbeit mit euch. Jeder wird auf die Straße gesetzt, der den Anweisungen nicht folgt.«

Die Protestierenden antworteten mit einem lauten Pfeifkonzert. Kurz darauf flogen Eier und mehrere Knallkörper. Als ein Ei gegen das Fenster flog, zog Stepan den Vorhang zu. Er machte einen Zug an seiner Pfeife, dann ging er zu dem schwarzen Telefon, das auf seinem Schreibtisch stand, und bestellte ein Ferngespräch. Einen Augenblick später meldete sich Warschau. Er erstattete Bericht:

»Sie wollen eine Erhöhung des Akkordlohns um dreißig Prozent. Außerdem fordern sie ein Holzdeputat. Zwei Meter Holz pro Monat. Die Einhaltung der Sicherheitsvorschriften und die Prüfung ihrer Beschwerden.«

Dann hörte er zu. Er wiederholte:

»Ja. Ja. Ich bin ganz Ihrer Meinung, Genosse. Ja. Ich habe meine Methoden. Wird die Miliz bewaffnet sein, verschärft das den Konflikt nur. Wann wird es veröffentlicht? Verstanden.«

Er legte auf. Gleich darauf läutete das Telefon erneut.

»Die Pförtnerloge, Genosse Direktor. Ingenieur Bondaruk möchte zu Ihnen.«

»Lassen Sie ihn rein. Er soll mit den Arbeitern sprechen.«

Er legte auf, blickte aus dem Fenster und beobachtete, wie Piotr auf einen Stapel Kisten kletterte und sich mit lauter Stimme an die Belegschaft wandte. Anfangs wollte man ihm nicht zuhören, als er jedoch ein Mikrofon in die Hand gedrückt bekam, begannen die Streikenden, ihre Forderungen zu übermitteln.

»Wir wollen Brot und Arbeit!«

»Das ist ein Spitzel«, rief jemand aus der Menge.

»Still, lasst ihn ausreden. Polen soll von dem Unrecht erfahren, das uns geschieht.«

In diesem Moment wusste Stepan bereits, dass er die richtige Taktik gewählt hatte. Ein Streifenwagen fuhr vor. Aus dem Auto stiegen uniformierte Beamte, die den Hinterausgang sicherten. Von der Miliz eskortiert, gelangte Stepan glücklich nach Hause. Dunia war gerade fertig geworden, Irmas Schulaufgaben zu kontrollieren. Er küsste die Tochter auf die Stirn und teilte seiner Frau mit:

»Ich muss nach Warschau fahren. Sollte ich längere Zeit nicht zurückkommen, unternimm nichts. Dann heißt es abwarten, bis sich die Lage beruhigt. Der Streik muss bis morgen beendet sein, andernfalls werden sie uns ans andere Ende Polens versetzen. Falls sie nicht ...« Er verstummte.

»Was soll ich sagen, wenn du nicht zurückkommst?«

»Dass du nichts weißt.«

Nachts – Stepan gönnte sich einen Drink, Frau und Tochter schliefen bereits – klopfte es an der Tür. Er zog ein Jackett über das zerknitterte Hemd. In der Tür stand Bondaruk und reichte ihm mehrere Blätter. Stepan überflog die Zeilen, lächelte zustimmend und bat den Jungen herein, aber der schüttelte den Kopf. Stepan nahm seinen Wintermantel vom Haken und schloss die Wohnungstür ab. Vor dem Hauseingang stand eine nagelneue Limousine. Der Fahrer öffnete seinem Chef die Wagentür. Beide Männer stiegen ein. Sie fuhren zum Postamt und weckten dort den Leiter, der im Schlafanzug ein Fax an die Redaktion der *Gazeta Współczesna* schickte. Als er fertig war, legte Stepan ihm einen Coupon hin, der zur Abholung einer kostenlosen Fuhre Holz berechtigte.

»Gute Arbeit, mein Junge!« Der Direktor klopfte Piotr auf die Schulter. »Hast du einen Führerschein?«

»Nur für Motorräder. Mit so einem Wagen bin ich nie gefahren.«

»Das ist viel leichter, als Frauen zu vögeln«, erklärte Stepan lachend. »Wichtig ist nur, dass man auf der Straße bleibt. Vom einmal eingeschlagenen Weg nicht abweicht.«

Der Fahrer nahm seine Mütze und machte sich zu Fuß auf den Nachhauseweg. Piotr setzte sich hinters Lenkrad.

»Du darfst einen Ausflug nach Warschau machen, Junge. Zunächst aber halten wir Kriegsrat.«

Sie bogen ab in den finsteren Wald.

»Schalt das Fernlicht an. Ist das nicht eine Wucht? Die Partei hat's gegeben.«

In der Dunkelheit vor ihnen tauchte eine schwarze Hütte auf. Piotr fuhr vorsichtig an die Eingangstreppe heran. Rußgeschwärzte Holzbalken. Fensterrahmen, die früher vor jedem Festtag weiß gekalkt worden waren. Jetzt aber war die Farbe abgekratzt, und einige der Fensterscheiben waren durch Faserplatten ersetzt worden. Vom Dach rieselte modriges Stroh.

»Stell den Motor ab«, forderte Stepan ihn auf.

Stepan zwängte sich aus dem Auto. Hüllte sich in seinen Wollmantel, denn über die offene Fläche wehte ein unbarmherziger Wind. Piotr blieb noch einen Moment hinter dem Lenkrad sitzen und überlegte, wo er sich befand. Vor einer halben Stunde hatten sie die Stadt verlassen und waren auf Schleichwegen hierhergekommen. Bei Tageslicht würde er vielleicht den Weg zurückfinden, mit Sicherheit aber nicht im Dunkeln. Allerdings wusste er, dass sie nicht weit gefahren sein konnten. Würde ihm etwas zustoßen, würde die Kommandantur in Hajnówka den Fall übernehmen.

Er drehte den Schlüssel um, dann nahm er ihn aus dem Zündschloss. Nur der pfeifende Wind und das Grunzen von Schweinen waren zu hören, die sich das alte Gebäude mit den Menschen zu teilen schienen. Piotr zog ein Päckchen Zigaretten aus seiner Tasche – doch es war leer –, drückte es zusammen und stopfte es in die Ablage an der Seitentür. Kurz darauf nahm er den Müll wieder heraus und versteckte ihn in der geballten Faust. Intuitiv wusste er, dass er in diesem Wagen keine Spuren hinterlassen durfte.

»Im Kofferraum ist ein Anglerkasten. Nimm ihn raus, Junge«, lautete die nächste Anweisung. »Und ein Einkaufsnetz mit dem Imbiss für zwischendurch.«

Als Piotr sich zu den Vorräten an Wodka und Lebensmitteln hinunterbeugte, vernahm er ein pfeifendes Flüstern. Er schaute über den Rand des Kofferraums: Vor der Hütte stand ein kleiner, korpulenter Mann, der frühzeitig sein Haupthaar verloren hatte. Er unterhielt sich halblaut mit Stepan, dann hakte er sich bei ihm unter. Piotr schlug den Kofferraumdeckel wuchtig zu, schloss den Wagen ab und ging auf den Eingang zu.

»Und was macht er hier?«, erkundigte sich der Vikar mit Blick auf Piotr und setzte eine Leidensmiene auf. Nur mühsam unterdrückte er seine Eifersucht.

Piotr kannte den Priester, erst vor einigen Tagen hatten die Gläubigen ihn aus dem Pfarrhaus gejagt. Stepan musste ihn hier untergebracht haben, damit er nicht gelyncht wurde.

»Ich warte im Wagen«, schlug er vor, aber Stepan fasste ihn am Arm und zog ihn zu sich heran.

Nach Piotrs Dafürhalten eine zu intime Geste. Er riss sich los und nahm augenblicklich eine Abwehrhaltung ein.

»Er kommt mit uns«, bestimmte Orzechowski und fügte hinzu: »Sei nett, Świerczek. Denk dran, Ärger schadet der Schönheit.«

Die beiden waren in Champagnerlaune. Piotr hingegen fühlte sich, als würde er zu seiner eigenen Hinrichtung gehen. Er fragte sich, warum er nicht einmal ein Taschenmesser mitgenommen hatte.

»Ich habe deinen Vater gekannt«, erzählte ihm Jerzy Świerczewski auf dem Weg zur Haustür, während sich seine wimpernlosen Augen zu fettwulstigen Strichen verengten. »Ich habe ihm die Beichte abgenommen, bevor er sich umbrachte.«

»Die Schlüssel!« Stepan streckte die Hand aus. »Hör auf mit den ollen Kamellen.«

Piotr zuckte mit den Schultern. Er benötigte beide Hände zum Tragen der Pakete. Die frische Wurst roch himmlisch. Piotr spürte, wie sich sein Magen zusammenkrampfte. Er hatte sich geschworen, von Stepan kein Almosen anzunehmen, aber jetzt geriet sein Vorsatz ins Wanken. Das Wasser lief ihm im Mund zusammen.

Stepan gab dem Priester ein Zeichen, der daraufhin die Autoschlüssel aus Piotrs Jackentasche zog. Am selben Bund war ein uralter Schlüssel befestigt, mit dem Jerzy die knarrende Tür aufschloss. Eine fette Ratte schoss zwischen Piotrs Beinen hindurch. Er zuckte zusammen und wäre beinahe über einen Hackklotz gestolpert, in dem eine Axt steckte.

»Ein zartbesaiteter Geck«, lachte Jerzy laut auf. »Ein Stadtmensch, das sieht man gleich.«

Stepan zündete eine Petroleumlampe an, die aber nicht viel Licht hergab. Es reichte jedoch aus, um zum Tisch zu gelangen, auf den Stühle mit den Beinen nach oben geräumt worden waren. Piotr wunderte sich, dass es die gleichen wie im Direktorat des Sägewerks waren. Sie kamen direkt aus der Produktionshalle. Auf beiden Seiten des Raumes standen neue Schlafsofas. Die Bettwäsche hing in Folie eingepackt wie monströse Schmetterlingskokons von der Wand.

»Gib das Bettzeug her!«, befahl Stepan dem Priester.

Piotr stand breitbeinig da und beobachtete das Schauspiel.

»Was machen wir hier?«, fragte er. Dann wurde er genauer: »Was soll ich hier?«

Stepan sah auf. Köpfte eine Flasche und nahm einen Schluck.

»Wir haben eine Vereinbarung. Wir bringen die Sache zu Ende, und dann gehst du deines Weges.«

»Ich habe meinen Teil erfüllt. Was ist mit der Bezahlung?«

»Bezahlung?«

Stepan legte ein zur Hälfte bedrucktes Blatt Papier auf den Tisch. Er rief den Priester.

»Schreib, Świerczek. Protokoll zur Anwerbung eines inoffiziellen Mitarbeiters. Sicherheitsdienst, Außenstelle Hajnówka. Ich, der unterzeichnende Piotr Bondaruk, Sohn von Stanisław Bondaruk und Alina, geborene Bondaruk, …«

Jerzy setzte seine Brille auf und feuchtete die Mine des Kopierstifts an. In Schönschrift notierte er Stepans Worte. Als er damit fertig war, sah er Piotr fragend an.

»Was soll ich für einen Decknamen einfügen? Was für ein hübsches Frätzchen!« Er streckte die Hand aus, um Bondaruks Gesicht zu streicheln. Doch Stepan stieß sie weg.

»Keine Fummeleien. Erst die Arbeit, dann das Vergnügen.«

Piotr wich zwei Schritte zurück.

»Ich werde nicht denunzieren.«

Stepan biss ein Stück Wurst ab und gab dem Vikar ein Zeichen. Jerzy nahm seine Brille ab und schob das Papier zur Seite. Er nahm einen Brotlaib, legte ihn sich auf die Brust und schnitt für sich und den Direktor des Sägewerks eine dicke Scheibe ab. Das Messer hatte einen soliden, von Hand geschraubten Griff. Das geschliffene Metall war dünn, die Klinge beschrieb einen Halbmond.

»Dann eben nicht«, entgegnete Stepan mit vollem Mund.

Er riss ein Hähnchenbein ab und biss in das Fleisch, wickelte eine Presswurst im Darm aus der Zeitung, von der sich der Priester ein ordentliches Stück abschnitt.

Sie aßen schweigend. Piotr betrachtete die beiden wie hypnotisiert. Er hatte nicht geglaubt, dass sie so schnell von ihrem Vorhaben ablassen würden.

»Iss wenigstens etwas, bevor du gehst«, brummte Stepan sanft. »Du hast einen weiten Weg. Stockduster, da verirrt man sich schnell. Willst du nicht lieber bis morgen früh warten? Platz zum Schlafen gibt es schließlich genug.« Er deutete auf die zwei Betten.

Piotr setzte sich und ließ sich einen Metallbecher füllen,

den Stepan aus dem Anglerkasten genommen hatte. Erst beim Hinunterschlucken merkte er, dass es reiner Spiritus war. Der Alkohol brannte in der Kehle und stieg ihm augenblicklich zu Kopf. Er genehmigte sich mehrere Happen Wurst und aß Brot dazu. Mehrere Runden später fühlte er, dass ihm der Kopf wegsackte. Er hörte noch, wie sie sich über ihn lustig machten, er würde nichts vertragen, aber ihm war schon alles egal. Er hatte einen Filmriss, so als hätte jemand plötzlich das Licht ausgeknipst.

Gestank und Quieken weckten ihn, er verspürte einen bohrenden Schmerz im Anus. Die Hände waren an ein Gitter gefesselt, sein Kopf wurde in den Mist gedrückt. Die verschreckten Schweine drängten sich an der Wand zusammen, quiekten ängstlich. Scheiße drang in Nase, Augen und Mund. Piotr drohte zu ersticken. Plötzlich zog ihn jemand an den Haaren hoch, er hob das Gesicht. Vor seinen Augen baumelten männliche Genitalien. Pater Jerzy befriedigte sich, während er zusah, wie Stepan Gleitbewegungen vollführte und Piotr sich vergeblich zu befreien versuchte. Endlich war Stepan fertig. Piotr wechselte die Stellung nicht, hing weiter schlaff an der Balustrade, vom Gürtel an abwärts nackt. Er brachte kein Wort heraus und war erst recht nicht in der Lage zu kämpfen.

»Pst …« Jerzy streichelte ihm über das verdreckte Gesicht. »Dein erstes Mal, mein Hübscher?«

Piotr gelang es, seinen Kopf loszureißen. Er wollte den Peiniger anspucken, ihm seine Verachtung zeigen, doch in diesem Moment spürte er etwas Heißes zwischen seinen Arschbacken. Er schrie auf und wurde ohnmächtig.

»Jetzt kannst du gerne versuchen, sie zu ficken«, brummte Stepan und knöpfte sich die Hose zu. »Sie gehört dir.«

Er legte den Arm um Jerzy, und beide gingen ins Haus. Jerzy wusch Stepan den Schmutz ab. Dann legten sich die beiden auf eins der Schlafsofas. Jerzy begann, sich an seinem Liebsten zu reiben, doch Stepan vertrieb ihn auf das andere Bett – er sei zu erschöpft.

»Ich bin eifersüchtig«, sagte der Vikar.

»Dazu hast du allen Grund.« Stepan zog die Bettdecke bis zur Nasenspitze hoch. »Einen solchen Liebhaber hatte ich noch nie. Fortsetzung morgen. Und zwar so lange, bis ich den Hitzkopf gebändigt habe. Ich glaube, ich habe mich verliebt.«

Der Morgen dämmerte, als Piotr in einer Blutlache erwachte. Seine Hoden waren geschwollen. Das abgeschnittene Glied lag neben ihm. Er hob es auf und wog es in der Hand, als wäre es ein Fremdkörper. Dann wickelte er es in ein Stück Gaze ein, das als Milchseiher verwendet wurde – früher einmal musste es hier auch eine Kuh gegeben haben, dachte er. Er schleppte sich bis zum Vorraum der Hütte, griff sich die Axt und betrat die Wohnstube, in der seine Folterer schliefen. Ohne Warnung schlug er zu. Immer wieder. Er hatte Angst, dass seine Kräfte ihn verlassen könnten. Stepan überlebte den zweiten Hieb nicht – die Axt war gut geschärft. Während Stepan mit gespaltenem Schädel auf dem Boden lag, ergriff Jerzy die Flucht. Piotr stellte ihn auf der Veranda. Der Vikar lebte noch. Er röchelte, verdrehte die Augen, nur das Weiße war zu sehen, aber Piotr hatte keine Kraft, ihm den Todesstoß zu versetzen. Er kroch zurück in die Stube, rollte sich zusammen und flüchtete mit der Axt unter dem Kopfkissen in den Schlaf. Er wusste, er würde nicht mehr aufwachen. Nur der Gedanke, dass man ihn für eine Schwuchtel halten würde, für ihren Geliebten, der schmerzte ihn. Die Mutter würde es nicht ertragen. Dunia würde Bescheid wissen, aber niemandem etwas sagen. Gedankensplitter schossen durch seinen Kopf und verschwanden gleich darauf wieder. Irgendwann hörte er einen Motor; jemand schien ihm zu Hilfe zu kommen. Er wollte aufstehen und mit Stepans neuem Tschaika fliehen, war aber nicht imstande, auch nur einen Finger zu rühren.

Die Schweine schliefen längst nicht mehr. Sie spazierten durch den Stall und warteten darauf, dass die Tröge gefüllt wurden.

Hajnówka, 2014

Der Wandteppich mit dem Hirschrudel auf dem Brunftplatz hatte sich schon lange nicht mehr eines solchen Interesses erfreut wie jetzt: Sasza hatte die Bilder der verschollenen oder ermordeten jungen Frauen mit Stecknadeln an den Wandbehang gepinnt. Aus dem Walddickicht lächelten von links: Łarysa, Mariola, Iwona und Danka.

Darunter hatte Sasza ein Foto von Bondaruk geheftet, eine Aufnahme von seinem weißen Auto, die sie in den Akten gefunden hatte, und Kärtchen mit den Namen seiner Söhne. Sie war zu dem Schluss gekommen, dass die Brüder zum Kreis der potenziellen Verdächtigen gehörten: Immerhin waren sie die Hauptleidtragenden der Heirat. In der untersten Reihe waren alle Personen versammelt, die etwas mit der Sache zu tun hatten, bei denen Sasza sich aber noch nicht entschieden hatte, wie verdächtig sie waren. Die Collage sah absurd aus, doch sie musste dieses Netz menschlicher Lebensläufe zuerst einmal aus der Vogelperspektive betrachten.

Als sie fertig war, übertrug sie alle Angaben auf große Karten, die ihr Krystyna besorgt hatte. Das Ganze ähnelte einem Stammbaum. Die verschiedenen Akteure hatten enge oder lose Verbindungen untereinander, was Załuska mit einem Vektor sowie mit einer durchgezogenen Linie (Freunde) oder einer gestrichelten (Feinde) kennzeichnete. Im Städtchen gab es – wie sie vermutet hatte – keine zwei Personen, die einander völlig fremd waren beziehungsweise keinen Kontakt zueinander hatten.

Theoretisch erleichterte das ihre Aufgabe, denn in einem solchen engmaschigen Netz ließen sich schneller Tatmotive finden; andererseits erschwerte es die Analyse, da Personen, die einander kennen, die Wahrheit verschleiern und verheimlichen, die Ermittler manipulieren. Deshalb waren ihre Aussagen mit Vorsicht zu genießen. Doch darüber würde sie sich erst später den Kopf zerbrechen.

Zunächst markierte sie auf einem genauen Plan der Stadt und der Umgebung die wichtigsten Orte: die Orte, an denen die Frauen verschwunden und die Schädel aufgetaucht waren, an denen die Helden des Dramas wohnten und arbeiteten. Anschließend zeichnete sie mit Filzstiften ihre Pufferzonen ein, sprich: die Bereiche, in denen sie sich sicher fühlen konnten. Dabei berücksichtigte sie auch das Stromnetz, Fußgängerüberführungen, Bahngleise und den Fluss Leśna.

Schnell stellte sie fest, dass Dankas Fall sich von den anderen deutlich unterschied, da es, abgesehen von den Angestellten der Klinik, keinerlei Verbindungen zur lokalen Bevölkerung gab. Im ersten Moment wollte sie das Foto der Psychiatriepatientin vom Wandteppich nehmen, hielt sich dann aber zurück. Stattdessen schob sie es neben den Steckbrief von Łukasz Polak, der an diesem Morgen in den Medien veröffentlicht worden war. Sie würde jeden der Vermisstenfälle einzeln analysieren müssen, so viel war ihr klar, aber vorläufig konnte sie nicht ausschließen, dass Dankas Ermordung etwas mit dem Direktor des Sägewerks zu tun hatte, den alle nur Vierauge nannten.

Sie sortierte die Unterlagen nach den einzelnen Opfern und ordnete die Papiere auf dem leer geräumten Schreibtisch in Haufen an. Sie las alle Protokolle und machte sich anfangs auf ihrem Computer Notizen. Mit der Zeit erkannte sie jedoch, dass das Material zu umfangreich war. Da sie keine Klebezettel bei sich hatte, die sie sonst in solchen Fällen benutzte, viertelte sie weißes DIN-A4-Papier und notierte sich darauf die wichtigsten

Angaben zu den Opfern. Auf den ersten Blick hatten die vermissten Frauen nichts miteinander gemeinsam, doch dann drängten sich ein paar Parallelen regelrecht von selbst auf: Sie verschwanden vor ihrem dreißigsten Geburtstag; in allen Fällen tauchte dasselbe Fahrzeug auf; sie waren mit Piotr Bondaruk liiert und hatten die gleiche Blutgruppe – 0 Rhesus negativ. Letzteres galt auch für Danka, das hatte Załuska in den Unterlagen gelesen und sich heute Morgen von der Kommandantin noch einmal bestätigen lassen. Kein unwichtiges Detail, da man in dem Auto, mit dem Iwona Bejnars Entführer geflohen waren, eine Kühlbox mit Blutplasma dieser Gruppe gefunden hatte.

Keine Leiche, kein Verbrechen. Die Vermisstenfälle waren eine undankbare Aufgabe, denn sie erforderten die erneute Vernehmung zahlreicher Zeugen. Außerdem lagen die Fälle bereits eine Weile zurück. Es war unklar, inwieweit es möglich sein würde, neue Informationen zu gewinnen. Auch deshalb wollte Załuska mit der Analyse des Falles beginnen, der mit Vierauge am wenigsten zu tun zu haben schien, bei dem es aber zumindest eine Leiche gab, was die Anfertigung eines Profils erleichterte. Sie beschloss, sich nicht von dem leiten zu lassen, was sie bereits wusste, sondern ganz unvoreingenommen Hypothesen aufzustellen. Voller Ungeduld wartete sie auf das Gutachten des Gerichtsmediziners, der versprochen hatte, die Obduktion der Leiche heute abzuschließen.

Dankas Körper, samt Kopf, hatte unter der Bettdecke gelegen. Den Stoff hatte jemand glatt gezogen, um alles normal aussehen zu lassen. Der Täter hatte Saszas Meinung nach geradezu zwanghaft versucht, aus dem Tod des Mädchens ein Mysterium zu machen. Die Decke erfüllte die Funktion eines Leichentuchs. Nachdem man sie zurückgeschlagen hatte, bot sich ein grausiger Anblick, wie eine Szene aus einem Horrorfilm. Das Opfer war mit Kabelbinder gefesselt, sein Hals mit der Schnur eines Ladegeräts umwickelt, das von einem Nokia-Telefon stammte.

Das gab Sasza zu denken, schließlich hatte Eugenia Rączka versichert, dass weder sie noch Polak ein Telefon besaßen. Was natürlich nichts heißen musste. Der Täter konnte das Ladegerät für seine kriminellen Zwecke geklaut oder für ein paar Złoty gebraucht gekauft haben. Die Fingerabdrücke ließen sich nicht identifizieren.

Die Frau hatte in Embryonalstellung dagelegen, war aber nicht nackt gewesen. Erneut hatte der Täter penibel darauf geachtet, dass trotz des makabren ersten Eindrucks ihre Würde nicht verletzt wurde. Das Kleid war bis zum Hals geschlossen, ihr Slip unberührt. Obwohl sie zugedeckt gewesen war, hatte der Rock züchtig auf ihren Oberschenkeln gelegen. Der Mörder hatte sich die Arbeit gemacht, ihre Kleidung in Ordnung zu bringen. Als hätte er sich von ihr verabschiedet, dachte Sasza. Als hätte er sie gekannt, ihr nahegestanden. Ähnlich verhielt es sich mit den Haaren. Sie waren zu einem Zopf geflochten, möglicherweise auch gekämmt. Ihre Lippen waren eingecremt, mit einem Lippenpflegestift, den man hinter dem Nachtschränkchen gefunden hatte.

Zuerst hatte Sasza angenommen, das Ganze wäre Teil einer Vorführung gewesen, einer Schau, wie sie die »Rote Spinne« vor Jahren abgezogen hatte. Warum aber hatte der Täter das Mädchen dann zugedeckt? Weshalb das Zimmer und die Wohnung abgeschlossen? Warum hatte er seine Sachen nicht mitgenommen? Und warum das Verbrechen in Rączkas Wohnung begangen? In seinem Handeln gab es einige Ungereimtheiten. Er hatte die Tote nicht wie die vorhergehenden Opfer für jeden sichtbar zurückgelassen. Die Antwort auf die letzte Frage schien auf der Hand zu liegen: Er wollte nicht, dass man sie fand, bevor er sich in Sicherheit gebracht hatte. Gab es in Hajnówka Orte, an denen man unentdeckt blieb? Solche Verstecke boten zweifelsohne die umliegenden Dörfer, die Wälder und verlassenen Forsthütten. Dort gab es jedoch kein Internet. Aber ein

Täter dieses Typs, einer, der bewundert werden will, verfolgt das Tun der Strafverfolgungsbehörden genau. Er würde die Spielregeln nicht radikal ändern, bloß weil er als Betätigungsfeld eine Kleinstadt ausgewählt hat. Sasza zog die Möglichkeit in Betracht, es mit einem Nachahmungstäter zu tun zu haben.

Rączka hatte Polaks Zimmertür mit ihrem eigenen Schlüssel geöffnet. Es gab keine Einbruchsspuren. Erst am Tag nach ihrer Rückkehr hatte sie die erste Fliege bemerkt. Das Opfer hatte nicht länger als vierundzwanzig Stunden in der Wohnung gelegen; zu dem Verbrechen musste es während ihrer Abwesenheit gekommen sein. Falls also der Mieter den Mord begangen hatte (wofür zumindest die Tatsache sprach, dass er einen Schlüssel besaß), hatte er viel Zeit gehabt, zu packen und sich unbemerkt zu entfernen. Doch er hatte persönliche Gegenstände zurückgelassen, anhand derer man ihn identifizieren konnte: seine Fotoausrüstung und das Gemälde, das Sasza hatte mitgehen lassen. Sie hatte den Ermittlern davon nichts erzählt. Unter dem Vorwand, einen Anruf tätigen zu müssen, hatte sie Rączka aus dem Zimmer geführt und anschließend das kleine Bild unter der Jacke versteckt. Es war ihr Porträt in Öl. Der Gedanke, die Polizei könnte es am Ort des Verbrechens finden, war für sie unerträglich gewesen.

Jetzt nahm sie den 20 mal 25 Zentimeter großen Rahmen in die Hand und betrachtete das Gemälde. Das Bild verklärte sie und beantwortete alle ihre wichtigen Fragen. Sie fühlte sich, als hätte jemand eine zentnerschwere Last von ihren Schultern genommen. Sasza hatte sich gerade ein Stück Toilettenpapier aus dem Bad geholt, um sich die Nase zu putzen, als ihr Handy läutete. Auf dem Display sah sie den Namen »Romanowska«.

»Die Frau wurde nach ihrem Tod gefesselt«, sagte die Stimme am anderen Ende der Leitung. »Todesursache: Ersticken. Mit dem Kopfkissen vermutlich. Auf dem Brustkorb befinden sich Hämatome, offenbar saß der Täter rittlings auf dem Mädchen.

Der Mediziner hat es als schnellen, humanen Tod bezeichnet. Erst später hat man das Kabel um den Hals festgezogen, das Opfer so zurechtgemacht, wie es dann gefunden wurde. Die Kehle wurde – entgegen dem ersten Anschein – nicht zugeschnürt. Am Hals fehlen die klassischen Striemen, es gibt nur kleine Hautabschürfungen. Die Kabelbinder wurden ebenfalls erst posthum angelegt. Der Pathologe behauptet, der Mörder habe das Mädchen auf die Seite gedreht, in die dann das Blut geflossen sei. Daher ist nur die linke Gesichtshälfte blau angelaufen. Aber wozu das ganze Theater?«

»Fahr zur Klinik.« Sasza atmete schwer, vor ihren Augen stand der Maler im Kapuzenpulli. Sie warf einen Blick auf das Gemälde und stellte es angewidert weg. »Überprüf, ob Danka einen Verehrer gehabt hat. Oder jemand für sie geschwärmt hat. Der Mord wurde von jemandem begangen, der dem Opfer nahestand. Vielleicht vom Bruder der Kleinen. Ich will bei der Vernehmung dabei sein.«

»Es ist mir lieber, wenn du vorerst inkognito bleibst. Wir kommen schon zurecht.«

»Wie du meinst.« Sasza, der es überhaupt nicht gefiel, dass man sie nicht dabeihaben wollte, seufzte und fügte hinzu: »Kannst du einen Durchsuchungsbefehl besorgen und in Jacek Pietrasiks Zimmer Farben, Malmaterialien und die Kleidung, in der er zuletzt gearbeitet hat, sicherstellen? Überprüft auch, ob er ein Handy besitzt und wenn ja was für eins. Und findet heraus, ob er sich zufällig von jemandem ein Ladegerät geborgt hat. Vielleicht hat er seins verloren, oder jemand anders vermisst eins.«

»Er hat ein Alibi«, erwiderte Romanowska. »In der Kommandantur ist übrigens immer noch die Ärztin.«

»Prus?« Sasza stellte auf laut und begann mit einer Hand, ihre Stiefeletten anzuziehen. »Frag sie nichts und gib ihr keine Informationen. Ich bin sofort da.«

»Wie ich bereits sagte, wir wollen nicht, dass du in diesem Fall offiziell in Erscheinung trittst«, erklärte die Kommandantin, aber Sasza hörte ihr schon nicht mehr zu.

Sie war bereits im Hausflur. Beim Verlassen der Wohnung hatte sie sich das Gemälde geschnappt und unter das Ausziehsofa geschoben. Mit einer Bewegung. An der Tür hatte sie sich umgeschaut. Nichts zu sehen.

Białystok, 2014

»Sag ihm nichts. Sprich nicht mit ihm. Schieb ihn einfach unter der Tür durch.«

Jarosław Sokołowski, Spitzname »der Haarige«, vernahm ein Flüstern, dann entfernten sich schwere Schritte auf dem Gang, während vor seiner Tür kleine Absätze klapperten. Es klang so, als würde die Person sich nicht entscheiden können. Sie näherte sich der Tür und zog sich zurück. Das Ganze wiederholte sich mehrere Male. Jarosław hielt seinen Ärger nur mühsam unter Kontrolle. Er wartete, bis die Frau anklopfte, er konnte ihren schweren Atem förmlich hören. Doch es blieb lange still. Er war fast fertig mit der Ausschreibung der neuen Stelle in der Abteilung für die Bereitstellung und Archivierung von Dokumenten in der Zweigstelle des Instituts für Nationales Gedenken in Białystok, als die Stöckel endlich Mut fassten. Ein zartes Klopfen, dann der Husten einer Tuberkulosekranken.

»Frau Panasiuk«, rief er, ohne von der Tastatur aufzusehen. Die Pflichten des neuen Mitarbeiters erweiterte er um »Digitalisierung der Archivbestände«. »Jetzt nicht. Ich stelle gerade die Ausschreibung ins Netz.«

»Wann soll ich wiederkommen, Herr Jarek?«, fragte Ariel von der anderen Seite der Tür.

»Inventarisierung der Archivbestände.«

»Morgen.« Er warf sich eine Handvoll M&Ms in den Mund und schickte, wesentlich leiser, hinterher: »Am besten überhaupt nicht, meine kleine Sirene.«

»Aufgaben im Bereich Reprografie.«

»Für Sie ist ein Brief gekommen«, flötete Ariel Panasiuk. »Ich stecke ihn unter der Tür durch. Marian hat ihn aus Versehen aufgemacht, auf dem Umschlag stand die Dienstanschrift. Erst danach hat er gemerkt, dass die Sendung für den Chef bestimmt war.«

Jarosław hob den Kopf, die Ausschreibung war fertig. Er musste nur noch den üblichen Zusatz »sowie andere, von Vorgesetzten angeordnete Aufgaben« einfügen und den Text an alle Institutsniederlassungen schicken.

Unter der Tür kam die Ecke eines kindisch bedruckten, blauen Kuverts zum Vorschein. Er wunderte sich, normalerweise kauften nur kleine Mädchen solche Schreibwaren. Jarosław hatte keine Kinder, auch keine Frau, womit er sehr zufrieden war, da ihm dadurch die zusätzlichen Ausgaben, die seine Arbeitskollegen hatten, erspart blieben. Seine Mutter schrieb ihm nicht, wozu auch, schließlich besuchte er sie jede Woche im heimatlichen Siedlce. Von dort kam er mit einer schweren Tasche zurück, voller Einmachgläser mit gebratenem Fisch, Frikadellen und Kartoffelklößen mit Fleischfüllung. So war er für jeden Arbeitstag und auch für den Samstag mit Leckereien versorgt. Sokołowskis Vater hatte in seinem Leben höchstens mit Ämtern korrespondiert und würde sicherlich keinen Umschlag mit einem Schneewittchen-Abziehbild, sondern einen grauen aus ökologischem Papier für sechs Groschen das Stück benutzen. Von der Wiege an hatte er seinem Sohn beigebracht, mit Geld zu haushalten.

»Jeder reiche Mensch ist ein Geizhals«, pflegte er zu sagen. »Sonst hätte er nicht das, was er jetzt hat.«

Deshalb war Jarosław stolz darauf, keinen Kredit abstottern zu müssen. Stattdessen besaß er verschiedene Festgeldanlagen. Er machte sich keine Gedanken darüber, wozu er das Geld sparte und wem er es nach seinem Tod vermachen würde. Er mochte es, Reserven zu haben, man konnte nie wissen.

Jetzt beugte er sich nach vorn, bis der Stuhl knarrte. Vom Klappern der Stöckelabsätze war nichts mehr zu hören. Ariel Panasiuk hatte sich eiligst aus dem Staub gemacht. Zwar schien es ihm, als würde er in der Ferne ihr Kichern hören, doch das ignorierte er. Er wusste, je größer die Entfernung zu seinem Büro war, desto mutiger wurde das Mädchen.

Er hob den Umschlag auf und öffnete die Tür weit. Blickte nach rechts, dann nach links und dann wieder nach rechts, so als würde er eine viel befahrene Straße überqueren wollen. Auf dem Gang war keine Menschenseele zu sehen. Kein Wunder, die elektronische Wanduhr zeigte kurz vor vier. Die Mitarbeiter hatten ihre Kabuffs längst verlassen. Ein paar standen sicher noch zusammen vor dem Eingang, rauchten eine letzte Kippe und tratschten, bis der Institutsbus kam und sie nach Hause fuhr.

Er öffnete den Umschlag vorsichtig und entnahm ihm ein Polaroidfoto. Es zeigte ihn ohne Kleidung, vor Jahren, mit einem ordentlich behaarten Körper. Neben ihm im zerwühlten Bett lag eine hässliche Frau, deren größter körperlicher Vorzug ihr stattlicher Busen war. Er erkannte die Wespe sofort. Frauen wie sie vergaß man nicht. Schon gar nicht, wenn sie spurlos mit deinem Arbeitslaptop verschwanden und du sie später im Fernsehen sahst, mit bewaffneter Eskorte, eines Verbrechens angeklagt. Der Haarige hatte sie trotzdem nicht in schlechter Erinnerung behalten. Marzena hatte den Computer zurückgeschickt, nichts hatte gefehlt. Sie hatte ihm nur ein paar Pornofilme draufgespielt – vermutlich zum Spaß, das Luder.

Auf dem Kuvert stand zwar kein Absender, aber an ihre Schrift konnte er sich noch genau erinnern. Ebenso wie er sich an die Signatur erinnerte, die auf der Rückseite des Umschlags zu lesen war: die Akte von Romuald »Bury« Rajs. Die Ermittlungen zum Pogrom in den orthodoxen Dörfern Podlachiens waren vor einem Jahr eingestellt worden.

Sokołowski kehrte mit weichen Knien an seinen Schreibtisch zurück, schob die farbigen Schokolinsen weg und klickte auf »Senden«. Er hatte sich die Ausschreibung nicht noch einmal durchgelesen, wie es sonst seine Gewohnheit war. Er konnte keinen klaren Gedanken fassen. Wann würde sich Marzena wohl melden, und welche Dokumente brauchte sie? Es war nicht damit zu rechnen, dass sie die Güte haben würde, ihm zu erklären, wofür sie die Papiere benötigte. Er hatte keine Angst, vielmehr empfand er Sympathie, vielleicht auch Freude, dass sie freigekommen war und es eine Gelegenheit geben würde, sich zu sehen. Mit einem Mal wurde ihm jedoch klar, dass, wenn der Umschlag offen gewesen war, alle Mitarbeiter seinen Inhalt kannten. Er schämte sich seines haarigen Körpers nicht mehr so wie früher. Lachte selbst über seinen Spitznamen. Dennoch befürchtete er, jemand könnte die Frau auf dem Bild erkennen und ihn mit Marzenas Prozess sowie dem geheimnisvollen Verschwinden ihrer Freundin Jowita in Verbindung bringen. Das aber konnte er sich gerade jetzt nicht erlauben. Nicht in dieser Phase seiner Karriere.

Er überprüfte sofort, wer heute für die Post eingeteilt gewesen war, und als er es wusste, fügte er Marians und Ariels Stelle ab Juli zu den freien Stellen hinzu. Kein üppiges Gehalt, dafür aber ein sicherer Arbeitsplatz im öffentlichen Dienst. Es fand sich immer ein junger Historiker, der sich nach einem solchen Job für zweieinhalbtausend Złoty im Monat die Finger leckte. Er hatte selbst einmal so angefangen und beabsichtigte, sofern nichts Unvorhergesehenes dazwischenkam, bis zur Rente hier auszuharren.

Hajnówka, 2014

Damian lugte hinter der Deckung aus abgeschnittenen Fichtenzweigen hervor. Vor ihm lag die Lichtung. Die am schwierigsten zu überwindende Zone. Auf der freien Fläche stand nicht ein einziger Baum. Er ging schnell seine Möglichkeiten durch. Entweder er riskierte, in sumpfiges Gelände zu geraten, und blieb unbemerkt, oder er lief quer über die Lichtung und ließ sich abknallen. Er hatte keine Gummistiefel dabei. Damian lud sein Gewehr nach. In der Tasche hatte er noch eine Handvoll Plastikpatronen. Bisher hatte er nur Schießübungen gehabt, seit dem Winter, aber noch nie hatte er auf einen Feind gezielt.

Er hörte ein Rascheln. Sah sich um, schaute, ob jemand versuchte, sich von hinten heranzuschleichen. Es musste ein kleines Tier gewesen sein. Ein Hase, vielleicht ein Reh. Es huschte zwischen den Bäumen hindurch und verschwand in der Dunkelheit. Seine beiden Kameraden hatte er weit hinter sich gelassen. Er hielt es für ausgeschlossen, dass sie in so kurzer Zeit zu ihm aufgeschlossen hatten. Bei Übungen war er im Anschleichen einer der Besten gewesen, während er im Kampf immer als einer der Ersten verloren hatte. Er war der Schwächste im Kommando. Der Befehlshaber hatte ihn ausgelacht, als er sich gemeldet hatte, und es abgelehnt, ihn in die Einheit aufzunehmen, bevor er sechzehn war, kräftig genug, eine Kalaschnikow zu tragen.

Doch Damian hatte sich nicht entmutigen lassen. Es wäre ihm nicht im Traum eingefallen, über ein Jahr zu warten. Stattdessen hatte er den Anführer gefragt, ob er aufgenommen würde, wenn er ihn in einem Zweikampf besiegen würde. Dem Befehlshaber hatte Damians Chuzpe imponiert. Er rechnete nicht im Traum damit, dass der Junge gegen ihn gewinnen würde, also hatte er sich auf das Spiel eingelassen.

Daraufhin war Damian zu den Żubr-Brüdern gegangen und hatte sie gebeten, ihn gegen Bezahlung zu trainieren. Als er die vereinbarte Summe zusammengekratzt hatte, stellten sie ihn in den Ring. Er bekam alte Boxhandschuhe, die viel zu groß für einen Vierzehnjährigen und um einiges zu schwer waren – also bandagierte er sich die Hände, damit sie nicht aus den Handschuhen rutschten. Dass ihr Sohn jeden Tag mit zerschundenem Gesicht nach Hause kam, machte seiner Mutter zwar Sorgen, andererseits wusste sie, dass es für einen Jungen in seinem Alter nichts Wichtigeres gab, als die eigene Männlichkeit unter Beweis zu stellen.

»Vater wäre stolz auf dich«, erklärte sie zum wiederholten Mal. »Er hat selbst nicht schlecht geboxt.«

Damian glaubte fest daran, dass sein Alter, hätte er damals nicht den Unfall im Sägewerk gehabt, ihn heute in die Geheimnisse des Boxens einweihen würde. Vom Gürtel an abwärts gelähmt, hatte Damian senior keinen anderen Ausweg gesehen, als sich zu erhängen. Dem mehrere Monate alten Sohn hatte er nur seinen Namen vermacht und eine Medaille mit der Aufschrift »Volksrepublik Polen«, die sein Vater einst als einer von dreißig Stoßarbeitern zum vierzigsten Jahrestag des Unternehmens für Holzwirtschaft Hajnówka, das heute hochtrabend »New Forest Hajnówka« hieß, erhalten hatte. Die Kommunisten hatten seinen Vater getötet, deshalb hasste Damian sie leidenschaftlich.

Schnell lernte er, in Deckung zu gehen und Schläge auszuteilen. Im Schuppen hinter dem Haus, an dem Balken, an dem sein gelähmter Vater den Geist ausgehaucht hatte, hängte er einen Sandsack auf und drosch besinnungslos auf ihn ein.

Er verlor zwar das Duell mit dem Befehlshaber, doch er setzte seinem Gegner ordentlich zu. Zweimal konnte er die Kraft seines Kontrahenten nutzen und ihn auf die Bretter schicken (für einen Knock-out reichte es leider nicht), zudem landete er einen Wirkungstreffer, sodass nach dem Kampf eine befreundete Krankenschwester kommen musste, um den Cut an der Augenbraue zu nähen. Von da an hatte niemand mehr Zweifel daran, dass Damian sich sowohl für den Partisanenkrieg als auch für die vereinbarten Schlägereien mit Gleichgesinnten nach den Spielen von Jagiellonia Białystok eignete.

Das Kommando aber schwieg. Die Entscheidung, an der nur ein gewonnenes Duell etwas hätte ändern können, schien unverrückbar zu sein. Damian hatte sich bereits damit abgefunden, der bewaffneten Einheit vorerst nicht beizutreten, als der Befehlshaber eines Tages mit einem Tarpan-Geländewagen vor seinem Haus vorfuhr, hupte und wortlos die Beifahrertür öffnete.

Inzwischen wusste Damian, dass die Behändigkeit seine Stärke war und nicht die Kraft. Er konnte einen Gegner zermürben, selbst wenn dieser doppelt so schwer war wie er. Der älteste der Żubr-Brüder lachte, verglich ihn mit einer lästigen Fliege. Einfach nicht zu fangen.

Er hörte Schritte. Jemand hatte sich auf den Boden geworfen und kam jetzt von links herangekrochen. Damian drückte sich gegen einen Baum, verbesserte seine Deckung. Er zögerte. Konnte sich immer noch nicht entscheiden. Je länger er nachdachte, desto größer die Angst, die Erwartungen zu enttäuschen. Obwohl es um die zwanzig Grad warm war und der Schweiß ihm das Rückgrat hinunterrann, zog er seine Sturmhaube über das Gesicht und stellte den Kragen auf, damit seine Haut nicht von Weitem zwischen den Bäumen leuchtete. Je länger er überlegte, desto geringer waren seine Fluchtchancen. Den Rückzug gilt es entschlossen anzutreten, ging es ihm durch den Kopf, doch er war außerstande, eine Entscheidung zu treffen. Die alte Militärjacke des Vaters schlackerte schlaff an ihm herunter, also schnürte er sie mit einem Pfadfindergürtel zusammen, dann bewegte er sich querfeldein auf die Lichtung zu. Die Schüsse fielen von vorn. Er wäre bereits tot gewesen, bevor er selbst gezielt und zu schießen begonnen hätte. Die Plastikkugeln taten weh und markierten die Jacke mit fluoreszierenden Flecken.

»Wenn du etwas tust, dann ohne Angst. Wenn du Angst hast, tu nichts«, lachte Leszek Krajnów, Chef der feindlichen Partisaneneinheit, der hinter ihm auftauchte. Danach nahm er ihn gefangen.

Sie wechselten unterwegs kein Wort. Der Religionslehrer aus Mitleid, um den Jungen nicht noch mehr runterzuziehen, Damian, weil er sich schämte. Er rechnete mit einer scharfen Zurechtweisung durch den Anführer des Kommandos.

Als sie bereits im Lager waren, beobachtete Damian, wie Krajnóws Leute die übrigen Gefangenen brachten. Seine beiden Kameraden Tadek und Arkadiusz hatten es nicht einmal in die zweite Zone geschafft. Auf ihren nagelneuen Tarnanzügen prangten große fluoreszierende Kleckse. Tröstend war, dass Damian bloß zwei Kugeln abbekommen hatte, während sie an pfefferminzgrüne Gummibärchen erinnerten. Im Gegensatz zu ihm nahmen sie sich die Niederlage nicht allzu sehr zu Herzen. In diesem Moment tauchte sein eigener Befehlshaber aus dem Gestrüpp auf. Mackiewicz nahm die Nadelzweige von seiner Mütze und klopfte dem Jungen auf die Schultern.

»Du hast ihr Lager fast eingenommen, Junge.«

»Fast zählt nicht, Herr Hauptmann.«

Krajnów nickte in Richtung Damian.

»Du hattest recht. Das wird dein bester Partisan.«

»Soldat«, verbesserte ihn der Bursche vorlaut.

»Ja, Soldat.« Mackiewicz zeigte auf die Flecken auf seiner

Jacke. »Nur dass du allein gehandelt hast. Du hast nicht mit den anderen zusammengearbeitet. Deshalb wurdest du gefangen genommen. Statt deine Kameraden als Spähtrupp und Deckung zu nutzen, hast du den Helden gespielt.«

Damian öffnete vor Staunen den Mund. Er begriff, dass die Kritik nicht schlimmer hätte sein können. Am liebsten wäre er im Erdboden versunken. Die Partisanen waren Blutsbrüder. Wie die Musketiere: einer für alle, alle für einen. Mackiewicz warf dem Jungen die Streichhölzer hin. Das Reisig und das Holz waren bereits vorbereitet worden von den »Gefangenen«, die bereits seit über einer Stunde auf sie warteten.

Nachdem die Befehlshaber sich gesetzt hatten, einen Schluck aus der Feldflasche genommen und den Alkohol an die volljährigen Mitglieder des Kommandos weitergereicht hatten, begannen sie, das große Wort zu führen. Manche der Versammelten fanden das, was jetzt kam, langweilig, Damian aber mochte diesen Moment besonders gern. Ringsum Stille, Dunkelheit. Die Welt gehörte ihnen und reduzierte sich auf diesen einen Ort, an dem Männer über Ehre, Vaterland und Kampf schwadronierten. Damian war noch zu jung, als dass er sich am Pathos dieser Begegnungen gestört hätte. Im Gegenteil, er war stolz darauf, einer derart elitären Einheit anzugehören, von deren Existenz nur wenige in der Stadt wussten. Bei der heutigen Aktion waren sie lediglich zu siebt gewesen, plus die beiden Befehlshaber, die die Soldaten auswählten.

Zwei Mitglieder des Kommandos hatten nicht an der Aktion teilgenommen; sie waren angetrunken beziehungsweise stark verkatert am Treffpunkt erschienen. Der Befehlshaber war streng. Es war kein Zufall, dass er sich als Romuald Rajs verkleidete und sich mit dessen Pseudonym schmückte.

»Sieger tun das, wofür sich die anderen zu schade sind«, erklärte Artur »Bury« Mackiewicz. »Das Vaterland braucht euch. Ihr wisst nie, wann es euch ruft.«

Jetzt reichte er Damian die Feldflasche mit dem Alkohol. Der Junge schüttelte den Kopf und gab sie weiter. Der Befehlshaber lächelte zufrieden.

»In der gegenwärtigen Situation muss Polen auf einen Partisanenkrieg vorbereitet sein«, begann Mackiewicz endlich seinen Vortrag. Alle machten sich auf eine längere Rede gefasst. Leider gab es nichts mehr zum Essen, nicht einmal Grillwürstchen oder Kartoffeln. »Immer wenn ich darüber spreche, werde ich belächelt. Das liegt an den Klischees, die sich um den Partisanenkampf ranken, an der Verklärung durch das Kino. All diese Kriegsfilme über Panzersoldaten und Spitzel der Staatssicherheit, das sind Mythen, Soldaten! Man muss mit diesen Stereotypen ein für alle Mal aufräumen. Ihr dürft euch eine Partisanengruppe nicht als eine Einheit mit mehreren Dutzend Soldaten vorstellen, die laut singend durch den Wald marschieren oder durch die Dörfer spazieren. Moderne Partisaneneinheiten sind kleine mobile Gruppen, bis zu fünf Personen, die sich, gut getarnt, schnell im Gelände fortbewegen und über hervorragende Ortskenntnisse verfügen. Gelegentlich schließen sich diese Minieinheiten zu größeren Gruppen zusammen, die sich anschließend wieder trennen, um in Verstecken oder auf Bauernhöfen in der Umgebung unterzutauchen. Ein Partisan wechselt wie selbstverständlich von Uniform auf Zivilkleidung, tauscht das Gewehr gegen den Pflug. Und umgekehrt. Ohne dass sein Doppelleben auffliegt.«

In diesem Moment ertönte ein Lachen. Zwei Gymnasiastinnen traten ans Lagerfeuer und stellten einen Kochtopf ab, der, als sie den Deckel abhoben, den Duft einer schmackhaften Erbsensuppe mit Schweinespeck verströmte. Krajnów begrüßte das schwarz gekleidete Mädchen herzlich, das Damian vom Sehen kannte, aus dem polnischen Gymnasium. Asia war eine Musterschülerin und zudem die Tochter von Pietruczuk, dem reichsten Bauunternehmer in Hajnówka. Leszek lachte und zeigte auf die Mädchen, die bei seinen Worten erröteten:

»Du hast das Wichtigste vergessen, Artur. Die Partisanen genießen die Unterstützung der lokalen Bevölkerung. Die Einheimischen versorgen die Soldaten in den Wäldern mit Informationen und warmer Kleidung, und deren patriotisch gesinnte Ehefrauen kümmern sich um das leibliche Wohl der Kämpfer.«

Neben dem Topf mit der Erbsensuppe landeten Grillwürstchen, die aus Nesteruks Produktion stammten. Mackiewicz schickte sofort einen der »Gefallenen« los, die Stöcke zum Aufspießen der Bockwürste zu holen, die seit der letzten Abschlussbesprechung für solche Gelegenheiten im Lager bereitstanden.

»Nur ein solcher Partisanenkampf hat eine Erfolgschance!« Mackiewicz zog eine Feldflasche hervor, in die er Suppe füllte. »Ich will euch was sagen, Jungs. Ihr habt euren Kampfgeist beim Paintball unter Beweis gestellt. Ich weiß jetzt, dass ihr hart gegenüber euch selbst und anderen seid. Was mir persönlich aber am meisten imponiert, ist das Lager, das ihr gebaut habt.« Er beschrieb mit dem Arm einen Kreis. »Denn das Wichtigste bei unserem Kampf ist, nicht getötet zu werden. Unser Ziel ist es nicht, in den sicheren Tod zu gehen. Denkt also immer an eure Deckung und ergreift, wenn nötig, die Flucht. Ein taktischer Rückzug ist nichts Ehrenrühriges. Du kämpfst, um zu gewinnen. Ob gegen Kommunisten, Schwule oder Atheisten, das spielt keine Rolle. Wie, das bleibt euch überlassen. Der Zweck heiligt die Mittel. Die Geschichte kennt viele Spielarten des Patriotismus. Opfer sind unvermeidlich. Ein Baum ist allerdings eine mittelprächtige Deckung, Damian.«

Mackiewicz wandte sich an den neben ihm sitzenden Jungen, der knallrot anlief, was jedoch nicht weiter auffiel, da allen die Wangen vom Feuer glühten. »Ich würde sogar so weit gehen zu behaupten, ein Baum ist eine schlechte Deckung. Nur zur Erinnerung: Wir bereiten euch nicht auf den offenen Kampf vor, bei dem Bäume nützlich sein können, sondern auf den Partisanenkampf, aus dem Hinterhalt heraus. Wir greifen dort an, wo es der Gegner nicht erwartet. Unser Trumpf ist das Überraschungsmoment, unsere Strategie die Isolierung einzelner Organe des Feindes. Wir sind wie ein Virus, der, obzwar winzig klein und von vielen unbemerkt, in der Lage ist, einen Tiger zu besiegen. Er frisst ihn langsam von innen auf. Vernichtet einen Teil des Organismus nach dem anderen, bis dem Tier nichts anderes mehr übrigbleibt, als zu sterben. Das ist unser Part. Im offenen Kampf mit einem Tiger wären wir chancenlos.«

Eines der Mädchen lachte auf, wovon sich einige der Jungen anstecken ließen. Mackiewicz warf ihnen einen tadelnden Blick zu. Nur Asia gab keinen Mucks von sich. Sie saß angespannt da, mit durchgedrücktem Rücken, und hörte aufmerksam zu. Artur wusste von Leszek, dass sie sich dem Kommando gern anschließen würde. Bisher hatten sie keine Mädchen aufgenommen. Krajnów hatte ihm versichert, dass sie sich hervorragend für Sabotageakte eigne. Er hatte versprochen, über den Vorschlag nachzudenken.

Das Mädchen, das gekichert hatte, konnte nur mit Mühe ernst bleiben. Sie tat so, als wäre es ihr kalt, und bedeckte das Gesicht mit der Jacke. Asia knuffte ihre Freundin in die Seite. Dann gab sie Leszek ein Zeichen, der den Topf mit der Suppe ansah und ihr zunickte. Daraufhin stand Asia auf und ging, ohne sich von irgendjemandem zu verabschieden. Ihre Begleiterin winkte zum Abschied den jungen Partisanen zu, offensichtlich gewillt, nähere Bekanntschaft zu schließen, doch niemand der Soldaten traute sich, vor dem gestrengen Auge des Befehlshabers den Gruß zu erwidern. Dann holte sie Asia im Laufschritt ein, und einen Augenblick später waren beide im Walddickicht verschwunden.

»Polen ist kein Mädchen, das du verlassen und zu dem du zurückkehren kannst, wann immer es dir passt. Wenn Polen das

Blut des Feindes verlangt, wirst du es dann verteidigen oder dich drücken? Bist du bereit, dein Leben zu opfern? Wirst du stolz sein, für Polen zu sterben?«

Alle, einschließlich Damian, nickten. Die Fragen bedurften keiner Erörterung. Eine Diskussion zu diesem Thema hätte den Ausschluss aus der Gruppe bedeutet. Die Armee sei kein Debattierclub, hatte Damian zu hören bekommen, als er einmal das Töten von Zivilisten im Rahmen einer höheren Notwendigkeit moralisch infrage gestellt hatte.

»Wenn das Vaterland dich in dieser Erde begräbt und in den ewigen Schlaf wiegt, tut sie das besser als jede Geliebte.« Der Befehlshaber deutete auf den Boden, auf dem sie saßen. »Du bleibst für immer bei ihr, für alle Ewigkeit. Wie jeder, der im Kampf für das Vaterland fällt. Die Erde – das ist das Vaterland. Das väterliche Erbe. Ihm treu ergeben, solltet ihr all denjenigen standhaft entgegentreten, die allein schon den Namen unserer Erde als Beleidigung empfinden.«

Es wurde still. Tadek zeigte auf den Vierzehnjährigen.

»Er ist ein Russki«, brummte er. »Seine weißrussischen Großeltern haben uns an die Russen verkauft. Sie haben mit den Deutschen kollaboriert, als es ihnen in den Kram passte. Sie haben gehofft, ihr Land zurückzukriegen. Einen Scheißdreck haben sie gekriegt – weder von den Deutschen noch von den Rotarmisten. Und jetzt tun sie so, als wären sie Polen. Der Iwan hat in dieser Stadt das Sagen. Geh zu deinesgleichen. Was willst du hier?«

Mackiewicz hob die Hand. Tadek verstummte augenblicklich.

»Die Herkunft ist zweitrangig. Die Religionszugehörigkeit ebenfalls. Meine Mutter ist orthodox. Eine Russka, wenn du so willst.«

Es trat eine unangenehme Stille ein. Tadek senkte den Kopf, er hatte Angst, etwas zu sagen.

»Lech ist Katholik«, fuhr Artur fort. »Seit Urväterzeiten. Er ist ein Pole, mit adeliger Abstammung. Und trotzdem sind wir befreundet. Unsere gemeinsamen Feinde sind das Maß unserer Freundschaft.«

»Sein Feind ist auch mein Feind«, versicherte Krajnów. »Amen!«

»Sein Freund ist mein Verbündeter. Wir bilden ein Kommando. In den Einheiten von Bury und Łupaszka gab es sowohl Katholiken als auch Orthodoxe und Juden. Es zählt, was du fühlst beziehungsweise wer du deinem Gefühl nach bist. Die Postkommunisten, Atheisten und Schwulen sind unsere Feinde, gegen die wir heute kämpfen und gegen die wir schon bald ins Feld ziehen werden. Wer sich von den Medien manipulieren lässt und der destruktiven Schulerziehung erliegt, verdient es nicht, als echter Pole bezeichnet zu werden. Eine Frau hingegen sollte eine Dame sein und dem Ritterkodex entsprechend behandelt werden. Es gehört sich für eine Dame nicht, sich in Männerspiele einzumischen. Sie sollte keine Hosen tragen. Das steht bereits in der Bibel. Es war schließlich Hiob, der sagte, der Kriegsdienst ist des Mannes Leben. Frauen erwähnt er mit keinem Wort.«

Krajnów hob die Hand, um seinen Freund zu unterbrechen.

»Ich muss meine Tochter von ihrer Mutter abholen.« Er klopfte Mackiewicz auf die Schulter und zeigte auf den halb leeren Topf. »Bringst du ihn den Sanitäterinnen zurück?«

»Damian und Tadek bringen ihn zurück«, entschied der Befehlshaber. »Geh mit Gott.«

Die Versammelten sahen dem Religionslehrer hinterher.

»Den Mann haben sie zerstört«, seufzte der Befehlshaber. »So ein anständiger Kerl. Historiker mit Doktortitel, gläubig, und dann die Scheidung.«

Niemand traute sich, etwas zu sagen.

»Aber zumindest ist er nicht schwul geworden«, platzte Tadek heraus.

Er hatte Mackiewicz dieses Thema nicht grundlos als Köder hingeworfen. Der Befehlshaber redete sich sofort in Rage.

»Schwulheit ist eine ernste Krankheit, von der heute ganze Bataillone junger Polen, vor allem in den Städten, erfasst werden. Noch schlimmer aber ist, dass sie es wagen, in die Kirche zu kommen, ihre Perversion zur Schau zu stellen.« Er brach abrupt ab.

Niemand wusste, in welche Richtung der Vortrag weitergehen würde. Einer der Zuhörer konnte sich nicht beherrschen und gähnte. Kurz darauf hielten sich alle die Hände vor den Mund.

»Aber ihr seid anders«, setzte der Befehlshaber seinen Monolog fort. Ihm wurde bewusst, dass er sich etwas vergaloppiert hatte. »Ihr seid die erste Generation ohne Komplexe, ohne Angst vor dem Kommunismus, ohne den Ballast der Kriegserfahrungen.«

Er klopfte Damian auf den Rücken, der sich als Antwort eine weitere Portion Suppe in die Feldflasche goss, bevor sie ganz erkaltete.

»Für euch und euresgleichen opfert sich Lech. An euch kann er noch glauben. Ihr habt es in der Hand, Jungs, alles zu ändern. Ihr seid die neue Generation, die nationale Würde, die Größe des eigenen Volkes, der Respekt vor den Opfern und dem Heldentum der Vorväter, Ehre und Stolz sind euch eine Herzensangelegenheit und prägen eure Vorstellung. Der Militärdienst hilft euch dabei. Paramilitärische Einheiten wie die unsere sollen eure Heimat sein, denn schon bald werden wir dieses Territorium vor dem Angreifer verteidigen müssen. Lasst euch niemals einreden, ihr seiet Faschisten. ›Polen für die Polen‹ ist eine wunderschöne Losung. Der Pole ist ein Krieger. Wer kämpft, der gewinnt. Einen Krieger kann man besiegen, doch er entscheidet selbst, ob er sich ergibt.«

»Herr Befehlshaber, heißt das, dass es Krieg geben wird?«, fragte Tadek mit bebender Stimme.

»Er ist nie zu Ende gegangen, mein Sohn.« Mackiewicz lächelte gutmütig. »Das Volk stimmte der Besatzung durch Kommunisten und Postkommunisten zu und ließ sich anschließend von den Versprechungen der imperialen EU verführen, die uns den Mund mit Waren, genveränderten Lebensmitteln und Gefasel von zukünftigem Wohlstand stopfte. Was dabei rausgekommen ist, seht ihr selbst zu Hause.«

Sie nickten.

»Meine Eltern haben bereits zwei Jahre keine Arbeit. Gäbe es nicht Omas Rente und ab und zu Holzfällerarbeiten, wären wir längst verhungert«, brummte einer.

»Da siehst du's«, riss Mackiewicz wieder das Wort an sich. »Und deshalb wirst du, wenn du ein Pole bist, in den Kampf ziehen. Ich werde euch das Zeichen geben, dass die Operation ›Polen‹ angelaufen ist, bevor die Zivilisten es erfahren. Schon heute entstehen die ersten örtlichen Bürgerwehren. Organisationen zur Landesverteidigung. Schließt euch diesen Einheiten an, sobald ihr bereit seid. Wir haben einen entscheidenden Vorteil gegenüber der Polizei, der Armee und dem Grenzschutz: Wir kennen das Gelände und die hiesige Bevölkerung, und wir haben ein Netz von Informanten, das heißt, wir wissen Dinge, die ein Beamter nie erfährt. Der moderne Partisan erhält von Zivilisten geheime Informationen, da diese wissen, dass sie im Falle eines Angriffs, eines Konflikts oder einer Katastrophe auf unsere Hilfe zählen können.«

»Warum haben wir uns nicht an der Suche nach Iwona Bejnar beteiligt?«, wagte Damian zu fragen.

»Wer hat denn gesagt, dass wir sie suchen sollten?«

Die Jungen sahen ehrlich überrascht aus.

»Unsere Leute haben sie schließlich aus den Fängen der weißrussischen Clique befreit. Wir haben unsere Einheiten eingesetzt, um eine Entführung vorzutäuschen, und sie versteckt. Jetzt warten wir ab, bis die Schuld auf den alten Russensack fällt. So schlagen wir zwei Fliegen mit einer Klappe. Clever, wollt ihr sagen. Ja, sicher, aber ich kann euch versichern, dass wir nicht nur in dieser Angelegenheit aktiv sind. Im Augenblick kann ich nur so viel sagen: Die Entführung einer reinrassigen Polin war eine konzertierte Aktion im polnisch-weißrussischen Krieg, der vor euren Augen stattfindet. Ihr wisst ja, wie der Erste Weltkrieg begonnen hat. Was in Sarajevo geschah. Nun heißt es, wachsam zu sein. Es kann alles passieren.«

»Wie viel Zeit haben wir?«

»Einen Monat, vielleicht zwei Wochen. Vielleicht auch weniger.«

»Und die Waffen?« Tadek war die Erregung anzumerken. »Werden wir mit echten Waffen schießen?«

Mackiewicz schwieg eine Weile, dann sagte er:

»Dass Blut vergossen wird, das ist leider nicht auszuschließen. Ihr werdet eine Ausbildung an der Waffe erhalten. Momentan ist das eine ungünstige Zeit. Die Polizei schnüffelt in den Wäldern herum. Vorläufig konzentrieren wir uns auf die Aufklärung, auf das Beobachten. Und vergesst nicht: Bei einem zufälligen Kontakt ist es in neunundneunzig Prozent der Fälle am besten, den Kontakt sofort abzubrechen. Man kann das Flucht nennen, aber unter gegenseitiger Deckung. Markiert nicht den Macho, setzt euch nicht unnötig einer Gefahr aus. Man muss Mut haben, vor allem aber Verstand. Ihr dürft nicht enttarnt werden.«

Das Lagerfeuer erlosch langsam. Die jungen Partisanen packten ihre Sachen zusammen. Der Befehlshaber bestimmte zwei Mann, die mit Sand die Glut löschten, während er selbst sich auf den Weg durch den Wald zu seinem Wagen machte, den er am orthodoxen Friedhof an der Ausfallstraße nach Białowieża geparkt hatte. Vor ihm lag ein strammer, halbstündiger Fußmarsch.

Im Auto wusch er sich mit Mineralwasser das Gesicht ab,

dann verstaute er seine Ausrüstung und Militärkleidung in einer Ledertasche. Er schlüpfte in einen Anzug und ließ den Motor an. Als er die Stadt erreichte, sah er Damian am Straßenrand nach Hause wandern. Sie tauschten nur Blicke aus; sie mussten nicht öffentlich demonstrieren, dass sie sich kannten.

Als Bury die Kanzlei betrat, bemerkte er zu seiner Verwunderung, dass jemand auf ihn wartete. Die Sekretärin kam ihm entgegengelaufen und flüsterte ihm zu, sie habe ihn angerufen, ihn versucht zu warnen, doch er sei nicht ans Telefon gegangen. Polizeikommissar Frankowski habe sich nicht hinauskomplimentieren lassen. Ihn aus dem Büro des Rechtsanwalts zu werfen, mehr habe sie nicht tun können.

»Die Mühe hätten Sie sich sparen können«, stauchte sie Artur Mackiewicz zusammen.

Sie begrüßten sich wie alte Kumpel – die sie einst gewesen waren.

»Was gibt es bei dir Neues?«, machte JahJah den Anfang.

»Wie du weißt, vertrete ich seit einigen Tagen die Interessen der Bondaruk-Söhne, und schon jetzt lässt sich sagen, dass sowohl der Brief, der am Vortag der Hochzeit verlesen wurde, als auch das Testament Merkmale einer Fälschung aufweisen«, erklärte Artur und machte es sich in seinem Drehsessel bequem.

Hinter ihm thronte ein bunter Ara von der Größe eines Schäferhundes. Als die Sekretärin mit den heißen Getränken hereinkam, stand JahJah vor dem Papagei.

»Von wem hast du auf die Schnelle ein Gutachten bekommen?«

»Von einem befreundeten Grafologen aus Białystok. Er hat die entsprechenden Stempel.«

»Um welche Merkmale geht es konkret?«

»Um eine gefälschte Unterschrift.«

JahJah drückte auf einen Knopf unter dem Flügel des bunten Vogels.

»Komm mir nicht mit einem Messer, ich hab jetzt ein Gewehr«, quatschte der Ara drauflos.

JahJah lachte auf, schob die Espressotasse weg und setzte sich.

»Das war also ein verspäteter Aprilscherz. Bondaruk hat sich über uns lustig gemacht.«

»Sieht ganz so aus«, entgegnete Artur Mackiewicz, ohne mit der Wimper zu zucken. »Und wie geht es dir? Was führt dich zu mir?«

»Zwei Fragen. Gewissermaßen zu ein und demselben Thema. Am liebsten wäre mir eine ehrliche Antwort, dann können wir uns die offizielle Vernehmung schenken.«

»Ich stehe zur Verfügung.« Der Anwalt setzte sich aufrecht hin. »Für meine Freunde jederzeit.«

»Hat deine Ex, als ihr noch verheiratet gewesen seid, eine Affäre mit Bondaruk gehabt?«

»Nicht, dass ich wüsste«, antwortete Mackiewicz kurz angebunden. »Aber am besten fragst du sie selbst.«

»Denkst du, ich hätte sie nicht gefragt.« JahJah grinste schief. »Na gut, pass auf, hier kommt mein zweiter Schuss.«

»Ich hoffe, diesmal zielst du besser.«

»Hat der älteste Bräutigam der Welt in den Siebzigerjahren zufällig jemanden umgelegt? Und die Staatssicherheit hat den Mord vertuscht?«

»Woher, zum Teufel, soll ich das wissen?«, lachte Mackiewicz auf. »Das ist dein Zuständigkeitsbereich.«

»Du weißt alles.«

»Alles weiß nur der liebe Gott.«

»Du bist der Befehlshaber der hiesigen Bürgerwehr. Einer illegalen paramilitärischen Organisation. Ich könnte dich anzeigen wegen öffentlichen Zeigens des Hakenkreuzes und des Hitlergrußes, Aufhetzung zum Rassenhass, illegalen Waffenbesitzes, strafbarer Drohungen. Deine Leute verhaften, dir deine Zulassung auf Lebenszeit entziehen lassen.«

»Versuch es.« Artur verschränkte die Arme vor der Brust.

»Du leugnest es also nicht. Und ich dachte, das wären nur Märchen, die Krajnów den Kindern im katholischen Religionsunterricht erzählt.«

JahJah legte einen Durchsuchungsbefehl der Kanzlei und der Wohnung von Mackiewicz auf den Schreibtisch. Und die Bewilligung eines Antiterrorkommandos, falls der Verdächtige bei seiner Verhaftung Widerstand leisten sollte. Das Papier war blanko unterschrieben worden. Mackiewicz wurde blass.

»Den Namen. Wenn die Geschichte in die Siebzigerjahre fällt, ist die Sache inzwischen verjährt, und es wird keine Ermittlungen geben. Meine Telefonnummer kennst du ja.«

JahJah verließ die Kanzlei, im Hinausgehen bedankte er sich artig bei der Sekretärin für den Kaffee und lobte:

»Die Kaffeemaschine muss sich ein imperialistisches Genie ausgedacht haben.«

PSYCHOLOGISCHES PROFIL DES UNBEKANNTEN TÄTERS
Autor: Sasza Załuska
Dokument: Ermittlungsakte
Deckname: »Vierauge«
Betrifft folgende Fälle: Ds. 560/14, Ds. 2478/00, VIIIK 54/00,
IIIK 345/01 und ergänzend Ds. 1342/77

Das vorliegende Gutachten ist Teil der Ermittlungsakte, jedoch kein typisches Profil, da es nicht ein einzelnes Verbrechen betrifft, sondern mehrere dem Anschein nach nicht miteinander verbundene Fälle, und auch nicht die psychologischen Eigenschaften des unbekannten Täters enthält, sondern ausschließlich ausgewählte Informationen zu den Fällen verschwundener Frauen, deren einziges Verbindungsglied der Besitzer des sichergestellten Mercedes (E-Klasse, Modell W210, schwarz oder weiß, Kennzeichen: BHA 3456) zu sein scheint. Die Fälle wurden angesichts der engen Beziehung der Vermissten zum Verdächtigen (außer Ds. 1342/77) zusammengefasst. Ds. 1342/77 wurde aufgrund der Person des Verdächtigen und des Hinweises auf eine wertvolle Informationsquelle den anderen Fällen beigefügt. Das Fahrzeug befindet sich auf dem Polizeiparkplatz in Białystok. Es wurde kriminologisch untersucht (siehe Ermittlungsakte).

Umstände des Verbrechens

Ds. 560/14
Das Opfer **Iwona Bondaruk**, geborene Bejnar, Tochter von Bożena und Dawid, polnische Staatsbürgerin polnischer Nationalität, wurde

am 13. Mai 2014 gegen 22:20 Uhr in der Umgebung von Teremiski, nahe Białowieża, entführt (das letzte Mal wurde sie im Amphitheater »Jagiellońskie« lebend gesehen). Die Entführer waren zu zweit: Einer der Täter war männlichen Geschlechts – er war maskiert (Sturmhaube + Hochzeitskleidung – regionale Tracht) und bewaffnet –, der andere unbekannten Geschlechts und Aussehens (möglicherweise eine Frau). Sie benutzten einen schwarzen Mercedes (E-Klasse, Modell W210, Kennzeichen: BHA 3456). Iwona Bondaruk wurde vermutlich vom Amphitheater bis zu einem kleinen Waldweg in der Nähe von Teremiski verfolgt, wo die Täter sie angriffen und vor sich her zu treiben begannen. Die Verfolgungsjagd wurde von Sasza Załuska gestört, die in einem Fiat Uno mit dem Kennzeichen GDA 5439 unterwegs war, das Laura Załuska gehört. Trotz der ergriffenen Abwehrmaßnahmen – von Überredungsversuchen bis hin zum Kampf – und der Abgabe eines Warnschusses aus einer Beretta 950 gelang es nicht, die Frau aus den Händen der Entführer zu befreien. Sasza Załuska wurde verletzt, an einen Baum gefesselt, ihrer Kleidung beraubt und im Wald zurückgelassen. Obwohl die Puszcza und Umgebung großflächig durchkämmt wurde, fand man das Entführungsopfer nicht. Iwona Bondaruk hat keine Kinder. Status des Falls: in Bearbeitung.

Ds. 2478/00
Das Opfer **Łarysa Szafran**, Tochter von Ludmiła und Aleksy Kozłowski, weißrussische Staatsbürgerin, wurde 2000 während einer Dienstreise mit einem weißen Mercedes (E-Klasse, Modell W210, Kennzeichen: BHA 3456) entführt. Laut Aussage von Piotr Bondaruk, ihrem Lebenspartner, wurde Łarysa Szafran mit einer Feuerwaffe (unbekannten Typs) erschossen. Ihre Leiche wurde jedoch nie gefunden. Bei der Schießerei wurde auch Piotr Bondaruk, Sohn von Alina und Stanisław Bondaruk (Geburtsname des Vaters: Gałczyński), verletzt. Er wurde wiederbelebt und gerettet, gehörte aber dennoch zum Kreis der Verdächtigen. Bondaruk war von 1999 bis 2001 zur psychiatrischen Beobachtung im Krankenhaus, in der Abteilung für psychische und neurologische Krankheiten

(heute die Privatklinik Ciszynia). Das verschwundene Auto tauchte bei einer Verkehrskontrolle auf. Der Fahrer, der sich mit einem Führerschein, ausgestellt auf den Namen Jarosław Sokołowski, auswies, konnte nicht erklären, wie er in den Besitz des Wagens gelangt war. Die Frau in seiner Begleitung, die sich als Marzena Koźmińska auswies, hatte eine Verleihbestätigung und Fahrzeugpapiere auf den Namen Piotr Bondaruk bei sich. Das Auto wurde eingezogen und nach zweijähriger Aufbewahrung auf dem Polizeiparkplatz (auf Staatskosten) dem Besitzer zurückgegeben. Piotr Bondaruk adoptierte Łarysa Szafrans Sohn (Fiodor Bondaruk). Status des Falls: Ermittlungen eingestellt.

VIIIK 54/00
Das Opfer **Monika Zakrzewska**, Pseudonym **Jowita**, wurde am 3. März 2000 aus dem Elternhaus in Ciechanowiec gelockt – Marzena Koźmińska holte die Arbeitskollegin mit einem weißen Mercedes (E-Klasse, Modell W210, Kennzeichen: BHA 3456) ab. Die Mutter meldete ihre Tochter eine Woche später als vermisst. Deren Leiche wurde bis heute nicht gefunden. Marzena Koźmińska, die bereits wegen eines anderen Delikts (des Mordes an einem Warschauer Gymnasiasten) eine Strafe absaß, wurde im Fall Zakrzewska der Entführung und Körperverletzung für schuldig befunden. Weil beide Frauen Prostituierte waren, machte die Familie des Opfers den Fall nicht publik. Piotr Bondaruk adoptierte Monika Zakrzewskas Kind (Tomasz Bondaruk). Status des Falls: rechtskräftiges Urteil durch das Bezirksgericht Pułtusk; Täter: Marzena Koźmińska.

IIIK 345/01
Am 4. April 2001 hielt eine Polizeistreife in Brok eine Frau in einem schwarzen Mercedes (E-Klasse, Modell W210, Kennzeichen: BHA 3456) an. **Mariola Nesteruk** stand unter Alkoholeinfluss. Der Bluttest ergab 1,2 Promille Alkohol. Sie hatte keine Fahrzeugpapiere bei sich. Ihre leichtsinnige Fahrweise stellte eine Gefährdung des Straßenverkehrs dar, um ein Haar hätte sie einen Unfall verursacht. Ein Autofahrer hatte

über CB-Funk auf sie aufmerksam gemacht. Der Wagen wurde mit einem kaputten Außenspiegel auf der Fahrerseite auf den Polizeiparkplatz abgeschleppt, wo ihn zwei Tage später sein Besitzer Piotr Bondaruk abholte. Mariola Nesteruk verbrachte die Nacht in einer Polizeizelle. Sie erschien zu keiner der Gerichtsverhandlungen. Das Urteil wegen Trunkenheit am Steuer erging in Abwesenheit. Die Geldbuße beglich sie per Postanweisung. Sie hatte ein enges Verhältnis zu Piotr Bondaruk. Ihr Sohn Jan, den alle Wasyl nennen, wurde von besagtem Bondaruk ein Monat vor ihrer »Abreise« adoptiert. Mariola Nesteruk wird derzeit in keinem Register geführt – Sucheingabe: Sozialversicherungsnummer und Steuernummer. Sie ist in keiner Polizeidatenbank zu finden.

Ds. 1342/77
26. August 1977

Sasza las alles noch einmal durch, bevor sie das Blatt zerknüllte und in den Mülleimer pfefferte. Sie saß noch lange da, doch das Einzige, was sie in dieser Zeit zu Papier brachte, war das Kfz-Kennzeichen von Piotrs Mercedes. Ihr kam nichts Vernünftiges in den Sinn, also ging sie raus auf den Balkon und rauchte erst einmal eine Zigarette. Und wie sie dort stand, hörte sie den Ton einer eingehenden SMS. Die Nachricht enthielt lediglich die Information, dass man ihr eine SMS geschickt hatte, diese aber nicht empfangen werden konnte. Sie runzelte die Augenbrauen und drückte auf »Löschen«. Dann fiel ihr ein, dass der Text einen Code von Opa enthalten könnte. Der Absender der SMS gehörte nicht zu ihren Kontakten. Sie wählte die Nummer, hörte aber sofort eine Stimme, die ihr mitteilte, die gewählte Rufnummer sei nicht vergeben. Die Nachricht konnte von einem Internetportal aus geschickt worden sein. Sie hatte hier niemanden, der das schnell für sie hätte überprüfen können.

Sie hatte die Zigarette fast aufgeraucht, als sich ihr Handy erneut bemerkbar machte. Diesmal reagierte sie schneller, voller böser Vorahnungen. Der Inhalt lautete: »Ruf an«. Kein Name.

Möglicherweise war es die gleiche Nummer, sicher war sie sich aber nicht, schließlich hatte sie die vorherige Nachricht nicht gespeichert. Sie starrte auf die Taste mit dem grünen Hörer und überlegte sich, ob sie der Aufforderung nachkommen sollte. Plötzlich hatte sie einen Geistesblitz. Sie schrieb zurück: »Was willst du? M.« Kurz darauf traf die nächste Nachricht ein: »Reden.« Sie spürte, wie sie weiche Knie bekam. Ihre Hände zitterten. Sie war kaum in der Lage, das Telefon zu halten, als es erneut vibrierte: »Ich möchte sie sehen. Ł.«

Warschau, 2014

Der Abguss einer Büste von König Bolesław Schiefmund stand auf dem Schrank neben anderen, völlig unbekannten Verstorbenen. Polizeirat Dariusz Zajdel goss sich eine Tasse löslichen Kaffee auf, holte zwei Krapfen hervor und setzte sich vor den Computer.

Der Schädel, den er am Morgen zur Begutachtung bekommen hatte, war aus drei verschiedenen Perspektiven fotografiert worden. Er lud die Bilder hoch, in seinem selbst entwickelten Programm, markierte mit Pfeilen den Augenabstand, maß die Länge des Unterkiefers und des Stirnbeins. Es dauerte mehrere Stunden, bis alle Messergebnisse übereinstimmten und der Schädel nahezu vollständig mit einem Netz aus Vektoren und Markierungen überzogen war. Dann begann er mit der eigentlichen Arbeit: Von Fotografien, die er in all den Jahren gesammelt hatte, übertrug er einzelne kleine Elemente auf sein Raster. In seiner Bilddatenbank hatte er Tausende menschliche Nasen, Augen, Ausschnitte von Wangen, Augenbrauenbogen, Ohrläppchen und Lippenkonturen. Nach Meinung des Anthropologen, den Zajdel seit Jahren konsultierte, handelte es sich um einen Mann. Einen slawischen Typ, mit Hang zur Fettleibigkeit. Grüne, graue oder blaue Augen. Die Todesursache war wahrscheinlich ein Hieb mit einem scharfen Gegenstand gewesen, einer Axt, einem Hackmesser oder etwas Ähnlichem. Der Schädel war an zwei Stellen gespalten. Bevor die Sonne unterging, hatte Zajdel die winzigen Puzzleteilchen zu einem menschlichen Porträt zusammengefügt. Vorerst noch ohne Haare. Die Frisur wählte er immer erst ganz zum Schluss aus. Sie entfaltete sonst eine zu große Suggestivkraft.

Er beschloss, eine Pause einzulegen, und ging in die Polizeikantine etwas essen. Anschließend rief er seine Frau an, um ihr zu sagen, er mache bald Feierabend, und kehrte an seinen Arbeitsplatz zurück.

Zur Entspannung gab er das von ihm erstellte Porträt in die Suchmaschine der Stiftung »Itaka« ein, die bei der Vermisstensuche mit der Polizei eng zusammenarbeitete. Das System spuckte Hunderte ähnlicher Gesichter aus.

In der Dokumentation war zu lesen, dass der Mann Ende der Siebziger-, Anfang der Achtzigerjahre gestorben war. Laut anthropologischer Analyse hatte er zu einer gewissen Kahlköpfigkeit geneigt. Der Schädel war aus Podlachien gekommen. Spaßeshalber versah Zajdel ihn mit etwas Haar und verpasste ihm einen Schnurrbart à la Wałęsa, wie ihn damals jeder Arbeiter trug, der etwas auf sich hielt. Er war jedoch immer noch nicht zufrieden mit dem Ergebnis. Der Typ sah aus, als käme er von einem Kostümball. Mithilfe von Photoshop entfernte er den Bart, klebte ihm falsche, strohblonde Haare an und tauschte den türkisfarbenen Pulli gegen ein Hochzeitsjackett mit breitem Revers. Viel besser. Aber etwas fehlte noch.

In dieser Arbeit kam es auf das kriminalistische Wissen an, aber auch auf künstlerisches Talent, über das Zajdel im Übermaß verfügte. Hätte er während des Kunststudiums nicht ein Praktikum in einer Polizei-Kommandantur absolviert, er wäre heute sicherlich ein am Hungertuch nagender Bildhauer und nicht ein renommierter Experte für forensische Gesichtsrekonstruktion im Zentralen Kriminallabor der Polizei. Er war die unumstrittene Nummer eins in Polen, wenn es darum ging, mittels Schädelknochen und diversen Zeichenmethoden das Aussehen eines Menschen zu Lebzeiten zu bestimmen. Auf der

Grundlage der Gebeine, die unter dem Boden des Frauenburger Doms ausgegraben worden waren, hatte er den Kopf von Nikolaus Kopernikus rekonstruiert, was ihn auf einen Schlag berühmt gemacht hatte – er hatte Einladungen ins Fernsehen bekommen, Interviewanfragen von *National Geographic* und Discovery Channel. Zajdel störte der Rummel um seine Person. Lieber saß er in seinem kleinen Zimmer im dritten Stock, dessen Fenster auf die Belwederska gingen, stocherte in fremder Leute Augen, Lippen und Nasen herum und bastelte aus einzelnen Teilchen eine fremde Geschichte zusammen. Er war ein Meister seines Faches, und da er bisher noch keinen geeigneten Nachfolger angelernt hatte, war er bereits jetzt für die nächsten fünf Jahre ausgebucht. Seine Position war nicht in Gefahr und würde es vermutlich bis zu seinem Tod nicht sein.

Manche hielten seine Fähigkeit irrtümlich für eine Art sechsten Sinn, denn niemand sonst vermochte wie Zajdel, anhand von Schädelknochen im rekonstruierten Porträt »die Seele« der verstorbenen Person einzufangen. Er selbst hatte dafür eine einfache Erklärung: seine Vorstellungskraft.

Es genüge nicht, die Techniken perfekt zu beherrschen, wenn die Person kein Gefühl für Menschen habe, über keine Menschenkenntnisse verfüge, kurzum: kein Menschenfreund sei. Er stellte sich vor, wer diese Person gewesen sein könnte, was sie getan haben könnte, was sie für Träume, Leidenschaften und Charakterfehler gehabt haben könnte. Meist erfuhr er es nie. Er bekam seine Aufträge von verschiedenen Kommandanturen, und obgleich sie stets darauf drängten, dass ihre Anliegen mit Priorität behandelt wurden, vergaßen sie, ihn später über die Ergebnisse ihrer Ermittlungen zu informieren. Jetzt war ihm zum wiederholten Male versprochen worden, er würde bei einem erfolgreichen Abschluss des Falles die Akte zur Einsicht bekommen. Er hoffte, dass Sasza Załuska, die ihn um diesen Gefallen gebeten hatte, ihr Wort halten würde.

Als er gerade gehen wollte, rief Sasza an.

»In einer Woche«, brummte er statt einer Begrüßung.

»Ich bringe dir *Alice im Wunderland* auf Koreanisch mit, wenn du die Sache ein wenig beschleunigst«, versuchte sie, ihn zu ködern.

Sie kannte das Steckenpferd seiner Frau. Ihr fehlten in der Sammlung nur noch ganz wenige Sprachen.

»Hat sie schon«, antwortete er und lachte.

Sasza wusste nicht, was sie antworten sollte.

»Und hat sie *Alice* schon auf Weißrussisch?«

»Ich glaube nicht, dass es eine weißrussische Übersetzung gibt.«

»Falls es noch keine gibt, sorge ich dafür, dass sie *Alice* auf Weißrussisch herausgeben, zumindest ein Exemplar, nur für dich. Beziehungsweise für Amelia. Hast du schon etwas?«

»So ungefähr.«

»Kannst du es mir zeigen?«, fragte sie mit sanfter Stimme. »Mir brennt der Arsch. Ich habe eine Spur, die sich heute erst ergeben hat. Der Verdächtige entzieht sich seit Jahren der Verantwortung. Alles ist hier luftdicht verschlossen wie in einem Marmeladenglas. Eine Mauer des Schweigens. Niemand sagt ein Sterbenswörtchen. Hätten wir wenigstens eine Leiche, und sei es eine alte, könnten wir den Kerl einbuchten. Bei Kaffee und Kuchen lügt es sich bequem, aber im Knast bekommen selbst die härtesten Goralen feuchte Augen.«

»Ich muss los«, brummte er. »Amelia ist mit ihren Freundinnen heute zum Weintrinken verabredet.«

»Sag ihr, dass sie ein weißrussisches Exemplar bekommt. Sie wird dir die Verspätung verzeihen.«

»Das bezweifle ich«, grummelte er und klickte auf »Senden«. »Aber zeig es noch niemandem.«

»Klar«, versprach sie.

Er lächelte missbilligend und schloss die Tür ab. Spätestens morgen würde die halbe Kommandantur das unfertige Porträt gesehen haben. Er beschloss, es im Laufe der Woche auszuarbeiten und erst dann die Rechnung zu stellen.

Er wunderte sich, als ihm seine Frau, nachdem er sich durch den Nachmittagsstau zu seinem Warschauer Vorstadtdomizil durchgekämpft hatte, mitteilte, die Bischofskurie habe angerufen und dringend um Kontakt gebeten.

»Ein Priester?«, fragte Zajdel erstaunt.

»Angeblich hält er sich seit den Achtzigern in der Dominikanischen Republik auf. Er war einer der Verdächtigen in einer Kinderschänderaffäre, wurde aber als Einziger nicht abberufen. Sie wollen keinen weiteren Skandal.«

»Sein Schädel liegt in einem Karton bei mir auf dem Schreibtisch«, lachte Zajdel. »Welch wundersame Auferstehung.«

»Ich wärme dir das Abendessen auf, du musst fix und fertig sein.« Amelia zuckte mit den Achseln.

»Und was für eine Überraschung hattest du für mich?«

Zajdels Miene verdüsterte sich. Er nahm sein Handy aus der Aktentasche und wählte Saszas Nummer. Besetzt. Er zog die Schuhe aus und hängte seinen Mantel auf. Das Telefon läutete erneut.

»Es ist dein Chef.« Amelia gab ihm das Telefon. »Ich habe nicht genau verstanden, worum es geht, aber die Kurie scheint nicht ganz glücklich damit zu sein, dass dieser Mensch nicht mehr lebt.«

Zajdel schüttelte den Kopf. Zuerst wollte er mit Załuska sprechen.

»Ich habe das Bild niemandem gezeigt«, nuschelte sie. Sie schluckte gerade etwas hinunter. »Ich habe es selbst noch nicht gesehen.«

»Priester rufen bei mir an.«

»Ich habe nichts zu beichten.«

»Und unsere Vorgesetzten«, ergänzte er.

Mit einem Mal wurde sie ernst.

»Ich sehe in meinen Mails nach. Ich habe nichts bekommen.«

Er setzte sich, während Amelia den Tisch zu decken begann. Ihm lief das Wasser im Mund zusammen: Den Geruch seiner geliebten Frikadellen würde er selbst in der Hölle erkennen.

»Jetzt hab ich's«, hörte er vom anderen Ende der Leitung. »Die Datei öffnet sich. Nie gesehen, den Typen. Ach du große Scheiße!«

Auf dem Tisch vor dem Polizisten stand bereits ein dampfender Teller Tomatensuppe mit Reis. Er hatte zu essen angefangen. Jetzt sprach er mit vollem Mund:

»Was ist, hast du es oder nicht?«

»Deine Festplatte wurde zerstört«, las Załuska die Mitteilung auf dem Bildschirm. »Ich habe einen leeren Computer. Alle Daten sind futsch. Der Computer hat sich aufgehängt, und alles, was ich hatte, hat sich in Luft aufgelöst«, verfiel sie in Panik.

»Du gibst es unseren Technikern, und die stellen die Daten wieder her«, beruhigte sie Zajdel. »Ein Exemplar von *Alice* wird die Jungs von der Informatik aber nicht zufriedenstellen. Das sind Kunstbanausen. Da hast du mich ganz schön in den Schlamassel geritten.«

»Darek, es war nicht meine Idee! Ich habe eine gebrochene Hand, ein zerstörtes Auto und stehe in mindestens zwei Fällen selbst fast unter Verdacht. Es könnte sogar sein, dass du Schwierigkeiten wegen mir bekommst.«

»Und das sagst du mir jetzt. Das hat man davon, wenn man mit Frauen arbeitet«, stöhnte er und legte den Löffel neben den Teller. Amelia servierte ihm eilig das Hauptgericht.

»Mein Taxi ist gleich da.«

Zajdel blickte zuerst seine Frau an, dann die Frikadellen und schließlich alle drei gleichzeitig klingelnden Telefone.

»Weißt du was, Mädchen, komm erst mal runter, während ich

in Ruhe esse«, sagte er zu Sasza. »Und melde dich dann, wenn sie dir bis dahin das Telefon noch nicht abgeschaltet haben. Übrigens kann man nicht fast unter Verdacht stehen. Es ist wie mit der Arbeit. Entweder ganz oder gar nicht.«

Er legte auf. Amelia brachte ihm den Festnetzapparat.

»Unser Kaplan«, flüsterte sie. Ihrer Stimme war die Besorgnis anzumerken. »Vielleicht sollte ich lieber nicht ausgehen. Das Taxi habe ich bereits abbestellt.«

»Ihr könnt mich alle mal am Arsch lecken!«, brauste Zajdel auf – und schämte sich sogleich für seine Wortwahl. Er entschuldigte sich bei seiner Frau, überlegte kurz und beschloss dann, obwohl er kalte Frikadellen nicht ausstehen konnte und es hasste, Amelia Unannehmlichkeiten zu bereiten, dass es besser wäre, zur Kommandantur zurückzufahren.

Er loggte sich ein in die Nationale Polizei-Informationsdatenbank, das Zentralregister für Fahrzeuge und Fahrzeughalter, das zentrale Strafregister, die Vermisstendatenbank, das Register für Personen, die per Haftbefehl gesucht wurden, das Register für Pädophile und andere Sexualstraftäter, und zum Schluss durchforstete er das Archiv nach Begnadigungen. Nichts, rein gar nichts. Fehlanzeige. Plötzlich fiel ihm etwas ein. Der Typ wurde von jedermann sofort erkannt. Zajdel googelte wie Normalsterbliche die Stichwörter »Priester«, »Volksrepublik Polen«, »Hajnówka«, »Staatssicherheit« und »Verschwinden«. Als er bereits aufgeben wollte, entdeckte er eine Reportage von Iza Michalewicz, die 2005 im Magazin *Duży Format* veröffentlicht worden war. Der Text handelte von Priestern, die befördert wurden, obwohl sie mit der Staatssicherheit zusammengearbeitet hatten. Wieder einmal hatte die vierte Gewalt die Exekutive ausgestochen, dachte Zajdel. Vikar Jerzy Bołtromiuk aus Hajnówka, alias IM »Fichte«, verschwand 1977, nachdem er wegen unsittlichen Verhaltens gegenüber Gläubigen männlichen

Geschlechts von der eigenen Gemeinde aus dem Pfarrhaus gejagt worden war. Doch auch dieses Mal legte der Priester seine Schäfchen aufs Kreuz; er brannte mit dem Geld für den Bau der Friedhofskapelle durch. Die Angelegenheit wurde vertuscht. Bołtromiuks Name tauchte in den Neunzigerjahren erneut auf. Diesmal ging er bei der Anwerbung seiner Geliebten diskreter vor. Er wurde rasch befördert, vielleicht wollten die Kirchenoberen ihn aber auch nur loswerden, denn man schickte ihn ins Ausland, auf Mission. Und stets in warme Länder.

Je länger Zajdel las, desto perplexer wurde er. Der Artikel war mit einer einzigen Fotografie bebildert: Der dreißigjährige Bołtromiuk steht auf einem Sockel vor dem Magistrat, im Bildhintergrund ein Sowjetpanzer, offensichtlich das damalige Wahrzeichen des Städtchens. Es bedurfte einer gehörigen Portion Vorstellungskraft, um in dieser Kleidung – Wattejacke und Filzstiefel – Bołtromiuks Beruf zu erraten. Zajdel vergrößerte das Bild, so groß es ging und hatte keinen Zweifel mehr, dass er heute das Gesicht dieses Mannes rekonstruiert hatte. Jetzt wusste er, was ihm unstimmig vorgekommen war. Er hätte dem Priester eine Brille verpassen sollen. »Fichte« hatte seinerzeit eine runde, altmodische Fassung getragen, wie Korczak – obgleich er sich zu Lebzeiten bestimmt von anderen Grundsätzen hatte leiten lassen. Der Experte kopierte schnell den Zeitungsartikel und schickte ihn in einer privaten Mail an die Profilerin. Er hatte keine Ahnung, wer sich Bołtromiuks Identität angeeignet hatte, um die Gottlosen zum Christentum zu bekehren, aber es war klar, dass diese Person jahrelang niemand suchen würde. Für alle Beteiligten, für die Kurie und womöglich auch für andere staatliche Organe war eine lebende »Fichte« bequemer als eine tote.

Hajnówka, 2014

»Du hast kein Antivirusprogramm?« JahJah schüttelte fassungslos den Kopf, während er das Panzergehäuse von Saszas Mac Pro betrachtete.

Załuska zuckte nur mit den Achseln.

JahJah tat so, als würde er an dem Gerät herumwerkeln, und klickte auf verschiedene Icons. Sasza merkte sofort, dass er noch nie vor einem Macintosh-Bildschirm gesessen hatte. Sie seufzte schwer und blickte sich im Zimmer um.

»Was den Fall betrifft, so habe ich im Computer fast nichts gespeichert«, beruhigte sie JahJah. »Allerdings war in dem Computer mein gesamtes Archiv. Sämtliche Profile und Gutachten. Die Doktorarbeit …« Sie vergrub ihr Gesicht in den Händen.

»Und was ist mit der externen Festplatte?«, murmelte JahJah.

Sasza hob den Kopf und zeigte auf ein schwarzes Stück Plastik mit Kabel.

»Auch zerstört. In dem Moment, in dem ich sie angeschlossen habe. Jemand hat auf meinem Computer Spionage-Software installiert und alles geklaut. Vorsorglich. Aber ich lasse mir so was nicht bieten. Ich werde das anzeigen und den Mistkerl ausfindig machen«, echauffierte sie sich.

»Ich kenne da jemanden«, begann JahJah, wurde aber von einem Klopfen an der Haustür unterbrochen.

Sasza ging aufmachen. Vor der Tür standen Romanowska und Doman.

»Ihr passt nicht mehr rein«, witzelte Załuska. »Es sei denn, einer von euch setzt sich ins Spülbecken.«

»Ich melde mich freiwillig«, erwiderte Doman. Er musste den Kopf einziehen, um sich beim Betreten des Wohnzimmers nicht am Türrahmen zu stoßen. »Ich bin der Leichteste.«

»Schon besetzt!«, schrie JahJah aus der Arbeitsecke.

»Ach du grüne Neune!«, entfuhr es Doman, nachdem es Sasza gelungen war, hinter ihnen die Tür zu schließen.

»Nicht schlecht, die Bibliothek, was?« Załuska lächelte.

»Von wegen Bibliothek, das ist Hannibals Höhle.«

»Endlich haben Sie den Beweis für meine Schuld«, brummte Sasza und blickte sich um.

Die Hirsche waren unter dem Plan mit den wichtigsten Fotos und den verschiedenfarbig markierten Klebezetteln kaum noch zu erkennen. Eine Landkarte, die am Vorhang festgemacht war, verdeckte die Balkonfenster. Durch die Haufen von Akten am Boden führten nur mehr kleine Wege hindurch. Sie waren chronologisch geordnet wie in einem Archiv und an bestimmten Stellen aufgeschlagen. Sasza war zudem in der Bibliothek gewesen und hatte einige Artikel und Dokumente kopiert. Die Kopien hatte sie zu Rollen zusammengeklebt, um sie in den beengten Verhältnissen jederzeit zur Hand zu haben.

»Die ganz normale Arbeit eines Profilers«, erklärte sie lachend. Sie holte einen Ausdruck von Zajdels Rekonstruktion hervor. »Stimmt die DNA überein?«

Romanowska schüttelte den Kopf.

»Das wissen wir noch nicht. Hast du das Profil fertig?«

»Welches?«

Die Polizisten blickten einander verdutzt an.

»Die Fälle muss man getrennt betrachten«, stellte Sasza fest. Sie zeigte auf Dankas Bild. »Meiner Meinung nach gehört dieses Verbrechen nicht zu Vierauges Geschichte. Ein Familienverbrechen. Der Täter wollte sie ›erlösen‹. Ein Profil ist hier überflüssig, ein gutes Verhör genügt.«

»Ihr Bruder schweigt«, sagte Romanowska. »Er ist in Schockstarre verfallen. Vielleicht spielt er den Verrückten, vielleicht ist er es aber auch wirklich. Die Fingerabdrücke auf dem Lippenstift passen. Er hatte mit Polak Kontakt, kannte dessen Geschichte. Wie sich herausstellt, kannten alle aus der Therapiegruppe sie. Was meinst du, Doman?«

»Habt ihr ihn vorläufig festgenommen?«, hakte Sasza ein. »Damit wir nachher nicht zwei suchen müssen.«

Doman unterbrach sie mit einer unwirschen Handbewegung.

»Im Fall der Psychiatriepatientin habe ich bereits Meyer um Hilfe gebeten. Er hat versprochen zu kommen, sobald er sich loseisen kann, und das Profil anzufertigen. Er ist in diesem Punkt anderer Ansicht. Er meint, wir sollten in der jetzigen Phase der Ermittlungen die Fälle miteinander verbinden. Pietrasik soll ruhig versuchen, die Mauern der Festung Ciszynia zu überwinden. Viel Erfolg. Prus wird ihn aufspüren, an den Eiern aufhängen und grillen.«

JahJah wieherte.

Sasza trat an den Wandteppich und zeigte auf die Bildreihe mit Bondaruks Frauen.

»Die erste Vermisste wurde in Anwesenheit des Verdächtigen angegriffen. Er wurde dabei lebensgefährlich verletzt. Wäre nicht ein zufälliger Zeuge in der Nähe gewesen, er hätte nicht überlebt. Womöglich sollten beide sterben.«

»Oder man wollte es so aussehen lassen«, warf JahJah ein.

Sasza pflichtete ihm bei, fügte aber gleich hinzu:

»Oder der Killer besaß keine Erfahrung, zögerte, hatte Angst, einen Zeugen zurückzulassen. Und vermasselte den Job.«

Dann richtete sie ihr Augenmerk auf Mariola Nesteruk.

»Das zweite Opfer verreiste mit dem Auto des Verdächtigen. Bondaruk ist der Letzte, der Frau Nesteruk lebend gesehen hat.

Zumindest ging man davon im Verlauf der Ermittlung aus. Allerdings gibt es dafür keine Zeugen. Es ist nur eine Hypothese.«

»Die von ihrem Vater gestützt wird.«

»Der Vater wurde jedoch nie vernommen.«

»Ich habe seine Aussage persönlich entgegengenommen«, versicherte JahJah.

»Davon findet sich aber nichts in den Akten«, bemerkte Załuska. »Man hätte Nesteruk als Verdächtigen in Betracht ziehen müssen. Damals.«

»Nesteruk hat einen tadellosen Leumund«, widersprach Romanowska. »Er ist außerdem ein Freund des Direktors.«

»Und ausgerechnet er hat ihn gerettet. Wieso hielt er sich eigentlich in der Nähe auf?«, fragte Sasza.

»Das Verschwinden wurde nach den vorgeschriebenen achtundvierzig Stunden gemeldet. Nesteruk besitzt für den gesamten Zeitraum ein lückenloses Alibi«, ergänzte JahJah.

»Bondaruk übrigens auch. Jeder hier hat ein Alibi. Vielleicht hat jemand dafür gesorgt, dass das Ganze nach einer Entführung aussah?«, unterbrach ihn Załuska. »Ich will keine Kaffeesatzleserei betreiben, ihr habt hier schließlich gearbeitet. Wer hat damals die Ermittlungen geleitet? Und hat diese Person ein Interesse gehabt, Vierauge zu decken?«

»Der alte Kommandant«, antwortete Romanowska. »Kann ich mir nicht vorstellen. Er war hier lange Jahre Chef.«

»Er kannte also sowohl den Vater des Mädchens als auch ihren Freund gut«, konstatierte Sasza. »Wollte ich eine andere Frau beseitigen, ich würde es genauso machen. Ich würde mir ein stichfestes Alibi besorgen. Damit mich niemand verdächtigt.«

Es wurde still.

»Willst du behaupten, Mariolas Vater könnte mit der Sache etwas zu tun haben?« Romanowska fühlte sich auf den Schlips getreten.

»Ich will gar nichts behaupten. Ich stelle lediglich fest, dass in den Akten außer Vierauge der Name des Fleischers auftaucht, der nach den Schüssen auf Bondaruk plötzlich einen großen Fleischereibetrieb gründet.«

Im Zimmer war es totenstill. Sasza fuhr fort:

»Die dritte Frau ist von sich aus, die Treppe des Amphitheaters hoch, in den Wald gelaufen. In dieser Zeit wurde Bondaruk von wenigstens hundert Hochzeitsgästen gesehen. Während Unbekannte das Opfer durch den Wald jagten, suchte der Bräutigam Iwona mit der Polizei und Freiwilligen. In allen drei Fällen ist nicht auszuschließen, dass er den Auftrag gegeben hat, mit Sicherheit aber hat er keines der Verbrechen selbst begangen – wobei wir nicht einmal wissen, ob wir es überhaupt mit Morden zu tun haben. Sollten es Auftragsarbeiten gewesen sein, haben die Killer ihre Arbeit auf äußerst spektakuläre Weise verrichtet. Nur Mariola, Piotrs zweite Frau, wurde auf die klassische Art beseitigt. So machen es die bösen Ehemänner mit ihren untreuen Ehefrauen. Und untreu waren alle drei.«

Stille.

»Was willst du andeuten?«, fragte Doman.

»Bondaruk weiß, wer Jagd auf ihn macht.«

»Habe ich es nicht gesagt?«, schaltete sich JahJah ein. »Man braucht ihm nur ordentlich auf den Zahn zu fühlen. Um zu diesem Schluss zu kommen, muss ich nicht so einen Höhlen-Hokuspokus veranstalten.«

»Das weiß übrigens auch derjenige, der uns die Schädel zuschiebt«, fuhr Sasza ungerührt fort. »Und wir sollten ihn jetzt schleunigst finden, wenn wir Iwona Bejnar retten wollen – ich gehe nämlich davon aus, dass sie noch lebt.«

»Deduktion vom Feinsten«, spottete Doman. »Kann man auf den Balkon? Ich würde gern eine rauchen.«

Sasza nahm die Büroklammern ab und rollte die Karte zusammen. Doman öffnete die Balkontür. Załuska schloss sich ihm an.

»Ich glaube, die Lösung ist ganz einfach«, sagte sie. »Bondaruk selbst hat uns die Schädel zukommen lassen. Er will erwischt werden.«

Dann drehte sie sich zu JahJah um.

»Du bist an der Reihe.«

JahJah berichtete kurz von seinem Besuch bei Mackiewicz. Niemand der Anwesenden wunderte sich, dass der Rechtsanwalt in einer paramilitärischen Organisation aktiv war. Für alle war es jedoch eine Überraschung, dass er den Namen der Person preisgegeben hatte, die Bondaruk vor Jahren getötet haben sollte.

»Stepan Orzechowski, der verschwundene Ehemann von Dunia Orzechowska«, gab JahJah bekannt. »Der Oberschwule des Städtchens und einer der ersten Direktoren des Sägewerks. Auf ihn folgte unmittelbar Vierauge, der das Werk bis heute leitet. Stepan hat sich tatsächlich mit dem Priester davongestohlen – und zwar ins Jenseits. Dunia muss von alldem gewusst haben, ohne notwendigerweise an der Sache beteiligt gewesen zu sein. Beide Herren haben mit der Staatssicherheit zusammengearbeitet, ähnlich wie Bondaruk. Möglicherweise handelte es sich um eine interne Abrechnung.«

Sasza blickte auf die Uhr.

»Meiner Meinung nach haben wir es hier mit einer geschlossenen Gruppe zu tun, die das Sagen hat, und nicht mit einer Einzelperson, die in dieser Gegend Morde begeht. Iwonas Entführung war eine Art Rüffel, um den inoffiziellen Mitarbeiter wieder auf Linie zu bringen, ihn daran zu erinnern, einmal Spitzel, immer Spitzel. Bondaruk scheint vergessen zu haben, dass man die Zusammenarbeit nicht aufkündigen kann, es sei denn, man lässt sich mit den Füßen voran raustragen. Die Zeiten haben sich geändert – wir haben jetzt Kapitalismus –, aber das Führungspersonal ist das alte. Ich hab's überprüft.«

Sie warf mehrere alte Zeitungen auf den Tisch.

»Olle Kamellen.« Vom Balkon war Domans lautes Lachen zu hören. »Das werden wir wohl kaum beweisen können. Aber vielleicht sagt uns Lady Sherlock auch, warum nicht mehr Frauen entführt wurden, schließlich hat er nicht nur mit diesen dreien angebandelt.«

Romanowska räusperte sich vielsagend.

»Eine treffende Bemerkung«, räumte Sasza ein. »Und eben da liegt der Clou. Am einfachsten wäre es natürlich anzunehmen, dass sie Pech gehabt haben. Gerade in dem Moment auf der Bildfläche erschienen, als Bondaruk sich gegen seine alten Auftraggeber auflehnte. Ich weiß nicht, wie ich die Gruppe nennen soll. Den ›Rat der Gerechten‹? Meiner Meinung nach geht es hier aber um etwas anderes. Etwas Persönliches. Um etwas, was diesem Schweigekartell zugrunde liegt. Ihnen allen war daran gelegen, Bondaruk zunächst in die Bredouille zu bringen, um ihn anschließend von den Vorwürfen zu entlasten.«

»Klingt reichlich verstiegen«, bemerkte JahJah.

Sasza ließ sich jedoch nicht aus dem Konzept bringen.

»Wer ist in Hajnówka die wichtigste Instanz? Wer verteilt die Karten?«, fragte sie in die Runde. Da sie auf skeptische Blicke stieß, präzisierte sie: »Wer war vor '89 mit am Ruder und ist jetzt noch einmal aufgestiegen? Der Betreffende muss nicht unbedingt linke Ansichten vertreten. Solche Leute merken sofort, wenn der Wind dreht. Sie haben keine Skrupel, ihre Ansichten über Bord zu werfen. Für sie zählt nur der eigene Vorteil.«

»Worum geht es dir? Ich habe etwas den Faden verloren.« Doman drückte seine Zigarette in einem Blumentopf aus und steckte den Stummel in die Hosentasche.

»Man muss bei der älteren Generation suchen. Vorausgesetzt, sie sprechen mit einem.« Załuska wandte sich an die Kommandantin: »Du hast erzählt, dass die Braut verschleiert zur Trauung erschienen ist und dass unter den Gratulanten eine alte Frau war, die Iwona auf die Stirn geküsst hat, so als würde sie das Mädchen segnen. Wer war das? Meiner Meinung nach – ihr könnt darüber lachen, wenn ihr wollt – sind wir Zeugen eines Rituals, das für uns vorläufig unverständlich, für die hiesige Gemeinschaft aber enorm wichtig ist. Für ihre Geschichte, ihr Erbe.«

»Einfach nur kläglich.« Doman knallte die Balkontür zu. Er ließ seinen Blick durch das Zimmer schweifen. »Deine Fantasie ist mit dir durchgegangen. Wenn das alles an Profiling ist, was du zu bieten hast, kannst du deine Sachen packen. Geh woanders wahrsagen.«

»Moment!«, rief Romanowska und gebot ihm mit einer Geste Einhalt. »Ich erinnere mich, wie Piotr mir einmal sagte, er wisse, wie das alles enden werde.«

Sasza nickte.

»Mir hat er dasselbe gesagt«, flüsterte sie.

JahJah bedachte seine Exfrau mit einem wütenden Blick. Die Kommandantin fuhr jedoch unbeirrt fort.

»Ich fragte ihn: ›Wie?‹ Worauf er entgegnete: ›Und wie enden böse Kampfhunde?‹ ›Sie sterben?‹, mutmaßte ich. Er lachte auf und sagte: ›Das wäre zu einfach. Wenn du einen Hund tötest, kann er dir nicht mehr dienen. Einen neuen, genauso bissigen zu finden kostet viel Aufwand und Training. Das ist unrentabel. Du musst ihn an dich binden, ihn abwechselnd bestrafen und belohnen. Mit der Zeit nehmen die Strafen zu, und die Belohnungen werden seltener. Zum Schluss ist das Ausbleiben von Strafe bereits eine Belohnung, und der Hund selbst wünscht sich, er würde krepieren, da aber Tiere keinen Selbstmord begehen, lebt das Viech weiter, von Tag zu Tag. Ein Problem gibt es, wenn der Hund sich auflehnt, seinen Herrn angreift und wegläuft.‹ ›Und dann?‹, fragte ich. ›Dann packt den Herrn der Zorn, und die Jagd beginnt. Er verfolgt den Hund so lange, bis er ihn vernichtet hat. Ist der Hund gut ausgebildet worden, wird er seinem Henker heftig zusetzen, bevor er stirbt. Das Tier ist glücklich, wenn sie gemeinsam umkommen – so sehr liebt es seinen Herrn. Nicht der Hund, der bellt, ist gefährlich, sondern der Hund, der knurrt.‹«

»Und was ist die Moral von der Geschichte?« JahJah hatte sich bereits der Tür zugewandt. In Erwartung einer Antwort drehte er sich noch einmal um.

»Dass wir so schnell wie möglich seine Freunde vom VIP-Tisch im Carska vernehmen sollten.« Romanowska zuckte mit den Schultern und lächelte Sasza an. »Das ist unser ›Rat der Gerechten‹.«

Sasza eilte zu JahJah.

»Und was ist mit dem Computer? Du hast gesagt, du hättest da jemanden.«

Er nickte und wählte die Nummer seines Sohns.

» Błażej, schick mir die Nummer von diesem Freak. Aber sag ihm, es wird keine Konsequenzen haben. Er kann seiner Schwester ausrichten, dass wir etwas anbieten werden.«

Einen Augenblick später ging eine SMS ein.

»Ein Hacker. Ich weiß nicht, inwieweit er dir helfen kann. Eine schräge Type.«

»Computernerds leben häufig in einer virtuellen Welt.«

JahJah sah sich noch einmal in Saszas Zimmer um.

»Nicht nur die.«

Kurz darauf war sie mit Romanowska allein.

»Ich habe Angst um Piotr«, flüsterte Krystyna. »Nicht, dass er mir leidtun würde, das nicht, aber ich habe das Gefühl, dass das, was du gesagt hast, Sinn macht. Es macht verdammt viel Sinn, und die Jungs wissen das.« Sie zeigte auf die Tür. »Deshalb wollen sie sich nicht darauf einlassen, wenn es nicht sein muss. Alle, die an dem Tisch im Carska saßen, sind alte Kommunisten – der jetzige Landrat war Chef der Staatssicherheit in Hajnówka bis ganz zum Schluss. Hier hat sich seit dieser Zeit nichts geändert. Nur dass es heute um das große Geld geht, das es früher nicht gegeben hat.«

»Geld ist Macht.«

»Und Macht bedeutet noch mehr Geld, und damit schließt sich der Kreis.«

Beide wussten, dass sie sich auf dünnem Eis bewegten. Sie hatten es nicht mehr bloß mit einem einfachen Mord zu tun.

»Lass uns jetzt zu ihm fahren«, schlug Sasza vor. »Zu Bondaruk. Auf einen Plausch.«

Krystyna senkte den Kopf.

»Ich kann nicht«, flüsterte sie. »Ich soll ihn schützen, darf ihn nicht behelligen. Solange nichts Handfestes gegen ihn vorliegt.«

»Wer hat dir das befohlen?«

»Meine Macht.«

»Macht ist Geld«, seufzte Sasza. »Wer?«

»Kann ich dir nicht sagen.«

Sasza stemmte die Hände in die Hüften.

»Wie, du kannst mir das nicht sagen?«

»Du fährst weg, ich bleibe hier. Hier leben mein Sohn, mein Mann.«

»Dein Exmann.«

»In der orthodoxen Kirche ist man bis ans Lebensende verheiratet, und selbst wenn ich das nicht akzeptieren würde, für die Leute hier bin ich immer JahJahs Frau.«

Sasza gab sich geschlagen.

»Wie du meinst.«

»Aber ich könnte bei den entsprechenden Leuten vorsichtig vorfühlen.«

»Das kann nicht schaden.«

»Allerdings brauche ich einen Grund, einen Vorwand, wieso ich herumschnüffele. Man müsste ihre Leichen finden, den Körper des Priesters und von dem anderen – diesem Orzechowski. Vollendete Tatsachen schaffen.«

Für einen Augenblick kam es Sasza so vor, als würde Romanowska ihrem Blick ausweichen.

»Gibt es eine Leiche, gibt es einen Fall.«

»Kannst du mir helfen?« Sasza befestigte die Karte wieder am Vorhang. »Ich hasse Geoprofiling, aber hier habe ich keine Wahl. Das Blöde ist nur, ich kenne mich in der Umgebung überhaupt nicht aus.«

Romanowska näherte sich dem mit Markierungen gespickten Bogen Papier wie einem Igel.

»Vielleicht kümmern wir uns erst einmal um den Computer. Ich bringe dich zu dem Typen.«

Sasza war einverstanden. Sie tippte die Nummer ein, die Błażej geschickt hatte. Sie konnte sich gerade mal mit Namen vorstellen, bevor der Mann am anderen Ende der Leitung ihr seinen aktuellen Aufenthaltsort nannte und auflegte. Załuska diktierte der Kommandantin die Adresse.

»Der Soldatenfriedhof in Bielsk Podlaski.« Romanowska runzelte die Stirn. »Etwa dreißig Kilometer von hier.«

»Da ist dieser Computerfreak gerade.«

Die Bewohner von Kleinstädten fürchten sich nach Einbruch der Dunkelheit vor Ungeheuern. Sie verstecken sich vor ihnen in ihren Häusern und schalten zur Abschreckung den Fernseher ein. Denn das Ungeheuer zittert, wie man weiß, beim Anblick himmelblauer Bildschirme, die von Weitem durch das Fenster zu sehen sind. Nur Desperados, die ihr Leben aufs Spiel setzen müssen, weil sie etwas zu erledigen haben, was keinen Aufschub duldet, oder Teufelskerle, die der Bestie in die Augen sehen wollen, setzen im Dunkeln einen Fuß vor die Tür. Daneben gibt es noch eine dritte Möglichkeit, die in Hajnówka allerdings entfällt: Jemand hat keinen Fernseher. Sasza war vermutlich die einzige Person in der ganzen Stadt, die zu allen drei Kategorien gehörte.

»Sind alle gestorben, oder was ist hier los?« Sie steckte den Kopf aus dem Fenster, konnte aber keine Menschenseele auf der Straße entdecken.

»Morgen werden sie wiederauferstehen.« Romanowska lächelte. »Erfreu dich an der Stille, bevor du wieder nach Hause fährst.«

»Wenn man nur für ein paar Tage hier zu Besuch ist, kann man darauf hereinfallen«, räumte Sasza ein. »Aber mit der Zeit erkennt man, dass die Idylle nicht echt ist. Alle tun nett, sind höflich und freundlich, man kennt sich untereinander, doch die Freundlichkeit trügt. Dahinter verbirgt sich die Neugier, wissen zu wollen, was hinter der Wand geschieht. Das ungesunde Interesse für den anderen ist im Grunde das, was die Menschen trennt. Ich bevorzuge die offene Anonymität, das nachbarschaftliche Fremdsein. Der fehlende Zwang, zu jemandem nett sein zu müssen, der ein Scheusal, womöglich gar mein ärgster Feind ist, damit komme ich viel besser klar.«

»Glaubst du nicht an gutnachbarliche Beziehungen?«

»Ich habe fast alle Nachbarn von Bondaruk interviewt, mit dieser Dunia versucht zu sprechen, nach deren Sohn gefragt. Sie taten alle so, als würde sein Alias ihnen nichts sagen; beim Stichwort ›Quaku‹ verfielen sie in Schweigen. Und über die Brüder der verschwundenen Braut habe ich nur in Erfahrung gebracht, dass es anständige Jungs sind. Ich habe die Gespräche auf Handy aufgenommen, willst du reinhören?«

»Nicht nötig, ich kann es mir vorstellen.« Romanowska schüttelte lachend den Kopf.

»Das sind die Ergebnisse der viktimologischen Analyse. Alles grundanständige Leute. Und zwar ausnahmslos.«

Romanowska wechselte den Gang und blickte zu Sasza hinüber.

»Ich weiß nicht, was du erwartet hast. Wir sind hier im Osten. Das ist Polen, gleichzeitig aber auch der Rand des Landes. Um den Grenzverlauf haben sich die Politiker immer gestritten, gelitten hat darunter die hiesige Bevölkerung. Manche nennen dieses Gebiet Klein-Weißrussland. Russland war uns immer näher als die wiedergewonnenen Gebiete im Westen. Bis heute sieht man die historischen Einflüsse: in der Mentalität, in der Kultur, im religiösen Brauchtum, aber auch in der Art, sich zu kleiden und zu ernähren. Im Leben allgemein. Die Menschen hier haben in den Jahren der Kriegswirren gelernt, laut zu schweigen. Sie laden dich bei der ersten Begegnung zu sich nach Hause ein, füttern dich, lassen dich in ihrem Bett schlafen. Vielleicht schütten sie dir sogar ihr Herz aus, wenn sie das Gefühl haben, dass du ein *dobry tschalawiek*, ein anständiger Mensch bist. Aber selbst dann öffnen sie nur ungern ihre Seele.

Die Fremden haben hier immer eigene Interessen verfolgt. Sie kamen, um die Grenze zu verteidigen, und wegen des Holzes, das einst ein kostbares Baumaterial war. Fast immer wollten sie den Einheimischen ihr Land wegnehmen. Manchmal sind sie aber auch geblieben, haben Frauen von hier geheiratet, Kinder gezeugt, verschmolzen mit der hiesigen Bevölkerung und wurden hier beerdigt. Auf diesen Friedhöfen.«

Sie passierten die Stadtgrenze und kamen durch mehrere kleine Dörfer. Auf beiden Seiten der Straße zogen sich bis zum Horizont riesige Grasflächen hin.

»Wintergetreide.« Krystyna deutete auf das unglaublich saftige Gras, das sich ringsum, so weit der Blick reichte, in flachen Streifen erstreckte. Selbst zu dieser Tageszeit bezauberte das intensive, hoffnungsvolle Grün das Auge des Betrachters. »Und das Dorf, dort in der Ferne, man sieht nur ein paar Dächer, heißt übrigens Meer. Du kannst dir wahrscheinlich denken, warum?«

Sie zwinkerte Sasza zu. Und wieder lehnte sie sich hinaus, zeigte mit der Hand auf etwas.

»Dort, wo der fast vollständig entlaubte Baum steht, befand sich früher einmal ein Dorf. Es wurde unmittelbar nach Kriegsende dem Erdboden gleichgemacht. Vor dem Ersten Weltkrieg war dort das Landgut der Gebrüder Załuski. Das Dorf trug den Namen der Gutsfamilie.«

»Deshalb also hast du mich im Krankenhaus gefragt, ob ich hier Familie habe.«

»Ich kenne hier niemanden mit diesem Namen. Niemanden, der noch lebt. Angeblich wurden damals fast alle aus dem Dorf umgebracht.«

»Warum wurde das Dorf niedergebrannt?«

»Polnische Soldaten haben es in Brand gesetzt, weil die Dorfbewohner orthodox waren – damit galten sie seinerzeit automatisch als Weißrussen. ›Bury‹, der Chef der Kompanie, heute, als einer der ›Verstoßenen Soldaten‹, ein Nationalheld, hasste die Russen. Nach einem missglückten Überfall auf einen Truppentransport der Roten Armee in Hajnówka brannte er mit seiner Einheit die weißrussischen Dörfer in der Umgebung nieder. Er beschuldigte die Dorfbewohner, die Angriffspläne der polnischen Partisanen an die Staatssicherheit und die Armee verraten zu haben. Dort im Wald war eine Hinrichtungsstätte. In einer Grube wurden die Gebeine mehrerer Dutzend Fuhrleute gefunden, die man erst gezwungen hatte, die abziehenden Soldaten zu transportieren, bevor man sie dann brutal ermordete. Die Knochen lagen dort über fünfzig Jahre! Die Einheimischen besuchten den Ort, um zu beten. Der Pope segnete zweimal im Jahr ihr Grab, aber bis 1995 verlor niemand den Behörden gegenüber ein Sterbenswörtchen darüber. Bis heute wurden nur dreizehn Namen identifiziert. Angeblich hatten die Fuhrleute keine Dokumente bei sich. Erst vor ein paar Jahren wurden die sterblichen Überreste exhumiert und auf dem Soldatenfriedhof in Bielsk beigesetzt – wo wir gleich sein werden.«

Sasza versank in Gedanken.

»Ich habe hier wahrscheinlich keine Wurzeln«, resümierte sie nach einer Weile. »Mein Vater stammte aus Danzig und meine Mutter kommt aus der Gegend von Lublin.«

»Du glaubst ja nicht, von wo überall die Leute hier herkommen. Aus den wiedergewonnenen Gebieten, aus Wilna, außerdem gibt es Ukrainer, einige Franzosen und Deutsche, zumeist jüdischer Herkunft. Sie haben sich vermischt und sind heute alle Einheimische.«

»Denn sie haben hier ihre Toten.«

»Genau.«

»Und Bondaruk? Wer waren seine Vorfahren? Weißrussen?«

Romanowka überlegte einen Augenblick.

»Es heißt, sein Vater sei Pole gewesen. Er habe die katholische Messe besucht, wie auch Piotrs Mutter, obwohl ihre Großmutter orthodox gewesen sei. Staszek war einer der Überlebenden des Pogroms. Er überlebte, genauso wie Dunia Orzechowska und der alte Nesteruk. Die sind mit Sicherheit orthodox; ich habe sie oft in der Kirche gesehen. Wer noch überlebt hat, weiß ich nicht, das lässt sich heute kaum noch feststellen: Namen wurden neu angenommen, geändert, umgewandelt. Viele wählten das kleinere Übel und traten in die Partei ein, um Arbeit zu haben, eine Betriebswohnung zugeteilt zu bekommen. Einfach um zu leben.«

»Und wie ist Bondaruk dann Weißrusse geworden? Hat das für die Einheimischen überhaupt eine Bedeutung, wo doch alle sowieso in dem gleichen kulturellen Schmelztiegel zu Hause sind?«

»Ja, hat es, eine riesige. Du kannst dir gar nicht vorstellen, wie groß die Gegensätze sind.«

Sie kamen an einen Kreisverkehr. Die Straßenschilder waren zweisprachig, ein Teil von ihnen war übermalt.

»Die Gemeinde Orla war die erste, die Schilder mit weißrussischen Ortsnamen eingeführt hat. Sie werden regelmäßig von polnischen Nationalisten zerstört. Jedes Jahr zum Jahrestag des Pogroms besuchen Journalisten die orthodoxen Dörfer Wólka Wygonowska, Zanie und Kleszczele, um mit den Bewohnern über die Ereignisse von damals zu sprechen. In diesem Jahr kamen ihnen die Hools zuvor. Sie kreuzten mit Baseballschlägern in der Hand auf und machten einen Spaziergang durch das Dorf. Weiter nichts. Als dann aber am nächsten Tag die Fernsehteams auftauchten, wollte sich keiner der alten Leute, die sich an das Pogrom erinnerten, vor der Kamera dazu äußern.«

»Eine Drohung?«

»Eher eine Empfehlung stillzusitzen. Ein junger Soziologe stieß zum Beispiel auf das Tagebuch der Tochter eines Pogromopfers. Angeblich enthalten die Notizen die Namen noch lebender Nachbarn, die mit den Partisanen zusammengearbeitet hatten, und anschließend auch mit der Bürgermiliz und der

Staatssicherheit. Es hält sich hartnäckig das Gerücht, das Pogrom habe mit der Zustimmung der Behörden stattgefunden. Die Weißrussen wollten ihr Land nicht verlassen, also nutzten die Kommunisten die Möglichkeit, sie mithilfe der Nationalisten zu beseitigen.«

»Wozu?«

»Um sich deren Häuser und Land unter den Nagel zu reißen. Wozu führt man sonst Krieg. Aber das Schlimmste ist«, fuhr Krystyna fort, »›Bury‹ hätte nicht ein Dutzend Dörfer niederbrennen, über eine Woche Zivilisten töten und dann die Gegend unbehelligt verlassen können, hätte er nicht vor Ort Unterstützung gehabt. Fast fünfhundert Personen kamen damals um. Zweihundert überlebten, fürchteten aber um ihr Leben und das ihrer Nächsten, sodass sie bis 1995 nicht verrieten, wo die ermordeten Fuhrleute verscharrt worden waren. Niemand will an den alten Wunden rühren. Die Leute haben immer noch Angst.«

Sie parkten am Friedhofstor. Sasza nahm die Tasche mit dem Computer aus dem Wagen.

»Soll ich mitkommen?«, fragte Romanowska besorgt.

»Ich weiß nicht genau, wohin ich muss.«

Die Kommandantin zeigte auf das Totengräberhäuschen.

»Dort brennt Licht. Ich lass den Motor laufen und warte im Auto.« Sie zog den Reißverschluss ihrer Jacke bis zum Kinn hoch. »Es ist kühl geworden.«

Sasza trabte eilig los. Sie erreichte die Tür des kleinen Betonklotzes, die sich knarrend öffnete. Auf der Türschwelle stand ein schlanker Mann in Radfahrerkleidung mit einem länglichen Gesicht. Bei Saszas Anblick nahm er seine karierte Schirmmütze mit Fred-Perry-Button vom Kopf und reichte ihr die Hand. Die beiden kleinsten Finger waren von einer Verbrennung verkrüppelt und gelähmt.

»Ich arbeite an drei Tagen in der Woche in Hajnówka. Ich

schau, was sich machen lässt, und melde mich«, versprach er. Als er ihren verwunderten Blick bemerkte, fügte er ironisch hinzu: »Das hier ist nur ein Gastauftritt. Ich passe auf die Gräber auf. Die Weißrussen erweisen ihren Ermordeten Ehre. Es wird nicht lang dauern, bis die Nationalisten auftauchen.«

»Wie viel wird es kosten?«, fragte Sasza direkt.

»Błażej hat mich gebeten, also werde ich das mit ihm besprechen.« Der Mann lächelte verschmitzt und winkte ab.

Er verhielt sich ungezwungen, mit einstudierter Nonchalance. Eigentlich unterhielt er sich nicht, sondern monologisierte. Er sprach seinen Text und erwartete, dass man seinen Anweisungen Folge leistete. Sasza fühlte sich nun sicherer. Der Hacker schien sein Handwerk zu verstehen. Er strahlte eine paralysierende Selbstsicherheit aus.

»Ich kann nicht garantieren, dass sich die Daten wiederherstellen lassen«, warnte er. »Irgendwelche Passwörter, Schutzvorrichtungen?«

Sie schüttelte den Kopf.

»Ich rufe an. Es kann ein bisschen dauern.«

»Was bleibt mir anderes übrig«, seufzte Sasza.

»Tut es weh?« Er deutete auf ihre Hand.

»Es juckt eher«, erwiderte sie, wurde aber gleich verlegen. Ihre Hand würde bald wieder einsatzfähig sein. Seine Situation dagegen war viel ärger, weil irreparabel. »Das Leben als Einarmige ist nicht allzu komfortabel.«

»Kann ich mir denken.« Er wedelte mit seiner Stummelhand.

Sie wollte fragen, wie es passiert war, doch er hatte sich bereits umgedreht und schloss die Tür des Anbaus ab.

»Angeblich gibt es hier ein Sammelgrab für die von Rajs' Leuten Ermordeten.«

Er musterte sie.

»Ich führe Sie hin.«

»Bitte, machen Sie sich keine Umstände.«

»Ich vertrete mir gerne die Beine.«

Fürchten sich die Bewohner von Kleinstädten auf der Straße vor Ungeheuern, auf den örtlichen Friedhöfen haben sie keine Angst vor ihnen. In einiger Entfernung sah Sasza eine Gruppe von Friedhofsgängern. Sie saßen um ein Grab herum, als wären sie auf einer Einweihungsparty. Sie hatten mehrere Blumenkränze mitgebracht; auf der Marmorplatte brannten Grablichter. Als Sasza mit ihrem Begleiter an die Gruppe herantrat, reichte ihr jemand die von Hand zu Hand wandernde Flasche. Es war Gin. Sie roch deutlich den Geruch von Wacholder.

Kinga Kosiek stellte einen Teller mit einer dampfenden Pizza Diavolo vor einen Kunden hin, und bevor dieser den ersten Bissen getan hatte, war sie bereits unterwegs zum Nachbartisch. Im Augenwinkel sah sie die mit Farbe befleckten Hände des Gastes. Er hätte sie vor dem Essen wenigstens waschen können, schoss es ihr durch den Kopf. Sie zückte ihren Kellnerblock und wartete auf die Bestellung. Studenten, war ihr erster Gedanke. Der Junge zählte lange sein Hartgeld, das er aus beiden Hosentaschen zu einem Häufchen aufgeschüttet hatte, und ließ sich dabei von der Kellnerin nicht stören. Es verging einige Zeit, bis er genügend Geldstücke zusammenhatte, die seine Anwesenheit an diesem Tisch rechtfertigten. Währenddessen studierte das Mädchen die Karte. Es gab sechs Sorten Pizza, drei Nudelgerichte und die Getränke, vor allem Bier. Die Pizzeria Siciliana setzte auf Qualität, nicht auf große Auswahl. Der Schlüssel des Erfolges war keineswegs der Teig, sondern die Rezeptur der Tomatensoße, die der Eigentümer des Lokals aus Italien mitgebracht hatte.

Schließlich bestellte das Pärchen die Spezialität des Hauses: die billigste sizilianische Pizza mit dickem Boden und Extraschinken und zwei Teller, dazu für jeden einen »Vorglüher«, sprich einen Porter und einen doppelten Kräuterlikör, den sie gleich ins Bier geschüttet haben wollten. Angesichts der Höhe des Kleingeldhaufens würden sie hier keine Wurzeln schlagen, tröstete sich Kinga. Als sie ihren Block zugeklappt und auf dem Tisch die Kerze angezündet hatte, klebten die beiden schon wieder aneinander und waren ganz mit sich beschäftigt.

Sie wischte sich die Hände an ihrer Minischürze ab, gab die Bestellung an die Küche weiter und sah nach, wie viel Uhr es war. Bis zum Ende ihrer Arbeit waren es nur noch zwei Stunden. Aber heute zog sich die Zeit wie Kaugummi. Seit einigen Tagen blieben die Kunden aus.

»Wir machen heute früher zu«, sagte Robert, der Bruder des Inhabers, der nachmittags in der Trattoria als Pizzakurier jobbte. Er fragte nicht, er informierte.

Kinga zuckte mit den Achseln.

»Der Chef hat davon nichts gesagt.«

»Hast du ihn angerufen, weiß er, wie es hier aussieht?« Er zeigte auf den leeren Gastraum.

»Sag, es sei schade um das Geld für den Strom, dann wird er schon zustimmen.«

Beide grinsten, sie wussten, dass der alte Óść ein Knauser war. Den Laden heute früher zu schließen war übrigens gar keine dumme Idee. Eher unwahrscheinlich, dass sich bis zweiundzwanzig Uhr noch jemand hierherverirren würde. Das Lokal lag in der Siedlung Górne, in der Nähe der Privatklinik Ciszynia, und vom Wald trennte es nur ein Steinwurf. Seit Iwona Bejnar verschwunden war, man die Leiche von Danuta Pietrasik bei einer pensionierten Lehrerin gefunden hatte und deren Untermieter steckbrieflich gesucht wurde, hielt das Gerücht von einem Serienmörder, der in der Stadt sein Unwesen treibe, alle Auswärtigen fern. Zuerst hieß es, der Unhold würde nur junge Mädchen angreifen, und Frauen im Balzac'schen Alter und älter hätten nichts zu befürchten. Später wuchs sich das Gerücht zur Behauptung aus, dass Männer, Frauen, ja selbst neugeborene Kinder in Gefahr seien. Manche jungen Mütter verzichteten ganz auf Spaziergänge. Väter verboten ihren Töchtern, nach Einbruch der Dunkelheit die Wohnung zu verlassen.

Kinga hatte keine Angst. Seit einem Jahr trainierte sie Karate. Hin und wieder sah sie im Dojo die Kommandantin, und zweimal hatte Kinga die Polizistin wie beiläufig auf die Ermittlungen angesprochen. Romanowska war zwar nicht allzu auskunftsfreudig gewesen, hatte aber behauptet, die Ermittler hätten alles unter Kontrolle und es gebe keinen Anlass zur Panik. Außerdem wusste Kinga ja, dass Iwona in Sicherheit war und sich schon bald mit Quaku ins Ausland absetzen würde. Gewissensbisse plagten sie deswegen keine. Sie war davon überzeugt, eine gute Tat getan zu haben, schließlich zählte im Leben nur die Liebe, und Iwona liebte Piotr nicht, so viel stand fest, und er hatte das von Anfang an gewusst. Als aber die Leiche »der Verrückten« – wie das Opfer der »Roten Spinne« prompt genannt wurde, nachdem die traurige Lebensgeschichte der jungen Muttermörderin bekannt geworden war – entdeckt wurde, war Kingas erster Impuls gewesen, Romanowska alles zu gestehen. Vor allem als die lokalen Medien ein Bild von dem Gesuchten veröffentlicht hatten. Auf den ersten Blick hatte er keinen gefährlichen Eindruck gemacht, und sie hatte sich eingestehen müssen – von dem Gedanken selbst etwas erschrocken –, sie hätte sich von ihm zu einem Date überreden lassen und ihn sicher nicht von der Bettkante gestoßen.

An dem Tag, an dem ihr Coming-out hatte stattfinden sollen, war die Kommandantin jedoch nicht im Dojo erschienen. Kinga hatte bei der Polizei angerufen, der diensthabende Polizist war allerdings derart unfreundlich gewesen, dass sie davon Abstand genommen hatte, ihren Beschluss in die Tat umzusetzen. Danach hatte sie es nicht mehr zum Training geschafft. Doch vielleicht würde sie ja auch gar nichts melden müssen: Quaku versprach ihr täglich, sie würde eines Abends nach Hause kommen und Iwona nicht mehr antreffen, und mit der Freundin würden auch sämtliche Spuren ihrer Beteiligung an der vorgetäuschten Entführung verschwunden sein. Sie hatten ausgemacht, Kinga über nichts zu informieren, damit sie, falls etwas schiefgehen sollte, nicht der Mitwisserschaft beschuldigt werden konnte. Auch so schon hatte sie viel riskiert.

Jetzt stahl Kinga sich nach hinten und sah nach, ob der Koch am Ofen stand. Wie sie vermutet hatte, war er draußen und trank Bier.

Kinga tippte eilig Quakus Nummer. Er hob nicht ab, aber das störte sie nicht weiter. Sie hatte mit ihm vereinbart, dass sie auflegen würde, falls er nach dem dritten Klingelton noch nicht drangegangen war, und im Büro auf einen Rückruf auf dem Festnetz warten würde. Sie nahm den Schlüssel vom Brett und schloss auf. Sie saß dort eine gute Viertelstunde, wobei sie ständig nachschaute, ob sie im Gastraum nicht gebraucht wurde – doch die Situation war unverändert. Der Typ mit der Diavolo hatte auf dem Tellerchen das Geld hinterlassen, wie üblich mit einem satten Trinkgeld. Robert las und surfte im Netz. Die Studenten hatten ihre Pizza samt angebranntem Rand verdrückt, ihr Porter hinuntergestürzt und vögelten fast auf dem Tisch. Wäre sie jetzt hereingeplatzt, sie hätten es nicht einmal bemerkt.

Sie riskierte es und rief noch zweimal an. Diesmal vom Bürotelefon aus, und sie wartete länger. Bis der automatische Anrufbeantworter ansprang, obwohl Quaku sie gewarnt hatte, dass ihre Nummer dann im Einzelverbindungsnachweis als ihm bekannte Person aufgeführt würde. Und sich die Polizei für sie interessieren könnte. Sie beschloss, in diesem Fall die Idiotin zu spielen: Ein Witzbold habe eine Pizza bestellt und sie später nicht abgeholt. Aber weiterhin nichts, Stille. Aus ihrer Unruhe wurde allmählich Angst. Was, wenn die beiden erwischt worden waren.

Sie ließ den Hörer fallen wie eine heiße Kartoffel und lief aus dem Büro. Ohne groß nachzudenken, hängte sie ihre Schürze an den Haken und kassierte bei den Studenten ab. Sie tat empört, beschimpfte das Pärchen wegen seines unmoralischen Benehmens, obwohl sie die zwei nur zu gut verstand. Sie blickte zu dem dritten Gast hinüber und verkündete, da dieser noch nichts ausgewählt hatte, dass sie jetzt schließen würden. Beleidigt verließ er das Lokal und bedachte sie beim Hinausgehen mit einer wüsten Schimpftirade.

Robert hob den Kopf. Lauschte eine Weile den Pöbeleien und begann dann wortlos seine Sachen zu packen. Er zeigte ihr den erhobenen Daumen.

»Gib Angelo in der Küche Bescheid.« Sie warf ihm die Schlüssel hin. »Und schließ ab.«

Sie griff sich ihre Tasche. Erst auf der Veranda merkte sie, dass sie nur eine leichte Bluse mit Spaghettiträgern anhatte. Sie machte ein paar Schritte zurück, ging aber nicht wieder hinein. Sie kannte alle abergläubischen Regeln. Eine besagte: Kehre nicht um, denn sonst misslingt, was du vorhast – und im schlimmsten Falle geschieht ein Unglück. Natürlich hätte sie den Zauber bannen können, indem sie zehn Minuten auf der Stelle gesessen hätte, von der sie losgegangen war, aber dafür fehlte ihr die Zeit. Sie beschloss, die Jeansjacke morgen abzuholen.

Sie nahm die Abkürzung über den Bahndamm, entlang der alten Gleise, die seit Jahren von Gras und Gestrüpp überwuchert wurden. Dann über die baufällige Brücke über die Leśna, von wo man einen Rundblick auf die Siedlung Mazury und das Haus ihrer Familie hatte. Der Viadukt wurde seit Langem nur noch von den »aus der Bahn Geworfenen« benutzt, wie sie ihre Mutter, Gott hab sie selig, genannt hatte. Die Schuljugend lustwandelte über die brüchigen Pfeiler, veranstaltete mitten auf der Brücke Lagerfeuer, soff, kiffte und feierte bis in den Morgen.

Heute hielten sich dort nur zwei Personen auf. Das Feuer selbst war eher ein symbolisches, sodass Kinga es erst bemerkte, als sie das Brückenjoch betrat. Es brannte ein einziges großes Stück Holz, die Lehne eines alten Stuhls, sie musste gerade erst in die Flammen geworfen worden sein und hatte noch nicht richtig Feuer gefangen. Kinga zögerte, sie hatte den Bahnschwellen immer misstraut. Trotzdem war sie hier schon oft über die Gleise gewandert – meist weil sie spät dran war. Man durfte bloß nicht nach unten schauen. Die Betonschwellen waren breiter als ihr Fuß – auf jeden Querbalken passte er dreimal. Mit dem Fahrrad fuhr sie über eine halbe Stunde nach Hause. Die Brücke verkürzte den Weg auf ein paar Minuten. Gleich hinter dem Viadukt würde sie die Böschung hinuntersteigen und über eine Wiese den Hintereingang zu ihrem Grundstück erreichen.

»Pack die kleine Bache«, schrie einer der beiden, als sie die Männer passieren wollte.

Er stand abrupt auf. Kinga schwankte, beinahe wäre sie von der Brücke gestürzt. Wäre sie im Wasser gelandet, hätte sie sich wohl eher das Genick gebrochen, als dass sie in der Leśna ertrunken wäre. Der Junge, der sie angepöbelt hatte, war bereits ordentlich angetrunken und schien sich ganz offensichtlich zu langweilen. Er war auf Teufel komm raus auf Unterhaltung aus. Egal welcher Art. Sie kannte den Typ. Er war wie ein Partisan gekleidet. Seine Jacke war noch vom Paintball mit einer fluoreszierenden Substanz beschmiert. Vermutlich bereitete er sich auf den Krieg vor, wie die meisten frustrierten Typen hier, die zu den Schlägertrupps der Bürgerwehren gehörten. Schwer zu sagen, ob er Pole oder Weißrusse war. Sie sagte lieber nichts. Würde er herausfinden, dass sie Weißrussin war, würde es womöglich ihre Situation verschlimmern. Jetzt bereute sie, die Jacke nicht mitgenommen zu haben. In der Trägerbluse und dem dünnen Minirock fühlte sie sich fast nackt.

»Das ist Kinga aus der Siciliana«, nahm der ältere der beiden Zechbrüder sie in Schutz. Sie war erstaunt, dass er sie kannte, denn sie hatte ihn noch nie zuvor gesehen. Er drehte sich um zu seinen Kumpeln: »Was soll das werden, spielst du jetzt die ›Spinne‹, du Spinner?«

Tadek gab ein heiseres Bellen von sich, das sicher ein Lachen sein sollte, wonach er in den Rucksack nach einem Bier griff. Eine Bierbüchse rollte heraus und fiel in die Tiefe. Er lehnte sich in die Dunkelheit hinaus und fluchte. Das Bier ging sofort unter.

»Lass die Dame vorbei«, stauchte der Ältere Tadek zusammen. »Du siehst doch, sie hat es eilig.«

Der Pöbler machte sofort Platz, den Oberkörper über den Brückenrand gebeugt, als wäre er aus Gummi. Es war offenbar ihr letztes Bier gewesen. Sie durchwühlten den Rucksack, der aber leer blieb. Kinga atmete erleichtert auf. Mit schnellen Schritten setzte sie ihren Weg fort.

»Danke«, murmelte sie, als sie an dem Mann vorbeiging, der sich für sie verwandt hatte.

Unten am Fuß des Viadukts versanken ihre Füße sofort im sumpfigen Gelände. Nachdem sie mehrmals fast ihre Flipflops verloren hatte, zog sie sie aus und ging barfuß weiter. Es war kühl, unangenehm feucht. So wie immer hier im Frühling.

Sie konnte bereits das rückwärtige Tor zu ihrem Haus erkennen, hinter dem sich eine Zeile von Wohnblocks erstreckte. Die Siedlung war erleuchtet, sie sah fahrende Autos. Sofort fühlte sie sich sicherer.

Sie hörte noch, wie sich die Männer auf der Brücke stritten, wer hinuntersteigen sollte, um die Bierdose aus dem Fluss zu fischen, war aber mit den Gedanken schon woanders.

»Ich geh pissen, du Pappnase«, drang zu ihr herüber, als sie ein plätscherndes Geräusch vernahm.

Sie blieb stehen. Das Plätschern wurde lauter. Sie drehte sich um. In der Ferne bemerkte sie eine dunkle Silhouette. Am Fluss tauchte ein Mann auf und lief in ihre Richtung. Sofort beschleunigte sie ihre Schritte. Bis zur Tür waren es noch wenige Hundert Meter.

Als er sie an der Hand packte und an ihr zerrte, fiel sie hin. Sie hatte keine Kraft, sich zu wehren. Umsonst all das Training.

Sie verfiel in Schockstarre. Sie wusste genau, was für einen Griff sie anwenden musste. So viele Male hatte sie das Fallen auf der Matte geübt, und jetzt ließ sie sich überrumpeln wie eine dumme Gans. Sie schrie kurz, bevor er ihr den Mund zuhielt und sie mit dem Knie zu Boden drückte. Sie roch Terpentin, dann stieß sie einen markerschütternden Schrei aus, als er seine Zähne in ihren Arm bohrte, zubiss, das Gewebe zerriss und versuchte, ohne das Blut zu beachten, ein Stück Fleisch von ihrem Körper abzutrennen. Sie wand sich vor Schmerzen, leistete Widerstand, kämpfte. Er klemmte sie mit dem Knie fest und hielt ihr Mund und Nase zu, so wie man Kampfhunde professionell außer Gefecht setzt.

Er würgte sie, bis sich alles zu drehen begann. Es wurde ihr schwarz vor Augen, dann bekam sie keine Luft mehr. Das kann nicht wahr sein, ist absurd, dachte sie. Schließlich ist das ein Mensch. Er wird sie doch nicht bei lebendigem Leibe verschlingen. Sie verstummte, versuchte, den Schmerz zu ertragen. Vor Angst brachte sie keinen Ton heraus. Wimmerte nur leise. Als er ihren Kopf an den Haaren hochzog, sodass sie sein Gesicht nicht erkennen konnte, sah sie, wie die beiden Partisanen vom Viadukt in die Richtung flüchteten, aus der sie gekommen war, in die Richtung der Pizzeria. Ringsum, auf der Wiese, war außer ihr und ihrem Peiniger niemand mehr.

Ihr Haus lag mitten in der Stadt, war aber durch den Fluss, die Wiese und den riesigen Obstgarten von der Siedlung abgegrenzt. Das beste Versteck in der ganzen Gegend, hatte sie Iwona versichert, und sie hatte recht gehabt. Sie konnte sicher sein, dass niemand sie hören, geschweige denn ihr zu Hilfe kommen würde. In diesem Augenblick führte sie ihre erste Fauststoß-Kata aus.

Sasza wachte mit staubtrockenem Mund und ausgedörrter Kehle auf. Die Augenlider brannten. Ihr Kopf platzte. Sie war nicht in der Lage, die Horizontale zu verlassen. Die Mittagssonne, die in die Wohnung drang, verursachte ihr Schmerzen. Sie zog die Decke über den Kopf, versteckte sich in der Dunkelheit und dachte fieberhaft nach. Deutlich roch sie den Alkohol, den sie herausschwitzte. Sie hatte sich bestimmt nicht geduscht, bevor sie schlafen gegangen war. Außer ihrem Slip hatte sie nichts an. Sie hatte sich betrunken. Dann war ihr der Film gerissen.

Sie war verzweifelt. Konnte sich partout nicht erinnern, was auf dem Friedhof geschehen war und wie sie von Bielsk in die Wohnung in der Piłsudskiego zurückgefunden hatte. Das alles war ihr nur zu vertraut. Sie hatte geglaubt, nie wieder einen solchen Morgen erleben zu müssen. Schlimmer: Trotz der Scham, der Erniedrigung und der Wut auf sich selbst hatte sie Lust auf einen Drink gegen den Kater. Ein kleines Bier oder besser noch ein Schluck Gin mit einem Tropfen Zitrone würde sie im Nu wieder auf die Beine bringen. Sie wusste, würde sie jetzt aufstehen und sich anziehen, sie würde ihre Schritte zum nächsten Alkoholgeschäft lenken. Und das nächste befand sich gleich gegenüber der Kommandantur. Sie drückte die Augen zu, versuchte, einzuschlafen, in den Schlaf zu flüchten, aber je mehr sie sich anstrengte, desto stärker war das Verlangen danach, etwas zu trinken.

Endlich schaute sie unter der Decke hervor, sah sich um, ob sie auch wirklich allein im Zimmer war, so als fürchtete sie, von jemandem beobachtet zu werden. Doch außer ihr war niemand in diesem Loch. Verschwunden waren die Dokumente, dafür flogen überall ihre Klebezettel herum. Es wunderte sie nicht, dass die Polizisten – womöglich Romanowska – die Unterlagen mitgenommen hatten, während sie sich mit Fremden auf dem Friedhof hatte volllaufen lassen. Erneut war sie auf den Grund der eigenen Hölle gesunken. Sie hatte einen salzigen Geschmack im Mund. Trat an den Spiegel. Eine Lippe war aufgeschnitten; sie hatte zahllose winzige Verletzungen an den Beinen, am Dekolleté und am Bauch, so als wäre sie am ganzen Körper von Wanzen gebissen worden. Sasza erinnerte sich, ähnliche Wunden an Dankas Arm gesehen zu haben. Sie taten nicht weh, juckten aber höllisch. Sofort kratzte Sasza eine kleine Wunde unterhalb des Schlüsselbeins auf. Ein gespenstisches Bild. Sie konnte sich nicht daran erinnern, wie es zu den Verletzungen gekommen war.

Sie ertastete ihre Tasche neben dem Bett und holte das Handy heraus. Das kleine Licht, das eingehende Nachrichten anzeigte, flackerte beunruhigend. Siebzehn Anrufe in Abwesenheit. Sechs Nachrichten: ihre Tochter, Duchno, Romanowska, die übrigen Nummern kannte sie nicht. Sie las zuerst die SMS. Karolina kam übermorgen um Mitternacht mit ihrer Großmutter zurück. Laura bat Sasza, sie vom Flughafen abzuholen. Sasza schluckte schwer, stützte sich auf das Kissen, aber sofort wurde ihr speiübel. Sie legte sich auf die Seite, ganz flach, sodass der Gallensaft nicht die Kehle hochsteigen konnte. Das kleine Trinker-Einmaleins.

Die Profilerin war den Tränen nahe. Am liebsten hätte sie sofort die Nummer ihrer Mutter gewählt, doch sie schämte sich, in diesem Zustand mit dem Kind zu sprechen. Duchno war nach Danzig umgekehrt, das Auto in der Werkstatt, und die Tochter hatte eine Englischprüfung. Er müsse dafür sorgen, dass sich das Mädchen ordentlich vorbereite. Außerdem schrieb er von einem lustigen Opa, den er in den Zug gesetzt hatte. Sasza verstand nicht ganz, worauf er anspielte. »Von Warschau gibt es viele Verbindungen nach Hajnówka, Redbus fährt zweimal am Tag für nur 67 Złoty.« Und fügte hinzu, er stehe im Kontakt mit der hiesigen Polizei. »Romanowska hat mir versprochen, sich um dich zu kümmern wie um die eigene Tochter.« Das schlechte Gewissen musste ihn dennoch gezwickt haben, da er vorschlug, sich nach Tickets für die Redbus-Verbindungen zu erkundigen.

Sie fühlte sich seltsam, als hätte ihr jemand ins Gesicht geschlagen: verlassen, allein, wütend. Wäre sie dazu in der Lage gewesen, sie hätte sich mit Filzstift »Männerhasserin« aufs T-Shirt geschrieben. Also wieder mal ein Schlag ins Wasser. Typisches Männergerede, große Klappe, nichts dahinter. Was hatte sie sich auch eingebildet. Auf Duchno war kein Verlass. Nur auf sich selbst konnte sie sich verlassen. »Fuck off«, grummelte sie und löschte Duchnos Nachrichten, einen Augenblick später löschte sie ihn auch in ihren Kontakten. Du kannst mich mal! Sie fühlte sich gleich besser.

Nach der vorübergehenden Erleichterung stellten sich jedoch schnell Gewissensbisse, Scham und Fluchtgedanken ein – und zwar in genau dieser Reihenfolge. Sie fasste sich an den Kopf. Immer das Gleiche. Sie machte sich an die Beseitigung des Schadens. Begann, nach alten Nachrichten zu suchen, um Duchnos Nummer wieder zu speichern. Zu spät. Ihr Handy bewahrte keine Daten im Papierkorb auf. Sie hatte den Typ ein für alle Mal beseitigt. Na, wunderbar!

Sie raffte sich auf und bewegte sich, der Spur der verstreuten Kleidungsstücke folgend, zur Dusche. Das Hemd war zerrissen. Offensichtlich hatte sie mit dem Gips gekämpft und war nach dem Alkoholgenuss nicht mehr in der Lage gewesen, aus der Bluse zu schlüpfen. Im Flur vermied sie den Blick in den Spiegel, im Bad, wo der Spiegel die ganze Wand ausfüllte, war das nicht möglich. Die Augen waren nicht so blutunterlaufen wie sonst und ihr Gesicht nicht einmal auffällig geschwollen. Erleichtert stellte sie fest, dass sie sich gerade hielt. Sie hielt die hohle Hand vor den Mund und hauchte hinein. Der Alkoholgeruch war wie weggeblasen. Was ist los? Sie war nüchtern wie ein neugeborenes Kalb.

Der Ton einer eingehenden Nachricht riss sie aus ihrem Selbstmitleid. Romanowska schrieb lakonisch: »Wo bist du? Dienstbesprechung in einer Stunde. Hast dich gestern gut geschlagen.«

Die SMS weckte endgültig ihre Lebensgeister. Sie drehte den Wasserhahn auf, die Wanne begann, sich zu füllen. Sie putzte sich die Zähne und kämmte sich – seitdem sie nur eine Hand zur Verfügung hatte, lief sie ständig mit wild gelocktem, offenem Haar herum. Als sie in die Wanne stieg, bemüht, ihre Amnesie auszublenden, begriff sie, dass sie gerade einen moralischen Kater hatte. Sie musste lachen. Es hätte schlimmer sein können. Wenn sie sich doch nur daran erinnern könnte, was sie gestern getan hatte. Sich gut geschlagen? Wobei? In ihrem Kopf herrschte Leere.

Bevor sie sich auf den Weg zur Kommandantur machte, sammelte sie ihre Sachen zusammen und räumte die Wohnung auf, die sie noch am gleichen Tag zu verlassen gedachte. Im Müll fand sie einen Ausdruck mit den Ergebnissen einer Blutuntersuchung: Blutgruppe 0, Rhesus negativ, HIV negativ. Anstelle des Patientennamens war das Datum vom Vortag eingetragen. Sie hatte keinen blassen Schimmer, wie das Papier hierhergekommen war. Sie steckte es ein und packte zu Ende.

Sie musste sich auf den Koffer setzen, um ihn zuzukriegen. Als würden sich mit jeder neuen Erfahrung auch die Dinge vermehren und wollten nun nach Hause getragen werden. Kurz darauf war sie fertig. Sie bückte sich und schaute unter das Ausziehsofa, das sie, seit sie hier war, nicht einmal zusammengeklappt hatte. Das Gemälde war weg. Sie lief zur Wohnungstür; der Schlüssel steckte außen im Schloss. Sie zog ihn ab und ging auf den Balkon, eine Zigarette rauchen. Dann sah sie noch einmal alle Papiere durch. Zurückgeblieben waren nur ihre handschriftlichen Notizen, die für Außenstehende nicht zu entziffern waren. Der Karton stand immer noch in der Küche unter der Arbeitsplatte, war jedoch leer. Trotz der von draußen hereindringenden Hitze lief ihr ein eisiger Schauer über den Rücken. Sie hörte das Signal einer eingehenden Nachricht.

»Sie können heute um zwanzig Uhr Ihren Computer abholen. Ich habe die Daten wiederhergestellt, um die Sie mich gebeten haben. Ich bin in der Arbeit. Klinik Ciszynia, Seiteneingang für das Personal. Bitte benutzen Sie nicht den Haupteingang. Kuba.«

Rasch ging sie die restlichen Nachrichten durch.

Romanowska hatte vor zwei Stunden geschrieben: »Pack die Akten zusammen. Ich schicke dir Błażej, er hilft dir beim Transport.«

Sie stürzte los, durchsuchte jeden Winkel der Wohnung. Fehlanzeige. Die Akten waren verschwunden. Die Person, die in ihrer Abwesenheit hier gewesen war, hatte buchstäblich alles mitgenommen. Sasza setzte sich und brach in Tränen aus. Es blieb ihr nichts anderes übrig, als das zu tun, was sie am besten konnte: abzuhauen, sich zu verpissen, nach Hause. Sie nahm ihren Koffer, schloss die Tür ab und fragte den ersten Passanten, dem sie begegnete, nach einer Taxirufnummer. Der Mann sah sie an, als wäre sie immer noch betrunken.

»Der Taxistand ist vor der orthodoxen Kirche.«

Zügig marschierte sie los, in die andere Richtung, als sie eigentlich sollte, Hauptsache, so schnell wie möglich weg von der Wohnung. Unterwegs rief sie den Computermenschen an. Zunächst versuchte er, sie abzuwimmeln, willigte dann aber doch ein, sie gleich zu treffen. Er ließ sie zum Seiteneingang rein. In der Uniform des Reinigungspersonals, hinter dem Steuer einer großen Maschine, hätte sie ihn nicht wiedererkannt. Er erlaubte ihr, den Koffer ins Magazin zu stellen – zu den Reinigungsmitteln, den aufgereihten Mopps, der an Haken aufgehängten Arbeitskleidung und den sonstigen Gerätschaften mit dem Logo der Reinigungsfirma. Unter dem Fenster standen zudem Schaufeln, Sägen und spitze Metallstangen. Das typische Equipment im Lagerraum einer solchen Institution. Untypisch waren nur die beiden an den Strom angeschlossenen Kühlboxen – sie waren vom gleichen Typ wie die Box aus Bondaruks Wagen.

»Meine Schwester darf Sie nicht sehen«, teilte er ihr im vertraulichen Flüsterton mit.

Sie hob den Kopf und strich sich eine Haarsträhne aus dem Gesicht. Jetzt erinnerte sie sich: Er war das gewesen. Sie hatte ihn gesehen, als sie das erste Mal hergekommen war, um den Direktor zu treffen, und Prus die Adresse von Łukasz nicht rausrücken wollte.

»Herzlich willkommen in meinem Königreich.«

Er stieß die Tür weit auf und zeigte auf ihren Computer, der auf dem Schreibtisch stand. Neben der Anlage, mit der er das gesamte Klinikgelände überwachte. In regelmäßigen Abständen wechselte das Bild auf dem Monitor von Raum zu Raum: Patienten spazierten umher, ein Auto fuhr in die Garage, Sasza erkannte Magdalena Prus, die einen Gang entlanglief und sich zu einem Patienten im Rollstuhl hinabbeugte. Wie üblich trug sie hochhackige Schuhe und einen engen Rock.

»Hätte sie etwas dagegen, dass ich hier bin?«

»Das müssen Sie doch am besten wissen«, antwortete er lächelnd und klickte sich durch die Räume. Bei einem Zimmer, in dem ein junger Mann reglos saß, zeigte er auf den Bildschirm: »Das war das Zimmer der ›Roten Spinne‹. Falls sie überhaupt jemals existiert hat.«

»Sie hat nicht existiert«, entgegnete Sasza. »Ein Ammenmärchen. Einen solchen Fall hat es nie gegeben. Man hat ihn erfunden, um von ungelösten Fällen und politischen Machtkämpfen abzulenken. In der Volksrepublik gab es keine Morde, und wenn doch, betrug die Aufklärungsrate hundert Prozent.«

»Sind diese Materialien geheim?« Er schaltete Saszas Computer an und loggte sich ein.

»Jetzt nicht mehr, da Sie sie kennen.«

Er entspannte sich.

»Für eine ehemalige Agentin des Zentralen Ermittlungsbüros sind Sie sehr unvorsichtig.«

Sasza presste die Lippen aufeinander.

»Sie wissen viel über mich.«

Er antwortete nicht. Sein CB-Funkgerät blinkte. Man hörte ein Knacken, dann einen Funkspruch:

»Eins, dreizehn, acht, eins.«

Er nahm seine Karte und bestieg die Reinigungsmaschine. Sasza bemerkte, dass die schmalen Fenster vergittert waren, der metallene Raum glich einem U-Boot oder einer Sardinenbüchse. Die Tür zu einem weiteren Raum stand einen Spaltbreit offen: eine bis unter die Decke mit weißem Terrakotta verkleidete Box, ähnlich einem OP-Saal. Beim Hinausgehen legte der Mann den Finger auf den Mund. Sasza nickte.

»Bleiben Sie sitzen und fassen Sie nichts an. Ich bin gleich wieder da«, fügte er hinzu und schlug die Tür zu, anschließend tippte er einen Code ein.

Es klickte, dann war es still.

Obwohl der Raumpfleger es ihr verboten hatte, stand Sasza auf und steuerte auf die offene Tür zu. Auf dem Seziertisch lagen ein Venenkatheter und Plasma der Blutgruppe 0, Rhesus negativ. Sasza berührte den Beutel; das Blut schien noch warm zu sein. Sie ging zurück zum Monitor: Sie sah, wie der Mann mit seiner Maschine herumfuhr; als er auf dem Gang der Ärztin begegnete, hielt er an und zeigte mit der Hand auf die Kamera, als würde er direkt auf sie deuten. Sasza schreckte zurück. Sie wartete noch einen Augenblick, als aber niemand kam, schaute sie sich weiter um.

Der Computer des Mannes war mit einem Passwort gesichert. Sasza tippte, ohne zu überlegen, die Ziffernreihe ein, die über das Walkie-Talkie durchgegeben worden war. Die Zahlen passten nicht. Auf einer Tafel, auf der die durchgeführten Sauberkeitskontrollen abgezeichnet wurden, entdeckte Sasza ein altes Foto von einer Schülerin: eine dunkelblaue Uniform mit Schulemblem, zwei Zöpfe. Sie erkannte mühelos Magdalena Prus. Befriedigt stellte sie fest, dass im Alter von siebzehn Jahren noch nichts auf die außerordentliche Schönheit der Ärztin hingedeutet hatte. Sie nahm den Magneten ab und steckte das Bild ein. Dann setzte sie ihre Erkundung fort.

Flüchtig durchsuchte Sasza die Arbeitskleidung. Im Ärmel eines Overalls fand sie die weißrussische Tracht des Bräutigams. Aus der Tasche einer blutbefleckten Hose lugte eine schwarze, zerschlissene Sturmhaube hervor.

Łarysa 1995

Ich gehe nicht mehr zurück«, verkündete Łarysa Szafran und kramte aus dem Handschuhfach eine Kassette hervor. »Es sei denn, du hast eine PPSch und Extramunition, um dem Genossen Lukaschenko das verfickte Hirn wegzupusten. Eine Maschinenpistole wäre für mich das schönste Geburtstagsgeschenk, Schatz.«

Sie war zwanzig Jahre jünger als Bondaruk, der sich auch nach den sieben Monaten, die sie sich jetzt kannten, noch immer nicht daran gewöhnen konnte, dass ihr die vulgärsten Kraftausdrücke mit größter Leichtigkeit über die fein geschwungenen Lippen kamen.

»Wie haben sie ihn nur zum Präsidenten wählen können«, wunderte sich Łarysa zum x-ten Mal und machte ein Duckface, was sie vorübergehend weniger militant erscheinen ließ.

»Du bist nicht einmal wählen gefahren«, bemerkte er mit stoischer Ruhe. »Du hast ebenfalls zu seinem Sieg beigetragen.«

»In Weißrussland gibt es keine freien Wahlen«, ereiferte sie sich. »Das normale Volk hat Angst: vor den Panzern, den Soldaten, der Geheimpolizei und der Armut. Obwohl es davor kein Entkommen gibt; es trifft alle, früher oder später. Dass das Volk seine Stimme nicht der Opposition gibt, lässt sich verschmerzen. Aber es spricht ja nicht einmal die eigene Sprache. Unsere Sprache«, korrigierte sie sich.

»Das hier wird von nun an mein Zuhause sein. Hier kann ich mehr erreichen. Der Vater meines Vaters hat hier gelebt, und auch ich hätte hier gelebt, hätte es den Krieg nicht gegeben.

Deshalb werden meine Kinder hier leben und sterben. Wenn du willst, zeugen wir heute eins.«

Sie warf ihm einen schmachtenden Blick zu. Wenn sie nicht gerade fluchte, trank oder eine stinkende Parliament rauchte, schien sie ein wahrer Engel zu sein. Piotr kannte sie jedoch zu gut, um sich täuschen zu lassen. Er verzog das Gesicht.

»Du bist genauso wenig eine Polin wie ich ein Weißrusse.«

Sie beugte sich zu ihm hinüber, gab ihm einen Schmatz auf die Backe und legte ihre schlanke Hand auf seinen Oberschenkel.

»Wir sind vielleicht Bastarde, aber keine Fremden. Wir sind von hier, und das muss reichen.« Sie deutete auf das Birkenkreuz am Wegrand. »Dort auf der Lichtung ›An der Trauerweide‹ liegt Janka, der Vater meines Vaters. Die Polen haben meinen Großvater getötet, weil er Weißrusse war. Orthodox. Das reichte damals. So war der Krieg.«

Łarysa hatte inzwischen ein rotes Barett aufgesetzt und ein Halstuch umgebunden. Im grünen Trenchcoat ihrer Mutter und den nie geputzten Pumps mit niedrigen Absätzen sah sie aus, als wäre sie gerade einem Film über die französische Résistance entstiegen.

Piotr betrachtete ihre Ohrringe mit dem Pahonja-Wappen, die sie sich selbst aus Kronkorken gebastelt und anschließend mit Deko-Lack übermalt hatte. Er wusste, dass die Einheimischen sie für eine Exzentrikerin hielten – aber gerade das gefiel ihm an ihr. Genauso wie die Tatsache, dass sie sich nicht daran störte, ohne Arbeit, Geld und Besitz dazustehen – mit solchen Lappalien gab sie sich nicht ab. Sie war nicht häuslich wie alle anständigen Frauen und sammelte auch keine Kleidung, Schuhe und Handtaschen. Höchstens Bücher, die sie aber nicht behielt, sondern an andere weitergab.

»Bieg hier ab«, befahl sie.

Piotr kam ihrer Anweisung nicht gleich nach, obwohl er keineswegs überrascht war. Am Morgen noch hatte sie behauptet, es eilig zu haben, den Zug zu erwischen. Wollte sie heute Nacht in Minsk eintreffen, musste sie es bis siebzehn Uhr zum Bahnhof nach Białystok schaffen. Doch statt ihre Sachen zu packen, hatte Łarysa herumgetrödelt: Papiere durchgesehen, Klamotten umgeräumt, sich umgezogen, Fotos zerrissen und Zeitungsausschnitte gesucht. Sie machte nicht den Eindruck, als hätte sie es darauf angelegt, den Bahnsteig rechtzeitig zu erreichen. Endlich hatte sie dann den Koffer rausgetragen, der aber so leicht gewesen war, dass man hätte meinen können, sie transportiere frische Luft und eine Handvoll Erde statt ihr Hab und Gut. Die Flasche Wodka und die Bonbons, die Piotr ihr für seine zukünftigen Schwiegereltern mitgegeben hatte, rasselten, als wäre der Koffer ansonsten leer.

Sie hinterließ Piotr eine Kopie von ihrem Ausweis und dem ihres Sohnes – was sie immer tat, selbst wenn sie nur für kurze Zeit verreiste. Für den Fall, dass sie plötzlich vom Geheimdienst entführt und unerwartet verschwinden würde. Diese Vorsichtsmaßnahme war mit der Zeit immer mehr zu einer fixen Idee geworden. Ihre Anfälligkeit für Verschwörungstheorien hatte Piotr anfangs Sorgen gemacht, aber er hatte sich nach und nach daran gewöhnt.

Beim Morgenkaffee hatte sie Fionik an sich gedrückt, so als würde sie in den Tod fahren und ihren Sohn nie wiedersehen. Piotr hätte nie gedacht, dass sie zu einer solchen Gefühlsduselei fähig wäre, und witterte eine List. Dennoch nahm er den leeren Koffer und verstaute ihn im Auto. Mitleidig betrachtete sie den alten Polonez, dessen Motor prompt nach wenigen Kilometern überhitzte. Piotr musste die Ärmel hochkrempeln, die Motorhaube aufklappen und die Panne beheben. Während sie darauf warteten, dass der Motor abkühlte, brummte sie, dass »der Herr-Vorsitzende-Vater-Direktor in Personalunion«, wie sie ihn gerne nannte, wäre er ein »Russki«, sich längst einen Mercedes zugelegt hätte. Er sagte nichts dazu, lächelte bloß in sich hinein. Seit einem Monat wartete er auf den neuesten Benz der E-Klasse, das Nachfolgemodell des legendären Vierauge. Er freute sich schon auf ihr Gesicht, wenn sie die doppelten Scheinwerfer und die ovale Karosserie sehen würde.

»Biegst du ab, oder was ist?« Der Ton der scheinbar beiläufigen Frage war derart bestimmt, dass Piotr scharf bremste. »Wenn nicht, steige ich halt aus dem fahrenden Auto aus.«

»Was soll der Blödsinn?« Der Wagen kam jetzt mit einem Ruck zum Stehen, beide wurden nach vorn geschleudert; die Räder drehten im Sand durch.

»Du willst nicht zurück nach Weißrussland?«

»Seit einem Jahr hat uns niemand vermisst.«

»Was ist mit Fionik, wo wird er zur Schule gehen? Wird dich dein Mann nicht suchen? Und der Staat, meinst du, er lässt seine Bürger einfach ziehen?«

»Das bezweifle ich.« Sie zündete sich eine Zigarette an und nahm einen kräftigen Zug. Die Streichholzschachtel warf sie ins Handschuhfach. »Ich habe mich bereits darum gekümmert.«

Sie stieg aus und schlug die Tür zu. Er sah ihr zu, wie sie sich entfernte. Sie hielt die alte Handtasche in der Hand und schwenkte sie im Rhythmus ihrer Schritte, so als wollte sie sich Mut machen. Er blieb noch einen Augenblick sitzen, obwohl er wusste, dass sie nicht stehen bleiben würde, dann parkte er am Waldrand. Er überprüfte, ob alle Fenster geschlossen waren, und ging ihr nach. Łarysa stand auf dem Waldweg und lauschte dem Gesang der Vögel. Sie hatte gewusst, dass er kommen würde. Er kam immer.

»Was suchen wir hier im Wald?«

»Den Schlächter«, lachte sie spöttisch. Piotrs verwirrtes Gesicht schien ihr zu schmeicheln, also fuhr sie fort: »Hier in der Gegend lebte ein Helfer von John Demjanjuk – die rechte Hand von Iwan dem Schrecklichen, dem Henker von Treblinka und Sobibor. Ula Raczkowska, eine Arbeitskollegin von mir, hat mir erzählt, sie kenne eine Frau, die mit ihm zusammen war und sogar ein Kind mit ihm hatte. Eine Tochter.«

»Mit Iwan dem Schrecklichen?«

»Mit Marczuk, du Dussel. Ich drücke mich wohl klar genug aus«, erwiderte sie irritiert. »Die Frau wusste nicht, mit wem sie sich eingelassen hatte, bis Krzysztof Weremiuk, ein Lokalhistoriker, bei ihr aufgetaucht ist. Der Typ beschäftigt sich mit kriegsgeschichtlichen Themen. Er hat der armen Frau erzählt, dass Jan Marczuk und Iwan Martschenko wahrscheinlich ein und dieselbe Person sind, die zuerst in Israel und dann in Deutschland wegen Völkermord angeklagt wurde.«

Łarysa zog eine neue Zigarette aus der Packung und begann, ihre Handtasche zu durchwühlen. Aus ebendiesem Grund hatte Piotr vorsorglich die Streichhölzer eingesteckt. Łarysa lächelte ihn dankbar an und wartete, bis er ihr Feuer gab. Sie rückte ihr Barett zurecht und schleppte sich weiter den Pfad entlang, wobei ihre Absätze im sandigen Boden versanken. Es schien ihr wichtig zu sein, denn sie war mitnichten der Outdoor-Typ. Sie musste sich von dem Ausflug in den Wald einen Erkenntnisgewinn versprechen, andernfalls hätte sie ihn bestimmt nicht unternommen. Piotr war neugierig, was sie hier wohl suchten.

»Es heißt, Marczuk sei, als er aus dem Krieg zurückkehrte, so fett gewesen, dass er kaum durch die Tür gepasst habe«, setzte sie ihre Erzählung fort. »Er hatte dermaßen zugenommen, dass er sich die Schnürsenkel zubinden ließ. Sag doch selbst: Wer kam aus dem Krieg wohlgenährt zurück und benahm sich so?«

»Na und?«

»Er lobte alles Deutsche über den grünen Klee, und seine Bekannten begrüßte er mit ›Heil Hitler!‹. Gelegentlich verpasste ihm die Miliz deswegen eine Abreibung, aber es half nichts. Juden hasste er natürlich. Einem Saufkumpan vertraute er angeblich an, dass er davon träume, die Hände noch einmal in menschliches Blut zu tauchen. Damals begannen die Leute, hinter vorgehaltener Hand zu flüstern, Marczuk sei Aufseher in einem deutschen KZ gewesen.«

»Das ist doch Quatsch.«

»Ganz und gar nicht«, widersprach sie. »Weremiuk hat festgestellt, dass Iwan Martschenko, der in Treblinka die Gaskammern bediente, nie aufgespürt wurde. Zudem kommen ihm die Namensähnlichkeiten und Marczuks Verhalten verdächtig vor. Die SS-Hilfstruppen, die den Aufstand im Warschauer Getto niedergeschlagen haben, und die Wachmannschaften der Konzentrationslager bestanden größtenteils aus Ukrainern. Weremiuk hält es jedoch für nicht ausgeschlossen, dass sich darunter auch einzelne Weißrussen aus Podlachien oder Russen befanden. Er hat versucht, Marczuks Nationalität zu überprüfen und Personen zu finden, die ihn gekannt haben und etwas über seine Kriegsvergangenheit erzählen können.«

»Aber selbst wenn er recht haben sollte, allzu viele Hoffnungen würde ich mir an seiner Stelle nicht machen«, brummte Piotr skeptisch. »Die Beweise wurden sicherlich vernichtet, und die Zeit tut das ihrige.«

»Weremiuk hat auf dem Standesamt die Heiratsurkunde von Jan Marczuk und Olga Wołosiuk ausgegraben und den Priester aus Dubicze Cerkiewne ausfindig gemacht, der die beiden getraut und ihre Tochter getauft hat. Allgemein sagt man, dass die Umgebung von Bielsk Podlaski nicht von Weißrussen, sondern von Ukrainern bevölkert wird. Darauf deutet der Dialekt hin, der dort gesprochen wird, aber auch Kultur und Bräuche. Bei den Dörfern in der Umgebung von Hajnówka ist das anders.«

»Ja und? Was interessiert uns irgendein dahergelaufener Ukrainer? Und sei es der Schlächter von Treblinka oder dessen Helfer. Verbrecher dieser Sorte gab es im Krieg zuhauf.«

Łarysa winkte ab. Sie kamen zu einem bescheidenen Haus, das von einem lückenhaften Zaun umgeben war, der vermutlich noch aus Vorkriegszeiten stammte. Die Fenster waren herausgeschlagen, das strohbedeckte Dach schien jeden Moment in sich zusammenzufallen. Auf dem Schornstein hatte ein Storch sich ein Nest gebaut. Momentan war es unbewohnt.

»Gut möglich, dass es Marczuk damals genügt hatte zu wissen, dass er kein Katholik war. Vor dem Krieg war er polnischer Staatsbürger, danach wurde er Sowjetbürger – wie meine Familie –, und anschließend lebte er unter deutscher Besatzung. Das verkompliziert die Frage nach der nationalen Identität. Olga Wołosiuk lebt nicht mehr, aber Weremiuk hat ihre Tochter gefunden. Nach dem ersten Mann ihrer Mutter gefragt, sagte sie: ein Trinker. Die Mutter habe ihn nach kurzer Zeit fortgejagt und einen anderen geheiratet. Sie sei von ihrem Stiefvater aufgezogen worden; der Schlächter, ihr leiblicher Vater, existiere für sie nicht.«

»Richtig so«, erklärte Piotr. »Und was ist mit Treblinka? Hat sie bestätigt, dass er dieser Aufseher war, oder nicht?«

»Sie hat ihn kaum gekannt. Er verschwand dreiundvierzig, ließ die Familie mittellos zurück und tauchte nach dem Krieg wieder auf. Hier hat er gewohnt.« Sie zeigte auf das verfallende Gebäude. »Angeblich hat er den Leuten erzählt, er habe in einem KZ gearbeitet, aber wie es wirklich war, das weiß niemand mit Sicherheit. 1986 wollte er mit Olga sprechen, aber die ließ ihn nicht über die Schwelle. Er war betrunken.«

»Du hast mich hierhergebracht, um mir das zu erzählen?« Piotr konnte es nicht fassen. »Und deshalb fahren wir nicht zum Bahnhof?«

»Wieso die Eile?«, brummte sie. »So einfach wirst du mich nicht los.«

Sie öffnete die Pforte und betrat das Grundstück, das hüfthoch mit Brombeersträuchern überwuchert war. Piotr machte Anstalten, Łarysa zurückzuhalten, damit sie sich nicht den Mantel zerriss, aber nachdem sie die erste stachelige Brombeerschicht überwunden hatten, sah er, dass ein schmaler Pfad durch das Gestrüpp führte.

»Marczuk ist vor einem Monat in einem Krankenhaus in der Nähe von Białystok verstorben«, berichtete Łarysa mit deutlich leiserer Stimme.

»Na, Gott sei Dank«, flüsterte Piotr. »Jetzt wird er keine Juden und keine Polen mehr morden.«

»Er hat nie gestanden.« Łarysa drehte sich um. »Fragen über Treblinka, die SS oder Demjanjuk hat er nicht beantwortet. Er blieb hart bis zum Schluss. Allerdings hat er Weremiuk etwas vermacht, was dich interessieren dürfte, denn es betrifft deine Herkunft, deine Familiengeschichte, den Kern deiner Identität. Die Frage, was für Erinnerungen der Vorfahren in deinen Genen schlummern. Ich denke, du solltest es wissen, ›Herr-Vorsitzender-Vater-Direktor‹.«

Piotr riss sie herum.

»Bist du verrückt geworden?«

»Warte, er kommt gleich. Mach hier keine Szene.«

»Du hättest mich vorwarnen können.«

Er hielt inne, denn aus der Hütte trat ein Mann in Piotrs Alter mit einem Fuchsgesicht. Von hagerer Gestalt, in einem kragenlosen Hemd, das auf Bauernart von drei Knöpfen zusammengehalten wurde und glockenförmig über die Hose fiel. Um die Taille hatte er sich einen Armeepullover mit Schulterklappen gebunden. Er trug eine Brille und hielt eine handgewebte Tasche in der Hand, aus der eine Milchflasche herausguckte.

»Piotr Bondaruk?« Er klopfte sich das Sägemehl und die Ameisen von der Hose. Er musste auf einem verrotteten Holzstumpf gesessen haben, als er auf sie gewartet hatte. Wahrscheinlich hatte er einen Teil des Gespräches mit angehört. Er streckte seine weiche Hand zur Begrüßung aus. »Oder vielleicht sollte ich besser Piotr Stanisławowicz Gałczyński zu Ihnen sagen? Haben Sie sich nie gefragt, warum Ihre Eltern den

Mädchennamen einer Nenntante aus den ehemaligen Ostgebieten, einer gewissen Anastazja Bonda, angenommen haben? Einer euch im Grunde fremden Person? Bondaruk ist eine ukrainische Namensvariante. Nicht mehr als ein Pseudonym, ein Deckname, und die Endung ›uk‹ verweist nur auf die ethnische Zugehörigkeit.«

Piotr blieb ernst, während Łarysa triumphierend lächelte und der schlaue Fuchs bereits fette Beute zu wittern schien, denn er errötete vor Zufriedenheit. Bondaruk überlegte blitzschnell: Wie viel würde er verlangen? In welcher Währung? Und wie lange würde er ihn erpressen. Bis ans Lebensende? Dann blickte er zu Łarysa, und der Gedanke schoss ihm durch den Kopf, dass die dumme Gans sicherlich glaubte, das Füchslein würde aus Idealismus handeln.

»Sind Sie hier allein?«, fragte Piotr so höflich, wie es die Situation erlaubte.

»Mutterseelenallein.« Weremiuk nickte. »Aber falls ich nicht zurückkommen sollte, weiß mein Freund, der Kommandant aus Bielsk, wo er mich suchen muss und mit wem ich verabredet war.«

Aus dem Augenwinkel sah Piotr, wie Łarysas Lächeln erstarrte.

»Zeigen Sie her, was Sie da haben«, forderte ihn Piotr auf.

Weremiuk kramte in seiner Tasche, zog eine bunte Plastiktüte hervor und entnahm ihr ein Bündel. Dieses war in einen schwarzen Lappen eingewickelt, der früher einmal ein besticktes Deckchen mit einem frommen Sinnspruch gewesen sein musste – jetzt waren nur noch einzelne kyrillische Buchstaben zu lesen. Weremiuk packte das Päckchen aus, und zum Vorschein kam ein Stoß alter Ausweispapiere.

»Vor dem Tod hat mich Marczuk darum gebeten, das öffentlich zu machen. Er hasste die Polen, oder vielmehr die Katholiken.«

»Genau wie Sie.« Piotr lächelte und schaute sich um. »Rauskommen!«

Łarysa schrie auf. Piotr brachte sie mit einer Geste zum Schweigen.

»Wird's bald«, rief er lauter.

Er hob die Hände hoch. Stille antwortete ihm. Weremiuk lächelte noch immer.

»Ganz ruhig, Bondaruk«, sagte er. »Ich bin auf deiner Seite, vorausgesetzt, dass du auf unserer bist.«

Piotr streckte die Hand nach den Dokumenten aus. Weremiuk wickelte sie sofort wieder ein und schob den Lappen in die Tasche. Er zeigte auf Łarysa.

»Willst du wissen, wo dein Großvater ruht?«

Łarysa nickte.

»Das will ich auch, nichts will ich mehr«, versicherte das Fuchsgesicht und wandte sich an Piotr: »Es ist Zeit, Russki, die Hinrichtungsstätte der Fuhrleute zu offenbaren. Es wurde lange genug geschwiegen.«

Piotr setzte sich auf einen Baumstumpf. Er blickte Łarysa und Krzysztof an und seufzte schwer. Dann schüttelte er resigniert den Kopf.

»Die Leute kennen den Ort«, brummte er. »Sie entdecken da nichts Neues.«

Weremiuks Gesicht verdüsterte sich.

»Sie kennen ihn? Wer kennt ihn?«

»Alle kennen ihn. Niemandem liegt daran, dass der Ort des Grabes öffentlich bekannt wird. Warum mischen Sie sich ein? Sie sind nicht von hier, stimmt's?«

Weremiuks Schweigen war Bondaruk Antwort genug.

»Es ist deine Pflicht, Polacke«, ereiferte sich das Füchslein. »Du trägst eine Verantwortung, über Jahre hinweg hast du das Schaf im Wolfspelz gespielt. Unterbewusst trägst du die Schuld deines Vaters ab.«

»Er hat recht«, mischte sich Łarysa ein. »Sie hören auf dich. Die Leute, die Behörden. Jemand muss den Anfang machen.«

Piotr hörte ihr nicht zu.

»Entweder sind Sie ein Don Quijote oder ein gewöhnlicher Narr. Das Volk will nichts wissen – das polnische nicht und auch nicht das weißrussische. Fahren Sie nach Hause. Wo wohnen Sie? In Schlesien oder in Warschau? Oder in Kleinpolen? Viele Familien sind damals dorthin gezogen. Und sind heute hundertprozentige Polen.«

Aber Weremiuk ging darauf nicht ein.

»Das glauben nur Sie«, entrüstete er sich. »Die Leute wollen die Wahrheit erfahren. Es entsteht gerade ein spezielles Institut, ein Archiv, das sämtliche Verbrechen gegen das polnische Volk dokumentiert. Unser nationales Gedächtnis: mit den ruhmreichen und den schändlichen Kapiteln unserer Geschichte. Alle Generationen werden die Wahrheit kennen, und die Dokumente werden für jedermann zugänglich sein.«

»Was für ein ausgemachter Blödsinn!« Piotr machte eine wegwerfende Handbewegung. »Was gestern war, ist Vergangenheit. Was heute zählt, ist Geld, nicht das Aufrechnen erlittenen Unrechts oder das Aufreißen alter Wunden. Schauen Sie sich in den umliegenden Dörfern um. Die letzten Zeugen von damals schweigen, und ihre Kinder wissen von nichts. Und deshalb passiert ihnen auch nichts. Ihre Amtsträger werden mich bis zum Schluss schützen, schließlich verdanken sie mir ihre Stellung.«

»Wer?«, fragte Weremiuk erstaunt.

»Der Landrat, der Bürgermeister, der Polizeikommandant, der Schuldirektor des weißrussischen Gymnasiums, ja selbst der Leiter des Hauses der Kultur. Von den Geschäftsleuten ganz zu schweigen. Sie haben ehemaliges Betriebsvermögen erhalten; einigen habe ich auch Geld geliehen. Bis heute zahlen sie ihre Schulden zurück. Und niemand hat ein Interesse daran, in die Hand zu beißen, die einen füttert.«

»Alles hat ein Ende«, murmelte Weremiuk. »Alles geht irgendwann zu Ende.«

»Die Beamten werden mit dem Bajonett auf dich losgehen, sobald du ihnen zeigst, was du am Haken hast. Die Angelschnur wird reißen, und du wirst untergehen. Ein zu dicker Fisch.«

Piotr streckte langsam die Hand nach den Ausweisen aus. Diesmal bekam er das Bündel. Er packte es aus und begann, die Namen zu lesen. Es waren sieben.

»Das sind nicht alle«, sagte er. »Es gab fünfzig Fuhrleute. Haben Ihnen das die Leute aus Puchały Stare nicht gesagt? Was Sie in der Hand halten, ist lediglich die Lebensversicherung des Rates.«

»Was denn für ein Rat?« Łarysa drehte sich um. Sie kam Weremiuk zuvor, der seine Verwirrung nur mit Mühe verbergen konnte. »Soll das heißen, dass alle Stadtoberen Nachfahren der Ermordeten sind?«

»Die geschwiegen haben und hiergeblieben sind. Die, die nicht mitmachen wollten, denen das nicht gepasst hat, sind entweder weggezogen oder leben nicht mehr.«

»Leben nicht mehr?«

»Auch das ist vorgekommen«, bestätigte Piotr. Er hielt die Ausweise der Fuhrleute noch eine Weile in der Hand und gab sie dann Weremiuk zurück. Er war sichtlich enttäuscht. »Wie ich bereits sagte, Geld ist, was zählt. Der Kapitalismus hat ihnen die Möglichkeit eröffnet, zu Wohlstand zu kommen: Ein gutes Auto, ein Haus mit Zentralheizung und eine feste Anstellung entschädigen sie für moralische Defizite. Niemanden interessieren hier irgendwelche Nationalismen, die ethnische Zugehörigkeit ist den jungen Leuten scheißegal. Ökumene, Toleranz. Es genügt, die Wahlslogans zu lesen.«

»Es gibt keinen Rat der Gerechten oder dergleichen«, entgegnete Weremiuk, auf verlorenem Posten kämpfend.

Piotr lächelte.

»Wer regiert hier in der Gegend? Wer ist Landrat? Bürgermeister? Und wer hat ihn in sein Amt gebracht? Woher nimmst du die Sicherheit, Russki, dass der Kommandant in Bielsk dich nicht in eine Falle tappen lässt? Du hältst Sprengstoff in der Hand und kennst dich nicht mit Pyrotechnik aus. Du hast Kinder, eine Frau, Verwandte. Tut es dir nicht leid um sie? ›Bury‹ war kein Mörder, er hat nur Befehle ausgeführt.«

»Da bin ich anderer Meinung.«

Piotr hob die Hände zu einer abwehrenden Geste.

»Darüber lässt sich streiten. Aber darum geht es nicht.«

»Doch, darum geht es!«, schrie Weremiuk. »Das ist der Schlüssel zum Ganzen.«

Er zögerte kurz, dann schob er das Bündel in die Tasche.

»Ich will kein Geld, sondern nur die Wahrheit.« Er verbeugte sich vor Łarysa und Piotr. »Ich werde dafür sorgen, dass der Ort des Grabes öffentlich bekannt wird. Wir sehen uns noch.«

»Das glaube ich nicht«, murmelte Piotr und rief Weremiuk hinterher: »Passen Sie gut auf sich auf. Ich meine es gut mit Ihnen.«

Sie blieben allein zurück. Piotr vergrub das Gesicht in den Händen.

»Da hast du deinen Krieg. Zufrieden?«

Eine Woche später kam Łarysa weinend und rot vor Wut ins Büro des Direktors von New Forest Hajnówka gestürzt. Piotr thronte hinter seinem Schreibtisch, umgeben von Auszeichnungen, die der Betrieb in der Volksrepublik Polen und dann in den Anfangsjahren des Kapitalismus eingeheimst hatte. Die Statuetten und Diplome waren jedoch längst nicht so eindrucksvoll wie der ausgestopfte Kopf des Wisents, den jetzt ein glatzköpfiger Dickwanst anstarrte, der dem Vorsitzenden gegenübersaß. Seine massiven Gesäßbacken ragten auf beiden Seiten des wackeligen Stuhls über den Rand hinaus. Es sah aus, als säße er auf einem Stühlchen im Kindergarten.

»Kann ich dich kurz sprechen?«, platzte Łarysa unhöflich dazwischen. Das bunte Kleid wirbelte herum und gab den Blick frei auf ihre Strumpfhalter. Sofort brachte sie ihre Kleidung wieder in Ordnung. »Es ist dringend.«

»Herr Włodzimierz ist gerade dabei, mich in die Geheimnisse der kreativen Buchführung einzuweihen, Herzchen«, erwiderte Piotr gelassen. »Wir würden gern noch ein bisschen weitermachen. Nur eine halbe Stunde, nicht länger. Ist das in Ordnung?« Er wandte sich an den wohlgenährten Buchhalter, der Łarysa mit einem gierigen Blick über den Brillenrand hinweg musterte und eifrig nickte.

»Ich muss aber jetzt mit dir sprechen!«, beharrte sie.

Der Ton ihrer Stimme amüsierte Piotr. Es fehlte nur noch, dass sie mit dem Fuß aufstampfte wie ein bockiger Backfisch.

»Ansonsten werde ich in Anwesenheit des Fettsacks sprechen.«

Dem Buchhalter verschlug es die Sprache.

»Herr Włodzimierz, bitte gehen Sie in die Kantine und kräftigen Sie sich auf Kosten der Firma. Ich lasse Sie dann von meiner Sekretärin rufen. Sie wissen ja, Frauen lieben es, einem Szenen zu machen. Bitte verzeihen Sie meiner Verlobten, sie ist Ausländerin. Heißblütig, aus dem Osten, sie gerät schnell in Wallung. Ich erlaube mir, Ihnen dieses Spektakel zu ersparen.«

Der Mann begann hastig, seine Unterlagen zusammenzupacken, die ihm in der Aufregung allerdings aus der Hand fielen. Er kochte innerlich.

»Verzeihen Sie«, bat Piotr noch einmal und gab ihm mit einer Geste zu verstehen, die Papiere liegen zu lassen. »Wir machen gleich weiter.«

Als die Tür knallend zugeschlagen war, zeigte Piotr auf einen Lederstuhl, doch Łarysa entschied sich für den vom Buchhalter warm gesessenen Platz, um Bondaruks Gesicht näher zu sein.

»Er ist tot«, fauchte sie. »Was hast du ihm angetan?«

»Wem?« Piotr hatte keinen blassen Schimmer, worauf sie anspielte.

»Weremiuk. Den Kindern in der Schule wurde heute mitgeteilt, dass sie einen neuen Deutschlehrer bekommen werden. Vorläufig übernimmt Anatol Pires die Klasse.«

»Ausgezeichnet«, murmelte Piotr gedankenverloren. »Da freuen sich die Bälger bestimmt.«

»Die Beerdigung soll übermorgen stattfinden. Zuerst die Obduktion. In der Stadt heißt es, er habe sich selbst umgebracht. Offiziell war ihm aus disziplinarischen Gründen gekündigt worden, und vor einer Woche haben sie seine Frau in der Fabrik entlassen. Plötzlich standen sie mittellos da. Seit einem Monat konnte er keine Arbeit finden. Nicht einmal als Hausmeister im Sägewerk. Hast du etwas damit zu tun?«

Piotr trank einen Schluck kalten Tee. Als er das Glas auf der

Untertasse abstellte, verschüttete er ein paar Tropfen auf die Unterlagen. Er wischte sie mit seinem Ärmel weg.

»Und?«

»Er hat sich nicht selbst umgebracht!« Sie richtete ihren Zeigefinger auf Piotr. »Und du stehst hinter der Sache.«

Er drehte sich zum Fenster.

»Du bist dumm.«

»Ja, ich war dumm. Ich war dumm, dass ich dir vertraut habe.« Sie stand auf. »Ich fahre zurück nach Weißrussland.«

Er runzelte die Augenbrauen und rieb sich die geröteten Lider.

»Wie du willst.«

Sie kniff die Augen zusammen, krümmte den Rücken und nahm die Haltung eines Boxers ein. Sie sah mehr als verführerisch aus.

»Willst du mich nicht zurückhalten?«

»Ich habe dir nichts versprochen.«

»Eben. Fürs Märchenerzählen hast du mich gebraucht. Für dein Vergnügen.«

»Du hast dich nie beschwert«, erwiderte er, doch sie hörte nicht, was er sagte.

»Und jetzt, wo ich nirgends hinkann …« Sie begann wieder mit russischem Akzent zu sprechen. In ihrer Stimme war deutlich ein östlicher Singsang zu hören. Er konnte es nicht leiden, wenn sie auf die Mitleidstour machte. »Schließlich bin ich dort, in Weißrussland, erledigt.«

»Dich will dort niemand, Łaryś«, flüsterte er und nahm sie in den Arm. Sie versuchte, ihn wegzustoßen, doch er hielt sie fest umklammert. Seine Finger krallten sich in ihre dünnen Ärmchen. In beinahe zärtlichem Ton redete er auf sie ein, auch wenn seine Worte eine andere Sprache sprachen: »Niemand sucht dich, Herzchen. Du wirst nicht gebraucht. Du bist unerwünscht, sowohl dort wie auch hier. Überall, wo du hinkommst, provozierst du Streit. Du säst Sturm und wunderst dich, dass es zu donnern beginnt. Ich habe dir gesagt, misch dich nicht ein. Lass die anderen gegen Windmühlen anrennen. Wenn du gehst, kommst du um. Das Kind aber braucht ein Zuhause.«

Sie hörte auf, sich zu wehren. Als er spürte, dass ihr Körper erschlaffte, lockerte er seinen Griff.

»Wer bist du eigentlich?«

»Der Sohn eines Verräters, eines Spitzels, der für Kriegsverbrecher gearbeitet hat«, gab er zur Auskunft. »Und ein Mörder, wenn du damit besser klarkommst. War es das, was du hören wolltest?«

Tränen flossen. Sie glaubte ihm kein Wort – was ihn wunderte.

»Ich habe meine Ehre, meinen guten Namen aufs Spiel gesetzt. Und du weist mich zurück. Du hast mich nicht einmal ordentlich gevögelt. Gefalle ich dir nicht?«

Er drehte sich um.

»Vermisch nicht Sexualität mit Liebe, das sind zwei verschiedene Paar Schuhe.«

»Ist das dein Ernst?«

»Mit den meisten Menschen, die ich geliebt habe, habe ich keine sexuelle Beziehung gehabt. Sex ist nicht immer mit Liebe verbunden. Ich würde sogar sagen, nur in den seltensten Fällen.«

»Also liebst du mich doch?«

Er zögerte.

»Ich mag dich«, antwortete er nach einer Weile. »Ich vertraue dir. Ist das nichts?«

Erneut versuchte sie, sich aus seinen Armen zu winden. Das war nicht die Antwort, die sie hatte hören wollen.

»Ich werde dafür sorgen, dass der Ort des Grabes öffentlich bekannt wird«, versicherte sie wütend.

»Das hat Weremiuk auch gesagt. Und dann haben sie ihn einen Kopf kürzer gemacht.«

»Ich werde es schaffen«, insistierte Łarysa trotzig. »Du musst mir nur ein klein wenig helfen. Eine Frau aus einem der Dörfer hat sich von Gesprächen mit ihrem Onkel und ihrem Vater heimlich Notizen gemacht. Weremiuk hatte die Aufzeichnungen. Sie sind inzwischen bestimmt verbrannt. Aber ich werde die Frau finden und zum Sprechen bringen.«

»Hör auf!« Er hielt ihr den Mund mit der Hand zu. Diesmal riss sie sich los.

»Dann mache ich es eben allein. Du wirst mich nicht aufhalten.«

»Die Dame langweilt sich. Nimm eine anständige, anspruchsvolle Arbeit auf, dann wird dir die Lust am Kämpfen vergehen. Willst du dich nicht um den Export unserer Möbel in den Westen kümmern? Niemand spricht hier so gut Englisch wie du. Was hält mein gebildeter Engel davon?«

Ohne Vorwarnung schlug sie zu. Die offene Hand landete auf seinem Unterkiefer. Er rieb sich die Kinnlade. Łarysa war über sich selbst erschrocken.

»Wie ich verstehe, wurde mein Vorschlag angenommen«, flüsterte er.

»Unter der Bedingung, dass du mir hilfst, die Wahrheit ans Licht zu bringen. Für das Vaterland, für das nationale Gedächtnis.«

»Du tust es nur für dich selbst«, entgegnete er verächtlich. »Du brauchst jemanden, an dem du dich rächen kannst. Für dein missratenes Leben, deine verlorene Jugend. Dein Mann, der Drückeberger, hat dir ein Kind gemacht, sich zu seiner Vaterschaft aber nie bekannt. Jetzt ist er weit weg, und dein Wutgeheul lässt ihn kalt. Du kannst dich nicht an ihm rächen, also willst du an den Feinden eines fiktiven Vaterlandes Vergeltung üben. Das ist dein persönlicher Krieg. Ein Krieg, bei dem der Sieg deiner ist.«

»Ich ziehe aus«, schnitt sie ihm das Wort ab und schrie: »Wenn du nicht mit mir leben willst, dann eben nicht. Ich werde nicht um Liebe betteln.«

»Ich werde dich nicht zurückhalten, aber überleg es dir noch einmal.«

»Fahren wir«, bestimmte sie. »Ich will den Ermordeten die Ehre erweisen.«

Er lächelte und schüttelte ungläubig den Kopf.

»Du kapierst aber auch nichts. Besser, man weiß es nicht. Dieses Wissen kostet und belastet. Du willst weiter mit Dynamit spielen? Das schlaue Füchslein hat es das Leben gekostet.«

»Du hast behauptet, du hättest nichts damit zu tun.«

»Hab ich auch nicht. Der kleine Mann hat sich mit der Bestie angelegt, hatte aber keine Waffe, um sich zu schützen, als diese Blut forderte. Nicht einmal ich betrete das Labyrinth. Solange der Minotaurus sich in der Festung aufhält, sind alle in Sicherheit.«

»Alle?«

»Die Generation unserer Väter will vergessen, sie will ihren Lebensabend in Frieden verbringen. Wir haben Angst. Unsere Kinder interessiert das nicht. Vielleicht werden unsere Enkel einmal das Bedürfnis verspüren, ihre nationale Identität zu rekonstruieren. Dann wird die Zeit kommen, die Fakten auf den Tisch zu legen, Rache zu schwören und um Vergebung zu flehen. Die Zeit, einen dicken Strich unter die Vergangenheit zu ziehen. Sobald die Schuldigen sterben und die Unschuldigen unblutige Vergeltung üben, geht dein Traum in Erfüllung. Die Welt wird ihre Katharsis erleben. Dafür aber ist es jetzt noch zu früh. Das ist nun mal der Lauf der Dinge.«

»Wovon sprichst du?«

»Davon, dass du der Bestie schutzlos ausgeliefert bist, sobald du anfängst, um dich zu treten. Und ohne Verbündete dastehst. Ich allein kann dich nicht beschützen. Nicht weil ich es nicht wollte, ich werde es versuchen, darauf kannst du dich verlassen.

Ich werde dir den Ort zeigen, wenn du unbedingt willst. Du bist fest entschlossen, gut, wozu den Dorfbewohnern auf den Wecker gehen und sie unnötig in Gefahr bringen.«

Sie sah ihn liebevoll an und warf sich ihm in die Arme.

»Wirst du dich um Fionik kümmern, wenn mir etwas passiert?«

»Bis ans Ende meiner Tage.« Er streichelte ihr über den Kopf. »Kein Haar wird ihm gekrümmt werden. Es wird ihm an nichts fehlen. Das verspreche ich dir. Der Krieg wird ihn nicht berühren. Er wird sich nicht erinnern wollen.«

»Aber ich will mich erinnern!« Sie brach in Tränen aus. »Ich will meinen Großvater beerdigen.«

»Janka Szafran ist schon lange alles egal.« Er nahm sie an der Hand. »Arbeite für mich.«

Sie nickte, als Zeichen, dass sie einverstanden war, worüber er sich freute. Sie würde für ihn kämpfen. Zusammen würden sie gar manche Schlacht gewinnen. Für die gerechte Sache, die ihren Wert nie verliert: für Geld und Vermögen.

»Hast du die Ausweise?«, fragte sie schüchtern. »Ich möchte schauen, ob seiner dabei ist, ob er in diesem Grab bei Puchały Stare liegt.«

Piotrs Miene verdüsterte sich. Er wusste, er würde sie nicht retten können. Dieses Mädchen zog Schwierigkeiten magisch an, seit seiner Geburt. Es entschied sich immer falsch. Hatte es zehn Wege zur Auswahl, ging es immer den steinigsten. Am liebsten hätte er ihr gesagt: »Fliehe. Such dir jemand anderen. Vergiss mich.« Stattdessen sagte er: »Nein, leider nicht. Wer den Schatz von Klein-Weißrussland besitzt, verteilt in der Stadt die Karten. Ich würde die Hälfte meines Vermögens dafür geben, es zu erfahren. Es ist das Einzige, was mich momentan interessiert. Doch die Wahrheit wird bald ans Licht kommen. Wenn Blut fließen wird.«

Hajnówka, 2014

Romanowskas Nase blutete, als sie sich bückte, um den letzten Karton, der nachts aus Saszas Bleibe herausgetragen worden war, hochzuheben und im Auto zu verstauen. Die Kommandantin wusste, dass es Übermüdung war. Sie hatte schon immer mehr Schlaf benötigt als andere. Jetzt, da es im Städtchen gerade drunter und drüber ging, schlief sie höchstens vier Stunden. Auch heute sah es nicht danach aus, als würde mehr möglich sein. Sie stellte sich auf eine arbeitsreiche Nachtschicht ein. Doman war losgefahren, um Hubert Meyer, den Psychologen aus Kattowitz, aufzulesen, der sich verfahren hatte und seit über zwei Stunden auf irgendwelchen Nebenstraßen umherirrte.

Sie war dabei, die gesamte Dokumentation vom Keller in der Piłsudskiego hoch zum Auto zu schleppen und in den Kofferraum zu packen. Dabei bemerkte sie, dass Błażej versehentlich ein Bild aus der Wohnung der Tante mitgenommen hatte. Es musste unter die Papiere gerutscht sein. Krystyna wollte es bereits auf den Rücksitz werfen, um es sofort in die Wohnung zurückzubringen, drehte den Keilrahmen jedoch aus purer Neugier um. Fassungslos starrte sie auf das Bild.

Es stellte Załuska dar, vor fünf, vielleicht zehn Jahren, daran bestand kein Zweifel. In der unteren rechten Ecke entdeckte Romanowska das Monogramm »Łu« und die Widmung »Für Milena, zum 29.«. Mit zitternden Händen legte sie das Porträt der Profilerin auf die Motorhaube und überlegte, ob sie gut daran getan hatte, diese Frau in Schutz zu nehmen. Fakt war, dass Załuska, seit sie in der Stadt aufgetaucht war, nur Minuspunkte gesammelt hatte. Dennoch hatten sie ihr Teile der Ermittlungsakte zur Verfügung gestellt – kriminalistisches Wissen konnte man ihr jedenfalls nicht absprechen. Vielleicht hatte Załuska nie die Absicht gehabt, bei der Aufklärung des Falles zu helfen, vielleicht hatte sie sie von Anfang an nur erschweren wollen – was ihr zugegebenermaßen vortrefflich gelungen war.

Bis gestern hatte Załuska eine Verbündete gehabt: sie. Selbst in der heutigen Dienstbesprechung hatte sie noch die Ansicht geäußert, die Frau habe einfach nur ein paar Fehler gemacht. Aber jetzt fühlte Krystyna eine wachsende Unruhe in sich aufsteigen, die sich langsam in lähmende Angst verwandelte. Womöglich war die Profilerin nicht zufällig in der Stadt erschienen, huschte es ihr durch den Kopf. Zu viele Indizien sprachen dafür. Vielleicht war Załuskas Behauptung, Łukasz Polak zu hassen, auch nur eine Schutzbehauptung, und sie war in Wirklichkeit noch immer in ihn verliebt. Sollte Sasza tatsächlich nach Hajnówka gekommen sein, um Polak zu befreien und ihm bei der Flucht zu helfen, dann würden sie das alle ausbaden müssen.

Noch schlimmer aber war, dass Romanowska sich einverstanden erklärt hatte, einer Fremden die Akten zu überlassen. Sie hatte gedacht, Załuska wäre der klassische Fall eines rebellischen Kriminalbeamten, der Probleme hat, sich unterzuordnen, aber offenbar hatte sie sich getäuscht. Robert Duchnowski, der für Załuska gebürgt hatte, war gar nicht erst aufgetaucht. Er hatte sein Versprechen, Bondaruk aus Danzig mitzubringen, nicht wahr gemacht. Keiner der Ermittler hatte einen blassen Schimmer, warum sich Piotr dort aufgehalten hatte. Sie hätten sich in den Arsch beißen können, ihn nicht vorläufig festgenommen zu haben. Wenigstens hätte dann in den Papieren alles gestimmt. Aber schließlich hatte selbst die Staatsanwältin gemeint, es fehlten dafür jegliche Voraussetzungen.

Der Direktor von New Forest Hajnówka schwieg wie ein Grab. Er hatte sich am Morgen noch selbst auf der Kommandantur gemeldet, sich aber geweigert, eine Aussage zu machen. Bondaruk hatte lediglich bestätigt, die Polizei persönlich mit der Nase auf die Schädel gestoßen zu haben. Zu welchem Zweck, das verriet er nicht. Aber woher hatte Załuska das gewusst? Schließlich hatte sie als Erste diese Hypothese aufgestellt. Er leugnete nicht, mit ihr gesprochen zu haben, mehr war Bondaruk nicht zu entlocken. Er nahm sich einen Rechtsanwalt und bat höflich, man möge ihm eine Fußfessel anlegen. Dank seiner Position beziehungsweise eines Anrufs von Landrat Adam Gaweł wurde eine Kaution festgelegt, und er verließ in JahJahs Begleitung die Kommandantur. Er versprach, sich zur Verfügung zu halten. Angeblich hatte er sich zu Hause verschanzt, lief unrasiert im Pyjama herum und trank. Kontakt zu ihm hatte nur JahJah. Worum ging es hier, verdammt noch mal?

Romanowska kam zu dem Schluss, dass sie Załuska nicht länger schützen konnte. Deshalb hatte sie auch die Techniker gebeten, die Wohnung der Tante zu untersuchen. Sie musste jetzt jeder Spur nachgehen, vor allem aber Załuska schnellstmöglich von den Ermittlungen ausschließen, bevor es zu spät war und sie durch eigene Naivität ihren Posten verlor. Sie wollte Doman das Bild zeigen und mit ihm über das weitere Vorgehen beratschlagen. Wenn nötig, hatte sie genügend belastendes Material, um Załuska festnehmen zu lassen und ihr die Schuld an den Ermittlungsfehlern in die Schuhe zu schieben. Der Vorwurf des illegalen Waffenbesitzes würde zunächst ausreichen. Die Kommandantin wollte nicht noch länger zögern. Sie holte die ausgefüllten Papiere aus der Schublade und bereute lediglich, Załuska die Beretta zurückgegeben zu haben. Das war ohne Zweifel das Dümmste, was sie hätte tun können. Auch so schon hatte sie genug Schwierigkeiten.

Sie setzte sich hinter das Lenkrad und schaltete das Radio an.

Radio Zet meldete gerade, dass Łukasz Polak, den die Medien bereits als Nachahmer der »Roten Spinne« bezeichneten, von der Polizei steckbrieflich gesucht werde. Es folgte eine kurze Reportage über Hajnówka und eine Live-Schaltung zum Krankenhaus, in das die bewusstlos aufgefundene Kellnerin der Pizzeria Siciliana eingeliefert worden war. Alle Welt wartete darauf, dass Kinga Kosiek aus dem künstlichen Koma erwachte und ihren Peiniger benennen oder wiedererkennen würde. Vor der Klinik kampierten Reporter überregionaler Medien, die, mangels anderer Sensationen, das Schreckgespenst eines Kannibalen, der in Podlachien sein Unwesen trieb, an die Wand malten. Auslöser der Hysterie war der Angriff auf die junge Kellnerin: Der Täter hatte sich buchstäblich in den Arm der Frau verbissen. Die Ermittler hatten seine DNA, den Abdruck des Gebisses und viele andere Spuren. Doch obwohl nicht nur die Polizei, sondern auch die Armee und Freiwillige im Einsatz waren, hatten alle Anstrengungen bisher zu nichts geführt. Die Arrestzellen füllten sich mit Verdächtigen – die Einheimischen denunzierten sich munter gegenseitig –, aber keiner der Festgenommenen hatte die richtige Gebissform.

Romanowska befürchtete, dass der Verbrecher in diesem Durcheinander aus der Region fliehen würde können. Mit Sicherheit handelte es sich dabei nicht um Łukasz Polak. Den hatten sie gleich zu Anfang als möglichen Täter ausgeschlossen. Den Journalisten hatten sie es noch nicht gesagt, da sonst herausgekommen wäre, dass die Polizei von Hajnówka einen ganzen Sack voller ungelöster Fälle mit sich herumschleppte und es bisher nicht einmal zu einer Anklage gekommen war. Die Gerüchteküche brodelte. Der Kannibale habe die Weißrussin bei lebendigem Leib fressen wollen, hieß es. Es tauchten Spekulationen auf, in denen von ethnischen Konflikten die Rede war, von Hakenkreuzen an Mauern und von dem Streit um Romuald »Bury« Rajs. Romanowska war klar, dass die Leute auf diese

Weise versuchten, ihre Angst in den Griff zu bekommen. Die Situation würde sich weiter zuspitzen, solange der Verbrecher frei herumlief. Dabei wusste sie selbst nicht mehr, wie viele Täter sie eigentlich suchten: War es ein Perverser oder womöglich eine Gruppe?

Kinga Kosiek erfreute sich eines hervorragenden Rufes. Sie war beliebt, hatte praktisch keine Feinde. Daher wurde auch ein ideologisches Motiv ernsthaft in Betracht gezogen. Sie gehörte dem Verband der polnischen Weißrussen an und hatte sich als Studentin aktiv bei den weißrussischen Nationalisten engagiert. Man hatte sie mit der gesuchten Iwona Bejnar zusammen gesehen, bevor diese entführt worden war – die beiden Mädchen schienen befreundet zu sein. Die Fahnder konnten nicht ausschließen, dass sie etwas über die Entführung der Braut wusste und deshalb angegriffen worden war. Die polnischen Nationalisten hatten sie bereits gründlich durchleuchtet, allerdings war davon auszugehen, dass einer dem anderen ein Alibi verschaffte.

Derweil wiederholten Passanten den Unsinn, dass in Hajnówka seit Jahren junge Frauen umkamen. Der Radiojournalist zog sofort den naheliegenden Schluss, das Ungeheuer habe sie wahrscheinlich aufgefressen und deshalb seien deren Leichen nie gefunden worden. Unterdessen schien der Rest des Landes an dem podlachischen Hannibal Lecter regelrecht einen Narren gefressen zu haben. Auf Facebook zirkulierten Unterstützerbriefe für die »Rote Spinne«, deren Lebenslauf ausgegraben worden war. Polaks Arbeiten erzielten in Galerien schwindelerregende Preise. Den gut aussehenden Verdächtigen suchte ganz darling.pl.

Romanowska wollte das Radio gerade ausschalten, als ein Journalist, der sein Lachen kaum unterdrücken konnte, einen Limerick vorlas, der seit gestern im Netz kursierte.

Es war einst in Hajnówka ein Kannibale,
Der fraß und wütete wie ein Vandale,
Als man ihm wieder mal Frischfleisch reichte,
Seufzte er: »Bloß nicht so was Leichtes –
Ihr wisst doch, ich ess nur die Hirnschale!«

»Siebzigtausend Likes!«, schrie der Redakteur im Studio und beendete die Berichterstattung aus Hajnówka. »Auf diese Weise kommt das Städtchen in der Puszcza zu Ruhm und Ehre.«

Angewidert schaltete Romanowska das Radio aus und parkte vor der Kommandantur.

Auf der Treppe zum Eingang wartete Załuska auf sie. In der Hand hielt sie ihren mit Kinderstickern beklebten Laptop und einen Stoß Blätter, den sie der Kommandantin wortlos überreichte. Krystyna fiel es schwer, auch nur einen Funken Interesse zu zeigen.

»Die Dienstbesprechung war heute Morgen. Du hast dich um schlappe acht Stunden verspätet«, murmelte sie und vergewisserte sich, dass sie nichts auf der Rückbank ihres Autos hatte liegen lassen, was Sasza hätte wiedererkennen können. Sie hoffte, Załuska wusste noch nicht, dass man sie von den Ermittlungen ausgeschlossen hatte.

»Ich musste mich um meinen Computer kümmern.« Sie deutete auf den Laptop. »Euer Mann hat ganze Arbeit geleistet. Lies das Gutachten jetzt.«

Romanowska wollte der Bitte zwar eigentlich nicht nachkommen, nahm die Unterlagen aber und klemmte sie sich unter den Arm. Dann ging sie, ohne ein weiteres Wort zu verlieren, zum Eingang, hielt ihre Magnetkarte an das Tor und betrat die Schleuse. Sasza folgte ihr. Als das Tor direkt vor ihren Füßen zuschlug, schaute sie den wachhabenden Polizisten hinter dem Fenster vorwurfsvoll an. Weder er noch Romanowska sahen Załuska in die Augen.

»Ich bitte dich doch nur, einen Blick draufzuwerfen«, wiederholte Sasza. »Ich habe den ganzen Tag heute daran gesessen.«

»Ja, mach ich, sobald ich einen freien Augenblick habe«, versprach Romanowska wenig überzeugend und verschwand eilig hinter der Glastür der Kommandantur.

Sasza ließ den Kopf hängen. Sie war sich sicher, dass ihr Gutachten bei den Ermittlungen keine Rolle spielen würde. Sie trat vor das Gebäude, schloss die Augen und hielt das Gesicht in die Sonne, um das Ganze zumindest für einen Moment zu vergessen. Plötzlich hörte sie Reifenquietschen. Aus einem Geländewagen stieg ein älterer Herr mit Brille. Er ging um das Auto herum, nahm vom Beifahrersitz eine Ledermappe und eine Papierrolle. Er steuerte auf den Eingang der Kommandantur zu. Einen Augenblick lang überlegte Załuska, ob dies womöglich der berühmte Profiler Hubert Meyer war, doch der Mann sah nicht wie ein Polizist aus. Für einen Journalisten wiederum hatte der Typ einen zu intelligenten Blick.

Sie hatte gerade ihre Zigarette aufgeraucht, als der Mann zurückkam. Der wachhabende Beamte hatte ihn abblitzen lassen; es war ihm nicht anders ergangen als ihr. Er stand jetzt neben ihr auf dem obersten Treppenabsatz und machte ein niedergeschlagenes Gesicht. Der Mann tat ihr leid. Sie schienen sich in einer ähnlichen Situation zu befinden.

»Sind Sie aus Warschau?«

»Das ist das Auto meiner Frau.« Er warf einen Blick auf ihren Gips. »Haben Sie an der Demonstration teilgenommen?«

»Ich weiß nichts von einer Demonstration. Aber falls Sie vorhaben, nach Warschau zurückzufahren, würde ich gerne mitfahren. Mein Auto ist kaputt.«

Sie zeigte auf den blauen, stillgelegten Uno auf dem Parkplatz nebenan. In diesem Moment stürmte eine Gruppe Polizeibeamter in Kampfmontur aus der Kommandantur. Sie stiegen in einen Mannschaftswagen und rasten mit Blaulicht los. Gleich darauf verließen mehrere Polizisten in Zivil das Gebäude, die Sasza vom Sehen her kannte. Sie hatten es offensichtlich eilig. Unter ihnen war Romanowskas Sohn. Von ihren Kollegen aus der Ermittlungsgruppe war sonst niemand zu sehen. Wahrscheinlich hielten sie gerade eine Besprechung ab. Womöglich war Meyer bereits eingetroffen.

Inzwischen hatte der Brillenträger begriffen, dass Sasza keine Polizistin war. Er schien das Interesse an ihrer Person verloren zu haben und war mit seinen Gedanken ganz woanders. Jetzt fiel es ihr wie Schuppen von den Augen: ein Wissenschaftler. Vielleicht sollte sie Professor Abrams anrufen, schoss es ihr durch den Kopf.

»Ich habe hier noch ein paar Sachen zu erledigen.«

Er verabschiedete sich und trabte zum Parkplatz. Er machte den Eindruck einer phlegmatischen Person, die es eilig hatte. Bevor er ins Auto stieg, legte er die Rolle auf die Rückbank, zog sein Jackett aus und hängte es sorgfältig auf einen Kleiderbügel hinter dem Fahrersitz. Das Polizeiauto war bereits außer Sichtweite. Der Mann starrte orientierungslos auf die leere Straße.

»Wissen Sie vielleicht, wo hier der Wasserturm ist?«, rief er Sasza zu.

»Ich zeige Ihnen den Weg.« Noch bevor der Mann protestieren konnte, hatte sie es sich auf dem Beifahrersitz bequem gemacht. Sasza lächelte ihn an. Zumindest würde sie aus diesem Kaff herauskommen. »Womit beschäftigen Sie sich beruflich?«, fragte sie, als er langsam zurücksetzte.

Es sah so aus, als befürchtete er, von einer psychisch labilen Frau entführt zu werden – anders war sein schockierter Gesichtsausdruck nicht zu erklären. Also streckte sie ihm die Hand hin und stellte sich vor. Als er hörte, dass Załuska als Profilerin für die Polizei arbeitete, atmete er erleichtert auf. Sie hatte zwar etwas gelogen, aber auf eine Lüge mehr oder weniger kam es jetzt auch nicht mehr an. Er gab ihr eine seiner Visitenkarten, die er im nicht benutzten Aschenbecher aufbewahrte. Sein Name – »Professor Anton Czubajs« – sagte ihr nichts, was den Mann in seiner Berufsehre zu kränken schien.

»Ich bin Psychotherapeut«, erklärte er. »Der beste in ganz Podlachien.«

»Oh!«, stammelte sie, was so etwas wie Respekt ausdrücken sollte, seine Wirkung jedoch gründlich verfehlte.

»Was führt Sie hierher?«

»Ich bin der beste Psychotherapeut in Podlachien, weil der einzige.« Er lachte heiser, und Sasza bereute schon fast wieder, dass sie sich zu ihm ins Auto gesetzt hatte. Sie war sich nicht mehr ganz so sicher, wer von ihnen der psychisch Labilere war: sie oder Herr Freud? Vor allem als er seine Arbeitsweise zu erklären begann: »Ich habe eine eigene Methode entwickelt, um die transgenerationale Weitergabe traumatischer Erfahrungen in der Familie grafisch darzustellen. Man bezeichnet so etwas gemeinhin als Genogramm. Eine Art Stammbaum, der die Verbindungen und Beziehungen der Familienmitglieder untereinander abbildet, sich jedoch auf die ererbten Vorstellungen zum Familienleben konzentriert, wodurch mögliche Ursachen für die aktuelle Lebenssituation der jeweiligen Person sichtbar werden. Ein recht nützliches Instrument in der Psychotherapie. Speziell meine Version, die zeigt, dass Geschichte Psychoanalyse ist und umgekehrt.«

»Und wen haben Sie auf diese Weise therapiert?«

»Sie verstehen, dass ich Ihnen keine Namen nennen kann.« Und fügte augenzwinkernd hinzu, vielleicht zuckte aber auch nur sein Augenlid: »In der Mehrzahl der Fälle sind das Personen des öffentlichen Lebens.«

»Alles und jeder ist hier öffentlich, da gebe ich Ihnen recht«, bestätigte Sasza, was den Professor belustigte. Also versuchte sie es mit dem erstbesten Namen, der ihr einfiel: »Piotr Bondaruk?«

Czubajs wurde sofort ernst.

»Seine Partnerin. Sie landete nach ihrer Trennung bei mir.«

»Nur eine seiner ehemaligen Partnerinnen lebt noch, die anderen sind alle tot. Sie meinen also Dunia Orzechowska?«, riet sie auf gut Glück.

Der Professor blickte sie anerkennend an. Er sprach jetzt immer leiser – bis er flüsterte.

»Ich muss sofort mit jemandem von der Polizei sprechen. Ich habe Informationen, die helfen könnten, das Verbrechen aufzuklären, dessen Herr Bondaruk verdächtigt wird.«

»Bondaruk gehört nur zum Kreis der Verdächtigen. Bisher wurde keine Anklage gegen ihn erhoben.«

»Leiten Sie die Untersuchungen?«

»Das Ermittlungsverfahren«, verbesserte sie ihn. »Nicht mehr. Ich habe meinen Auftrag erfüllt und darf nach Hause fahren.«

»Den Ermittlungen liegt ein Fehler zugrunde. Sie haben nicht alle Informationen gehabt.«

»Tatsächlich.«

»Haben Sie gewusst, dass Bondaruk nur einen leiblichen Sohn hat? Nämlich Jerzy Orzechowski, den Verlobten von Iwona Bejnar, die dann Bondaruk geheiratet hat?«

Sasza verbarg nur mit Mühe ihre Verwunderung. Das warf ein völlig neues Licht auf Iwonas Entführung und bedeutete auch, dass Orzechowskis Mutter ein Motiv hatte.

»Also nicht«, stellte Czubajs fest. »Das hätten Sie eigentlich herausfinden sollen. Soweit ich weiß, ist diese Information nicht geheim.«

»Die Einheimischen misstrauen Fremden.«

»Das können Sie laut sagen.« Der Brillenträger nickte. »Deshalb würde ich Ihnen raten, mit Herrn Bondaruk zu sprechen. Mich lässt er nicht ins Haus, aber für Frauen hat er eine Schwäche. Und Sie sind eine Frau.«

»Was Sie nicht sagen.«

»Außerdem muss ich etwas richtigstellen: Das Genogramm

hat bei mir nicht Frau Orzechowska, sondern Frau Prus bestellt. Die hiesige Psychiaterin. Meine Fachkollegin. Ich bin seit Jahren ihr Supervisor.«

»Sie hat auch eine Beziehung mit dem Herrn Vorsitzenden gehabt?«

»Aber darum geht es nicht«, entgegnete Czubajs. »Ich habe Grund zu der Annahme, dass sie gelogen hat. Ich will, dass man ihr die Approbation entzieht.«

»Warum?«, staunte Sasza. Man konnte ihr die Schadenfreude anhören.

»Sie ist ernsthaft psychisch gestört. Sie sollte sich selbst in Behandlung begeben.«

»Was fehlt ihr denn?«

»Verzeihen Sie, aber das unterliegt dem Arztgeheimnis.«

Sie kamen am Wasserturm an. Das Gerüst des eben erst renovierten Turms war entfernt worden, und Schaulustige blickten auf die gesprayten Porträts »Verstoßener Soldaten«. Eine Gruppe von Männern, die ein Transparent mit der Aufschrift »Polen den Polen« hochhielt, versperrte den Weg.

Bevor die Suppe zu kochen begann, nahm Marianna Mackiewicz den Topf von der Platte. Sie warf einen Blick auf den Flur und schüttelte missbilligend den Kopf: Über dem Boden verstreut lagen aus den Schränken gerissene Sachen. Mitten auf dem Gang stapelten sich Schuhe, ungetragene Anzüge und Mäntel sowie Bücher, CDs und DVDs. An der Wand standen nicht ausgepackte Kartons mit altem Porzellan, Nippes und Böhmischem Kristallglas.

In Pantoffeln, Schlafanzughose und einer verschlissenen Fleecejacke stand Piotr Bondaruk auf einer Leiter und warf immer weiter Gegenstände auf den Haufen. Vor einer Stunde hatte er Marianna aufgefordert, sich das herauszusuchen, was sie brauchen konnte, da alles andere noch an diesem Abend in der Mülltonne landen würde. Im Falle seines plötzlichen Ablebens wolle er nicht, dass seine Erben auch nur einen einzigen Aluminiumlöffel erhielten. Die Haushälterin, die seine manischen wie auch seine depressiven Phasen seit Jahren mit stoischer Ruhe ertrug, versicherte, da der Hausherr auf einer verbalen Bestätigung bestand, sie werde alles mitnehmen und die Sachen, für die sie selbst keine Verwendung habe, an Verwandte und Freunde verschenken.

»Es wird sich für alles ein Abnehmer finden«, fügte sie mit Grabesstimme hinzu.

Piotr trank einen Schluck Kräutertee aus dem Glas, das sie ihm reichte, und zündete sich eine weitere Zigarette an, von der er zuvor den Filter abgebrochen hatte. Seit seinem Besuch in der Kommandantur hatte er praktisch nichts gegessen, aber Marianna deckte trotzdem zu den üblichen Zeiten den Tisch und räumte die Speisen anschließend wieder ab.

Als sie eben die heiße Suppe in die Terrine goss, klingelte es an der Tür. Sie hatte Anweisung, außer dem Polizisten, der mindestens drei Mal am Tag vorbeischaute, niemanden hereinzulassen. Sie wusste nicht, warum der Polizist kam, ob es darum ging, den Direktor zu überwachen, oder ob er sich eher Sorgen machte, Bondaruk könnte sich etwas antun – jedenfalls benahm sich der Polizist so, als wäre er bei sich zu Hause und nicht dienstlich bei einem Verdächtigen.

Bondaruk sprach fast mit niemandem, auch ihr warf er nur ab und zu einen Halbsatz hin. Der Polizist tat nicht einmal so, als suchte er das Gespräch. Bei seinen Besuchen steuerte er sofort die Küche an, setzte sich an den Tisch und aß mit Appetit die Leckereien, die ihm Marianna vorsetzte. Im Grunde war sie froh, dass er regelmäßig vorbeischaute, denn sie konnte es nicht ertragen, das gute Essen wegzuwerfen.

Przemysław Frankowski hatte sie bereits als pickligen Halbwüchsigen gekannt. Damals hatte nichts auf eine Polizeikarriere hingedeutet. Er war übergewichtig gewesen, und die Kinder hatten ihn Fettsack, manchmal auch Volltrottel genannt, aber er war nie aggressiv geworden und hatte auf alle Attacken mit stoischer Ruhe und verächtlicher Gleichgültigkeit reagiert. Vielleicht war er klüger und reifer als seine Altersgenossen, vielleicht verstand er es aber auch einfach nicht, sich zu prügeln. Manchmal hatte Marianna in ihm einen Buddha gesehen, der milde lächelnd zusah, wie sich die anderen gegenseitig angifteten. Niemand hatte Przemek dazu bringen können zuzuschlagen. Er war die Ruhe selbst. Auch deshalb hatte die Lehrerin ihn »zur Strafe« in eine Bank mit Mariannas Sohn Artur gesetzt, dem schlimmsten Schläger der Schule.

Seinen Spitznamen hatte Przemek erst viel später bekommen,

als er und Artur das Kriegsbeil längst begraben hatten, zusammen in die Muckibude gingen und mit mehreren Kumpels eine Reggae-Band gründeten. Nach der Schule wollten beide Jura studieren, aber nur Artur schaffte die Aufnahmeprüfung. Im Gegensatz zu Marianna hatten Przemeks Eltern nicht genug Geld, um die Dozenten an der Uni zu schmieren. Zu diesem Zeitpunkt hatte Marianna angefangen, bei Bondaruk zu arbeiten. Piotr lieh ihr eine für damalige Verhältnisse nicht unbeträchtliche Summe und verhalf dem arroganten Artur zu einem Anwaltsreferendariat. Marianna bestellte daraufhin in der Kirche ein *moleben* und versprach dem Herrgott, dem Herrn Direktor bis an ihr Lebensende treu zu Diensten zu sein.

Von den Schmiergeldern hatte Artur nie etwas erfahren. Sein Narzissmus ließ ihn vermutlich bis heute glauben, die Prüfung ohne jegliche Hilfe gleich beim ersten Mal bestanden zu haben. JahJah hatte es noch an drei anderen Universitäten versucht. Jedes Mal ohne Erfolg. Also war JahJah zur Miliz gegangen. Marianna wusste, dass er bis heute Minderwertigkeitskomplexe hatte und deshalb den Kontakt zu seinem alten Banknachbarn mied. Przemek fiel es schwer, nur zweiter Sieger zu sein. Marianna konnte ihn irgendwie verstehen und bewunderte ihn dafür.

Sie hätte den Dienst bei Bondaruk quittieren können, wozu sie ihr Sohn – mittlerweile ein angesehener Rechtsanwalt in der Stadt – immer wieder zu überreden versuchte, aber sie blieb ihrem Versprechen treu.

»Wenn ich gehe, wer wird sich dann um ihn kümmern?«, erklärte sie Artur. Er schämte sich, dass seine Mutter als Haushälterin arbeitete, aber ihre Meinung änderte sie trotzdem nicht. »Herr Bondaruk ist mutterseelenallein auf der Welt. Wenn er stirbt, wird ihm niemand ein Glas Wasser reichen. Seine missratenen Söhne warten doch nur auf das Erbe, alles andere interessiert sie nicht. Am liebsten würden sie noch nachhelfen, damit es schneller geht.«

Daraufhin gestand Artur seiner Mutter, dass auch Bondaruks Söhne zu seinen Kunden gehörten. Er beabsichtigte, Bondaruks Zurechnungsfähigkeit gerichtlich anzufechten. Marianna erstarrte und bat ihn, seine Entscheidung noch einmal zu überdenken. Er dachte nicht daran.

Die ganze nächste Woche kochte sie ausschließlich Bondaruks Lieblingsgerichte – Kohlroulade, Kartoffelkuchen und Soufflé – und wagte es kaum, ihm in die Augen zu schauen. Doch als sie ihm schließlich alles beichtete, lachte er nur und gab ihr den restlichen Tag frei. Sie fuhr zu ihrem Sohn, um ihn zur Rede zu stellen.

»Wer sein Leben lang ein Imperium aufbaut, darf sich nicht wundern, wenn er Feinde hat«, erwiderte ihr Sohn.

Seit seiner Scheidung von Magdalena Prus lebte Artur sein eigenes Leben, schwamm in Luxus; Marianna hatte nach dem Tod ihres Mannes nie daran gedacht, eine neue Beziehung einzugehen. Sich um Piotr zu kümmern gab ihr ein Gefühl von Sicherheit, und sie hatte eine Beschäftigung.

»Wenn dein Direktor statt des Geldes auch nur eine Person geliebt hätte, müsste er sein Leben jetzt nicht allein verbringen«, spottete Artur. »Denk daran, nur die Entschlossenen, die Weltoffenen und die Unempfindlichen sind erfolgreich. Intellektuelle Fähigkeiten und persönlicher Charme sind nur Zierrat. Nicht ohne Grund heißt es: Durch Mühsal gelangt man zu den Sternen. Wenn man dabei fremde Rücken als Steigleiter benutzt, ist es erheblich einfacher. Noch einfacher ist es, wenn derjenige, auf dessen Rücken du stehst, glaubt, auch etwas davon zu haben. Bondaruk ist ein mit allen Wassern gewaschener Hurensohn.«

Marianna wollte nichts davon hören. In all den Jahren hatte sich Piotr ihr gegenüber immer fair verhalten. Die wenigen Male, die sie ihn um Hilfe gebeten hatte, hatte sie immer auf ihn zählen können. Deshalb hielten die Leute sie, die doch nur eine einfache Frau vom Lande war, für eine einflussreiche Person. Piotr verlangte von ihr nie eine Gegenleistung für seine Unterstützung. Dem Gerede über ihn schwenkte sie keinen Glauben. Er sollte ein Mörder, ein Henker, ein Trinker und ein Dieb sein? Diese Seite von ihm kannte sie nicht, also nahm sie ihn in Schutz. Und sollte er wirklich dafür gesorgt haben, dass alle Frauen, die im Laufe der Jahre in diesem Haus gewohnt hatten, unter geheimnisvollen Umständen verschwunden waren, so hatten sie ihr Schicksal, Mariannas Meinung nach, bestimmt auch verdient.

Sie schaute durch den Spion und runzelte die Stirn. Vor der Tür stand diesmal kein Polizist, sondern Dunia Orzechowska. Dabei besuchte sie Bondaruk schon seit Langem nicht mehr. Hinter hier stand gleichsam als Alibi die stumme Ałła – nach ihren Besuchen musste man das Haus immer gründlich durchlüften.

Marianna zögerte. Es klingelte erneut. Dann ertönte ein ungeduldiges Klopfen an der Tür. Bondaruk stieg von der Leiter und verschwand in einem der hinteren Zimmer, als wäre er taub. Er hatte einen alten Koffer aus Kunstleder hervorgeholt und kramte feierlich in irgendwelchen Papieren. Da Bondaruk nicht reagierte, machte sie sich wieder an ihre Arbeit in der Küche. Sie tat so, als wäre sie nicht da.

»In fünf Minuten gibt es Essen!«, rief sie, nachdem die Klingel längere Zeit geschwiegen hatte und Marianna sicher war, dass sich die Eindringlinge verzogen hatten. Da Bondaruk nicht antwortete, lief sie zu seinem Zimmer, wiederholte das eben Gesagte und fügte hinzu: »Das waren Ihre Patentante und Dunia Orzechowska an der Tür.«

Bondaruk sprang auf und klappte schnell den Kofferdeckel zu. Es schien, als hätte er endlich gefunden, wonach er gesucht hatte; offenbar wollte er nicht, dass sie es sah. Dabei hatte sie zahllose Male in der Bibliothek gestaubsaugt und ein oder zwei Mal auch in den Koffer hineingeschaut, der außer russischen

Zeitungen und einer Sammlung der Zeitschrift *Razem* aus den Siebzigerjahren jedoch nichts enthalten hatte.

»Lassen Sie sie rein und legen Sie drei Gedecke auf«, verfügte er.

Sie hatte den Eindruck, dass er sie loswerden wollte. Sie nickte und eilte zur Haustür. Die Frauen waren bereits an der Gartenpforte. Ałła drehte sich um und schaute Marianna fragend an. Dunia blieb auch stumm, ihr Blick war allerdings feindselig. Marianna und Dunia konnten sich auf den Tod nicht ausstehen. Marianna verfügte jedoch über genügend diplomatisches Geschick.

»Herr Bondaruk bittet die Damen ins Esszimmer«, murmelte sie, ließ die Tür weit offen und verschwand im Hausinneren.

Als sie das nächste Mal aus der Küche kam – mit einer Suppenterrine, selbst gebackenem Brot und drei Gedecken –, saßen die Alten brav auf den reich verzierten Sesseln im Vorzimmer. Von Bondaruk war nichts zu sehen. Die Tür zur Bibliothek war geschlossen, drinnen hörte man jemanden rumoren und weiteres Gerümpel auf dem Boden landen.

»Es ist angerichtet.« Sie wies mit einer einladenden Handbewegung auf die Tafel im Salon.

Dunia nahm am Kopfende Platz, Ałła verharrte schweigend wie eine Sphinx an der Tür.

»Wir bleiben nicht lange«, erklärte Dunia. »Vielen Dank, aber wir haben bereits gegessen.«

Marianna stellte trotzdem Teller auf den Tisch und holte das Silberbesteck aus der Anrichte.

»Kann ich Ihnen vielleicht einen Tee oder einen Kaffee bringen?«

Dunia zog einen kleinen Stoffbeutel aus der Tasche und gab ihn der Haushälterin.

»Brühen Sie das bitte in einem kleinen Topf auf und lassen Sie es dann fünf Minuten ziehen. Gießen Sie anschließend den

Aufguss durch ein Sieb. Den Rest der Mischung können Sie behalten. Das ist ein Kräutertee für Frauen in unserem Alter. Er beruhigt, hilft gegen Frauenleiden und stärkt das Haar.«

»Danke.« Marianna nickte, obwohl sie innerlich empört war. Sie sah wesentlich jünger aus als die beiden Hexen. »Sehr gern.«

Dunia lächelte schwach, faltete die Hände und schwieg. In der Tür erschien Piotr. Er trug immer noch seinen schmutzigen Schlafanzug, das Haar war genauso zerzaust wie zuvor. Er gab Dunia ein Zeichen, die sich erhob und ihm in die Bibliothek folgte. Marianna sah gerade noch, wie Piotr auf den Koffer zeigte, der jetzt keine Zeitschriften mehr enthielt, sondern Dokumente in grauen, handbeschrifteten Aktenmappen.

»Für mich bitte einen Kaffee«, krächzte Ałła mit zittriger Stimme. »Mit Milch und Zucker, wenn Sie so nett wären.«

Marianna ließ vor Schreck beinahe den Deckel der Terrine fallen. Seitdem sie hier lebte, hatte sie aus Ałłas Mund noch nie ein einziges Wort gehört. Alle hielten sie für stumm. Die Leute machten sich in ihrem Beisein über sie lustig und tratschten nach Herzenslust. Sie schienen anzunehmen, dass sie nicht nur stumm, sondern auch taub sein müsse. Offenbar ein Fehlschluss.

»Ich hoffe, das macht keine Umstände«, vergewisserte sich die stinkende Alte.

»Überhaupt nicht.« Marianna machte auf dem Absatz kehrt und eilte in die Küche.

Warum zeigst du mir das?«

Dunia drehte sich zur Tür. Sie war zu. Seit Jahren war sie nicht mehr mit Piotr in einem Raum allein gewesen. Beide fühlten sich unbehaglich.

»Hier sind sie nicht mehr sicher.«

»Ich nehme sie auf keinen Fall«, erklärte Dunia. Ihre Hände zitterten. Eilig schob Piotr ihr einen Stuhl hin. Sie musste zu Fuß gegangen sein; an ihren abgetragenen Schuhen klebte Schlamm. Dunia konnte sich vor Müdigkeit kaum auf den Beinen halten. Sie setzte sich und fügte hinzu: »Die Verantwortung ist mir zu groß.«

»Ich habe ein Auto geschickt.«

»Das ist auch gekommen«, bestätigte Dunia. »JahJah ist uns den halben Weg im Schritttempo hinterhergefahren, dann ist es ihm zu dumm geworden. Ich kann ihn nicht leiden, du weißt, wieso.«

»Ist er zu Mikołaj gefahren?«

Dunia zuckte mit den Schultern.

»Kola wird nicht kommen. Wir sind zu alt, Piecia. Such dir jemand Junges, der noch Kraft hat zu kämpfen.«

»Ist dein Sohn wieder aufgetaucht?«

Sie schüttelte den Kopf. Er sah, dass ihre Lippen bebten.

»Und Iwona?«, fragte er mit unsicherer Stimme.

»Keine Nachricht ist eine gute Nachricht.«

»Du weißt, dass ich das für uns tue. Für ihn.«

Dunia schwieg mehrere Sekunden, dann holte sie tief Luft und sagte:

»Ich habe nie etwas von dir gewollt.«

»Das war ein Fehler. Von uns beiden. Du weißt, wie sehr ich das alles bedauere.«

Sie antwortete nicht, machte nur eine wegwerfende Handbewegung.

Piotr setzte sich. Sie sahen einander an: zwei alte Menschen, die ihr Leben verspielt hatten. Es gab für sie keine Hoffnung mehr. Piotr wandte als Erster den Blick ab. Nie hatte er so verloren gewirkt wie jetzt. Er erinnerte nicht mehr im Entferntesten an den Draufgänger, den sie einmal geliebt hatte. Sie legte ihm die Hand auf den Arm. Er legte die seine darauf – sie war kalt wie die Hand eines Toten. Dunia erzitterte und zog ihre Hand sofort wieder zurück.

Er wusste, dass sie ihm nie vergeben hatte und er ihr Vertrauen nie wieder zurückgewinnen würde. Deshalb hatte er es zugelassen – auch wenn es ihn Opfer gekostet hatte –, dass sie aus seinem Leben verschwunden war. Aber nur er wusste, warum sie in den Mystizismus, in ihren Aberglauben geflüchtet war.

»Bring das zur Polizei.« Dunia zeigte auf den Inhalt des Koffers und trat mehrere Schritte zurück. Sie atmete schwer, wie ein an Land geworfener Fisch.

»Die werden das vernichten.« Piotr schüttelte den Kopf. »Die werden dafür sorgen, dass es nie ans Licht kommt. Weißt du, was in dem Koffer ist?«

Er öffnete das Kofferschloss. Dunia stand sofort neben ihm und versuchte, ihn davon abzuhalten.

»Ich will es nicht sehen! Ich will nichts wissen!«

»Wie immer.«

»Verbrenn es!«

»Nein!«, rief er. »Wenn das verschwindet, bin ich zum Abschuss freigegeben.«

»Das bist du auch so schon. Du hast nicht mehr viel Zeit.«

Er senkte den Kopf. Sie hatte recht.

»Es hätte alles anders verlaufen können.«

»Es ist, wie es ist.« Dunia stand auf. »Nur deswegen hast du mich gerufen? Wegen dieses Bündels Altpapier? Wen interessiert das heute noch?«

Piotr nickte niedergeschlagen.

»Hier drinnen ist mein Leben. Unser Leben. Das Leben deines Sohnes. Und der nächsten Generationen. Sie haben ein Recht darauf, die Wahrheit zu erfahren.«

»Die Wahrheit?«, schnaubte Dunia und redete sich in Rage. »Wessen Wahrheit? Deine oder die der Politiker? Und ich dachte, du wolltest mir dein Testament zeigen. Mir mitteilen, dass du ihn als Erben eingesetzt hast und auf diese Weise zumindest nach deinem Tod die Ehre deines Sohnes wiederhergestellt wird.«

»Du hast mich bereits begraben«, stellte Piotr verärgert fest.

»Ich habe mich selbst längst zu Grabe getragen. Ich habe keine Angst. Und dir rate ich auch, deinen Frieden mit Gott zu machen. Du kennst weder den Tag noch die Stunde, aber du hast keine zwanzig Jahre mehr.«

»Du willst den Schatz also nicht?« Bondaruk lachte bitter und öffnete – ungeachtet ihrer Proteste – den Koffer. Er zog eine Aktenmappe hervor; auf dem Umschlag stand der Name »Gałązka«. Im Koffer lagen Dutzende weitere. »Das hier ist ein Vermögen.«

»Unehrlich erworben und mit Blut besudelt.«

»Wie jeder Reichtum.«

»Weder ich noch mein Sohn machen bei einer Erpressung mit. Es wundert mich, dass du die Papiere hier im Haus aufbewahrst. Übrigens glaube ich nicht, dass sich die Polizei oder irgendwer sonst für sie interessiert. Sag lieber die Wahrheit. Zeig ihnen Stepans Grab und leg ein Geständnis ab. Vielleicht wirst du dich dann besser fühlen.«

Er sah sie an, als hätte sie ihm einen Kuraufenthalt auf dem Mars vorgeschlagen.

»Warum tust du es denn nicht?«, fragte er lächelnd.

»Für mich hat das keine Bedeutung mehr.«

»Ich soll das also auf mich nehmen?«

Piotr schloss den Koffer und schob ihn unter einen Stuhl zurück. Auf seinem Gesicht zeichnete sich Enttäuschung ab. So viele Jahre hatte er diese Last mit sich herumgeschleppt. Er konnte sich selbst nicht verzeihen, aber auch niemand anders war in der Lage, ihm Absolution zu erteilen. Was hatte er eigentlich erwartet? Nein, Dunia würde nichts unternehmen. Sie hatte bereits zu viel geopfert. Sie würde schweigen. Würde er sich jedoch entschließen, mit der Wahrheit rauszurücken, würde sie ihm helfen – daran bestand kein Zweifel. Aber aus irgendeinem Grund fehlte ihm die Kraft, ein umfassendes Geständnis abzulegen. Denn in dieser Wundertüte gab es noch ein Geheimnis, das er niemandem, auch nicht ihr, anvertraut hatte. Keiner der beiden hatte in all den Jahren das Thema berührt.

»Irma lebt«, sagte Dunia jetzt.

Piotr hob den Kopf und schüttelte ihn ungläubig.

»Du solltest dir dafür nicht die Schuld geben«, schob sie hastig nach.

Er sah erleichtert aus, seine Augen wurden feucht. Dunia brach mitten im Satz ab. Beide mussten weinen.

»Kola und ich haben sie gerettet.«

Er trat zu ihr und nahm sie, gegen ihren Widerstand, in den Arm. Sie blieb steif stehen und biss verächtlich die Lippen zusammen, dann befreite sie sich aus seiner Umarmung.

»Sie trägt jetzt einen anderen Namen. Lebt hier in der Gegend. Es geht ihr gut.«

Er sah sie bittend an.

»Ich werde dir nicht sagen, wie sie jetzt heißt.« Sie schüttelte den Kopf. »Das musst du nicht wissen. Die alten Leichen sollte man im Keller ruhen lassen. Niemand braucht die Vergangenheit. Und außer dir wird sie auch niemanden einholen.«

Piotr setzte sich und vergrub das Gesicht in den Händen. Als er wieder aufschaute, lächelte er schüchtern.

»Und was würdest du an meiner Stelle tun?«

Dunia zuckte mit den Schultern, strich ihren Rock glatt und band ihr Kopftuch unter dem Kinn zusammen. Ein paar dünne, fettige, graue Strähnen lugten unter der geblümten Seide hervor.

»Immer mehr von diesen Geschichten werden jetzt ausgegraben und untersucht.« Sie rieb sich die geröteten, mit einem feinen Netz von Fältchen überzogenen Augenlider. Ihre früher einmal alabasterfarbene Haut war wächsern wie dünnes, zerknittertes Pergament. »Die Jungen werden es verstehen. Das Bedürfnis nach nationaler Identität wächst. Die Jungen gehen auf die Straße, demonstrieren. Wir haben solche Möglichkeiten nicht gehabt. Die Zeiten haben sich wahrlich geändert.«

»Du hast keinen blassen Schimmer, du täuschst dich«, entgegnete Piotr. »Wer sollte mir schon glauben? Wer wird Vierauge glauben, dem Frauenmörder und Spekulanten?«

»Dann sprich mit ihm!« Dunia reagierte etwas zu heftig. »Du weißt schließlich, wer dir das eingebrockt hat. Du kennst ihn und besitzt haufenweise belastendes Material über ihn!«

»Mein Führungsoffizier, das ist ein Klacks. Das Problem sind die roten Socken, die jetzt hier das Sagen haben. Wenn sie herausfinden, dass ich etwas gegen sie in der Hand habe, geht es erst richtig los. Dann öffne ich die Büchse der Pandora. Sie werden sich auf mich stürzen, und ich werde dich und Mikołaj mit ins Unglück reißen. Ich weiß, wie es enden wird.« Er verstummte.

Sie wussten beide, was er sagen wollte.

»Dann vernichte die Papiere so schnell wie möglich«, forderte Dunia hartnäckig. »Zu deinem eigenen Besten. Bezahl aus, wen du ausbezahlen kannst, der Rest vergisst. Die Leute vergessen schnell.«

»Nicht hier.«

»Die Weißrussen erinnern sich im Stillen.« Sie stand auf und zwang sich ein letztes Mal, ihm nahe zu kommen. Sie klopfte ihm auf den Rücken wie einem Hund. »Gott sei mit dir, Piecia.«

Romanowska blätterte den dünnen Papierstapel mit der Überschrift »Profil des unbekannten Täters« durch, den Sasza ihr gegeben hatte, und stellte verwundert fest, dass nur die ersten Seiten bedruckt waren. Der Rest bestand aus leeren Blättern. Sie besah sich die Unterlagen noch einmal, jedes Blatt einzeln, von vorn und hinten, und warf dann alles wütend auf ihren Schreibtisch. Auf der Rückseite eines Blattes entdeckte sie eine kaum sichtbare Bleistiftnotiz: »BHA 3456«. Obwohl sie gleich eine Besprechung mit Hubert Meyer hatte, der für sie ein Gutachten erstellen sollte, wählte sie sofort Załuskas Nummer.

»Veranstaltest du eine Schnitzeljagd?«, zischte sie. »Das Kennzeichen von Bondaruks Mercedes. Soll das ein Scherz sein?«

»Das war die einzige Möglichkeit, dich zu zwingen, mit mir zu sprechen«, entgegnete Sasza gelassen.

Im Hintergrund hörte Romanowska Protestgeschrei und Sirenengeheul. Sie überlegte kurz, wie sie es am besten anstellen sollte. Schließlich bot sich ihr die Chance, ohne Gesichtsverlust aus dem Schlamassel herauszukommen. Załuska hatte förmlich um eine Entlassung aus disziplinarischen Gründen gebettelt, und auch ein Strafverfahren hatte die Profilerin bereits so gut wie in der Tasche. Sie mussten lediglich alle gegen sie vorliegenden Beweise aus der Schublade holen: eine Pistole ohne Waffenschein, vom Tatort entwendete Beweisstücke, Fahren ohne Führerschein und Fahrzeugpapiere. Zudem war Załuska – wie durch Zufall – stets als Erste am Tatort aufgetaucht. Würde

Romanowska den Kollegen in Danzig hinterbringen, was Sasza sich in Hajnówka geleistet hatte, könnte sie eine Wiederaufnahme in den Polizeidienst vergessen. Nicht einmal beim Wachdienst eines Supermarktes würde sie eine Stelle finden. Von kommerziellen Profiling-Aufträgen ganz zu schweigen. Gerüchte dieser Art verbreiteten sich schnell. Höchstens ein drittklassiges Detektivbüro in der Provinz würde sie noch nehmen.

Auf diese Weise wären sie die ungeliebte Profilerin schnell los. Mit eingezogenem Schwanz würde sie Polen verlassen und sich wieder der Wissenschaft zuwenden. Sie würde niemandem etwas davon erzählen. So war es schließlich auch im Fall Polak gewesen. Załuska hatte das Weite gesucht und geschwiegen, und die Sache war erfolgreich vertuscht worden.

»Ich habe einen Blick in deine Papiere geworfen, weil ich deine Einschätzung mit Meyers Gutachten vergleichen wollte«, log Romanowska und ratterte dann los, ohne mit ihrer Wut hinter dem Berg zu halten: »Ich dachte, du würdest mir wenigstens eine Chance geben, den Rest deiner Ehre zu retten. Jetzt lässt du mir aber keine Wahl mehr. Den Bericht leite ich noch heute an die Staatsanwaltschaft weiter. Deine Waffe gibst du in Verwahrung, und zwar sofort. Du besitzt für sie keinen Waffenschein.«

»Daraus wird nichts«, blaffte Sasza zurück und wandte sich offenbar an jemanden neben ihr. Romanowska konnte den gedämpften Wortwechsel mit verfolgen: »Ich habe die hiesige Kommandantin am Apparat. Die haben Sie doch gesucht, Herr Professor. Sie klingt etwas gereizt.«

Romanowska runzelte die Augenbrauen und überlegte, mit wem Sasza wohl sprach. Einen Moment lang befürchtete sie, es könnte einer der mit dem Fall betrauten Polizisten sein. Und was wäre, wenn Sasza in der Staatsanwältin eine Verbündete gefunden hatte? Ihre Angst erwies sich jedoch als unbegründet.

»Professor Anton Czubajs hat dich heute im Büro gesucht«, begann Sasza in einem offiziellen Ton wieder in den Hörer zu sprechen. »Er hat eine hochinteressante Hypothese zu den Vorfällen bei euch. Wenn es dich nicht interessiert, möchte er sich keinesfalls aufdrängen, er hat hier genügend Zuhörer. Vor allem Journalisten. Die werden vor Begeisterung toben, wenn sie das hören. Aber es wäre doch schade, wenn du es aus den Medien erfährst.«

»Wer?« Krystyna verstand nur Bahnhof. »Was für ein Professor? Worum geht es?«

Im Hörer erklang Gelächter. Załuska und ihr Gesprächspartner amüsierten sich anscheinend bestens.

»Geschichte ist Psychoanalyse. Psychoanalyse ist Geschichte.« Sasza sprach jemandem nach, brach dabei allerdings wieder ab. »Ich habe angefangen, das Profil zu schreiben«, fuhr sie fort. »Aber es ist Mist, weil ich nicht genug Informationen gehabt habe. Du hast mir nicht alles gegeben. Die Unterlagen waren unvollständig. Schade, dass mir das erst heute klar geworden ist.«

Romanowska blieb vor Empörung die Luft weg.

»Was hast du denn bitte schön nicht bekommen?«

»In den Akten fehlen die Protokolle von Bondaruks Verhören. Außerdem hast du mir nicht erzählt, dass Stepan, Dunia Orzechowskas 1977 verschwundener Ehemann, Mitarbeiter der Staatssicherheit war und die Aufgabe hatte, oppositionelle Gewerkschaftler im Sägewerk als Informanten anzuwerben, vor allem unter den Polen in der Belegschaft. Bondaruk ist Pole. Er war damals ein junger Ingenieur und schrieb nebenher als Parteifunktionär für die *Gazeta Współczesna*. Ursprünglich war er wegen einer Frau nach Hajnówka gekommen und nicht, weil man ihm hier einen Arbeitsplatz zugeteilt hatte. Unmittelbar vor Stepans Verschwinden wurde er Vorsitzender der Gewerkschaftsorganisation im Sägewerk. Als der Werksdirektor sich dann in Luft auflöste, baute der junge Bondaruk eine Maschine, mit der die Holztrocknung revolutioniert wurde, und legte eine steile Karriere hin. Nach nicht einmal einem Jahr übernahm er Orzechowskis Posten.«

Romanowska hätte gern gefragt, woher Sasza das alles wusste. In den Akten, die sie ihr gegeben hatte, hatte das bestimmt nicht gestanden. Jemand musste geplaudert haben.

»Und was für eine Rolle spielt das für unseren Fall?«, fragte sie mit gespielter Gleichgültigkeit.

»Eine entscheidende«, erwiderte Sasza. »Die Vergangenheit beeinflusst die psychologischen Motive der nachfolgenden Generationen. Das ist so, als würdest du radioaktives Material vergraben. Es ist nicht zu sehen, immer weniger Menschen erinnern sich daran, aber es ist immer noch da. Die Erde ist verseucht.«

»Was redest du für einen Müll?«

Sasza ließ sich nicht aus dem Konzept bringen.

»Alle Fälle lassen sich auf den ersten zurückführen – das Verschwinden von Stepan, der für die Staatssicherheit arbeitete, offen schwul war und mit dem örtlichen Pfaffen ein Verhältnis hatte, ist der Schlüssel zu allem. Darauf würde ich mich konzentrieren. Den Fall Danka muss man getrennt betrachten, alle anderen Vermisstenfälle in Bondaruks Umfeld haben jedoch einen Bezug zu seiner Tätigkeit im sozialistischen Polen. Professor Czubajs hat herausgefunden, dass Bondaruk nicht hauptamtlich für die Staatssicherheit gearbeitet hat, allerdings deutet einiges darauf hin, dass er ein inoffizieller Mitarbeiter war. Es lässt sich nicht ausschließen, dass er immer noch von seinem ehemaligen Führungsoffizier überwacht wird. Derartige Verbindungen lösen sich nicht in Luft auf, im Gegenteil, sie werden diskret weitergeführt. Und Diskretion ist eine Spezialität der Einwohner dieser Stadt, wie ich bemerkt habe. Hier schweigen alle. Du auch, denn du weißt sicherlich mehr, als du mir verraten hast.«

»Nun mach aber mal halblang«, versuchte Romanowska Sasza zu bremsen. »Hast du noch etwas außer den abstrusen Theorien irgendeines Historikers? Einen Beweis, dass das mehr ist als nur eine absurde Hypothese?«

»Vielleicht hab ich etwas, aber du willst mir ja nicht helfen«, antwortete Sasza ruhig. »Mich wundert, dass ihr seinen Garten, seine Grundstücke und seinen privaten Wald nicht umgegraben habt. Vielleicht finden wir ja auf seinem Anwesen eine Leiche oder zumindest Papiere, die er zum Erpressen anderer oder als Schutzschild benutzt hat.«

»Da irrst du dich«, unterbrach sie Krystyna. »Wir haben die halbe Puszcza umgegraben. Keine Knochen. Keine Papiere. Nichts dergleichen.«

»Hier braucht man keinen Profiler«, bemerkte Sasza. »Es genügt ein gewissenhafter Ermittler, der Bondaruk ordentlich unter Druck setzt, sodass er aussagt. Ich glaube nicht, dass Bondaruk die Frauen auf dem Gewissen hat. Jemand anders hat sie beseitigt. Was wiederum bedeutet, dass der Rat der Gerechten, den du mal scherzhaft erwähnt hast, hier die Fäden zieht. An deiner Stelle würde ich schon mal den Georadar aus Białystok anfordern.«

»Danke für den Rat«, rief Romanowska lachend. »Ich wiederhole diesen Blödsinn gerne meinen Vorgesetzten gegenüber.«

»Ich weiß nicht, ob ich mit der richtigen Person spreche«, erklärte Sasza ernst, so als würde sie das Gespräch aufzeichnen, was Romanowska sofort auffiel. Sie beschloss, von nun an genau auf die eigenen Worte zu achten. Vielleicht hatte sie Załuska ja unterschätzt. »Außerdem frage ich mich, ob du – wie die anderen auch – die Sache nicht einfach unter den Teppich kehren willst. Solltest du aber tatsächlich eine von den Guten sein, dann lass uns zu Bondaruk fahren und ihn verhören. Zusammen. Damit an meinen Kompetenzen und Motivationen keine Zweifel aufkommen.«

»Er wird nichts sagen.« Romanowska räusperte sich. »Glaubst du, wir haben das nicht versucht? Für wen hältst du mich?«

»Ich habe meine Methoden.«

»Da sind schon ganz andere dran gescheitert.«

»Aber die Situation hat sich verändert«, stellte Sasza fest. »Er weiß, dass ein Urteil über ihn verhängt wurde. Und er weiß, dass es kein Entkommen gibt.«

»Wieso bist du dir da so sicher?«

»Aus dem Einzelverbindungsnachweis von Bożena Bejnar. Erst gestern hat sie mit Quaku gesprochen. Sein Handy hat sich in Hajnówka eingeloggt, nicht in Mexiko oder Arizona, wie du es wahrscheinlich lieber gehabt hättest. Warum nehmt ihr die Żubr-Brigade nicht fest? Warum sperrt ihr nicht alle Verdächtigen ein? Warum unternehmt ihr nichts?«

»Davon ist mir nichts bekannt. Es gibt keine Grundlage für irgendwelche Festnahmen«, erklärte Romanowska. Um sich abzusichern, falls das Gespräch aufgezeichnet wurde, fügte sie hinzu: »Wir sind hier nur eine Kreiskommandantur. Ruf Doman an, vielleicht glaubt er dir ja.«

Sasza lachte.

»Er hebt nicht ab, wenn ich anrufe. Aber ich habe meine eigenen Ermittlungen angestellt. Ich muss mich bei deinem Sohn bedanken. Sein Computermensch, dieser Jakub aus der Klinik, hat früher bei der polnischen Telekom gearbeitet. Er hat das mit einem Mausklick überprüft. Natürlich nicht legal, ohne Genehmigung der Staatsanwaltschaft. Wir können das also nicht verwenden. Bei der Gelegenheit habe ich übrigens auch erfahren, dass jemand von euch meinen Computer gehackt hat. Die IP-Adresse gehört zur Kommandantur. Was sagst du dazu?«

Romanowska blieb die Spucke weg.

»Wir haben gleich eine Dienstbesprechung«, sagte sie hastig, um sich erst einmal vor einer Antwort zu drücken.

»Wenn du wirklich auf meiner Seite bist, dann verschieb die

Besprechung«, schlug Sasza vor. »Oder nimm von mir aus Meyer mit. Wenn er so gut ist, wie alle behaupten, sollte er wissen, dass das Sammeln viktimologischer Informationen das A und O ist. Sollte er sein Gutachten auf dieselben Unterlagen stützen, die mir zur Verfügung standen, dann ist es nicht viel wert. Aus Scheiße kannst du kein Gold machen, wie mein alter Chef zu sagen pflegte. Übrigens habe ich auch die Verkleidung von Iwona Bejnars Entführer gefunden: Hochzeitstracht und Sturmhaube steckten in einem Ärmel von Łukasz Polaks Kittel. Das Zeug liegt im Kofferraum meines Wagens. Vorschriftsmäßig sichergestellt. Ich wollte es dir sagen und dir die Sachen sogar übergeben, aber ihr habt mich ja nicht in die Kommandantur reingelassen.«

»Warum hast du nicht die Techniker von der Spurensicherung geholt? Bist du verrückt geworden?«, schrie Krystyna.

»Weil JahJah Bescheid wusste«, antwortete Sasza, jedes einzelne Wort betonend. »Angeblich wurden von den Kleidungsstücken bereits Proben genommen.«

»Davon habe ich nichts gehört.«

»Dann sprich mal mit deinem Mann, denn eure beiden Versionen schließen sich gegenseitig aus«, bemerkte Sasza spitz und fuhr mit heiserer Stimme fort: »Wenn du mich weiterhin als Nebelkerze missbrauchst, schlage ich weiter oben Lärm, und ich kann dir versichern, dass du dann richtig schnell Zunder unterm Arsch bekommst.«

»Willst du mir drohen?«

»Ich bitte dich bloß um Unterstützung«, murmelte Sasza, die Liebenswürdigkeit in Person. »Ich lass mich nicht von dem Fall abbringen. Ich bin schon zu weit gegangen, um jetzt umzukehren.«

Romanowska sah, dass jemand auf der anderen Leitung anrief.

»Ich rufe dich gleich zurück«, sagte sie und stellte Doman durch.

»Die Gebissene ist aufgewacht«, teilte ihr Domański mit. »Sie hat Iwona Bejnars Aufenthaltsort verraten. Ich habe ein Team zum Grundstück der Familie Kosiek geschickt. Das ist das alte Haus am Rande der Wohnsiedlung Masury, das mit dem Obstgarten. Dort haben wir sie gefunden.«

»Lebendig?«

»Quicklebendig«, versicherte er. »Ohne einen Kratzer. War gerade dabei, Apfelmus zu kochen, als das Einsatzkommando angeklopft hat. Sag dem Pressesprecher Bescheid. Der Menschenfresser wird sensationslüsterne Touristen anziehen. Der Bürgermeister kann schon mal Flyer mit Kannibalen-Lyrik drucken lassen.«

»Dann nimm dir die Kleine mal vor«, ordnete Romanowska an. »Die Verrückte schieben wir ihrem verrückten Bruder unter, und alles ist im Lot. Und diesmal ist es sogar die Wahrheit. Das Ladegerät passt, das Bild von der Tochter der Rothaarigen haben wir in seinem Zimmer gefunden. Jetzt fehlt nur noch der Zahnabdruck. Saczko soll sich darum kümmern.«

»Ist bereits geschehen«, erwiderte Doman. »Sie saß auf gepackten Koffern, als wollte sie verreisen. Sie hatte fünfzigtausend in Hundertern im Geldbeutel. Genau die Summe, die Bondaruk auf ihren Kopf ausgesetzt hat. Wenn du mich fragst: Die Sache stinkt. Unsere Anwesenheit hat sie kaum zur Kenntnis genommen. Sie hat sich mehr Sorgen gemacht, dass ihr das Apfelmus anbrennt. Ach ja, und sie fragt ständig, wo Quaku ist. Ihr Lover scheint sich verdünnisiert zu haben. Die Techniker untersuchen jetzt das Gelände. Ich melde mich, wenn es etwas Interessantes gibt. Willst du wirklich nicht dabei sein? Willst du nicht hören, warum die junge Dame Blaubart entkommen ist?«

»Würde ich liebend gerne, aber unser Danziger Besuch macht mir Probleme.«

»Verschon mich damit. Solange es keine Leiche gibt, muss

uns das nicht interessieren. Die Rothaarige soll nach Hause abdampfen. Ich will nichts mehr von ihr hören.«

»Und ob du das willst«, entgegnete Romanowska knapp, bevor sie eine Kunstpause einlegte, um der Sache Gewicht zu verleihen: »Załuska gräbt alte Fälle aus. Zum Beispiel Orzechowskis Verschwinden. Sie hat einen spinnerten Experten aufgetrieben, der auf Publicity aus ist. Sie schwadronieren von der Staatssicherheit und ›dem Roten Hajnówka‹. Vielleicht haben die beiden im Institut für Nationales Gedenken irgendwelche Dokumente gefunden.«

»Sie haben keine Chance. Gaweł macht Hackfleisch aus ihnen.«

»Der Rotschopf wird uns noch mächtig Ärger machen. Dafür hat sie ein großes Talent«, brummte Romanowska. »Sie ist nicht von hier, sie kennt die Spielregeln nicht.«

»Mach, was du für richtig hältst«, brummte Doman. »Hauptsache, die Papiere sind in Ordnung.«

»Das werden sie sein«, seufzte Romanowska. »Wie immer.«

»Die kleine Bejnar verhöre ich mit Meyer zusammen. Gib den Jungs grünes Licht für die Festnahme der Mutter und der restlichen Bande. Auf diesen Tag habe ich seit Jahren gewartet.«

Romanowska legte auf, gab Anweisungen und steckte, nach kurzem Überlegen, ihre Dienstwaffe in die Tasche. Vom Streifenwagen aus rief sie Załuska an.

»In fünf Minuten vor dem Sägewerk.«

»Ich warte schon vor Bondaruks Haus«, bekam sie zur Antwort. »Beeil dich. Hier treiben sich bereits einige Groupies herum. Altersklasse sechzig plus. Unter anderem die Heilerin aus Górne.«

»Wie der Star, so die Fans«, kommentierte Romanowska, aber statt zu Bondaruks Haus zu fahren, bog sie in Richtung Siedlung Manhattan ab, der einzigen Siedlung Hajnówkas mit modernen Klinkerbauten, in der fast alle Stadtoberen wohnten und seit Kurzem auch sie selbst. Sie klopfte bei ihrem Nachbarn. Die Tochter des Landrats öffnete die Tür.

»Hallo, Gosia, ist dein Vater da?« Ohne eine Antwort abzuwarten, betrat Krystyna die Wohnung.

»Ich hab was Dringendes, die Sache eilt. Vierauge ist von der Kette und kläfft.«

Adam Gaweł kam in Pantoffeln aus dem Zimmer.

»Ich bin gerade nicht in der Stimmung für einen Schwatz, Krysia.« Er gähnte, sie schien ihn aus seinem Mittagsschlaf gerissen zu haben.

»Ich brauche einen Zuschuss.« Romanowska kam gleich zur Sache. »Die Dame aus Danzig schnüffelt bei Piotr herum. In seinem Zustand packt er womöglich aus.«

Der Landrat runzelte die Stirn, machte aber keine Anstalten, ihr zu antworten.

»Er wird uns verraten.«

»Wie viel?«

»Das Geld ist nicht für sie, sondern für mich – für eine größere Wohnung. Sie wird nichts nehmen. Sagen wir dreißigtausend. Polnische Złoty natürlich, nicht Euro, keine Sorge.«

»Wenn sie unbestechlich ist, wie willst du das Problem dann aus der Welt schaffen?«

»Ich nehme den Dienstweg.« Sie zuckte mit den Achseln und musste lächeln, als sie sich an das Gemälde erinnerte, das Błażej versehentlich mit eingepackt hatte. Jetzt würde es ein nützliches Indiz sein, auch in Dankas Fall. Niemand würde Saszas Aussagen Glauben schenken. Schließlich kam es auf die Glaubwürdigkeit des Zeugen an, und Załuska hatte sich alle nur erdenkliche Mühe gegeben, verdächtig zu erscheinen. Dazu noch illegaler Waffenbesitz. Aus dieser Nummer würde sie nicht rauskommen.

»Wunderbar«, lobte Gaweł. »Was gibt es also für ein Problem?«

»Es gibt kein Problem.« Romanowska strahlte, weil er ihre

Honorarforderung akzeptiert hatte. »Allerdings stört es mich, dass ich lediglich die ›geschäftsführende‹ Kommandantin bin. Bevor ich die entsprechenden Schritte einleite, würde ich gerne sichergehen, dass du mich nicht gegen JahJah austauschst.«

»Du bringst mich in eine schwierige Lage. Du weißt, dass ich ihm den Posten versprochen habe.«

»Ein Mann des Erfolges trifft immer die richtigen Entscheidungen«, konstatierte sie kompromisslos.

»Willst du nicht in den Stadtrat wechseln? Bald sind Wahlen. Du langweilst dich ein wenig in den Sitzungen, und anschließend kandidierst du für das Bürgermeisteramt. Meine Unterstützung hast du.«

Romanowska verschlug es die Sprache.

»Darüber habe ich noch nie nachgedacht.«

»Du schneidest feierlich Bänder durch und schiebst eine ruhige Kugel«, erklärte Gaweł. »Und die Nationalisten freuen sich über die erste Polin als Rathauschefin. Macht es dir etwas aus, ein paar Weißrussen in den Dreck zu ziehen? Du musst klare Kante zeigen, wie ein Kampfhund.«

»Das ist mir egal.«

»Richtige Antwort.« Gawel klopfte ihr auf die Schulter. »Du eignest dich für die Politik.«

Romanowskas Handy klingelte. Sie bat den Landrat um Entschuldigung und ging in den Flur. Der Name »Załuska« leuchtete auf dem Display auf.

»Fang schon mal alleine an«, schlug Krystyna vor. »Ich bin aufgehalten worden.«

»Bist du sicher?«, fragte Sasza ungläubig. »Eben haben die beiden Frauen das Haus verlassen, und JahJah ist reingegangen. Ich würde lieber mit Bondaruk allein sprechen. Meinst du, das wäre möglich?«

»Selbstverständlich«, erwiderte die Kommandantin ungewohnt liebenswürdig. »Du kannst dich auf die Zusammenarbeit mit uns berufen. Du hast mein Einverständnis. Wenn du etwas aus ihm herausbekommst, gib mir sofort Bescheid. In der Zwischenzeit werden meine Leute das Sägewerk durchsuchen«, log sie.

»Das hatte ich gehofft!« Sasza bedankte sich überschwänglich.

Krystyna steckte das Handy in ihre Handtasche.

»Das Sägewerk durchsuchen?«, fragte Gaweł hinter ihr.

»Das war ein Scherz!« Romanowska lächelte. »Weißt du, ich habe nachgedacht. Der Złoty schwächelt, die Inflation galoppiert. Das neue Angebot birgt erhebliche Risiken. Kurzum, hunderttausend. Und fünftausend obendrauf für operative Einsätze. Ich muss ja schließlich einigermaßen aussehen, wenn ich in den Wahlkampf starte. Was meinst du, ›Giewont‹?«

Gaweł warf ihr einen drohenden Blick zu.

Führungsoffizier ›GIEWONT‹« stand auf der obersten Akte auf dem Stapel. Sasza öffnete sie und klappte sie gleich wieder zu. Obwohl nirgends der Name von Adam Gaweł notiert war, wusste sie sofort, dass es sich bei dem derzeitigen Landrat um den langjährigen Chef der Staatssicherheit in Hajnówka handelte. Jahrelang hatte er dieses Amt bekleidet, bis die Einheit aufgelöst worden war. Kurz darauf war Gaweł Landrat geworden. Sasza konnte es kaum erwarten, die Akten durchzulesen, aber vorher wollte sie noch den Bericht von Bondaruk, alias »IM Stach«, zu Ende anhören.

»Vielleicht was Kräftigeres?«, fragte Bondaruk, als Sasza schon zum wiederholten Male gähnte.

Nur eine Ansammlung leerer Kaffeetassen zeugte davon, wie lange ihre Unterhaltung schon dauerte. Keiner der beiden hatte auf die Uhr geschaut, aber über Bondaruks Ausführungen war es Nacht geworden.

Weder Romanowska noch JahJah noch jemand von der Spurensicherung, die die Kommandantin vorbeizuschicken versprochen hatte, waren aufgetaucht. Aber daran dachte Sasza im Moment nicht. Was Bondaruk zu berichten hatte, war zu erschütternd.

»Möchten Sie vielleicht auch was?«, fragte Bondaruk noch einmal mit Blick auf die golden schimmernde Flasche Żołądkowa Gorzka, aber Sasza schüttelte nur den Kopf. Woraufhin Bondaruk sich einen kräftigen Schluck direkt aus der Flasche genehmigte.

»So war das, Hohes Gericht«, murmelte er entschuldigend.

»Ich weiß nicht, wer hinter mir aufgeräumt hat. Erst im Krankenhaus kam ich wieder zu mir, gepflastert mit Zugängen, Kathetern und einem dicken Verband um den Kopf. Ich hatte mehr als drei Liter Blut verloren. Mir ist absolut schleierhaft, warum ich gerettet wurde. Niemand hat mich verhört, ich wurde kein einziges Mal zur Klärung des Falles auf die Kommandantur zitiert. Dann versetzte das Gerücht die Stadt in Aufruhr, die beiden Päderasten wären verschwunden. Beide waren Personen des öffentlichen Lebens; kein Wunder also, dass in Hajnówka die Wellen hochschlugen. Die Sache geriet aber schnell in Vergessenheit, und schon ein Jahr später war ich Direktor der Staatlichen Holzverarbeitungsbetriebe Hajnówka.«

»Inzwischen ist die Sache längst verjährt, aber es wäre gut, sie aufzuklären«, schob Sasza ein. »Für die Familien ist es wichtig zu wissen, wo ihre Angehörigen begraben sind.«

»Außer seiner Frau hatte Stepan keine weiteren Angehörigen«, entgegnete Bondaruk höhnisch. »Der von der Staatssicherheit inszenierte Skandal hat Dunia gezeichnet. Übrigens war Stepan wirklich homosexuell, und Dunia wusste das, als sie ihn heiratete. Es war eine Zweckehe. Und sie ist die Einzige, die sich einen Dreck darum schert, dass ich die Sache publik machen könnte. Ich habe heute mit ihr gesprochen.«

»Ich habe sie beim Rausgehen gesehen.«

Bondaruk nickte.

»Sie war die Einzige, die sich weigerte, andere für ihr Schweigen zu bezahlen. Deswegen habe ich mich bemüht, sie zu schützen. Ich habe ihr versprochen, dafür zu sorgen, dass ihr Sohn Jurek«, hier zögerte Bondaruk, »unser Sohn, abgesichert ist. Er ist mein einziger legitimer Erbe. Erst war Dunia dagegen, Jurek in die Sache mit reinzuziehen. Ich sollte nur mein Testament ändern, aber das hat nicht funktioniert. Ich habe es vor unserer Hochzeit probiert. Inzwischen weiß ich, dass meine drei anderen Söhne jedes Schriftstück anfechten werden, das sie enterbt. Alle drei sind adoptiert«, erklärte er mit gesenktem Kopf. »Ich hatte keine Wahl. Andernfalls wären die Kinder auch unschädlich gemacht worden. Sie können sich nicht beschweren. Sobald ich sterbe, sind sie die reichsten Männer der Stadt; sie geifern jetzt schon nach meinem Erbe. Ich habe mich nur um sie gekümmert, weil ihre Mütter mir nahestanden.«

»Und warum wollte Dunia dann nicht mit mir darüber reden?«

»Hätten Sie denn darüber gesprochen? Das sind uralte Kamellen. Dunia hat den Krieg und den Kommunismus erlebt. In der heutigen Welt findet sie sich nicht mehr zurecht. Sie versteht nicht, wieso das alles immer noch nicht vorbei ist. Aber die Vergangenheit ist mehr als eine Erinnerung.«

»Die Vergangenheit beeinflusst die Gegenwart und die Zukunft«, bekräftigte Sasza.

Bondaruk lächelte.

»Dunia will nur ihre Ruhe haben. Genauso wie ich.«

Bondaruk zeigte auf den alten, mit Akten vollgestopften Koffer.

»Da ist alles drin. Die Antworten, die Zweifel, die Hoffnungen und die Lösungen.«

Die Unterlagen, die Bondaruk all die Jahre unangreifbar gemacht hatten, hatte Sasza bereits flüchtig durchgeblättert. Die Akten enthielten nur die Decknamen der inoffiziellen Mitarbeiter. Dennoch zeichneten sie ein recht vollständiges Bild. Es war klar ersichtlich, wer in der Stadt welche Position bekleidet hatte und warum. Bondaruk hatte Sasza alles genau erklärt. Einige Personen, etwa Landrat Adam Gaweł, die meisten älteren Polizisten in der Kreis-, aber auch der Woiwodschaftskommandantur, mehrere Geschäftsmänner wie der Chef des Lokalfernsehens oder der Besitzer der Fleischereibetriebe, Mikołaj Nesteruk, waren in den Akten problemlos zu erkennen. Alle waren bei der Staatssicherheit angestellt gewesen und hatten heute in der

Stadt Führungspositionen inne. Hajnówka wurde immer noch von alten Kommunisten regiert. Hier hatte es weder eine juristische Überprüfung noch einen Schlussstrich gegeben. Die Menschen hatten ihr Fähnchen in den neuen Wind gehängt, behände ihre Biografien frisiert und waren lediglich darauf bedacht, dass keine belastenden Details aus der Vergangenheit bekannt wurden. Wer Bescheid wusste, der verstand, der Rest blieb unwissend und musste auch nichts verstehen. Heute regierte in Hajnówka ohnehin nur noch das Geld.

Inzwischen war die Kleinstadt längst kein Mekka der Emporkömmlinge mehr. Es gab kein Holz und kein Jagdwild mehr, und mit Hajnówka war es immer weiter bergab gegangen. Umso mehr war nun allen daran gelegen, den kunsthandwerklich verwertbaren Mythos gelebter Toleranz und orthodox-katholischer Freundschaft aufrechtzuerhalten. Wie es in Wirklichkeit aussah, hatte Sasza inzwischen verstanden.

Die jungen Leute verlangten Ahnennachweise und Blutsreinheit. Sie beriefen sich auf ihre Vorfahren und definierten sich vor allem über Abgrenzung. Solange die junge Generation nicht tiefer grub, nicht weiter als nur ein halbes Jahrhundert zurückging, würde sie nie etwas verstehen. Die Älteren saßen auf einem Pulverfass, dessen Lunte schon vor langer Zeit angezündet worden war. Nun stand die Explosion kurz bevor.

»Ich kann das wirklich mitnehmen?«, versicherte sich Sasza.

»Ohne die Dokumente wird Ihnen niemand glauben.«

»Sie müssen mir noch den Ort zeigen, wo Stepan und der Priester begraben sind. Nur wenn ich weiß, wo die Leichen sind, kann ich dafür sorgen, dass sie exhumiert werden und diese Sache endlich aus der Welt geschafft wird.«

Bondaruk schaute tief in die Flasche, die bereits seit einer Viertelstunde leer war. Sasza hoffte, er würde nicht gleich die nächste aufmachen, denn sie war nicht sicher, wie lange sie in

Gesellschaft eines Alkoholikers noch durchhalten konnte. Sie schwieg und wartete.

Währenddessen fragte sich Bondaruk, wie vielen Frauen er eigentlich schon irgendwelche Gräber gezeigt hatte. Keine von ihnen hatte es überlebt. Aber er sprach den Gedanken nicht laut aus. Er brauchte sie, und sie war nicht von hier. Außerdem war sie seine letzte Hoffnung. Dabei wusste er nicht einmal, worauf er hoffte. Er wusste nur, dass er genug von den Lügen hatte. Bevor er starb, wollte er beichten, sich befreien, ohne diese Last auf den Schultern ins Grab gehen. Wie, wo und wann sie ihn kriegen würden, war ihm egal. Er wollte nur, dass Sasza Załuska den ganzen Sumpf ans Tageslicht brachte, in dem er jahrelang hatte leben müssen.

»Ich bringe Sie hin«, versprach er und fühlte sich sofort besser. Er trank einen letzten Schluck Kaffee. Die Thermoskanne war leer.

Sasza schaute sich im dunklen Zimmer um. Die Dämmerung würde erst in einigen Stunden einsetzen.

»Jetzt?«

»Von mir aus auch jetzt.« Bondaruk erhob sich und nahm die Autoschlüssel vom Tisch.

»Ich habe nur den Geheimdienstler und den Priester ermordet, aus Rache dafür, was sie mir angetan haben, für die Vergewaltigung. Und ich bereue es kein bisschen, ich habe diese Ungeheuer gehasst. Aber wo die Leichen von Łarysa, Jowita und Mariola versteckt sind, weiß ich nicht. Ich bin mir nicht einmal ganz sicher, ob sie wirklich nicht mehr leben.«

»Jowita wurde anhand des Schädels identifiziert«, sagte Sasza. »Der Rest der Leiche wurde nicht gefunden.«

»Ich habe nie geglaubt, dass sie meine Frauen verschonen, obwohl sie mir das versprochen hatten. Aber unbequeme Zeugen am Leben zu lassen wäre ein Anfängerfehler, die Leute waren Profis. Łarysa, Jowita und Mariola sind gestorben, damit ich stillhalte und nichts verrate, und genau das habe ich getan. Im Tausch für mein Schweigen bekam ich das Sägewerk. Im Jahr 1999 sollte mich dasselbe Schicksal ereilen, und ich weiß nicht, warum es letztlich nicht geschehen ist. Manchmal denke ich, das ist die Rache für meinen Vater. Sie wissen, dass mein Vater ein Verräter war? Er hat die Mitglieder der Untergrundbewegung Westweißrusslands an Bury verraten. Den Decknamen ›Stach‹ habe ich mir selbst ausgesucht, um mich immer daran zu erinnern, von wem ich abstamme.«

»Das klingt jetzt aber alles etwas weit hergeholt.«

»Sie sind noch jung. Aber Sie werden die fehlenden Puzzleteile sicher bald finden.« Er zeigte auf die Aktenmappen auf dem Tisch.

»Eine Sache verstehe ich allerdings immer noch nicht«, bemerkte Sasza. »Warum wurde Iwona entführt? Und von wem?«

»Ich habe doch schon gesagt, das war ein abgekartetes Spiel, bei dem alle mitgemacht haben.« Bondaruk wurde ungeduldig. »Wie immer hat mein Sohn Jurek Dummheiten gemacht und ist im Gefängnis gelandet. Ich habe dafür gesorgt, dass er ein mildes Urteil bekam, aber ich wollte das nicht an die große Glocke hängen. Es hätte den Jungen in Schwierigkeiten gebracht, wenn herausgekommen wäre, dass er mein Sohn ist. Bis jetzt konnten Dunia und ich das geheim halten. Die Information über einen weiteren Bondaruk-Erben hätte sofort ihren Weg zu Fionik, Tomek und Wasyl gefunden. Also dachte ich, es wäre besser, den Jungen abzusichern. Das Einzige, was ich ihm hinterlassen kann, ist Geld. Dunia hat ihn ganz allein großgezogen, ich habe ihn nicht aufwachsen sehen. Sobald sich dann die Gelegenheit ergab, habe ich mich mit Jureks Verlobter angefreundet. Ich weiß, das klingt eigenartig, aber ich wollte meinen eigenen Sohn besser kennenlernen. Iwona hat viel von Jurek erzählt. In gewisser Weise ähnelt er mir, wahrscheinlich wird sein Leben auch erst mit vierzig in halbwegs geordneten Bahnen verlaufen.«

»Vorerst ist er unauffindbar. Wissen Sie, wo er ist?«

Bondaruk zuckte mit den Schultern, aber die Sorge war ihm anzusehen.

»Bei Iwona«, sagte er. »Sie sind in Sicherheit. Ich habe ihnen genug Geld gegeben, um eine Zeit lang wegfahren zu können. Ich denke, dass sie trotz allem eine ganz angenehme Zeit miteinander verbringen.«

»Und wo?«

»Das weiß ich nicht«, erwiderte Bondaruk. »Ałła hat jemanden gefunden, dem sie vertrauen können. Sie hat mir immer geholfen, sie ist mein Schutzengel. Solange ich mich erinnern kann, haben sie und Dunia wie Pech und Schwefel zusammengehalten. Als Dunia erfuhr, was ich Stepan angetan hatte, verachtete sie mich. Sie ekelte sich körperlich vor mir, konnte meine Anwesenheit, meine Berührungen nicht mehr ertragen. Deshalb konnten wir nicht zusammen sein, obwohl nichts zwei Menschen mehr verbindet als ein gemeinsames Verbrechen. Ałła wusste von unserer Affäre, sie half dabei, uns zu verstecken. Aber über die politischen Verwicklungen ist sie nicht im Bilde. Manche Frauen begnügen sich eben mit ihrer kleinen Welt. Ihr vertraue ich mehr als irgendeinem anderen Menschen auf der Welt.«

»Und wie war das jetzt mit dieser Entführung?«, wiederholte Sasza ihre Frage. Sie ließ sich von seinen weitschweifigen Ausführungen nicht ablenken. »Das im Wald, das waren nicht Sie. Das war ein kräftiger junger Mann, in Begleitung einer Frau.«

Bondaruk winkte ab.

»Ich habe einen Fehler gemacht und dadurch die Kontrolle über die Situation verloren. Dieser Brief am Vorabend der Hochzeit war völlig unnötig. Ich war betrunken, es ging mir nicht gut. Ich wollte die Wahrheit sofort ans Licht bringen«, gestand er. »Erst traute ich mich nicht, Jurek und Iwona in die Einzelheiten meines Plans einzuweihen, also tat ich so, als machte ich Iwona den Hof. Und ich muss zugeben, es hat mir Spaß gemacht. Nur zwei Menschen kannten alle Einzelheiten des Plans: Dunia und Bożena. Ich wusste, dass ich Dunia trotz allem vertrauen konnte. Bożena wurde für ihr Schweigen bezahlt, aber sie kennt immer noch nicht alle Details. Später haben wir dann noch Jurek eingeweiht. Am Anfang hat Iwona sich gewehrt, sie wollte Jurek treu bleiben. Sie liebt diesen Dummkopf wirklich. Das hat mich sehr berührt, denn es erinnerte mich an die einzige Frau, die mir im Leben so nahestand. Gerade deshalb wollte ich den beiden die Zukunft sichern.«

»Dunia?«

Bondaruk nickte.

»Sie hat sich verändert. Früher war sie ganz anders: tapfer, kämpferisch, furchtlos.«

»Was war also mit dieser Entführung?«

»Unser Plan war es, ihre eigenen Waffen gegen sie zu wenden.« Bondaruk kehrte wieder zum eigentlichen Thema zurück. »Sie hatten immer meine Frauen entführt und unschädlich gemacht, also beschloss ich, diesmal dasselbe vorzutäuschen. Ich wusste, das war ein gewagter Schachzug. Und ich lag richtig, alle verloren den Kopf, schickten ihre Leute los, um unsere Pläne zu durchkreuzen. Aus meiner Garage haben sie das einzige Beweisstück gestohlen, das mich belastet. Den Wagen.«

»Alle – wer war das?«

Bondaruk lächelte, griff nach der erstbesten Aktenmappe und warf sie Sasza auf den Schoß. Auf dem Deckblatt war »Giewont/Gałązka« zu lesen.

»Adam Gaweł, der Landrat.«

Dann griff er nach der nächsten mit der Aufschrift »Nil«.

»Przemysław Frankowski.«

»JahJah? Der war damals gerade mal achtzehn Jahre alt. Sie wollen mir nicht erzählen, dass die Staatssicherheit Teenager als Mitarbeiter angeworben hat.«

»Er war achtzehn Jahre alt und hatte es nicht an die Uni geschafft, wo er Jura studieren wollte. Er war vom Dorf, er hatte richtig miese Aussichten, Karriere zu machen, wenn er nicht in die Partei eintrat und sich auf die Zusammenarbeit mit der Staatssicherheit einließ. Er ging zur Armee, dort haben sie ihn geködert. Er war ehrgeizig und frustriert. Er bekam den Auftrag, Krystyna Romanowska zu verführen, die Tochter eines Ingenieurs von der Technischen Hochschule. Sie kam jedes Jahr hierher, um ihre Verwandten zu besuchen. JahJah kannte sie seit Kindertagen, aber erst als er den Auftrag erhielt, bemühte er sich darum, dass Krystyna sich in ihn verliebte. Er bespitzelte Krystynas Onkel und die wenigen Intellektuellen, die es in Hajnówka gab. Ich weiß nicht, ob Sie das wissen, aber Krystynas Vater und ihr Onkel gehörten hier in der Gegend zu den wichtigsten Oppositionellen. Sie haben Untergrundzeitschriften verbreitet, selbst in den schwierigen Zeiten. Fälle wie der von JahJah waren gar nicht so selten. Allein bei mir im Sägewerk machten solche Leute etwa fünfzehn Prozent der Belegschaft aus. Niemand, der aufsteigen wollte, konnte sich der Partei verweigern. Also traten die Leute ein und gingen heimlich zur Kirche – und zwar nicht nur die Weißrussen, auch die Polen. Ich ließ es zu. Am schlimmsten war jedoch, dass alle glaubten, die richtige Entscheidung getroffen zu haben. So seien eben die Zeiten, sagten sie. Die Hauptstadt war schon immer weit weg, und die Solidarność, das war sozusagen Ausland. Dafür war Moskau quasi um die Ecke. Die Kommunisten waren hier schon immer fest verankert. Stepan war in Moskau ausgebildet worden. Das war der schlimmste Typ stalinistischer Apparatschik. Solche Leute musste man mit der Lupe suchen. Und dann wurde er trotzdem einigen unbequem. Heute glaube ich, sie haben mich benutzt, um Stepan auszuschalten.«

»Aber Sie haben mir doch eben gesagt, das war ein Mord im Affekt.«

»Das habe ich jahrelang geglaubt«, versicherte Bondaruk. »Aber es ist auch nicht von der Hand zu weisen, dass ihnen Stepans Tod sehr gelegen kam. In ähnlicher Weise haben die Kommunisten 1946 den Hass der Polen ausgenutzt und durch die Antikommunisten der Nationalen Militärvereinigung die unbequemen Weißrussen ermorden lassen. Was glauben Sie, warum niemand Burys Untergrundkämpfern ein Militärkommando hinterhergeschickt hat, sondern man ihn eine Woche lang Dörfer niederbrennen und schwangere Frauen und Kinder ermorden ließ? Die Orthodoxen wollten nicht weg, sie wollten ihr Land nicht verlassen. Und jetzt leben Polen in diesen Dörfern, niemand erinnert sich mehr an die weißrussischen Familien. Und die heutigen Bewohner werden Ihnen erzählen, dass die Weißrussen freiwillig in die Sowjetunion ausgewandert sind und ihre Felder brachlagen. Also kamen neue Leute und bestellten das Land, und das sind heute alles überzeugte Polen. Diese Säuberung war ein voller Erfolg. Den heutigen Dreißigjährigen ist überhaupt nicht bewusst, dass sie weißrussische Wurzeln haben, und wenn doch, dann geht es um Folklore und Unterhaltung und nicht um Patriotismus und Politik. Man geht eben ab und zu auf ein Volksfest oder schickt sein Kind auf das angesehene weißrussische Lyzeum, weil es dort zusätzlichen Deutsch- und Englischunterricht gibt.«

»Aber es wird doch gerade überall die Geschichte wieder entdeckt«, protestierte Sasza. »Erinnerungs- und Zeitzeugenarbeit sind heute absolut hip. Die Urgroßeltern hatten Angst, die Großeltern wollten vergessen, die Eltern haben verdrängt. Erst die vierte Generation, die wütenden Kinder, wollen die alten Geschichten wieder ausgraben, die Gräber suchen, die Schuldigen zur Verantwortung ziehen.«

Bondaruk grinste nur.

»Das ist doch nur Show! Die Jugendlichen entscheiden sich nicht aus Nostalgie für das weißrussische Lyzeum, sondern aus

Berechnung. Sie wissen, dass sie dort einen besseren Abschluss machen und damit bessere Chancen haben, auf eine gute Uni zu kommen. Lassen Sie sich bloß nicht von diesen patriotischen Märtyrergeschichten einlullen. Nach Bury war das genauso. Die Dörfer waren verlassen, die Häuser wurden erst geplündert und dann zerstört. Die Obrigkeit verteilte das Vermögen und siedelte ›Linientreue‹ an, die den ›richtigen Lebenslauf‹ hatten. Es gibt hier keine polnischen Weißrussen mehr, genauso wie es auch das Dorf Załuskie nicht mehr gibt.«

Sasza hob den Kopf.

»Krystyna Romanowska hat mir von der Straße aus die Stelle gezeigt, an der das Dorf früher stand. Dort sind nur noch Felder.«

»Wussten Sie, dass unter den ermordeten Fuhrleuten zwei Brüder Załuski waren? Bazyli und Janka. Waren das vielleicht Verwandte von Ihnen?«

»Eher nicht«, erwiderte Sasza lakonisch.

Sie schaute die verbliebenen Akten und Decknamen durch.

»Gałązka, Nil, Rekin, Młot. Das waren doch die Untergrundnamen der ›Verstoßenen Soldaten‹. Nur Łupaszka fehlt.«

»Das fanden die bestimmt witzig«, erläuterte Bondaruk. »Alle Dossiers, die Sie in Händen halten, tragen die Namen von Weißrussen, die für die Unabhängigkeit kämpften und schon in den Siebzigerjahren ihr Land zurückbekommen wollten.«

»Sie sind Pole.«

»Ich weiß nicht, was ich bin.« Bondaruk hob die Schultern und kritzelte etwas auf ein Blatt aus einem Kalender. »Ich war Pole, ich war auch mal Weißrusse. Wer weiß denn hier schon, wer er ist? So etwas wie reines Blut gibt es nicht. Das ist alles graue Theorie, vor allem in einer Grenzregion wie dieser.«

»Das heißt, Iwona lebt?« Sasza öffnete ein neues Päckchen R1, die Folie knüllte sie auf der Untertasse zusammen. »Es geht ihr gut?«

»Jurek kümmert sich um sie. Sie warten auf ihre gefälschten Pässe. Ich werde sie von hier aus unterstützen, und wenn sich dann alles beruhigt hat, kann ich sie vielleicht mal besuchen. Ich war noch nie in Irland.«

»Wer besorgt ihnen die gefälschten Papiere? Ihr Führungsoffizier?«

Piotr Bondaruk zeigte auf die Akten.

»Chudy. Wenn Sie die Akten lesen, kommen Sie drauf, wer er ist.«

Sasza stand auf.

»Ich fordere Unterstützung an. Bei der Tatortbesichtigung muss die Polizei dabei sein.«

»Wenn Sie meinen.« Bondaruk nickte und steckte sich den Notizzettel und die Folie von Saszas Zigarettenpackung in die Hosentasche. Es schien fast, als wollte er alle Spuren verwischen. Thermoskanne, Tassen und Teller trug er in die Küche. Nichts deutete darauf hin, dass an diesem Tisch ein stundenlanges Gespräch stattgefunden hatte. »Den Ort, wo die Leichen vergraben sind, zeige ich aber nur Ihnen. Die Exhumierung kann später stattfinden, ohne mich.«

Sasza wählte, aber Krystyna, JahJah und Doman, alle drückten ihren Anruf weg. Als sie von Krystynas Mailbox die Ansage erhielt, die Kommandantin sei aufgrund dringender Dienstgeschäfte nicht zu sprechen, schickte Sasza ihr eine SMS, dass sie jetzt zum Tatort fahre, und bat um baldmöglichsten Rückruf.

»Fahren wir«, ordnete sie an. »Rufen Sie Ihren Fahrer.«

»Kommt nicht infrage«, entgegnete Bondaruk entschlossen. »Außer Ihnen kann ich hier niemandem vertrauen.«

Ałła bewegte sich vorsichtig, geradezu lautlos. Seit mehreren Tagen war nicht ein einziger Tropfen Regen gefallen, die Sonne brannte erbarmungslos, als hätte ein sehr heißer Sommer schon begonnen. Obwohl vom Fluss zu dieser Uhrzeit feuchte, kühle Luft heraufwehte, war die Wiese vertrocknet und erinnerte nachts im Mondschein an ein Stoppelfeld. Ałła ging diesen Weg nun schon zum dritten Mal, aber noch nie hatte sie sich so gefürchtet. Eine dichte Hecke umgab das Grundstück, und sie war nicht sicher, wie lange sie brauchen würde, um das Tor zu finden. Zwar hatte sie eine Taschenlampe dabei, ließ sie aber ausgeschaltet, aus Angst, sich zu verraten. Als sie das Haus der Familie Kosiek erreichte, erwiesen sich alle ihre Befürchtungen als unbegründet. Schon von Weitem sah sie das rot-weiße Polizeiband, mit dem alles abgesperrt war. Sie bückte sich darunter durch und drückte dann entschlossen die Klinke herunter. Wie erwartet war das Tor abgeschlossen und versiegelt. Sie steckte ihren Schlüssel ins Schloss und gelangte in den Hof.

Nun konnte sie immerhin die Taschenlampe anschalten, denn sie wusste, dass kein Lichtstrahl durch die Hecke drang. Vor Erschöpfung keuchend, ging sie direkt zum Brunnen, griff nach dem Eimer und löste die alte Kette. Der Lärm, den die Kurbel machte, ließ ihr die Haare zu Berge stehen. Endlich traf der Eimer am Boden des Brunnens auf. Sie hörte ein Platschen, dann stieß Metall auf Metall. Sie schloss die Augen, ganz auf ihre Aufgabe konzentriert. Sie musste nach oben holen, was sich dort unten befand. Nach und nach schöpfte sie mehrere

Eimer Wasser aus dem Brunnen und leerte sie in den Trog daneben. Sie war ermüdet und verschwitzt, ihre Hände zitterten. Nur zu gern hätte sie sich kurz hingesetzt, um ein wenig zu verschnaufen, aber das durfte sie sich nicht erlauben.

Am Ende hatte sie Erfolg. Als sie mit letzter Kraft den nur halb gefüllten Eimer nach oben zog, lag darin ein kleines, säuberlich in Folie gewickeltes Päckchen. Für seine Größe war es erstaunlich schwer. Mit steifen Fingern begann Ałła, das Klebeband aufzureißen, merkte aber bald, dass sie ohne Schere oder Messer nicht weit kommen würde. An der Form des Pakets erkannte sie genau, dass sie gefunden hatte, was sie gesucht hatte. Aus der aufgerissenen Folie ragte der Handgriff eines alten Bulldog-Revolvers hervor. Er war verrostet, und der Lauf war direkt hinter dem Magazin abgesägt.

»Kann ich helfen?«, erklang plötzlich eine Männerstimme hinter ihr. Ałła drehte sich abrupt um, vor Schreck wäre ihr fast das feuchte Päckchen aus den Händen gefallen.

Der nächtliche Wald war tiefschwarz und still. Verlässlich schützten die Bäume vor dem Wind. Außer den typischen Geräuschen – einem Eulenruf und den Tritten eines vorbeihuschenden Rehs – war nichts zu hören. Bondaruk parkte an einer Lichtung, die erst vor Kurzem durch Holzeinschlag entstanden war. Den Rest des Weges mussten sie zu Fuß zurücklegen. Sasza hatte eine Taschenlampe und eine Karte dabei, auf der sie den Anfahrtsweg eingezeichnet hatte, damit sie am nächsten Tag die Ermittler hierherführen konnte. Schließlich kamen sie zu dem Wäldchen, das die Einheimischen »An der Trauerweide« nannten. Schon von Weitem erkannte Sasza die Reste eines Birkenholzkreuzes, es leuchtete weiß in der Dunkelheit. Bondaruk trat an das Kreuz, hob ein Holzstück vom Boden auf, holte einen Hammer aus der Hosentasche und nagelte den fehlenden Querbalken wieder an.

»Die Leute denken, hier wäre ein Hinrichtungsort gewesen. Sie kommen her, um zu beten. In gewisser Weise haben sie recht«, sagte er. »Allerdings haben die, die hier ruhen, keine Gebete verdient.«

Sasza holte ihr Handy aus der Hosentasche und machte ein Foto von dem angeblichen Grab. Sie war nach wie vor sehr skeptisch.

»Und Sie wollen mir sagen, dass sie hier begraben sind?«

Bondaruk nickte und zeigte auf eine Hütte am Rande der Lichtung.

»Dort hat sich alles abgespielt.«

Der Hof war von einem alten, verrotteten Zaun umgeben und wirkte von Weitem verlassen.

»Dunia lebt jetzt dort«, fügte er hinzu.

»Sie wusste von Anfang an Bescheid?«

»Vermutlich«, antwortete Bondaruk ausweichend. »Ich denke, sie werden es ihr gesagt haben, denn als ich ihr alles gestand, wollte sie die Geschichte nicht einmal zu Ende anhören. Für die offiziellen Stellen war wichtig, dass Dunia nicht auf weiteren Nachforschungen bestand und dass sie sich mitschuldig fühlte. Nichts bringt einen Menschen verlässlicher zum Schweigen als die Angst, mit zur Verantwortung gezogen zu werden. Daher glaube ich, dass sie es gewusst hat. Aber das können Sie sie ja selbst fragen.«

»Ich habe doch schon gesagt, sie will nicht mit mir reden«, bekräftigte Sasza.

»Nach alldem hat sie sich von mir abgewandt. Sie begann, mich zu meiden. Nicht einmal meinen Sohn zu sehen erlaubte sie mir. Als wäre ich seiner unwürdig.«

Bondaruk trat an eine mächtige Eiche heran und entfernte die oberste Moosschicht von der Baumrinde, bis darunter ein kleines orthodoxes Kreuz sichtbar wurde.

»Ich weiß nicht, wer das in den Baum geritzt hat. Genau so ein Kreuz befand sich auch am Grab der Fuhrleute an einem Baum. Irgendjemand kommt regelmäßig her und erneuert es – doch das ist weder Dunia, noch bin ich es«, erzählte Bondaruk. »Und jemand anders reißt genauso regelmäßig das Birkenholzkreuz aus und wirft es in den Graben. Als wollte er beweisen, dass es hier in der Gegend keine Russen mehr gibt. Verstehen Sie, für manche hier ist das alles eins: Ein Russe ist ein Orthodoxer, und ein Weißrusse ist am schlimmsten, denn der ist auch noch Kommunist.«

»Komplexitätsreduktion«, bemerkte Sasza trocken.

Bondaruk ignorierte ihren Einwurf.

»Die Leichen dieser beiden Hurensöhne liegen sechs Meter unter der Erde oder noch tiefer. Wenn ich es mir heute aussuchen könnte, wäre ich damals ins Ausland gegangen. Ich hätte eine Loyalitätserklärung unterschrieben und wäre abgehauen, Hauptsache, weg von hier, und zwar so weit wie möglich. Vielleicht wären meine Frauen dann noch am Leben. Sie hatten das Pech, mir zu begegnen. Aber die Zeit lässt sich nicht zurückdrehen.«

Sasza leuchtete mit der Taschenlampe auf den Waldboden. Die Erde war dunkel, und es fehlte der Unterwuchs, einer der jungen Bäume war ausgerissen und zur Seite geworfen wie gejätetes Unkraut.

»Sieht aus wie frisch umgegraben«, Sasza hob fragend den Kopf. »Hier hat jemand in der Erde gewühlt.«

»Das war ich. Vor zwei Monaten habe ich einen Kopf ausgegraben und der Polizei übergeben«, erklärte Bondaruk. »Deshalb weiß ich auch genau, dass die übrigen Knochen sich immer noch an diesem Ort befinden und nirgendwo anders.«

Sasza schüttelte sich, plötzlich wurde ihr bewusst, dass sie ganz allein mit einem brutalen Mörder mitten im tiefsten Wald stand. Wie konnte sie sicher sein, dass er ihr die Wahrheit sagte? Falls er sie angreifen würde, hätte sie nicht den Hauch einer Chance. Er könnte sie mühelos überwältigen, erschlagen und hier unter diesem Kreuz vergraben. Wer würde schon auf die Idee kommen, ihre Leiche in dem alten Nachkriegsgrab zu suchen? Ihr Gipsarm machte die Sache nicht besser.

»Sie müssen keine Angst vor mir haben«, versicherte Bondaruk lächelnd, als hätte er ihre Gedanken gelesen. »Und es sind nur Knochen. Das ist alles, was nach dem Tod von uns bleibt. Ich glaube nicht an Geister. Manchmal, wenn ich herkomme, kehren allerdings die Bilder von damals zurück.«

Er legte beide Hände vor den Mund, holte tief Luft und erschauderte.

»Ich träume nicht einmal davon. Aber den metallischen Geruch von Blut und seinen salzigen Geschmack werde ich niemals vergessen. Und dann den Geruch im Krankenhaus, und den Katheter …«

»Warum haben Sie den Kopf ausgegraben?«, fragte Sasza, um das Thema zu wechseln.

Bondaruk zögerte, dann sprach er mit belegter Stimme weiter:

»Ich will, dass Sie die Sache publik machen. Sie können ja behaupten, dass Sie den Ort mit Ihren Ermittlungsmethoden gefunden haben. Haben Sie nicht was von geografischem Profiling gesagt? Oder Sie hatten eben eine Eingebung. Irgendwas wird Ihnen schon einfallen. Aber Dunia und mich dürfen Sie auf keinen Fall in die Sache mit reinziehen.«

»Wieso das?«, entfuhr es Sasza.

»Glauben Sie etwa, dass ich dieses Grab alleine gegraben habe?«

Erwartungsvoll schaute Sasza Bondaruk an.

»In der Hütte räumte jemand auf und mauerte die Leichen in einer der Garagen des alten Krankenhauses ein. Dort arbeiteten damals sowohl Dunia als auch meine Mutter. Als sieben Jahre später das neue Krankenhaus gebaut und das Grundstück verkauft wurde, musste ich die Leichen umbetten, sonst hätten die Bauarbeiter sie gefunden. Leute aus dem Nachbardorf haben mir geholfen, die sechs Meter tiefe Grube auszuheben. Gewerkschafter aus dem Sägewerk, die mir was schuldig waren. Wer den Tatort gesäubert hat, weiß ich nicht, vermutlich die Staatssicherheit, vielleicht auch die Miliz. Jeder, der mir geholfen hat, wusste, wer hier liegt und von wem er ermordet wurde. Sie hielten mich für einen Helden, der die Bestie ausgeschaltet hat. So sehen Geheimnisse in einer Kleinstadt eben aus. Alle wissen Bescheid, aber niemand sagt ein Wort.«

»Vielleicht waren es die angeblichen Stasimitarbeiter, deren

Akten Sie mir heute gegeben haben? Wollen Sie denen die Verantwortung zuschieben?«

Bondaruk grinste hämisch.

»Vielleicht waren das ein und dieselben Leute?«

»Warum also wollen Sie ihnen dann schaden? Warum belasten Sie mich mit diesem Wissen?«

Bondaruk zögerte, dann holte er einen Packen Papiere aus seiner Jacke.

»Das sind die Akten der Fuhrleute, deren Überreste bis 1995 bei Puchały Stare in der Erde lagen, dort, wo Burys Einheit sie ermordet hatte. Fünfzig Jahre lang haben sie auf ihre Exhumierung gewartet. Fünfzig Jahre lang war niemandem daran gelegen, die Behörden davon in Kenntnis zu setzen. Unter den Fuhrleuten sind zwei Brüder mit dem Namen Załuski.«

»Das sagten Sie bereits.«

»Dunias Geburtsname ist Załuska.«

Sasza lachte herzlich wie über einen guten Witz.

»Wissen Sie, wie viele Menschen in Polen diesen Namen tragen? Und wie viele auf der ganzen Welt?«

»Und wie viele mit dem Vornamen Aleksandra benutzen als Verkleinerung Sasza und nicht Ola?«

Załuska winkte ab.

»Bullshit.«

»Mag sein. Fragen Sie Ihren Vater, wer seine Großmutter war und wo sie herkam. Vielleicht liege ich ja falsch. Aber wenn ich Sie so ansehe, haben Sie einfach östliche Gesichtszüge, und diese Hartnäckigkeit, dieser Sturkopf. Das ist unser Blut.«

»Die Weißrussen sind nicht unbedingt als kämpferisches Volk bekannt. Sie haben nicht einen einzigen Aufstand begonnen.«

»Weil sich über Jahrhunderte abwechselnd die Polen, die Russen und die Deutschen ihr Land unter den Nagel gerissen haben. Ich habe Ihnen von Klein-Weißrussland und der Podlachischen Unabhängigkeitsbewegung erzählt. Wenn Sie denen sagen, dass Ihre Familie von hier ist, dann werden die ganz anders mit Ihnen reden.«

»Ich soll lügen?«

»Wenn diese Fuhrleute Ihre Vorfahren waren, dann heißt das, Sie sind eine Hiesige. Einer von hier ist man nicht, weil man Jude, Deutscher oder Pole ist, sondern weil die Überreste der Vorfahren unter dieser Erde ruhen. Sie haben doch selbst gesagt, dass Sie kein ›reines Blut‹ haben. Bis jetzt waren Sie eine Fremde, und deshalb wollte niemand offen mit Ihnen sprechen. Nur den Hiesigen erzählt man, wie es wirklich war, weil man sich sicher sein kann, dass alle Stillschweigen über ihresgleichen bewahren. Das ist ein einfacher Trick, ein Vorschlag, wie Sie ans Licht bringen können, was keiner der hiesigen Ermittler enthüllen wird. Genau aus diesem Grund.«

In diesem Moment sahen sie von der Landstraße her Scheinwerferlicht auf sich zukommen. Ein Auto fuhr vorbei. Bondaruk ergriff Sasza an den Armen, drückte ihr die Hand auf den Mund und zog sie mit Gewalt ins Gebüsch. Sie konnte keinen Laut von sich geben, aber als die Lichter verschwanden und er sie endlich losließ, rannte sie wutentbrannt auf die Straße und schrie und winkte dem Auto hinterher.

»Das war nicht die Polizei«, murmelte Bondaruk.

»Sondern?«

»Sie sollten mit Dunia sprechen«, wiederholte er hartnäckig.

Inzwischen war er wieder nüchtern. Er sah jetzt älter aus, als er eigentlich war. Sie erreichten das Auto und stiegen ein.

»Es ist besser, ich fahre Sie ins Hotel«, sagte Bondaruk. »Vermutlich suchen sie schon nach mir.«

Sie fuhren los.

»Eine Sache lässt mich nicht los«, sagte Sasza nach einer längeren Pause. »Wer hat Ihre Frauen umgebracht? Wer war der Täter? Das muss Sie doch jahrelang verfolgt haben. Angenommen,

Sie sagen die Wahrheit, und die Leichen liegen nicht einfach in dem Grab, das Sie mir eben gezeigt haben.«

»Sie glauben mir nicht?«, hakte Bondaruk nach. »Nach allem, was ich Ihnen anvertraut habe?«

Sasza gab keine Antwort. Sie war viel zu verwirrt.

»Wer hat das getan?«, wiederholte sie hartnäckig ihre Frage. »Oder wen haben Sie im Verdacht?«

»Die Leute erzählten, dass Stepan eine Tochter aus erster Ehe hatte, Irma, sie lebte in einem Internat und kam nur selten nach Hause.«

»Also war Stepan gar nicht schwul?«

»Seinerzeit gab es keine Schwulen«, stellte Bondaruk ohne einen Hauch von Ironie in der Stimme fest. »Schwulsein war etwas Abartiges, eine psychische Krankheit. Jeder schwule Mann suchte sich so schnell wie möglich eine Ehefrau. Stepan war nach seinen Schulungen in Moskau wie aus dem Nichts hier in Hajnówka aufgetaucht. Niemand kannte alle Einzelheiten seiner Biografie. Es hieß, er stamme von hier, aber niemand wusste das genau. Als Stepan starb, war Irma siebzehn Jahre alt. Ich selbst habe sie nie gesehen. Dunia und ich trafen uns heimlich, und sie sprach nur selten von ihrer Stieftochter. Sie hatte kein gutes Verhältnis zu ihr, aber sie versuchte, ihr die Mutter zu ersetzen.«

»Lassen Sie mich raten«, begann Sasza. »Das Mädchen verschwand spurlos, nachdem Sie Stepan und den Priester kaltgemacht hatten?«

»Dunia ist der Meinung, dass Irma mich gerettet hat«, bestätigte Bondaruk. »Dass ich nur dank ihr nicht verblutet bin. Und ich erinnere mich nebelhaft an schwarze Lackschuhe mit Schleife in einer Blutlache, bevor ich das Bewusstsein verlor, aber vielleicht bilde ich mir das auch nur ein. ›Giewont‹ meint, das Mädchen sei aus dem Weg geräumt worden, aber ich glaube eher, dass sie als Mitarbeiterin angeworben wurde. Sie wurde an einen anderen Ort gebracht, geschult, bekam eine neue Identität und einen neuen Lebenslauf. Sie haben doch gefragt, ob ich jemanden verdächtige. Ja, ich verdächtige Irma. Ich glaube, es war persönliche Rache, für den Mord an ihrem Vater. Sie ist die Einzige, zu der ich keine Unterlagen habe, denn bis heute wusste ich nicht, dass sie noch lebt.«

»Vielleicht ist das auch eine Lüge, und Irma liegt ebenfalls irgendwo hier unter der Erde, in einem Graben oder Loch, das die Glorreichen Sieben gegraben haben«, spottete Sasza. »Und deswegen grämen Sie sich so, weil es Ihnen um Stepan nicht leidtut, aber um seine siebzehnjährige Tochter schon.«

»Möglich«, gab Bondaruk zu. »Aber dann habe ich keinen blassen Schimmer, wer mich so sehr hassen sollte, dass er meine Frauen ermordet und eine Akte über mich anlegt. Ich habe alle gekauft, dann würde es also nicht um Geld gehen.«

»Das glaube ich nicht, dass Sie ihren Namen nicht kennen.«

Mittlerweile leuchteten nur noch zwei der Neonbuchstaben über dem Eingang des Hotels. Als sie ihre Reise begonnen hatte, war sie noch naiv genug gewesen zu glauben, die ganze Angelegenheit in wenigen Stunden erledigen zu können. Inzwischen war genau eine Woche vergangen und ein Ende nicht in Sicht.

»Leider hat sie sich so gut versteckt, dass ich nicht dahintergekommen bin, wer sie heute sein könnte«, entgegnete Bondaruk. »Sie wäre heute genau vierundfünfzig Jahre alt.«

»Passen Sie auf sich auf«, sagte Saza.

»Sie umso mehr auf sich«, antwortete Bondaruk. »Und machen Sie unbedingt Kopien. Aber geben Sie die Originale nicht aus der Hand.«

»Haben Sie keine Angst, ich weiß, was ich tue.«

»Ich habe keine Angst mehr.« Bondaruk holte aus seiner Jackentasche zwei alte Ausweise hervor. »Das sind die Ausweise der beiden Załuski-Brüder. Zeigen Sie sie Ihrer Mutter, Ihrem

Vater, Verwandten. Vielleicht erkennt sie jemand. Und wenn nicht, dann geben Sie die Ausweise eben dem Institut für Nationales Gedenken.«

»Und die anderen Akten?« Sasza wies auf den Stapel mit den Dokumenten der restlichen Fuhrleute.

»Die werden nach meinem Tod den rechtmäßigen Erben übergeben. Ich bin von hier, ich muss mich an die Regeln halten. Wenn die Erben über das Verbrechen einer antikommunistischen Untergrundorganisation schweigen wollen, dann muss ich das hinnehmen.« Mit quietschenden Reifen fuhr er vom Parkplatz.

Jowita 1999

Ich habe meine besten Klamotten angezogen und die Sportjacke mit den goldenen Streifen von Adidas. So eine hat sonst keiner in der Stadt.« Der Fleischberg unterbrach sich, als es an der Tür des Apartments klopfte.

Marzena steckte ihre Zigarette in eine leere Bierflasche und erhob sich mit einem Tanzschritt vom Sofa, wie eine Strohwitwe in Erwartung ihres Ehemanns. Piotr Bondaruk trat ein. Beim Anblick des Anzugträgers erhob sich auch der Stiernacken vom Sofa und ließ lässig die Muskeln spielen.

»Entspann dich, Igor. Der ist harmlos«, sagte Marzena wie zu einem Hund, warf einen besorgten Blick in den Hausflur und schloss dann die Tür.

Igor setzte sich wieder auf die Couch, ohne den Neuankömmling aus den Augen zu lassen.

»Ist Nikolai da?«, fragte Bondaruk.

Neben der Tür stellte er eine abgewetzte, schmutzige Sporttasche so vorsichtig ab, als enthielte sie Glas. Als Bondaruk die Henkel losließ, fiel sie sofort in sich zusammen. Sie war höchstens halb voll.

»Einkäufe«, erläuterte Bondaruk und wiederholte seine Frage: »Ist der Chef da?«

Marzena schüttelte erst den Kopf und dann die Hüften. Ihr blondes Haar war zu einer dauerhaften Stehmähne auftoupiert, die bei jeder nur denkbaren Bewegung in Form blieb. Ein ansprechendes Äußeres war entscheidend in ihrem Beruf. Marzena war durchaus branchentypisch, aber ziemlich altmodisch zurechtgemacht. Obgleich von Natur aus hübsch, verfügte sie über ein beachtliches Talent zur Selbstverunstaltung, doch daran störte sich hier niemand. Die Aufmerksamkeit der Kunden richtete sich allein auf ihren ausladenden Busen, der förmlich aus der Bluse quoll.

»Holt Nachschub für die Kunden«, erwiderte Marzena heiter, während sie aus den Augenwinkeln nach Igor schielte, der apathisch nickte.

Marzena wies dem Gast einen Platz auf der Couch zu. Igor rutschte zur Seite, damit der Besucher ihm ja nicht zu nahe kam.

»Ist schon seit einer Stunde unterwegs«, ergänzte Marzena. »Etwas muss ihn aufgehalten haben. Vielleicht haben sie Eisgekühlten bestellt? Unser Kühlschrank ist im Eimer.«

Bondaruk schaute sich in der geräumigen Wohnung um. Von dem spärlich möblierten Salon gingen vier Zimmer ab. Die Einrichtung bestand aus einem Tischchen, zwei Stoffsesseln und einem Sofa sowie einem rosa-grün gestreiften Teppich. Der Rest waren weiße Wände und saubere Fenster mit herabgelassenen Rollläden. Die vier Zimmertüren waren mit einbruchsicheren Schlössern versehen, alle fabrikneu. Einmal die Woche untersuchte der leitende Arzt des städtischen Krankenhauses die Mädchen. Sie waren gesund, sauber und hingen – zumindest theoretisch – nicht an der Nadel. Aber gerade weil er so viel in seine Mädchen investierte, hielt Nikolai sie lieber fest unter Verschluss.

Die Siedlung Manhattan sollte erst in einigen Monaten bezugsfertig sein, aber einige Mieter mit den richtigen Bekanntschaften hatten schon anfangen können, sich einzurichten. Als einem der ersten Kunden wurden Nikolai mit seiner Agentur die Schlüssel übergeben.

Heute waren fast alle Türen fest verschlossen, nur eine war angelehnt, sodass man im Rahmen das geräuschdämmende

Material sehen konnte. Bondaruk schaute Marzena an, doch die zog statt einer Antwort einen Schlüssel aus der Tasche und drehte ihn zweimal im Schloss. Zurück blieb eine gewöhnliche, unschuldige Tür.

»Theoretisch habe ich Dienst, aber es ist ja nichts los. Vielleicht die Wochenmitte oder das Wetter oder was weiß ich.« Sie hob das Kinn und wies auf das Zimmer gegenüber.

Wie Bondaruk sich denken konnte, war heute ein Ehrengast gekommen und hatte *exclusive* bestellt, deshalb war das Lokal so leer. Aber er fragte nicht, um wen es sich handelte, in Anwesenheit des Security-Manns war von Marzena ohnehin keine ehrliche Antwort zu erwarten. Bemüht, die Atmosphäre zu entspannen, wandte sich Marzena mit einem leichten Lächeln an ihren Kollegen:

»Erzähl weiter, Igor.« Sie zwinkerte Bondaruk zu, aber vielleicht kam ihm das auch nur so vor, denn Marzena Koźmińska schielte ein wenig.

Das Muskelpaket reagierte nicht sofort. Um Informationen zu verarbeiten, brauchte die steroidgesteuerte Schaltzentrale in seinem Kopf überdurchschnittlich viel Zeit. Er zog den Reißverschluss seiner Jacke ein Stück auf und trank den letzten Schluck Bier aus seiner Flasche. Stellte sie dann aber nicht ab. Im Falle eines plötzlichen Angriffs würde Igor die Flasche am Couchtisch zertrümmern und hätte sofort eine passende Waffe zur Hand. Bondaruk ging zu seiner Tasche und entnahm ihr drei Halbliterflaschen Klaren, dann stellte er noch anderthalb Liter Selbstgebrannten in einer Plastikflasche dazu.

Wortlos öffnete Igor die erste Flasche und nahm dann seine Erzählung wieder auf, die von Bondaruks Ankunft unterbrochen worden war. Mit einem Mal wurde er richtig redselig. Wie sich herausstellte, war er mit Marzena im selben Häuserblock im Warschauer Stadtteil Bródno aufgewachsen. Er war der jüngere von beiden, also hatte eher sie ihn großgezogen; trotzdem hatte er inzwischen die Rolle des älteren Bruders übernommen, was offenbar beiden sehr recht war. Eigentlich hieß er Juliusz, aber hier in der Gegend klang Igor glaubwürdiger, und es passte definitiv besser zu ihm.

Zwischendurch goss Marzena immer wieder nach. Beim Trinken hielt sie problemlos mit den Männern mit. Igor hörte nicht auf zu reden, bis Bondaruk nach der dritten oder der fünften Runde erneut nachfragte:

»Würdest du vielleicht mal anrufen? Der Chef ist schon ziemlich lange unterwegs …«

Igor lachte kurz auf, wurde aber gleich wieder ernst, holte ein übergroßes Handy hervor und tippte mit der linken Hand die Nummer ein. Er sprach nicht, lauschte nur. Dann nahm er eine der vollen Flaschen vom Tisch, schob sie in den Ärmel seiner Jacke und ging zur Tür.

»Die da haben noch 'ne halbe Stunde.« Igor zeigte auf Jowitas Zimmertür.

»Wenn sie überziehen, zahlen sie doppelt. Zehn Prozent für dich, wenn du sie vorher rauswirfst. Ich kenne doch unsere Prinzessin auf der Erbse. Sonst müssen wir Jowita noch in die Reha schicken, wenn das so weitergeht, und das mag Nikolai gar nicht.« Zu Bondaruk gewandt, fügte er hinzu: »Er ist momentan indisponiert. Ich sehe da eher schwarz.«

Marzena stand auf.

»Was ist mit ihm?«

»Nichts, hat Scheiße gebaut und liegt im Straßengraben. Die Sanitäter haben ihn einkassiert. Irgendeine Krankenschwester ist drangegangen. Ich muss los. Hältst du hier die Stellung?«

Ohne eine Antwort abzuwarten, verließ Igor die Wohnung. Nachdem die Tür ins Schloss gefallen war, saßen Marzena und Bondaruk lange schweigend da. In der Stille hörten sie unterdrücktes Krächzen und Flüche, dann einen Schlag gegen die Tür, und der Schlüssel drehte sich im Schloss. Ein Mann in Bondaruks

Alter, das Gesicht vom Trinken gerötet, erschien in der Tür und nickte ihnen zu. Den Landrat und ehemaligen Chef der Staatssicherheit konnte Bondaruk nicht ausstehen. Trotzdem neigte er ebenfalls kaum merklich den Kopf, als befänden sie sich in einem Palast und nicht in einem Provinzpuff.

»Wespe, was ist mit dem Wodka?«, brüllte Gaweł Marzena an.

Wortlos gab sie ihm eine der Flaschen, die Bondaruk mitgebracht hatte.

»Warm!« Er verzog angewidert das Gesicht und ging wieder ins Zimmer zurück.

»Ihr habt noch eine halbe Stunde. Nikolai hat gesagt …«, fing Marzena an, aber niemand außer Bondaruk hörte sie.

»Wer ist da noch drin außer ihm?«

Marzena zuckte mit den Schultern, nahm einen Schluck Wodka.

»Wie viele?«

Sie streckte vier Finger der rechten Hand hoch. Er hob den Kopf.

»Und sie allein?«

Marzena nickte schweigend. Bondaruk stand auf und horchte an der Zimmertür, aber es drang kein Laut durch die Isolierung.

»Wie lange geht das schon?«, fragte er ehrlich beunruhigt.

»Ich habe schon ganz andere Dinge gesehen. Sag mir lieber, was du willst, denn vögeln ist es ja offenbar nicht.«

Bondaruk stützte den linken Ellenbogen auf sein Knie und zog mit der anderen Hand ein aufwändig gebundenes Notizheft aus der Innentasche seiner Jacke.

»Vor ein paar Jahren hat jemand Weremiuk umgelegt, den Deutschlehrer. Das hier tausche ich für die Unterlagen, die er bei sich hatte.« Er zeigte auf das Notizbuch.

»Nicht meine Branche.«

»Was mit ihm passiert ist, ist mir egal, aber ich will das, was sie ihm abgenommen haben.« Er starrte sie an.

»War er dir etwas schuldig?«

Bondaruk gab keine Antwort und ging noch einmal zu Jowitas Zimmertür.

»Wir müssen da rein. Das ist ein Hurensohn, ich kenne ihn. Das überlebt sie nicht.«

»Jetzt spiel hier nicht den edlen Ritter.«

Bondaruk setzte sich wieder, wirkte aber zusehends nervös.

»Nur vergilbtes Papier.« Er lächelte.

»Vergilbtes Papier? Ist das denn was wert? Mehr wert als das, was du hier hast?«

»Überhaupt nicht«, versicherte er. »Aber ich bin schon alt. Da mag ich eben auch alte Dinge.«

»Was gegen den Stasi-Typen? Was Politisches?«

Bevor Bondaruk eine Antwort geben konnte, war Marzena zu seiner Sporttasche gegangen und hatte sie geöffnet. Neben mehreren Wurstringen lag ein ganzer Stapel druckfrischer Banknoten darin, noch mit Banderolen. Sie mussten eben erst von der Bank geholt worden sein.

»Hast du die Sparkasse ausgeraubt?«

»Das tausche ich gegen die Unterlagen von dem Deutschlehrer und lege noch das Notizbuch obendrauf. Sag das deinem Macker.«

»Ich bin nur ein einfaches Mädchen.« Marzena schloss die Tasche und setzte sich wieder aufs Sofa.

»Ich werde es ihm sagen«, versprach sie. »Aber er wird nichts ausrichten können, er ist nicht von hier.«

»Das war kein Amateur. Vielleicht war er es, der den Auftrag gegeben hat, Weremiuk kaltzumachen.« Bondaruk deutete auf die Tür, hinter der sich noch immer Jowita und wer weiß wie viele Männer befanden. »Aber die Hände hat er sich nicht schmutzig gemacht. Nikolai wird herausfinden, wer ihn aufgeknüpft hat und in wessen Auftrag, wenn er noch eine Eigentumswohnung hier in ›Manhattan‹ haben will. Ich habe sie ihm versprochen, aber ich kann sie auch jemand anderem geben.«

»Warum zum Teufel ziehst du mich da mit rein?«

Bondaruk antwortete nicht. Marzena zog die Jacke ihres Jogginganzugs über und legte die Stirn in Falten.

»Interessant. Vor zwei Wochen war schon mal einer hier wegen diesem Germanisten, den sie aufgehängt haben«, erzählte sie und zündete sich eine Zigarette an. »Er hat sich mit Nikolai unterhalten, ich habe das zufällig gehört. Vielleicht ist der Chef heute nicht von alleine im Straßengraben eingeschlafen ... Auf jeden Fall hoffe ich sehr, dass Igor wiederkommt, sonst muss ich mir nämlich eine neue Arbeit suchen.«

Bondaruk ergriff ihre Hand und streichelte sie.

»Zwanzigtausend«, sagte er. »Wenn die Information stimmt.«

Sie entzog ihm ihre Hand und drehte sich zum Fenster.

»Wenn ich doch nur hier rauskommen und abhauen könnte!« Sie sah ihn treuherzig an. »Mit zwanzigtausend kann ich mir aber kein neues Leben aufbauen.«

»Schlägst du gerade vor, dass du die Sache allein regelst?«

»Nikolai war in die Sache verwickelt. Er hat seinen Anteil bekommen, er wird nichts sagen. Und der andere Typ war nicht von hier.«

Bondaruk packte sie an den Schultern, er war jetzt zu allem entschlossen.

»Das sind die Dokumente von den Fuhrleuten, die nach dem Krieg ermordet wurden. Das Institut für Nationales Gedenken ist schon an der Sache dran. Die Untersuchung kann einigen alten Säcken hier ihren ruhigen Lebensabend verbauen. Bisher habe ich gedacht, dass diese Dokumente gar nicht existieren.«

Marzena verzog das Gesicht. Sie hatte genug von der Angelegenheit.

»Ich will gar nicht wissen, was das ist. Politische Sachen gehen mir am Arsch vorbei, genauso wie irgendwelche Geschichten von anno dazumal. Ich will nur mein Geld. Ich finde heraus, wo die Dokumente sind und wer sie hat. Du kümmerst dich um den Rest und engagierst einen Menschen mit geschickten Händen, der die Papiere aus der Hütte des Besitzers holt. Ich kenne mich nur mit Raubüberfällen und Blowjobs aus. Aber das interessiert dich ja nicht.«

»Zu meinem außerordentlichen Bedauern.« Er lächelte.

Plötzlich hellte sich ihr Gesicht auf. Sie schaute auf die Uhr, zog einen Schlüssel aus der Tasche und ging zum Wandschrank, wo sie die Kamera ausschaltete, die die ganze Zeit gefilmt hatte, was in Jowitas Zimmer geschah. Sie spulte das Band zurück und drückte dann auf Wiedergabe. Zuerst hielt sie sich vor Erstaunen eine Hand vor den Mund, dann verzog sie das Gesicht zu einer wütenden Grimasse. Sie schloss den Schrank wieder und schaute Bondaruk an.

»Hilfst du mir?«, fragte sie, bemüht, Ruhe zu bewahren. »Wenn ich diese Perversen jetzt nicht fertigmache, werden sie die Mädchen reihenweise vergewaltigen und jedes Date in ein Massaker verwandeln. Ich habe ihnen sogar zwanzig Minuten zu viel gegeben.«

»Mit Igor kann ich es aber nicht aufnehmen.« Bondaruk krümmte sich.

»Das schaffst du schon, Alter.« Marzena lächelte. »Du hast doch noch ganz andere Dinge auf dem Kerbholz.«

Sie öffneten die Tür, auf drei. Zuerst sahen sie den Hintern und die dünnen Beine des Landrats Adam Gaweł. Auf dem Bett daneben schlief vollständig bekleidet Wadim Troc, der junge Chefredakteur der Lokalzeitung. Nur der Reißverschluss seiner Jeans war offen, da er keine Unterhosen trug, sah man sein mickriges, schlaffes Geschlechtsteil. Der Polizist Przemysław JahJah Frankowski versuchte, ihn zu wecken, aber er war so betrunken, dass er nur unter viel Getöse die Flaschen auf dem Tisch umwarf.

Jowita lag rücklings auf dem Bett, übersät mit blauen Flecken, die Nase ganz offensichtlich gebrochen und mit einem zugeschwollenen Auge. Sie war bewusstlos. Über ihr stand der Polizeikommandant Tomasz Terlikowski mit einem Ledergürtel in der Hand. Sein offenes Hemd war unter den Achseln und am Rücken von Schweiß durchtränkt, als hätte er eine übermenschliche Anstrengung hinter sich.

»Was soll denn dieser Überfall? Ich bin hier noch nicht fertig«, schrie er unbeherrscht. »Ihr habt euer Geld gekriegt, jetzt soll die Hure ihre Arbeit machen. Hat mir eh noch einen Hunderter aus dem Portemonnaie gezogen, SM kostet extra, sagt sie.«

»Eure Zeit ist um!« Marzena eilte zu ihrer Freundin.

Irgendwann im Verlauf der Orgie musste Jowita das Bewusstsein verloren und schon längere Zeit reglos dagelegen haben. Als Marzena sie berührte, roch sie Blut und andere Körperflüssigkeiten, Jowita hing so schlaff in ihren Armen, dass sie ihr förmlich durch die Hände floss.

»Sie stirbt!«, stieß Marzena hervor, und Tränen traten ihr in die Augen, dann schrie sie: »Ihr Hurensöhne!«

»Du hast sie ordentlich rangenommen, und sie hat sich gleich eingemacht, so sehr hast du sie beeindruckt«, lachte Gaweł und schlug Terlikowski, der schon wieder halb angekleidet war, auf den Rücken. »Gehen wir, Jungs. Für den schlechten Service wird Nikolai bezahlen. Der kann hier einpacken. Wir wollen keine dreckigen Nutten in unserer Stadt.«

Bondaruk stand immer noch in der Tür und beobachtete schweigend das Geschehen, daher schenkten die Männer ihm anfangs keine Beachtung. Doch als Terlikowski an ihm vorbeiging, griff Bondaruk ihn an der Kehle und drückte ihn an die Wand. Terlikowski wurde erst rot und dann bleich, seine Augen traten aus den Höhlen, er rang keuchend nach Luft. Gaweł warf sich Bondaruk in den Rücken und versuchte, ihn von Terlikowski wegzuziehen. Daraufhin ließ Bondaruk von dem Kommandanten ab und wandte sich dem Landrat zu. Er bekam eine leere

Flasche zu fassen, zerschlug sie an der Tischkante und zog dem Landrat die Glasbruchkante über den Hals. Aber der Schlag war schlecht gezielt und die Wunde nur oberflächlich.

»Hast du sie noch alle?!« Gaweł wand sich aus Bondaruks Griff, zog sich ans Fenster zurück und riss ein Stück vom Vorhang ab, um seine Wunde zu versorgen.

»Das ist nur eine Nutte. Und sie hat mehr als genug gekriegt.«

JahJah Frankowski kroch auf allen vieren aus dem Zimmer. Seine Kleider hatte er zu einem Bündel zusammengerollt. Als der Polizist an Bondaruk vorbeikam, trat der ihm mit einer solchen Wucht in den Hintern, dass JahJah, eine Urinspur hinterlassend, bis ins Wohnzimmer rollte. Troc verließ das Zimmer aus eigener Kraft und ohne einen Kratzer. Er drückte sich an der Wand entlang und verschwand wie ein Geist. Plötzlich näherte sich der inzwischen vollständig bekleidete Kommandant Terlikowski Bondaruk von hinten und schlug ihm einen großen Tonkrug aus Jowitas Zimmer auf den Kopf. Es wurde dunkel.

Jowita lag auf dem Sofa und murmelte fiebertrunken unverständliche Worte. Dunia Orzechowska hatte ihr starke Schmerzmittel verabreicht und die Verletzungen notdürftig versorgt.

»Ihr müsst sie ins Krankenhaus bringen.« Sie sah Bondaruk an, der mit einer Packung Tiefkühlspinat auf dem Kopf auf dem Sofa saß und seinerseits Marzena anschaute.

»Wenn Nikolai uns findet, bringt er uns um«, erwiderte Marzena. Sie rauchte eine Zigarette nach der anderen und warf die Kippen auf den Fußboden. »Erst tötet er mich, dann Jowita und am Ende dich«, fügte sie hinzu.

»Ich komm schon mit ihm zurecht«, stöhnte Bondaruk. »Keine Panik.«

»Hast du gehört, was ich gesagt habe?«, wiederholte Dunia. »Das Mädchen muss operiert werden. Sie stirbt, wenn du nichts unternimmst. Ruf wenigstens den Notarzt.«

Marzena schoss plötzlich hoch und lief in ihr Zimmer, raffte wahllos zusammen, was ihr gerade in die Hände fiel, und stand im nächsten Moment mit einem kleinen Koffer in der Hand wieder im Salon.

»Ich hau ab«, verkündete sie und war im nächsten Moment schon an der Wohnungstür.

»Und deine Freundin?«, brachte die schockierte Dunia mühsam heraus.

»In dieser Branche gibt es keine Freundinnen, gnädige Frau!« Die Wespe machte einen Knicks. »Wenn die Kleine abkratzt, sollten sie euch besser nicht hier finden, sonst hängen sie euch die Sache an.«

Dunia biss sich auf die Lippen, dann ging sie zu Bondaruk hinüber und schaute ihn schweigend an.

»Und du machst gar nichts?«

Unter sichtlicher Anstrengung erhob sich Bondaruk vom Sofa und holte aus seiner Hosentasche einen Autoschlüssel.

»Ich habe an den Bahnschienen geparkt, an der ulica Armii Krajowej. Vor dem Milchgeschäft.«

Marzena verschlug es fast die Sprache.

»Ich habe keinen Führerschein.«

Bondaruk drehte sich zu Dunia um.

»Kola soll herkommen und einen starken Kerl mitbringen, dem man vertrauen kann. Allein können wir sie nicht tragen. Und du ruf in Bielsk an. Vielleicht kann der Oberarzt sie zu Hause behandeln.«

Dunia zog ihren Mantel an und drehte sich um.

»Redet mit ihr. Noch einmal holen wir sie nicht zurück.«

Marzena klimperte mit den Schlüsseln, seufzte schwer und stellte ihren Koffer neben Bondaruks Tasche ab.

»Wie viel Zeit haben wir?«, fragte Bondaruk Dunia.

»Eine Stunde hält sie wohl noch durch.«

»Das müssen wir schaffen.«

Jowita spielte mit ihrem kleinen Sohn, als ihre Mutter mit einem Gesicht wie drei Tage Regenwetter ins Zimmer trat.

»Besuch für dich«, erklärte sie. »Sie sagt, sie sei eine Freundin von dir, aber das muss wohl ein Irrtum sein. Sie sieht aus wie ein Freudenmädchen.«

Jowita küsste ihren Sohn auf die Stirn, band sich ein Tuch um den Kopf und ging in den Vorraum. Vor einem halben Jahr erst hatten sie sich das letzte Mal gesehen, aber Marzena hatte sich sehr verändert, sie verströmte schon von Weitem den Geruch von schnell verdientem Geld. Sie lehnte an einem weißen Mercedes, aus den voll aufgedrehten Lautsprechern dröhnten Disco-Hits.

Jowita trat an ihre Freundin heran und küsste sie auf die Wange. Bevor Marzena irgendetwas sagen konnte, fügte sie hinzu:

»Meine Mutter hat mir eine Stelle in der Molkerei besorgt. Ich bleibe hier.«

»Zum Kühemelken?« Angewidert verzog Marzena das Gesicht.

»Das ist besser, als herumzuhuren.« Jowita zeigte auf ihre Höckernase. »Ich bin noch immer nicht richtig wiederhergestellt.«

Marzena lief um das Auto herum und klopfte an die Frontscheibe. Die Fahrertür öffnete sich, und ein junger, unglaublich unattraktiver Mann mit Brille und flachem Gesicht stieg aus. Zu allem Überfluss war er über und über behaart. Im Zoo hatte Jowita schönere Gorillas gesehen.

»Darf ich vorstellen: der Haarige – Jowita.«

»Monika«, korrigierte Jowita.

»Jarek«, stellte sich der Haarige vor.

Sie schüttelten einander die Hände und schauten sich neugierig an. Marzena schnalzte bedeutungsvoll. Jowita bat die Gäste ins Haus, aber die lehnten einträchtig ab. Jowita schaute sich um. In der Haustür stand ihr Sohn. Im Gesicht des Kindes zeichnete sich die Angst ab, die Mutter könnte erneut wegfahren und es bei der strengen Großmutter zurücklassen. Der Junge war sensibel, ängstlich, wie ein Hund aus dem Tierheim, der unzählige Male ausgesetzt worden war. Sie ging zu ihm und nahm ihn auf den Arm.

»Das ist mein Sohn, Tomek«, stellte sie den Erwachsenen das Kind vor. »Und das sind Tante Marzena und Onkel Jarek. Die Tante hat auch Kinder, weißt du? Sogar drei!«

Sofort begann Marzena, auf den Kleinen einzuplappern. Der Haarige stand steif daneben, als hätte er einen Besenstiel verschluckt. Jowita wurde den Eindruck nicht los, dass er es eilig hatte. Er sah nicht wie Marzenas fester Freund aus, eher wie ein Intellektueller oder ein Beamter. Solche Typen mochte die Wespe eigentlich nicht.

»Gibt es hier irgendwo ein Café?«, fragte der Haarige schließlich.

»Ich will den Kleinen nicht allein lassen«, erwiderte Jowita ausweichend und strich dem Jungen über die flachsblonden Haare. Er schmiegte sich in die Arme seiner Mutter, als suche er Schutz vor dem Regen. »Hier auf dem Dorf gibt es nur eine schreckliche Spelunke. Wir müssten in die Stadt fahren.«

»Dann fahren wir doch!« Marzena war sofort Feuer und Flamme. »Der Kleine kann ja mitkommen. Magst du Pommes, junger Mann? Alle echten Männer mögen Pommes! Ich kenn mich da aus!«

»Ich weiß nicht.« Jowita senkte ihre Stimme zu einem Flüstern, aber ihr Tonfall war entschieden. »Mir geht es gut hier, Marzena. Langeweile und schwere Arbeit, aber ich hab meine Ruhe. Sei mir nicht böse, aber ich fahre nicht mit.«

Sie drehte sich um und wollte ins Haus zurückgehen, aber Marzena ergriff sie so fest am Arm, dass es wehtat. Der Junge begann zu weinen. Sofort ließ die Wespe ihre Freundin los. Jowita beschleunigte ihren Schritt.

»Wir können ein gutes Geschäft machen!«, rief Marzena ihr hinterher. »Aber das geht nur, wenn du mitmachst.«

Jowita presste die Lippen zusammen, hielt inne und drehte sich um.

»Nein. Und komm bitte nicht wieder her.«

Marzena kramte eine Videokassette aus ihrer Tasche hervor. Jowita runzelte die Stirn. Sie verstand nicht, worum es hier ging.

»Sie müssen bezahlen«, erläuterte Marzena, nun schon sanfter.

»Hör doch auf!« Jowita winkte ab. »Für mich sind die gestorben. Wer wird sich schon mit dem Fall befassen? Du weißt doch selber, wer sie sind und wer ich bin. Wir haben keine Chance.«

»Aber ich rede doch gar nicht von einem Verfahren.«

Jowita schüttelte den Kopf.

»Nein!« Sie ergriff Marzenas Hand. »Ich bitte dich, mach das nicht. Zieh mich da nicht mit rein.«

»Gut, dann hole ich mir die Kohle eben alleine. Aber dann kriegst du nicht einen Cent!« Sie zeigte auf das alte Haus von Jowitas Eltern. »Deine Nase kannst du machen lassen. Die OPs sind jetzt spottbillig. Du bist noch jung. Du hast noch eine gute Chance, jemand Neues kennenzulernen. Hab keine Angst«, bearbeitete Marzena sie weiter. »Ich kümmere mich um alles. Wir kriegen sie alle vier. Sie werden bis an ihr Lebensende blechen. Piotr Bondaruk wird uns dabei helfen.«

»Das hat er gesagt?«, fragte Jowita hoffnungsvoll.

Marzena grinste.

»Noch weiß er nichts davon, aber er wird es bald herausfinden. Bei Gelegenheit werde ich ein Wörtchen mit ihm reden. Ich muss ihm eh noch den Wagen zurückgeben. Kriegst du Unterhalt?«

Jowita senkte den Kopf. Als sie schließlich antwortete, war ihre Stimme tonlos.

»Von dem sehe ich nie auch nur einen Penny.«

»Den machen wir auch fertig«, versprach Marzena und nahm Jowita und Tomek in den Arm.

Als sie im Auto saßen, schaute sie sich um. Auf den hellen Bezügen entdeckte sie dunklere Flecken. Sie berührte sie vorsichtig, wie vernarbte Wunden, denn sie wusste, dass es ihr eigenes Blut war. Dann schaute sie in den Rückspiegel und traf dort Jareks Blick. Sofort senkte Jowita die Lider. So hübsch wie früher würde sie nie wieder aussehen, dachte sie. Nichts würde jemals wieder wie früher sein.

»Gut siehst du aus«, fuhr Marzena unterdessen unbeirrt fort. »Man merkt, dass es dir gut geht – trotz der widrigen Bedingungen. Ach, und bevor ich es vergesse, Nikolai und Igor lassen dich grüßen. Sie sind dir nicht böse. Sie haben jetzt einen Laden in Narewka. Die Kommandantur in Bielsk ist kooperativer.«

»Was sind Bedingungen?«, fragte plötzlich der Junge.

»Bedingungen sind das, was deine Mama mit dir ausmacht, wenn du ein neues Spielzeug willst.« Marzena, ganz die gute Tante, drehte sich auf dem Beifahrersitz um und erklärte dem Jungen: »Deine Mama sagt, sie kauft dir ein tolles Feuerwehrauto oder neue Legosteine, aber dafür musst du etwas tun. Und wenn du das nicht tust, dann kauft sie nichts.«

»Mama kauft mir nie etwas.«

Jowita war kurz davor, in Tränen auszubrechen.

»Weil sie kein Geld hat«, erwiderte Marzena resolut. »Aber das wird sich bald ändern, kleiner Mann. Geld ist die Grundlage allen Glücks. Merk dir das.«

Dann schob sie eine Madonna-Kassette ins Autoradio. Es lief »Material Girl«.

Hajnówka, 2014

Dienstags aß die Rosłoniowa ihr Frühstück immer zum Abendbrot, damit sie mittwochs schon um drei Uhr morgens auf dem Gemüsegroßmarkt in Bielsk Podlaski war. So konnte sie an ihrem Marktstand TO-MI-TO auf dem Rubel-Platz in Hajnówka die frischsten Waren anbieten, nach denen die besonders fleißigen Hausfrauen und die Lieferanten der Gastronomiebetriebe schon um sechs Uhr morgens anstanden. Beim Transport, dem Verladen und dem Aufbau der Ware half der Rosłoniowa ihr Sohn Mirosław, und seitdem der Enkel in die Krippe ging, arbeitete die Schwiegertochter Andżelika im Familienbetrieb mit.

Wie jeden Mittwoch schleppten sie auch an diesem Kartoffelsäcke, rollten Fässer mit Sauerkraut und trugen Kisten voller aromatischer Tomaten, schwarz glänzender Auberginen und milder Zwiebeln in den Lieferwagen.

Mittwoch war auch der einzige Wochentag, an dem hinter dem Verkaufstresen von TO-MI-TO die gesamte Familie Rosłon stand. Die Schlange vom Gemüseladen reichte dann bis zur Ecke des Marktplatzes, wo sie sich mit den Wartenden vor dem Fleischereigeschäft Nesteruk vereinte.

Eben warf die TO-MI-TO-Inhaberin einen letzten prüfenden Blick auf ihre Waren und kam zu dem Schluss, dass alles in bester Ordnung war. Mit einer schwungvollen Bewegung drehte sie das handgeschriebene »Geöffnet«-Schild um und schloss die Ladentür auf. Sofort drängte eine Meute Klatschtanten ins Geschäft und reihte sich gehorsam in eine Schlange ein.

»Ein halbes Kilo Sauerkraut«, verlangte eine Kundin.

Die Rosłoniowa hatte gerade Kartoffeln abgewogen und deshalb schmutzige Hände. Die gewaschenen Kartoffeln in den Supermärkten hielt sie für giftig. Sie verkaufte nur gute Kartoffeln mit Erde und Sand. Manchmal packte sie den Kundinnen auch etwas mehr ein, als sie abwog, schließlich musste man die Kartoffelschalen abziehen, und sie war sicher, dass die jeweilige Hausfrau schon nächste Woche wieder treu bei ihr in der Schlange stehen würde.

»Mirosław!«, rief sie ihrem Sohn zu, der wie ein folgsamer Hund sofort vor ihr stand. »Mach das Kraut auf, die Dame möchte ein halbes Kilo. Gib ihr das frische aus dem neuen Fass.«

Mit geübtem Griff nahm Mirosław den Deckel ab, griff nach dem Schöpflöffel und rührte das Kraut um. Er wollte schon den Plastikbehälter füllen, als er hinter sich die zischende Stimme der Kundin hörte:

»Aber ohne Wasser, bitte. Und Frau Rosłoniowa soll mir das Kraut abwiegen. Ihr vertraue ich, aber Sie sehe ich zum ersten Mal hier.«

In der Warteschlange erhob sich ein Raunen. Mirosław wirkte wie ein begossener Pudel, aber seine Mutter reagierte gar nicht auf die Stichelei. Sie warf ihrem Sohn einen Blick zu und übergab ihm wortlos die Plastiktüte mit den Kartoffeln. Dann trat sie lächelnd an die Ladentheke. Den alten Drachen erkannte sie auf den ersten Blick. Es war Adam Gaweł's nicht mehr ganz junge wohlbeleibte Haushälterin. Offenbar hielt sie sich für etwas Besseres, weil sie die Kloschüssel des Landrats putzte und das Essen für seine zahlreiche Kinderschar kochte.

»Das wird wohl ein Bigos, was?«, verwickelte sie die Kundin in einen kleinen Plausch.

Die Rosłoniowa wusch sich die Hände, zog gelbe Plastikhandschuhe über und machte sich an die Arbeit. Während sie im Fass rührte, hielt sie einen Vortrag darüber, wie schwierig es war, guten Kohl zu bekommen. Ihr Kohl war bio, das betonte sie, als sie der Kundin deutlich mehr in den Behälter lud, als diese bestellt hatte.

Zuerst schöpfte sie Sauerkraut oben aus dem Fass, aber dort hatte sich zu viel Saft abgesetzt, deshalb tauchte sie den breiten Schöpflöffel tiefer in das Kraut. Plötzlich spürte sie einen Widerstand. Sie drückte und schüttelte fachgemäß, damit das überschüssige Wasser aus dem Kraut ablief, und füllte dann den Eimer. Sie wollte den Schöpflöffel schon wieder an den Haken hängen, als ihr etwas auffiel. Sie hatte den Verdacht, jemand könnte sie betrogen und ihr einen Ziegelstein ins Sauerkrautfass gelegt haben. Misstrauisch beugte sie sich über den Behälter und erstarrte.

Im frischen Sauerkraut schwamm ein menschlicher Schädel. Die grauen Haare schwebten im Sauerkrautsaft wie die Arme einer Medusa, was dem aufgedunsenen Gesicht der Leiche ein makaber-groteskes Aussehen verlieh. Die Rosłoniowa schrie nicht auf und fiel auch nicht in Ohnmacht. Sie legte den Schöpflöffel beiseite, zog wortlos ihr Telefon aus der Tasche und wählte die 110. Dann teilte sie der verbliebenen Kundschaft mit, das Geschäft sei für heute geschlossen.

Als sie das Schild an der Ladentür auf »Geschlossen« gedreht hatte und auf die Polizei wartete, dachte sie über die zu erwartenden Umsatzeinbußen nach. Es ging nicht nur um dieses eine Fass Sauerkraut, es ging um ihr ganzes Lebenswerk. Wenn sich das herumsprach, so fürchtete sie, würde nie wieder jemand auch nur Trockenobst bei ihr kaufen. Dann wäre TO-MI-TO – ein Kürzel aus den Vornamen der Familienmitglieder: ihres eigenen, Tosia, ihres Sohnes, Mirosław, und ihres verstorbenen Ehemannes, Tolik – für die Einheimischen für immer der Ort, an dem im Sauerkraut Leichenteile schwammen.

Kommissar Domański hatte soeben ein Interview mit der Presse beendet, als der junge Polizeianwärter Błażej Frankowski nach Atem ringend ins Büro stürmte. Beim Anblick der attraktiven Journalistin vom Polnischen Radio, die gerade ihre Geräte zusammenpackte, verbeugte er sich und wurde rot wie eine Tomate. Dann bat er Doman auf den Flur hinaus.

Die im Zimmer verbliebene Journalistin versuchte, das Gespräch zu belauschen, verstand aber trotz größter Konzentration nicht mehr als »Rubel-Platz«. Als Doman zurückkam, fragte sie ihn, was passiert sei. Nichts, log er, hatte es aber plötzlich sehr eilig.

Sobald sie die Kommandantur verlassen hatte, ließ sie sich von ihrem Fahrer zum Marktplatz fahren. Gleich darauf sah sie dort auch Kommissar Domański wieder.

Das Gelände war ab der Einfahrt zum Parkplatz abgesperrt. Auf allen Seiten, sowohl vor dem Museum der Weißrussischen Kultur an der Hauptstraße als auch vor den Marktbuden an der ulica Trzeciego Maja, versperrten Schaulustige den Zugang. Im Leśny Dworek hatten die Journalisten bereits ihr Pressebüro aufgeschlagen. Das Polizeiband, mit dem für gewöhnlich Tatorte abgesperrt wurden, war ein eindeutiges Zeichen, dass sich auf dem Rubel-Platz eine Tragödie ereignet haben musste. Die Leute tuschelten von einem Menschenfresser und von Leichenteilen in einem der Läden. Erstaunlich schnell hatte die Polizei die beachtliche Zahl der Gewerbetreibenden unter Kontrolle gebracht. Alle mussten ihre Geschäfte verlassen, durften sich aber nicht vom Ort des Geschehens entfernen.

Natürlich machten sich Taschendiebe das Gedränge zunutze, und schon bald musste sich die Polizei um mehrere Fälle entwendeter Portemonnaies kümmern. Kurz darauf wurde bekannt gegeben, dass sämtliche Personen, die sich an diesem Mittwochmorgen auf dem Rubel-Platz befunden hatten, vernommen werden sollten.

Krystyna Romanowska, die zusammen mit Kommissar Domański, dem Kollegen von der Woiwodschaftspolizei, eben erst am Ort des Geschehens eingetroffen war, bekam sofort Migräne. Während sie im Handschuhfach ihres Wagens nach Schmerztabletten suchte, hörte sie über Funk die Meldung:

»An alle Einheiten. Ich wiederhole: an alle Einheiten. Der zur Fahndung ausgeschriebene Łukasz Polak wurde am Busbahnhof gesehen. Er ist unterwegs in Richtung katholische Kirche. Ende.«

Das Herzstück von Magdalena Prus' Wohnung in der Prominentensiedlung Manhattan war ein abschließbarer Raum mit zahllosen Ablagefächern, Ständern und Kleiderstangen, in dem ihre fünfhundert Kleider, ihre dreihundert Pullover mit V-Ausschnitt, ihre zweihundert Kostüme und die circa eintausend anderen Blickfänger Platz fanden. Auch Marek, der die Einrichtung der begehbaren Garderobe besorgt hatte, fand dort Platz, denn außer handwerklichem Geschick besaß er auch einen harten Schwanz. Zuweilen witzelten sie, dass nur ein echter Prolet einer Frau ihres Ranges vollumfängliche Liebesbeweise erbringen konnte.

Sie trafen sich einmal die Woche, schlimmstenfalls zweimal im Monat. In der Zwischenzeit hatten sie keinen Kontakt, auch wenn Marek Feiertage, Geburtstage, Valentinstage und Jahrestage besser im Kopf hatte als alle drei Exmänner der Ärztin zusammengenommen. Sie hatten einfach Spaß im Bett, und je älter sie wurden, desto mehr Spaß hatten sie. Mittlerweile kannten sie einander in- und auswendig. Marek hatte im Handumdrehen begriffen, dass ihm die Ehre zuteilgeworden war, eine Luxusfrau ficken zu dürfen. Daher brachte er jedes Mal eine Flasche guten Wein mit oder ein »Parföng«, manchmal auch ein Kleidungsstück in Größe 36. Natürlich wählte er die Geschenke niemals allein aus. Magdalena schickte ihm per Mail einen Link oder führte ihn in ein Geschäft und zeigte mit dem Finger darauf. Auch im Bett hatte Marek sie noch nicht ein einziges Mal enttäuscht. Dabei waren ihre sexuellen Bedürfnisse beachtlich.

Heute war ihre zinnerne Hochzeit, deshalb stand Doktor Prus lange vor dem Spiegel und überlegte, welches Kleid sie wählen sollte. Nach zehn gemeinsamen Jahren wusste sie ganz genau, was Marek mochte, aber sie folgte immer nur ihren eigenen Vorlieben und niemals den seinen. Andernfalls hätte sie sich billige Krankenschwesterkostüme mit Plastikhaube oder bayerische Lederhöschen anziehen und Zöpfe flechten müssen. Heute hatte sie Lust, Audrey Hepburn zu sein, also wählte sie ein artiges Blumenkleid mit weiter Taille und steckte ihre Haare zu einem altmodischen Dutt. Zum Schluss wählte sie ausgefallene Unterwäsche und Seidenstrümpfe, ein kleines Zugeständnis an die Vorlieben ihres Partners.

Als die Klingel schrillte, musste sie nicht auf die Uhr schauen, um zu wissen, dass Marek wie üblich überpünktlich war. Und obwohl sie sich fast schon damit abgefunden hatte, dass ihr Wochenend-Liebhaber nie lernen würde, dass Menschen mit Stil immer zu spät kamen, fluchte sie leise in sich hinein. Die Klingel ging noch zwei weitere Male, aber Magdalena Prus dachte nicht daran, sich zu beeilen. Sie war jetzt mit der Auswahl der Schuhe beschäftigt. Erst als sie ein Paar Vintage-Pumps aus Schlangenleder mit niedrigem Absatz gefunden und angezogen hatte, konnte sie die Tür öffnen und ihren Gast begrüßen.

Die Überwachungskamera war ausgeschaltet. Schon seit mehreren Jahren hatte Doktor Prus die Security-Firma nicht mehr bezahlt. Also drückte sie den Knopf und öffnete das Tor, ohne zu fragen, wer sie beehrte. Dann ertönte die Klingel noch einmal. Sie wusste, dass Marek jetzt an den Blumenrabatten vorbeiging und gleich vor ihrem Eingang stehen würde. Sie beschloss, ihm entgegenzugehen. Der Mond war fast voll, und ihr war nach Küssen unter freiem Himmel. Mit einer schwungvollen Geste öffnete sie die Tür und klimperte verführerisch mit den Augenlidern. Aber das Lächeln verging ihr sogleich und machte einem verwunderten Ausdruck Platz. Vor ihr stand Łukasz Polak.

Er war zerknittert, unrasiert und roch ungewaschen. Sein einer Arm war zerkratzt, und unter dem linken Auge hatte er ein kleines Veilchen. Magdalena fühlte sofort männliche Pheromone. Schon während Polaks Aufenthalt in der Ciszynia-Klinik hatte sie ein Auge auf ihn geworfen, obwohl er keinerlei Interesse an ihr gezeigt hatte.

»Darf ich?« Er machte einen Schritt nach vorn und betrat ihre elegante Wohnung ohne jede Erklärung, aber auch ohne jede Spur von Arroganz.

Magdalena Prus stand betreten im Flur und schaute immer noch die Blumenrabatte an. Was würde sie tun, wenn in wenigen Minuten Marek bei ihr auftauchte? Sofort warf sie die Tür ins Schloss. Und wenn sie ihn einfach nicht hereinließe? Aber das bedeutete sicherlich einen ganzen Monat ohne Stelldichein, und das wäre kaum zu verschmerzen.

»Gehst du aus?«, fragte Polak, und da er keine Antwort erhielt, führte er die Unterhaltung allein weiter: »Ich habe mich in den Gebäuden des alten Krankenhauses versteckt. Eine Ratte hat mich gebissen, während ich schlief«, erklärte er und zeigte auf seine Wunde.

»Idiot«, murmelte Magdalena und ging ins Bad, um die Hausapotheke zu holen. Sie kam mit einem alten Köfferchen zurück, klappte es auf und suchte die notwendigen Mittel heraus. Dann hob sie den Kopf und fragte misstrauisch:

»Hat dich jemand gesehen?«

Sie begann, die Wunde zu reinigen, gab sich aber keinerlei Mühe, sanft oder vorsichtig zu sein. Bei jeder Berührung mit dem Tupfer zog Polak scharf die Luft ein.

»Heute wollte ich zur Polizei gehen.«

»Na bravo«, murmelte Magdalena.

»Ich werde euch nicht verraten.«

»Ja, klar. Genauso, wie du während deiner gesamten Therapie geschwiegen hast. Junge, ich weiß alles über dich und dein Leben. Übrigens sucht dich diese Frau.«

»Sie sucht mich?« Polak schaute sich verwundert um. »Sasza ist hier?«

Magdalena verband gerade seinen Arm.

»Sie ist in der Stadt und wollte dich unbedingt sehen. Ich habe ihr davon abgeraten, aber sie ist stur. Jetzt hat sie einen gebrochenen Arm und ein ernsthaftes Problem.«

Polak erhob sich vom Sofa.

»Warum hast du nichts gesagt?«

»Wie denn, wenn du nicht ans Telefon gehst?«

»Ich hatte Angst, dass ich abgehört werde«, flüsterte er. »Ich bin in Schwierigkeiten.«

»Das weiß wahrscheinlich schon ganz Polen«, lachte Magdalena Prus. »Bis gestern warst du im Fernsehen die Nachricht Nummer eins. Eigenartig, dass sie dich noch nicht erwischt haben.«

»Ich bin nicht weggelaufen«, gab er zu, »ich wusste von nichts.«

»Typisch für dich.«

»Hast du was zu essen?« Polak zeigte auf das erlesene Dinner, das schon fertig angerichtet auf der Marmorplatte in der Küche stand.

Magdalena Prus hob die Augen gen Himmel, ging in die Küche, öffnete den Kühlschrank und holte Brot, Butter, Wurst und Milch heraus. Polak stürzte sich auf die Lebensmittel, als hätte er tagelang gehungert. Sie wollte nicht fragen, was er wusste, was er getan hatte oder was nicht. Damit wollte sie sich nicht belasten. Stattdessen überlegte sie, wie lange die Sache wohl noch dauern würde und wie sie ihn am elegantesten rausschmeißen könnte. Schließlich packte sie alle Lebensmittel in eine Plastiktüte.

»Nimm das und verschwinde«, sagte sie. »Aber schnell. Und denk bloß nicht, dass ich dir Geld gebe.«

»Wohin soll ich denn gehen?«

Mittlerweile ging er Doktor Prus gehörig auf die Nerven.

»Was erwartest du von mir?«

»Sag ihnen, dass ich es nicht war.«

»Wenn du es nicht warst, finden sie das früher oder später selbst heraus. Die Kommandantur ist fünf Minuten von hier entfernt. Warum zum Teufel bist du wie ein Feigling weggelaufen?«

Er senkte den Kopf und warf das angebissene Brot in die Plastiktüte.

»Bring mich in die Klinik und versteck mich dort«, bat er.

»Machst du Witze?«

»In deinem Jungbrunnen«, fügte er hinzu und schaute sie hoffnungsvoll an.

Doktor Prus erstarrte. Sie schien nicht einmal mehr zu zwinkern.

»Ich weiß nicht, wovon du sprichst.«

Jetzt lächelte Polak.

»Nun tu doch nicht so. Ich war viele Male dort.«

»Verschwinde!«, schrie Doktor Prus.

Er runzelte die Stirn.

»Entweder du versteckst mich in der Abteilung mit den Blutkonserven, oder ich gehe zur Polizei und erzähle ihnen von deiner geheimen Station«, verkündete er entschlossen. Dann wurde seine Stimme sanfter: »Ich warte ab, bis sich die Wogen glätten, und dann verschwinde ich. Niemand wird etwas herausfinden.«

»Ich werde dich über Jahre am Hals haben!«, murmelte Doktor Prus. »Aber du bist nicht der erste Erpresser, da gab es schon einige.«

Sie verfiel in Schweigen. Łukasz Polak hob den Kopf.

»Es gab sie, und jetzt gibt es sie nicht mehr?«, hakte er nach. »Was macht ihr denn da?«

»Das geht dich nichts an. Kümmere dich lieber um deine Rothaarige, die ist in ernsthaften Schwierigkeiten.«

Er hörte nicht auf sie.

»Medizinische Experimente? Organhandel?«, fragte er aufs Geratewohl, aber an ihrer zufriedenen Miene war abzulesen, dass er weit danebenlag. Schließlich machte er den letzten Versuch. »Ihr handelt mit jungem Blut. Das ist ein Mittel, das gegen Alzheimer wirkt, richtig? Ich habe die Ausdrucke auf deinem Schreibtisch gesehen.«

Er näherte sich ihr und begutachtete ihre weiche, makellose Haut: Sie hatte praktisch keine Falten. Dann ergriff er ihren Arm und zerrte sie vor den Spiegel.

»Wie alt bist du, Königin?«, keuchte er. »Hältst du mich für dumm? Ich weiß schon lange, dass es um Geld geht. Um eine Menge Geld.«

»Lass mich los!« Erfolglos versuchte sie, sich zu befreien.

Als die Klingel ertönte, fuhren beide erschrocken zusammen. Magdalena Prus nutzte die Gelegenheit, um sich aus Polaks Griff zu befreien. Sie hob den Hörer der Sprechanlage, aber Polak presste ihr seine Hand auf den Mund, neigte seinen Mund an ihr Ohr und flüsterte:

»Wenn du auch nur einen Ton sagst, mach ich dich fertig.«

»In den Wandschrank«, ordnete Doktor Prus an, die nur mit Mühe einen kühlen Kopf bewahrte.

»Ich esse etwas und ruhe mich ein wenig aus«, versprach er. »Ich sehe nichts, ich höre nichts. Viel Spaß!«

Sie schob ihn ins Ankleidezimmer, verschloss die Tür und versteckte den Schlüssel in der Schublade mit den neuen Fleischmessern. Für alle Fälle nahm sie das größte Messer aus der Schublade und legte es auf die Küchenplatte. Sie atmete schwer. Die Klingelanlage vermeldete weiterhin stur die Ankunft ihres Geliebten. Magdalena dankte Gott, dass ihr jemand eine solide Garderobe gebaut hatte. Aus dieser Falle gab es kein Entkommen.

Sie strich ihr Kleid glatt, trug neuen Lippenstift auf. Der Mond, der Kuss unter freiem Himmel, das Abendessen, und dann würden sie zum Jungbrunnen fahren. Łukasz Polak würde erfahren, was für Experimente dort wirklich durchgeführt wurden, und das wäre die letzte Information, die er von irgendjemandem erhalten würde.

»Wunderschön siehst du aus, wenn auch gefährlich«, sagte Marek und hielt ihr ein nachlässig eingepacktes Geschenk hin – ein 100-Milliliter-Flakon Chanel No 5. Dafür hatte Marek gleich auf mehreren Baustellen Überstunden machen müssen. Sie lächelte, öffnete die Flasche und besprühte sich mit vor Ekstase zuckenden Lidern. Wie gewöhnlich hatte sie alles unter Kontrolle.

»Du musst keine Angst vor mir haben«, versicherte sie.

»Warum nur glaube ich dir nicht?«, flüsterte Marek, bevor er sie küsste.

»Zum heutigen Jahrestag würde ich lieber etwas Nettes hören.«

»Ich liebe dich«, antwortete Marek vorhersehbar und holte eine kleine Schachtel mit unglaublich hässlichen russischen Ohrringen aus der Hosentasche. Die Granatsteine waren viel zu groß, um echt sein zu können. Marek musste sie selbst ausgesucht haben. »Das sind echte Granatsteine. Meine Mutter hat die noch in den guten alten Zeiten auf dem Rubel-Platz gekauft. Russisches rotes Gold«, erklärte Marek begeistert.

»Schön.« Magdalena schmiegte sich in seine Arme. Aus irgendeinem Grund machte die Szene sie sentimental. Vielleicht hatte auch das, was sie für diese Nacht mit Marek geplant hatte, Einfluss auf ihr ausnehmend gutes Selbstgefühl. Fast fühlte sie schon den herben Geschmack von Blut auf der Zunge. »Ich liebe dich auch. Schließlich hast du den Palast für meine Schätze gebaut.«

An diesem Abend drehten sie die übliche Reihenfolge um. Erst Sex, dann Abendessen und Wein. Als sie ins Bett gingen, versteckte Magdalena das Messer unauffällig unter einem Handtuch, damit sie es bei Bedarf sofort zu fassen bekäme. Das Messer war speziell geschliffen, sodass man ohne jegliche Anstrengung mit nur einem Schnitt das Gewebe an mehreren Stellen durchtrennen und das wertvolle Blut aus dem noch lebendigen Körper rinnen lassen konnte. Erst gestern war ihre Messerkollektion vom Schleifer ihres Vertrauens zurückgekommen. Und obwohl die Ärztin im Alltag das Blut von Kaninchen für ihre Bäder benutzte, hatte sie nichts dagegen, nun einmal in menschliches Blut einzutauchen. Allerdings brauchte sie die starke Hand eines Mannes, um das Opfer ruhig zu halten. Außerdem hatte sie nie zuvor in ihren eigenen vier Wänden und ohne die Hilfe eines Anästhesisten ein Blutbad veranstaltet, mit einem Menschen, der noch bei vollem Bewusstsein war. Aber irgendwann war immer das erste Mal.

Diesmal hatte Sasza nicht die Hochzeitssuite, sondern ein gewöhnliches Einzelzimmer ohne Wisentkopf an der Wand bekommen, dafür aber mit Ausblick auf die Mülltonnen. Das hielt sie für ein gutes Zeichen. Da sie der einzige Gast im Speisesaal war, las sie schon beim Frühstück ein wenig in den Akten.

Als die Melodie der «Pinguine aus Madagaskar« ertönte, suchte sie aufgeregt in ihrer Tasche nach dem Telefon, denn dieser Klingelton verhieß einen Anruf ihrer Tochter Karolina.

»Mama?«, hörte sie die süßeste Stimme der Welt. »Weißt du, was heute für ein Tag ist?«

Sasza erstarrte.

»Onkel Karol hat heute Geburtstag, und Oma hat gesagt, dass du das bestimmt vergisst.«

Sasza lächelte.

»Ich denk dran. Hast du ihm schon gratuliert?«

»Wir haben mit Oma sogar Happy Birthday gesungen. Mama, du fehlst mir«, schob Karolina mit leiser, brüchiger Stimme nach.

Sofort hatte Sasza Tränen in den Augen. Einmal mehr dankte sie Gott, dass sie ein Kind hatte. Sie fühlte wieder, dass alles, was sie gerade erlebte, im Grunde unwichtig und oberflächlich war und sie eigentlich gar nichts anging. Letztendlich zählte einzig und allein ihre Tochter.

»Kommt Onkel Karol mit dem Auto?«, fragte Karolina.

»Wann landet ihr denn? Gib mir bitte die Oma. Und wir sprechen uns später noch mal.«

Jetzt war ihre Mutter Laura dran.

»Wo treibst du dich denn herum? Karol kann dich seit Tagen nicht erreichen!«, begann die Mutter, sie zusammenzustauchen.

Sasza lächelte boshaft. Ihr Bruder hatte überhaupt nicht versucht, sie anzurufen.

»Mama«, begann sie überfreundlich. »Woher stammen meine Großeltern? Also deine Eltern und Papas Eltern?«

»Warum fragst du?« Laura war sofort auf der Hut. »Ich habe dir doch von Gołębie bei Zamość erzählt, in den ehemaligen polnischen Ostgebieten.«

»Aber kann es sein, dass Oma irgendwann umgezogen ist oder, ich weiß auch nicht, dass sie dorthin umgesiedelt wurde nach dem Krieg, aus der Gegend um Białystok vielleicht?« Sasza merkte, dass sie den Faden verlor.

»Nein«, erwiderte Laura. »Wir hatten dort ein Gut. Dort hat unsere Familie mehrere Generationen gelebt. Was ist denn passiert, dass du dich plötzlich für die Familiengeschichte interessierst?«

»Und Papas Mama?«

»Pommern. Was genau möchtest du wissen?«

»Ich bin bei der Arbeit.« Sasza beschloss, ihre Mutter erst mal abzuwimmeln. »Ich recherchiere hier einen bestimmten Fall, ich kann dir keine Einzelheiten sagen. Aber ich bin dabei auf die Spur von zwei Załuski-Brüdern gestoßen, Bazyli und Jan.«

»Jan?« Laura dachte nach. »Papa hatte einen Großonkel. Den haben die Deutschen im Krieg getötet. Ein Panzer hat auf ihn geschossen.«

»In welchem Jahr?«

»Irgendwann gegen Kriegsende.«

»Ich habe Dokumente von den Załuski-Brüdern. Würdest du ihn erkennen oder eine von den Tanten oder Cousinen?«

Langsam wurde Laura ungeduldig.

»Ich habe zu Hause ein ganzes Album von der Verwandtschaft

und auch ein paar alte Fotos. Die kann ich dir alle zeigen, wenn wir zurück sind. Weißt du eigentlich, was das Roaming in diesem Land kostet? Und Karolina reißt mir schon wieder den Hörer aus der Hand!«

»Dann mach's gut!«, schaffte Sasza eben noch zu antworten, bevor sie wieder die Stimme ihrer Tochter hörte.

»Morgen sehen wir uns, mein Schatz. Oma hat nicht so viel Geld, dass wir so lange telefonieren können. Sag der Oma, dass Karol euch abholt. Mein Auto ist kaputt.«

»Okay. Tschüss, Mama!«, rief Karolina. »Ich muss los, sie haben den Pool aufgemacht! Oma war einverstanden, dass wir heute nicht an den Strand gehen. Und ich schwimme schon ganz alleine mit dem Schwimmreifen, weißt du? Juhu!«

»Du Heldin!« Sasza atmete erleichtert auf. Aus dem Hörer drangen Geräusche, als wäre das Telefon auf den Boden gefallen und würde nun wieder aufgehoben.

»Dein Auto ist kaputt? Es war doch gerade erst bei der Inspektion!«

»Mama, ich habe mir den Arm gebrochen. Karol soll euch abholen. Und kann Karolina noch eine Nacht bei dir bleiben? Ich hoffe, wir sehen uns übermorgen. Ich komme dann direkt zu euch.«

»Also muss ich mich mal wieder um alles kümmern – wie immer! Wie hast du dir denn bitte den Arm gebrochen?«, schimpfte Laura.

»Du bist großartig, Mama.«

»Ich weiß«, erwiderte Saszas Mutter schon ein wenig besänftigt. »Übrigens ist mir eingefallen, was mit diesem Jan war.«

Sasza verstand, dass ihre Mutter nicht vor Karolina über die Familiengeschichte hatte reden wollen.

»Er ist ganz kurz nach dem Krieg gestorben, mit knapp zwanzig Jahren. Es muss im Winter gewesen sein, Oma Zosia hat immer erzählt, dass die Banden durch die Wälder zogen und es so viele Leichen gab, die man nicht beerdigen konnte, weil der Erdboden gefroren war, sodass man keine Gräber ausheben konnte.« Sasza erstarrte. »Aber warum interessiert dich das?«

»Mach dir keine Gedanken«, erwiderte Sasza, um einen möglichst normalen Tonfall bemüht. »Wir reden mal in Ruhe darüber. Nicht am Telefon.«

»Bist du beim Arzt gewesen?«

»Alles wird gut, Mama. Ich passe auf mich auf. Gute Rückreise!«

Sasza legte auf, holte den Dokumentenstapel der Załuski-Brüder hervor und betrachtete die fremden Männer. In ihren Gesichtszügen suchte sie nach Ähnlichkeiten mit Mitgliedern ihrer Familie, aber niemand fiel ihr ein.

Dann durchforstete sie ihre Kurznachrichten, bis sie die SMS fand, nach der sie gesucht hatte.

»Ich möchte sie sehen. Ł.«

Sie wählte die dazugehörige Nummer und führte das Telefon mit zitternder Hand ans Ohr, aber niemand nahm ab. Erleichtert legte sie auf und packte die Papiere zusammen. Dann ging sie an die Rezeption, um ihre Rechnung zu begleichen, aber der Rezeptionist winkte nur ab.

»Der Chef hat schon alles bezahlt.«

Sasza dankte und lief zum Ausgang, warf dann aber einen Blick durch die Halle. Außer ihr und dem Rezeptionisten sah sie keinen weiteren Menschen im ganzen Gebäude.

»Es ist ja gerade nicht viel los, wie ich sehe«, begann sie. »Würde es Ihnen was ausmachen, mich zur Ciszynia-Klinik zu fahren? Der Chef wäre Ihnen sicher sehr dankbar.«

Die Miene des Rezeptionisten verfinsterte sich kurz, dann aber holte er unter der Theke seine Autoschlüssel hervor und legte die Jacke der Dienstuniform ab. Darunter kam ein T-Shirt mit den Verstoßenen Soldaten und dem Schriftzug: »Ehre den Helden!« zum Vorschein. Auf dem Parkplatz führte er Sasza zu einem Geländewagen mit Planendach, der nicht einmal abgeschlossen war. Der junge Mann sammelte Blechdosen von Energydrinks und zahlreiche Kaffee-Pappbecher zusammen und vollführte dann eine einladende Geste in Saszas Richtung.

»Das ist zwar kein Pick-up ZU-23-2, sondern nur ein gutmütiger Tarpan«, lachte er. »Aber auf dem Dach kann man auch ein Maschinengewehr montieren und mit Brandgeschossen die Strohdächer in den Dörfern beschießen.«

»Ist das Ihr Plan?« Sasza zeigte auf das T-Shirt ihres Chauffeurs. »Dörfer beschießen?«

»Das war doch nur Spaß.« Ihr Fahrer war augenscheinlich verwirrt. »Aber für den Fall eines bewaffneten Konflikts haben wir genug Eisenware auf Vorrat.«

»Wir?«

»Das Nationale Hajnówka«, erwiderte er stolz.

»Ich hatte den Eindruck, dass Sie gute Beziehungen zu Mikołaj Nesteruk haben. Wie verträgt sich das mit Ihren«, Sasza machte eine Pause, »abweichenden politischen Ansichten?«

»Arbeit ist Arbeit. Und der Chef ist an beiden Fronten aktiv. Er hat die letzte Schulung der Nationalen bezahlt.«

»Und das da?« Sasza zeigte auf die Tätowierung auf dem linken Arm des Rezeptionisten, die immer dann sichtbar wurde, wenn der Fahrer schaltete. Es zeigte eine stilisierte Hand, die ein Schwert hielt, die sogenannte Falanga, das alte Zeichen der katholischen Faschisten Polens.

»Ach, das da.« Der junge Mann errötete und bedeckte das Tattoo. »Jugendsünden.«

Sasza sah sich ihren Fahrer genauer an. Sein Haar war raspelkurz rasiert, und obwohl von eher zierlicher Statur, war er sehr muskulös. Erst jetzt entdeckte sie hinter seinem Ohr ein weiteres Tattoo.

»Und das da ist auch eine Jugendsünde?« Sie zeigte auf die Zahl 88.

Der junge Mann antwortete nicht, aber im nächsten Moment hielt er den Wagen auf dem Seitenstreifen an, obwohl sie noch ein paar Hundert Meter von der Ciszynia-Klinik entfernt waren.

»Es ist wohl besser, wenn ich nicht mit Ihnen gesehen werde.«

»Ich danke Ihnen vielmals.« Sasza zwang sich zu einem freundlichen Ton. Sie ließ den Wagen nicht aus den Augen, bis der junge Mann gewendet hatte.

Anschließend zog sie ihr Telefon hervor und notierte sich das Nummernschild des Wagens. Sie wusste ganz genau, wofür die 8 stand, nämlich für den achten Buchstaben im Alphabet, das H. Die Zahl 88 war also die Abkürzung von »Heil Hitler«.

Das Zelt der Spurensicherung war schon seit einer Stunde aufgebaut und wurde von den Ermittlungsbeamten und den Technikern aus der Woiwodschaftskommandantur umkreist.

In einem der nun leer stehenden Verkaufspavillons hatte Domański eine provisorische Leitstelle eingerichtet. Jetzt saß er auf einem der Plastikstühle wie vor einem Kriegsgericht und schrieb einen Bericht über die bisherigen Ermittlungen für seinen direkten Vorgesetzten und den Staatsanwalt.

Inzwischen hielt sich die Kommandantin Krystyna Romanowska nur noch mit Müh und Not auf den Beinen. Ihre Migräne hatte sich verstärkt, ihre Augenlider hatten zu zittern begonnen. Trotzdem wagte sie nicht einmal jetzt, sich auch nur eine Stunde freizunehmen, nach Hause zu gehen und den Schmerz auszuschlafen. Stattdessen begrüßte sie andauernd weitere Vorgesetzte, von denen die meisten zum ersten Mal überhaupt in dieser Gegend waren. Es hieß, sogar der Woiwodschaftskommandant sei auf dem Weg zum Tatort. Außerdem nahm Krystyna Romanowska unablässig Anrufe des Bürgermeisters, des Landrats und der städtischen Unternehmer entgegen, die befürchteten, dass die Ermordung Bondaruks Einfluss auf ihre Geschäfte haben könnte. Für sie war es eine Frage von Sein oder Nichtsein, und sie wagte nicht einmal daran zu denken, was dabei herauskommen konnte, wenn etwas schieflief.

Der Marktplatz war inzwischen menschenleer, der von Polizeiband abgesperrte Bereich reichte bis an die Straße. Dafür waren mehr Journalisten und Fernsehteams vor Ort als bei mancher Wahlkampfveranstaltung des Präsidenten Aleksander Kwaśniewski, der einst in Hajnówka auf Stimmenfang gegangen war.

Die Polizisten der Kreiskommandantur waren dazu verdonnert worden, die Drecksarbeit zu machen. Sie mussten jetzt Hunderte möglicher Zeugen vernehmen, obwohl klar war, dass unmöglich alle Personen, die sich an diesem Morgen auf dem Rubel-Platz aufgehalten hatten, überprüft werden konnten. Die Suche nach Bondaruks Mörder glich der sprichwörtlichen Suche nach einer Nadel in einem Heuhaufen.

Krystyna Romanowska hatte ihren Leuten verboten, Pausen zu machen. Aber niemand protestierte, alle verstanden den Ernst der Lage.

Die Nachricht von dem im Sauerkrautfass schwimmenden Kopf hatte sich in Windeseile in der Stadt verbreitet. Die Gerüchteküche mochte die Umstände bis zur Unkenntlichkeit verdrehen, aber alle wussten sofort Bescheid, dass es sich bei dem Opfer um den Chef des Sägewerkes handelte. Es war lediglich gelungen, geheim zu halten, was die Ermittler noch gefunden hatten, als sie das Sauerkrautfass auskippten und den vom Krautsaft aufgedunsenen Kopf herausholten. Der Mörder hatte Bondaruk einen laminierten Brief in den Mund gesteckt. Auf dem weißen Blatt Papier waren handschriftlich einige Wörter auf Weißrussisch niedergeschrieben. Wenn diese Nachricht an die Öffentlichkeit käme, wäre das eine landesweite Sensation, davon war Kommandantin Romanowska überzeugt.

Also, das Leben ist hart. Wir wollen geliebt werden. Aber warum? Niemand weiß das.

Der Fall musste schnellstmöglich gelöst werden, sonst würden in Kürze Köpfe rollen. Davor hatte der wütende Bürgermeister gewarnt, und Krystyna Romanowska konnte das keinesfalls zulassen. Die bisherigen Machtverhältnisse, von denen sie so sehr profitiert hatte, waren bedrohlich ins Wanken geraten.

Dabei hatte sie sich schon darauf gefreut, bald von der Polizei auf eine hübsche Stelle im Rathaus wechseln zu können.

Eben kam ihr der Gerichtsmediziner, auf den alle gewartet hatten, entgegen. Nun konnte endlich die Obduktion beginnen. Die Staatsanwältin Anita Krawczyk, heute in Jeans und Veloursmantel, begrüßte den Pathologen und gab der Kommandantin ein Zeichen, den Eingang zu bewachen. Erleichtert nahm Krystyna Romanowska am Absperrband Aufstellung und machte sich nicht einmal etwas daraus, dass sie wie ein niederer Dienstgrad behandelt wurde. Umstandslos rief sie ihren Sohn Błażej Frankowski zu sich, der gerade eine TO-MI-TO-Kundin verhörte, die eine verdächtige Person gesehen haben wollte. Krystyna hatte auf den ersten Blick erkannt, dass es sich um einen klassischen Wichtigtuer handelte.

»Rühr dich ja nicht vom Fleck«, befahl sie Błażej, bevor sie sich an die Zeugin wandte. »Bitte machen Sie Ihre Aussage auf der Kommandantur. Einer der diensthabenden Beamten bringt Sie hin.«

»Und was ist mit mir?«

Anatol Pires kam auf sie zu. Er führte seinen alten Bullterrier, der keinen Maulkorb trug, an der Leine.

»Guten Tag, Herr Direktor«, begrüßte ihn Romanowska höflich, insgeheim aber bemüht, den stadtbekannten Spinner so schnell wie möglich loszuwerden. »Wenn Sie so freundlich wären, würde ich Sie ebenfalls auf die Kommandantur bitten. Es sei denn, es handelt sich um eine wirklich dringende Angelegenheit.«

»Eher ja«, erwiderte Pires und fuhr dann auf Weißrussisch fort: »Auch wenn es Sie ganz sicher nicht interessiert, was ein alter Mann zu sagen hat.«

»Nicht jetzt, Herr Pires. Sie sehen doch, was hier los ist.«

Pires beugte sich zur Kommandantin hinüber. Der missmutige Köter rührte sich nicht einen Zentimeter und betrachtete apathisch das ihn umgebende Durcheinander.

»Beißt der?« Krystyna Romanowska zeigte ängstlich auf das einstmals hellbraune und jetzt ergraute Tier.

»Der ist eine Sie«, korrigierte Pires. »Und sie beißt nur böse Menschen.«

»Worum geht es also?«, seufzte die Kommandantin.

»Ach, das.« Pires winkte ab. Ganz offensichtlich musste er sich dreimal bitten lassen.

Krystyna verdrehte die Augen.

»Sagen Sie es mir nun oder nicht? Ich habe nämlich noch andere dringende Dinge zu erledigen«, log sie.

»Am Tag der Trauung haben mich die Bondaruk-Söhne beauftragt, ihren Vater auszuschalten«, sagte Pires.

Romanowska schaute den alten Mann an, als verstünde sie kein Weißrussisch.

»Sie haben mir Geld angeboten, damit ich ihren Vater töte. Sie haben alle drei zusammengelegt. Wie die verdammten Brüder Karamasow.«

»Darf ich fragen, wie viel?«

»Ich habe keinen blassen Schimmer, denn ich habe den Auftrag abgelehnt.«

Krystyna klopfte dem Alten abschätzig auf die Schulter.

»Wir werden diese Spur verfolgen. Die Bondaruk-Brüder sind ganz oben auf der Liste der Verdächtigen, und das ist Ihr Verdienst.«

»Das ist noch nicht alles.« Seine knorrige Hand griff nach ihrer Uniform. »Ich weiß, wer den Auftrag angenommen hat.«

Jetzt ist er wirklich verrückt geworden, dachte Krystyna. Pires lächelte geringschätzig und begann, ein Soldatenlied zu pfeifen. Krystyna kam und kam nicht darauf, woher sie die Hymne kannte.

»Ich bin ganz Ohr.«

»Hier sage ich Ihnen das nicht.« Pires drehte sich um und entfernte sich von der Kommandantin.

»Hallo! Herr Pires«, rief Krystyna ihm hinterher und rannte ihm nach. »Ich habe keine Zeit für solche Spielchen.«

»Es gibt drei Möglichkeiten«, antwortete Pires sofort. Offensichtlich war ihm daran gelegen, dass sein Hinweis an der richtigen Stelle landete.

»Nummer eins ist der Metzger Nesteruk. Aber ich setze auf Nummer zwei, den Vater des kleinen Żubr-Fräuleins. Und Nummer drei ist die junge Dame mit dem Gipsarm.«

»Sasza Załuska?« Krystyna Romanowska konnte nur mit Mühe ihre Fassung bewahren.

»Was weiß ich, wie sie heißt«, brummte Pires. »Die Rothaarige, die seit ein paar Tagen hier herumschnüffelt.«

»Was lässt Sie das glauben?«

»Letzte Nacht habe ich Menschen im Wald gesehen, an der abgebrannten Hütte, wo früher der Schweinestall stand und wo man jetzt die Orzechowska finden kann. Sie unterhielten sich am namenlosen Grab im Wäldchen ›An der Trauerweide‹.«

»Bei den Birken?«

»Tatsächlich ist dort ein Birkenhain, aber der Ort heißt ›An der Trauerweide‹. Man merkt sofort, dass Sie nicht von hier sind. Sie haben sehr lange dort gestanden und sich unterhalten.«

»Von hier oder nicht von hier, das spielt keine Rolle. Warum kommen Sie damit zu mir, anstatt eine offizielle Aussage zu machen?«

Pires' Miene hellte sich auf.

»Auf diese Weise werde ich nicht in den Akten auftauchen. Aber ich will, dass Sie es wissen. Zumal diese junge Frau keine Fremde ist.«

»Wer? Sasza Załuska?«

»Ich sage Ihnen, sie ist von hier. Bestimmt ist sie hergekommen, um Stach zu rächen.«

Dann beugte Pires sich zur Kommandantin vor und wisperte:

»Vielleicht ist das Stepans Tochter. Wer weiß das schon. Gefährlich ist nicht der Hund, der bellt, sondern der, der knurrt.«

»Danke.« Krystyna streckte Pires die Hand entgegen. Aber statt sie zu drücken, nahm er ihre Hand und küsste sie auf den Handrücken.

»Sie wissen, wo Sie mich alten Dummkopf finden können, wenn Sie mich suchen.«

Er warf ihr einen bedeutungsvollen Blick zu und ging dann davon. Der schweigende Hund folgte ihm. Erst jetzt bemerkte Krystyna, dass er gar nicht angeleint war. Pires schleifte die Hundeleine über den Gehweg, aber der Hund ging trotzdem bei Fuß. Die Kommandantin sah ihnen nach, bis sie um die nächste Straßenecke gebogen waren.

»Was wollte der denn?« JahJah war von hinten an sie herangetreten.

»Er sagt, er weiß, wer Bondaruks Mörder ist«, erwiderte Krystyna.

»Wahrscheinlich ich oder du. Oder jemand aus der Stadtverwaltung.«

Krystyna blieb todernst, sie verzog nicht einmal den Mundwinkel.

»Sag mal, wie kommt es, dass diese Frau aus Danzig hier aufgetaucht ist? Wo hast du die aufgegabelt?«

JahJah schüttelte den Kopf.

»Nicht ich, sondern eine Verkehrskontrolle, und zwar genau hier. Sie war ohne Papiere unterwegs.«

»Und wissen wir sicher, wer sie wirklich ist?« Krystyna drehte sich zu ihrem Exmann um.

»Was willst du damit sagen?«

»Haben wir ihre Dokumente bestätigt?«

JahJah senkte den Kopf und nuschelte etwas Unverständliches in sich hinein.

»Und wenn sie sich nur als diese Profilerin ausgegeben hat?

Wenn sie geschauspielert hat?« Krystyna befeuerte ihren früheren Ehemann mit Fragen. »Dass sie sich eine fremde Doktorarbeit ausgedruckt, Ausweise besorgt und ständig irgendeinen Polizisten angerufen hat …?«

»Der im Übrigen nie aufgetaucht ist.«

»Eben.« Krystyna nickte. »Woher wissen wir, wer diese Frau wirklich ist? Wir wissen, dass es eine Frau mit dem Namen Sasza Załuska gibt und dass sie als Wissenschaftlerin in Huddersfield arbeitet, aber es gibt im Internet kein einziges Bild von ihr.«

JahJah zog einen Zahnstocher aus der Hosentasche und steckte ihn sich in den Mund.

»Hältst du sie für eine Betrügerin? Eine Hochstaplerin?«

Krystyna zuckte mit den Achseln.

»Mit ihr hat das ganze Theater angefangen. Seitdem sie da ist«, sie hielt kurz inne, »ist hier die Hölle los.«

»Aber wer ist sie?« JahJah dachte laut nach, und plötzlich ging ihm ein Licht auf. Er schaute seine Ex schief an. »Glaubst du, sie ist zurückgekommen? Warum ausgerechnet jetzt? Obwohl, möglich ist es natürlich, von Bondaruks Hochzeit haben ja alle Medien berichtet. Nur sieht sie Stepan nicht sonderlich ähnlich.«

»Aber du weißt natürlich noch genau, wie ihre Mutter ausgesehen hat«, fauchte Krystyna. Dann schaute sie sich um, ob irgendjemand ihr Gespräch belauschte.

»Denk dir was aus für die Staatsanwältin. Die sagt jetzt zu allem Ja und Amen«, entschied sie dann. »Und schick diesem Künstler von der Gesichtserkennung das Foto der siebzehnjährigen Irma. Kann nicht schaden, das mal zu überprüfen.«

JahJah zog sofort eine Zigarettenschachtel aus der Hosentasche.

»Das wäre doch eine wunderbare Pointe!« Krystyna strahlte und ging zurück zum Tatort. Plötzlich merkte sie, dass der Kopfschmerz nachgelassen hatte. Sie hatte ihn einfach vergessen.

»Und wohin gehst du?«

»Dieses Schauspiel lasse ich mir nicht entgehen«, entgegnete sie und wechselte zurück in einen dienstlichen Tonfall. »Du wartest hier.«

»Na, dann geh. Ist eh langweilig. Sie durchleuchten den Schädel, der Mediziner diktiert den Obduktionsbericht, und die Techniker durchsieben das Sauerkraut.«

»Außer dem Kopf gab es keine Knochenteile?«

JahJah nickte bestätigend und konnte dann nicht an sich halten:

»Ich rühre die nächsten fünf Jahre kein Bigos mehr an! Und ich rate dir, wenn du das nicht auch vorhast, dann schau dir das lieber nicht an. Das ist jetzt nicht mehr unser Fall. Sollen sich doch die von der Woiwodschaft damit herumschlagen.«

Aber Krystyna hörte ihn schon nicht mehr. Sie hielt es keine Viertelstunde im Zelt aus, dann kam sie wieder heraus und schaffte es nur durch Zufall, sich weder auf die eigenen Füße noch auf die eines Fremden zu übergeben, sondern den Zaun zu treffen.

»Furchtbar.« Sie schaute JahJah an, der sie mitleidig musterte. »Es fällt mir schwer zu glauben, dass Vierauge wirklich tot ist.«

Bevor JahJah ihr antworten konnte, waren sie von Polizisten umringt, die der Staatsanwältin folgten.

»Der Kopf wurde erst nach dem Tod vom Rumpf getrennt«, erklärte die Staatsanwältin Anita. »Der Gerichtsmediziner sagt, das hat ein Fachmann gemacht. Vielleicht ein Metzger oder jemand, der in einem Fleisch verarbeitenden Betrieb gearbeitet hat. Engt das die Gruppe der Verdächtigen ein? Ihr kennt doch alle Leute von hier.«

»Iwona, also die Braut, die wir gestern wiedergefunden haben, war bei Nesteruk beschäftigt«, schlug Kommissar Domański vor.

»So wie die Hälfte der Einwohner von Hajnówka auch.«

»Das hilft uns also nicht viel weiter, aber Iwona hat ein Motiv. Vernehmt sie. Und untersucht noch einmal genau den Ort, an dem sie sich versteckt hat«, ordnete die Staatsanwältin an. »Wenn wir die Tatwaffe finden würden, wäre alles sehr viel einfacher. Und natürlich suchen wir auch den Rest der Leiche. Das Georadar-Gerät kommt heute Nachmittag. Damit finden wir vielleicht noch weitere Stellen, wo Leichenteile versteckt sind.«

»Überall um die Stadt ist dichter Wald. Da eignet sich praktisch jeder Ort, um jemanden verschwinden zu lassen.«

»Und die Profilerin? Wenn man sie braucht, ist sie nicht da.«

JahJah und Krystyna wechselten einen Blick.

»Ihr könnt den Georadar nicht ewig haben«, warnte die Staatsanwältin. »Der wird auch noch anderswo gebraucht. Macht euch an die Arbeit.«

»Zu Befehl, Chefin!« JahJah salutierte zum Scherz. Krystyna fügte hinzu: »Die Ermordung, das Abschneiden des Kopfes, der Brief, das Verstauen des Kopfes im Fass und das Verschließen des Fasses. Wozu dieser ganze Aufwand? Eine Person oder mehrere, was meint ihr?«

»Mehr als eine«, antwortete JahJah. »Ansonsten finden wir die eine in Nullkommanix.«

Staatsanwältin Anita Krawczyk schüttelte sich und klopfte JahJah auf die muskulöse Schulter:

»Wir finden ihn so oder so, Verehrtester. Wir haben Fingerabdrücke und jede Menge andere Spuren. Ich habe Hunger. Ich hole mir schnell ein paar Piroggen, okay?«

»Wir müssen reden.« Sasza holte Kommissar Domański vor dem Eingang zur Kommandantur ein. »Ich war die letzte Person, die mit Bondaruk gesprochen hat.«

Doman blieb stehen.

»Das wundert mich nicht«, murmelte er und fügte dann hinzu: »Weißt du, dass sie dich suchen?«

»Wer?«

Er antwortete nicht, hielt ihr aber die Tür auf und gab dem diensthabenden Beamten ein Zeichen, dass er sie auf eigene Verantwortung ins Gebäude der Kommandantur führte.

»Ein Desaster!« Doman kratzte sich am Kopf und rieb sich die Lider. Er stellte eine Dose Coca-Cola vor Sasza auf den Tisch und machte es sich in seinem Stuhl bequem.

»Was ist es also diesmal?«

»Er hat mir gestern das Grab von Stepan und dem Priester gezeigt. Ich weiß nicht, ob ich ihm glauben soll, aber er hat mir die ganze Geschichte erzählt. Er muss zwischen zwei und sechs Uhr morgens gestorben sein.«

»Bist du neuerdings auch Pathologin?«

»Er hat mich um kurz vor zwei ins Motel gefahren. Ehrlich gesagt war er ziemlich besoffen. Der Markt öffnet um sechs. Und jemand hat den Kopf ins Fass geworfen, bevor es auf dem Rubel-Platz eintraf.«

Doman schwieg.

»Willst du nicht hinfahren?«, fragte Sasza verwundert. »Ich glaube, er ist gestorben, weil er anfing auszupacken.«

Doman schob die Papiere auf dem Schreibtisch vor sich hin und her.

»Vor ein paar Jahren hätte ich hier Chef werden können«, seufzte er. »Ich bin so froh, dass ich nur auf Dienstreise hier bin. Mir zerspringt gleich der Schädel.«

Bevor Sasza etwas sagen konnte, ging die Tür auf.

»Hier ist sie.« Zusammen mit der Staatsanwältin Anita Krawczyk betrat die Kommandantin Krystyna Romanowska das Büro. Hinter ihnen stand JahJah.

»Ich hoffe, du hast einen guten Anwalt«, sagte er unheilvoll, dann wurde er förmlicher:

»Sie sind verhaftet wegen Mordes an Piotr Bondaruk und Danuta Pietrasik sowie der Entführung von Iwona Bondaruk, geborene Bejnar, gemeinsam und im Einverständnis mit dem Opfer.«

»Sehr witzig«, schnaubte Sasza. Sie nahm JahJahs Worte nicht ernst. Frankowski hielt verwundert inne.

»Soll ich ihr Handschellen anlegen? Sie trägt Gips.«

Anita schüttelte den Kopf und wandte sich dann an die Profilerin, als spräche sie zu einem Kind:

»Sasza, wir haben im Mordfall Bondaruk deine Fingerabdrücke und einen Zeugen. Und dann gibt es da noch eine ganze Reihe von Indizien in den anderen Fällen. Ich komme dir entgegen, wenn du uns den Aufenthaltsort deines Komplizen verrätst. Ein Hinweis, wo du Bondaruks Leiche versteckt hast, würde natürlich auch nicht schaden.«

»Welchen Komplizen?«, fuhr Sasza auf. »Was wollt ihr von mir? Ich sitze seit einer Woche in diesem Kaff fest und verbringe meine Zeit damit, euch zu helfen! Seid ihr verrückt geworden? Ich habe niemanden ermordet, obwohl einige es verdient hätten.«

»Iwona hat dich erkannt. Außerdem gibt es einen Zeugen, der gesehen hat, wie du gestern ›An der Trauerweide‹ gegraben hast.«

»Ich habe nicht gegraben, ich habe höchstens den Erdboden untersucht. Bondaruk hat mir die Stelle gezeigt, wo die Leichen aus dem alten Fall von 1977 versteckt wurden. Stepan und der Priester.« Aus ihrer Handtasche zog sie einen Stapel Unterlagen. Es waren Kopien von den Akten, die Bondaruk ihr in der Nacht zuvor übergeben hatte. Die Originale hatte Sasza entsprechend Bondaruks Anweisung kopiert und per Kurier ihrem Freund Duchno nach Danzig geschickt. Für alle Fälle. »Letzte Nacht habe ich JahJah und Krystyna angerufen, aber niemand wollte sich dazu herablassen vorbeizukommen, und jetzt macht ihr hier so ein Affentheater.«

Sie wandte sich zur Tür, aber JahJah ergriff sie am Arm und hielt sie fest.

Frankowski drückte Sasza mit Gewalt auf den Stuhl gegenüber der Staatsanwältin. Diese nahm Saszas Hände in ihre und machte den Eindruck, als falle es ihr unglaublich schwer, solch eine Nachricht zu überbringen, aber Sasza wusste, das war nur eine einstudierte Pose.

»Eben gerade haben wir den Ort überprüft, den du angegeben hast«, sagte sie langsam und deutlich. »Endlich ist das Georadar mal zu etwas gut. Dort waren keine Leichen von vor dreißig Jahren, aber dafür haben wir eine frische Leiche gefunden. Wir warten zwar noch auf die Ergebnisse der DNA-Analyse, aber die Haushälterin hat Bondaruk anhand der Schlafanzughose identifiziert.«

Sasza blinzelte dreimal. Sie erinnerte sich daran, wie Piotr Bondaruk sie in die Büsche gezogen und gewarnt hatte, sie dürfe die Dokumente niemandem zeigen. Nun drückte sie die Akten an die Brust. Sie würde sie ihnen nicht geben, jetzt nicht.

»Ich sage nichts mehr ohne meinen Anwalt.«

Piotr Bondaruk wurde mit allen Ehren auf dem orthodoxen Friedhof bestattet. Vergebens hatte Dunia Orzechowska ihre Hütte verlassen, sich zum Bürgermeister bemüht und die Bitte vorgebracht, Bondaruks Leiche im Familiengrab auf dem katholischen Friedhof beizusetzen. Zur Beerdigung kamen noch mehr Menschen als zur Hochzeit. Der Pope verlas einige pathetische Erinnerungen, der Bürgermeister würdigte das bürgerschaftliche Engagement des Verstorbenen mit einer Medaille. Auch kündigte er an, dass der Stadtrat auf der nächsten Sitzung eine Straße nach dem Besitzer des Sägewerks benennen würde.

Während der gesamten Zeremonie standen Bondaruks Söhne wie drei Raben im Vorraum der Kirche. Keiner von ihnen half, den Sarg des Vaters zum Grab zu tragen, und sie gaben nicht einen Złoty für die anschließende Trauerfeier.

Der Sarg blieb während der gesamten Zeremonie geschlossen. Niemand hatte das Bedürfnis, Bondaruks zerstückelten Körper zu sehen. Nachdem der billige Sarg in die Grube gelassen worden war, traten die Einwohner Hajnówkas nacheinander wie bestellte Klageweiber ans Grab und warfen je eine Handvoll Erde hinein, manche auch kleine Kreuze, Ikonen und bunte Bänder.

Mikołaj Nesteruk betrat nicht einmal die Kirche, sondern stand am Friedhofstor und verfolgte von Weitem den Verlauf der Ereignisse. Nach der Zeremonie kam Dunia zu ihm und senkte den Kopf. Er umarmte sie wie ein Kind, es schien, als wäre sie noch kleiner und schmaler geworden. Zu ihnen kamen die Menschen, um zu kondolieren.

In der Menschenmenge erkannte Iwona ihren Vater. Sie wunderte sich, denn Dawid erschien nüchtern, und zum ersten Mal in ihrem Leben sah sie ihn im Anzug. Als sie ihn anschaute, konnte sie kaum die Tränen der Enttäuschung zurückhalten, so sehr erinnerte ihr Vater sie an ihren spurlos verschwundenen Quaku.

Als ihr Ehemann unter der Erde war, war sie eher erleichtert als am Boden zerstört. Sie machte sich jedoch keinerlei Illusionen. Piotr Bondaruks Söhne würden mithilfe des Anwalts Mackiewicz die Testamentsvollstreckung anfechten. Iwona hatte kein Geld mehr für einen Rechtsanwalt und dachte nur ungern an die Zukunft. Sie hatte ihre alte Stelle im Kleinen Waldschloss wieder angetreten. Am Dienstag sollte sie anfangen.

Für den Fall seines plötzlichen Todes hatte Piotr Bondaruk in seinem Testament sein gesamtes Vermögen der Danuta-Siedzikówna-Gesellschaft vermacht. Als seinen Erbverwalter setzte er seinen einzigen leiblichen Sohn Jurek Orzechowski ein, Iwonas ersten Verlobten. Das Dokument wurde erst von einem Grafologen begutachtet, dann befassten sich die Juristen und das Gericht damit. Jurek war jedoch nicht zur Testamentseröffnung beim Notar erschienen. Alle wussten, dass einige Jahre vergehen würden, bis die Sache geklärt wäre, wenn es Tomek, Wasyl und Fionik gelang, das Testament anzufechten. In dieser Zeit würden die Adoptivsöhne das bewegliche Vermögen ihres Vaters durchbringen. Sie fuhren bereits mit seinen Autos, saßen in seinem Büro und hatten seinen Geschäftspartnern gegenüber angekündigt, seinen Betrieb weiterzuführen. Die frisch angetraute Ehefrau des Vaters beschuldigten sie des Diebstahls und hatten bereits die Staatsanwaltschaft eingeschaltet, denn als sie die väterliche Wohnung betraten, hatten sie dort nur leere Schränke vorgefunden. Allerdings hatte Marianna ihren Sohn bekniet, sich einmal im Leben anständig zu verhalten und die Anzeige zurückzuziehen. Von ihrer kurzen Ehe blieben

Iwona nur der riesige Backofen, ein Flachbildschirm und ein Stück Land, das Piotr Bondaruk ihren Brüdern noch vor der Hochzeit überschrieben hatte. Aber die Bejnars hatten kein Geld, um dort ihr Traumhaus zu errichten, und drängelten sich weiter in der engen Wohnung in der ulica Chemiczna.

Iwona senkte den Kopf, als Dunia zu ihr trat, wie immer in ihre Tücher gewickelt. Sie ergriff Iwonas Hand und legte einen kleinen Gegenstand hinein. Es war ein kleines orthodoxes Kreuz, aus Aluminium, vollkommen wertlos. Auf der Rückseite prangte die Inschrift: *Rette und beschütze*.

Als Iwonas Vater an Bondaruks Grab trat, wich die Menge zurück. Iwona beobachtete ihn ängstlich. Dawid nahm eine Handvoll Erde von dem frisch aufgeschütteten Hügel neben der Grabstelle und schüttete ihn in die Tasche seines Anzugs. Dann warf er ein in einen alten weißrussischen Wandbehang gewickeltes Bündel und ein in Wachstuch gebundenes Ringbuch ins Grab. Gleich darauf begannen dieTotengräber, das Grab zuzuschütten. Die vielen Leute fanden kaum Platz, ihre Blumensträuße und Gestecke abzulegen.

Die ganzen nächsten Wochen leuchtete das Grab von Vierauge in der Nacht bis an die Straße. Die einfachen Leute, die Bondaruk Arbeit und Unterstützung verdankten, kamen mit Grablichtern und blieben lange, um für die Seelenruhe des Wohltäters zu beten.

In der Mitte des kleinen, engen Raums standen ein Tisch und zu beiden Seiten zwei Hocker. Es war stickig und roch nach altem Staub.

Sasza wurde als Erste hineingeführt. In Jeans und gestreiftem Unterhemd wirkte sie noch magerer, als sie in Wirklichkeit war. Sie setzte sich und starrte auf die undurchsichtige Scheibe, wohl wissend, dass sie jetzt von allen im Kontrollraum beobachtet wurde. Wie viele Male hatte sie selbst dort auf der anderen Seite gestanden. Auf dieser hier war sie noch nie gewesen. Ihr war kalt, aber sie hatte nichts anzuziehen, die Lederjacke und auch den Gürtel hatte man ihr abgenommen, ebenso Brille, Handy, Brieftasche und Geld. Im Fall Bondaruk war Sasza jetzt die Hauptverdächtige, und die Staatsanwaltschaft hatte gerade die Anklage vorgelegt. Was viel schlimmer war, sie hatte keine Ahnung, welche Beweise es gegen sie gab. Sie wusste nur, Bondaruk war tot und sie der perfekte Sündenbock.

Die Tür quietschte, und ein gut aussehender brünetter Mann betrat den Raum. Er war groß und hatte markante Wangenknochen, der Typ Mann, bei dessen Anblick alle Frauen sofort den Bauch einzogen und den Busen vorstreckten. Der Mann vor ihr hatte stahlgraue Augen und einen bohrenden Blick, seine buschigen Augenbrauen bildeten eine beinahe durchgehende Linie. Er zog seinen für diesen Anlass allzu eleganten schwarzen Mantel aus und warf ihn achtlos auf den Fußboden. Darunter trug er blaue Levi's und ein schwarzes T-Shirt. Vorstellen musste er sich nicht, Sasza wusste genau, wen sie vor sich hatte.

»Meyer«, sagte er von der anderen Seite des Tisches. »Schade, dass wir uns unter solchen Umständen kennenlernen.«

»Ganz im Gegenteil, wenn Sie mich fragen. Ich wollte schon lange wissen, wie gut Sie im Verhör wirklich sind.«

Meyer grinste spöttisch.

»Sie wollen mich wohl beim Ehrgeiz packen?«

»Es bleibt mir ja nichts anderes übrig.«

»Die klassische Reaktion einer Verdächtigen, die strategisch denkt. Angriff ist die beste Verteidigung.«

»Ich bin angeklagt. Was habt ihr gegen mich vorzuweisen?«

»Sie haben keinen Anwalt, Sie bekennen sich nicht schuldig, aber Sie sind bereit, mit mir zu reden. Warum?«

»Sie sind nicht von hier, und Sie sind Profiler. Ich traue niemandem, der hier gelebt hat, hier Verwandte hat oder auch nur länger in der Gegend Urlaub gemacht hat.«

Meyer lächelte erneut.

»Also sind Sie unschuldig.«

Sasza antwortete nicht, hob nicht einmal den Kopf.

»Sie sind als Erste am Ort der Entführung der Braut, Sie finden Danuta Pietrasiks Leiche, Sie haben Piotr Bondaruk als Letzte lebend gesehen, und dann stehen Sie auch noch in einer besonderen Beziehung zum steckbrieflich gesuchten Łukasz Polak. Wie ist das möglich? Können Sie mir das erklären?«

»Ganz einfach. Ich bin besser als die hier«, erwiderte Sasza schnell.

Meyer wartete darauf, dass sie fortfuhr.

»Oder vielleicht liegt mir auch einfach nur daran, diese Sache wirklich aufzuklären«, führte Sasza ihren Gedanken schließlich zu Ende.

»Und den anderen hier nicht?«

»Ganz im Gegenteil!«

»Warum?«

Sasza seufzte schwer.

»Das ist eine lange Geschichte. Ich bin den Hintergründen der Morde und Vermisstenfälle wirklich auf den Grund gegangen und werde darum bitten, dass Sie die Unterlagen erhalten, die mir Bondaruk wenige Stunden vor seinem Tod übergeben hat. Wenn Sie die durchgelesen haben, können wir unser Gespräch fortführen.«

Sie stand auf und wollte das Zimmer verlassen. Meyer blickte ihr nach. Sasza drückte die Türklinke herunter, traf aber auf Widerstand. Man hatte sie eingeschlossen, und solange Meyer denen da draußen kein Zeichen gab, würde sie dieses Zimmer nicht verlassen. Sie würde hier festsitzen, bis sie auspackte, das war der Plan. Sasza fluchte leise in sich hinein, kehrte um und nahm auf überaus würdevolle Weise wieder Platz.

»Ich habe vergessen, dass ich heute hier in einer anderen Rolle auftrete.« Sie lächelte. »Und was meine Fingerabdrücke angeht: Ich habe in Bondaruks Wohnung die Folie von einer Zigarettenpackung zurückgelassen. Soweit ich weiß, hat Bondaruk den Brief selber geschrieben, richtig?«

Da Meyer ihre Frage weder bejahte noch verneinte, fuhr sie fort:

»Ich glaube, nur eine Person, die ganz genau weiß, wie wir arbeiten, kann so einen Beweis fälschen. Am fraglichen Abend habe ich den Beamten, der die Ermittlungen leitet, die Kommandantin und ihren früheren Ehemann angerufen. Keiner von ihnen ist ans Telefon gegangen, keiner ist am Ort des Geschehens aufgetaucht. Nur diese drei Personen wussten, wo ich mich mit Bondaruk getroffen habe, und sie wussten auch ganz genau, wer dort begraben liegt. Sie können das in meinen Einzelverbindungsnachweisen überprüfen.«

»Sie wollen den Verdacht also auf die lokalen Ermittlungsbehörden lenken?«

Sasza holte tief Luft: »Erklären Sie mir doch mal, was mein Motiv sein soll.«

Meyer erhob sich.

»Bitte gedulden Sie sich einen Moment.«

»Ich gehe nirgendwohin«, murmelte Sasza und ordnete ihre Haare. Sie bedauerte, dass sie ihr das Haarband abgenommen hatten, denn sie hasste es, wie Arielle die Meerjungfrau auszusehen.

Eine Minute später war Meyer wieder zurück.

»Welche Unterlagen meinen Sie?«, fragte er, sobald er Platz genommen hatte.

Sasza brach in schallendes Gelächter aus.

»Das waren nur Kopien. Die Originale habe ich einer Vertrauensperson zukommen lassen, einem Polizisten aus Danzig.«

Meyer beugte sich über den Tisch und flüsterte:

»Es wäre mir lieber, wenn Sie mir die wichtigste Frage beantworten könnten. Man hat mir in aller Kürze dargelegt, warum Sie hier aufgetaucht sind, aber ich verstehe nicht, warum Sie nicht schon längst wieder weggefahren sind. Warum mischen Sie sich in fremde Ermittlungen ein? Und lassen sich dabei auch noch die Knochen brechen?«

Sasza dachte nach. Als sie wieder zu sprechen begann, hatte Meyer sich gerade eine Zigarette angezündet und reichte ihr die Schachtel über den Tisch. Nur widerwillig nahm sie eine von den roten Marlboro.

»Hatten Sie schon einmal Angst?«

Meyer nickte.

»Um sich selbst oder um eine nahestehende Person?«

»Sowohl als auch.«

»Dann wissen Sie auch, dass Angst nur bis zu einem gewissen Punkt lähmt, und wenn man diese Grenze überschritten hat, dann treibt sie einen nur noch vorwärts.«

»So funktionieren Psychopathen. Sie brauchen immer größere Dosen Adrenalin.«

»Das stimmt«, antwortete Sasza anerkennend. »Das ist wie beim Motor eines Flugzeugs, der eine Menge Metall und Menschen in die Luft hebt und ans Ziel bringt, obwohl das absolut unmöglich scheint.«

»Vorausgesetzt, man hat Flügel.«

»Die habe ich. Meine Tochter ist acht Jahre alt.«

Meyer musterte sie und schnippte die Zigarettenasche auf den Boden.

»Was haben Sie hier gesucht?«

»Ich habe geglaubt, dass ich einen Showdown wollte, ein Duell mit Łukasz Polak, aber in Wahrheit suchte ich Vergebung. Meinetwegen wäre er fast gestorben. Aber je näher ich ihm kam, desto tiefer habe ich mich in diese Sache verstrickt.«

»Vielleicht hätten Sie nicht lügen sollen.«

»Jetzt ist es dafür zu spät«, seufzte Sasza.

Meyer stand auf und klopfte an die Tür, und jemand reichte ihm zwei Flaschen Mineralwasser herein. Sasza bemerkte, dass Meyer unauffällig nickte. Er gab der Person draußen vor der Tür Zeichen. Als er sich wieder setzte, war Sasza verschlossen.

»Wenn Sie hier rauskommen, fahren Sie dann nach Hause, oder werden Sie weiter Erlösung suchen?«

Sasza hob den Kopf.

»Wenn das Ihre einzige Sorge ist, dann laufe ich zur Not zu Fuß nach Hause!«

Dann erzählte sie ihm, wie sich der Fall Vierauge aus ihrer Sicht darstellte und wer im Laufe der vergangenen Jahre welche Rolle dabei gespielt hatte. Am Schluss interessierte sich Meyer vor allem für Doman Domański und ob der Kommissar auch daran beteiligt gewesen war. Als sie fertig waren, stand Meyer auf, hob seinen Mantel vom Boden auf, klopfte ihn nachlässig ab und zog ihn an.

»Lasst sie frei, bevor ihr euch in ganz Polen blamiert«, sagte er zu Doman. »Der Fall Danuta Pietrasik hat eindeutig ein emotionales Motiv, der Mörder hat sehr dilettantisch die ›Rote Spinne‹ imitiert. Steht alles im Gutachten. Die Gebissüberprüfung hat den Zahnstatus bestätigt. Nicht ausgeschlossen, dass er eine psychische Krankheit simuliert, aber das bezweifle ich.« Und dann verließ er grußlos das Zimmer.

Jakub 2000

Als Jakub erwachte, war die Sendung zu Ende, und der Bildschirm flimmerte grau. Nur mit Boxershorts bekleidet stand er auf, kratzte sich an den Eiern und ging auf der Suche nach irgendetwas Essbarem zur Kochnische. Der Alkohol war ihm schon lange vor Mitternacht ausgegangen, seine Lebensmittelvorräte beschränkten sich auf Haferflocken und Marmelade. Porridge erschien ihm wenig verlockend – zumal er nun hinter dem Brotkorb die gut versteckten Fleischvorräte entdeckte, die sein Mitbewohner Woche für Woche von zu Hause mitbrachte. Als er den hausgemachten Schweinekamm in Scheiben schnitt und im Stehen verspeiste, hörte er Schritte hinter sich. Er leckte das Messer ab und wartete. Jemand kam die Kellertreppe hinunter. Eilig räumte er die Brot- und Fleischreste weg und fegte die Krümel mit der Handkante auf den Fußboden.

»Trinkst du einen mit?« Andrzej, ihr Vermieter, schaute durch die Tür.

Erleichtert atmete Jakub auf. Andrzej verbarg seinen Alkoholkonsum vor seiner Ehefrau und nutzte jeden beliebigen Vorwand, um ihrer fürsorglichen Aufsicht zu entfliehen und sich einen Schluck zu genehmigen.

Jakub kramte zwei Gläser hervor, er fand nur ein sauberes, also gab er Andrzej das dreckige. Der alte Säufer schenkte dem ohnehin keine Beachtung. Sie tranken schweigend.

»Noch einen?«

»Wenn du drauf bestehst«, stimmte Jakub zu.

Also schenkte Andrzej nach und fragte dann mit ehrlichem Interesse:

»Was macht so ein talentierter Junge wie du eigentlich bei mir?«

In Jakubs Kopf schrillten die Alarmglocken. Die Regel war einfach: Sie fragen nicht, du antwortest nicht, alle sind zufrieden. Aber nun hatte der Alkohol dem Schluckspecht ganz offensichtlich die Zunge gelöst. Andere Untermieter hatten sich ihm sofort anvertraut und ihm ihr halbes Leben erzählt. Vermutlich fühlte Andrzej sich sicherer, wenn er die Geschichten hinter den Gestalten kannte, die wie Ratten im Keller unter seiner Wohnung hausten. Aber bei so was machte Jakub nicht mit.

»Urlaub mache ich.« Er setzte eines seiner siebzig Sweetboy-Gesichter auf, mit denen er sonst Mädchen anbaggerte.

»Na dann, zum Wohl.« Andrzej schenkte sich noch einmal nach, dann versteckte er die Flasche wieder im Werkzeugschrank und schleppte sich keuchend die Treppe hinauf.

Jakub ließ sich auf sein Bett fallen, zog die dreckige Bettdecke über seinen Körper und versuchte zu schlafen. Die Schwulen im Kabuff nebenan waren wohl schon im Land der Träume, denn sonst hörte man hier jedes lautere Atmen. Jakub stand auf und schaltete den Computer seines Mitbewohners ein. Es dauerte lange, bis das Gerät hochgefahren war und der Bildschirm aufleuchtete. Das System war passwortgeschützt. Jakub versuchte es dreimal aufs Geratewohl: erst »der Haarige«, dann das Geburtsdatum dieses Verrückten, der ihm schon am ersten Tag seine gesamte Lebensgeschichte erzählt hatte, wofür Jakub sich bis zum heutigen Tag nicht revanchiert hatte, und schließlich die Postleitzahl von Jarosław Sokołowskis Geburtsort Siedlce. Aber er lag jedes Mal falsch, und nach dem dritten Versuch erschien die Warnung, dass nach einer weiteren falschen Eingabe das System blockiert würde. Sofort schaltete Jakub den Computer aus, kehrte in seine Zimmerhälfte zurück, griff nach der englischen Ausgabe von Kevin Duttons *Psychopathen – Was man von Heiligen, Anwälten und Serienmördern lernen kann* und versuchte zu lesen. Nach wenigen Minuten begann er zu gähnen.

»Kuba!«, hörte er ein Flüstern.

Jakub öffnete ein Auge, obwohl das nicht nötig gewesen wäre. Der Haarige schwitzte so intensiv, dass man ihn sofort roch, wenn er einen Raum betrat. Sein Mitbewohner hatte ihn an der Schulter gerüttelt.

»Und ich hatte so einen geilen Traum«, knurrte Jakub. »Was willst du, du Loser?«

»Wo ist mein Schweinekamm?«

»Ach, geh weg. Andrzej war da, da hab ich ihm was angeboten. Beschwer dich bei dem Fresssack, vielleicht entschädigt er dich ja mit Spiritus.«

Da hörte er ein Kichern und öffnete auch das andere Auge. In der Tür stand ein schielendes Busenwunder mit einem wild toupierten Haarberg auf dem Kopf. Sofort schloss Jakub wieder beide Augen. Ich habe einen verdammten Albtraum, dachte er.

»Lass ihn«, war eine raue Stimme unbestimmten Geschlechts zu hören. »Holen wir uns einen Döner in der Stadt.«

Jakub dachte nicht einmal daran aufzustehen.

»Vielleicht geht es ihm nicht gut?«, war nun eine zweite Stimme zu hören, sanfter und eindeutig weiblich.

Jakub dachte angestrengt nach. Irgendwas war hier faul. Der Archivar hatte nicht einmal eine Freundin, und heute war hier gleich ein halbes Blasorchester aufmarschiert. Er drehte sich um, sodass er unter der Bettdecke hervor die Situation im Raum unauffällig beobachten konnte.

»Andrzej hat ihn wieder abgefüllt«, maulte der Haarige. »Irgendwann wird er noch blind davon. Weißt du, wie viel Umdrehungen das Zeug hat?«

»Gehen wir«, ordnete das Busenwunder an.

Schritte waren zu hören, und neben Jareks klobigen Soldatenstiefeln erblickte Jakub jetzt abgetretene Turnschuhe mit wohlgeformten weiblichen Waden darüber. Nun trat auch die zweite Lady näher an sein Bett. Das Busenwunder hatte auf jeden Fall hübsche Beine, dachte Jakub und stützte sich auf den Ellenbogen, sodass er seinen nackten Oberkörper entblößte.

»Hi«, strahlte Jakub das schielende Busenwunder an. Wenn er den Blick nicht höher als bis zu ihrem Kinn wandern ließ, war sie sogar ganz erträglich.

»Hi, Süßer«, war die Antwort.

Die Inhaberin der Turnschuhe antwortete nicht, sondern wurde rot wie ein Teenager. Sie hatte ein zartes Gesicht wie das Mädchen mit den Schwefelhölzchen und war auch genauso angezogen. Auf so was stand Jakub ja total. Er sprang aus dem Bett und setzte auf die Wirkung seiner wohlgeformten Waden. Im Wertungssystem für Eiskunstlauf hätte er sich eine 6,0 gegeben.

»Marek«, stellte er sich vor und tat verlegen, während er eine ausgewaschene Jeans über seinen knackigen Hintern zog. Dass der Haarige über seinen frisch erfundenen Decknamen nur den Kopf schüttelte, ließ ihn kalt. Stattdessen legte er nach: »Wie und wo hat denn diese Niete von meinem Mitbewohner solche Schätze aufgetrieben?«

Jetzt kicherten beide Mädchen.

»Eh, du, wo ist mein Essen?«, begann Jarek wieder zu nörgeln. »Hier war noch ein Stück Fleisch.«

»Wozu brauchst du denn Fleisch, wenn du hier zwei Ladys hast?« Unbewusst ahmte Jakub die Tonlage seines verstorbenen Vaters nach. »Und hast sie dann auch noch in dieses Loch geschleppt? Du hast echt null Schamgefühl, von Umgangsformen ganz zu schweigen. Außerdem bin ich nackt. Dir sind wohl die Haare auch ins Gehirn gewachsen. Meine Güte!«

»Wir haben an der Straße einen Hund gefunden«, warf jetzt das Mädchen in den Turnschuhen ein. »Wir wollten ihm was zu essen geben.«

Jakub antwortete nicht. Er lebte hier seit mehreren Tagen von Haferflocken und Andrzejs Spiritus, und der Haarige fütterte herrenlose Hunde mit Schweinekamm? Aber er schenkte der Schönheit ein Lächeln. Wenn sie mit ihm ins Bett ginge, würde er ihr die Schwäche für ausgesetzte Tiere vergeben. Er war ja schließlich selber eins.

»Also ich habe mich vorgestellt, und wie heißt diese bezaubernde junge Dame, wenn ich fragen darf?«

Sie streckte ihm ihre zierliche Hand entgegen.

»Monika.«

»Aber alle sagen Jowita zu ihr«, warf Marzena ein.

»Gar nicht«, protestierte Jowita.

»Beides hübsche Namen.« Jakub setzte sein strahlendstes Lächeln auf. Ganz klar Treffer versenkt. »Für mich kannst du auch Mona Lisa sein.«

Er wählte ein enges Fahrradtrikot, weil er wusste, dass es seine Muskeln sehr vorteilhaft zur Geltung brachte, dazu brandneue Nikes und eine abgegriffene Baseballkappe.

»Wo gehen wir hin?«

»Wir?«, fragte der Haarige verwundert zurück. »Ich geh schlafen, ich muss morgen früh um acht auf Arbeit sein.«

»Langweiler«, seufzte Jakub und machte ein enttäuschtes Gesicht. »Und wozu habe ich mich dann angezogen?«

»Dann machen wir halt hier ein bisschen Party?«, schlug Marzena vor und holte ihre Zigaretten aus der Handtasche.

»Ist hier nicht erlaubt«, protestierte der Haarige.

»Party machen oder rauchen?« Marzena warf ihm einen vernichtenden Blick zu.

Jakub gab ihr sofort Feuer. Sie dankte ihm mit einem Lächeln, und er stellte erneut fest, dass sie durchaus ihre Reize hatte. Bei genauerem Hinsehen fand er sie gar nicht mehr so schlimm. Wenn sie Geld hatte, und danach sah es aus, konnte er sich eventuell an ihre Hässlichkeit gewöhnen.

»Entscheidet euch, was wir machen, ich warte im Auto.« Jowita drehte sich um und ging zur Treppe. »Kann sein, dass der Kleine aufwacht und weint.«

Bei diesen Worten entglitten Jakub die Gesichtszüge. So jung und schon ein Balg. Dabei trug sie nicht einmal einen Ring, also war sie alleinerziehend. Jakub hatte keine Lust, irgendjemanden zu bemuttern, er wollte selbst versorgt werden.

»Hast du einen Lappen, Süßer?« Das schielende Busenwunder ging ihm jetzt doch wieder auf die Nerven, aber er nickte.

»Jeder echte Kerl hat einen Lappen«, antwortete er.

»Komm.« Marzena zeigte zur Treppe. »Gehen wir eine rauchen. Hast du morgen frei?«

»Eigentlich nicht«, log Jakub. »Aber einer Frau helfe ich immer gern. Kommt allerdings darauf an, wobei.«

»Und für wie viel, richtig?« Marzena hatte ihn längst durchschaut.

Der Haarige wollte protestieren, aber Marzena küsste ihn zum Abschied auf den Mund und ging die Treppe hinauf. Jakub folgte ihr.

»Wer wohnt denn in so einem Loch?«, stöhnte sie, als sie die Treppe hinaufgingen.

»Ausschließlich Ratten, Draufgänger und Männer, die Frauen hassen.« Jakub zeigte auf den Nachbarverschlag und machte dabei eine tuntige Geste.

»Du bist lustig«, rief Marzena, drehte sich um und neigte sich so unglücklich nach vorn, dass er ihren ausladenden Busen an der Wange spürte. Nur mit Mühe bewahrte er Ruhe, aber sie zog sich nicht zurück, sondern flüsterte ihm vertraulich ins Ohr: »Jowita hat Gefallen an dir gefunden. Sie hat gerade niemanden. Aber wenn du ihr was antust, schneide ich dir den Schwanz ab und esse ihn.«

»Alles klar, Chefin. Der ist mir zu teuer, um so ein Risiko einzugehen.«

Als sie draußen standen, nahm Jakub gern eine von Marzenas parfümierten schwarzen Zigaretten.

»Folgendes«, sagte sie geradeheraus, nachdem sie sich versichert hatte, dass Jowita nicht mithörte. »Jemand hat meine Freundin fertiggemacht. Zum Glück habe ich das auf Video. Dafür muss dieser Jemand zahlen, und danach muss man diesen Jemand vielleicht aus dem Weg räumen.«

Jakub warf ihr einen belustigten Blick zu.

»Das war jetzt aber ein Scherz?«

»Genau«, erwiderte Marzena sehr ernst und streckte zum Abschied die Hand aus. »War nett, dich kennenzulernen. Ciao.«

Mit einer schnellen Bewegung ergriff Jakub sie bei den Haaren. Sie schrie vor Schmerz auf, befreite sich aber geschickt. Jakub behielt nur eine wasserstoffblonde Strähne in der Hand.

»Das ist ambitioniert«, sagte Jakub. »Wie viel?«

»Darüber entscheide nicht ich, aber auf jeden Fall wirst du nicht mehr in so einem Loch hier hausen müssen. Das kann ich dir garantieren.«

»Na, dann mal los.« Jakub streckte die Hand nach dem Türgriff des schneeweißen Mercedes aus.

»Und deine Sachen? Musst du nicht packen?«

Jakub war ehrlich verwundert.

»Das Wichtigste trage ich am Körper«, erwiderte er und fasste sich in den Schritt.

»Du bist doch total verrückt.«

»Selber. Du kennst mich ja nicht mal.«

»Einen echten Hitman erkenne ich von Weitem.«

Jakub fühlte sich sehr geschmeichelt und nahm Marzena in den Arm.

»Du magst Verrückte, stimmt's?«

Sie kicherte und gab ihm die Autoschlüssel.

»Alt, aber immer noch gut in Schuss.« Er machte es sich auf dem Fahrersitz bequem.

Schon an der ersten Ampel wurden sie von der Polizei angehalten. Ein Anrufer hatte gemeldet, dass ein Verkehrsrowdy in dem Fahrzeug mit dem amtlichen Kennzeichen BHA 3456 unterwegs war. Da erst fand Jakub heraus, dass der weiße Mercedes Piotr Bondaruk aus Hajnówka gehörte.

»Da wohnt meine Schwester«, murmelte er. »Arbeitet in einer Klinik oder so.«

Auf dem Rücksitz hielt Jowita ihren Sohn im Arm und schlief. Marzena, wie immer auf der Hut, betrachtete ihn zum ersten Mal misstrauisch.

»Reiner Zufall«, versicherte er.

»Zufälle gibt's nicht. Name?«

»Magdalena Prus, verheiratete Mackiewicz. Kennst du sie?«

Marzena schüttelte den Kopf, dann dachte sie lange nach. Jakub ahnte, dass sie in Gedanken alle ihr bekannten Gesichter durchging. Er hätte seine Hand dafür ins Feuer gelegt, dass sie den Namen der Ärztin irgendwoher kannte. Hajnówka war keine große Stadt.

»Schauen wir doch bei ihr vorbei«, entschied Marzena. »Ruf an und sag dem Schwesterherz, in zwei Stunden kommen Gäste.«

»Meine Schwester ist eher uncool«, versuchte Jakub, sie von ihrem Plan abzubringen. »Und sie kann mich auf den Tod nicht ausstehen. Sie ist zwanzig Jahre älter als ich.«

»Was du nicht sagst.«

»Sie ist adoptiert. Mich haben meine Eltern erst auf ihre alten Tage gekriegt. Mit Glückshaube.« Er strich sich über den Kopf.

»Wie Lucky Luke.«

»Wie der Hurensohn, genau.«

Doktor Magdalena Prus erstarrte, als sie ihren Stiefbruder durch den Spion erblickte. Wann immer er auftauchte, brachte er nichts als Ärger mit. Er rief nur an, wenn er etwas von ihr wollte, und wenn er sich jetzt herbemüht hatte, würde sie ihn am Hals haben, bis sie ihm eine beachtliche Summe zusteckte. Einfach zu verschwinden war ein weiteres von Jakubs besonderen Talenten. Er trieb sich in der Welt herum und wechselte ständig den Wohnort. Für das Finanzamt, die Sozialversicherung und viele Gläubiger war er praktisch unauffindbar. Wo sich ihr Bruder gerade aufhielt, erfuhr sie meist nur von den Gerichten, Staatsanwälten und Inkassounternehmen, die ihre Vorladungen, Bescheide und Zahlungsaufforderungen an ihre Adresse schickten, damit sie Jakubs Schulden beglich. Ihr Bruder teilte ihr seinen Wohnort nur mit, wenn er ein Tief hatte und Geld brauchte. Unzählige Male hatte sie ihn schon gebeten, sie nicht in seine Machenschaften zu verwickeln, aber sie half ihm trotzdem jedes Mal.

Artur schlief bereits, also warf sie sich ihren Morgenmantel über und trat auf Zehenspitzen ins Treppenhaus. Erst dort bemerkte sie, dass Jakub diesmal nicht allein war. Was noch schlimmer war, sie kannte die beiden Frauen vom Sehen. Der einen, ganz offensichtlich der Anführerin, war das Milieu auf den ersten Blick anzusehen. Die andere, mit einem schlafenden Kind auf dem Arm, wirkte sogar nett. Aber wenn sie sich mit einer echten Nutte und mit ihrem verrückten Bruder eingelassen hatte, fehlte ihr offenbar jeglicher Selbsterhaltungstrieb.

»Hier könnt ihr nicht übernachten. Du hättest doch wenigstens anrufen können«, stauchte sie ihren Bruder zusammen.

»Mein Telefon ist im Eimer«, log Jakub.

»Du hast es entweder verkauft oder verloren.«

»Kann schon sein, *sister.*« Er senkte schuldbewusst den Kopf. »Aber wohin hätten wir denn gehen sollen? Es ist mitten in der Nacht!«

»Wir sind hier nicht auf dem Dorf. Die Hotels sind die ganze Nacht geöffnet.«

»Schwesterchen, das Kind hat nichts gegessen.« Jakub machte ein Engelsgesicht. »Hätte ich die Damen hier denn einfach so ihrem Schicksal überlassen sollen? Wir haben hier wirklich nur eine Sache zu erledigen, morgen sind wir wieder weg. Und Hippokrates wird auch stolz auf dich sein, wenn du den Bedürftigen hilfst.«

»Es ist echt nicht auszuhalten mit dir! Ständig reitest du dich in irgendwas rein!«

»Das ist wirklich das letzte Mal.« Jakub konnte seinen Text inzwischen auswendig, seine Schwester Magdalena allerdings auch. Sie wussten beide, was jetzt kommen würde: »Wirklich. Versprochen!«

»Wartet hier.«

Die Ärztin drehte sich um und ging in die Wohnung zurück, währenddessen standen die drei im Treppenhaus und alberten herum. Jakub erzählte Witze, die Wespe kicherte, und Jowita warf dem jungen Mann zunehmend verklärte Blicke zu.

Endlich erschien Magdalena Prus mit einem Schlüsselbund in der Hand wieder an der Tür und gab ihnen ein Zeichen, ihr zu folgen. Sie stieg in ihr Auto und fuhr übermäßig langsam und vorschriftsmäßig zum ehemaligen Krankenhaus. Dort führte Doktor Prus ihre ungebetenen Gäste in einen unbenutzten Saal, in dem zehn kaputte Betten an den Wänden standen. Aus dem Magazin holte sie ein paar alte Decken, verbot ihnen aber, das Licht einzuschalten.

»Morgen suchen wir uns was anderes«, sagte die nettere Blondine. »Vielen Dank, auch in Tomeks Namen.«

»Ist schon in Ordnung«, sagte sie dann. »Ruht euch aus. Aber macht um Gottes willen keine Unordnung!«

»Wir? Unordnung?«, ereiferte sich Jakub. »Nie im Leben!«

»Das sagt der Richtige!«, erwiderte Magdalena scharf und bat ihren Bruder dann auf den Korridor hinaus. »Was um Gottes willen hast du hier zu suchen?«

»Geschäfte«, antwortete er lächelnd.

»Hast du nicht gesagt, du arbeitest in der Telekommunikationsbranche?«

»Hohoho!«

»Wovon lebst du überhaupt?«

»Ach, mal hier was, mal da«, murmelte er. »Wie üblich. Aber mit dem Hacken und dem Abhören habe ich aufgehört, echt.«

»Bring dieses eine Mal wenigstens nicht auch noch mich in Schwierigkeiten. Wenn du dir dein Leben versauen willst, bitte schön, aber denk ja nicht, dass ich dich aus dem Gefängnis hole. Ich bin nicht deine Mutter.«

»Schon klar. Ich hab einmal gesessen, das hat mir vollkommen gereicht.«

»Ich bewerbe mich hier auf die Direktorenstelle, schlimmstenfalls den Stellvertreterposten. Verstehst du, was das heißt?«

»Was gibt es da nicht zu verstehen? Du bist die erfolgreiche Karrierefrau, wie immer.«

»Und wer sind die beiden Schönheitsköniginnen?«

»Bekannte.«

»Die, die schielt, ist eine Prostituierte. Ich kenne sie vom Sehen. Die andere auch?«

»Ich habe überhaupt nichts mit denen zu tun!« Er schlug sich auf die Brust. »Das ist rein geschäftlich. Außerdem bin ich inkognito hier. Also sag bitte Marek zu mir, wenn's geht.«

Doktor Prus nahm von weiteren Befragungen Abstand.

»Mach, was du willst, aber halt mich da raus.«

Jakub legte ihr seine Hand auf den Arm, genauso, wie ihr Vater das immer getan hatte, wenn er seine Kinder seiner Unterstützung versichern wollte.

»Du kannst jederzeit auf mich zählen.«

Sie umarmte ihn.

»Wenn der Kleine aufwacht, kauft ihm Milch.«

»Ja, Mama.« Er warf ihr einen entnervten Blick zu.

»Grüß deine Damen von mir.« Sie strich ihm über die Wange und ging dann gemessenen Schrittes davon, ohne sich umzusehen.

Marzena stand als Erste auf und weckte die anderen. Wie gewöhnlich rekelte sich Jowita noch lange in den Decken und tollte mit Tomek herum, als wäre heute Heiligabend und sie würden gleich nebenan im Wohnzimmer unter dem Christbaum die Geschenke auspacken. Dabei hatten sie viel zu tun und nur wenige Tage für die Vorbereitungen.

»Marek!« Bereits zum wiederholten Mal schüttelte die Wespe den tief schlafenden Jakub. Wenn er die Augen geschlossen hatte und nicht ununterbrochen dummes Zeug von sich gab, sah er wie ein Engel aus. Volle Lippen, eine gerade Nase, ein markanter Unterkiefer. Er war ganz eindeutig ihr Typ, sie mochte Schläger mit Babyface und dunkler Vergangenheit. Jetzt öffnete er ein Auge, und an seinem Blick erkannte sie sofort, dass er einen feuchten Traum gehabt hatte. Warum nur wunderte sie das nicht?

»Steh auf und mach dich fertig. Wir beide haben jetzt einen Termin.«

»Kannst du da nicht alleine hin?«

»So früh am Morgen schon überarbeitet?« Marzena schüttelte den Kopf und lachte. »Du bist hier nicht auf Kur! Von irgendwas muss ich dich ja schließlich auch bezahlen, oder arbeitest du umsonst? Wir gehen Geld holen.«

Das war Motivation genug. Jakub schlug die Decke zurück und rieb sich die Augen. Als er auf den Flur trat, stand Marzena schon vor dem Gebäude und zählte Münzen.

»Hast du Kleingeld?«

Er zeigte ihr die Löcher in seinen Hosentaschen.

»Ein hoffnungslos armer Schlucker. Das war mir gleich klar«, urteilte sie.

Sie ging zum Auto und wühlte lange im Kofferraum, bis sie eine Handvoll Münzen und eine Telefonkarte fand.

»Heureka!«. Sie strahlte. »Wir sind gerettet!«

An der Ecke war eine Telefonzelle. Jakub verstand nicht, warum er in einiger Entfernung Marzena bewachen musste, während sie ein Gespräch nach dem anderen führte.

»Schau, ob niemand kommt, und wenn doch, dann fang ein Gespräch an. Niemand darf mich erkennen.«

»Wieso das denn?«, jammerte er. »Ich habe Hunger.«

Sie trat zu ihm und tätschelte ihm etwas zu kräftig den Kopf.

»Ich werde dich hier nicht bemuttern, klar? Sei ein harter Kerl oder verschwinde!«

Er hob die Hände und kapitulierte: »Schon gut, schon gut. Aber immerhin hab ich die Unterkunft organisiert, da kannst du ja wohl was zu essen besorgen.«

»Wenn alles nach Plan läuft, machen wir schon heute Abend eine große Sause, und das nicht irgendwo.«

Sie trat in die Telefonzelle zurück und redete, bis sämtliche Münzen verbraucht waren. Sie kritzelte etwas auf einen Zettel, nickte und lachte. Dann warf sie den Hörer auf die Gabel und marschierte wie ein Soldat zum Auto.

»Erledigt. Jetzt fahren wir zur Bank.«

»Und deine Freundin? Hierbleiben kann sie nicht.«

»Ihr passiert schon nichts.« Marzena nahm auf dem Rücksitz Platz, wie in einem Taxi, und sagte dann im Befehlston: »Was glotzt du so in die Gegend. Fahr los!«

Vor der Bank stand er wieder herum wie ein Idiot, zählte die Poller am Straßenrand und die Laternen vor dem Rathaus. Nicht mal rauchen konnte er, denn Marzena hatte die Zigaretten. Ihm hatte sie nur zwei zugeteilt, die er sofort aufgeraucht hatte, und jetzt hörte er, wie sein Magen knurrte.

Marzena blieb fast eine Stunde fort, dann erschien sie mit vor Zufriedenheit geröteten Wangen, einem grauen Umschlag unter Arm und schielte kaum noch. Auf dem Markt kaufte sie so viel Lebensmittel, Alkohol und Klamotten, dass er die vielen Tüten kaum schleppen konnte. Erst als er alle Einkäufe im Kofferraum verstaut, einen Halwa-Riegel verdrückt und einen halben Liter Milch getrunken hatte, war er ein wenig beruhigt. Er schaute sich um. Marzena verschwand schon wieder in der Telefonzelle. Diesmal konnte er Teile des Gesprächs belauschen.

»Um vier. Wirf es in den Mülleimer vor der Bank. Ein grauer Umschlag. Ich habe alles dabei, komplett. Natürlich habe ich Kopien zu Hause, und die vernichte ich erst, wenn die Rechnung bezahlt ist, also mach kein Theater. Und sei besser pünktlich, sonst wird's teurer. Ich warte zwanzig Minuten, dann geh ich zur Polizei. Ja, der zahlt auch. Sein Viertel. Frag ihn doch, ich hab eben erst mit ihm gesprochen.«

Sie legte auf und drehte sich unvermittelt um. Jakub musste ein ziemlich dummes Gesicht gemacht haben, denn sie begann sofort, ihn nachzuahmen. Aber dann fiel ihr plötzlich etwas ein, und sie ging noch einmal in die Telefonzelle zurück.

»Er hat nicht versucht zu verhandeln«, sagte sie, und dann hörte sie lange zu, nickte mehrmals und versuchte erfolglos, den Redefluss am anderen Ende der Leitung zu unterbrechen.

»Mein Guthaben ist gleich alle«, gelang es ihr schließlich einzuschieben. »Ganz ruhig, ich habe den richtigen Mann dafür. Mit Berufserfahrung. Aber wenn du das verbockst, endest du genauso. Das funktioniert in beide Richtungen.« Sie lachte rau. »Es gibt keine weiteren Kopien von dem Film, keine Sorge.«

Offenbar war die Karte leer, denn sie legte den Hörer auf, fischte einige Münzen aus der Hosentasche und steckte sie in den Schlitz.

»Wir haben ein Problem, Schätzchen«, säuselte sie, und Jakub spitzte die Ohren. Er war sicher, dass sie jetzt mit einer anderen Person sprach.

»Er hat eine Bedingung gestellt. Das wird dich dann leider etwas mehr kosten.«

Sie nahm den Hörer vom Ohr.

»Ich kümmere mich selbst darum. Ich weiß, wo er wohnt. Mach du dir keinen Kopf, besorg einfach die Kohle.«

Nach und nach verstand Jakub, dass er nur ein kleines Rädchen in Marzenas großem Plan war. Sie war sachlich, sie wäre garantiert eine großartige Geschäftsfrau gewesen. Warum sie in der gesellschaftlichen Hierarchie genauso niedrig stand wie er selbst, wusste er nicht und wollte er auch nicht wissen. Aber er verstand endlich, dass ihr Plan ohne ihn nicht aufgehen würde. Er hatte sie in der Hand.

»Kannst du schon sagen, wie viel für mich dabei rausspringt?«, fragte er zunächst sehr höflich. Wenn er nun schon die Drecksarbeit machen sollte, wollte er wenigstens den bestmöglichen Preis herausholen.

Sie bot ihm eine Zigarette an und lehnte sich ans Auto.

»Wir müssen jetzt erst mal ein paar Besuche machen.« Sie senkte den Kopf. »Es sind leider Komplikationen aufgetreten. Jemand ist uns zuvorgekommen, das könnte Probleme geben.«

»Was geht mich das an!« Inzwischen war Jakub mehr als verstört. »Ich bin ein einfacher Junge, du sagst mir, wann und was ich machen soll und wie viel ich dafür kriege, und dann mache ich das. Aber ich will wenigstens was dabei verdienen.«

»Dreißig«, war die Antwort. »Okay?«

Er nickte.

»Aber es sind zwei Vögelchen, nicht nur eines.«

»Geht in Ordnung. Ob einer oder zwei, Hauptsache, der Plan ist gut.« Er gab sich entspannt, obwohl er keinen blassen Schimmer hatte, wie man einen Menschen umbrachte. Er fühlte sich in seine Rolle ein, und die Aussicht auf eine Einmalzahlung von dreißigtausend Złoty hob seine Stimmung sofort erheblich. Er würde tun, was ihm aufgetragen wurde, dachte er, und dann spurlos verschwinden.

»Und ein Werkzeug wäre gut – so mit bloßen Händen wird's schwierig.« Er seufzte theatralisch.

Marzena zog den Umschlag hervor und öffnete ihn ein wenig. Darin befand sich ein alter Revolver, dessen Lauf direkt hinter dem Magazin abgesägt war.

»Wenn du deine Sache gut machst, legt der Auftraggeber eine Prämie obendrauf.«

Sie trat ihre Zigarette auf dem Gehweg aus und setzte sich ins Auto.

»Jetzt geht's los, und kein Wort zu Jowita. Dem Mädchen darf nichts passieren.«

»Geht klar, Kaiserin.«

Als Jowita, Marzena und Jakub bei Piotr Bondaruk aufschlugen, bekam die Haushälterin sofort Ausgang. Es entging Jakub nicht, mit welcher Innigkeit Jowita den älteren Mann begrüßte. Er musste zugeben, dass Bondaruk trotz seines Alters immer noch gut in Form war. Und dass er über beträchtliches Vermögen verfügte, war auch nicht zu übersehen.

Jowita schmiegte sich an den reichen Unternehmer, als müsste er sie vor der ganzen Welt da draußen beschützen. Ihr Sohn hatte einen riesigen Spielzeugbagger geschenkt bekommen, den der Hausherr im Keller gefunden hatte.

»So gut wie neu«, versicherte er. »Der Sohn meiner Ex hat ein ganzes Zimmer voller Spielsachen.«

»Deiner Ex …« Marzena pfiff durch die Zähne. »Das wäre ja mal ganz was Neues. Nur höre ich das nicht zum ersten Mal. Łarysa und du, ihr trennt euch doch ständig und kommt dann wieder zusammen.«

»Diesmal ist es wirklich vorbei«, versicherte Piotr Bondaruk und zwinkerte ihr zu.

Jowita spitzte die Ohren, sog jedes Wort förmlich auf, auch wenn sie so tat, als ginge sie das alles nichts an. Unterdessen richtete sie das Essen her, das Jakub und Marzena als Gastgeschenk mitgebracht hatten, machte Tee und stellte Gläser und Teller auf den Tisch.

»Und wo ist der Champagner? Ich hab doch welchen gekauft!«, schimpfte Marzena. »Im Eisfach sind drei Flaschen.«

»Den Scheiß stell ich nicht auf den Tisch, wenn es hier mehrere

Sorten Gin, Whiskey und andere Spezialitäten gibt!«, erwiderte Jakub beleidigt.

Aber Marzena hörte nicht auf ihn und schickte Jowita los, den Krimsekt zu holen.

»Das ist doch keine Party, ohne Kaviar und ohne Champagner! Kaviar hab ich keinen gekriegt, aber Makrele gab's.« Sie wickelte den Räucherfisch aus dem Papier und begann, ihn mit den Fingern zu zerteilen. Jakub konnte das nicht mit ansehen, aber Bondaruk lachte nur und half ihr, die Sektflaschen zu öffnen.

»Wir müssen ein Foto machen«, bat Jowita. »Wir sehen uns doch so selten.«

»Ich habe eine neue Polaroid-Kamera. In der Schublade unter dem Fernseher.« Bondaruk zeigte Jakub, wie die Kamera funktionierte, und zog dann die beiden Frauen an sich.

Jakub sah zum ersten Mal in seinem Leben ein derartiges Gerät und war sofort hin und weg.

»Was für ein geiler Apparat! Muss man nicht mal den Film zum Entwickeln geben.«

»Kannst du haben.« Piotr Bondaruk lachte. »Aber vorher musst du noch ein paar Bilder von uns machen.«

Jakub arrangierte die Dreiergruppe so aufwendig, als wäre er Fotograf bei einem Hochglanzmagazin. Wenn sie nicht zusammenrückten, wären auf dem Bild nur die Makrele und der Champagner zu sehen, warnte er. Aber sie lachten nur und umarmten sich und wollten um nichts in der Welt die Plätze tauschen. Jakub machte für jeden von ihnen mehrere Aufnahmen und packte den Apparat dann sofort ein. Bei Bondaruk verbrachten sie einen angenehmen Abend. Jowita weinte beim Abschied.

»Wann fahrt ihr los?«, fragte Bondaruk.

»Morgen früh, gleich nach dem Frühstück«, war die Antwort.

»Meldet euch mal, wie ihr so zurechtkommt. Und sagt Bescheid, wenn ihr was braucht, dann helfe ich euch.«

»Wunderbar!« Marzena, sichtlich angeheitert, winkte leichtfertig ab. »Leider hat uns ein Typ rausgeschmissen, und ich hab seitdem noch keinen neuen Job. In Warschau kannst du dich nicht einfach auf den Strich stellen, ohne irgendwo Schutzgeld zu zahlen. Du musst dich registrieren, immer will irgendwer einen Anteil, das ist nicht mein Ding. Und jünger wird man auch nicht, da hat die Konkurrenz die Nase vorn. Außerdem ist schielen nicht gerade ein Qualitätsmerkmal in der Branche.« Sie lachte bitter und zeigte dann auf Jowita. »Die da würden ja alle mit Handkuss nehmen, aber sie will lieber Kühe melken.«

Zum ersten Mal schaute Jowita Marzena mit hasserfülltem Blick an und verbarg ihre rissigen Hände hinter ihrem Rücken. Sie schämte sich.

»Ich will nicht mehr so leben«, erklärte sie.

Aus seiner Hosentasche zog Piotr Bondaruk die Autoschlüssel, die Marzena ihm heute zurückgegeben hatte.

»Nimm.« Er drückte sie Jowita in die Hand. »Für den Neuanfang. Mach dich selbstständig.«

»Aber ich kann nicht Auto fahren!«

»Dann bringt der Kollege hier es dir eben bei.« Er zeigte auf Jakub. »Ich brauche den Mercedes nicht. Im Sägewerk bin ich in fünf Minuten zu Fuß, und alle weiteren Fahrten erledigt der Chauffeur mit dem Dienstwagen.«

Jowita schüttelte den Kopf und gab ihm die Schlüssel zurück.

»Die Papiere lassen wir umschreiben. Hab keine Angst.« Bondaruk ließ nicht locker. »Wir können das innerhalb einer Woche regeln.«

»Das ist zu viel, das kann ich nicht annehmen.«

Entgeistert schaute Bondaruk Jowita an. Marzena brach in schallendes Lachen aus.

»Du Dummchen. Da kriegst du was geschenkt und nimmst es nicht.«

Jowita streckte die Arme aus, schmiegte sich an den Unternehmer und flüsterte ihm etwas ins Ohr. Sein Gesichtsausdruck hellte sich auf, und er nickte zustimmend.

»Wenn ihr wollt, könnt ihr bei mir wohnen. Natürlich, alle vier.«

»Oh, Grundgütiger!« Marzena spuckte auf den Fußboden, wie es der Aberglauben verlangte. »Mach dir mal keine falschen Hoffnungen, Süße. Er hat eine andere, da kannst du dich auf den Kopf stellen, das ändert auch nichts daran.«

In diesem Moment kam Tomek außer sich vor Freude auf die Terrasse gelaufen. Er hatte eben erst entdeckt, dass der Bagger Lichter hatte und Geräusche machte. Aber als er seine Mutter in den Armen eines fremden Mannes erblickte, verzog er sofort den Mund und begann zu weinen.

Bondaruk strich Jowita über den Kopf und entließ sie aus seinen Armen, dann wandte er sich an den Jungen: »Keine Sorge, die Mama gehört ganz und allein dir.«

Dann zeigte er auf Jakub und wies ihn an: »Pass auf sie auf.«

Inzwischen fiel Schneeregen. Jakub strich die Decke glatt, legte sich bäuchlings darauf und drehte den Schirm seiner Baseballkappe in den Nacken. Seine Hände waren schon steif vor Kälte, trotzdem zog er keine Handschuhe an. Das Risiko, dass ihm der Finger vom Abzug rutschte und er danebenschoss, wollte er nicht eingehen.

Die Straße war leer. Marzena hatte gesagt, das Zielobjekt würde pünktlich um drei Uhr dreißig losfahren. Bis zur Ausfallstraße nach Białystok brauchte ein solcher Wagen weniger als eine Viertelstunde. Jakub schaute auf die Uhr, es war kurz vor vier. Wenn sich alles verzögerte, würde ihnen die Dämmerung dazwischenkommen, und eine zweite Gelegenheit würde sich so schnell nicht wieder bieten.

Plötzlich erblickte er am Horizont einen weißen Mercedes der E-Klasse, Modell W 210. Jakub erkannte ihn sofort, schließlich war er selbst bis vor Kurzem dieses Auto gefahren. Er zielte auf den Reifen, der erste Schuss ging daneben, aber nach dem zweiten hatte der Mercedes einen Platten. Der Wagen kam von der Fahrbahn ab. Dadurch war das eigentliche Ziel kurzzeitig außerhalb des Gesichtsfeldes des Schützen. Der zielte zuerst auf den Kopf der Frau, dann nahm er Bondaruks Gesicht ins Visier und gab einen Schuss nach dem anderen ab. Die Fensterscheiben des Autos gingen schon beim ersten Treffer zu Bruch. Jakub sah nicht viel, die letzten Schüsse gab er quasi blind ab, der Revolverlauf war heiß geworden und verbrannte ihm die Finger. Als das Magazin leer geschossen war, packte er seine

Sachen zusammen und sprang vom Dach. Erst jetzt bekam er Angst, die ganze Aktion verbockt zu haben. Die Fahrertür stand offen, Bondaruk war in Richtung Wald geflüchtet.

In einigen Fenstern war Licht angegangen. Schon in Kürze würde die Polizei die Fahndung aufnehmen, Straßensperren einrichten, jedes Fahrzeug kontrollieren, jeden Stein umdrehen. Jakub wusste, dass er sich beeilen musste. Der Plan war nicht aufgegangen, eigentlich hätten beide Insassen des Mercedes tot sein sollen. Jakub setzte sich hinter das Steuer und fuhr langsam bis zum nächsten Feldweg. Im Wald warf er die tote Łarysa in den Kofferraum, montierte den Ersatzreifen und fuhr dann Marzena und Jowita abholen.

Ohne eine einzige Frage zu stellen, packte Marzena in Windeseile ihre Sachen und stieg ins Auto, aber Jowita stimmte ein endloses Lamento an. Die Einschusslöcher im Auto sagten ihr alles. Sie ging mit geballten Fäusten auf Marzena los und drohte, die Polizei zu holen. Für Jakub war diese Szene unerträglich. Er konnte an nichts anderes denken, als dass Bondaruk überlebt hatte und die Polizei jeden Moment vor seiner Haustür stehen würde. Mit einer rechten Geraden schlug er die zierliche Jowita bewusstlos, verfrachtete sie mit Marzenas Hilfe ins Auto und fuhr los.

Sie hielten erst in der Nähe der Ortschaft Zbucz an. Mittlerweile war Jowita wieder bei Bewusstsein. Offenbar hatte sie eine Gehirnerschütterung, sie sprach undeutlich, war apathisch und starr. Als sie jedoch merkte, dass sie ihren Sohn zurückgelassen hatten, wurde sie erneut hysterisch. Inzwischen wusste Jakub, was zu tun war. Sie begruben Jowita und Łarysa zusammen. Auf das Grab schoben sie einen großen Stein, der aussah, als hätte er schon seit Jahrhunderten an diesem Platz gelegen.

Letztendlich hatten sie nur die Hälfte der geplanten Summe erbeutet, weil keiner von ihnen es wagte, zu dem Mülleimer zurückzukehren. Daher kam es innerhalb kürzester Zeit zum Konflikt zwischen Marzena und Jakub, den sie nur vorübergehend mithilfe der aus Bondaruks Hausbar entwendeten Alkoholika ertränkten.

Als Jakub am nächsten Morgen mit einem Kater erwachte, war er allein im Auto. Marzena war mit dem Geld und dem nagelneuen Fotoapparat verschwunden. Nur die Fotos und die Videokassette, mit der Marzena die Vergewaltiger erpresst hatte, waren noch da. Die musste sie übersehen haben, als sie in aller Eile das Versteck verließ.

Das Auto stellte Jakub auf dem Parkplatz des Warschauer Flughafens Okęcie ab. Er bezahlte einen Parkschein für drei Tage, mehr Geld hatte er nicht, dann tauchte er wieder in seinem Loch beim Haarigen ab und trank Andrzejs Spiritus.

Aus den Nachrichten erfuhr er, dass Bondaruk überlebt hatte und unter dem Verdacht der Ermordung seiner Lebensgefährtin zur Beobachtung in eine psychiatrische Klinik eingewiesen worden war. Dieser Umstand erheiterte Jakub ungemein.

Marzena sah er nie wieder. Aber nachdem er die Aufnahmen von der brutalen Vergewaltigung Jowitas gesehen hatte, kehrte er nach Hajnówka zurück und suchte sich Arbeit in der Psychiatrie, wo seine Schwester die Stelle der stellvertretenden Direktorin bekommen hatte. Systematisch trug er sämtliche Informationen über die vier Täter zusammen, die er kriegen konnte.

Aus der Ciszynia-Klinik war Bondaruk bereits entlassen worden, bevor Jakub dort zu arbeiten begann. Den Direktor der Klinik besuchte er jedoch auch nach seiner Entlassung regelmäßig. Nie ließ Bondaruk sich anmerken, dass er Jakub wiedererkannte. Lange suchte dieser nach dem Grund dafür und kam schließlich zu dem Schluss, dass der Inhaber von New Forest Hajnówka den Kleinkriminellen für viel zu unbedeutend halten musste, um sich an ihn zu erinnern. Sein Hass auf Bondaruk wurde dadurch nur noch größer.

Danzig, 2014

Robert Duchnowski hatte gerade die Kinder wieder bei seiner Ehefrau abgeliefert und dachte mit Schrecken daran, dass er nun eine ganze Woche freihatte. Am Nachmittag des Vortags hatte Waligóra, sein Chef, ihn in sein Büro zitiert und zu einem Zwangsurlaub verdonnert. Die Kommandantur war auf Überstunden der Belegschaft hin kontrolliert worden, und jetzt mussten die Statistiken bereinigt werden.

»Geh angeln, geh Pilze suchen, geh zum Teufel, aber lass dich hier vor Montag nicht blicken«, so lautete sein Befehl.

Duchno war am Boden zerstört. Dieses Übermaß an Freizeit überforderte ihn. Außerdem hatte Sasza auf ganzer Linie versagt. Sie war nicht zur Prüfung erschienen und antwortete nicht auf seine SMS. Er wagte schon gar nicht mehr, sie anzurufen. Vermutlich war sie beleidigt, weil er nicht alles hatte stehen und liegen lassen, um nach Hajnówka zu fahren und sie abzuholen. Dabei hatte er ihr die Wahrheit gesagt. Sein Auto war wirklich kaputt, der Schlauch der Benzinpumpe war gerissen. Nichts Spektakuläres, aber der Wagen war mitten in einem Kreisverkehr liegen geblieben. Und dann hatte ihn ganz einfach die Arbeit vollständig in Anspruch genommen. Inzwischen machte er sich fast schon Sorgen, weil er seit mehreren Tagen kein Lebenszeichen von ihr erhalten hatte.

Als er die Wohnung betrat, strich ihm sein roter Kater um die Beine; er holte die Packung Geflügelleber aus der Tasche. Darauf war sein Stubentiger geradezu versessen. Duchno streifte die Schuhe von den Füßen und ließ sich in den Sessel fallen, schob sich einen kleinen Hocker unter die Füße und griff dann nach dem besten Freund des Mannes, der Fernbedienung. Er öffnete eine Bierdose, nahm einen ordentlichen Schluck und entschied, dass diese Art von Urlaub gar nicht so schlecht war. Lediglich zum Supermarkt würde er fahren müssen, um den Vorrat an Bier für sich und an Geflügelleber für seinen Mitbewohner aufzustocken. Erwartungsgemäß rief das Geräusch der sich öffnenden Kühlschranktür den Kater sofort herbei.

»Mit den Frauen ist es genauso wie mit diesem Kühlschrank, mein Lieber«, schwadronierte Duchno. »Erst machen sie dir Appetit, und dann – klapp – ist die Tür wieder zu. Warum meldet sie sich nicht, die Zicke?«

Er goss dem Kater Milch ein.

»Du weißt genau, von wem ich rede. Sie ist genauso rothaarig und stur wie du. Ich habe schließlich Geschmack.«

Er holte sich noch ein Bier aus dem Kühlschrank.

»Von der Rednertribüne des Parlaments wurde ich bei dieser Gelegenheit als ›linker Aktivist‹ bezeichnet«, schimpfte derweil irgendein Lokalpolitiker im Fernseher.

Duchno lief ins Wohnzimmer zurück, um den Ton leiser zu stellen, setzte sich wieder in seinen Sessel und versank dank des Alkohols in Glückseligkeit. Die Nachrichten gingen ihm zum einen Ohr hinein und zum anderen wieder hinaus.

Er war kurz davor einzuschlafen, der Kopf fiel ihm fast schon auf die Schulter.

»In Hajnówka haben Polen und Weißrussen jahrelang einträchtig zusammengelebt, bis eine Gruppe polnischer Pseudopatrioten begann, Unruhe zu stiften und unter Berufung auf eine vermeintliche nationalistische Tradition Streit und Zwietracht zu säen. Was ihr tut, ist das Böse in seiner Reinform. Daran wird keine parlamentarische Anfrage etwas ändern. Die Weißrussen haben dasselbe Recht, in dieser Gegend zu leben, wie die Polen.«

Jetzt ergriff eine Reporterin das Wort. Sie stand vor dem Rathaus in Hajnówka, wo an diesem Tag ein Hundekopf mit weißrussischem Halsband durch ein Fenster geworfen worden war.

Was das zu bedeuten haben sollte, teilte sie nicht mit, dazu würde es ohnehin gleich einen eigenen Beitrag geben. Stattdessen rief sie den Zuschauern ins Gedächtnis, dass dieses beschauliche Städtchen nahe der Grenze seit einigen Tagen landesweit in den Nachrichten war, da Gerüchte die Runde machten, in den Wäldern rund um die Stadt treibe ein Kannibale sein Unwesen.

»Bislang haben Polizei und Staatsanwaltschaft all diese Gerüchte dementiert«, berichtete die Reporterin. »Aber heute Morgen ist hier auf dem Wochenmarkt in einem Sauerkrautfass der abgetrennte Kopf eines der reichsten Einwohner der Stadt aufgetaucht. Der Rest der Leiche wurde bisher noch nicht gefunden.«

Duchno öffnete die Augen.

»Weil diese Bestie ihn gegessen hat!« Ein von der Fernsehfrau gekaufter Fußgänger reckte seine Faust in die Kamera. »Genauso wie die Frauen, deren Köpfe die Ermittler jetzt in den Wäldern finden. Nur Köpfe, keine Leichen. Wie lässt sich das sonst erklären? Gegessen hat er sie!«

»Schon vorher hat sich ganz Polen über die Ermittlungsbehörden in Podlachien lustig gemacht«, fügte die Reporterin hinzu und las zum Beweis einen Limerick vor:

Es war ein Kannibal' aus Hajnówka,
Der von Frischfleisch sehr erfreut war.
Friedhofsgerüche
Verderben die Küche!
und so schlachtet er frisch in Hajnówka.

»Doch den Menschen in Hajnówka ist das Lachen vergangen.«

»Sehr gut!« Duchno schlug sich auf die Schenkel, aber als ein Bild des Verstorbenen gezeigt wurde, blieb ihm das Lachen im Halse stecken. Er erkannte den älteren, eleganten Herrn, mit dem er vor kaum drei Tagen gesprochen hatte. Er hatte Piotr Bondaruk nach Hajnówka zurückfahren sollen, aber keine Lust dazu gehabt und die Reparatur seines Autos als Ausrede benutzt.

»Kein Kommentar.« Eine kurze Aufnahme zeigte die Staatsanwältin auf dem Weg ins Gerichtsgebäude.

Dann füllte wieder das Gesicht der Reporterin den Bildschirm aus.

»Vorerst hat die Polizei weder Verbindungen zur organisierten Kriminalität noch zum nationalistischen Extremismus ausgeschlossen. Piotr Bondaruk war ein bedeutender Geschäftsmann in der Stadt, wichtiger Mäzen der weißrussischen Kultur und Aktivist für die Rechte der nationalen Minderheit.«

Duchno wollte schon umschalten, als aus dem Off die Stimme eines Nachrichtensprechers erklang:

»Unbestätigten Meldungen zufolge gehört auch eine gewisse Aleksandra Z. zu den Verdächtigen. Die ehemalige Polizistin, die mittlerweile in Großbritannien als Profilerin arbeitet, wurde heute Morgen vorläufig festgenommen. Mittlerweile befindet sich auch der bekannte Kriminalpsychologe Hubert Meyer in Hajnówka. Er soll die Kollegin vernehmen und so zur Aufklärung der mysteriösen Vermisstenfälle und bestialischen Morde beitragen. Wie wird dieses Duell der Profiler ausgehen? Ist das kleine Hajnówka das polnische Twin Peaks?«

Duchno drückte die Stumm-Taste und blieb einige Sekunden lang regungslos sitzen. Dann zerknüllte er die Bierdose und wählte Saszas Nummer, bekam aber nur die Mailbox zu hören. Als Nächstes rief er Krystyna Romanowska an. Auch die Kommandantin ging nicht ans Telefon. In seinem Adressbuch fand

Duchno die Nummer ihrer Dienststelle und bat darum, zur Chefin durchgestellt zu werden.

»Dienstlich außer Haus«, wurde ihm mitgeteilt. »Bitte wenden Sie sich an den Pressesprecher.«

»Ich bin kein verdammter Reporter«, polterte Duchno los, fing sich dann aber und fuhr gesittet fort: »Kriminalkommissar Robert Duchnowski, Woiwodschaftskommandantur Danzig, Kriminalabteilung. Bitte verbinden Sie mich umgehend mit einem Befehlshaber der Einheit.«

Er gab seine Nummer durch und legte dann auf. Buchstäblich im nächsten Augenblick klingelte sein Telefon. Sein durchschlagender Erfolg erfüllte ihn mit Stolz.

»Mit diesen Provinzgrößen muss man umgehen können«, erläuterte er dem roten Kater, während er das Telefon dreimal klingeln ließ. »Sonst haben die nämlich keinen Respekt vor einem.«

Er hob ab und musste enttäuscht feststellen, dass es nur Zosia war, Waligóras Sekretärin.

»Wenn du mich zum Dienst beordern sollst: *no way!*«, erklärte Duchno gewichtig. »Der Chef hat mich rausgeschmissen, dann soll er mich auch persönlich bitten zurückzukommen.«

Zosia lachte schallend und senkte ihre Stimme dann zu einem Flüstern.

»Du hast Post bekommen, ein großes Paket, genauer gesagt viele einzelne Briefe, aus einer Klinik. Auf allen steht ›vertraulich‹, also habe ich sie nicht aufgemacht.«

»Leg mir alles auf den Schreibtisch.«

»In Ordnung, nur«, die Sekretärin zögerte, »hast du die Nachrichten gesehen?«

»Nein«, log Duchno. »Warum?«

»Weil es heißt«, erklärte Zosia immer noch flüsternd, »dass die eine Festgenommene, weißt du, in diesem Städtchen, wo dieser bekannte Provider hingefahren ist.«

»Der Profiler.«

»Genau, Profiler. Jedenfalls dass eine von den Festgenommenen unsere Sasza ist.«

»Keine Ahnung«, schwindelte Duchno wieder und spürte, dass seine Ohren heiß wurden.

»Es ist nämlich so, dass alle diese Briefe für dich von Sasza sind. Nur mit dem Absender irgendeiner psychiatrischen Klinik, Ciszynia heißt die. Vielleicht haben sie sie da eingewiesen? Der Chef hat die Post schon gesehen, und wenn er vom Mittagessen zurückkommt, wird er mich bestimmt anweisen, sie zu öffnen. Du kennst ihn ja, der hält das nicht aus.«

Duchno musste sehr tief Luft holen, aber es gelang ihm, weiter Gelassenheit zu mimen.

»Also gut, ich habe ja jetzt viel freie Zeit, dann mache ich doch mal einen Spaziergang. Ich gehe mit der Katze raus. So ein bisschen Abwechslung tut gut, mein Gehirn rostet schon ein vom Nichtstun.«

Er zog sich an und schlüpfte in seine Schuhe, klemmte sich den Kater unter den Arm und legte dem sich sträubenden Tier ein nigelnagelneues Halsband um.

»Was denkst du, in welche Scheiße hat sie sich jetzt wieder reingeritten?«

Hajnówka, 2014

Nachdem Sasza ihren Koffer und ihre Fahrzeugpapiere zurückbekommen und die Kommandantur verlassen hatte, ging sie einfach los – ihr Auto ließ sie auf dem Parkplatz vor dem Polizeigebäude stehen. In dieser Stadt wollte sie nicht eine Minute länger bleiben. Der Busbahnhof war um die Ecke, und die Bewegung tat ihr gut. Derart in Gedanken versunken, bemerkte sie gar nicht, dass schon seit geraumer Zeit ein Auto im Schritttempo neben ihr herfuhr, ein gewöhnlicher blauer Passat. Auf dem Dach war kein Taxi-Schild montiert, aber alle Türen trugen die Aufschrift »Personenbeförderung«. Hinter dem Steuer saß ein Mann mit Schirmmütze, er hatte die Scheiben runtergefahren und ließ den Arm lässig aus dem Fenster hängen.

»Sind Sie frei?«, fragte Sasza. Eine absolut dämliche Frage, denn im Auto saß niemand, und der Fahrer hatte sich ihr geradezu aufgedrängt.

»Wie viel kostet die Fahrt nach Białystok?«, fragte sie.

»Hundertfünfzig Złoty. Vielleicht auch zweihundert, aber da werden wir uns schon einig«, entgegnete der Fahrer.

Sasza überlegte nicht weiter, schob ihren Koffer auf den Rücksitz und sagte: »Zum Bahnhof.«

»Geht in Ordnung.«

Sie schloss die Augen und überließ sich ihren Gedanken. Nun, da der Stress allmählich nachließ, fühlte sie nur noch grenzenlose Erschöpfung. Am liebsten hätte sie vor lauter Selbstmitleid geweint, aber vor einem fremden Mann war ihr das peinlich. Sie beschloss, sich zusammenzureißen, bis sie im Zug nach Danzig saß. Wenn sie eine direkte Verbindung nach Warschau erwischte, könnte sie am Abend schon zu Hause sein. Die Vorstellung war überaus verlockend.

Sie holte ihr Handy aus der Tasche und schaltete es ein. Sie sah mehrere entgangene Anrufe, darunter einen von Duchno von vor zwei Stunden. Sie lächelte. Das musste Gedankenübertragung sein. Als sie ganz allein in ihrer Zelle saß, hatte sie ihre Lage gründlich durchdacht, ihr krankhaftes Draufgängertum verflucht und beschlossen, von nun an alles anders zu machen. Sie musste einen neuen Modus Operandi finden, sonst steuerte sie unausweichlich auf eine Katastrophe zu. Für ihr Privatleben galt das genauso. Sie hatte keine Lust mehr auf das Singledasein, es war an der Zeit, dass sie sich gestattete, eine Frau zu sein. Von nun an würde sie sanft, weich, hilflos und süß wie ein Sahnebonbon sein. Erleichtert wählte sie Duchnos Nummer und wusste schon, was sie ihm sagen würde: »Ich bin auf der Rückfahrt. Lass uns heute Abend essen gehen.« Und ganz sicher hätte sie das auch gesagt, wenn er denn abgenommen hätte. Sie versuchte es mehrere Male, aber es war immer besetzt. Schließlich bekam sie eine SMS, dass die Nummer nun wieder erreichbar sei. Sie wählte erneut, aber Duchno drückte sie schon nach dem ersten Klingeln weg.

Verärgert warf sie das Telefon in die Handtasche, zog innerlich ihren Schutzpanzer wieder über und steigerte sich in ihre Wut hinein. Dann eben doch kein Sahnebonbon. Duchno und sie waren wie Feuer und Wasser, daraus konnte sowieso nichts werden. Sie lehnte den Kopf an die Kopfstütze und wollte gerade wieder die Augen schließen, als sie den bohrenden Blick des Fahrers im Rückspiegel spürte. Anstatt auf die Fahrbahn zu schauen, beobachtete er sie insgeheim. Sie richtete sich auf und neigte sich nach vorn, ihr zorniger Blick traf den seinen im Rückspiegel. Er hob den Kopf und lächelte. Sie warf einen Blick auf seine Hand am Schaltknüppel. Die Enden zweier Finger des Handschuhs waren leer. Trotz der Schirmmütze erkannte sie ihn sofort, befürchtete aber, dass er ihr Erschrecken bemerkt hatte. Sogleich begann sie, sich unauffällig umzuschauen. Inzwischen hatte sie genug Zeit in dieser Stadt verbracht, um sich zu orientieren. Und tatsächlich: Sie befanden sich überhaupt nicht auf der Strecke nach Białystok, im Gegenteil, sie fuhren in Richtung Wald. Sasza streckte die Hand nach dem Türgriff aus, aber der Fahrer war schneller und drückte den Knopf für die Zentralverriegelung. Sasza war im Auto gefangen.

»Was wird hier gespielt?«, fragte sie mit Grabesstimme. Ohne den Blick vom Rückspiegel zu nehmen, holte sie ihr Handy hervor und schrieb blind eine Nachricht an Duchno: »Rette mich! Ich brauche Hilfe! Bitte!« Im nächsten Moment sah sie den Parkplatz der Ciszynia-Klinik. Den Namen der Einrichtung schickte sie Duchno ebenfalls per SMS. Sie fuhren an der Klinik vorbei und nahmen die Einfahrt an der Rückseite des Gebäudes.

»Jemand hat darum gebeten, dass ich Sie herbringe«, antwortete nun der Fahrer. Jakub nahm die Schirmmütze ab und drehte sich zu ihr um. Sein Kopf war kahl rasiert, und mitten auf dem Schädel prangte eine alte Narbe. Ein Schauer lief Sasza über den Rücken. Dann betrachtete sie seine Hände, und plötzlich war die Erinnerung wieder da. Er hatte sie im Wald angegriffen und Iwona Bejnar entführt. Und in seinem, nicht in Łukasz Polaks Arbeitsoverall hatte sie die Hochzeitstracht von Piotr Bondaruk gefunden.

»Das ist eine Entführung«, sagte sie drohend.

So diskret wie möglich öffnete sie ihren Koffer. Leider war die Beretta zusammen mit den restlichen Patronen in einem der Folienbeutel verpackt, welche die Polizei zur Beweissicherung verwendete. Sobald sie den aus dem Koffer zog, würde Jakub das hören.

»Wenn das Gespräch wie erwartet verläuft, fahre ich Sie

anschließend zum Bahnhof in Białystok«, versicherte er und fügte dann ohne die leiseste Spur eines Lächelns hinzu: »Mein Wort ist mehr wert als Geld.«

»Ich steige nicht aus«, sagte Sasza stur. »Wenn dieser bedeutende Jemand mit mir reden will, dann soll er herkommen.«

»Ich würde wirklich nur ungern Gewalt anwenden, um Sie ins Sprechzimmer zu bringen.«

Saszas Handy klingelte. Sie nutzte die Gelegenheit, um den Plastikbeutel mit Pistole und Munition aus dem Koffer zu ziehen und in ihre Hosentasche zu stecken. Bevor sie rangehen konnte, hatte Duchno schon aufgelegt.

»Selbst ein Gefangener hat das Recht auf ein Telefongespräch«, stellte sie dann fest.

Jakub nickte und stieg aus, beobachtete aber jede ihrer Bewegungen.

»Wie geht's dir, Schönheit?« Diesmal hatte Duchno nach dem ersten Klingeln abgehoben.

Schweigend beobachtete Sasza durch das Fenster den Mann mit der Baseballkappe, und endlich verstand sie, was hier vor sich ging. Die Gefahr, in der sie sich befand, wurde ihr mit solcher Wucht bewusst, dass sie vor Angst wie gelähmt war.

»Hallo, Sasza?«, fragte Duchno beunruhigt. »Bist du da?«

»Komm her«, flüsterte sie. »Ich erklär dir alles, wenn du da bist. Ich stecke bis zum Hals in der Scheiße. Komm her, hol mich hier raus.«

Da passierte es. Sie begann zu schluchzen.

»Wo bist du? Was ist los? Sprich mit mir.«

»Ich kann nicht. Da ist viel zu viel zu erklären. Sie haben mich entführt. Ciszynia«, flüsterte sie. »Ich weiß nicht, was jetzt passiert und ob ich dich noch mal anrufen kann. Ich habe Angst.«

Jakub klopfte an die Scheibe. »Gehen wir.«

»Ich habe Angst«, schluchzte Sasza noch einmal. »Wenn mir was passiert, sag meiner Tochter …«

Ihre Stimme versagte. Live klangen diese Filmsätze einfach zu kitschig.

»... dass ich sie liebe. Und dich mag ich auch ein bisschen«, brachte sie schließlich heraus.

Duchno schwieg. Sie wusste, dass er erkannte, was los war, auch wenn es klingen musste, als hätte sie den Verstand verloren.

»Ich bin nicht verrückt geworden«, versicherte sie mit halbwegs normaler Stimme. »Ich bin nicht betrunken. Er beobachtet mich. Ich muss auflegen.«

»Schalt auf keinen Fall dein Telefon aus«, schrie Duchno. »Stell es auf lautlos, steck es dir in die Unterhose. Und wenn sie es dir wegnehmen, wirf es irgendwohin, in einen Mülleimer, in eine Ecke. Damit kann ich dich orten. Hab keine Angst. Du schaffst das. Was zur Hölle ist da los?«

Als Jakub die Tür öffnete, legte Sasza auf. Er streckte die Hand nach ihrem Telefon aus, aber Sasza schüttelte den Kopf. Sie schaltete das Handy aus und zeigte ihm den dunklen Bildschirm. Er zuckte mit den Schultern und wartete darauf, dass sie ausstieg.

»Ihnen wird nichts geschehen«, versicherte er mit einem breiten Lächeln.

»Da bin ich mir absolut sicher«, log sie.

Diesmal war die Rezeption unbesetzt. Jakub beugte sich über den Tresen, nahm einen Schlüssel vom Haken, öffnete eine der zahlreichen Türen und verstaute Saszas Koffer dahinter.

»Telefone, Waffen, CS-Gas.« Erneut streckte er die Hände aus.

»Bin ich hier etwa auf dem Weg ins Gefängnis?«, versuchte Sasza zu scherzen.

»Wir haben hier gefährliche Patienten, dass wissen Sie selbst. Es ist nur zu Ihrer eigenen Sicherheit.«

Sie schaute sich um und versuchte dabei heimlich, das Handy wieder einzuschalten. Es gelang.

»Offenbar laufen die Geschäfte aber nicht so gut, es ist ziemlich leer hier.«

»Gerade sind alle beim Abendessen. Der Speisesaal ist in einem anderen Gebäudeflügel.«

Nach längerer Überlegung gab sie ihm das Telefon. Sie wusste, wenn sie sich weigerte, würde er sie durchsuchen und dabei die Waffe finden. Und die wollte sie unbedingt behalten. Zum Glück steckte Jakub ihr Telefon nur in den Koffer und zog dann den Reißverschluss bis zum Ende zu. Schon vorher war ihr aufgefallen, dass er unglaublich präzise und genau war.

Wie auch bei ihrem ersten Besuch gingen sie den langen Korridor hinunter bis zur immergrünen Büropflanze und der Informationstafel, unter der sich das Eingabefeld eines elektronischen Türschlosses befand. Aber Jakub tippte den Code so schnell ein, dass Sasza die Zahlenkombination nicht sehen konnte. Ohne diesen Code würde sie hier nie wieder rauskommen, und von außen würde niemand den Weg hineinfinden. Von jetzt an lag ihr Schicksal allein in ihren eigenen Händen. Sie hatte nur ihr psychologisches Fachwissen und die Informationen, die sie gesammelt hatte, aber sie fühlte, dass sich das lückenhafte Bild in Kürze zu einem großen Ganzen zusammenfügen würde. Und sie hatte eine Pistole.

Dieser zweite, geheime Teil der Ciszynia-Klinik war im Gegensatz zum offiziellen heruntergekommen. Die Wände waren unverputzt, von den Rohren unter der Decke löste sich die Isolierung. Durch den ausgetretenen Fußboden aus Klinkersteinen schimmerte an vielen Stellen die blanke Erde durch. Sasza erinnerte das alles an die Innenräume alter Fabriken oder mittelalterliche Burgverliese. Kein einziger Hygieneinspekteur hatte jemals seinen Fuß in diese Räume gesetzt, davon war sie überzeugt.

Hinter der nächsten Ecke sah die Klinik jedoch schon wieder ganz anders aus. Hier blitzten die Flure vor Sauberkeit, und

Sasza entdeckte die Reinigungsmaschinen, Jakubs Arbeitsgeräte. Von dem Korridor, der in einem Halbkreis verlief, gingen solide Metalltüren ab. Vermutlich gab es noch weitere Eingänge zu diesem Flügel. Aber Jakub führte sie über Umwege, damit sie die Orientierung im Gebäude verlor.

Sie kamen zu einem alten Güteraufzug, der Keller und Erdgeschoss verband. Mit einem Schlüssel öffnete Jakub die Schutzgitter und setzte den Lift in Bewegung. Laut der schlichten Anzeigetafel war es nur ein Stockwerk, aber sie fuhren sehr lange. Die Stahlseile, an denen der Aufzug hing, quietschten herzzerreißend.

»Da sind wir.« Mit beträchtlichem Kraftaufwand zog Jakub die Aufzugtüren auseinander, und als sie beide ausgestiegen waren, verschloss er sie wieder mit einem Vorhängeschloss. »Mit einem Handy hätten Sie hier unten ohnehin nichts anfangen können. Kein Empfang.«

»Das hätte ich mir denken können«, erwiderte Sasza spöttisch. »Sie bringen mich hier in ein Kellergewölbe, aus dem es keinen Ausweg gibt, oder irre ich mich?«

»Sie irren sich nur ein wenig«, erwiderte Jakub zu ihrer Verwunderung. »Nicht jeder kommt hier wieder raus, aber manche bitten und betteln, um reinzukommen. Sie zahlen sogar dafür, und nicht zu knapp. Ich bin nicht berechtigt, hierüber Auskunft zu erteilen.«

Nach einigen Metern öffnete Jakub eine Tür, und Sasza erblickte einen riesigen, vom Fußboden bis unter die Decke mit weißen Fliesen gekachelten Operationssaal. In der Mitte des Saales stand, mit dem Rücken zur Tür, Doktor Prus.

»Ich weiß, der Beginn unserer Bekanntschaft war etwas holprig, aber das kann sich ja durchaus noch ändern«, erklärte die Ärztin.

»Wie ich sehe, wird mir eine große Ehre zuteil.« Sasza schaute sich um. »Allerdings weiß ich gar nicht, womit ich das verdient habe. Muss man dafür sterben?«

Diesmal hatte Magdalena Prus sogar Humor. Sie verneigte sich lächelnd, sie hielt die Ironie für ein Kompliment. Sie machte eine ausladende Geste mit den Händen.

»Willkommen in meinem Jungbrunnen.«

»Worin?« Sasza lachte.

Obwohl sie sich in einer mehr als gefährlichen Lage befand, gelang es ihr nur mit Mühe, ernst zu bleiben.

»Wenn Sie so gütig wären, mir zu erläutern, wo ich mich befinde und was der Grund für meine Anwesenheit ist«, bat Sasza so wohlartikuliert wie eine Musterschülerin beim Benimmwettbewerb.

Diesmal schluckte Magdalena Prus den Köder, trat an Sasza heran und kniff ihr in die Wange, bis sie vor Schmerz aufschrie, was der Ärztin ein überbreites Lächeln ins Gesicht zauberte.

»Da besteht in der Tat Verbesserungsbedarf. Da ist ja so gut wie gar kein Unterhautfettgewebe!«

Schweigend musterte Sasza Doktor Prus und wartete auf weitere Erläuterungen.

»Was meinen Sie, wie alt bin ich?«

Dass es sich hierbei um ein absolut heikles Thema handelte, war Sasza sofort klar.

»Achtzehn?«, fragte sie mit einem schiefen Grinsen.

Doktor Prus kam umgehend zu ihr zurück und berührte sie erneut. Diesmal prüfte sie Sasza Gesichtshaut auf ihre Straffheit.

»Da habe ich mich geirrt. Doch nicht null Prozent Unterhautfettgewebe. Vielleicht dreißig«, schätzte sie fachmännisch. Dann klopfte sie Sasza auf die malträtierte Wange und strich ihr tröstend über die rote Stelle wie einem Vorschulkind über das aufgeschlagene Knie. »Wenn Sie wollen, können Sie ja doch richtig nett sein. Aber jetzt mal Spaß beiseite, was meinen Sie wirklich, wie alt ich bin?«

Sasza taxierte Doktor Prus' tadellose Figur. Die Ärztin musste unablässig trainieren. Garantiert war sie Stammgast im besten Fitnessstudio der Stadt. Dann suchte sie in Magdalenas Gesicht nach Mimikfalten, Lachfältchen um den Mund oder Krähenfüßen um die Augen. Aber sie konnte nur eine winzige senkrechte Zornesfalte zwischen den Augenbrauen, im Grunde nur den ersten Ansatz einer solchen, entdecken. Magdalenas Stirn war glatt wie die eines Teenagers. Das Fehlen der klassischen Sokrates-Falte – wie auch Sasza selbst vom unablässigen Zusammenziehen der Augenbrauen eine hatte – war ihres Wissens nach ausschließlich durch die Wirkung von Botox zu erklären.

»Keine OP«, erriet Doktor Prus ihre Gedanken. »Keine plastische Chirurgie, nicht einmal Botox-Spritzen. Aber natürlich ein angeborener Drang zu sportlicher Betätigung. Da haben wir offenbar was gemeinsam.«

»Dreiunddreißig«, riet Sasza aufs Geratewohl, obwohl sie die Ärztin eher auf achtunddreißig schätzte, also auf ihr eigenes Alter, mit dem Unterschied freilich, dass man Sasza ihr Alter auch ansah.

»Kalt«, kicherte Doktor Prus.

»Fünfunddreißig?«

»Auch nicht wärmer«, erwiderte die Ärztin mit gespieltem Bedauern.

»Dann weiß ich es nicht.« Sasza gab auf. »Also gut, ein letzter Versuch. Vierzigeinhalb.«

Doktor Prus amüsierte sich weiterhin köstlich und wartete auf die Fortsetzung des Bieterwettbewerbs, doch Sasza breitete nur hilflos die Hände aus.

»Jahrgang neunzehnhundertsechzig«, verkündete die Ärztin also. »Können Sie sich das vorstellen?«

In Mathe war Sasza schon immer eine Null gewesen, daher brauchte sie einen Moment.

»Vierundfünfzig? Nicht möglich!«, rutschte es ihr dann heraus, und ihre Verwunderung war nicht einmal gespielt.

»Ich bin eine wandelnde Werbung für meine Methode«, erläuterte Doktor Prus und fuhr fort: »Und Sie haben mich noch nicht nackt gesehen. Mein Busen sieht besser aus als der von Gisele Bündchen. Vor den Kindern!«

»Das kann ich mir durchaus vorstellen«, murmelte Sasza. »Für mich gilt das leider nicht.«

»Und genau darum geht es!« Magdalena Prus strahlte. »Das können wir ändern!«

»Aber ich gefalle mir so, wie ich bin.« Sasza versuchte, mit einer Provokation Bewegung in die Unterhaltung zu bringen. »Ich kann es gar nicht erwarten, endlich alt zu werden. Was bringt es denn, immer gleich zu bleiben? Veränderungen in Körper und Seele sind natürlich und schön!«

Diese Antwort gefiel der Ärztin nicht, ihre Miene verdüsterte sich.

»Ihre Ansichten machen die Sache natürlich etwas komplizierter«, hob die Ärztin an. »Auch muss ich Ihnen sagen, dass Sie mit dieser Meinung ziemlich alleine dastehen.«

Doktor Prus betrachtete Sasza lange.

»Sie sehen gar nicht so alt aus wie andere Frauen mit vierzig«, stellte sie fest. »Da haben wir schon ganz andere Kinder geschaukelt, wie mein kleiner Bruder zu sagen pflegt«, fügte sie belustigt hinzu.

»Ich bin noch nicht vierzig«, protestierte Sasza.

»Hab ich dich!« Die Ärztin lächelte. »Ab vierzig kommt es im weiblichen Organismus zu grundlegenden Veränderungen. Das können Sie mir glauben. Bei Männern passiert das erst wesentlich später. Männer haben dickere Haut und ein besseres Bindegewebe. Deswegen ist bei ihnen der Prozess der Altersumkehrung einfacher und weniger kostspielig. Und deswegen müssen sich Frauen schon sehr früh für eine solche Behandlung entscheiden.«

Inzwischen war Sasza vollkommen verwirrt, sie hatte immer noch keinen blassen Schimmer, worauf die Ärztin hinauswollte.

»Und wie bewahren Sie Ihre Jugend? Gesunde Ernährung, kein Alkohol und Nikotin, viel Schlaf, viel Sex, viel Shopping? Was gibt es denn sonst noch?«

»Blut.«

Sasza erstarrte.

»Junges, reines Blut.« Doktor Prus verzog die Lippen zu einem Vampir-Grinsen und dozierte dann routiniert: »Ich bade mindestens einmal monatlich darin. Natürlich geht nichts über Frischblut, aber auch tiefgekühlt behält es seine verjüngenden Eigenschaften. Man kann es auch trinken, wie die Blutgräfin Elżbieta Batory, aber ich habe das ausprobiert und kann Ihnen versichern, der medizinische Effekt ist gleich null. Es gibt also keinen rationalen Grund dafür. Es sei denn, jemand mag dieses ganz besondere metallisch-salzige Aroma. Manche erregt es sexuell, sagen sie zumindest, und ich kann das sehr gut nachvollziehen. Sexueller Vampirismus liegt mir durchaus nicht fern. Wenn wir aber von der Verjüngung des Organismus und nicht von Hedonismus reden, dann ist die vollständige Bluttransfusion die einzige wirksame Methode. Dabei wird das alte Blut gegen neues ausgetauscht, allerdings nur das Blutplasma, kein Vollblut. Wenn Sie zur universellen Blutgruppe AB gehören, lässt sich jede beliebige Blutgruppe für die Transfusion verwenden. Am schwierigsten ist die Blutgruppe 0, die verträgt sich mit keiner anderen. Deswegen ist die in unserer Klinik auch am teuersten.«

»In Bondaruks Auto wurde ein Kühlschrank mit Blutkonserven sichergestellt. War das eurer?«

»Mein privater«, korrigierte Magdalena. »Es ist nämlich so, dass ich selbst Trägerin dieser teuersten Blutgruppe bin. Aber ich habe es noch geschafft, die Transfusion durchzuführen. Im Kühlschrank war nur noch mein altes Blut.«

Sasza schaute sich um und murmelte dann: »Warum sind denn noch nicht sämtliche Polizeieinheiten hier? Die Ermittler sollten hier längst Schlange stehen.«

Magdalena schenkte sich aus einer Karaffe auf einem Metalltischchen ein Glas Wasser ein.

»Wie es sich fügt, ist auch die Frau Kommandantin unsere Kundin.«

»Die Kommandantur in Białystok hat das untersucht, nicht die in Hajnówka. Ganz so weit reicht der Einfluss eurer Frau Kommandantin dann doch nicht.«

Magdalena Prus drehte sich um.

»Wir haben die Kühlschränke ausgetauscht. Wir haben beachtliche Blutvorräte von anonymen weiblichen Spendern.«

»Wie bitte?«

»Manche Patienten bleiben für immer in der Klinik«, erwiderte Doktor Prus emotionslos. »Das hat Ihnen mein Bruder doch schon erklärt?«

Sasza wusste nicht, wie sie reagieren sollte. Doktor Prus nahm ein kleines Skalpell zur Hand und setzte die Klinge an ihrem Zeigefinger an. Sofort bildete sich ein roter Tropfen Blut, den die Ärztin genüsslich ableckte.

»Ich töte niemanden«, sagte sie. »Das wäre zu einfach. Blutentnahmen in regelmäßigen Abständen sind für den menschlichen Organismus durchaus zu verkraften. Wir brauchen allerdings etwas mehr davon als den üblichen halben Liter. Dafür zahlen wir auch nicht mit Schokoriegeln und belegten Broten, sondern in Dollar. Und ich spreche hier von beachtlichen Beträgen. Die Mehrzahl unserer Spender ist jünger als fünfundzwanzig. Das sind die Anforderungen.«

»Das war also wirklich das Blut einer einzigen Person?«

»Allerdings. Sonst hat das ja keinen Sinn. Meinen Sie etwa, ich sollte das Risiko einer Ansteckung eingehen? Oder gar meine Patienten diesem Risiko aussetzen?«

»Aber in dem Kühlschrank waren sechs Liter Blut. Das kann diese Person unmöglich überlebt haben.«

»Sie machen wohl Scherze.« Die Stimme der Ärztin wurde

jetzt merklich schriller. »Für eine Weile natürlich schon. Aber jeder stirbt irgendwann, und allzu lange lebt ein Mensch nicht, wenn er ständig zur Ader gelassen wird. Zu den vorhersehbaren Nebenwirkungen gehören unzureichende Sauerstoff- und Nährstoffversorgung, Herzprobleme, auch Psychosen können auftreten. Aber manche Menschen sind einfach habgierig, und wenn sie mit jeder Blutabnahme eine Menge Geld verdienen können, nehmen sie es mit dem Arbeitsschutz nicht mehr so genau.«

»Arbeitsschutz?«

»Wir haben Stammlieferanten. Sie werden für ihr Blut und ihr Schweigen bezahlt. Sie glauben doch nicht etwa, dass ich hier mit einer Nadel das nächstbeste Opfer ansteche, das vorher nicht einmal auf HIV oder andere Krankheiten untersucht wurde? Dass ich Blut illegal beschaffe? Wir reden hier von einem weltweit wachsenden Wirtschaftszweig. Unser Jungbrunnen ist klein, hat aber international einen hervorragenden Ruf.«

»Es fällt mir sehr schwer, das alles zu glauben.«

»Der Trend kam natürlich aus dem Westen. Aber wie bei vielen anderen Produkten auch ist bei uns das Blut billiger, deshalb stammt die Mehrzahl unserer Kunden aus dem Ausland. Es lohnt sich durchaus für sie, für die Behandlung anzureisen und sich bei der Gelegenheit gleich noch die Zähne machen zu lassen. Verstehen Sie?«

»Wie viele Transfusionen machen Sie im Monat?«

»Etwa zwanzig, maximal dreißig Patienten pro Jahr.«

»Wie viele?«

»Wir hätten auch Kapazitäten für dreihundert, aber das wollen wir nicht. Das Prestige und die Exklusivität sind uns wichtiger.«

»Uns?«

»Wenn wir uns einig werden, lernen Sie alle Gesellschafter unserer Stiftung persönlich kennen. Einen haben Sie bereits kennengelernt. Leider ist er inzwischen tot.«

Sasza warf der Ärztin einen irritierten Blick zu.

»Auch Piotr Bondaruk war Kunde bei uns, das sollte Sie nicht wundern, er war sehr eitel.« Sie unterbrach sich. »Aber mit seinem Tod haben wir nichts zu tun. Er kommt uns sogar eher ungelegen. Nicht, dass die Polizei jetzt den Vertrag findet.«

»Ihr seid eine Stiftung?«

»Offiziell behandeln wir Menschen mit psychischen Störungen, Essstörungen und ähnlichen Trivialitäten. Das tun wir auch tatsächlich, aber das Geld dafür stammt aus unserem Hauptgeschäftsfeld.«

Ungläubig schüttelte Sasza den Kopf.

»Und das ist wirklich wahr? Sie haben sich diese makabren Geschichten nicht nur ausgedacht und den Leuten eingeredet?«

»Ich verbitte mir derartige Insinuationen!«, fauchte Doktor Prus. »Ich bin keine Betrügerin. Sie selbst haben mich auf Mitte dreißig geschätzt. Ich kann Ihnen versichern, auch wenn ich achtzig bin, werde ich mich kaum verändert haben. Übrigens heilt junges Blut auch viele andere Krankheiten, zum Beispiel kardiologische. Schon bald wird diese Methode an Alzheimerpatienten getestet werden. In hundert Jahren wird es Jungbrunnen wie unseren an jeder Straßenecke geben, komplett mit Spa und Zahnarztpraxis. Aber schon heute ist bekannt, dass man auch bei Patienten im hohen Alter Krankheiten wie Demenz aufhalten kann, ohne sie mit Medikamenten vollzustopfen. Um es mal für Laien verständlich auszudrücken: Durch eine Frischbluttransfusion gehen die Symptome zurück, und die Heilungschancen steigen enorm. Das ist ein Wunder!«

»Aber bisher wurde diese, wie Sie sagen, Methode noch nicht an Menschen getestet?«, versicherte sich Sasza.

»Natürlich sind derartige Informationen nie offiziell in die Medien gelangt, aber Einrichtungen wie unsere gibt es in vielen Ländern.«

Sasza schaute sich in dem Operationssaal um. Es fand sich

hier kein einziger Stuhl, nur ein Metalltisch, der Sasza eher an einen Sektionssaal der Pathologie denken ließ.

»Aber genug geredet.« Magdalena Prus klatschte in die Hände. »Kommen wir zum Geschäftlichen.«

»Was kann ich für Sie tun?«

»Ich biete Ihnen ewige Jugend und Gesundheit. Und bis zu Ihrem oder meinem Lebensende, denn für meine Teilhaber kann ich mich dahingehend nicht verbürgen, zahlen Sie für die Behandlung keinen Cent. Das ist ein sehr großzügiges Angebot, wenn Sie bedenken, dass eine einzelne Behandlung bei uns sonst etwa zehntausend Dollar kostet. Und natürlich volle Diskretion.«

»Sie sind der Teufel«, stellte Sasza fest. »Faust hätte Ihr Angebot sofort angenommen.«

»Sie können mich nennen, wie Sie wollen. Was ich anfange, führe ich auch zu Ende. Sie mögen Probleme, und ich mag Blut. Jeder hat das Recht auf sein eigenes Hobby.«

»Und was soll ich dafür tun?«

Nun lächelte Magdalena Prus wieder.

»Wirklich nur eine Kleinigkeit.«

»Spannen Sie mich doch nicht so auf die Folter.«

»Sie machen nichts. Gar nichts. Sie fahren ganz einfach nach Hause und vergessen alles. Jedes Wort, das Sie hier gehört haben, jedes Ereignis, das Ihnen irgendwie komisch, ungewöhnlich und unerklärbar vorkam. Das alles löschen Sie aus Ihrer Erinnerung. Und vor allem hören Sie endlich auf herumzuschnüffeln!«

»Leider macht genau das meine Arbeit aus.«

»Wenn Sie zu niemandem auch nur ein einziges Wort davon sagen, was Sie hier erlebt haben, bringt Jakub Sie jetzt sofort in den Vorbereitungsraum. Die erste Transfusion machen wir noch heute.«

»Moment, Moment«, schaffte Sasza einzuwerfen. »Woher soll ich denn wissen, was Sie mir da in die Adern spritzen! Das ist doch absurd!«

Doktor Prus hörte auf zu lachen.

»Sie unterschätzen mich. Wir haben längst überprüft, welche Blutgruppe Sie haben, nämlich dieselbe wie ich. Übrigens eine wunderbare Fügung, denn ich habe entsprechende Vorräte. Sie waren ja schließlich hier im städtischen Krankenhaus in Behandlung. Da bekomme ich Einblick in die Patientenakten. Und in alles andere auch.«

Sasza erstarrte erst, und dann ging sie an die Decke. Sie hatte von diesem grotesken Theater jetzt wirklich die Nase voll.

»Sie unterschätzen mich! Ich habe mich ganz bestimmt das eine oder andere Mal in meinem Leben ziemlich dumm verhalten, aber ich bin keine Idiotin!«

»Das habe ich auch gar nicht gesagt.« Magdalena Prus bemühte sich, Sasza wieder zu beruhigen. »Ganz im Gegenteil. Ich werde Ihnen alles bis ins kleinste Detail erklären. Ich möchte ja, dass Sie sich hier wohlfühlen.«

»Und wenn ich nicht einverstanden bin?«

Auf ein Zeichen der Ärztin öffnete sich die Tür, und Jakub trat ein. Er musste wie Zerberus vor dem Operationssaal Wache gestanden haben. Er ging zu einem großen Metallschrank, drückte auf einen Knopf, und ein Rollladen fuhr langsam und lautlos nach oben.

Zuerst sah Sasza nur zwei Füße in Sportschuhen, die mit Klebeband an einen Stuhl gefesselt waren. Nach und nach erschien die ganze Gestalt. Łukasz Polak hatte einen Knebel im Mund, seine Hände waren hinter dem Rücken gefesselt. Er versuchte zu schreien, aber damit verbrauchte er nur die wenige Luft in seinen Lungen, denn gleich darauf fing er an, würgend zu husten, und schwieg. Er warf ihr einen flehenden Blick zu.

Sasza schluckte. Mittlerweile war es ihr vollkommen unverständlich, dass dieser Mensch ihr einmal solche Angst eingejagt hatte. Sie konnte nicht mehr nachvollziehen, wovor sie sich jahrelang gefürchtet hatte.

»Warum zeigen Sie mir das?«, rief sie aus und fügte dann mit brüchiger Stimme hinzu: »Dieser Mensch geht mich nichts mehr an. Sein Ende kommt mir sogar gelegen. Alles, was ich will, ist, mit eigenen Augen zu sehen, wie er aus dieser Welt verschwindet.«

Auf diese Antwort hatte Magdalena Prus nur gewartet.

»Kommt sofort«, verkündete sie lächelnd. »Wir lassen ihn jetzt mal nicht mehr ganz so human zur Ader. Dann sehen Sie auch gleich, wie das abläuft.«

»Großartig«, schnappte Sasza. »War's das? Kann ich jetzt gehen?«

Ihre Reaktion erheiterte die Ärztin über die Maße. Grinsend drohte sie Sasza mit dem Finger. Jakub trat an die Profilerin heran und schob sie auf Doktor Prus zu. Als sie an Łukasz Polak vorbeiging, sah sie ein Folterinstrument wie aus dem Mittelalter, nur eben neueren Herstellungsdatums. Es handelte sich um einen Schrank mit zwei Plexiglastüren, die von innen mit einer Vielzahl dünner chirurgischer Nadeln besetzt waren. An der Rückwand war ein Stahlgestell montiert, das Sasza an ein Kruzifix denken ließ. Darum wanden sich zahlreiche Schläuche, die alle in einen geschlossenen Behälter führten. Es sah aus wie eine riesige Kaffeemaschine.

»Hier kommt der Mensch rein«, erklärte Doktor Prus jetzt die Details der Apparatur. Aber Sasza war kaum in der Lage, ihren Worten zu folgen. »Dank des Stahlgestells bleibt der Spender in einer aufrechten Position. Es ist dasselbe Prinzip wie bei der Kreuzigung von Jesus Christus. Allerdings wird unser Spender nicht angenagelt, sondern mit Silikongurten fixiert. Normalerweise dauert der Eingriff dreißig Minuten, in drei Serien auf acht Tage verteilt. Die Türen werden jeden Tag fester geschlossen, sodass die Nadeln immer tiefer in das Gewebe eindringen. Im Falle einer regulären Blutabnahme entstehen dadurch freilich nur winzige Wunden, und der Patient wird dafür narkotisiert, er spürt also nichts.«

Die Ärztin drehte sich zu Sasza um. Die hielt sich die Hand vor den Mund und suchte eine Möglichkeit, wo sie sich übergeben könnte. Jetzt wurde ihr klar, dass auch sie selbst schon einmal hier gewesen war. Auch sie hatte man hier bereits zur Ader gelassen. Daher stammten die kleinen Wunden an ihrem Körper, als sie im Krankenhaus aufgewacht war.

»Alles in Ordnung, das ist eine ganz normale Reaktion«, verkündete Doktor Prus und ging, die Ruhe selbst, zum Waschbecken, ließ Wasser in ein Glas laufen und riss eine durchsichtige Plastiktüte von einem Spender an der Wand. Umgehend entleerte Sasza ihren Mageninhalt in den Plastikbeutel. Doktor Prus klopfte ihr dabei freundlich auf den Rücken.

»Viele Personen reagieren zu Beginn der Behandlung ähnlich. In meinem Studienjahrgang hat die Hälfte der Kommilitonen aufgegeben oder ist in die Allgemeinmedizin gewechselt, weil sie den Anblick von Blut nicht ertragen konnten. Ich dagegen mag ihn außerordentlich gerne.«

Als Sasza sich den Mund ausgespült und etwas Wasser getrunken hatte, hob sie den Kopf. Sie hielt sich immer noch nur mit Mühe auf den Beinen. Magdalena Prus verschloss den Folterschrank jetzt wieder und sagte dann:

»Ich habe nur noch eine Frage, ideologischer Natur. Sind Sie Polin?«

Ohne zu zögern, nickte Sasza.

»Wissen Sie, es ist nämlich so«, fuhr die Ärztin zögernd fort, »dass ich Informationen erhalten habe, das wäre nicht hundertprozentig sicher. Es heißt, Sie hätten weißrussische Wurzeln. Und wenn das stimmt und Sie tatsächlich von hier sind, dann könnte ich es nicht über mich bringen, Ihnen unreines Blut zu verabreichen.«

Sasza schaute die Ärztin an und verkündete dann entschlossen:

»Sie sind wahnsinnig.«

»Wahnsinn ist eine Quelle von Weisheit.«

»Ich bin hundertprozentig Polin«, versicherte Sasza.

»Und Ihr Nachname? Ist der von Ihrem Ehemann, wenn ich das fragen darf, oder ist das Ihr Geburtsname?« Magdalena Prus ließ nicht locker, als befände sie sich auf einem wissenschaftlichen Symposium. Sasza fand das ziemlich unerträglich.

»Mein Geburtsname«, antwortete sie dennoch und fügte dann hinzu: »Mir ist schon klar, worauf Sie hinauswollen. Auf die Bauern, die im Pogrom an den Orthodoxen ermordet wurden. Unter den Fuhrleuten, die Bury gefangen nahm, waren angeblich zwei Brüder mit dem Namen Załuski. Ich muss Sie leider enttäuschen, ich habe meine Mutter danach gefragt, aber meine Familie lebt schon seit Generationen in Pommern.«

Offenbar stellte diese Antwort die Ärztin zufrieden, denn sie klatschte freudig in die Hände.

»Und hier noch eine kleine Aufmunterung.« Sie reichte Sasza einen zerknitterten Umschlag, auf dem Sasza sofort Łukasz' Handschrift erkannte.

»Sie haben ihn nicht abgeschickt?«

Ein triumphierendes Lächeln war die Antwort.

»Sie wollten das doch ohnehin nicht lesen! Wunderbar, dann machen wir also einen Deal? Und dann verschwinden Sie von hier, und die Sache ist gegessen.«

»Nein«, war alles, was Sasza herausbrachte.

»Nein?«, fragte Magdalena ungläubig zurück. »Nein?!«

In diesem Moment trat Jakub von hinten an Sasza heran und stach ihr eine Kanüle in den Hals.

»Bring sie zu Jurek«, ordnete Magdalena an. »Da wird sie schneller weich.«

Dann zeigte sie auf Łukasz, der sich auf seinem Stuhl wand.

»In einer Stunde fangen wir an. Ich gehe mich vorbereiten. Du sitzt schon viel zu lange hier, mein Guter, du bist gestresst, das ist schlecht für die Blutgerinnung. Du bist zwar nicht mehr ganz jung, aber wir haben ja immer mal wieder Sonderangebote, dafür ist älteres Blut sehr gut geeignet. Den Stammkunden fällt das gar nicht auf. Und wenn alle Stricke reißen, dann mache ich mir eben ein Blutbad aus dir.«

In der Zwischenzeit schleppte Jakub die bewusstlose Sasza in eine kleine Kammer, in der sich mehrere Schränke ähnlich dem im großen Operationssaal befanden. Alle bis auf einen waren offen und leer.

Als Sasza wieder zu sich kam, war sie in gleicher Weise fixiert wie Łukasz, nur ihr linker Arm war frei. Offenbar war Jakub nichts eingefallen, wie er ihren Gipsarm festbinden sollte. Ihre andere Hand war hinter dem Stuhl mit Isolierband gefesselt und schmerzte. Ihr Stuhl war direkt gegenüber dem einzigen Blutabnahmeschrank aufgestellt, der gerade in Benutzung war.

Sasza hob den Kopf und erblickte dort Jesus am Kreuz. Jedenfalls sah Jurek so aus. Er war unbekleidet, apathisch, mit Wunden bedeckt und blutüberströmt. Er musste schon seit vielen Stunden hier hängen. Sein Blick war trüb, nur hin und wieder gab er ein schwaches Stöhnen von sich, als wäre er schon ins Endstadium der Agonie eingetreten.

Iwona saß reglos auf dem Sofa und betrachtete ihr Spiegelbild im Bildschirm des ausgeschalteten Fernsehers. Sie reagierte weder auf die Bitten und das Flehen noch auf die Drohungen ihrer Mutter, sie müsse sich endlich zusammenreißen und wieder anfangen zu leben. Die junge Witwe sprach nicht, aß nicht und schlief nicht, sie saß nur bewegungslos da, die Augen auf die Wand mit dem Plasmafernseher gerichtet, den Bondaruk ihrer Mutter vor der Hochzeit geschenkt hatte. Bondaruk war tot, und der Fernseher lief nicht, weil die Familie Bejnar die Rechnungen nicht bezahlt hatte und die Stadtwerke ihr deshalb den Strom abgestellt hatten.

Das Ableben ihres kurzzeitigen Schwagers hatten die drei Żubr-Brüder ausschweifend gefeiert. Kaum war der Kopf des Toten in einem Sauerkrautfass auf dem Marktplatz aufgetaucht, hatten sie ihre Schwester mehrmals angerufen und ihr die herzlichsten Glückwünsche ausgesprochen. Ihrer Überzeugung nach würde die gesamte Familie binnen kürzester Zeit unsagbar reich sein. Ein weiteres Testament war eröffnet worden, diesmal, hieß es, mit Sicherheit das echte. Darin hatte Bondaruk nicht nur Iwona bedacht, sondern auch ihre Familie und zukünftigen Kinder, wer auch immer deren Vater wäre. Seinen Söhnen hinterließ er sein Haus, die Autos und eine Minderheitsbeteiligung an New Forest. Mehrheitseigner am Sägewerk wurde nun Dunia Orzechowskas Sohn, sollte dieser aber aus unerfindlichen Gründen das Erbe nicht antreten können, würde sein Anteil ebenfalls auf Iwona übergehen.

Erst vor einer Stunde war an der ulica Chemiczna wieder ein Streifenwagen vorgefahren, um die drei Żubr-Brüder festzunehmen. Doch sofort war Rechtsanwalt Mackiewicz erschienen, hatte ausgehandelt, dass die drei anstelle von Untersuchungshaft lediglich Meldeauflagen nachkommen müssten, und er erklärte sich sogar bereit, seine Honorarforderungen zu stunden. So feierten die Żubr-Brüder, was das Zeug hielt, während alle, die jemals ein schlechtes Wort über sie gesagt hatten, zitterten, denn die Familie gehörte ab sofort zu den einflussreichsten in der Region.

Eben ging Bożena wieder zu ihrer Tochter und brachte ihr einen geschälten und geachtelten Apfel.

»Iss wenigstens ein kleines Stück«, sagte sie und stellte ihr ein Glas Orangeade vor die Nase. Die hatte Iwona schon als Kind gemocht, obwohl ihre Mutter immer gewarnt hatte, gesünder sei es vermutlich, Wasser mit Plakatfarbe zu trinken.

»Ich hab dir Plakatfarbe geholt. Na, was meinst du?«

Sie erhielt keinerlei Reaktion. Iwona stand nur aus drei Gründen auf: wenn sie zur Toilette musste, um das Ladegerät ihres Telefons anzuschließen und wenn sie das Geräusch eines Motorrads hörte.

»Du musst dich damit abfinden, dass er nicht wiederkommt«, erklärte die Mutter ihrer Tochter zum hundertsten Mal. »Es sei denn, er findet heraus, was er alles geerbt hat, aber vermutlich nicht einmal dann. Es würde mich nicht wundern, wenn er glaubt, dass er dann seine Ehre verliert. Männer sind so eitel.«

Iwona verbarg ihr Gesicht in den Händen und schluchzte.

»Darum geht es doch nicht, Mama.« Sie sprach zum ersten Mal, seitdem sie ihr Versteck verlassen hatte. »Er liebt mich, das weiß ich. Ihm muss etwas zugestoßen sein. Das fühle ich ganz einfach, sonst würde mein Herz nicht so schmerzen.«

Bożena ging zu ihrer Tochter und nahm sie in den Arm. »Sei nicht kindisch«, bat sie. »Du findest einen anderen. Ab jetzt kannst du leben, wie du willst. Du verkaufst ihnen das Sägewerk und bist reich. Wenn du Geld hast, kommt die Liebe von ganz allein. Die Männer stehen jetzt schon Schlange nach dir. Und jede Liebe ist besonders.«

Iwona riss sich von ihrer Mutter los, rannte auf die Straße und hielt erst an, als sie am Ende ihrer Kräfte war. Mit auf die Oberschenkel gestützten Händen rang sie mühsam nach Luft. Der schnelle Lauf hatte ihre Tränen getrocknet. Dann setzte sie ihren Marsch zum Haus von Jureks Mutter fort.

Als sie an die Tür der ärmlichen Hütte im Wald klopfte, besprach Dunia gerade die Sucht eines Alkoholikers. Iwona setzte sich auf die Schwelle und schaute den Ritualen zu. Aber Dunia unterbrach sofort ihr mantraartiges Gebet, um ihre verhinderte Schwiegertochter zu begrüßen. Sie schüttete ihr Mohn in die offene Hand und wies sie an, die Finger fest zu schließen, damit auch nicht ein Körnchen auf den Boden fiele. Auf Iwonas Schenkel legte sie ein laminiertes Bildchen der Muttergottes, das sie selbst aus dem Himmelfahrtskloster in Potschajiw mitgebracht hatte.

»Halte das und bete«, sagte sie auf Weißrussisch. »So wie du kannst, wie dein Herz es dir vorgibt, ob auf Russisch, Englisch oder Polnisch, Hauptsache, ehrlich.«

Iwona betrachtete das Marienbildchen und stellte verwundert fest, dass es ihren Körper erwärmte. Erst fühlte sie die Hitze nur am Bein, wo das billige Bild auf ihrem Schenkel lag. Allmählich ließen Trauer und Schmerz nach, und Iwona fühlte sich leicht und frei, als wäre sie in Trance. Sie lehnte den Kopf an den Türrahmen, lauschte Dunias monotonen Gebeten und schloss die Augen. Als sie wieder zu sich kam, lag sie unter einer Bettdecke, neben ihrem Kopf stand ein Becher kalter Tee. Dunia strickte eine Mütze. Als sie bemerkte, dass Iwona die Augen geöffnet hatte, sagte sie:

»Du hast dreiunddreißig Stunden geschlafen, Tochter. Leider

habe ich kein Telefon. Deine Mutter macht sich bestimmt Sorgen. Ruf sie an.«

Iwona erhob sich, sie fühlte sich frisch, wie neugeboren.

»Machen Sie auch mit mir, was Sie mit dem Mann gemacht haben?«

»Und womit hast du Schwierigkeiten?« Dunia ergriff Iwonas Kinn und hob ihren Kopf leicht an. Die junge Witwe wich ihrem Blick aus. »Ich meine es ernst. Was plagt dich? Wenn du nicht ehrlich bist, wird Gott dir nicht helfen.«

Iwona warf sich in Dunias Arme und weinte:

»Ich bin schwanger, und er ist verschwunden.«

Dunia strich ihr über den Kopf und drehte sich zum Küchentisch um. Das Zimmer war so klein, dass sie von ihrem Stuhl aus fast alles erreichen konnte. Sie holte ein neues Paket Zucker vom Büffet und schüttete kleine Häufchen auf eine Zeitung. Auf Weißrussisch zählte sie ab, bis genug von ihnen beisammen waren.

»Liebst du ihn? Willst du dieses Kind?«, fragte sie.

Iwona nickte sofort und wischte sich die Tränen aus dem Gesicht.

»Vierzig«, zählte Dunia auf Weißrussisch ab. »Du betest einmal für jedes Zuckerhäufchen, du sprichst das *Vaterunser*, das Glaubensbekenntnis oder die *Hymne der Engel*. Wenn du es auf Weißrussisch nicht kannst, dann eben auf Polnisch. Nach jedem Gebet machst du mit dem Finger einen Abdruck in das Zuckerhäufchen. Wenn du mit allen fertig bist, nimmst du den Zucker, um deinen Tee zu süßen.«

Dann riss sie eine weitere Seite aus der Zeitung und schüttete Mohn darauf.

»Schütte das in die Taschen aller deiner Kleider. Wenn du Wäsche gewaschen hast, füllst du den Mohn wieder auf. Wenn der Mohn alle ist, kaufst du neuen. Lass ihn in der Kirche segnen oder komm damit zu mir. Das wird die Angst vertreiben, die Panik. Es wird nur die gute Angst bleiben, nur die, die den Menschen antreibt und ihn vor Gefahren schützt.«

Dann gab Dunia Iwona ein Stück trockenes Brot und füllte Wasser aus dem Eimer in eine Cola-Flasche. Sie betete und bekreuzigte sich.

»Trink davon jeden Tag einen Schluck oder zwei, aber nicht mehr. Denk an deinen Geliebten. Brich das Brot und iss es trocken, wie die Hostie beim Abendmahl. Nicht ein Krumen darf verloren gehen! Wenn du das alles tust, kommt Jurek zu dir zurück.«

Dunia zögerte, schaute auf die Ikone an der Wand und bekreuzigte sich. Instinktiv tat Iwona es ihr nach.

»Wenn er am Leben ist«, berichtigte sich Dunia, »dann kommt er zu uns zurück.«

Ich habe es getan, weil er mich darum gebeten hat. Wir waren doch schließlich Freunde.«

Misstrauisch musterte Krystyna Romanowska den alten Mann, der in Plastikschürze an einem Metalltisch stand und während ihres Gesprächs nicht aufgehört hatte, Fleisch in Streifen zu schneiden und diese in einen elektrischen Fleischwolf zu werfen. Immer wieder hatte er seine Erzählung kurz unterbrochen, um das Gerät anzuschalten und eine weitere Portion Gehacktes herzustellen. Nesteruks Betrieb war Zentimeter für Zentimeter durchsucht, aber nichts Verdächtiges gefunden worden. Auch vom Fleisch waren Proben genommen worden. Angesichts der hartnäckigen Gerüchte vom podlachischen Menschenfresser war das unumgänglich gewesen, um alle Zweifel zu zerstreuen.

»Kein Menschenfleisch«, lautete der Laborbefund. »Ausschließlich Rind- und Schweinefleisch von höchster Qualität und ein wenig Lammfleisch. Alles lückenlos dokumentiert.«

Mikołaj Nesteruk unterbrach seine Arbeit kurz und ging auf die andere Seite des Raumes, wo an einer langen Leiste mit Holzhaken wie Ausstellungsstücke Sägen, Fleischnadeln, Schneide- und Hackmesser hingen. Der alte Mann ergriff ein unscheinbares Schneideblatt mit kleiner Zahnung und befestigte es an einer elektrischen Säge. Die Kommandantin fühlte sich an die Instrumente erinnert, mit denen Gerichtsmediziner bei einer Obduktion einen Schädel öffneten.

»Ein Hamet 54 Turbo, das beste Knochenmesser. Muss nur

ordentlich gepflegt werden und einmal im Monat zum Schleifer«, erklärte Mikołaj und fügte, als er den Ekel in Krystynas Gesicht sah, hinzu: »Der Tod ist unvermeidlich, und Gott hat dem Menschen befohlen, Fleisch zu essen. Es ziemt sich nicht, darauf zu verzichten. Fleisch ist die häufigste Opfergabe. So war es auch in diesem Fall.«

Krystyna Romanowska hörte, dass jemand den Raum betrat. Ein junger Mann überreichte Mikołaj Nesteruk einen Koffer, der bis oben hin voll mit Werkzeugen sein musste, der alte Mann krümmte sich unter dem Gewicht.

»Können wir das morgen abrechnen?«, fragte Nesteruk mit einem Blick in Richtung der Kommandantin. »Ich habe Besuch.«

»Natürlich«, erwiderte der junge Mann bereitwillig. An seiner rechten Hand entdeckte Krystyna Brandnarben. »Aber ich hätte das Geld gerne bis Mittwoch, ich fahre in Urlaub und muss vorher noch Besorgungen machen.«

»Dann regeln wir das jetzt gleich«, entschied Nesteruk. »Entschuldigen Sie mich bitte.«

Er trat hinter den Tresen und öffnete einen Panzerschrank, in dem alte graue Aktenmappen lagen, und zwar, wie Krystyna sofort auffiel, wesentlich mehr als im Panzerschrank des Alten auf der Kommandantur. Nesteruk holte einen dicken Umschlag hervor, zählte eine beachtliche Zahl von Geldscheinen ab und reichte dem jungen Mann das Bündel. Als der den Raum wieder verlassen hatte, erklärte Nesteruk der Kommandantin:

»Ein talentierter junger Mann, kein ausgebildeter Schleifer, aber meine Aufträge erledigt er zu meiner vollsten Zufriedenheit. Außerdem ist er nicht teuer.«

Wenn das Geldbündel, das der junge Mann gerade erhalten hatte, als »nicht teuer« erschien, dann wäre sie mal besser Schleiferin geworden und nicht Polizeikommandantin, schoss es Krystyna durch den Kopf.

»Irgendwie mit der Familie von Doktor Prus verwandt«, fuhr

Nesteruk vor. »Arbeitet schon seit ein paar Jahren in der Klinik, kümmert sich um die technischen Geräte, fährt die Reinigungsmaschinen. Er hat ein Händchen für die praktischen Dinge im Leben, kennt sich mit allem aus. So oft habe ich ihm schon gesagt, er soll endlich seine eigene Firma gründen, aber der Junge hat immer noch nicht den Mut, sich selbstständig zu machen. Ein guter Mann, bescheiden, ehrlich. Mit Computern kennt er sich auch aus. Als bei mir das Buchhaltungssystem zusammengebrochen ist, hat er das repariert. Ich glaube, er ist mit Ihrem Sohn befreundet. Ich habe sie ein paarmal zusammen gesehen.«

Krystyna zeigte auf die Messer und Sägen an der Wand.

»Und mit diesem Hamet 54 haben Sie Bondaruks Kopf abgetrennt, Herr Nesteruk?«

»Das habe ich Ihnen doch schon gesagt.« Mikołaj Nesteruk schüttelte den Kopf. »Da sehen wir uns nun schon zum zweiten Mal, und wieder sind die Umstände so unschön. Mit einem Hamet, ja, aber nicht mit diesem. Das andere war abgenutzt, das habe ich zum Schleifen gegeben.«

»Auch zu diesem jungen Herrn?« Krystyna wies auf die Tür.

Der Fleischereibesitzer zögerte.

»Vielleicht liegt es auch irgendwo hier im Betrieb herum. Brauchen Sie es?«

»Das ist ein Tatwerkzeug«, seufzte die Kommandantin. »Wenn es irgendwo in der Halle liegt, finden die Jungs es bei der Durchsuchung. Und wenn es woanders ist, dann sagen Sie mir das jetzt bitte.«

Aber Mikołaj Nesteruk antwortete nicht. Er musste nur noch einige wenige Fleischstücke zu Mett verarbeiten, dann war er fertig.

»Sie wissen, dass wir Sie mitnehmen müssen?«

»Ich mache das hier nur noch kurz fertig, dann können wir gehen«, versicherte Nesteruk. »Ich habe mich schließlich nicht gestellt, um mich jetzt der Verantwortung zu entziehen.«

»Sind Sie sicher, dass Piotr Bondaruk keinen Brief hinterlassen hat?«, fragte Krystyna weiter. »Oder irgendetwas anderes, das Ihre Version der Ereignisse bestätigen könnte? Das würde sich im Prozess günstig für Sie auswirken.«

»Wenn er einen Brief oder irgendwas hinterlassen hat, dann weiß ich nicht, wo«, erwiderte Nesteruk resolut. »Ich werde doch nach seinem Tod nicht sein Hab und Gut durchwühlen. Wenn da was war, dann haben es bestimmt die Söhne oder die Haushälterin. Wir haben seit Jahren nicht mehr miteinander gesprochen, wissen Sie.«

»Haben Sie sich gestritten?«

»Aber nein!«, entgegnete der Alte sofort. »Wir haben durchaus Umgang gepflegt. Außenstehende haben das überhaupt nicht bemerkt, für die war alles wie immer. In dieser Nacht hat er mich zu sich gerufen. Er wollte, dass ich Dokumente an mich nahm, die er jahrelang aufbewahrt hatte. Aber ich weigerte mich, in das Auto zu steigen, das er geschickt hatte, ich hatte Angst, er wollte mich mit irgendetwas belasten. Ich habe genug mit meinen eigenen Angelegenheiten zu tun.« Er räusperte sich. »Später dann, mitten in der Nacht, kam er selbst zu mir, um sich zu verabschieden.«

»Um sich zu verabschieden?«

»Der Brautvater war bei ihm. Sie schienen befreundet zu sein.«

»Dawid?« Krystyna war fassungslos. »Dieser Trinker?«

»Jetzt ist er ein Trinker, aber früher war er mal Bondaruks Führungsoffizier. ›Smutny‹ war sein Deckname, er hat Bondaruk angeworben. Mittlerweile behauptet er, Bondaruk habe dafür gesorgt, dass er bei der Staatssicherheit rausgeflogen ist. Aber das stimmt nicht. Dawid war streitlustig, draufgängerisch und hat damals schon getrunken. Er hat einfach zu viele Leute gegen sich aufgebracht. Jahrelang hat ›Smutny‹ Bondaruk verfolgt und ihm das Leben zur Hölle gemacht. Nach dem Systemwechsel hat er sich in der neuen Wirklichkeit nicht zurechtgefunden. Er hat den Kapitalismus gehasst, er wollte, dass wieder alles so ist wie früher.«

»Wie früher, als er jung war und über uneingeschränkte Macht verfügte?«

»Genau. Nachdem sie ihn rausgeworfen hatten, konnte er Bondaruk nicht mehr schaden. Und der war ja auch nicht auf den Kopf gefallen. Bondaruk hatte natürlich Dokumente, die ›Smutny‹ belasteten. Und nicht nur ihn, sondern uns alle, mich, den Landrat, alle Mitglieder im Stadtrat, und Sie auch«, fuhr Nesteruk in gleichbleibendem Tonfall fort. »Als Łarysa starb, hat Bondaruk mir das alles erzählt. Aber der Landrat hat das zusammen mit dem alten Kommandanten vertuscht, und sie hatten Angst, dass Bondaruk plötzlich auspackt.«

»Aber was hat er genau gesagt?«, unterbrach ihn Krystyna. »Die Details, bitte.«

»›Smutny‹ war Stammkunde im Bordell von Nikolai, Gott hab ihn selig, der war ein wohltätiger Ukrainer, wenn auch ein Zuhälter. Dort hat Dawid Bożena Bejnar kennengelernt, Iwonas Mutter. Seine Ehefrau hatte ihn vor die Tür gesetzt, als sie erfuhr, dass er seinen Job bei der Staatssicherheit los war und sie ihn von nun an durchfüttern musste. Also kam Dawid nach Hajnówka und erzählte überall, er sei Ingenieur, aber das war gelogen. Er hatte zwar wirklich an der Technischen Hochschule studiert, aber nie in seinem eigentlichen Beruf gearbeitet. Im Grunde hat er nur Papier geordnet und Leute beobachtet und verhört. Kurz gesagt, er lebte davon, andere zu bespitzeln. Dann legte er sich offenbar mit Leuten an, mit denen er sich besser nicht hätte anlegen sollen, und da warfen sie ihn in Ełk eben raus. Er hat versucht, hier bei der Polizei einen Fuß in die Tür zu kriegen, aber dort hatten sie Angst vor ihm, denn er war ja nicht ›von hier‹. Bożena verliebte sich in ihn, ließ ihn bei sich wohnen und ertrug seine Trinkerei, weil er ihr ab und zu einen Blumenstrauß kaufte. Und dann machte er ihr ein Kind, das war dann die kleine Żubr-Schwester, Iwona. Aber auch Bożena hielt es nicht lange mit Dawid aus. Vielleicht hat sie herausgefunden, dass er noch andere Frauen hatte. Der Landrat gab ihm eine Sozialwohnung an der Judzianka, wo heute das Gefängnis ist, da hat er sich dann vergraben und mit Pires zusammen gesoffen. So hat Dawid sich innerhalb von ein paar Jahren ziemlich zugrunde gerichtet. Im Bordell stand er vor allem auf diese eine Blondine, Jowita hieß die. Sie verschwand, kurz nachdem Łarysa ermordet worden war. Bondaruk war überzeugt, das alles ginge auf Dawids Konto. Mit solchen Sachen kannte der sich aus. Angeblich hat er einen jungen Kerl aus Warschau angeheuert, und die ganze Geschichte hat sich wiederholt.«

»Der Kommandant hat dafür gesorgt, dass der Täter nicht gefunden wurde?«

»Das war noch einfacher.« Nesteruk schüttelte den Kopf. »Niemand suchte das Mädchen, und die Leiche blieb einfach verschwunden.«

»Und Ihre Tochter Mariola? Es heißt doch, sie habe auch bei Bondaruk gearbeitet.«

»Da kann ich Ihnen nicht helfen.« Nesteruk schwieg, atmete aber schwer und unruhig. Ganz offensichtlich machte ihm ihr Verschwinden nach wie vor arg zu schaffen. »Als ich dahinterkam, dass Bondaruk eine Affäre mit Mariola hatte, wurde ich fuchsteufelswild. Das konnte ich einfach nicht ertragen. Und dann verschwand sie, wie die anderen Mädchen auch. Sie können sich das nicht vorstellen, diese Verzweiflung, wenn Sie durch die Sünden eines Freundes die eigene Tochter verlieren. Warum habe ich ihn damals nur gerettet? Deswegen redeten wir nicht mehr miteinander, Bondaruk und ich.«

»Warum haben Sie das damals während Ihrer Vernehmung nicht erzählt? Ich erinnere mich, ich habe das Protokoll Ihrer Aussage abgetippt.«

Nesteruk zuckte nur mit den Schultern.

»Ach, was weiß ich denn. Ich hatte Angst«, erwiderte er. »Wissen Sie, hier bekam man noch in den Fünfzigerjahren Schläge für seine Abstammung. So war das hier.«

»Und diese Angst war stärker als die Angst um Ihre Tochter?«

»Zuerst glaubte ich nicht daran, dass Mariola tot sein sollte. Ich bat Bondaruk, mit Dawid zu reden, ich bot Geld, versprach, dass wir schweigen und niemanden anzeigen würden. Bondaruk versprach, mir zu helfen. Aber mit der Zeit verwischten sich die wenigen Spuren, die es überhaupt gab, immer mehr.«

Sie schwiegen lange. Mikołaj Nesteruk wusch sich die Hände in einem Eimer und setzte Teewasser auf. Dann kehrte er an den Tisch zurück, an dem Krystyna saß, und ließ sich schwer atmend auf einen Stuhl fallen.

»Darum verstehe ich, dass Dawid außer sich war, als er erfuhr, dass Bondaruk jetzt seine Tochter zur Frau nahm und sich auch mit der Mutter in Sachen Geld geeinigt hatte. Ich verstand ihn und schritt nicht ein. Ich denke, dass er Iwona im Wald entführt hat. Aber ich bin mir nicht sicher.«

»Wie ist Bondaruk gestorben?«

»Als ›Smutny‹ in jener Nacht zu mir kam, dachte ich, mich erwarte dasselbe Schicksal wie Bondaruk. Dawid hielt mir eine Pistole unter die Nase und befahl mir, mit ihm ins Schlachthaus zu gehen. Ich machte das Licht an und bereitete das Elektroschockgerät vor. Das ist wirklich ein kurzer, schmerzloser Tod.« Der Alte ließ den Kopf hängen.

»Und Sie haben sich nicht gewehrt? Nicht gekämpft?«

»Ich bin Weißrusse«, sagte Nesteruk mit Nachdruck. »Wir leiden still. Ich schaute zu und war sicher, dass ich als Nächster an der Reihe kommen würde. Ich habe den Krieg überlebt, die Russen, Burys Einheiten, die polnischen Banden. Für mich war das alles ein und dasselbe. Ob man nun im Krieg hingerichtet wurde oder danach … Aber dann kam ›Smutny‹ mit

Bondaruks Leiche zurück. Er befahl mir, eine Säge auszusuchen, also nahm ich die Hamet. Dann fuhr Dawid mit Bondaruks Schädel davon. Und so bin ich zum zweiten Mal dank eines Polen am Leben geblieben. Diesmal hat Bondaruk das Opfer gebracht. Bei Puchały hatte Piotrs Vater die Aufmerksamkeit von Burys Soldaten auf sich gezogen, indem er ein Holzkreuz schnitzte. Ich nutzte den Umstand, dass Bury abgelenkt war, und floh. Deswegen standen Bondaruk und ich uns so nahe. Piotrs Vater war ein Verräter, aber er hatte ein gutes Herz. Er hat viele Menschen zum Tod verurteilt, mich hat er als Einzigen gerettet. Piotr Bondaruk hat niemandem etwas getan außer denen, die es auch verdient hatten. Das kann ich Ihnen versichern, obwohl sie beide Weißrussen durch und durch waren.«

Krystyna Romanowska nickte, sie musste nicht nachfragen, ob hier von Stepan und »Świerk« die Rede war. Das wussten sie beide längst.

»Was ist mit Bondaruks Körper geschehen?«

»Ich habe ihn ›An der Trauerweide‹ begraben. Unter dem Kreuz, das ich jahrelang immer wieder repariert habe. Aber das wissen Sie inzwischen wahrscheinlich schon.«

»Sie ganz allein?«

Nesteruk nickte.«

»Warum lügen Sie?«

»Niemand anders war dabei«, versicherte Nesteruk hastig.

»Ihnen ist aber klar, dass Dawid Ihre Aussagen nicht bestätigt hat? Er widerspricht Ihnen in nahezu allen Punkten.«

»Das kann ich sehr gut verstehen. Welche Verteidigungslinie bleibt ihm denn sonst noch?«

»Warum hätte ›Smutny‹ einen Zeugen am Leben lassen sollen? Warum hat er Sie nicht angegriffen?«

»Er war sich sicher, dass ich ihn nicht verrate. Er hielt mich für einen Verbündeten. Ich habe geschwiegen, als Stepan und

Łarysa starben, sogar als meine Mariola verschwand. Also dachte Dawid bestimmt, dass ich auch diesmal stillhalten würde.«

»Wo sind die Leichen der Frauen?«

»Irgendwo im Wald. Ich habe sie nicht begraben.«

»Und warum sind Sie dann so sicher, dass sie tot sind?«

»Weil wir alle irgendwann aus diesem Jammertal verschwinden werden.«

»Sie müssen Ihre gesamte Aussage vor der Staatsanwältin wiederholen.« Die Kommandantin drehte sich um und rief einen Polizisten herbei. Mikołaj Nesteruk wehrte sich nicht, als sie ihm Handschellen anlegten und ihn aus dem Gebäude führten.

»Halt!« Aus der Tür mit der Aufschrift »Kein Zutritt« trat eine schon ältere, korpulente Frau in einem längst aus der Mode gekommenen Schößchenkleid im Stil der Neunzigerjahre, das sie noch älter wirken ließ, als sie war. »Mein Vater lügt.«

Krystyna gab den Polizisten das Zeichen zu warten.

»Er nimmt die Schuld auf sich, um mich zu schützen.«

»Mariola!«, protestierte Nesteruk. »Geh wieder in dein Zimmer!«

»Papa, ich habe es satt, wie eine Ratte zu leben«, sagte die Frau sehr ruhig. »Ich habe nicht mehr die Kraft, mich noch länger zu verstecken. Mein Name ist Mariola Nesteruk. Seit 2004 werde ich in der Vermisstendatenbank geführt. Da Piotr Bondaruk tot ist, muss ich keine Angst mehr haben, dass mich jemand sieht, wenn ich mich in der Dunkelheit aus meinem Versteck schleiche, um meinen Sohn zu treffen. Im Hinterzimmer eines Schlachthauses zu leben ist schlimmer, als im Gefängnis zu sitzen. Und dennoch danke ich dir, Papa, denn du hast alles versucht.«

Krystyna holte ein Passbild mittelmäßiger Qualität hervor, das offensichtlich von der Fototafel einer Schulklasse stammte.

»Erkennen Sie diese Frau? Das ist Stepans Tochter. Sie verschwand im Alter von siebzehn Jahren. Wissen Sie etwas darüber?«

Die Frau betrachtete die Aufnahme und nickte.

»Inzwischen sieht sie wesentlich besser aus.«

Krystyna rief einen weiteren Polizisten herbei, der aus einer Aktenmappe die Informationen zu der Vermissten holte und der Kommandantin übergab. Das Bild war erst vor einer Stunde aus dem Polizeilabor gekommen. Dariusz Zajdel hatte es erstellt. Die Person auf dem Foto glich in keiner Weise Sasza Załuska, aber mit ein wenig Fantasie konnte man durchaus Ähnlichkeiten zu Magdalena Prus entdecken, der stellvertretenden Direktorin der Ciszynia-Klinik.

»Ist sie das?«

»Offenbar haben nicht einmal die Experten in Erwägung gezogen, dass sie in der Zwischenzeit das Elixier ewiger Jugend entdeckt hat«, bemerkte Mariola süffisant und fuhr dann fort: »Aber alles, was mein Vater über ›Smutny‹ gesagt hat, entspricht zu hundert Prozent der Wahrheit. Er war der Fahrer des Mercedes. Überprüfen Sie doch mal, warum man ihm die Fahrerlaubnis weggenommen hat und mit welchem Auto er da unterwegs war.«

Dawid 2014

Piotr Bondaruk parkte den Wagen in der Garage und fuhr mit dem Fahrstuhl in die Wohnung hinauf. Er machte kein Licht, es würde ohnehin jeden Moment zu dämmern beginnen. Durch das Fenster erblickte er auf seinem ordentlich gemähten Rasen einen Hund, einen alten Pitbull, der wie ein Welpe einen Gummiball apportierte. Kurz sah er draußen Anatol Pires schnellen Schrittes näher kommen. Instinktiv zog sich Bondaruk in den Korridor zurück. Als sein Telefon klingelte, hob er nicht sofort ab, sondern schenkte sich erst an der Bar einen Whiskey ein.

»Mach auf«, tönte es aus dem Hörer. »Du hast Besuch.«

Aus dem Schrank holte Bondaruk sieben grob geschliffene Gläser, suchte aus dem umfangreichen Sortiment der Bar eine Flasche aus und stellte alles auf den Tisch. Als er die Tür öffnete, war da außer Pires und seinem ergrauten Hund nur Dawid, Iwonas Vater. »Smutny« verzog den Mund zu einem Grinsen und trat als Erster über die Schwelle.

»Und die anderen?«, fragte Bondaruk verwundert.

»Es sind nur noch wir beide übrig«, antwortete Pires. »›Giewont‹ ist geflüchtet, alle anderen sind tot. Und Kola kommt nicht, wir haben beschlossen, dass er es auf sich nehmen wird.«

Bondaruk schluckte.

»Wer wird meinen Platz einnehmen?«

»Immer langsam mit den jungen Pferden«, sagte Pires lachend. »Du hast Unruhe gestiftet, dafür musst du büßen. Aber vorher müssen wir noch ein paar Dinge klären. Willst du wirklich wissen, was du angerichtet hast?«

Bondaruk ging in die Küche und füllte die Gläser.

»Macht die Tür zu«, rief er.

Als er ins Wohnzimmer zurückkehrte, erkannte er Magdalena Prus, Artur Mackiewicz und Leszek Krajnow.

»Aber das sind Polen.« Er zeigte auf die beiden Männer. Hinter ihnen trat Mariusz Korcz über die Schwelle.

»Man muss mit der Zeit gehen, und die Zeiten haben sich geändert«, sagte der junge Soziologe. »Der König ist tot, es lebe der König!«

Nun trat Ałła vor und sagte in reinstem Polnisch: »Und so schließt sich der Kreis. Du hast gefragt, wer deinen Platz einnehmen wird.« Sie legte einen Arm um Magdalena Prus und gab Dawid den Bulldog-Revolver, den sie mit Pires zusammen aus dem Brunnen geholt hatte.

»Er funktioniert immer noch, aber wir brauchen ihn jetzt nicht mehr. Nimm ihn auseinander und wirf ihn in den Fluss.«

Die Ärztin schaute sich um.

»Was für eine scheußliche Inneneinrichtung! Menschen von Welt haben Geschmack. Aber wenn du dann auf der anderen Seite bist, kannst du meinem Vater sagen, dass ich ihn gerächt habe.«

Auf Pires' Zeichen griff der Hund Bondaruk an, wenn auch nur, um ihn zu erschrecken und ihn von der eigentlichen Gefahr abzulenken. Nun trat Dawid in Aktion. In der Hand hielt er die alte Geflügelschere, aber diesmal war sie eben erst an Jakubs Schleifmaschine bearbeitet worden und messerscharf. Auch war Dawid heute stocknüchtern. Bondaruk gab keinen einzigen Laut von sich, weil die Klingen seine Stimmbänder durchtrennt hatten. Auf das frische Hemd sprudelte Blut.

»Nicht der Hund, der knurrt, ist gefährlich, sondern der, der bellt«, sagte Pires zu Doktor Prus und trank einen Schluck eiskalten Wodka. Dann fuhr er, auf Dawid zeigend und an alle gewandt, fort: »Meiner greift ohne Vorwarnung an. Er kommt lautlos, und er geht lautlos.«

Danach zerstreute sich der neue Rat der Gerechten von Hajnówka, und alle gingen nach Hause. Dawid säuberte den Tatort und machte sich auf die Suche nach den Dokumenten.

Hajnówka, 2014

Sasza versuchte, sich zu befreien, aber das Isolierband saß zu fest. Angestrengt dachte sie nach. Sie war allein, und sie hatte eine Waffe. In ihrer Hosentasche konnte sie die Pistole spüren, das machte ihr Mut. Plötzlich hörte sie Schritte und kurz darauf die charakteristische Melodie, als jemand den Sicherheitscode des elektronischen Schlosses eingab. Offenbar galt für alle Türen im Gebäude dieselbe Zahlenkombination. Als sich die Tür öffnete, erkannte sie Łukasz Polak. Sein Haar stand in alle Richtungen vom Kopf ab, seine Kleidung war zerrissen und schmutzig, und er hatte mehrere Verletzungen. Wortlos lief er zu Sasza und schnitt ihre Fesseln durch. Als er ihr mit einer einzigen kräftigen Bewegung den Klebestreifen vom Mund riss, fühlte sie einen stechenden Schmerz und sog dann gierig Luft in ihre Lungen.

»Lauf!«, schrie Łukasz und drängte sie zur Tür.

»Und er?« Sasza zeigte auf Jurek.

»Wir können ihn nicht retten. Jeden Moment werden sie herausfinden, dass ich geflüchtet bin. Wir dürfen keine Zeit verlieren.«

Sasza hörte nicht auf Łukasz, sie lief zu Jureks Folterschrank und zerrte an den Türen, aber die bewegten sich keinen Zentimeter. Wahllos drückte sie auf den Steuerungsknöpfen herum, am Ende hieb sie mit ihrem Gipsarm gegen das Plexiglas. Nichts passierte. Sie drehte sich zu Łukasz um.

»Gib den Code ein.«

Er zögerte, tat dann aber, wie befohlen. Ein durchdringendes Piepen ertönte, und ein Lämpchen ging aus. Es war ihnen nur gelungen, das Gerät abzuschalten. Sasza begann die Gurte an Jureks Unterarmen und Beinen zu lösen, aber mit einer Hand kam sie nur sehr langsam voran. Łukasz half ihr, und bald zogen sie gemeinsam den blutüberströmten jungen Mann aus der Foltermaschine. Er stöhnte, als sie die tief ins Fleisch eingedrungenen Nadeln aus seinem Körper entfernten. Aus den abgetrennten Schläuchen tropfte Blut auf den Fußboden. Endlich glitt Jurek in Łukaszs Arme.

Die beiden Männer waren von annähernd gleicher Größe, aber der muskelbepackte Jurek Orzechowski schien doppelt so schwer zu sein. Polak warf ihn sich über die Schulter und ging Richtung Flur, nach einigen Metern erreichte er das Behandlungszimmer.

»Ich schaff das nicht«, keuchte er und lehnte sich an die Wand. »Wir müssen ihn hierlassen.«

Mit ihrem gesunden Arm stützte Sasza den jungen Mann von der anderen Seite. Sie wusste, dass Łukasz recht hatte.

»Er ist noch nicht tot«, brachte sie heraus. »Niemand wird ihm helfen. Kannst du damit leben?«

Eine Grimasse der Verzweiflung verzerrte Łukasz' Gesicht.

»Sie werden uns alle kriegen«, stöhnte er.

»Dann geh!«, erwiderte Sasza verärgert und schrie dann voller Wut: »Übrigens hast du gerade bewiesen, dass du ein Psychopath bist! Das Experiment mit den Waggons auf den Gleisen. Wenn du keine Wahl hättest und einen anderen Menschen vor den Zug stoßen müsstest, um dich selbst zu retten, würdest du das tun?«

Łukasz gab auf und lehnte Jurek mit dem Rücken an die Wand.

»Dann mag ich schon eher den Witz von der Frau, die einen wahnsinnig gut aussehenden Mann auf einer Beerdigung kennenlernt. Und um ihn wieder zu treffen, ermordet sie ihre eigene Schwester.«

Sasza lachte.

»Sehr gut«, sagte Łukasz widerwillig, warf ihr aber einen durchaus wohlwollenden Blick zu. »Ist doch viel besser, wenn wir alle sterben.«

»Lass mich nachdenken«, unterbrach ihn Sasza. »Wir müssen eine Bahre oder einen Rollstuhl finden, irgendwas. Sie müssen hier doch auch die Patienten transportieren! Ihre Spender trägt die Vampirkönigin doch nicht auf ihren mageren Ärmchen durch die Gegend!«

Łukasz, der gerade erst erschöpft zu Boden gesunken war, sprang auf und durchsuchte hastig die umliegenden Gänge auf der Suche nach einem Transportgerät. Da entdeckte er den Fahrstuhl. Die Tür zur Kabine war mit Kisten verstellt und mit einem Vorhängeschloss gesichert. Sasza kam dazu und half ihm, den Zugang zum Fahrstuhl freizuräumen.

»Das bringt nichts«, sagte Łukasz. »Wir haben keinen Schlüssel, und der Fahrstuhl funktioniert sowieso nicht. Immerhin habe ich hier mehrere Jahre verbracht, und nie hat ihn jemand benutzt.«

Aber Sasza ließ sich nicht abbringen.

»Hol ihn her«, sagte sie keuchend. »Bring ein Laken von einem der Betten im Behandlungszimmer mit und wickle ihn darin ein. Er holt sich sonst noch eine Infektion.«

Łukasz zögerte und schaute sich um. Jureks Lippen waren geschwollen, seine Augen geschlossen, und im Delirium gab er unverständliche Laute von sich.

»Gib ihm Wasser!«, rief Sasza, ohne sich umzudrehen.

Łukasz kam mit einem Bettlaken und einer Gießkanne zurück, die er ganz einfach über Jureks Gesicht ausschüttete. Sasza hatte bereits den Zugang zum Fahrstuhl freigeräumt, nun stand sie breitbeinig mit ausgestreckten Armen im Flur und zielte mit der Pistole auf das Schloss. Zwei Schüsse erschallten, beide verfehlten ihr Ziel. Erst nach dem dritten Schuss zersprang das Vorhängeschloss in seine Einzelteile und fiel zu Boden. Beide waren erschrocken über den Lärm, die Schüsse hallten im ganzen Keller nach. Sasza schob die Fahrstuhlgitter auf, Łukasz zog den bewusstlosen Jurek in die Fahrstuhlkabine. Gemeinsam gelang es ihnen, den Steuerungshebel nach oben zu drücken, der Fahrstuhl setzte sich in Bewegung.

»Da oben warten sie bestimmt schon auf uns«, murmelte Łukasz.

»Ich werde sie alle töten«, zischte Sasza mit wildem Blick, aber dann lächelte sie. »Womit du mich ein weiteres Mal gerettet hättest.«

»Das war ich nicht«, flüsterte Łukasz.

»Ich weiß. Ich habe das Bild gesehen.« Sasza zog den Brief aus ihrer Hosentasche. »Den lese ich später.«

Sie verfielen in Schweigen.

»Entschuldige«, sagte Sasza schließlich und schwieg dann wieder.

»Ich wollte dich so gerne sehen«, brachte Łukasz nach einer Weile hervor. »Und sie auch. Du hast sie Karolina genannt?«

Jurek stöhnte leise. Er war fiebrig und immer noch nicht ansprechbar.

»Lass uns später reden«, sagte Sasza. Dann stoppte der Fahrstuhl.

»Hinter dem Speisesaal ist ein Nebenausgang«, meinte Łukasz. »Du bist genial!«, fügte er kurze Zeit später mit Blick auf den menschenleeren Korridor hinzu.

»Ich weiß«, erwiderte Sasza. Sie konnte kaum glauben, dass sie so einfach hier herauskommen sollten. »Das heißt, die Rezeption ist schräg gegenüber?«

Łukasz nickte.

»Aber du brauchst einen Code.«

»Welchen?«

»Keine Ahnung.«

»Mit welchem Code hast du mich befreit?«

»Zwei fünf null sechs eins neun sieben sieben. Das ist das Todesdatum von Magdalenas Vater. Aber ich weiß nicht, ob er überall funktioniert.«

»Lauf!«, befahl sie und holte die Beretta wieder aus dem Hosenbund. »Ich gebe dir Deckung, bis du sicher aus dem Gebäude bist.«

Mit dem vollkommen reglosen Jurek auf dem Rücken hielt Łukasz nur mühsam das Gleichgewicht und kam nur langsam vorwärts. Sasza wartete kurz, dann lief sie in entgegengesetzter Richtung los.

»Und du?«, hörte sie hinter ihrem Rücken.

Łukasz hatte sich umgedreht.

»Ich muss mein Handy wiederfinden. Wir brauchen Unterstützung!«, rief sie. »Halt das erstbeste Auto an und lass dich ins Krankenhaus fahren. Dort finde ich dich.«

Ohne Schwierigkeiten kam sie bis an die Tür des Raumes, in dem Jakub ihren Koffer abgestellt hatte. Sie nahm den Schlüssel mit der zugehörigen Nummer vom Schlüsselbrett, steckte die Waffe in die Hosentasche und den Schlüssel ins Schloss. Zu ihrer Verwunderung war der Raum nicht abgeschlossen. Sie schob die Tür einen Spaltbreit auf, im Inneren herrschte Dunkelheit. Sobald sie die Schwelle übertreten hatte, drückte ihr jemand einen mit Flüssigkeit getränkten Lappen aufs Gesicht, der nach Äther roch. Sie konnte nur noch erkennen, dass der Angreifer nicht über alle fünf Finger der rechten Hand verfügte und in der anderen die Akten der Załuski-Brüder hielt. Außerdem bemerkte sie, dass ihr Koffer offen stand. Dann sank sie zu Boden.

Das Licht der Straßenlaterne fiel auf die orangefarbene Fußbodenreinigungsmaschine. Sasza sah die Aufschrift, war aber nicht imstande, sie zu entziffern. Die Brille war in ihrer Handtasche. Sie verfluchte ihre Eitelkeit und ihre Sehschwäche. Dieses Mal hatte Jakub sie nicht geknebelt. Wahrscheinlich war er zu seiner Schwester gegangen, um sich Rat zu holen. Sie durfte also annehmen, dass sich außer ihr niemand in der Ciszynia-Klinik befand und sie folglich auch niemand hören konnte. Sie hoffte nur, dass Łukasz es schaffte, Hilfe zu holen, bevor sie hier gekreuzigt wurde.

Allmählich gewöhnten sich ihre Augen an die Dunkelheit, und sie schaute sich um. An Haken an der Wand hingen Arbeitsoveralls, aus einer Jackentasche schaute eine Cola-Flasche heraus. Überaus langsam, um möglichst wenig Lärm zu machen, schob sich Sasza auf ihrem Stuhl hin und her, bis sie von der Sitzfläche rutschte. Sie stöhnte vor Schmerz, als der Stuhl umkippte und sich der Kabelbinder in ihr Handgelenk bohrte. Kurz darauf begannen ihre Finger bereits taub zu werden.

Vorsichtig robbte sie samt Stuhl über den Fußboden näher an die Reinigungsmaschine heran. Die lose, gesprungene Metallleiste unter der Reinigungsmaschine hatte sie sofort entdeckt, als Jakub ihren Koffer hier eingeschlossen hatte. Sasza war nicht sicher, ob die Metallkante scharf genug wäre, um den Kabelbinder zu zerschneiden. Als sie auf Armlänge an die Maschine herangerobbt war und endlich die Marke entziffern konnte – es war eine Hakomatic B 900 –, schlug sie mit der

Stuhllehne laut gegen Metall. Sie erstarrte, aber es waren keine Schritte zu hören. Sie musste in diesem Stockwerk ganz allein sein. Daher scherte sie sich nun weniger um den Lärm, den sie erzeugte. Sie musste sich beeilen.

Zuerst schlug sie mit ihrem Gips auf die Metallumrandung des Maschinengehäuses ein, bis der Gips barst und ihren gebrochenen Arm freigab. Den Schmerz spürte sie kaum. Dafür war sie viel zu wütend und konzentriert. Nach wenigen Versuchen gelang es ihr, die Leiste von der Maschine zu lösen. Mit Mühe bekam sie den Metallbügel zu fassen und begann, den Kabelbinder an der schärfsten Bruchstelle zu wetzen. Ihr Atem ging schwer. Der Schmerz im Arm strahlte vom Ellenbogen bis in Schulter und Hand aus. Sie fühlte, dass die Beretta durch das Loch in ihrer Hosentasche ins Hosenbein ihrer Jeans gerutscht war. Sie klemmte sich den Lauf in die Kniekehle und versuchte, nicht daran zu denken, dass die Waffe geladen und entsichert war. Dann bearbeitete sie wieder den Plastikkabelbinder, Blut lief ihr über die Hände. Schließlich war nur noch ein millimeterdünner Plastikstreifen übrig, sie zerrte noch dreimal angestrengt, dann war ihre Hand frei.

Erleichtert schob sie den schweren Stuhl von sich. Sie hob die gesunde Hand, schwenkte sie dreimal durch die Luft, um wieder Gefühl in den Fingern zu erlangen, und begann dann, den Gips ganz von ihrem gebrochenen Arm zu lösen. Sie zog und schob mehrmals daran, schließlich hieb sie damit auf den Fußboden und heulte vor Schmerz auf. Als ihre beiden Hände frei waren, wandte sie sich ihren Füßen zu. Um leichter aus den Fesseln zu kommen, zog sie sich die Schuhe aus. Gottseidank hatte sie halbhohe Stiefeletten mit Reißverschluss statt Schnürschuhe angezogen. Jetzt fiel auch die Beretta aus ihrem Hosenbein auf den Fußboden. Sasza hob sie auf und prüfte das Magazin. Es waren noch vier Patronen darin, aber eine war verbogen, die warf sie gleich auf den Fußboden. Das Risiko einer Ladehemmung wollte sie nicht eingehen. Also hatte sie nur drei Chancen.

Immerhin drei Chancen, korrigierte sie sich in Gedanken. Sie verstärkte ihren Griff um die Waffe und zielte probehalber, aber ihr gebrochener Arm schmerzte pochend und zitterte zu stark. Beidhändig würde sie keinen Schuss abgeben können. Sie legte die Waffe auf den Boden und verschob den Stuhl, um sich auf die Ellenbogen stützen zu können, aber dadurch gab sie zu viel von ihrer Deckung auf. Sie kapitulierte, in ihren Augen standen Tränen. Nach wenigen Minuten versuchte sie es erneut, schloss und öffnete mehrmals die Finger der gesunden Hand, dann stand sie auf, konnte sich aber kaum auf den Beinen halten. Sie setzte sich wieder auf den Boden, um zu Kräften zu kommen und ihre Gedanken zu sammeln. Der Kellerraum war nur fünfzehn Quadratmeter groß, das Fenster schmal, vergittert und ließ sich nicht öffnen. Auf diesem Weg würde nicht einmal ein Tier aus dem Gebäude gelangen können, es blieb also nur die Tür. Von dort aus war jedoch der ganze Raum zu überblicken, es gab keine Ecke, in der Sasza sich hätte verstecken können, wenn ihr Mörder eintrat. Noch immer herrschte eine beunruhigende Stille im Gebäude. Ihr blieb noch etwas Zeit, um ihren Schlachtplan zu entwerfen.

Zwischen den Bäumen erspähte sie eine dunkle Gestalt. Die Person näherte sich der Klinik vom Park her und war eindeutig darauf bedacht, stets in Deckung zu bleiben. Kurz darauf hörte sie die ersten Takte ihres Lieblingssongs – »Jism« von den Tindersticks. Sasza erstarrte. Das war ihr eigenes Handy. Jakub musste ihre Tasche im Nebenraum abgestellt oder in einem der Spinde im Flur eingeschlossen haben. Sie war so nah dran, aber sie kam nicht aus diesem gottverdammten Kellerraum heraus. Sofort riss sie sich zusammen. Sie musste einfach einen Weg finden.

Sie ballte die Hände zu Fäusten. Der vom Gips befreite Arm juckte fürchterlich. Sasza kratzte sich ausgiebig und bis aufs

Blut, dann robbte sie an die Tür. Wie erwartet ließ die sich nur mit einer Magnetkarte öffnen, es gab nicht einmal eine Klinke. Nach mehreren erfolglosen Versuchen ließ Sasza von der Tür ab und wandte sich dem Tastaturfeld des elektronischen Türschlosses zu. Sie tippte den Code ein, den Łukasz ihr gegeben hatte, war sich aber nicht sicher, ob sie sich an diesen richtig erinnerte. Es ertönte nur ein dumpfes »Bang«. Sie versuchte es noch einmal, mit demselben Ergebnis. Wenn es ihr nicht gelang, die Tür einzutreten, würde sie hier nicht herauskommen. Aber sie hatte nicht nur keine Kraft mehr, sie hatte auch nichts, was sie als Rammbock benutzen könnte. Erneut fiel ihr Blick auf die orangefarbene Reinigungsmaschine.

Sie versuchte, sie zu verschieben, was einfacher ging, als sie erwartet hatte. Die Räder waren nicht festgestellt. Sasza richtete sie mit der Front zur Tür aus und versteckte sich auf der Rückseite wie hinter einer Barrikade. Dann lehnte sie sich mit dem Rücken an die Wand, stemmte ihre Füße gegen den Fahrersitz und übte mehrere Male Angriffs- und Ausweichmanöver. Sie lehnte sich vor, als wollte sie schießen, dann sprang sie auf und zählte, wie viele Sekunden sie bis zur Tür brauchte. Nach drei Durchgängen war sie schweißüberströmt und atmete schwer. Trotzdem beschloss sie, nicht auf die Extremitäten zu zielen, wenn ihr Angreifer in der Tür auftauchte. Sie hatte nur drei Schüsse und wusste genau, dass ihr Gegner ihr keine zweite Chance geben, sondern sie ohne Skrupel sofort ausschalten würde.

Jetzt war wieder ihr Telefon zu hören, aber diesmal war es nur ein kurzes Piepsen. Jemand hatte ihr auf die Mailbox gesprochen. Sasza schluckte und zwinkerte mehrmals, dann schloss sie die Augen und wartete, aber nichts geschah. Sie hatte keine Ahnung, wie lange sie schon hier war. Langsam ließ der Stress nach, stattdessen fühlte sie nun, wie die Müdigkeit sie überwältigte. Sie war versucht, ihrem Schlafbedürfnis nachzugeben, allein um den unaufhörlichen, eintönigen Schmerz nicht mehr zu spüren. Ihr gebrochener Arm hing schlaff herab, geschwollen wie ein Ballon. Sie versuchte, nicht daran zu denken, konnte sich aber auf nichts anderes konzentrieren.

Plötzlich hörte sie auf der anderen Seite der Tür den melodischen Singsang des Zahlencodes. Jetzt fiel es ihr wieder ein: Es war die Melodie von »Ruczaj«, einem hiesigen Volkslied, das die Einheimischen ständig hörten.

Sofort versteckte sie sich hinter der Maschine und nahm, im letzten Moment bevor die Tür aufging, ihre zuvor eingeübte Position ein. Als der Mann den Raum betrat, beugte sie sich vor und gab einen Schuss ab. Sie traf daneben, der Mann warf sich nach vorn, in ihre Richtung. In ihrer Panik schoss sie ein zweites Mal. Sie war schnell, ihr Angreifer schaffte es nicht, ein einziges Wort zu sagen. Er stolperte, fiel und stieß mit dem Kopf auf den Fußboden. Ohne nachzudenken, sprang Sasza auf und lief hinkend zur Tür, dabei zielte sie immer noch auf den regungslosen Körper am Boden. Das Licht im Korridor blendete sie, als hätte ihr jemand Sand unter die Lider gestreut.

»Sasza«, hörte sie eine schwache Stimme. Sie drehte sich um. Auf dem Fußboden, in einer Blutlache, lag Robert Duchnowski.

»Ich wusste, dass du ohne Brille nichts siehst«, versuchte er zu scherzen. »Du hast mich erschossen.«

Sasza fiel neben ihm auf die Knie.

»Duchno! Alles wird gut!« Mit ihrer einen gesunden Hand versuchte sie, so gut es ging, seine Blutung zu stillen, aber es half nicht viel. Vor ihrem inneren Auge sah sie wieder die Zielscheibe im Schießstand, die beiden Kugeln, die ihr Ziel verfehlt und Kopf und Brust des Angreifers getroffen hatten. Und die vergessene Patronenhülse, dieser dumme Aberglaube, der sich jetzt erfüllte. Sie brachte kein Wort heraus, weinte.

»Du hast nicht trainiert«, sagte Duchno und verzog das Gesicht zu einer Grimasse, die unter anderen Umständen wohl ein Grinsen hätte sein sollen. »Scheiße, tut das weh.«

»Stirb nicht!« Sie legte ihr Gesicht an seine Wange. »Tu mir das nicht an.«

»Schade, dass wir nicht im Bett waren, Sasza. Wirklich schade«, brachte Duchno noch heraus, dann verlor er das Bewusstsein.

Nachwort

Ich habe die Handlung des Buches in meinem Heimatort angesiedelt. Hajnówka ist eine grüne, beschauliche Kleinstadt am Rande des Nationalparks Puszcza Białowieska. Als bekannt wurde, wo der Roman spielen wird, verzog mancher das Gesicht: »Warum ausgerechnet in diesem Kaff?« »Weil dieser Ort eine faszinierende Geschichte hat«, lautete meine Antwort.

Die Geschichte dieses Ortes lässt sich mit der der ersten Siedlungen im amerikanischen Wilden Westen vergleichen. Unterschiedlich war nur die Größenordnung der Siedlungsbewegung. Vor vielen Jahren kamen Menschen aus der ganzen Welt nach Hajnówka, auf der Suche nach Geld, Glück und einem neuen Leben. Statt Gold gab es hier Wild, das exzessiv gejagt wurde, und Holz – damals ein überaus kostbares Baumaterial. Aufgrund der Nähe zur Grenze gibt es in der Gegend viele Orte, an denen unschuldiges Blut vergossen wurde. Dennoch wird über Hajnówka und Umgebung in den Medien heute nur sehr selten gesprochen.

In diesen Roman habe ich auch meine Familiengeschichte eingeflochten. Von klein auf erzählte man mir von meiner Großmutter, die im Krieg umgekommen war. Sie war im siebten Monat schwanger, als sie, wie es hieß, von einem deutschen Panzer getötet wurde. Die Mutter meiner Mutter. Sie hieß Katarzyna. Ich trage ihren Namen. Mit sechs Jahren wurde meine Mutter Waise. Als ich nun für meinen Roman recherchierte, stieß ich im Institut für Nationales Gedenken (IPN) auf Dokumente über das »Pogrom in den orthodoxen Dörfern«, das unmittelbar nach dem Krieg von einer antikommunistischen Partisaneneinheit unter Leitung von Romuald »Bury« Rajs begangen worden war und bei dem über hundert Personen ermordet wurden und etliche andere schwere Verletzungen erlitten. Die Opfer waren ausschließlich Zivilisten, darunter auch Frauen und Kinder. Zudem wurden fünfzig Fuhrleute entführt, von denen dreißig, ausnahmslos orthodoxe Bauern, regelrecht hingerichtet wurden. Ihr Grab wurde erst 1994 entdeckt, ein Denkmal zu Ehren der Ermordeten 1997 errichtet, nach der Exhumierung der Leichen. Beinahe ein halbes Jahrhundert schwiegen die Bewohner der Dörfer aus Angst, obwohl alle den Ort der Grabstätte kannten.

Dies war nicht der einzige Angriff des antikommunistischen Untergrunds gegen die Zivilbevölkerung. Unschuldige Menschen mussten sterben, weil sie nicht in die Sowjetunion emigrieren wollten und der bewaffnete Untergrund das Motto »Polen den Polen« auf brutalste Weise umsetzen wollte. Die Alten sprechen von einer wesentlich höheren Opferzahl – von mehreren Hundert Toten. Von der damaligen Landkarte »verschwanden« zahlreiche weißrussische Dörfer. Viele Leichen wurden nie gefunden, und die Menschen hatten Angst, offen über diese Tragödie zu sprechen. Meine Großmutter war in Wirklichkeit ein Opfer des Pogroms. Ihr und meiner Mutter widme ich dieses Buch.

Als ich im IPN die Dokumente las, liefen mir kalte Schauer über den Rücken. Jedes einzelne Wort in den Akten betraf mich ganz persönlich. Manchmal sage ich, nicht der Schriftsteller denkt sich eine Geschichte aus, sondern die Geschichte sucht sich einen Schriftsteller aus, denn nur diese eine Person ist in der Lage, sie zu erzählen. Genau so war es in diesem Fall. Bei mir zu Hause waren Fragen nach der nationalen Identität kein Thema. Nationalismus und radikale politische Ansichten waren meinen Eltern fremd. Sie sind aufgeklärte, belesene und besonnene Menschen und wollten ihre Kinder schützen, indem sie den Mantel des Schweigens über die Vergangenheit breiteten.

Bloß nicht an den Wunden der Geschichte rühren. Als ich ins weißrussische Gymnasium kam, beherrschte ich nicht einmal das weißrussische Alphabet, denn zu Hause sprachen wir Polnisch. Später wehrte ich mich dagegen, als man mir in der Schule einreden wollte, ich sei weißrussischer Herkunft.

Damals war ich zu jung, um das Problem zu verstehen. Ich begriff nicht, welche Bedeutung der ERDE zukommt, geschweige denn, dass das psychische Gedächtnis unserer Vorfahren, die Geschichte, der wir entstammen und die unser kulturelles und gesellschaftliches Erbe sowie unsere Denkhorizonte bestimmt, in uns enthalten, so etwas wie der Schatten unseres Körpers ist. Diesem Schatten kann man nicht entkommen, im Gegenteil, man sollte ihn vielmehr kennen, damit man sich selbst besser versteht und damit die eigenen Nachkommen ihren Seelenfrieden finden. Womöglich schreibe ich Bücher wegen meines Genogramms – eines blutigen Genogramms (als ich meine seelischen Wurzeln zu erforschen begann, kamen immer mehr Dramen zutage, an denen meine Familie beteiligt war). Aber das ist ein Thema für eine eigene Geschichte.

In den Adern der Bewohner von Hajnówka fließt nicht nur polnisches, weißrussisches, ukrainisches, litauisches und russisches Blut, sondern auch französisches, deutsches und jüdisches. Dieser Melting Pot, in dem die weißrussische Bevölkerung noch immer den Ton angibt, wirkt in jederlei Hinsicht exotisch. Mein Buch ist eine Einladung, diesen Ort zu besichtigen und die Geheimnisse der »Hiesigen« zu ergründen.

Da ich in Hajnówka aufgewachsen und hier zur Schule gegangen bin, war die Arbeit an diesem Roman für mich doppelt schwierig. Ich musste mich von meinen Kindheitserinnerungen lösen, die zwangsläufig infantiler Natur waren und die Wirklichkeit schönfärbten, was beim Konstruieren der Handlung stört. Denn dafür werden ein nüchternes Urteilsvermögen, keine literarische Selbstbefriedigung und Beweihräucherung gebraucht. Ich bin unzählige Male »dienstlich« nach Hajnówka gefahren, um einen professionellen Blick zu gewinnen, die Stadt nicht mehr als »baćkauszczyzna« – die Gegend, aus der die Vorfahren stammen – zu betrachten.

Das Nachkriegspogrom an der orthodoxen Bevölkerung und die Nationalitätenfrage sind in einem Städtchen wie Hajnówka heikle Themen. Bereits während meiner Arbeit am Roman erlebte ich offene Feindseligkeit, Geschichtsklitterung und Manipulationsversuche. Ich möchte betonen, dass es sich bei dem Buch um Fiktion handelt, um einen Kriminalroman, nicht um ein historisches Dokument oder ein Geschichtsbuch. Sämtliche darin geschilderten Ereignisse entstammen – selbst wenn sie von wahren Begebenheiten inspiriert wurden – meiner Fantasie. Seit Bestehen des Städtchens – seit 1951 genießt Hajnówka Stadtrecht – wurden die Straßen nie mit so vielen Leichen gepflastert wie in meinem Buch. Die Leser, die sich für das Pogrom interessieren, verweise ich auf die Akten im IPN und die noch lebenden Zeitzeugen.

Natürlich wohnen in Hajnówka nicht nur böse und arglistige Menschen, wie sie die Kriminalromane dieser Welt bevölkern. Außerdem glaube ich, dass Orthodoxe und Katholiken hier friedlich nebeneinander in gegenseitigem Respekt leben. Gemischte Familien sind die Norm. Infolgedessen dauern Feiertage und Bräuche doppelt so lange wie andernorts. Im Übrigen sind das Lokalkolorit, die religiöse und kulturelle Vielfalt nur noch hier, im äußersten Osten Polens erhalten geblieben – wenngleich Globalisierung und Kommerzialisierung bereits Einzug gehalten haben. Dennoch gilt immer noch der alte Grundsatz: »Ein Gast im Haus, Gott im Haus.«

Nirgends habe ich besseren Kartoffelkuchen, geräucherten Speck oder mit Knoblauch gefüllte Pelemeni gegessen. Hajnówka ist ein perfektes Wochenendausflugsziel und ein hervorragender Ausgangspunkt für Wanderungen durch die Puszcza. Nirgends gibt es so viele außergewöhnliche Tier- und insbesondere Vogelarten, die man aus nächster Nähe beobachten kann. Immer wieder begegnen einem auf den Straßen Wisente, Hirsche und Elche – jedoch keine Eisbären! Es gibt immer noch alte Heilerinnen. Abergläubische Vorstellungen sind auch heute noch weitverbreitet – ich selbst glaube an einige von ihnen.

Ich weiß nicht, wer in Hajnówka die Fäden zieht und ob diese Stadt ein »rotes Nest« ist. Es obliegt nicht mir, dies zu beurteilen, und es ist auch nicht das Ziel des vorliegenden Buches. Politik widert mich an. Es sei denn, sie dringt in die Sphäre der Emotionen ein und stört die menschliche Ruhe, was mich dann als Romanautorin interessiert. Es stimmt, ein Gerücht kann in einem kleinen Ort eine größere Wirkung entfalten als der Promiklatsch im Internet oder das Frühstücksfernsehen. Die Medienwirklichkeit hat mit der hiesigen Realität nicht viel zu tun. Stattdessen trifft man im Roman auf eine heruntergekommene Kleinstadt, auf Armut und Slums sowie auf moderne Partisanen und radikale Nationalisten – von beiden Seiten der Barrikade.

Die Natur entschädigt für viele gesellschaftliche Missstände. Nirgends findet man eine solche Stille, und nirgends sieht man so viele Grüntöne. Nirgends hat die Erde, im wörtlichen wie im übertragenen Sinne, eine derart tiefe Bedeutung. Doch es gibt auch nirgends diskretere Menschen und, damit verbunden, nirgends mehr Geheimnisse. Es gibt Dinge, von denen wir nie etwas erfahren werden. Eine Wahrheit, die generell auf kleine Gemeinschaften zutrifft.

Ich bin stolz, dass ich aus Hajnówka stamme. Ich bin davon überzeugt, dass meine Herkunft, der kulturelle Reichtum, den ich in meinen Genen habe, sowie der Mut, den ich während meiner Pubertät – der wichtigsten Zeit im Leben eines Menschen – erworben habe, mich zu der gemacht haben, die ich jetzt bin und in Zukunft sein werde. Im Gegensatz zu meinen Eltern breite ich vor meiner Tochter keinen Mantel des Schweigens aus, sondern spreche offen mit ihr darüber, wer sie ist und woher sie kommt – was ich auch Ihnen gerne empfehlen möchte. Schweigen ist nicht gut. Jede Wahrheit ist besser als ein trügerisches Seelenheil. Wir sollten wissen, woher wir kommen und wo die Erde unserer Vorfahren liegt.

Deshalb widme ich dieses Buch auch meinen Landsleuten – meinen ehemaligen, gegenwärtigen und zukünftigen.

Dank

Jauhien Jańczyk und Alicja Gryc haben mir geholfen, meine Heimatstadt mit anderen Augen zu sehen und die Leichen der fiktiven Opfer verschwinden zu lassen. Alicja Gryc hat mir außerdem die Pforten des Archivs der Städtischen Bibliothek geöffnet und mir so die Geschichte der Stadt nähergebracht. Mein Dank gebührt allen Mitarbeiterinnen der Bibliothek, ganz besonders aber Ewa Litwiniec. Der Inhaber der Ferienanlage und des Restaurants Sioło Budy hat mir die Lebensgeschichte seines Vaters erzählt. So wurde ich auf den »Fall Bury« aufmerksam, den ich anschließend ausführlich in der Außenstelle Białystok des Instituts für Nationales Gedenken recherchierte. Dabei habe ich unzählige Bücher, Bildbände und lokale Pressearchive benutzt. Ich kann hier nicht sämtliche Titel aufzählen.

Ebenso danke ich Sebastian Kaczmarek vom Obersten Polizeipräsidium; Dariusz Zajdl vom Zentralen Kriminallabor der Polizei; Professor Rafał Pankowski vom Collegium Civitas; Karol Supryczyński, dem Beherrscher und Bewacher des Stroms; dem Soziologen Tomasz Suli; dem Stadtrat Bogusław Łabędzki; Barbara Poleszuk; Jacek Prokopiuk, dem Reporter der *Stimme von Siemiatycze* und weiterer Lokalzeitungen; Łukasz Stepaniuk von Radio Racyja; Anna Bondaruk, einer echten Zauberin aus dem Dorf Rutka; Irena Kuptel und Adam Bondaruk von der Kreiskommandantur der Polizei in Hajnówka; Roman Sacharczuk; Włodzimierz Poskrobko, dem pensionierten Direktor der Staatlichen Holzproduktionsbetriebe Hajnówka; Filip Łobodziński, der die Limericks über den Menschenfresser von Hajnówka auf dem Weg nach Ełk für mich geschrieben hat (weshalb auch der Bösewicht »Smutny« aus dieser Stadt kommt), und zwar in weniger als fünf Minuten; Leszek Koźmiński und Paweł Leśniewski von der Polizeischule in Piła sowie dem Polizeiinspektor im Ruhestand und pensionierten Kriminalistikexperten Robert Duchnowski; dem Staatsanwalt Paweł Kaliszczak, Mitglied des Stiftungsrats der Irena-Babińska-Stiftung der Staatsanwälte und Angestellten der Staatsanwaltschaft und ehemaligem wissenschaftlichen Mitarbeiter von Professor Tadeusz Hanausek am Lehrstuhl für Kriminalistik an der Jagiellonen-Universität Krakau; dem Regisseur und Dokumentarfilmer Jacek Cichowski für die Geschichten über die Puszcza und den Besuch im Schießstand sowie Paulina Wilk für die inspirierenden Gespräche über die Geschichte Polens zwischen 1956 und 1989. Das Motiv des Henkers Iwan Marczenko ist inspiriert von einem Artikel von Arkadiusz Panasiuk im *Reporter*.

Ich danke Robert Gromek und dem »Elektriker aus Wąbrzeźno« sowie dem Direktor und der Belegschaft des Hotels Żubrówka für die luxuriöse Beherbergung während meiner Recherchen für dieses Buch. Das Essen dort kann ich wärmstens empfehlen. Ich danke Kinga Kosiek und Iwona Bejnar, die bereit waren, ihre Namen zur Verfügung zu stellen, obwohl die Biografien der gleichnamigen Personen im Buch in keiner Weise ihre Lebenswege widerspiegeln. Das gilt auch für alle anderen Helden dieser Geschichte. Alle Figuren und Handlungen im Buch sind frei erfunden, und Ähnlichkeiten mit lebenden Personen und tatsächlichen Ereignissen sind rein zufällig. Einen dicken Kuss bekommt der Schriftsteller und Anhänger der polnischen Kresy, Marcin Wroński, der mich endgültig überzeugt hat, dass ich den Einwohnern von Hajnówka einen Roman schulde.

Eine bodentiefe Verneigung entbiete ich Frau Irma Iwaszko, die mit geradezu engelsgleicher Geduld mein mathematisches Antitalent, meine niveaulosen Witze und dreckigen Flüche erträgt, die ihrer edlen Ohren unwürdig sind, und die mit Adleraugen alle meine Romane liest und stets die Stellen findet, die überarbeitet und umgeschrieben werden müssen. Eine solche Lektorin ist Gold wert. Danke, Frau Irma, ich setze darauf, dass diesem Roman noch viele weitere folgen werden.

Meine langjährige Freundin und Helferin Małgorzata Młodzian hat wie bei meinen anderen Büchern auch logistische, technische und inhaltliche Hilfestellung geleistet und mir außerdem Informationen über die traditionelle Hofschlachtung beschafft.

Mariusz Czubaj hat meinen Kampf um die Geschichte von dem Moment an begleitet, wo das Buch nichts als eine Idee war. Er hat geholfen, beraten, diskutiert, meine Ideen auf den Prüfstein gestellt und mir immer wieder Mut gemacht, meine Kindheitserinnerungen hinter mir zu lassen und die Geschichte über Hajnówka so zu schreiben, als wäre es nicht meine Heimatstadt. Denkmäler aus Bronze veralten viel zu schnell. Er war auch der erste Leser und stand mir immer wieder als »erfahrener Krimineller« zur Seite. Sieh mir nach, Mario, dass ich nicht alle deine Ratschläge berücksichtigt habe.

Eine besondere Danksagung haben außerdem verdient:

Meine Mama für die Familiengeschichten und ihre Gebete, ich möge dieses Buch beenden, bevor es mich ganz und gar fertigmachen würde.

Meine Tochter, weil sie erträgt, dass ihre Mutter so einen verrückten Beruf hat.

Meine Großmutter Jasia Purzycka für ihre unersetzliche Hilfe und die Leckerbissen, mit denen sie mich gefüttert hat, als ich in der letzten Etappe der Niederschrift schon jeden Kontakt mit der Wirklichkeit verloren hatte und nicht mehr geradeaus sehen konnte.

Mein Bruder für die Idee mit den »besten Klamotten«, Kevin Duttons *Psychopathen* und eine Sammlung chauvinistischer Sprüche.

Meine Verleger, insbesondere Frau Małgorzata Czarzasty und Małgorzata Burakiewicz, die mich unterstützt, geduldig gewartet und an dieses Buch geglaubt haben, noch bevor das erste Wort geschrieben war.

Danke

Katarzyna Bonda